Brigitte Reimann

Franziska Linkerhand

Roman

Büchergilde Gutenberg

Lizenzausgabe für die Büchergilde Gutenberg
Frankfurt am Main und Wien
mit freundlicher Genehmigung
des Aufbau-Verlags, Berlin
Ungekürzte Neuausgabe
Bearbeitung und Nachbemerkung von Angela Drescher
Nachwort von Withold Bonner

Typographie Peter Birmele
Druck und Bindung Graphischer Großbetrieb Pößneck
Printed in Germany 1999
ISBN 3 7632 4912 5

1

Ach Ben, Ben, wo bist du vor einem Jahr gewesen, wo vor drei Jahren? Welche Straßen bist du gegangen, in welchen Flüssen hast du gebadet, mit welchen Frauen geschlafen? Wiederholst du nur eine geübte Geste, wenn du mein Ohr küßt oder die Armbeuge? Ich bin verrückt vor Eifersucht ... Die Gegenwart macht mir nicht angst ... aber deine Erinnerungen, gegen die ich mich nicht wehren kann, die Bilder in deinem Kopf, die ich nicht sehen kann, ein Schmerz, den ich nicht geteilt habe ... Ich möchte mein Leben verdreifachen, um nachzuholen, die lange lange Zeit, als es dich nicht gab.

Mein Schreck, als du sagtest, du hast vor zwölf Jahren einmal in unserer Stadt, im Wartesaal gesessen ... und ich hundert Meter davon, in der Schule – und hätte ich nicht auf dem Bahnsteig stehen, hätte ich dir nicht damals schon, kostbare zwölf Jahre früher, begegnen können? Ach, du hättest mich übersehen, ich war in der neunten Klasse und wahnsinnig häßlich, nur Haare und Knochen, ich war unschuldig und zum erstenmal verliebt ... nicht in dich. Und sieben oder acht Jahre später, wieder auf der Durchreise, bist du über den Altmarkt spaziert, mit deiner Frau – im Juli, nicht wahr, wir hatten Semesterferien –, und du warst nur eins von den bunten Figürchen, die ich unter dem Gerüst, fünf Stockwerke tiefer, herumwimmeln sah ...

Wo warst du, als ich zum Examen gerufen wurde und vor Angst beinahe starb? Warum hast du nicht meine Hand gehalten, damals im Korridor der Uni? Warum hast nicht du an meinem Bett gesessen, wenn ich krank war? Warum hast nicht du mit mir getanzt, abends in der Mensa – eine niedrige Baracke, heiß, verraucht, Rock 'n' Roll vom Tonband und die Stimme von Elvis dem Hüftenschaukler –, und aus einer Bierflasche mit mir getrunken? Irgendein anderer, ich weiß nicht mehr sein Gesicht ... Es ist ungerecht, Ben, mein Liebster, es ist ungerecht, so lange ohne dich, ohne deinen Mund, ohne deine kleine harte Hand, die du mir beim Gehen in den Nacken legst ... Allein in den hundert Nächten, am Fenster zum Park, der über einem Massengrab blühte, und die anderen in alle Winde verstreut: meine Eltern über die Grenze, die Große Alte Dame tot, Wilhelm in Dubna irgendwo hinter Moskau, und dieser Mann in einer Kneipe, vielleicht bei einem Mädchen, was weiß ich ... Und wo warst du, damals im Mai – Kirschbäume, die Landstraße unter der Sonne – am letzten Kriegstag, als die Russen kamen? ...

Gegen Morgen fielen Schüsse im Nachbargarten. Wilhelm fand die Toten, auf dem Rasen ausgelegt, zwei Kinder, die puppenhafte Frau und den Oberingenieur. Pettinger war ein netter, dicklicher junger Mann gewesen, der Uniformen verabscheute und wie eine Uniform seine Knickerbocker, blaßgestreiftes Hemd und Schmetterlingskrawatte trug und jeden Morgen mit strammen Waden zum Walzwerk radelte – es lag außerhalb der Stadt, unter Kiefern und Tarnnetzen, Tochterbetrieb eines rheinischen Stahl-Konzerns –, und Wilhelm hätte geschworen, daß dieser angenehme Nachbar, der zärtliche Vater seiner zwitschernden Vogelfamilie, nicht einmal wußte, wie man eine Pistole hält.

Über die Stirn des kleinen Mädchens wimmelten schwarze Ameisen, die Kirschbäume blühten wie toll, und die Luft war von dem tiefen, aufgeregten Summen der Bienen erfüllt. (Letzte Woche hatte eine Luftmine den Bunker am Bahnhof zusammengedrückt; sie arbeiteten in Gummihandschuhen und dumpf betrunken, und hinter dem ersten Durchbruch stürzte ihnen ein Katarakt von Leichen entgegen, und Wilhelm wurde übel, bloß vom Schnaps, sagte er.) Er drehte die Frau herum, die mit auseinandergeworfenen Armen über dem Säugling lag.

Seine Schwester wand sich wie ein Iltis durch die Zaunlatten. »Hau ab!« schrie Wilhelm, er packte sie an Armen und Beinen und warf sie über den Gartenzaun, und sie kroch vierfüßig durchs Gras und beschimpfte ihn, aus sicherer Entfernung, mit ihrer schrillen Kleinmädchenstimme.

Mittags dröhnte wieder die Artillerie, und Frau Linkerhand, in einem nonnenhaften Kleid aus handgewebtem Leinen, den Haarknoten tief im Nacken, irrte durch das Haus und betete laut. Sie atmete ergeben den Armeleutegeruch in der Diele. Ein Kind wimmerte, hinter der offenen Küchentür stritten die Flüchtlingsfrauen um einen Kochtopf, und das Treppenhaus hallte wider von Gezänk und schlesischen Schimpfwörtern.

Im blauen Zimmer stand Wilhelm am Fenster, er blickte durch die Spalten der Jalousie, deren Lichtbänder sein Gesicht, den blauen Teppich, die honiggelben Möbel tigerten: seine struppige braune Schwester knetete im Sandkasten ein wunderliches Märchenschloß mit Zinnen, Türmen und hochbogigen Fenstern, sie hockte auf den Fersen, manchmal heulte eine Granate über den Himmel, naher Sensenpfiff, aber nicht Angst knickte ihren Oberkörper nach vorn (die Angst kam erst später, Jahre danach, auf den Deltaflügeln der Düsenjäger), und Wilhelm lachte über das listige Tierchen, das sich totstellte, bis der schmetternde Schlag, irgendwo in den Ruinen der Innenstadt, signalisierte, daß die Gefahr vorüber war. Das Spiel wiederholte sich, Verneigung unter dem jaulenden Bogen, Auftauchen, immer mit der Miene ernsten Eifers; Stehaufmännchen, dachte Wilhelm, die Kleine ist richtig; schließlich verdroß ihn ihr unerschrockenes Gesicht: sie war unwissend wie ein Märzhase, der den rauschenden Schatten überm Feld nicht Bussard nennt.

Er schrie hinter der Jalousie: »Du kommst sofort ins Haus!«

Franziska pflanzte einen Wald aus Schachtelhalmen ... die hübschesten kleinen Fichtenbäume, Ben, aber das weißt du wohl nicht mehr, wahrscheinlich hast du nie in einem Garten gespielt, überhaupt, Berlin und Hinterhof – aber dafür weißt du natürlich alles über Schachtelhalms große Zeiten im Tertiär oder Jura und über die Umweltbedingungen für Saurier, und das ist sicher auch sehr nützlich ... sie pflanzte einen Wald unter den Burgmauern und wedelte beschwichtigend mit den nassen schmutzigen Pfoten. Wilhelms brüderliche, auf schnelle Ohrfeigen gegründete Autorität wankte; seit er eines Nachts aus der Stadt zurückgekommen war, mit versengtem Haar, wimpernlos, im zerfetzten braunen Hemd ohne Hakenkreuz, war er laut, lästig und zerstreut wie alle Erwachsenen, die Franziska bald wegschickten und für einen halben Tag vergaßen, bald unter Geschrei nach ihr suchten, sie an sich rissen und abküßten.

Das Streunerleben gefiel ihr. Sie ging nicht mehr zur Schule; ein paar Wochen lang hatte Fräulein Biermann ihre Klasse im Keller einer Wäscherei unterrichtet, bei Kerzenlicht, im feuchten Dunst aus der Plättstube. Fräulein Biermann, mit Brille und grauem Bubikopf, fand Poesiealben lächerlich, sei wie das Veilchen im Moose ... und edel, mit einem Wort, ein deutsches Mädel, Fräulein Biermann hängte über ihr Katheder Feuerbachs Iphigenie, das Land der Griechen mit der Seele suchend, sagte sie, Fräulein Biermann lief um ihr Leben, bis der kochende Asphalt ihre Füße festhielt, Füße in hohen schwarzen Knopfstiefeln. Kein Diktat mehr, keine Rüge für Tintenkleckse und Eselsohren, und zu Haus niemand, der Franziska zu korrekter Haltung ermahnte und sie zwang, mit Messer und Gabel zu essen, ein Buch unter die Achsel geklemmt, und ihren kleinen runden Negerbauch einzuziehen. Nachts taumelte sie schlaftrunken in den Keller, fiel auf eine Pritsche und verschlief Flakgebell und Christbäume, Gebete und Entwarnung.

Linkerhand führte seine Frau ins blaue Zimmer; sie schluchzte auf, als sie Wilhelm erblickte. »Die arme Nora ... ich kann es nicht fassen, gestern sprach ich noch mit ihr, sie war wie immer, kein Gedanke daran ... Gott allein weiß, was ihr erspart blieb ...«

Linkerhand fingerte verlegen an seiner Brille; da er sich nichts vorzuwerfen hatte und der Greuelpropaganda nicht glaubte – er hatte in der Zeitungsbranche gearbeitet, als Volontär bei Scherl –, empfand er die Verstörtheit seiner Frau als peinlich, zumal sie sich in der bedenklichsten Weise vor den Kindern gehenließ. »Unbegreiflich, gewiß«, murmelte er, »ein so liebenswürdiger junger Mann ... Er war nicht einmal in der Partei.«

»Das Tier«, sagte Wilhelm. »Zuerst hat er die Kinder erschossen.« Linkerhand bewegte zweifelnd den Kopf. »Man sah es an Noras Gesicht«, erklärte Wilhelm in kaltem Ton.

Linkerhand nahm seine Brille ab, Fluchtbewegung, er verwischte die gehässigen Linien der fremdgewordenen Welt und fühlte sich geborgen in einem verschwimmenden sonnengefleckten Blau. Sein Gesicht, ohne die Brille, nahm sofort den höflichen und schüchternen Ausdruck sehr kurzsichtiger Leute an, aber seine Stimme klang selbstsicher, sogar hochmütig – seine Chefstimme, mit der [er] obstinate Angestellte zurechtwies, nachdem er ihre Gesichter in konturlose Flecke verwandelt hatte –, als er versicherte, daß man nichts zu befürchten habe, immerhin gewisse Vorbereitungen treffen müsse: ein Autodafé mißliebiger Bücher, schlaue Verstecke für Silber, Porzellan und Wein; der Schmuck der Großen Alten Dame sei im städtischen Banktresor wohlverwahrt.

»Aber die Stadt wird verteidigt«, rief Frau Linkerhand.

»Eine schöne, aber unglückliche Idee des Kommandanten. Er ist ein ehrenwerter Mann, leider fehlt es ihm an Verstand. Diese Sorte Helden ist mutig aus Mangel an Weitblick.« Er ergriff ihre flatternden Hände und drückte sie an seine Brust. »Beruhige dich, meine Liebe. Wir haben uns nicht kompromittiert, versuchen wir, in guter Haltung mit dem Unvermeidlichen fertigzuwerden.« Er küßte sie auf die Schläfe, und Wilhelm, angewidert von einer sonst streng verpönten Schaustellung der Gefühle, wandte den Kopf ab: dies war noch fataler als die späte Besinnung auf Gott, die im Bombenkeller wiedererwachte Kommunionsfrömmigkeit seiner Mutter.

Abends brannte ein Feuer im Kamin, einem backsteinernen Greuel, das sich ländlich gemütvoll gab und niemals benutzt worden war; Rauch schlug ins Zimmer zurück, aber angenehm wärmten Zöberlein und Rosenberg an dem kühlen Maiabend, einem Abend, als im Millionenviertel, in seinen lädierten Klinkervillen, Sandsteinburgen, Aufgang nur für Herrschaften, Rhododendron und Magnolien, als in Heizungskellern und Küchenherden die gleiche jämmerliche und ruhmlose Götterdämmerung anbrach; kalt waren nur die Schornsteine auf der Villa des Kreisleiters, der sich vor einer Woche westwärts evakuierte, nachdem er seine Volksgenossen zu fleißigem Ausharren ermahnt hatte: er war in Sicherheit und stumm, denn die Vorsehung, die tausendmal beschworene, unserem Führer verbündete Vorsehung, lenkte, fahnenflüchtig, alliierte Bomben auf die Elbbrücke, auf Kreisleiter, Auto und Koffer.

Flex und Jünger und die Bardenschar der Alibi-Literaten waren in den Hintergrund gerückt, in einer ersten Reihe leuchteten wieder, in Goldschnitt und Ziegenleder, Heines Werke (in Franziskas Sagenbuch von Baldur, Weltenesche und Schiff Nagelfahr hieß der Verfasser vom Lorelei-Lied Unbekannt) und, bescheidener in grauem Leinen, die Bücher der Brüder Mann, von Linkerhand mit unwilligem Respekt geduldet, gerade noch angängig neben den Großen, Dickens, Fielding, Dostojewski; was danach kam, war nicht mehr von Belang.

Franziska kauerte hinterm Sessel der Großmutter, die, zart und proper und weißhäutig, so unerlaubt jung aussah, daß ihr Matronenkleid mit züchtigem Stehkragen wie eine Kostümierung wirkte, und kokett verspielt auch die Würde des goldenen Kreuzes, die Demut gefalteter Hände. Franziska liebte die Große Alte Dame, ihre Klippfisch-Salate und Weinpuddings, die Geschichten von einem gewissen Klärchen auf der Weltreise, mit denen sie Milchholen belohnte, hechtgraue Seide, die Knopfschachteln voll schwarzer Samtbänder, Medaillons und glitzernder Kinkerlitzchen, und die Drohungen im dicksten Dialekt: »Waat, Kääl, ich schnigge dir der Hals aff!«, liebte einen rotbetroddelten Samtsessel, der für die Große Alte Dame reserviert blieb, flüchtete also auch an diesem Abend hinter den Sessel und den grauseidenen Rücken, unbemerkt und durchaus unerwünscht. Auf dem Rost krümmten sich halbverkohlte Bücher, sie zuckten wie lebend, und die Hitze schlug die ascheweißen Seiten um.

Linkerhand trennte umsichtig die in Leinen gebundenen Deckel eines Bildbandes ab; die Heftfäden zerrissen mit einem scharfen, durchdringenden Ton. Er packte mit seinen schwächlichen, ungelenken Händen ein fingerdickes Bündel Blätter und sagte: »Schade. Wer weiß, ob es jemals wieder dieses Papier geben wird, glatt und glänzend wie Seide ... Das ist noch Friedensware.«

Die Großmutter blätterte in einem Prachtband, Hitler in Berchtesgaden, zeigte nur in einer Mundkrümmung das pikierte Erstaunen eines Laien, der unterm Mikroskop ein ekelerregendes, wenngleich interessantes Insekt betrachtet: Führer im Berghof, Führer mit Wolfshund Prinz, Führer mit blondem Dirndl auf dem Arm, immer vor der Hochzeitsreisen-Landschaft, immer landesväterliches Lächeln unterm Schnurrbärtchen, Sendungsblick unter der humoristischen Haartolle. »Wat et nit all jibt«, sagte sie.

»Er soll in Berlin gefallen sein«, sagte Linkerhand.

»An der Spitze seiner Truppen«, sagte die Großmutter gefühlvoll. Sie lachte und verkniff die scharfen schwarzen Tatarenaugen. »Du willst mir doch nicht erzählen, daß der Anstreicher seinen gebrechlichen Leib diesen – Katjuschas ausgesetzt hat. Katjuscha ... Hattest du jemals Gelegenheit, Russen sprechen zu hören? Oh, nicht das Gebell dieser Maschas und Ninas ... Vor dem ersten Weltkrieg, ich war noch ein junges Mädchen, lernten wir in Baden-Baden eine russische Familie kennen, noble Leute, sehr gebildet, die Frau sprach ein vollendetes Französisch, aber es gab doch nichts Köstlicheres, als ihnen zuzuhören, wenn sie sich beim Tee in ihrer Muttersprache unterhielten – Musik, mein Lieber, Musik, und ordinäre Ausdrücke ganz unvorstellbar. Die ganze Familie übrigens etwas antiquiert, die Tochter von zweifelhafter Reinlichkeit, und von der Kinderfrau wollen wir besser nicht reden ...« Sie redete aber doch darüber, sie verlor sich in Erinnerungen wie so oft in letzter Zeit, nicht geradezu wehmütig, eher geschmäcklerisch, in dem Ton, in dem Franziska ›Erdbeeren mit Schlagsahne‹, Wilhelm ›Kotelett mit Spargel‹ sagte, und Franziska schwamm in schläfriger Verzauberung auf Redoute und Reunion, Godesberg und Norderney, Wörtern grün wie Meerwind, flaumig wie weiße Straußenfedern, duftend wie der Tanzstundenfächer aus Sandelholz, dessen Blätter von Namenszügen überkritzelt waren, erinnerte gebräunte Photographien: das Mädchen im zebragestreiften Badehemd, dünn und schiefäugig, unter den Rüschen einer ballongroßen Badehaube;

die Reiterin, italienisch kostümiert mit kurzem Mieder und wildem Schmuck, im Damensitz seitlich auf einem Eselchen, vor der Kulisse von Vesuv und lodengekleideten Anbetern, ein Herr Albert, vorgeblicher Cousin, in der goldverschnürten Uniform eines Karnevalsgenerals und – Bildwechsel – in der soldatischen Bluse des Stahlhelmführers von Köln, das Opfer roter Mordbuben auf dem Katafalk zwischen Kränzen und Kranzschleifen, und der Mann ganz rechts im Bild ... die finsterste Gestalt der Familie, Ben, der Bruder der Großen Alten Dame. Er war Stadtbaumeister und wahnsinnig eifersüchtig, und wenn seine arme Frau verspätet nach Hause kam, fragte sie an der Tür: »Ist der Herr schon da?« und zitterte vor Angst, und manchmal stand er schon mit der Reitpeitsche an der Treppe. Die Frau ist ganz jung gestorben. Es liegt eben in der Familie – die Architektur und die Eifersucht ...

Die Flammen sanken zusammen, das Zimmer tauchte in Halbdunkel, durch die Terrassentür fiel kupfriges Licht, der Himmel war klar, rostroter Mond, manchmal wetterleuchtete Mündungsfeuer am Horizont. Die Straße lag totenstill. Linkerhand stieß mit dem Schürhaken die Glut auseinander; er betupfte seine vom Rauch entzündeten Augen und seufzte. »Vae victis.«

»Ich für mein Teil habe vor sechs Jahren aufgehört, an den Endsieg zu glauben«, sagte die Großmutter. »Was anderes war von dem Emporkömmling zu erwarten als ein verlorener Krieg? ... Ich hatte Gelegenheit, ihn im Kaiserhof zu sehen ... ein Mann mit dem Auftreten eines Schmierenkomödianten, mit schlechten Manieren und ridiküler Aussprache und, on dit, impotent.«

»Ich habe ihn nicht gewählt«, sagte Linkerhand gereizt.

Die alte Dame faltete die Hände über dem Magen. »Der Erwählte bedarf nicht der Wahl.«

Linkerhand tappte mit schützend vorgestrecktem Arm durchs Zimmer, stolperte fast über die friedlich atmende Franziska, die, im Indianersitz auf den Fersen hockend, endlich eingeschlafen war, und tastete auf der Tischplatte nach seiner Brille. »Im Salatbeet«, sagte er mit einem Ausdruck naiver Schläue, »ich werde die Mater dolorosa im

Salatbeet vergraben.« Er hatte die fußhohe Statuette in einen Blechkanister einlöten lassen und schleppte sie wie eine Katze ihr Junges von einem Winkel des Hauses in einen anderen; er hatte sie immer eifersüchtig vor den Augen fremder Besucher gehütet, und der Gedanke erfüllte ihn mit panischer Angst, das kostbare Figürchen in den rohen Händen eines Soldaten zu sehen, irgendeines Bauernlümmels, der außerstande war, den Faltenwurf des blauen Mantels zu würdigen, die schmerzliche Biegung des Halses, die sanfte Einfalt im himmelwärts gewandten Antlitz unter der mittelalterlichen Schaube ... Niemand empfand den frommen Schauer wie er, wenn er das bunte Holz berührte – eine Ehrfurcht, ungetrübt von profanen Gedanken an den Geldwert und weitab von Muttergotteskult, denn er war Protestant und ein laxer Christ – oder wenn er in seinen alten Büchern las, eine Lupe vor den halbblinden Augen: so saß er während der nächtlichen Angriffe, groß, gebückt, häßlich mit weißem Albinogesicht, rotem Haar, eulenhaft geweiteten Augen hinter den dicken Gläsern, und hielt wunderliche Andacht, entrückt in eine Welt ohne Fliegende Festungen und Lancaster-Bomber, ohne hysterische Bittgebete und das Gezänk der jungen Barbaren, die in seinem Haus aufwuchsen.

Mehr als die Sorge um seinen Leib bewegte ihn der Gedanke an das Schicksal seiner Bücher: sie waren die Leidenschaften seines leidenschaftslosen Lebens, seine Abenteuer und Ausschweifungen, er roch Bücher, Jagdbeute in Antiquariaten und obskuren Winkelbuchhandlungen, und hier wurde der sparsame Hausvater zum Verschwender, der solide Kaufmann zum gerissenen Roßtäuscher, der heuchelte, zauderte, fälschte und bedenkenlos die großen Augenblicke des Sammlers genoß, den Triumph, wenn er einem Ignoranten ein wertvolles Exemplar um einen Spottpreis abgelistet hatte. Der Haushalt war bescheiden, Kleiderluxus verpönt, die Kinder gingen in Leinenzeug und Loden, und ein Marionettentheater, das der Bildung ihrer Phantasie dienen sollte, ersetzte das üppige Spielzeug der Nachbarskinder.

Der Verlag war klein, aber wohlrenommiert, ein patriarchalisches Unternehmen, von Linkerhands Großvater gegründet (er hatte ein biblisches Alter erreicht, und Wilhelm erinnerte sich noch an den weißbärtigen Herrn, der jeden Nachmittag zwischen vier und fünf rüstig über die Promenade gewandelt war, die Hände im Rücken verschränkt und drei Schritte vor seiner atemlos trippelnden Frau). Die stolzen alten Buchdrucker setzten geläufig griechische und hebräische Texte. Linkerhand konnte sich nicht dazu verstehen, wie andere, weniger seriöse Verlage völkische Almanache, Fliegerromane und Bilderbogen herauszugeben; während des Krieges, als der Auslandsmarkt für seine Deutschen Bauten verschlossen war, verschaffte er sich hübschen Gewinn und reines Gewissen durch eine Folge von handlichen kleinen Bänden mit Novellen von Tieck, Eichendorff, Hauff und Brentano und anderen Dichtern, zu deren geistigen Erben sich die Nationalsozialisten erklärt hatten. 37 brachte er eine beträchtliche Summe auf, um einem jüdischen Studienfreund zur Flucht nach Haifa zu verhelfen ... nein, Ben, der Mann war nicht sein heimlicher Einsatz im Glücksspiel. Ich habe ihre Briefe gelesen, die sie sich nach Kriegsende schrieben, die ganze Zeit, bis Vater nach Bamberg ging ... Aber er hatte in der Tat seine zwei Wettpfennige, und das ist keine edle Geschichte. Es ist wahr, er haßte politisches Engagement, jedenfalls für sich ... 33 im März legte er zwei Mitarbeitern nahe, in die Partei einzutreten. Die armen Hunde hatten ein paar Jahre Arbeitslosigkeit hinter sich ... Der eine ist später an der Ostfront gefallen. Der andere wurde gleich nach der Kapitulation von der GPU verhaftet und starb im Lager ...

Franziska erwachte von den vier Paukenschlägen, Beethoven, sagte ihr Vater, so klopft das Schicksal an die Pforte, und versäumte nie, bevor er das Kind hinauswies, über Tonart und Opusnummer zu belehren, eine pedantische Ehrung, die er nur Beethoven und Mozart erwies; neben diesen Meistern gab es nur noch den sterbenslangweiligen Herrn Haydn und einen verdächtigen Liszt, der zu Sondermeldungen aufspielte und vom Vater als Blender und Scharlatan gerügt wurde. Lieder durfte Franziska zu Hause nicht singen; alles zu seiner Zeit, und jedes Ding an seinem Ort: SA marschiert mit ruhig festem Tritt beim Fahnenappell, mit hochgerecktem Arm; Heimat deine Sterne am Küken-Nachmittag, im Schein der dicken, blauen, wehmütig tropfenden VDA-Kerzen; auf den Feldwegen, wenn sie Heilkräuter sammelten, Schafgarbe und Hirtentäschel, wirbelten die nackten müden Kinderfüße im Gleichschritt den Sommerstaub auf, eins, zwei, drei, Die blauen Dragoner sie reiten; Arm in Arm mit der besten Freundin, schallend und unschuldig, Beim erstenmal da tut's noch weh; auf dem Schulhof, O du mein Neckartal, drehten sie sich schwindlig zu zweit, zurückgebogen, die Füße fest gegeneinander gestemmt und mit verschränkten Händen, kreischten und kreisten bis zum Umfallen ... ach, im Neckartal, wo der Flieder blüht, rollten amerikanische Panzer, und über den Schulhof schaukelten beinlose Rümpfe zwischen den Krükken, hüpften einbeinig die Männer in gestreiften Lazarettkitteln, und im Schulkorridor lag auf einer eilig zusammengeschlagenen Pritsche ein Hitlerjunge, zog Rotz und Tränen durch die Nase hoch und betrachtete höhnisch die Schülerzeichnungen an der Wand und amüsiert – zwischen Wellen von Schmerz – den knallbunt getuschten Blumenstrauß seiner zukünftigen Geliebten, F. L., 3. Klasse, irgendein Gör. Er hieß Jakob, er hatte einen Flaksplitter im Fuß, und es gab kein Morphium mehr, und Dr. Peterson sagte: Ja, ja, unsere deutschen Jungs ... hart wie Kruppstahl, zäh wie Leder.

Franziska hinter dem roten Samtfauteuil rollte sich zusammen, sie wußte längst, daß den Paukenschlägen keine Fünfte folgte, sondern die von Rauschen und Knacken unterbrochene Rede eines gewissen Bibizie aus London (... nachdem ich ein paarmal beim Lauschen ertappt worden war, registrierte mein Gehirn einen Zusammenhang zwischen Meinungsbildung und Ohrfeigen, und meine erste staatsbürgerliche Lektion hieß: Politik ist, wenn Kinder rausgehen müssen ...). Sie war schlau genug zu begreifen, daß sie in der Schule und in der Kükengruppe nicht von London erzählen noch die spaßigen Namen Reichsheini und Marschall Meier wiederholen durfte, die Dr. Peterson gebrauchte, worauf Frau Linkerhand den Finger an die Lippen legte und ihm beschwörende Blicke zuwarf – Onkel Peterson, der Franziskas dürren Brustkorb beklopfte und

Geschichten von seinem Nachbarn erzählte, etwa: Denk dir, Fränzchen, mein Nachbar hat jetzt einen Hund, der hat ein riesengroßes Maul und heißt Nazi ...

An diesem Abend also hörte Franziska die Stimme aus London, bald nachbarlich nah, bald entfernt, als schaukele sie wie ein Kork vom Wellenkamm ins Wellental, und hörte einen Satz, der sich ihrem Gedächtnis einprägte, unerfindlich warum und zuerst nur als eine Wortschnur: »Niemals in der Geschichte der Völker ist ein Regime so kläglich zugrunde gegangen wie das Tausendjährige Reich der Nazis.« Sie streckte ihren Kopf hinterm Sessel hervor und fragte: »Großma, was ist ein Redschim?« Linkerhand zuckte zusammen, die Großmutter lächelte auf ihr goldenes Kreuz hinab, ergriff die Schwarzhörerin am Ohr und setzte sie vor die Tür.

(Jahre später fiel ihr dieser Satz wieder ein und gewann nachträglich eine merkwürdige Bedeutung, als sie zurücksuchte und den weit weit dahinten liegenden Abend wiederfand, die Asche im Kamin, den beizenden Geruch des Rauches und den verkommenen roten Mond hinter der Terrassentür. »Du spinnst«, sagte Wilhelm, »du warst viel zu klein und, nebenbei, geistig unbemittelt.« Sie verblüffte ihn aber bald danach durch eine andere Probe ihres Erinnerungsvermögens. Bei Tisch unterhielten [sie] sich über die Geschichtslehrerin, Offizierswitwe und eine sehr schöne Frau, die mit dem Schulrat schlief, und Wilhelm rühmte ihre lebhaften dunklen, übrigens etwas kurzsichtigen Augen. »Augen, aus denen Blitze fahren wie Flammen aus dem Vesuv bei Mitternacht«, sagte Franziska. Die anderen lachten. »Aber das ist nicht von mir. Irgendein Vers, den Onkel Boleslav aufgesagt hat ...«

»Unmöglich, mein Kind«, erwiderte Linkerhand. »Boleslav ist schon 40 gefallen. Du warst keine drei Jahre.« Sie sah Wilhelm an, und nun, wie nach einer Fotografie des Verschollenen, beschrieb sie genau dessen Gesicht, sein Haar, das nach Birkenwasser roch, die blaßvioletten Hortensien im Fenster und die lange kalte Papierschere, die der joviale, zu schlichten Späßen aufgelegte Herr seinem Tippfräulein in den Rückenausschnitt der rosa Häkelbluse gleiten ließ.

»Sie trug wirklich immer diese unpassenden Häkelblusen, dabei war sie über das Alter hinaus«, sagte Frau Linkerhand, der die Sache mit der Papierschere peinlich war.)

Am vierten Mai, frühmorgens, ging Dr. Peterson durch den Garten, er bewegte sich rasch und exakt wie der Marionettenprinz, die Unterarme vom Körper abgespreizt, und Franziska sah, in ihrem Bett am Fenster kniend, daß er zum erstenmal seine schwarzen Handschuhe vergessen hatte und die Türklinke mit der bloßen Hand niederdrückte. Nach einer Weile kam Frau Linkerhand und befahl Franziska, ihre Sonntagskleider anzuziehen; sie hatte rote Augen und zitterte, als sie Franziska küßte und bekreuzigte. In der Tür drehte sie sich um und sagte geschäftig: »Gib mir das Ührchen von Großmama.«

Franziska errötete. »Das verstecke ich selbst.« Der mit einem Reiher in blauem Email geschmückte Uhrendeckel war schon schartig am Rand, so oft hatte sie ihn mit den Fingern aufgeklemmt; die Achtjährige, die unter der Bettdecke, beim Licht einer Taschenlampe, durchaus ungehörige Romane las und Gretchens Monologe seitenlang auswendig lernte, folgte, wenn sie das Porträt hinterm Uhrendeckel küßte, gewissenhaft und andächtig den Romanvorschriften für die erste Liebe. Sie hatte Petersons Heiratsversprechen, aber drei Jahre später, als es wieder ein Stadttheater, eigentlich eine Schmiere, gab, hängte er sich an eine blonde Person, Salondame, heiratete, wurde betrogen, schmiß sie raus, verschlampte und betrank sich ein Vierteljahr lang Abend für Abend in Franziskas späterer Stammkneipe … aber das ist schon wieder eine ganz andere Geschichte, Ben, und Peterson gehört nur deshalb in den vierten Mai hinein, weil er einer der Parlamentäre war, die unsere Stadt der Roten Armee übergaben …

Franziska versenkte ihre Uhr in der Teebüchse, im groben Tee, der nach Drogerie und Pfefferminze roch. Linkerhand hatte den Doktor zur Gartentür begleitet, er kam jetzt langsam zurück, auf dem Weg aus Steinplatten, zwischen deren Fugen hellgrüne Grasbüschel wucherten. An der Treppe wartete die Große Alte Dame, gelassen, proper und grauseiden wie immer, kühler Wind ging, trompetengelb leuchteten die Forsythien, rosig und weiß schäumten Mandelblüten, was für ein Tag unters Frühlings blauem Band, und die Lüfte nicht geschwärzt vom Qualm, der Himmel nicht gefleckt von Schrapnellwölkchen, und Sonne, Wind und gelbe Trompete wie früher, wie immer: ein Augenblick Stille zwischen Schrecknis und Schrecknis.

Diese Stille … Totenstille, kein Schritt, keine Stimme, die Häuser blind mit geschlossenen Fensterläden, blatternarbig von Splitterschauern, keine Kinderschaukel knarrte, die Straße hielt den Atem an … diese Straße, Lieber, an die ich mich heute erinnere wie an ein sterbenslangweiliges, sterbenstrauriges Theaterstück, die Personen stehen vor den schäbigen Kulissen herum, es gibt keine Katastrophe, nicht den rasenden Sturz in die Vernichtung, nur langsamen Verfall und Gewöhnung an den Verfall … die Beete lagen wüst, rostig an verrosteter Kette drehte sich die Lampe über der Tür, und die Rosen, jahrelang nicht mehr von einer kundigen Hand beschnitten, hochgebunden und okuliert, trieben wilde Schößlinge, die ihre bleichen Finger in den kariösen Gitterzaun hakten. Auf der Verandabrüstung der Villa gegenüber, zwischen den fauligen, vom Regen schwarzgrün gefärbten Holzsäulchen, lag ein weißes Bettlaken. Linkerhand kniff die Augen zusammen, er lachte.

»Die Wandlungsfähigkeit der Deutschen«, sagte er, und die alte Dame folgte seinem Blick und bemerkte jetzt die rote Fahne im Erker des Nachbarhauses und den runden Fleck von hellerem Rot auf dem Fahnentuch. »Unser Nachbar hat mit genialer Einfachheit das Problem des Überganges in den Bolschewismus gelöst. Wer hätte einem Herrn in seiner Position ein so schlichtes Gemüt zugetraut?«

»Im Erkerzimmer wohnen Flüchtlinge«, sagte sie. »Aber vielleicht« – die unfrommen Augen gesenkt, nach einer geruhsamen Pause, während im Haus die Jalousien herunterrasselten, während Frau Linkerhand mit Koffern treppauf keuchte und Wilhelm die feuchte Erde zwischen den Salatpflänzchen glättete –, »vielleicht ist es ganz opportun, Leute zu beherbergen, die eine rote Fahne hinaushängen, wenn wir uns allenfalls zu einer weißen entschließen können …«

Am späten Vormittag stürzte die Nachbarin aus der Tür, lief stolpernd durch die Gärten, die Hände hinterm Nacken gefaltet und mit offenem Mund, aber stumm, und auf den Stufen zu Linkerhands Terrasse fiel sie hin und brach in langgezogenes heulendes Schluchzen aus. Franziska saß in ihrem Baumhaus in der Blautanne, sie mußte lachen, als Frau Direktor hinfiel (Frau Raffke, die jedes Pflichtjahrmädchen Minna und die schwarze üppige Ukrainerin Matka rief), sie lachte hinter der verknüllten Spielschürze, verächtlich: son Geschrei, die Zicke, wegen dem kaputten Strumpf; zufrieden: Gottesstrafe für deinen Geiz, für die Nüsse jedes Jahr, für Großmas Stullen; schließlich, geängstigt, rutschte sie am Stamm hinab und schlich zu dem heulenden Wesen, das auf Händen und Knien lag. Sie sagte gutmütig: »Das macht nichts, ich schlag mir immerzu die Knie auf, und dann spuck ich drauf, und dann ist es schon zugeheilt, sehen Sie«, und sie streckte ein braunes zerschrammtes Bein aus. Die Frau schrie auf und stieß sie mit einer Bewegung des Entsetzens weg. »Na, na«, sagte Franziska mit tiefer Stimme.

Linkerhand öffnete die Terrassentür, er stützte Frau Direktor, als er sie ins Haus führte, er, der sich in starken Ausdrücken verschworen hatte, daß diese Hysterica niemals wieder seine Schwelle betreten dürfe; der sich, um nicht grüßen zu müssen, zu einer äußersten Unhöflichkeit hinreißen ließ, indem er die Brille absetzte und die Nachbarin in einen bleichen Schemen verwandelte, wenn sie blondgeknotet, mit Hut und weißen Handschuhen, Arme und flachen Busen mit Bronzeschmuck gewappnet, nebenan die Gartenwege harkte. Franziska haßte sie – bis zu jenem Vorfall mit den Gefangenen – nur im Herbst, wenn die fetten grünen Früchte am Walnußbaum reiften, der hart an der Grenze, jedoch auf direktorlichem Gebiet stand und die Nüsse aus überhängenden Zweigen in Linkerhands Garten warf, einen Hagel von Zankäpfeln, denn die Nachbarin mißachtete Franziskas natürliche Ansprüche, verlangte Auslieferung und entblödete sich nicht, an windigen Herbstmorgen, in der lächerlichsten Haltung überm Gartenzaun hängend, Franziskas Nüsse mit dem gespaltenen Ende einer Wäschestange zu angeln.

Jetzt saß sie auf dem Biedermeiersofa im blauen Zimmer, und die Linkerhands standen um sie herum, verlegen und mit der gequälten Teilnahme wie bei einer dieser Beerdigungen, von denen Frau Linkerhand sagte: Es hilft nichts, anstandshalber müssen wir wohl hingehen. Sie preßte die Hand auf den Mund und wiegte den Oberkörper hin und her, und plötzlich richtete sie die irrenden Augen auf Linkerhand und sagte: »O Gott, und ich habe nicht mal schwarze Strümpfe.«

Wilhelm faßte seine Schwester im Genick und schob sie in den Korridor. »Elfriede ist tot.« Er drehte die Hand herum und sägte mit der Handkante über die Adern im Gelenk.

»Warum?«

»Das verstehst du noch nicht«, sagte er mürrisch.

Elfriede war die älteste Tochter, Musterschülerin in der Oberprima, ein blasses kümmerliches Mädchen mit hoher Schulter, das den ganzen Nachmittag unter der Aufsicht ihres Vaters für die Schule arbeiten mußte und nur abends, wenn es dämmerte, sich ein wenig im Garten erging, mühsam atmend und den Kopf zur schiefen Schulter geneigt.

»Wer zum Schwerte greift, soll durch das Schwert umkommen«, sagte Franziska dunkel.

»Willst du Backpfeifen? Nein? Dann red keinen verdammten Blödsinn und zieh ab.«

»Gut«, sagte sie beleidigt, »gut, ich gehe, ich bin euch sowieso bloß im Weg, immer ... Ach, ihr – ihr habt alles vergessen.«

Die Straße krümmte sich mit der Krümmung des Flusses und mündete, ein paar hundert Schritte hinter Linkerhands Haus, in die Chaussee, und zur Linken schmatzten träg die Sumpfwiesen, über und über bedeckt mit Anemonen, die weiß und dünn im Wind zitterten. Die verkrüppelten Kirschbäume an der Chaussee trugen im Sommer hellrote saure Kirschen. Franziska setzte sich auf einen Kilometerstein und streckte die Beine aus und ließ die Sonne darüber laufen wie warmes Wasser ... Kilometerstein 17, Ben, ich habe mir die Zahl gemerkt, nicht, weil sie eine besondere Bedeutung hätte, jedenfalls hat sie nicht mehr und nicht weniger Bedeutung als das zitternde Anemonenfeld, und Staub und welke Kirschblüten, die auf der Landstraße trieben, aber das alles gehört zusammen und gehört zu den Glocken und zum Frieden und ist mein Bild vom Frieden geblieben bis letztes Jahr, im Sommer, als wir uns verirrt hatten, du erinnerst dich, und an dem Kornfeld lagen, ja, Glocken hörten wir auch, von irgendeiner Dorfkirche, und es roch nach Heu – ach, Ben, wir wollten einmal in einem Heuhaufen schlafen …

Du wirst schon denken, ich habe meinen Kinderhaß bis heute nicht abgetan und aus Frau Direktor eine Karikatur gemacht, und es fehlte bloß noch, daß sie Frauenschaftlerin war und, wie Reger sagt, des Führers Kotflügelküsserin – und das war sie auch wirklich … Nüsse mag ich gar nicht so sehr … Warum, möchte ich wissen, warum kam sie ausgerechnet zu uns gelaufen, um sich auszuheulen? … Einmal, im Winter, schachteten Kriegsgefangene in unserer Straße, Russen, die aussahen wie die Schreckensgestalten auf den Bildern vom Roten Sowjetparadies, zerlumpt, bärtig und mit Hungeraugen. Es war gräßlich, und meine Mutter wagte sich nicht mehr ans Fenster, so ein Elend, sagte sie, das kann man ja nicht mit ansehen … Vater hielt uns einen Vortrag über Menschenwürde, Kriegsrecht und Genfer Konventionen, und Großma ging in die Küche und schnitt einen Haufen Brote. Das ist Christenpflicht, sagte sie. Früher, zu Hause im Rheinischen, hatte sie für die armen Studenten Freitisch gehalten und Eierkuchen gebacken, und ich fragte, ob die Eierkuchen auch Christenpflicht gewesen seien. Sie lachte (sie hatte eine merkwürdige Art, mit den Schultern zu lachen) und sagte: Dat, min Fränzchen, dat war en Jux.

Der Wachtposten drehte sich um, als sie die Brote verteilte – der arme Hund, er hatte keinen Finger mehr an der linken Hand. Es kam aber doch heraus, und die von nebenan schrie, sie wird Großma vor den Volksgerichtshof bringen, sie hing überm Zaun wie beim Nüsseangeln, und meine Großmutter stand auf der Terrasse und schimpfte zurück, in einem Dialekt, so dick, daß du ihn mit dem Messer schneiden konntest, und, Ben, sie war herrlich ordinär, wenn es mit ihr durchging. Und zuletzt ging sie dicht an die schäumende Person heran und war ganz Große Alte Dame und sagte: Ah – merde.

Ich glaube, sie fürchtete sich vor nichts auf der Welt, vielleicht weil sie ihr Leben lang eine reiche Frau war und sich vor niemandem bücken und niemandem nach dem Mund reden mußte; es lag aber auch in ihrer Natur, und sie war, jedenfalls in ihrem Kreis, eine fröhliche Anarchistin ... Desto mehr fürchteten sich die anderen. Unfaßbar, unter gebildeten Leuten ... sagte mein Vater, der nicht begriff, daß die Nachbarin eine Fanatikerin war ... Fanatismus ist ja wohl eine Ausfallerscheinung und hat mehr mit dem Unterleib als mit dem Kopf zu tun, das ist meine Ansicht, Ben, und du brauchst sie nicht zu teilen.

Endlich sagte meine Mutter, sie werde das Kreuz auf sich nehmen, und sie ging hin nach Canossa und demütigte sich ... Ich liebte sie nicht, Ben, aber an diesem Tag, als sie zurückkam und sich einschloß und als ich den ganzen Tag ihr Weinen hinter der Tür hörte, da tat mir das Herz weh, und ich hätte die Nachbarin erwürgen können ... Darf man denn einen Menschen so erniedrigen?

... Hier also, am Kilometerstein 17, fand Linkerhand seine Tochter, mit aufgedröselten Zöpfen, die Beine in den Sonnenfluß getaucht, und in diesem Augenblick begannen alle Sirenen in der Stadt zu heulen, und die Glocken erhoben ihre Stimmen über den mißtönigen Schrei, scheppernd und kurzatmig die letzte Glocke unterm zerschmetterten Dach von St. Annen, gemessen im Dreiklang die Domglocken Unserer Lieben Frauen, und der Wind warf ihr Geläute über den Fluß und in den Himmel und zurück auf die Erde wie eine flugmüde Vogelwolke. Linkerhand nahm seine Brille ab, mit der ehrfürchtigen Bewegung, näher mein Gott zu dir, mit der er unterm Kirchenportal seinen Zylinder absetzte, und sagte: »Das ist der Frieden, mein Kind.« Franziska riß die Augen auf, verwundert, weil sich nichts verändert hatte, weil die Zauberformel *Frieden* das Licht des Nachmittags nicht strahlender machte, die einfältigen Wiesen nicht mit Blumen bedeckte, die Luft nicht mit Jubelchören erfüllte.

Er nahm sie an der Hand, und sie gingen den Weg zurück, unter den schiefen Kirschbäumen, deren Blätterschatten auf dem Asphalt spielten. Franziska stieß einen runden Stein vor sich her, sie sagte: »Und wer hat nun gewonnen, die Russen oder die Amerikaner?«

»Gewonnen? Kriege werden immer verloren, mein Kind.«

Die Glocken läuteten immer noch, ohne Ende, ohne Ende schwang sich der Vogelschwarm, Klangschwarm, Angstschwarm ins Blaue hinauf und fiel traurig zurück, und wenigstens die Straße, sah Franziska, hatte der Frieden verzaubert und jedes Haus mit Weiß besteckt und Brüstungen und Fenstersimse beschneit. Linkerhand umging die kommaförmigen Schützenlöcher, Franziska, an seiner Hand, überhüpfte sie mit geschlossenen Füßen, sie wollte die Angst nicht hochkommen lassen: diese lakenbeflaggte Straße, Vaters feuchte Hand, der runde Stein war seitab ins Gras geschnellt, ein schlechtes Vorzeichen.

Alle Hausbewohner, auch die Flüchtlingsfrauen und ihre Kinder, hatten sich in der Diele aufgestellt wie für ein Gruppenbild, mit der ernsten, konzentrierten Miene von Familienausflüglern, die auf das Blitzlicht warten. Der Schreck machte die Gesichter einen Augenblick sehr ähnlich; der feierliche Lärm, der die Stadt erschütterte, hatte sie mit der Stadt verknüpft: die Warnung galt jedem, in jedem Haus, und was auch geschehen sollte, es geschah allen ... jetzt erst, als die Glocken schwiegen, fühlten sie sich ausgeliefert, als sei die Ganze Stadt nun wieder auseinandergebrochen in ihre tausend einzelnen Häuser, Etagen, Keller, Ruinen, ein Stück Festland zerschwemmt in ohnmächtige Schollen, und so trieben sie stromab und allein.

Sie hörten Trommelwirbel, der sich in die angespannte Stille schob. Dann begann das bunte Glasfenster, mit der lenzlichen Schwalbe über Feldern und Wald, zu vibrieren, und Wilhelm legte den Arm um seine Schwester, er drückte sie unwillkürlich heftiger an sich, je schärfer sich das dumpfe Trommelgeräusch in unterscheidbare Laute teilte, und sein Körper bebte unter der Anstrengung, sich nicht zu verraten. Die Scheibe klirrte, als die Panzer in die Straße einbogen; sie ruckten schwerfällig durch die Kehre, die

Gleisketten knirschten, und auf der geraden Straße heulten die Motoren hoch.

Kein Schuß, kein heiseres Urrä-Gebrüll, keine Kolbenschläge, unter denen die Haustür splitterte: alle Schrecken der Eroberung, die die Eingeschlossenen erwarteten, hatten sie für die erste Stunde erwartet, unmittelbar für den Augenblick, wenn die Sieger einzogen, und nun, da dieser Augenblick verstrichen war, atmeten sie auf. Sie sammelten alle Hoffnungen in dem einzigen verzweifelten Wunsch, es möge Zeit vergehen, und wirklich geschah, während sie mit vor Anspannung leeren Gesichtern auf das hundertmal wiederholte Kettenknirschen in der Kehre, Motorenheulen und das ungestüme, Damm und Wände erschütternde Rasseln horchten, wirklich geschah nichts weiter, als daß Zeit verging, daß ihnen Aufschub gewährt wurde.

Den Panzern folgten Pferdefuhrwerke, ländliches Hufgeklapper auf dem Pflaster, und Franziska tänzelte vor Neugier wie ein junger Jagdhund. Die Geschwister verabredeten sich mit einem Blick, sie stürzten gleichzeitig ans Fenster, und Wilhelm hob seine Schwester hoch. »Und die haben uns besiegt«, sagte er: auf den Panjewagen, vor denen die langhaarigen Bauernpferdchen unterm Krummholz trabten, hockten kleingewachsene Soldaten in schmutzigen grünbraunen Uniformblusen und mit geschorenen Köpfen. Der Zug stockte, ein Pferd stieg, und der Soldat im windgeplusterten Radmantel, der die Zügel hielt, drehte den Kopf. »Die Hunnen!« kreischte Franziska und glitt wie der Blitz zwischen Wilhelms Armen hindurch auf den Boden, er bückte sich, und sie stießen derb mit den Köpfen zusammen und brachen in ein stürmisches Gelächter aus. »Also, was mich betrifft«, sagte die Große Alte Dame, »ich brauch jetzt einen Kognak«, und sie trat aus dem Kreis und wandte die Augen ab von den Kindern, die auf dem Fußboden saßen und lachten wie toll, schluchzten vor Lachen, endlich, aneinandergeklammert, schluchzten, während Wilhelm mit überkippender Hahnenstimme stammelte: »Die ... die Beefsteakreiter ...«

Erst am nächsten Morgen kamen zwei, mit flachem Helm, die Maschinenpistole vor der Brust, und rüttelten an der Gartentür. Die Linkerhands standen hinter der Jalousie. »Vielleicht gehen sie wieder weg«, sagte Frau Linkerhand. Sie sah Franziska an. »Die Russen sollen ja so kinderlieb sein …«

Linkerhands Albinogesicht rötete sich wolkig. Die Soldaten sprangen über den Zaun und hämmerten mit den Pistolenkolben an die Tür, hämmerten wütender, jetzt auch mit den Stiefelabsätzen, hämmerten die letzte Aufschubminute herunter, und Linkerhand ging zur Tür, rundrückig, wieder weiß bis in die Augen, er sagte: »Ein Heil bleibt den Besiegten, kein Heil mehr zu hoffen«, versäumte diesmal Quellenangabe und belehrenden Hinweis auf Vergil, setzte die Brille ab und öffnete zwei olivfarbenen Schatten und folgte ihnen, stumm beiseitegedrängt, mit seinem tastenden Schritt durchs Haus, gelegentlich an einer Schwelle, auf einer Stufe strauchelnd, aber hartnäckig und höflich. Endlich wieder in der Diele, sagte der eine, während er mit dem kurzen, gedrungenen Lauf seiner Maschinenpistole rundum zeigte: »Kapitalist –«, mit scharfem, langem i in der letzten Silbe, die er fragend hochzog.

»Ich bin Verleger«, sagte Linkerhand, und lauter, wie zu Schwerhörigen: »I'm publisher.« Der kleinere Schatten lachte, und dann ließen sie Linkerhand stehen und gingen weg, gingen durch die weitoffene Tür und den Gartenweg hinab, und Linkerhand blickte ihnen nach, er fühlte sich um etwas betrogen, ohne genau sagen zu können, um was er betrogen war. Er setzte sich auf die Treppe. Er hörte, wie seine Zähne aufeinanderschlugen, aber gleichzeitig war ihm, als ob seine Zähne und Hände und jedes Glied seines Körpers nicht mehr zu ihm gehörten. Ich bin gesprungen, dachte er, und er hatte jetzt dasselbe Gefühl wie damals als Junge, als er mit anderen Jungen auf der Promenade spielte und sie ihn zwangen, von der Stadtmauer zu springen.

Die Mauer war sehr hoch und bis zu Mannshöhe aus Granitblöcken gefügt; der obere Teil, der aus einem späteren Jahrhundert stammte, war aus Backsteinen. Die Mauer war von Efeu überwuchert. Er stand auf den bröckelnden Backsteinen und sah den roten Staub zwischen seinen Zehen, er hatte Angst, er sah den Fliederbusch an der Mauer mit seinen dunkelvioletten Blütengarben und die Lindenbäume an der Promenade; von den hellgrünen Lindenblättern tropfte der Regen. Er drückte die Augen zu und sprang. Er ließ sich fallen, gefaßt auf Unerhörtes, einen unerhörten Schmerz oder unerhörten Triumph, er stand, zitternd in den Kniekehlen, aber wohlbehalten und betrogen um das Außergewöhnliche, unter den gleichgültigen Jungen, die vor ihm gesprungen waren und schon ein neues Spiel berieten.

Seine Frau umarmte ihn unter Tränen. Franziska fragte: »Was ist ein Kapitalist?« und zerrte das spitze i in die Länge.

Linkerhand gebot Schweigen, vergeblich, seine Tochter wiederholte endlos das neue Wort, nahm in der Folgezeit auch jedes andere neue Wort begierig auf, das die Erwachsenen sich leise und mit Bedeutung zuraunten: Kommandantur, Vergewaltigung, Deutschenhasser, Kultura. Kultura: wenn ein Russe vorbeiradelte, die Lenkstange umkrampft und mit auswärts gebogenen Knien – diese großen Kinder kannten keine Fahrräder, keine Wasserspülung und Zentralheizung. Der Kommandant behandelte nur nachlässig die Beschwerden der Deutschen, betreffend requirierte Uhren, Bettwäsche und Porzellan, ließ sogar einmal die Wartenden auseinandertreiben, die vor der Kommandantur Schlange standen und weinerlich gekränkt auf ihr Recht pochten – »ein Deutschenhasser«, sagte Franziskas Mutter, und Linkerhand, errötend, drehte gepeinigt den Hals ... das war später, ein paar Wochen nach diesem ersten Tag, als zuerst die zwei kamen und dann eine Menge anderer; einer expropriierte mein Rad, der nächste die Luftschutzkoffer, die so handlich im Kellerhals standen, der dritte Mutters Pelz, und mittags gab es keine Uhr mehr im Haus. Auch meine Uhr war weg, die aus der Teebüchse, ich opferte sie, um Vater zu retten, dem ein großer grober Kerl zusetzte. Eine hübsche Uhr, ich könnte sie jetzt an einer Kette um den Hals tragen. Übrigens ging sie immer eine Stunde nach ... Die hier, die habe ich in Moskau gekauft, für hundertdreißig neue Rubel, waterproof und antimagnetic, bezahlt hat sie Reger, und du brauchst deshalb nicht so ein Gesicht zu ziehen ... Natürlich habe ich sie nicht verzollt, bin ich verrückt?

Meine Mutter stand in der Diele wie Lots Weib, sie fing erst an zu weinen, als die Flüchtlingsfrau, die jüngere, frechere, die mit untergeschlagenen Armen an der Küchentür lehnte, sagte: »Da sehen Sie mal, wie's ist. Wir, wir haben alles verloren ...« Die Große Alte Dame, der sowieso alles schnuppe war, weil sie ihre Wertsachen im Tresor hatte, tröstete meine Mutter mit Bibelsprüchen, hänge dein Herz nicht an die Schätze, die Motten und Rost fressen, und Vater tröstete sie und sich mit den Weisheiten der Alten, den Horaz rauf und runter, und Seneca und Vergil und schließlich sogar Cicero, dem er sonst abgeneigt war: »Im Waffenlärm schweigen die Gesetze«, sagte er, gab sich stoisch, war wohl auch etwas in dieser Art ... In Wahrheit, mein Lieber, beklagten sie sich, nicht den Verlust ihrer Habseligkeiten ...

Kannst du dir deinen Tod vorstellen, kannst du, meine ich, unbewegt über die Tatsache nachdenken, daß du sterben wirst – nicht die biologische Kategorie Mensch, die natürlichen Gesetzen folgt wie Tier und Pflanze, sondern du selbst, du, Benjamin – und daß du ausgelöscht sein wirst, zurückverwandelt in Erde, ungetröstet, ohne Glauben an eine unsterbliche Seele und ein besseres Jenseits? Und wenn du im Luftschutzkeller saßest, hast du nicht gedacht: Mich trifft es nicht, und der Tod deines Nachbarn war denkbar, aber nicht denkbar dein eigener Tod –?

So unvorstellbar, glaube ich, war ihnen Gesetzlosigkeit. Sie waren fassungslos erstaunt ... nicht, weil sie einen Teil ihres Besitzes verloren, sondern weil sie ihn unter solchen Umständen verloren, weil der Krieg das geheiligte Recht auf die eigenen vier Wände aufgehoben hatte. Ihr Haus war nicht mehr ihre Burg, und es gab keinen Richter, den sie anrufen konnten. Das war das Chaos, das war das Ende der geordneten Welt ... Die Ukrainerin wirbelte durchs Haus, die schwarze füllige Matka von nebenan, lachte und schwatzte mit den Rotarmisten und lief lachend die Treppe hinauf, zu den Schlafzimmern im ersten Stock. Sie trug einen Pullover des kümmerlichen Mädchens Elfriede, der über ihrer hohen Brust spannte und zwischen Strickrand und Rockbund ein handbreites Stück ihres Unterkleides sehen ließ. Ihre Augen funkelten. »Sie ist betrunken«, sagte

Frau Linkerhand, »das schamlose Weib, und in dem Pullover, den die ganze Straße kennt.«

»Vielleicht freut sie sich, weil sie nicht mehr Kartoffeln schälen muß«, sagte Franziska, die Kartoffelnschälen unter eisigem Wasser verabscheute.

Matka sprang die Treppe hinab, zeigte runde Knie und frech ein Kleiderbündel, das Rostrote, das gute Schwarze aus weichem, wie Maulwurfsfell glänzendem Samt, und schlug die samtschwarzen frechen Augen nicht nieder vor Frau Linkerhand, die auf der letzten Stufe wartete, zwar keine Hand rührte, sogar höflich beiseite trat und nur mit ihrer Stimme den übermütigen Wirbel von Knien, Kleidern und sprudelndem Russisch aufzuhalten versuchte, mit ihrer Stimme einer hageren nervösen Frau, plötzlich mild verwandelt, einer Stimme, die sich bückte: »Wir haben Ihnen doch nichts getan, Fräulein Maria –«, und Franziska zog die Schultern zusammen, sie krümmte sich vor Scham: wenn diese Frau nur einmal, vor einem halben Jahr oder vier Wochen, wenn sie nur ein einziges Mal Fräulein und Sie gesagt hätte zu der im Garten grabenden und jätenden Maria; wenn sie nicht – obgleich sie wußte, daß die Ukrainerin Deutsch sprach – mit ihr geradebrecht hätte, nicht gehässig, einfach gedankenlos, ungläubig, daß es eine gemeinsame Sprache zwischen ihnen geben konnte ...

Wilhelm war schon frühmorgens an die Elbe geradelt, wo, drei oder vier Kilometer außerhalb der Stadt, gestrandete Lastkähne am Ufer lagen; die Schiffsmannschaft war geflohen, und Wilhelm, den ein telepathischer Apparat mit seinen Schulkameraden zu verbinden schien, hatte von Schiffsbäuchen voller Konserven und Eiserner Rationen erfahren. Linkerhand war jetzt ganz froh, seinen Sohn außer Haus zu wissen, der sich aus einem mürrischen, aber fügsamen Kind in einen unberechenbaren Wilden verwandelt hatte und seine Eltern bald durch Ausbrüche von Jähzorn, bald, ratloser, durch sein Schweigen erschreckte, Stummheit wie eine Hülle von dünner, stillstehender Luft, nicht greifbar, nicht angreifbar – sie nannten ihn halsstarrig, er war in dem gewissen schwierigen Alter, sie zählten seine Jahre, sechzehn oder fast sechzehn, nicht seine Erlebnisse (in einem HJ-Lager, im Bunker am Bahnhof), von denen sie nichts wußten, auch nichts wissen wollten, der Vater in absichtsvoller Blindheit, die Mutter verletzt von der Ahnung unkindlicher Erfahrungen ihres Kindes, dem sie gestern noch Schleifen in die Schnürsenkel gebunden hatte.

Er war noch nicht zurück, als Marias Begleiter zuerst die mit Reisig und feuchter Erde zugedeckte Grube neben der Mülltonne, dann das Versteck unterm Fliederbaum aushoben, schließlich mit Stecken in den Frühbeeten stocherten, und als Linkerhand, der gleichmütig zugesehen hatte, wie Silber und Meißener dahingingen, nun, beim Anblick jenes Blechkanisters, mit einem rauhen, schluchzenden Stöhnen die Stirn ans Fensterbrett lehnte, geschlagen wie Hiob, noch nicht genug geschlagen, noch nichts ahnend von Enteignung, von den in seinem Maschinensaal recht und schlecht gedruckten Broschüren ... die Druckerei lag hinter unserem Stadthaus, im Garten, dem altmodischsten Garten, den du dir vorstellen kannst, Malven und Clematis, ein Tempelchen ganz verhangen von Geißblatt, und die Setzer aßen ihre Frühstücksbrote auf den steinernen Bänken am Kiesweg – ich rieche noch Leim und Druckerschwärze, den aufregendsten Duft von der Welt, außer Diesel (deine Jacke riecht immer nach Diesel, auch deine Hände, und deine Haut, überall) ... nichts ahnend von einem Schlosser Langer, der die Kupferplatten für die Bildtafeln in den Deutschen Bauten der Buntmetallverwertung zuführt, Barbarei aus Unkenntnis, die Linkerhand dem neuen Staat nie verzeihen wird.

Wilhelm der Ernährer kam im Dunkeln, er schleppte einen Zuckersack und einen Beutel, prall von Fleischkonserven und [einem] Klumpen Butterschmalz; auf seinen Wangen brannten blutige Schrammen, und sein Hemd hing in Fetzen, aber nur Franziska lief ihm entgegen und umtanzte, zottig und aufgeregt wie ein Hündchen, den heimkehrenden großen Jäger. Er warf stolz und gleichgültig seine Beute ab. »Wo sind sie?«

»Sie heult, und er hat sich eingeriegelt. Sie haben ihm die Madonna geklaut.«

»Heult?« sagte Wilhelm leise, sein Kinn zitterte. »Heult –

um das verdammte dreckige alte Stück Holz?« Er hatte sechs Stunden lang, wahnsinnig unter einer Horde Wahnsinniger, auf einem sinkenden Lastkahn gekämpft, um sich geschlagen und getreten, bis zu den Knien durch einen weißen Zuckerstrom watend, der sich aus aufgeschlitzten Säcken in den Laderaum ergoß, er hatte, halb erstickt zwischen den keuchenden, schwitzenden Leibern, nicht mehr um Fleisch und Zucker gekämpft, sondern um sein Leben, um Luft, um den ersten Atemzug draußen, auf dem zertrampelten, von öligem Schaum überspülten Ufer, und seine Todesangst, das Entsetzen (aus einer Tonne ragten die Beine eines Ertrunkenen, er war ins Öl gestürzt oder gestürzt worden), seine verleugnete Todesangst machte sich in einem Wutschrei Luft: »Ihr – wo lebt ihr denn?«

Franziska flüchtete sich hinter den Schrank. Wilhelm schüttete den Beutel aus und feuerte die Fleischbüchsen gegen die verschlossene Tür zu Linkerhands Zimmer. »Da, freßt! Haut euch den Bauch voll!« Er klatschte den Klumpen Butterschmalz, den er gegen Zähne und Fingernägel verteidigt hatte, an die Tür. »Da, das schickt euch der liebe Gott –« Franziska kicherte, und Wilhelm zerrte sie hinter dem Schrank hervor, er fühlte ihre erbärmlich dünnen Arme, er legte ihr besänftigt die Hand auf den Kopf. »Laß dich da nicht reinziehen ... Sie begreifen nichts, ums Verrecken nicht ... Schon gut, du bist zu klein, man kann mit dir nicht reden ...« Er riß sie an den Haaren und lachte. »Einer hat einen Sack voll Schuhe rausgeschleppt. Lauter linke Schuhe ... Stell dir vor, meine Kleine, einen Sack voll von linken Schuhen ...«

Worauf war noch Verlaß in dieser Welt, wo ein Rest von Sicherheit? Der Bankdirektor, ein Cousin Linkerhands, schickte Nachricht, die Tresore seien aufgebrochen und ausgeräumt worden. Die Großmutter mußte sich setzen. Nit möglich ... das ging entschieden zu weit, es gibt doch Grenzen ... schlimmer als Tillys fromme Räuber. Die solcherart enterbte Franziska versuchte bekümmert auszusehen; sie wußte nicht, was sie bedauern sollte: der sagenhafte Schmuck lag seit Jahrzehnten im Safe, im Berg Sesam, ins Märchenhafte entrückt und so verführerisch und unwirklich wie der Strom von funkelnden Steinen, in den Alibaba oder Aladin ihre Hände tauchten.

Ein Paar Ohrgehänge waren übriggeblieben, Granatbroschen und eine Gemme ... als du zum erstenmal mit mir tanztest – nur aus Höflichkeit, nein, widersprich nicht, es war ein Pflichttanz, und genau so habe ich es aufgefaßt –, da sagtest du: Teuerste Frau, das Talmizeug paßt nicht zu Ihnen, oder so, jedenfalls ›Teuerste‹, und das war schon arg – aber Talmi! Großmas Brillanten ... Und dann fingst du an zu pfeifen, auf der Tanzfläche, das war zuviel, was für ein Trottel, dachte ich, er kommt aus dem Takt, wenn er den Mund aufmacht, und macht den Mund auf, um eine Taktlosigkeit zu sagen ...

Linkerhands Cousin spielt in dieser Geschichte keine Rolle (als junger Mensch wollte er Musik studieren, sein Vater zwang ihn aber, die Bankgeschäfte zu übernehmen. Er richtete sich in dem ihm aufgezwungenen Leben ein. Er besuchte niemals ein Konzert ... Das alles ist ungenau. Ein Traum, ausgeträumt, Girokonten statt der schwarzen Konzertflügel, eine Stadt für die hundert Städte, die ihm zujubelten – war er unglücklich, schwach, einsichtig, was weiß ich denn? Soll ich ihn bedauern?), und seine Frau, eine füllige Blondine, tritt nur mit ein paar Sätzen auf, vier oder fünf Jahre nach dem Krieg, als die Familie immer noch das große Wir-haben-von-nichts-gewußt-Spiel weiterspielte, Schutzhaft vom Hörensagen kannte, an Schaufensterscheiben mit *Juda verrecke* erschrocken und verlegen vorübergeeilt war wie an einem blinden Bettler, keinen Groschen zur Hand und nun schon zu spät umzukehren, und über Heilkräutergärten im Musterlager Theresienstadt gelesen hatte, im Völkischen ... die Tante also, in blonder Fülle, sanft und zäh, tritt nur an einem Abend auf, um – wie gewöhnlich – die Familie bloßzustellen, indem sie sagt: »Aber wißt ihr denn nicht mehr, 1933, als sie die Kommunisten verhaftet haben ... (Nur ein Hof trennte das Parteihaus von der Bank.) Im Keller ... wir hörten sie schreien, die armen Menschen, jede Nacht ... Ihr wolltet uns keinen Abend mehr besuchen.«

Kommunisten. Na, sie muß es ja wissen, sie hat immer

kommunistisch gewählt, und ihr Mann ließ sie gewähren, liebevoll belustigt, er liebt sie heute noch, wie im Märchen. Nach zwölf Jahren Brautstand durften sie endlich heiraten. Eine Mesalliance. Sie war Fabrikarbeiterin, Stepperin in einer Schuhfabrik, sechs Geschwister, der Vater schwindsüchtig. Die Familie duldete sie, höflich und unnachsichtig. Linkerhand als erster gönnte ihr das verwandtschaftliche Du, nach jenem Zwischenfall mit der Friseuse, die die Frau des Apothekers – die vom Goldenen Adler – wegen einer zersetzenden Bemerkung angezeigt hatte. Die Apothekersfrau wurde verhaftet und verschwand spurlos und für alle Zeiten. Die Tante spuckte der Friseuse ins Gesicht, im Salon, zwischen den Spiegeln und Porzellanbecken und den Damen unter blitzenden Hauben, und es gab einen Haufen Scherereien, ehe der Skandal vertuscht werden konnte, und Frau Linkerhand sagte, es sei ein Rückfall, und die Tante könne das ehemalige Fabrikmädchen nicht verleugnen.

2

Sand Sand Sand. Der langweilige Himmel. Die langweiligen Kiefern. Ich wünsche mir einen blauen Strauch, oder einen rosa Baum, oder den Himmel grün ... irgend etwas außer der Ordnung, eine Kokospalme, Nordlicht, Sonne mitten in der Nacht. Warum passiert hier nichts? Es passiert nichts, wir werden noch in hundert Jahren jeden Morgen um fünf aufstehen, gähnen, in den Waschraum rennen, Milchkaffee runtergießen, Berge von Sand bewegen, essen, schlafen, aufstehen, Sand in der Suppe, Sand in den Schuhen – Barackenmenschen, Ochsen im Göpel und mit verbundenen Augen, immer im Kreis, immer im Kreis ... Das ist unsere Freiheit, das unsere herrliche kühne Unordnung, der wir zugelaufen sind. Der Tausch hat sich gelohnt: Rückenschmerzen und Normen gegen Kopfschmerzen und Parameter.

Warum sind wir nicht weitergewandert, bis nach Feuerland oder an den Amazonas? Manchmal träume ich vom Amazonas und den üppigen schwülen Urwäldern ... Aber was wird sein? Schlangen und Stechmücken, viel zu heiß, kein Wasser zum Waschen, die Hibiskusblüten nicht so purpurrot wie im Traum, und der Amazonas stinkt, ich wette, er stinkt. Alles Schwindel. Tahiti – Schwindel. Der weiße Hafen Rio – Schwindel. Wirklich ist nur Hitze und Kälte, Sand, Kohlenstaub, abgebrochene Fingernägel und die verdammten ewigen Kiefern ...

Hör mir nicht zu, Ben, ich fühle mich scheußlich, scheußlicher als ein Mann sich vorstellen kann ... und sie soll sieben Tage unrein geachtet werden, genau so, Mose wußte es. Würdest du jetzt in einem Bett mit mir schlafen mögen? Andere in unserem Alter ... andere haben ein Bett, eine Wohnung, Kinder, Fernsehen, eine rote Hängelampe im Schlafzimmer. Rote Lampen sollten verboten werden.

Gestern war ich in der Stadt – das vergammelte kleine Nest, in dem die Leute die Wäsche abnehmen, wenn wir kommen –, ich bin in den Möbelladen gegangen, alte Gewohnheit, beinahe ein Reflex: der Professor duldete nicht, daß wir unsere Arbeit von der Innenarchitektur trennten, er heulte bald vor Wut, wenn er seine Häuser nach einiger Zeit wiedersah, verschandelt durch häßliche Tapeten und die grünen Staketenzäunchen vor einer Loggia ... Im Laden ein Paar, schwer zu schätzen, wie alt, die Frau sah wie vierzig aus, war also vermutlich um die Dreißig, schwanger, schwammig, vier Kinder zu Haus, hundert Mark Wirtschaftsgeld; der Mann eher dürr, mit einem Schnurrbärtchen wie ein zufällig nicht weggeräumtes Requisit, ein kläglicher Rest von Dreistigkeit, als könne er sich immer noch nicht von dem flotten Kerl trennen, der er vor zehn Jahren gewesen ist.

Sie hatten eine schreckliche Lampe ausgesucht, dreiarmig, die Schirme gelb, grün, rot, hundertzwanzig Mark. Doch, wir können, sagt die Frau, jetzt wo ich wieder arbeiten geh ... Hin und her, sie rechnen, Haushalts-Mathematik, ich kenne das von den Bornemanns, die Rechnung geht nie auf, Nähgarn ist ein paar Pfennige teurer geworden, und die Kinder reißen ihre Sachen viel zu schnell runter ... Der Mann beglotzt andauernd den roten Schirm, auf einmal sieht er seine Frau an, du weißt schon wie, und flüstert ihr zu: Abends, da machen wir bloß die eine Lampe an ... Mann, ich hätt kotzen können. Das gute Stück für sein kleinbürgerliches Privatbordell ...

Nein, ich hab mich nicht eingemischt. Soll doch jeder seine Dummheiten allein machen, ich bin aus dem Alter raus, wo ich wünschte, jedermann solle nach meiner Façon selig werden. Du kannst die Geschichte auch umdrehen: das nicht mehr junge Paar, immer noch Hand in Hand, immer noch glücklich auf seinem ärmlichen, aber sauberen Bett, in dem Zimmer, in das mit leisem Flügelschlag die Liebe einkehrt. Zitat. Rührend. Du sollst mir nicht zuhören, Ben. Wenn es mir schlecht geht, bin ich deprimiert wie nach sieben Wochen Regen ...

Früher, weißt du, früher dachte ich, mir werde das nicht

zustoßen, ich wuchs wie eine Pflanze ... ein Körper, der mir niemals fremd oder beschwerlich schien, niemals als Hülle, denn er war *ich*, und die Haut ohne andere Erfahrungen als die des Schmerzes, wenn ich mich an einem heißen Milchtopf verbrannte oder mit einer Nähnadel stach, und als die von Frieren und Schwitzen, angenehm die Sonne, die Arme und Beine bräunte, unangenehm der kalte Wind, der sie mit einer körnigen Gänsehaut überzog ... Jetzt, wenn du meinen Rücken berührst, fühle ich, daß sich die Haut wie ein Tierfell spannt, und mir ist, als gingen von deinen Fingern Stromstöße aus, bis in die Zehen, bis in die Kopfhaut, und ich bin alterslos und glatt unter deiner Hand ... Der Spiegel damals war nur Spiegel, vor dem ich eitel prüfte, ob die Schleife gefällig gebunden, der Scheitel gerade gezogen war – und noch keine Ahnung von der Schrecksekunde, vom Grauen vor dem Doppelwesen, hinter dessen Spiegelstirn ich dachte ...

Wir waren kluge Kinder, Wilhelm und ich, wir hatten eine Klasse übersprungen, unsere Klassenkameraden waren ein Jahr älter, und ein Jahr ist beinahe schon eine Generation. Ich war die Kleinste, mickrig, ich vergesse nicht das Lächeln des Arztes, der uns impfte, gegen Typhus oder Cholera oder Gott weiß welche der Krankheiten, die in den Nachkriegsjahren grassierten. Großma hatte mir das Haar geschoren, damit es kräftiger nachwüchse, sie schwor auf solche Hausmittel; die anderen Mädchen hatten schon Brust und hielten schamhaft ihre Hemdenträger fest, und ich stand als letzte in der Reihe, nur mit einer Turnhose, ich war glatt wie ein Junge, nicht die Spur von einem Hügelchen, und der Arzt grinste und sagte ›Kleiner‹ zu mir, und, Ben, ich starb fast vor Scham und beneidete die Mädchen, die er mit einem gewissen zarten Respekt impfte: er nahm mich nicht ernst, ich war bloß ein Kind, ein zwittriges Wesen.

Nachmittags bummelten wir über die Hauptstraße (das Warenhaus von Karstadt in Trümmern, ein paar schäbige Läden, mit Brettern verschalte Schaufenster), die Mädchen auf dem rechten, die Jungen auf dem linken Bürgersteig, wir eine schnatternde Gänseherde, aber unnahbar, die drüben gelangweilt und laut, unsere rauhbeinigen Troubadours ohne Laute und ohne Kofferradio, das heutzutag den puerilen Flirt vorm Kino einleitet. Nach mir drehte sich keiner um. Ein Murkel ... Die guten Zensuren zählten nur im Klassenzimmer; draußen, auf dem Corso, waren die netten kleinen Busen meiner Freundinnen tausendmal interessanter.

Im Sommer radelten wir zu den Elbwiesen raus, an einen toten Flußarm, und stiegen nackt in das morastige Wasser, durch eine Lücke im Schilfgürtel. Meine beste Freundin sagte: Seht mal, ich hab schon Haare, und wir bewunderten die rötlichblonden Löckchen. Sie war ein schönes Mädchen mit zimperlichem Mund und einer Masse von weizenblondem Haar, das ihr beim Kämmen in die Kniekehlen fiel, und du kannst dir denken, wie erst recht attraktiv sie neben ihrem struppigen Pagen aussah. Sie küßte mich ... Manchmal, vom Sonnabend auf den Sonntag, durfte ich bei ihr schlafen, und wir spielten allerlei unschuldige Spiele ... oder doch nicht so unschuldig ... verwischte Erinnerung an Fragiles, Zärtliches, zwei Kinder in einem großen Bett, der gelbe gefältelte Seidenschirm der Nachttischlampe, das blonde Gefühl ihres trockenen, knisternden starken Haars ... heute, von der Höhe meiner sexuellen Aufgeklärtheit, würde ich sagen, daß wir hübsch lesbisch waren.

Sie wurde zu Haus streng gehalten, und mit sechzehn hatte sie einen geheimnisvollen Freund, der einen Porsche fuhr, und mit achtzehn, kurz vorm Abitur, die erste Abtreibung, und mit zwanzig heiratete sie einen Mercedes in Bad Pyrmont, immer noch lieblich und zimperlich, immer noch eine Bildsäule der Keuschheit mit ihren abwärts geschweiften Mundwinkeln ... In jenem Sommer, als wir in dem warmen, fauligen Wasser herumkreischten, wußte sie vom Kinderkriegen nicht mehr als ich. Wilhelm hatte mir das Bild von einem Embryo gezeigt – ein zusammengekrümmter Engerling mit stummelartigen Beinen und ungeheurem Schädel –, und wir stellten die phantastischsten Vermutungen darüber an, wie das fertige Kind aus dem Bauch rauskommt. Wir beschauten unsere Bäuche und die dünne braune Linie, den Schatten einer Linie, die vom Nabel zum Schoß läuft, und meine Freundin sagte, das sei die Nahtstelle, wo der Bauch aufplatzt und das Kind rausgehoben wird (so erklärte sich auch der Name Hebamme), und wir fanden das einleuchtend: hinterher wird man wieder zugenäht und fertig.

Wie immer – ich bezog nichts auf mich, ich war selig eingeordnet, der Frieden des pflanzenhaften Lebens nur gelegentlich, flüchtig, bedroht von einer Ahnung ... aber ich wollte mich nicht unterwerfen, nicht den Weiberschmerzen, nicht dem stupiden Weiberalltag, den meine Mutter mir vorexerzierte; für mich, dachte ich, wird alles anders sein, und wenn ich das Leben, wie ich es mir damals vorwegträumte, in ein Bild umsetzen wollte, würde ich ein Pferd zeichnen, ein Pferd in rasendem Galopp, frei, wild, ohne Zaumzeug, die Mähne im Wind und mit Hufen, die den Boden nicht berühren ...

Ich war fünfzehn, als ich mich in einen Jungen aus der elften Klasse verliebte.

... Er war auf einem Auge blind, die Pupille schwamm wie eine traurige dunkle Blume auf dem zerlaufenen Wasserblau der Iris. Er half ihr bei den Mathematikaufgaben, und wenn er sich über ihr Heft beugte, kniff er die kurzen schwarzen Wimpern über dem verletzten Auge zusammen. Er durfte nachmittags ins Haus kommen, und pünktlich jede Viertelstunde klopfte Frau Linkerhand an die Tür; sie gab sich nicht einmal Mühe zu verheimlichen, daß sie kontrollierte, und Franziska horchte auf den nervösen Schritt, sie drückte den Daumen in die Handfläche und hexte: Sie soll die Treppe runterfallen, sie soll jetzt sofort die Treppe runterfallen.

Einmal gingen sie zusammen ins Kino. Im Dunkeln ergriff er ihre Hand, preßte schmerzhaft ihre Finger zusammen und ließ sie gleich wieder los. Sie sah aus den Augenwinkeln, daß er die kurzen schwarzen Wimpern verkniff wie über ihrem Schulheft, und bohrte ihren kleinen Finger schüchtern in die Jungenpfote auf der Plüschlehne.

Am nächsten Tag zog er einen Strauß von roten Nelken aus seiner Schulmappe, er sagte nichts, und sie bedankte sich nicht, jetzt, zum erstenmal, erschreckte sie der wächterliche Schritt, der harte Knöchel an der Tür. Frau Linkerhand warf einen Blick auf die Blumen, verwandelte den jungen Ritter in einen toten hölzernen Gegenstand und sagte zu Franziska:

»Es wäre mir angenehmer, wenn ihr eure Schularbeiten in Zukunft bei mir im blauen Zimmer erledigen würdet.« (Sie hielt – wie an allem, was vor zehn oder zwanzig Jahren ihr Leben ausgemacht hatte – unbeirrbar an dem Namen fest, obgleich die blauen Tapeten und Teppiche längst verschlissen und durch andersfarbige ersetzt waren.)

Abends pfiff der Schüler auf der Straße die ersten Takte von ›Chicago‹, und Franziska, die Mine-Haha unvergeßlicher Prärienächte, kletterte aus dem Fenster, am Weinspalier hinab und über den Gartenzaun. Sie gingen die Straße hinab, durch ein Erlengehölz am Saum der Sumpfwiesen, auf einem schmalen wilden Weg zwischen Gärten, zwischen den grünen Wänden von Teufelszwirn. Der Junge blieb stehen, und Franziska, die die ganze Zeit gewünscht hatte, er sollte sie küssen, bog den Kopf zurück, und seine harten ungeschickten Lippen berührten nur ihren Mundwinkel. Als sie weitergingen, hakten sie die Finger ineinander ... und das war alles, oder jedenfalls ist das alles, worauf ich mich besinnen kann: der mißglückte Kuß und ein Gefühl von *Himmel*, obgleich ich nicht mehr weiß, ob Sterne da waren.

Sie sahen gleichzeitig das keuchende weiße Tier am Wegrand, sie konnten nicht umkehren, wagten es auch nicht, vielleicht weil es ein Geständnis an den anderen gewesen wäre, und ihre Füße trugen sie weiter und blindlings darauf zu wie auf ein Verhängnis. Das keuchende Weiße fiel auseinander, mit einem feuchten schnalzenden Laut, wie die Schalenhälften einer überreifen Frucht. Sie flohen aus der blaugrünen Gasse, in eine Vorortstraße, in den Lichtzirkel einer Bogenlampe. »Und ich hatte schon zwei Karten für ›Nabucco‹«, sagte der Junge. »Aber aus Oper machst du dir wohl nichts.« Franziska starrte ihn an, im Ohr noch das entrückte Stöhnen, das sie unschuldig für Schmerzlaut nahm, und ihr graute, als sei er Fleisch von diesem nackten schwitzenden Fleisch.

Sie sahen sich noch oft in den Pausen, unter den Linden im Schulhof, und nickten sich zu, und einmal fragte ihre Mutter, warum jener junge Mann nicht mehr komme, und Franziska sagte gleichgültig: »Ich bin jetzt ganz gut in Mathe.«

Nachts erwachte sie von einem unbekannten Schmerz, der stumpfe Nadeln in ihren Kinderrücken bohrte, und fand einen Blutfleck im Laken. Zuerst, mit einer Regung von Stolz, dachte sie, daß sie nun dem Verheißenen Land der Erwachsenen nähergekommen sei, dann fiel ihr ein, sie müßte es ihrer Mutter sagen, weil es sich, Familienknigge, so gehörte, sah schon nönnisch gesenkte Lider und Runzeln angewiderter Dezenz auf der Nase, mußte sich anvertrauen – auch so ein Wort aus dem Mutter-ist-die-beste-Freundin-der-Tochter-Katechismus – anvertrauen einer Frau, die noch das sündige Fleisch ihres Halses hinter Stehbündchen zwängte, Franziskas Schulmappe nach verräterischen Zettelchen durchsuchte, keinen zweideutigen Scherz duldete und sich ihren Kindern stets tadellos gekleidet zeigte, zugeknöpft und gepanzert gegen Gedanken über ihre anstößig diesseitige Existenz ...

Das arme Kind kauerte eine Stunde im Badezimmer, auf den kalten Kacheln der Wanne, hörte nebenan die Mutter im Wäscheschrank kramen und Schubladen rücken, horchte auf das Klirren von Kristallfläschchen und die Seufzer einer alternden Frau, und jetzt endlich ahnte es, daß es mehr als den Augenblick peinlicher Verlegenheit ein gewisses Lächeln fürchtete, ein Aufblitzen von Triumph in den Matronenaugen ... *Sie haben mich*, dachte Franziska, von panischer Angst erfaßt. Sie fühlte sich gefangen und dem Kreis der Frauen ausgeliefert, ihrem Zyklus, der sie dem Mond unterwarf, und dem Karussell ihrer Pflichten, das sie zwang, jeden Morgen den tückischen, nie zu besiegenden Staub von den Möbeln zu wischen, jeden Mittag fettiges Geschirr in das heiße Spülwasser zu tauchen; neun Monate lang, geplagt von Übelkeit, einen Fremdkörper mit sich herumzuschleppen, der sich von ihren Säften, ihrem Blut ernährte, und in einem Kreißsaal zu brüllen – und sie starrte, betäubt von der Vorstellung eines barbarischen Prozesses, auf ihren kleinen olivfarbenen Bauch, der ihr schon gewölbter erschien als gestern, sie stöhnte. Ein Gefäß, dachte sie, ich bin ein *Gefäß* geworden.

Sie meldete sich in der Sprechstunde bei Dr. Peterson.

Der Aschenbecher auf seinem Tisch war bis zum Rande

mit halbgerauchten Zigaretten gefüllt. Er rauchte unaufhörlich und hatte eine nachlässige Manier, jede Zigarette nach ein paar Zügen zu knicken, um sich Unabhängigkeit vorzuspielen. »Gott, du siehst wieder aus wie ein Filmchirurg«, sagte Franziska, die ihn anbetete, trotz jener blonden Theaterperson, und ihn immer zu ärgern versuchte.

Er kam um den Tisch herum auf sie zu, er bewegte sich schnell und exakt, ein übermäßig beschäftigter Mann, der die Ökonomie der Nerven und Muskeln gelernt hat, und winkelte die Unterarme mit gespreizten Fingern vom Körper ab. »Mir tut alles weh«, sagte Franziska, »der Rücken, das Herz ... alles. Es sticht wie verrückt, auf einmal kriege ich keine Luft mehr ...«

»So, das Herz«, sagte er mißtrauisch. »Na, zieh dich aus.« Sie drehte sich um und streifte das Hemd herunter, und er sah breite knochige Schultern, den Rücken, zart wie ein Schilfhalm, und eckige Hüften. »Katzendürr«, sagte er nach einer Weile, »aber das Herz reicht für einen Sieg im Marathonlauf.«

Franziska erkannte das Knistern des gestärkten Kittels wieder und das Samariterweiß, das sich rein und kühl zwischen ihr Kinderbett und die wilden Traumfratzen, die bleckenden Fiebergespenster im Spielschrank schob. Sie sagte gedehnt, in dem Ton gönnerhafter Kameraderie, den Wilhelm anschlug: »Na, weißt du, Doc, du merkst auch gar nichts ... Ich habe meine Mensis.«

Er schwieg. Er ging zum Waschbecken, die Hände abgespreizt, und sagte sanft zum Spiegel: »Ein schreckliches Malheur, das du mit einer halben Milliarde Frauen teilst.«

»Und mit fünfzigtausend Affenweibchen«, sagte sie.

Er wusch sich lange und umständlich die Hände, dann drehte er den Wasserhahn mit dem Ellenbogen ab und sagte, immer zum Spiegel, der ihm ihre kupfernen Haarsträhnen zeigte und Schulterblätter, die wie Flügelchen vorsprangen: »Warum gehst du nicht zu deiner Mutter, Fränzchen?«

»Ach, die ...« sagte Franziska. Sie sahen sich an. Franziska warf die Arme über den Tisch, ihr ganzer Körper bebte vor Schluchzen, sie stammelte: »Keiner liebt mich ... Nie sagst du [sonst] Fränzchen zu mir wie früher ... Und

Wilhelm versteckt mich vor seinen Freunden, er sagt, ich seh aus wie das missing link ...«

»Wilhelm ist ein Flegel. Später wird er sich dafür zerreißen, daß er mit seiner schönen Schwester ins Kino gehen darf.« Er streichelte begütigend den Kopf eines störrischen kleinen Mädchens, das seiner zerbrochenen Puppe nachweint. »Deine Eltern ... wir haben dich alle sehr lieb, meine Kleine.«

Sie schüttelte seine Hand ab, »ich will nicht«, schluchzte sie, »ich will keine Frau sein.«

»Du wirst die Gesetze der Natur nicht für dich aufheben.« Er blickte zur Uhr. »Du gehst jetzt hübsch brav nach Hause und legst dich hin, und in drei Tagen fühlst du dich wieder fabelhaft.«

Er hat das keuchende weiße Tier nicht gesehen. Er begreift nichts. Er ist wie alle anderen ... Sie roch die kalte Asche, süßen Tabakrauch, eine säuerlich scharfe Lösung, mit der die Tischplatte abgewaschen wurde, und drückte ihre Stirn auf das lackierte Holz: ein Tisch, ein Stuhl waren noch wirklich und greifbar in dem Raum Welt, in den sie hinausgestoßen wurde, allein gelassen mit der dunklen Bedrohung ihres fünfzehnjährigen kreatürlichen Daseins. Sie weinte, weil sie eingesperrt war in diesen entfremdeten Körper, preisgegeben seinen Funktionen, und weil sie sich ihrer Brüste schämte, der Haare in ihren Achselhöhlen, dieses ganzen unheimlichen Gewebes Haut, das Blicke und Berührungen ahnte.

Sie beweinte einen Verlust ohne Namen. Später wird sie auf der Straße stehenbleiben, von einem aschenen Windstoß, einem süßlichen Akazienduft getroffen, wird die feuchte Spur einer Schnecke auf einem Huflattichblatt, den Torkelflug eines zitronengelben Schmetterlings verfolgen, dem Ächzen einer Holzstufe, einem gebrochenen Knabenschrei, dem Westminster-Geläut einer alten Uhr lauschen, die laue Wärme einer Schulter empfangen, ein blaues Band wiedererkennen, und sie wird, für Augenblicke, dem Verlorenen ganz nahe sein und zurücksuchen, wie man sich am Morgen eines Traums zu erinnern sucht, vergessen, vergessen, und wird ihm den Namen Kindheit geben.

3

I get grashoppers in my pillow, Baby – huh
I get crickets all in my meal …

Gib mir deine Schulter, Ben, das zärtlichste Kopfkissen der Welt … Ich habe Heimchen in meinen Schuhen, Mama, und sie schlüpfen in meine Hacken … Django. *Django.* Wie war sein richtiger Name? Vergessen. Wir nannten ihn Django, Zauberer, Zigeuner, Banjomann. Wilhelms Freund, meine erste Liebe, jetzt nur noch irgendeiner, und die anderen irgendwelche: v. Werder, Saalfeld – ein berühmter Mann, Professor mit dreißig, phantastische Ideen, die keine zehn Leute auf der Erde verstehen, und ein Bilderbuch-Gelehrter mit der Stirn in den Wolken und zwei linken Schuhen, o ja, Saalfeld, aus dem ist was geworden, ein Auserwählter unter den tausend Berufenen, wir anderen waren Wechsel auf die Zukunft, die nicht eingelöst wurden … Aber ich, Ben, ich habe noch Heuschrecken im Kopfkissen und kann nicht ruhig schlafen.

Django hat sich eingerichtet, er ist tot, er geht durch die Straßen, belehrt seine Schüler über Gammastrahlen, zieht jeden Morgen ein reines Hemd an und ist mausetot. Einmal traf ich ihn wieder, hundert Jahre danach, jemanden, der ihm ähnlich sah wie eine Planzeichnung einem Entwurf, und Entwürfe, mein Lieber, sind immer schöner und mutiger, sie schweifen ungefesselt durch ein Phantasiereich wie Sommerwolken, wie eine Herde von jungen Tieren, sie sind Träume, in denen du die Arme reckst und fliegen kannst, und die Luft trägt dich wie Meerwasser … Der Augenblick, wenn du mit dem Stift die erste Linie ziehst, eine zarte grauschwarze Linie wie angelaufenes Silber – das ist aufregender als der erste Kuß eines Mannes, der vielleicht einmal dein Geliebter sein wird, das schwebt noch zwischen Zufall und Probe und allen großen Möglichkeiten, und du zitterst vor Neugier ... Picasso sagt, er könnte manchmal einfach keine unbemalten Flächen sehen. Verstehst du das? Ich schon. Ich baue im Kopf, und manchmal, wenn ich einen weißen Zeitungsrand sehe oder einen Bierdeckel in der Kneipe – ach, zum Teufel damit! Wir wollten nicht mehr davon sprechen ...

Der Leichnam Django wandelt auf dem goldenen Mittelweg, und keine Grille schlüpft mehr in seine soliden jugoslawischen Schuhe. Wer hat unsere Träume gestohlen? Wo sind unsere alten Freunde geblieben? Ein Gesicht hinter einem Autofenster, vorbei, vorbei, eine Hand auf dem falschen Marmor eines Caféhaustischchens, eine blaue Ansichtskarte aus Mamaia, von dem Wie-heißt-er-doch, oder eine Zeitungsnotiz über Dr. X, der faule Hund, sieh mal an, da hat er also doch noch seinen Doktor gebaut und quatscht sogar auf Kongressen über den Krebserreger, den er aber auch nicht finden kann, und Y hat die Z geheiratet, die auf dem Klassenfoto ganz links, mit den zu Affenschaukeln gebundenen Zöpfen, seine Tanzstundenliebe, hübsch, daß es so was noch gibt ... Da stehen sie steif und brav gekämmt, in den altmodischen Röcken bis übers Knie und plumpen Sandalen, und warten wie Kinder auf das Vögelchen aus dem Guckkasten, sie sehen dich an mit vergilbten Fotopapieraugen und sind verschollen und aus deinem Leben herausgefallen.

Sogar Wilhelm rückt immer weiter weg von mir ... oder ich von ihm ... aber es sind nicht die zweitausend Kilometer zwischen uns, denn manchmal, Ben, ich fühle es, manchmal bist auch du weit fort von mir, und ich möchte die Hände nach dir ausstrecken, dich festhalten, dich bitten: nimm mich mit ... du liegst neben mir, ich kann dich berühren, ach, nicht dich, nur das Bild, das meine Augen von dir haben ... Als ich dich zum erstenmal sah – beinahe hätte ich geschrien, Wilhelm, Wilhelm, beinahe wäre ich dir um den Hals gefallen. Aber er ist ja rot, brandrot, und früher, als er eine dicke Mähne trug, sah er aus wie der brennende Dornbusch, aus dem der Herr zu Mose sprach (und weißt du denn, daß Mose stotterte? Ein Stammler mit gebrochener Nase) ...

Bis zu ihrem siebzehnten Jahr verbannte Wilhelm sie in das Kokon-Dasein einer kleinen Schwester. Er führte sein eigenes Leben, gelöst vom Leben der Familie, kaum mehr als ein Kostgänger, der nach dem Essen seine Serviette auf den Tisch warf und bis zur nächsten Mahlzeit verschwand. Er studierte Kernphysik, er war Schlagmann im Zehner-Kanu (ich sah ihn ein paarmal bei Regatten: Großer Büffel flog in einer Wolke von Gischt und Geschrei über die Stromschnellen des Mississippi), er fuhr einen himmelblauen Dixi, der wie ein Dreschkasten ratterte, und kleidete sich eitel und korrekt nach der letzten Mode.

Er war ein heller Kopf, er schien nur zu spielen, wo andere sich abrackerten, alles fiel ihm zu, auch die Mädchen, auch die glänzenden Noten in Gesellschaftswissenschaften. Ich fand, er verdiene weder die Mädchen noch die Zensuren, ich sagte: Du bist zynisch. Ich hatte noch keinen Zyniker kennengelernt. Er legte mir die Hand auf den Kopf, er sagte: Nicht Überzeugungen werden prämiiert, kleine Puritanerin.

Wir lasen damals in der Geschichtsstunde das Kommunistische Manifest, ich lief tagelang ganz benommen herum, erschüttert von der prophetischen Gewalt des Programms, von dem Pathos seiner Sätze, die sich mir unverlierbar einprägten: *Ein Gespenst geht um in Europa ...* ich sah diese Sätze in Tafeln geschlagen, und wirklich, Ben, damals ging mir alles noch ein bißchen durcheinander: Mose und der bärtige Marx, das Manifest und die Gesetzestafeln vom Berge Sinai, denn ich war zur Frömmigkeit erzogen worden, im Alten Testament wohl bewandert, hatte vor zwei Jahren zweiflerisch das Heilige Abendmahl empfangen, unberührt vom Mysterium und enttäuscht vom faden Geschmack der Oblate, hatte dann Feuerbach gelesen und war endlich der Religion entlaufen, nicht ohne schlechtes Gewissen vor dem armen alten Lieben Gott ... auch nicht endgültig, das wird sich später zeigen, im rauchbraunen Halbdunkel einer Dorfkirche, deren Tor immer offensteht für die Mühseligen und Beladenen, deren Ewige Lampe wie ein rubinrot glühender Käfer in der Nische zu schweben scheint, in dieser besonderen greifbaren Stille, die sich kühl und ein wenig modrig auf Gesicht und Hände senkt, durchsteppt vom pickenden Geräusch einer Pendeluhr im Seitenschiff zwischen Kirchenfahnen aus dicker Seide, bunten Gipsheiligen und den welken, in Papierspitze gewickelten Blumensträußen, die einen strengen Herbstgeruch verströmen …

Wilhelm, als er sie in ihrem Zimmer laut sprechen hörte, wog das rote Heftchen in der Hand und sagte: »Früher hast du die Gretchen-Monologe auswendig gelernt. Ach neige, neige … was Goethe ›neiche‹ gesprochen hat, sonst hätte er nicht auf ›Schmerzensreiche‹ gereimt. Du bevölkerst deine Welt mit Illusionen, leider auch mit politischen Illusionen. Die Philosophie, meine Tochter, ist die unfruchtbarste aller geistigen Disziplinen geworden … Die Klassenfrage – das ist doch Schnee vom vergangenen Jahr.« Amüsierte es ihn, sie zu verwirren? »Ich kenne keine Klassen mehr!« schrie er plötzlich, sträubte die Brauen, zwirbelte einen imaginären Schnurrbart, und sie war nun sicher, daß er sich über sie lustig machte, bis er mit veränderter Stimme fortfuhr: »Für mich gibt es drei Kategorien von Menschen: solche, die die Quantenmechanik verstanden haben; solche, die imstande sind, sie zu verstehen – und die übrigen.«

Er fand Franziska possierlich wie ein Fuchsjunges und so unbedeutend, daß er diese einzige Zeugin seiner gelegentlichen Anfälle von Melancholie nicht einmal wahrnahm. Er saß dann auf der Treppe, den Blick starr auf einen Punkt an der Wand geheftet, auf ein schreckliches geheimnisvolles Zeichen, das nur für ihn entzifferbar war. Er ist wieder verreist, dachte Franziska, die nur eine muschelgraue Mauer und das bemalte Glasfenster sah, die Frühlingsschwalbe über Hügel und Wald und saatengrünen Feldern. Manchmal warf er Gläser an die Wand. Das erstemal, als Franziska dazukam, Scherben, sein gesammeltes Gesicht, trunken träumerische Bewegungen sah, schrie sie auf. Wilhelm legte den Finger an die Lippen, »nicht stören«, flüsterte er, »jetzt hat es mich wieder.«

Wer ist *es*? dachte Franziska. Sie stürzte aus dem Zimmer. In der Diele saß die Große Alte Dame und rauchte. »Großma, komm, er ist verrückt geworden«, kreischte Franziska.

Die alte Dame lächelte und zeigte hinter welken Lippen

dieselben prachtvollen Zähne, die vor Jahrzehnten die Amateurpoeten ihrer Kreise zu Gedichten begeistert hatten. »Laß dat Jüngelche jonn«, sagte sie nachsichtig. »Er hett dat ärm Dier.« Sie drückte ihre Zigarette auf der Mosaikplatte des Dielentischchens aus; sie rauchte Haus Bergmann privat – man hatte Westverwandtschaft, auch noch einige Grundstücke in Köln, im Zentrum, und die Bodenpreise stiegen und stiegen ins Schwindelhafte – und bewirtete Hochwürden den jungen Priester, der ihr geistlichen Zuspruch spendete, mit einem schweren holländischen Pflaumenschnaps, war ihm aber immer um ein paar Gläser voraus, eine Schande, sagte Frau Linkerhand, auf ihre alten Tage ... Das Ringen um ihre unbußfertige Seele zog sich in die Länge, und mittwochs beobachtete Franziska ehrfürchtig durchs Schlüsselloch den schwarzgekleideten schönen jungen Mann, der nicht heiraten durfte. Gott, er war so romantisch ... übrigens ein Landsmann von Großmutter und von himmlischer Geduld, wenn sie die Übertragung vom Karneval hörten und Großma die Tränen übers Gesicht liefen, während sie mitsang, sie wolle ›zu Fuß nach Kölle jonn‹. Er nahm sie auch mit zum Jacobi-Stift vor der Stadt; heute fährt er ein ganz dickes Schiff, das die Kinder am Parkplatz bestaunen, aber damals hatte er noch seinen uralten Ford, der an jedem Hügel stehenblieb, und die handfesten Nonnen im Fond stiegen aus und schoben ihn flügelschlagend bergan, samt Hochwürden und Großma, und ihre Gesichter glänzten rund und tomatenrot unter dem Schleier.

»Was für ein Tier?« fragte Franziska.

Die Großmutter faltete die Hände über dem goldenen Kreuz, das an einer Kette auf dem Magen baumelte, und senkte ihre scharfen, schwarzen, unfrommen Tatarenaugen. »Er ist traurig, mein Kind«, sagte sie gemessen.

Im nächsten Sommer traf Franziska, jetzt siebzehnjährig, ein zweites Mal ihren Bruder dabei, wie er Gläser an die Wand schleuderte, und sie erschrak, kalt angeweht von seiner Traurigkeit, aber sie blieb stehen, und nach einer Weile sagte sie gelassen: »Kannst du nicht die scheußlichen Römer nehmen?«

Wilhelm erwachte und sah eine biegsame Taille, einen begehrlichen Mund und die Fülle von kupferbraunem Haar. »Nun adieu, missing link«, sagte er. »Wo seid ihr in Mathe?«

»Bei sphärischer Trigonometrie«, sagte Franziska.

Er betrachtete sie überrascht und nachdenklich. »Mädchen«, sagte er, »ich werde dich lancieren.« Er legte ihr die Hand auf den Kopf wie früher, aber er wiederholte nur die lächerliche Geste, ohne die Herablassung wie früher, und während er seine Finger in dem dichten Haar vergrub, empfand er das Verlangen, sie zu beschützen.

Sie durfte nun wieder sein Zimmer betreten – das Zimmer des 21. Jahrhunderts, verkündete Wilhelm, der damals eine mönchische Diener-der-reinen-Wissenschaft-Periode hatte, keimfrei und zweckmäßig, befreit vom staubigen Plunder der Gemütlichkeit und von des Lebens Überfluß, Kunststoff und Möbel in mathematischen Linien; Franziska sagte: »Man sitzt wie in einem Lehrbuch der Geometrie.« Er hatte auch seine Bierdeckel-Sammlung verbrannt und duldete auf den wächsern glänzenden Wänden nur die Bilder von Einstein und Otto Hahn.

Er stellte sie seinen Freunden vor. Der magere blonde v. Werder küßte ihr die Hand, küßte delikat die Luft den vorgeschriebenen einen Millimeter über der großen Hand mit zu kurz geschnittenen Nägeln. Einer pfiff durch die Zähne, ein zigeunerhafter Junge, schlampig, heftig, mit heißen Augen, Django, der Geige spielte, komponierte und zum Banjo schwarze Balladen sang – sie war so unvorsichtig, ihm zuzulächeln, und er verliebte sich Hals über Kopf in sie, in ihren Mund und in ihr Lächeln eines freimütigen und neugierigen Mädchens.

Sie bewegte sich noch linkisch in dem fremden Zirkel. Ihre Klassengefährten behandelte sie hochnäsig und mit Nachsicht, junge Gockel, die in der Tanzstunde ihren Damen auf den Fuß traten und mit einem gelenkigen, in der Taille geschnürten Frackmann Verbeugungen übten, wobei ihre Stirnen von Schweiß und Brillantine glänzten; die über Motorräder fachsimpelten, dumme Hefte lasen, ihre Phantasie in der originellen Idee erschöpften, mittels kleiner Katapulte Papierkügelchen durch die Klasse zu schießen, und ihren rüpelhaften Mut, ihre Geringschätzung halbwüchsiger Hagestolze den Mädchen nur zu zeigen wagten, wenn sie in Rudeln über den Schulhof trotteten.

Wilhelms Freunde waren Männer. Sie waren im Letzten Aufgebot marschiert, Kinder in schlotternden Uniformen und unter zu großen Stahlhelmen; Djangos Mutter hatte sich aus dem Badezimmerfenster gestürzt, sechs Stockwerke tief in den Lichtschacht eines Mietshauses, als sie auf Transport nach Osten gehen sollte; Saalfeld hatte in einem französischen Camp Gras gekaut und die Rinde von den Bäumen genagt, er war jetzt von einer panischen Freßsucht besessen, einem lebenslang unstillbaren Hunger, und seine Jackentaschen waren vollgestopft mit Brotkanten und den unreifen Äpfeln, die er an einem Gartenzaun auflas; Schwandt, desertiert, eingefangen, zum Tode verurteilt, Ohrenzeuge nächtlicher Erschießungen, war in den ersten Maitagen aus einer Festung an der Elbe befreit worden, aus einer schwarzen nassen Zelle, in der schon friderizianische Soldaten auf die fünfte Morgenstunde, himmlischen Trost und den knöchernen Trommelwirbel gewartet hatten; v. Werder endlich, der achtzehnjährige Heimkehrer, hatte das Stadthaus seiner Familie in Trümmern gefunden, das berühmteste Haus in der Langen Gasse, dessen strotzender Giebel, dessen Türbekrönung mit ungebärdig gelagerten Tieren, mit den üppigen Brüsten und Schenkeln einer Jagdgöttin in keinem Kunstkalender für deutsche Bauten fehlten.

Franziska entsann sich noch dieses sensationellsten Schuljahrs, als die überlebenden Primaner in ihre Klasse zurückkehrten. Sie erfüllten das steife alte Auguste-Victoria-Gymnasium mit dem Geruch von Rebellion, von Lucky Strike und verschwitzten Uniformjacken, sie verachteten ihre Lehrer und schikanierten den Hausmeister, sie drehten seinen Enten den Hals um und rauchten auf den Treppen, und die Kleinen, die Nichtse aus der Vierten, horchten entzückt auf den Lärm in züchtigen Korridoren, die scharfen Rhythmen von *Caledonia* und einen höhnischen Text, *Volk an's Gewehr*, zu Millers *In the mood.* Beim Abitur hißten sie die schwarze Fahne der Anarchie und gingen betrunken ins

Mündliche, Kraftprobe und Appell an das Schuldbewußtsein ihrer Lehrer; einer wurde relegiert, er war das Opfer, das ein ratloses Kollegium auf dem wackligen Altar seiner Respektabilität schlachtete.

Sie waren Männer. Sie bezauberten Franziska durch ihren boshaften Witz, ihre saloppe Genialität, sie waren wissend und ungläubig und bedienten sich der Sprache von Medizinmännern ... sie haßten die abgelatschten lyrischen Vokabeln ihrer Schulzeit, Heimat und Heldentum, Volk und Vaterland, danke für Schmonzes, sagten sie, bei uns nicht mehr, und nein und nein, mit einer masochistischen Verbissenheit – aber jetzt denke ich doch, Ben, daß in Wahrheit jeder schon wieder seine Flickenkiste voll moralischer Wertungen, politischer Lyrismen und neuer Vitzliputzlis herumschleppte; sie hatten ihre Götter und beteten zu dem einen und einzigen Planck, und selbst mein Rotkopf, der Vaterland einen mystischen Quatsch nannte (denn er war mitmarschiert im Gleichschritt hinter der Fahne der Jugend für Freiheit und Brot, marsch, ein Lied, eins zwei, und Stiefelknallen auf erschrecktem Pflaster: Heilig Vaterland, wir kommen schon ...), selbst Wilhelm war imstande, mit starker Stimme Banalitäten der Art zu verkünden: Das Vaterland des Physikers ist die Welt ...

... an dem Abend, erinnerte Franziska, als sie schreiend den Fall Oppenheimer diskutierten, und Saalfeld, der Gespräche nur mit halbem Ohr hörte und von Zeit zu Zeit, während er seinen hochfliegenden Gedanken nachhing, höflich ein paar Floskeln um sich streute, als Saalfeld also, immer kauend und träge hingeflegelt, sagte: »Right or wrong, my country«, und Wilhelm auf ihn losfuhr – hatte ihn nicht der Prozeß darüber belehrt, daß sie auf ihren Jünglingsschultern schon die Bürde künftiger Verantwortung trugen? – und mit den Knöcheln gegen die architektonisch gewölbte Stirn seines sanften und gleichgültigen Freundes trommelte, »es lebe die Illoyalität!« rief und »Du wirst Karriere machen, Fachidiot, Gehirnakrobat!«, obgleich er wußte, daß Saalfeld an nichts weniger dachte als an Karriere und Nomenklatur. »Die Wolke hängt über dem ganzen Planeten. Oppenheimer mußte sich weigern. Schon heute –«, er wandte sich an die kleine Schwester, »schon heute genügen ein paar Dutzend Bomben, um die Erde unbewohnbar zu machen. Es gibt Superbomben, die eine Sprengkraft von fünfzehn Megatonnen haben. Das entspricht der Kraft von fünfzehn Millionen Eintonnenbomben – falls dir das was sagt.«

Sie schüttelte den Kopf. Die anderen hörten gelangweilt zu, sie kannten die Rechnung in Megatonnen und Megatoten.

»Rechnen wir anders«, sagte Wilhelm in trockenem Ton. »Trinitrotoluol ist dir aus der Chemie ein Begriff ... Nein? Was, zum Teufel, lernt ihr eigentlich? Man tauche rotes Lackmuspapier in eine Säure ... TNT also, um es für dein Spatzengehirn faßbar auszudrücken, ist ein ziemlich billiger Sprengstoff, und ein Pfund davon genügt schon, um dich, meine Taube, samt der lieben Familie in einer Feuerwolke zum Himmel auffahren zu lassen ... Der zweite Weltkrieg hat etwa drei Millionen Tonnen gekostet. Heute hat die *Bombe* eine Sprengkraft von fünfzehn Millionen Tonnen TNT. So ein Fingerdruck, siehst du –« Er griff nach ihrer Hand und bewegte sanft den Zeigefinger in dem breiten Gelenk: manchmal versuchte er die Hand jenes Piloten zu sehen, einen kostbaren, sinnreichen Apparat aus Knochen, Sehnen und Haut. »Erinnerst du dich an den Keller? Weißt du noch, die Nacht, als der Altmarkt zerbombt wurde? Lächerliche zweitausend Pfund fürs Rathaus, viertausend für St. Annen. Du sollst es dir vorstellen –«

... ich stelle mir das Geschöpf vor, Ben, und nachts wache ich auf, naß von Schweiß, aus entsetzlichen Träumen, in denen mich sein Strahlenkind anstarrt mit dem Zyklopenauge in der ungeheuerlich angeschwollenen Stirn ... Womit hat er solche Heimsuchung verdient? Was treibt ihr hinter euren dicken Betonmauern? fragte ich, und er grinste und sagte: Wir zaubern, meine Lilie, wir hängen Sonnen über dem Nordpol auf und heizen alle deine Häuser mit ein paar Wassertropfen ... Damals schien er mir gewaltig wie Josua – heute sehe ich ihn winzig und ohnmächtig gekrümmt zwischen Stahlschirmen, aus denen rote Blitze schießen und ihn durchbohren, und das Herz klopft mir im

Hals, und ich denke: mein armer kleiner Bruder, lieber lieber Rotkopf …

»Du hörst nur *Zahlen*«, sagte Wilhelm. »In zehn Jahren wird jeder Schluck Milch, den du trinkst, verseucht sein und jeder Regentropfen, der auf deine hübsche glatte Haut fällt.«

Franziska hob die Hand an die Wange. »Laß sie endlich in Frieden«, sagte Django ungeduldig. »Aufhalten kannst du auch nichts, der Himmel ist hoch, und Los Alamos ist weit, und wir leben ja noch.«

Saalfeld, höflich und abwesend, bemerkte, er für sein Teil glaube an die Kraft der Vernunft … »Naturgesetz Vernunft«, höhnte Wilhelm. »Du armer Idiot. Nächstens glaubst du wieder an den Herrn und Seine Heerscharen: ER wird's wohl machen.«

Dies Abend für Abend.

Franziska sah den Schatten des Mannes auf einer Häuserwand in Hiroshima, den von einer fremden Sonne ins Gestein gebrannten Schatten, dessen Herr verglüht, verdampft war, aufgegangen in die Luft: ich atme ihn, empfand sie entsetzt – manchmal, wenn sie nicht an Klassenarbeiten und Gérard Philipe, an Djangos Augen und an die neue Mode dachte, die die Röcke immer mehr kürzte.

In den Sommernächten lief sie mit Django durch die Straßen, die Häuserwände dampften noch von der mittäglichen Glut, gegen Westen war der Himmel grün, und in den Gärten verschwendeten sich Rosenbüsche. Sie verachteten den Schlenderschritt, Hüfte an Hüfte, der Liebespaare, ihre törichten Blicke und das schmelzende Wispern, das den Park erfüllte wie der Flügelschlag eines großen dunklen Vogels. Sie jagten durch die Straßen und formten aus dem harten Blau der Abendluft die Kuppeln und Türme ihrer Zukunft, sie waren wahnsinnig begabt und wahnsinnig vor Ehrgeiz, sie beschämten Hindemith und Le Corbusier und schwebten endlich, die unerkannten Lieblinge der Götter, in eine Konditorei, wo sie Quarkkuchen und wäßriges Vanilleeis verschlangen.

Django mied ein gewisses Café mit rosig beleuchteten Vorhängen in einem Eckhaus, dessen Geschosse aus leeren

Fensterhöhlen auf den Altmarkt glotzten und auf die grausig ziervolle Zeichnung geknickter Pfeiler und Bögen vor dem Himmel und auf das geschwärzte Kreuz von St. Annen, das wie ein stumm und klagend emporgeworfener Arm nach oben wies. Hinter den rosigen Fenstern erklangen Melodien von Lehár. Das Café war früher berühmt gewesen, in der Art berühmt wie Kranzler in Berlin, und jetzt, als hätten sie den Krieg in einem Eisschrank überdauert, waren die alten Damen wieder da, die Professorenwitwen und verarmten Baronessen, mit ihren krausen Hüten und Granatbroschen auf verdorrten Busen. »Die Pleureusen-Gruft«, sagte Franziska, sie drückte die Nase an die Scheibe. »Wir wollen reingehen und über die Mumien hinter ihrer Buttercremetorte lachen.«

Django, barfuß, die Hosenbeine über den hageren braunen Waden hochgekrempelt, tänzelte ungeduldig auf dem Pflaster. »Werde ich mich mopsen bei den kapitalistischen Überbleibseln. Außerdem«, sagte er und stülpte seine leeren Hosentaschen nach außen, »außerdem sind die HO. Gehn wir zur Dame Pia Maria und fressen Fischbrötchen, ich habe noch Marken.«

Als sie aber ein nächstes Mal an dem Eckhaus vorübergingen, das wie ein Rougefleck auf dem tragischen Antlitz des Altmarkts flammte, sagte er: »Früher hatten sie ein Schild an der Tür, *Für Juden verboten*.« Er sprach nie von seiner Mutter, er fand auch ihr Gesicht nicht mehr, erinnerte nur das Fenster, einen Stoff, sommerliche Farbe von Malven, das offene Fenster zum Lichtschacht und die große schwarze Handtasche. Wenn seine Mutter über die Straße ging, drückte sie die Tasche an die Brust, um den Stern zu verbergen.

An einem Septemberabend saßen sie im Garten, Wilhelm und Django hatten Äpfel gepflückt und die großen, goldenen, mit Harztröpfchen gesprenkelten Eierpflaumen, und jetzt ruhten sie ihre prallen Bäuche aus, satt und müde und betrunken von dem klebrigen Saft und vom herbstlichen Duft der Bäume. Auf dem Gartentisch brannte eine Petroleumlampe, Mücken umtanzten den bauchigen Glaszylinder. Django war schweigsam und verdrossen, er lag in einem Korbsessel, die Beine über der Lehne, und sein mit Harz und Rindenmulm beflecktes Hemd stand über der Brust offen.

Später kam Saalfeld. Franziska holte einen Spankorb mit Äpfeln und Pflaumen und stellte ihn zwischen Saalfelds Füße; er bedankte sich nicht, er sagte zerstreut, undeutlich, während er die Zähne in einen Apfel schlug: »Das hat keine Bedeutung, Django, reg dich nicht auf.«

Franziska saß im Gras, und das Licht, milchig getrübt durch den Glaszylinder, fiel auf ihre Hände, auf den ziegelroten Rock, auf eine Schulterkugel in dem blau und weiß gestreiften Matrosenleibchen. Django schlug die Augen nieder, sah einen nackten Fuß und Zehen, die sich spielerisch um Grashalme klammerten, und empfand zum erstenmal, daß seine Freundin zu jung war, ein unbekümmertes buntes Tierchen, und er haßte sie für seine eigenen Versäumnisse, für ihre Ahnungslosigkeit einer folgsamen Tochter und dafür, daß sie ihm ein paar Kindertränen nachweinen und mit einem anderen durch die blauen Straßen laufen wird. Seinen Freunden – Freunde, na, daß ich nicht lache, Freunde so zuverlässig wie die Gartenidylle mit milder Lampe, Apfelbaum und Abendfrieden, Wilhelm ein melancholischer Dandy, chronisch schlechtes Gewissen, ein Bourgeois zwischen einerseits und anderseits, und Saalfeld gefühlvoll wie ein Rechenschieber, ein Wunderkind, wenn er nächstens mal Zeit hat, haut er de Broglie in die Pfanne, ein Genie, aber wer weiß ein eiskaltes Aas – seinen Freunden wiederholte er, was er sich selbst den ganzen Nachmittag gesagt hatte: »Diesmal bin ich erschossen, dafür wette ich meinen Kopf gegen einen alten Hut ... demokratisch exekutiert, wir kennen das Verfahren.«

Wilhelm winkte beschwichtigend, zwinkerte, der traurige Clown mit seinen roten Augen, wart mal, doch nicht vor der Kleinen ... überhaupt, noch ist nichts entschieden ... »Hast du Zabel vergessen? Ich nicht«, sagte Django. »Die Abstimmung war eine Posse mit Gesang, und du hast es gewußt, und ich hab es gewußt und das ganze akademische Stimmvieh. Okay. Und haben wir abgestimmt? Ich – ja.«

Franziska wickelte ihre Füße in den Rock. »Steh auf,

Franz, der Tau fällt zeitig«, sagte Wilhelm. »Der Rasen ist schon naß.«

»Es ist kein Tau gefallen«, sagte sie mürrisch.

Saalfeld natürlich sagte glatt nein, der Zerschmetterer de Broglies, nein, während er im Spankorb wühlte, einen Apfel kaute, schmatzte, schlang, nein, er wird sich nicht weigern, gegen Django zu stimmen, eine Hand mehr oder weniger, das hat keine Bedeutung. Wilhelm sah Franziska an, und sie stand auf. »Geh ins Haus und hol deine Entwürfe«, sagte er, »Django stirbt vor Neugier.«

Sie zog ab, gehorsam ... als ob ich nicht wüßte, daß der Zigeuner andere Sorgen hat als eine Linkerhandsche Cité Radieuse, Django mit seinem Talent, sich in die Nesseln zu setzen, der verrückte Kerl, immer die große Schnauze, naiv oder gerissen, wer weiß: letztes Jahr, bei der Feier einer geschichtlich bedeutsamen Begebenheit – irgendeiner, wer kann das alles behalten, wir leben in großen Zeiten, der Zeitungsleser dreht sich jede Woche einmal um einen historischen Wendepunkt – bei der Feier im Audi max, als das Ehrenpräsidium gewählt wurde, der große Stalin, der große Mao Tse-tung, stand Django auf und schlug den großen Ludwig van Beethoven vor. Wilhelm fiel vor Entzücken vom Stuhl. Three cheers for Mr. Beethoven! Django mit einem Lächeln von sanfter Doofheit ... Doch, er war gerissen, aber nicht vorsichtig, nicht in dem Sinn vorsichtig wie andere, die jedem Quatsch applaudierten und sich den Mund nicht verbrannten, und er konnte sich allerhand erlauben, mehr jedenfalls als mein Bruder, den schon seine Herkunft verdächtig machte, Ausbeutersohn, ein klassenfremdes, wenn nicht klassenfeindliches Element ...

Django war außer der Reihe, ein Opfer, dem man mit Nachsicht begegnete, mit einem Zartgefühl, das er zum Kotzen fand. Ein akademischer Wohltätigkeitsbasar, sagte er, für das arme jüdische Waisenkind ... Er trug seine Vergangenheit wie ein Amulett, sogar bei dem Debakel im Studentenkabarett kam er mit einem blauen Auge davon, wirklich mit einem blauen Auge, einem richtigen Veilchen, denn es gab eine Schlägerei am Bühnenausgang, nach der ersten und letzten Vorstellung, die von einer bestellten Claque ausgepfiffen, vom organisierten Volkszorn niedergeschrien wurde. Diese jungen Leute waren entschieden zu dreist geworden … und Django mitten drin im Schlamassel mit seinen respektlosen Gossenliedern, seinen Songs aus den fauligen Niederungen der Dekadenz.

Ein paar Studenten wurden geext, einer ging in den Westen (vor zwei Jahren, in Berlin, las ich seinen Namen an einer Litfaßsäule, er spielt Tenorsax in einem weltberühmten Jazz-Quartett), und Django, nach den Reue-Exerzitien, bekam einen scharfen Verweis. Gut, ich wußte Bescheid, Wilhelm hätte mich nicht wegschicken müssen wie Vater früher, wenn er London hörte. Ich war ja nicht blöd. Armer Junge. Er schämte sich …

Als sie zurückkam, schwiegen die drei, als ob sie eben erst, beim Knistern der Schritte im Gras, verstummt wären, und Django empfing seine zu junge Freundin mit einem aufgeregten Lächeln. Sie stellte sich hinter ihn und gab ihm den Zeichenkarton, ein leeres weißes Blatt; unten rechts in der Ecke fand er eine eilig hingekritzelte Zeile, einen Vers aus der Ballade von Frankie und Jonny, die Liebende waren und, o Lord, sich auf die Liebe verstanden: »Sworn to be true to each other, just as true as the stars above …« Sie beugte sich über die Sessellehne, und ihre Brüste in dem Matrosenleibchen berührten Djangos Schulter. Er zuckte zusammen. Sie hob die Augen und begegnete dem Blick ihres Bruders, plötzlich erstarrte sein Gesicht in einer nervösen Spannung, er sagte: »Du gehst jetzt schlafen, Franz«, und seine Stimme bebte vor Verlegenheit und Eifersucht.

»Ich bring dich«, sagte Django und zeigte seinem Freund eine kalte, herausfordernde Miene.

Später kam Wilhelm in das Zimmer seiner Schwester. In einem Winkel klemmten Fotos von Gérard Philipe und Peter van Eyck. Überall lagen Bücher herum, aus denen abgerissene Zeitungsränder, Bleistifte und Haarnadeln ragten, da Franziska ganz unmethodisch, bald in diesem, bald in jenem Buch las, und die Wände waren bedeckt mit Bildern, die Wilhelm auf eine unerträgliche Art hausbacken und anbetungswürdig fand, die Sixtina, die Dame mit dem Hermelin, Tizians La Bella im rotblonden Haar, die Mona Lisa, deren sattes Lächeln ihn reizte, und eine Madonna von Fra Filippo Lippi auf byzantinisch goldsprühendem Grund. Eine Schreckenskammer, sagte Wilhelm, der Kirchen und Museen verabscheute.

Franziska lag auf dem Bett, immer noch mit dem ziegelroten Rock und dem gestreiften Leibchen bekleidet. »Nun?« sagte Wilhelm. Sie setzte sich auf, und er konnte unter dem dünnen Stoff die Zeichnung der Rückenmuskeln und hochgeschwungener Rippenbögen verfolgen. Er lehnte sich an die Tür, kreuzte die Füße und zündete sich eine Zigarette an. Seine Schwester sagte kühl: »Du kannst deinem Freund mitteilen, daß er gar nicht wiederzukommen braucht.«

Wilhelm blies den Rauch gegen ihr Bett und sagte fröhlich: »Worüber beklagst du dich?«

»Er hat mich angefaßt.«

Wilhelm lachte. »Du hast ihn ganz schön angeheizt, meine Kleine.«

»Oh, nicht absichtlich«, widersprach sie schnell, und wirklich hatte sie nichts beabsichtigt, als sie sich über Djangos Schulter lehnte, nichts anderes jedenfalls als das, was sie ihm mit jener Liedzeile zu sagen wünschte, und ihr romantisches Versprechen der Treue, so treu wie die Sterne da oben, war so tugendhaft und unverbindlich wie ihre ganze Schülerliebe, die sich vor der Roheit einer körperlichen Beziehung in hochmütige Lauterkeit flüchtete. Im selben Augenblick aber, als ihr Blick auf Wilhelms gespanntes Gesicht fiel, erkannte sie sich, die Verführung ihres Fleisches, und war sekundenlang berauscht von einem Gefühl der Macht ... »Nicht absichtlich«, wiederholte sie schwach, und ihr Gesicht zeigte endlich den natürlichen Schrecken, in den eine zudringliche Hand sie versetzt hatte.

»Da deine liebe Mutter dir nichts sagt ... Ich spreche nicht von deinem Geschmack und einem Kostüm, das sich auf Bali sicher prächtig ausnehmen würde ... Du bist kein Kind mehr, Franz, und du wirst unseren armen Freund nicht zum Teufel schicken, weil er mehr als die schöne Seele an dir entdeckt hat ... Du bist nackt unter deinem Kleid, und man sieht alles – alles«, sagte er mit erhobener Stimme. »Todsicher trägst du keinen Büstenhalter.«

Sie senkte den Kopf und verbarg ein hochmütiges Lächeln. »Ich kann es mir doch leisten, nicht wahr?«

»Oh, was das betrifft ...« murmelte Wilhelm, beunruhigt durch ihre Direktheit, und er fragte sich, ob seine kleine Schwester zu unschuldig oder zu durchtrieben war. Sie fiel auf ihr Bett zurück und seufzte. »So beginnt der Abstieg ... Strumpfgürtel und Büstenhalter und alle diese Rüstungen – du weißt nicht, wie ich das hasse, Wilhelm. Bald werde ich ein Korsett brauchen, und falsche Haare, und ein Gebiß, und schließlich Gummistrümpfe gegen Krampfadern ... Eine Frau über vierzig ist ein Neutrum. Warum müssen wir alt werden, Wilhelm? Ich bekomme schon Falten in den Augenwinkeln, siehst du?«

»Du hast eine Haut wie Schokolade mit Sahne, und du bist wunderschön – für einen, der sich was aus Sahneschokolade macht.« Er ging ans Fenster und warf seine Zigarette hinaus. Er beugte sich über die Brüstung und hielt sein Gesicht in den schwachen feuchten Wind, der einen Geruch von Fäulnis und welken Astern mitbrachte und von den überreifen Birnen, die mit einem mürben Laut im Gras zerplatzten. Franziska winkelte den Arm und zeichnete verliebt die Bachläufe blauer Adern nach, die sich unter der dunkleren Haut der Armbeuge sammelten. Sie sagte erstaunt: »Früher wünschte ich, ich wäre ein Junge geworden.«

Wilhelm drehte sich um. »Du kannst es noch werden. Ein kleiner Betriebsunfall im Hormonhaushalt ...« Er setzte sich zu ihr, er sagte entschlossen: »Hör mal, Franz, das ist alles nicht wichtig –«

Sie erkannte auf dem flachen Hintergrund seiner Augen den Schatten des armen Tiers, sie faltete die Hände hinter Wilhelms Nacken und zog seinen Kopf herab. »Weißt du, daß du phantastisch häßlich bist?« Sie sah ihm nah und lächelnd ins Gesicht. »Du hast mir nie erzählt, wer dir die Nase gebrochen hat.«

»Ich habe ihm verziehen«, sagte Wilhelm, »er war schneller als ich.«

Sein Gesicht hellte sich auf, und Franziska beschwor schlau eine Erinnerung, die ihn vergnügt stimmte, sie sagte: »Du hast eine merkwürdige Art zu diskutieren.«

»Eine kleine Meinungsverschiedenheit mit den Medizinern. Sonnabends, nach der letzten Vorlesung, stellten wir uns an der Treppe auf und fragten jeden, der runterkam: Physiker oder Mediziner? Eine Routinefrage, wir kannten unsere Kunden. Physiker durften passieren, Mediziner kriegten eins in die Fresse. Wir arbeiteten schnell und präzise. Wir waren die Prüfung, die der HERR den Medizinern sandte, pünktlich jeden Sonnabend ... Bis eines Tages Seine Lordschaft die Treppe runterkam, mit der provokantesten Visage, die du je gesehen hast ... Na, Gott hab ihn selig, er war ein fixer Junge. Trotzdem wünsche ich ihm, daß er heute Landarzt irgendwo zwischen Anklam und Putbus ist ...«

Nachts klopfte sie an Wilhelms Tür, und als es still blieb, schlich sie ins Zimmer und auf das rote Glutauge einer Zigarette zu. »Wilhelm«, flüsterte sie, »Wilhelm, du schläfst ja noch nicht.«

Er bewegte seinen Kopf auf dem Kissen. Sie hockte sich auf die Bettkante und zog die Knie hoch. »Was wolltest du mir sagen? Was ist wichtig, Wilhelm?«

Aber die Gelegenheit zu Geständnissen war vertan, er war es müde, sich in Selbstanklagen zu erschöpfen, er sagte: »Dies und das. Zum Beispiel ... daß du abends in den Spiegel sehen kannst, ohne daß du dir ins Gesicht spucken möchtest.« Als er an der Zigarette zog, sah sie ihn, die gebrochene Nase, die schweren, immer ein wenig geröteten Lider, und die geraden Brauen, die über der Nasenwurzel zusammenstießen und seinem Gesicht einen schmerzlich gespannten Ausdruck gaben. »Manchmal siehst du wie ein einsamer alter Gorilla aus ... Hast du schon viele Mädchen gehabt?«

Er öffnete die Augen. Ihr weißes Nachthemd schimmerte durch das Halbdunkel, und es belustigte und rührte ihn, sie in diesem kindlichen Hemd zu sehen, das den Hals mit einer Rüsche umschloß und in starren Falten bis auf die Knöchel fiel. »Viel ist ein relativer Begriff«, sagte er ausweichend.

»Vielleicht – drei?«

Er mußte lachen. »Nun ... ja.«

»Vielleicht – sechs?«

»Bitte, Franz.«

Nach einer Weile fing sie wieder an: »Weißt du, was sehr merkwürdig ist?« Er rückte ein Stück beiseite, sie schob die Füße unter seine Schlafdecke, und er stopfte die Decke um sie fest. Sie seufzte vor Zufriedenheit. Wilhelm sagte geduldig: »Und was, bitte schön, findest du so merkwürdig?«

»Daß wir einen Totenkopf haben.« Sie legte sich quer über seine Brust, bohrte ihm einen Ellenbogen in den Hals und betastete neugierig sein Gesicht, die Kieferbögen, die hohen Backenknochen und den knöchernen Ring um die Augenhöhlen. »Du hast einen ulkigen Schädel, ich glaube, du wirst dem armen Neandertaler ähnlich sein, den wir neulich im Museum besuchten ... Erinnerst du dich, wie ich mich vor Herrn Lehmann gefürchtet habe, der in Petersons Bibliothek stand? Du nanntest ihn Yorick ...« Sie lachte leise. »Und weißt du noch, wie du ihn herausgeputzt hast, damit er ein bißchen menschlicher aussieht?« Sie lehnte sich an seine hochgestellten Knie. »Heute abend«, fuhr sie nachdenklich fort, »im Dunkeln, habe ich mein Gesicht befühlt und alles wiedererkannt, du weißt schon ... und auf einmal war mir ganz unheimlich, als blickte mir jemand über die Schulter ... nicht wirklich über die Schulter – er war nicht nur neben mir, er war noch näher, so nah, daß mir schien, er atmete durch meinen eigenen Mund ...«

»Von wem sprichst du?« rief Wilhelm ärgerlich.

»Mach Licht, Wilhelm!«

Er drückte auf einen Knopf am Bettrahmen, und ein Mechanismus schaltete die Soffittenlampe über seinem Kopf, eine Birne im Bücherregal und das Radio ein. Franziska sah ihn mit aufgerissenen Augen an. »Ach, Wilhelm, warum müssen wir sterben?«

Der Ansager von BBC London wünschte seinen Hörern eine gute Nacht. »Nimm Haltung an«, sagte Wilhelm, als die britische Nationalhymne erklang. Er drehte den Zeiger auf der Skala weiter und suchte Musik. »Du bist unglaublich. Du empfängst nächtliche Besuche von Herrn Lehmann, oder Yorick, oder wie er sich sonst noch nennt, statt darüber nachzudenken, wie du leben solltest.«

»Aber das weiß ich doch«, erwiderte sie rasch, mit einer Selbstsicherheit, die Wilhelm amüsierte und zugleich eine Regung von Neid in ihm weckte. Plötzlich fiel ihm wieder ein, wie er ihr an einem Julimorgen, hinter dem Fenster stehend, nachgesehen hatte: der Himmel war noch blaß und kühl und erinnerte ihn an den frischen Geschmack von Schattenmorellen und an das Schneeblau von reinen, auf einer Wiese ausgebreiteten Laken und an irgend etwas, was er nur aus Büchern kannte und ›ländlicher Morgen‹ nannte, und auch seine Schwester, in weißen Leinenhosen und weißem Buschhemd, erschien ihm so kühl und sauber und unbeschwert wie dieser Morgen. Ihr ganzes Reisegepäck bestand aus einer Badetasche, die über ihrer Schulter hing und bei jedem Schritt in die Kniekehle stieß, sie lief schnell und ungeschickt, und ihre Holzsandalen klapperten auf dem Pflaster, in der stillen Straße, auf deren feuchten Fliederbüschen die ersten Sonnenstrahlen glänzten, und am Ende der Straße hüpften und winkten ein paar weißgekleidete Figürchen ... Heute, nachträglich, durchschaute Wilhelm seine Empfindungen als eine bittere Sehnsucht, dabei sein, eines dieser weißen Figürchen sein zu dürfen, siebzehnjährig und ohne Ängste, in dem Motorboot eines großen Bruders elbabwärts zu fahren und über Seen zu treiben, zwischen stillen bewaldeten Ufern. Als ich so alt war wie sie ... Er benutzte in Gedanken dieselbe Formel, die ihn, im Munde von Älteren, langweilte und verstimmte. Aus irgendeinem Grund reizte ihn mehr als alles andere das flinke hölzerne Sandalengeklapper; die klobige Holzsohle, die damals jedermann geschleppt hatte, ein gleichmacherisches Attribut ihres Elends, war heute ein koketter Modeartikel mit farbigen Riemchen oder einem Knopf zwischen den Zehen.

»Glückliche Jugend!« rief er und brach in ein ärgerliches Lachen aus. »Ihr seid beneidenswert unkompliziert, ihr tragt einen fertigen Lebensplan in der Schulmappe, seid gläubig und gefräßig – hoppla, wir leben!«

»Doch nicht in der Art«, sagte Franziska. »Red nicht wie ein Veteran mit mir, und rauch nicht soviel.« Sie pustete das Streichholz aus, mit dem er sich eine neue Zigarette anzünden wollte. »Du bist nur acht Jahre älter –«

»Ein halbes Jahrhundert, mein Kind, ungefähr soviel wie die Zeit zwischen der russischen Revolution und Klumpfüßchens Endsieg ... Wir sind allergisch gegen gewisse Dinge ... Als du zum erstenmal in der blauen Bluse der Romantik erschienst – und dein sicherer Takt trieb dich mit dem FDJ-Fetzen an den Mittagstisch, unter die Augen deiner lieben Mutter –, da hätte ich dich verprügeln können. Achselklappen ... Mir wurde schlecht. Ich kann keine Uniform mehr sehen ...« Nach einer Weile fuhr er ruhiger fort: »Damit du klarsiehst ... Ich will dir sagen, warum ich deine liebe Mutter überzeugt habe, daß du so jungfräulich aus dem Boot deiner Freunde steigen wirst, wie du zehn Tage vorher eingestiegen bist ... Weil ihr so gottverflucht anständig und ahnungslos seid, und weil ihr soviel Zeit habt, hörst du? ihr habt Zeit, und das wißt ihr auch, Zeit für die Liebe und die Schule und – alles.« Er zündete sich nun doch eine Zigarette an, und Franziska sah, daß seine Hände zitterten. »Als ich in deinem gesegneten Alter war«, begann er, stockte und benutzte dann absichtlich eine rohe Wendung, »da haben wir in einem Maidenhof die BDM-Weiber umgelegt, denen es nicht mehr drauf ankam. Sie waren hysterisch vor Russenangst, und meine erste Liebe war so unschuldig wie ein alter Sanitätsfeldwebel.«

»Warum wirfst du mir das vor?«

»Ich werfe dir nichts vor, du Schaf.« Er rauchte hastig; er hielt, wie ein Soldat oder ein Holzfäller, die Zigarette mit Daumen und Zeigefinger, das glimmende Ende nach innen gerichtet, gegen die schützend gehöhlte Handfläche. Er wollte jetzt allein sein und gähnte laut. »Genug, Weib! Wenn du mir noch eine einzige deiner idiotischen und überflüssigen Fragen stellst, erschlage ich dich.«

»Die letzte«, sagte Franziska. »Was habt ihr mit Django gemacht?«

»Wir«, schrie Wilhelm, »wieso denn wir?« Obgleich er auf die Frage gewartet hatte, fühlte er sich durch ihren Ton betroffen und sogar gekränkt. »Ich kann es nicht ändern«, sagte er und verteidigte sich schon. »Er war gewarnt, durch Aussprachen, durch Artikel an der Wandzeitung, in denen man ihm und seinen Jazzleuten so ziemlich alle politischen

Vergehen unter die Weste jubelte, von der Anbetung westlicher Lebensart bis zur Wehrkraftzersetzung – pardon! bis zur ideologischen Aufweichung. Irgendwelche Eselei ... Wir nahmen es nicht ernst, nicht sehr ernst ... Letzte Woche sollte in der Mensa eine Jamsession sein, sie wurde verboten, es gab Krawall, sein Drummer bekam Hausverbot. Gestern haben sie Django vorgeladen. Er kennt schon alle Variationen über das Thema Wir-haben-es-nicht-nötig-nach-der-westlichen-Pfeife-zu-tanzen, und er langweilte sich, und wie ich ihn kenne, langweilte er sich so vernehmlich, daß es im Protokoll heißen wird: Er legte ein provokatorisches Verhalten an den Tag. Er ist Musiker ... er begriff gar nicht, wofür er sich verantworten sollte, oder begriff es erst, als sie anfingen, ihm Kosmopolitismus und gesundes Volksempfinden um die Ohren zu hauen. Schließlich gebrauchte einer das Wort Negermusik, ein frischer unbefangener Knabe vom Studentendekanat, der sich nichts dabei dachte ... Django schwört, er habe Niggermusik gehört, er verlor den Kopf und rief: Sind wir wieder soweit?«

Seine Schwester hatte die Arme auf seinen Knien verschränkt und das Kinn aufgestützt, und er stellte sich vor, daß sie in dieser Haltung und mit halbgeöffnetem Mund auch im Unterricht an ihrem Schultisch saß, und jetzt tat es ihm leid, daß er sie nicht rechtzeitig weggeschickt hatte wie abends im Garten, als er sie vom Kreis der Erwachsenen ausschloß, sie und ihre Kindermathematik, die noch in Gerechte und Ungerechte, in Gut und Böse teilte.

Franziska sagte nichts und bewegte sich nicht, und Wilhelm sah unter dem zottigen Haar nur ein Stück ihrer Wange und ein gelbbraun geflecktes Auge, das, ein bißchen schielend, unverwandt auf ihn gerichtet war. »Ich flehe dich an, verschon mich mit Kommentaren«, sagte er. »Klar, unser Freund hat auch seine Allergien ... Sei so gut und mach mich nicht nervös, ja? Manchmal benimmst du dich wie eine Irre. Ich, ich bin immer um Objektivität bemüht ... Ich versuche mich in die Situation von Leuten zu denken, die glauben oder zu glauben vorgeben, daß Charlie Parker ein Agent des Weltimperialismus ist –«

»Um Gotteswillen, halt den Mund«, sagte Franziska. Sie

wickelte ihre Füße aus der Decke und stand auf. Er streckte mit einem verlegenen Lächeln die Hand aus und griff in ihr Haar. »Mein Kind, wirst du Bürge für deinen Nächsten, und hast deine Hand bei einem Fremden verhaftet, so bist du verknüpft durch die Rede deines Mundes und gefangen mit den Reden deines Mundes ... Errette dich wie ein Reh von der Hand und wie ein Vogel aus der Hand des Voglers ... Dies, Königin von Saba, von deinem wohlmeinenden Freunde Salomo.«

»Was wird er tun?«

»Wer? Django? ... Er bittet morgen um seine Exmatrikulation. Er wartet unseren Beschluß nicht ab.«

»Da hast du ja Glück gehabt«, sagte Franziska kalt ... in diesem Augenblick verachtete ich ihn, einen Heuchler und Feigling, der sich für seinen Freund nicht engagieren wollte. Ich wäre lieber nobel gestorben ... Mit siebzehn ist man ein strenger Richter über andere, und man urteilt hart, prinzipientreu; selbst ungeprüft, prüfte ich meinen Bruder ... Ich war stolz auf meinen Gerechtigkeitssinn, ich platzte bald vor Hochmut: ich log nie, also durfte auch kein anderer sich zu einer Lüge herabwürdigen, ich verpfiff niemanden, und seit wir in der Schulgruppe die Stunde der Kritik und Selbstkritik hatten, die reinste Exhibitionisten-Show!, zerpflückte ich mein Gewissen mit dem Eifer eines Flagellanten. Ach, was war das schon für eine Gerechtigkeit, drei Etagen über der Wirklichkeit, eitel und unduldsam und mit den moralischen Maßen einer Wunschwelt, eines Sonnenstaates ...

Wilhelm sagte eilig: »Er wird in die Landwirtschaft gehen, ein Jahr Bewährung abreißen, wiederkommen, weiterstudieren ...«

»Aber dann bin ich ja schon aus der Schule«, stammelte Franziska. Wilhelm drückte ihr nasses Gesicht an seine Schulter. »Nun, nun«, murmelte er, »was ist das schon – ein Jahr? Ein Jahr ist schnell vorbei, ihr könnt euch schreiben, er ist ja nicht aus der Welt ...«

Django verließ die Stadt. Er arbeitete auf einer MTS im Thüringischen, spielte sonnabends zum Tanz im Kulturhaus und gab sich zufrieden. In den ersten Monaten schrieben sie lange überströmende Briefe, aber die gemeinsamen

Erinnerungen erschöpften sich, ihre Nachrichten wurden spärlicher und höflicher, und im Frühjahr – Franziska arbeitete für ihr Abitur, Django fuhr als Traktorist in Tag- und Nachtschichten – versiegte ihr Briefwechsel.

In den Osterferien nahm Wilhelm seine Schwester zu einer Regatta mit ... aber damit fängt ein neues Kapitel an, und wir wollen doch Wilhelm aus dem alten Kapitel nicht so entlassen, als einen Lauen, verächtlicher als Saalfeld, der glatt und kalt nein sagt (das ist wenigstens Haltung), wenn Wilhelm sich noch windet, Kompromisse mit seinem Freund verabredet, anderntags wahrscheinlich wieder Gläser an die Wand schmeißt ... Kompromiß war für mich eine Art Schimpfwort, solange ich nichts von Möglichkeiten wußte. Was denn hätte er tun können? Nichts weiter, als ein verdammter blöder Held zu sein, und Arm in Arm mit dir durch den Reißwolf ...

Später erst, auf der Hochschule, als ich selbst hundertmal verletzt und gedemütigt wurde, verstand ich, warum er sich mißtraute, sich schuldig fühlte: so bezahlten wir für die Sünden unserer Väter. Er mußte an sich selbst zweifeln, wenn er nicht an der Gesellschaft zweifeln wollte. Er versuchte sich einzuordnen – einzuordnen, sage ich, nicht anzupassen wie ein Tier, das sich mit einer Schutzfarbe schlau dem Wald anpaßt, und nicht bloß um des lieben Friedens willen. Er mühte sich, ich versichere dir – aber was sollte seine Vernunft mit Klasseninstinkt anfangen, was mit Dogmen, die schon ins Religiöse, Unantastbare entrückt waren? Er las das ›Kapital‹, weil es die Arbeit eines Wissenschaftlers war, der begründete, bewies, logisch folgerte; der Sozialismus war für ihn eine exakte Wissenschaft wie die Physik, und Glaubenssätze und vernebelte Gefühle hatten nichts in ihr zu suchen ... Also, wenn du meine Meinung hören willst: der arme Rotkopf hat einfach zu wenig Phantasie, er sieht nicht, daß ein bißchen Feuerzauber und Voodoo auch dazu gehört, weil der Mensch nicht auskommt ohne Glaube, Liebe, Hoffnung, und die exakteste Forschung nicht ohne Spinnen und Spekulieren – jeder Formel ist ein Traum vorausgegangen.

Aber das ist nicht das Problem ... Wir beide, wir waren

unserer alten Welt abtrünnig, und die neue nahm uns nicht auf oder nahm uns nur mit Vorbehalten. Es gab Zeiten, Ben, da waren wir wie besessen, radikal, intolerant bis zur Grausamkeit, wir verleugneten uns, hielten uns Augen und Ohren zu und sagten ja, ja, ja zu allem ... Wie soll ich dir das erklären, Ben aus Berlin-Kreuzberg, Hinterhaus, Stube und Küche? Mit acht Jahren hast du unter einem S-Bahnbogen Zeitungen verkauft, und der höchste Ehrgeiz war die Mittelschule, später vielleicht Meister in einem Betrieb, vielleicht Angestellter, jedenfalls etwas Besseres als Vater, und Gehalt statt Wochenlohn ... Wilhelm, in deinem Alter, hatte seine von der Familie beschlossene Laufbahn vor sich, Gymnasium, Bildungsreisen, natürlich Griechenland und Italien, Studium, je nach seiner Neigung Medizin oder Jus oder Kunstwissenschaften; ich – Lyzeum, Klavierstunden, ein paar Semester irgendwas, bis sich mit Rosen und Chapeau Claque der Mann einstellt, der den Verlag weiterführen kann.

Wir hatten aber nicht nur die alten, zweifelhaft gewordenen Lebensumstände aufgegeben, sondern auch ihre Ideale, ihre Haltung, du verstehst mich ... Wollten wir mit unserem Eifer die anderen überzeugen? Das ist nur halbwahr. Wir waren Renegaten ... Weißt du, was ich heute darüber denke? Wir mußten uns selbst immer wieder bestätigen, daß wir richtig gewählt hatten, daß wir übergelaufen waren in die schönste aller Welten – sie mußte vollkommen sein, wir durften uns nicht geirrt haben.

Wir waren Sonstige ... Beim Abitur füllten wir Fragebogen aus; für die Rubrik Klassenzugehörigkeit gab es drei Buchstaben, A, B und S, Arbeiter, Bauern und Sonstige. Du siehst, ich habe diese Bagatelle bis heute behalten, das verdammte S muß mich schrecklich gekränkt haben. Im Calvinismus, glaube ich, gibt es den Begriff Prädestination, Gnadenwahl, weißt du, und da kannst du dich abstrampeln, wie du willst, und kannst dich auf den Kopf stellen – du bist auserwählt oder bist es nicht, eine höhere Macht hat längst über dich entschieden, bevor du deinen ersten Schrei getan hast: Himmel oder Hölle. Genau so fühlten wir uns, etikettiert: einmal ein Bürger, immer ein Bürger. Ich kann dir nicht sagen, wie wir unter diesem Argwohn gelitten haben ...

Ach nein, es geschah nichts Erschütterndes, ich kann mich nicht mal hinstellen und schreien: Seht, an uns ist ein Verbrechen begangen worden! Verdächtigungen, Nadelstiche, ein idiotischer Kleinkrieg um ein Buch (denn natürlich hatten wir einen dekadenten Geschmack), um Wilhelms Kreppsohlenschuhe (denn natürlich war er anfällig für die gangsterhafte amerikanische Unkultur), unsere Sorgen – intellektuelle Wehwehchen ... Ach, wozu diesen tollen Unsinn wiederholen? Alte Geschichten, die niemand mehr hören will. Wir sind nicht dran gestorben. Wir haben gelernt, den Mund zu halten, keine unbequemen Fragen zu stellen, einflußreiche Leute nicht anzugreifen, wir sind ein bißchen unzufrieden, ein bißchen unehrlich, ein bißchen verkrüppelt, sonst ist alles in Ordnung. Wilhelm hat seinen Doktor, man delegiert ihn ins Ausland, er bekommt seinen Wagen aus einem Sonderkontingent, er hat eine Vierzimmerwohnung, die das ganze Jahr über leer steht, während er in Dubna arbeitet, und seine Frau kauft im Exquisit Modellkleider von Jacques Heym, und sein Klub ist [so] stinkfein, daß ich nur in seiner Begleitung reinkomme, um den Anblick von professionellen Gattinnen zu genießen, die Queensize rauchen und die Constanze lesen und mein selbstgeschnittenes Haar mißbilligen. Er geht nur wegen seiner Frau hin, dieser albernen Gans; er, sagt er, kriegt immer Lust, auf den Teppich zu scheißen ...

Um endlich in unserer Geschichte fortzufahren: In den Osterferien nahm Wilhelm seine Schwester zu einer Regatta mit. Sie stand auf dem Bootssteg, als seine Mannschaft das Kanu aus dem Schuppen trug, und Wilhelm bemerkte mißvergnügt, daß sie einen der Jungen mit einem langen unverschämten Blick musterte. Sie stieß ihn an und flüsterte lachend: »Jean Marais mit zwanzig Jahren ...«

Abends trafen sie ihn im Bierzelt wieder. »Ich kenne dich von Fotos«, sagte Wolfgang. »Ich dachte, du bist seine Freundin.«

»Haben Sie keine Schwester?« fragte Franziska.

»Schon. Drei Stück«, erwiderte er unbefangen. Er sah sie an. »Aber keine mit so einem Gesicht zum Rumzeigen.« Ein kahlköpfiger Mann im blauen Trainingsanzug winkte Wilhelm an die Theke.

»Nimm dich in acht«, sagte er, »Wolfgang hat einen Ruf als unwiderstehlicher Mann zu verteidigen.« Er grinste breit; hinter ihrem Rücken aber warf er dem schönen jungen Mann einen kalten Blick zu.

Sie wurden durch eine lachende, dampfende, erhitzte Menschenwoge, die in das Zelt prallte, von Wilhelm abgedrängt und gegen die schwankende Leinwand geworfen, und Franziska atmete einen kräftigen gesunden Geruch von Sonne und Schweiß und einen anderen strengeren Duft, der seinen Kleidern und seiner Haut anhaftete (Gott, wie ich diesen Fischergeruch später haßte!) und ihr plötzlich, in dem lärmenden, von aufgewirbeltem Sand stickigen Bierzelt, einen windigen Tag am Meer zurückrief, weiße und rosige Muscheln, den feuchten schaumbedeckten Strand und Büschel von fauligem Tang, die ein Sturm nachts angeschwemmt hatte. Allein gelassen, verging sie vor Schüchternheit. Als der junge Mann, über die Köpfe der anderen hinweg, Wilhelm erblickte, der sich zu ihnen durchzudrängen suchte, sagte er rasch: »Wir könnten mal ins Kino gehen ... wenn Sie sich mit einem einfachen Arbeiter über die Straße trauen.«

(Später hörte ich diese Redewendung bis zum Überdruß, ich als einfacher Arbeiter, bald vorwurfsvoll, bald als Entschuldigung, immer Stiefkind des Schicksals, Herkunft als Handicap. Wie er mich mit seinem faulen Fatalismus anödete! Ein Strohkopf. Ich muß verrückt gewesen sein. Aber [er] war wirklich wahnsinnig schön ... Erinnerst du dich an das Gesicht des jungen David unter dem bekränzten Hirtenhut? So, die ganz gerade Linie von Stirn und Nasenrücken, der Mund mit kurzen üppigen Lippen, und Augen von einem Grün – die grünsten Augen, die ich je gesehen habe, und von seiner Mister-Universum-Figur will ich gar nicht erst sprechen. Klassisch. Eine Statue. Er wäre vollkommen gewesen, wenn Gott ihn mit Stummheit geschlagen hätte ...)

An dem Kinoabend trug Wolfgang seinen Sonntagsanzug, mitten in der Woche, und einen Schlips, der seinen kräftigen sonnenverbrannten Hals würgte. Er strich eingeschüchtert und beleidigt an einem hochmütigen Gitterzaun entlang. Endlich winkte Franziska aus dem Fenster, sie hatte eine halbe Stunde hinter der Gardine gestanden und ihn warten lassen, sie fühlte sich schon verletzt durch eine neue Erfahrung, rächte sich schon für eine neue Art von Warten, Ungewißheit, sogar Furcht. Nun, er war gekommen, jetzt nur irgendein hübscher Junge, dessen Entschlossenheit ihr schmeichelte; sie gab ihm fünf Minuten und noch einmal und noch einmal fünf, und schließlich, auf der Straße, besiegte sie nicht sein Lächeln (nur noch die Grimasse seines blonden Lächelns, denn dieser gelassene Held der Tanzlokale hielt den Hals unnatürlich gereckt, wiegte die Schultern, ging steifbeinig vor Verlegenheit), sondern der Anblick des unglücklichen Anzugs, der nach Fleckenwasser roch und über Brust und Schultern zu eng war; er verleugnete den jungen Fischer, seinen Geruch von Flüssen und wilden Pflanzen wie gestern im Leinenzelt. Sie war enttäuscht. Er machte keine gute Figur; meinetwegen, dachte sie. Er hatte unbewußt das Geschickteste getan, was er tun konnte, um die Schwester eines Elegants zu gewinnen: sie war gerührt und triumphierte.

Eine Liebesgeschichte nach Programm, die Dutzendgeschichte von Paolo und Francesca, Hans und Grete, Jack und Peggy: Liebst du mich? Ich liebe dich. Wirst du mich immer lieben? Ewig. *Ewig*. Am Rande der Welt steht ein Berg, der ist hoch bis über die Wolken, und alle hundert Jahre kommt ein klitzekleines Vögelchen geflogen und wetzt seinen klitzekleinen Schnabel am Berg, und wenn der Berg ganz abgewetzt ist, dann ist die erste Sekunde der Ewigkeit um ... Sie waren das erste Liebespaar auf der Welt, ernste und eifrige Kinder, die entdeckten, daß das Gras grün, der Himmel blau ist, daß Sterne – bei dem großen Blauen treffen wir uns heut nacht. Hand in Hand im Kino, Eisessen, der Rummelplatz, Riesenradfahrt und geheuchelte Angst in einer schaukelnden Gondel, die grelle Bude, an der Wolfgang Plüschbären und rote Rosen aus Papier schoß, Küsse in Toreinfahrten, in denen es nach Müll und Teerpappe stank, Küsse auf der Straße, in dem kurzen Tunnel Dunkelheit zwischen Laterne und Laterne, Küsse im hohen Gras der Flußwiesen, seine Hand auf ihrer Brust, ein Knie, das sie bedrängte, du darfst mich nicht verlassen, ich verspreche dir, nie, *nie*, und anstrengender Abschied vor der Gartentür. Frau Linkerhand lauerte hinter der Jalousie.

Franziska mußte pünktlich um neun zu Hause sein, für ein paar Minuten Verspätung setzte es Ohrfeigen und Verhöre, Herumtreiberin, du wirst noch in der Gosse enden, denk an meine Worte, oder wehleidige Szenen und Muttertränen, wir wollen doch nur dein Bestes, willst du denn kein gehorsames Kind sein, lirum larum Löffelstiel, alte Weiber schwatzen viel, jeden Abend, jeden Abend, die konnte einen mürbe machen, Rebellion ersticken, totreden, weichklopfen. Linkerhand hockte über seinen Büchern, still und fremd, die Lupe vorm eulenhaft geweiteten Auge. Frau Linkerhand, zäh wie ein Landregen: Und das eine sage ich dir, solange du in deinem Elternhaus ... Solange. Wenn. Ich rücke aus, schrie Franziska, ich bringe mich um, das ist ja nicht auszuhalten ... Sie lag kalt und weiß auf weißem Kissen, die Lilie Franziska mit gefalteten Händen, Blumen fromm auf der Brust, und Linkerhand im Gehrock, Frau Linkerhand unterm schwarzen Schleier beugten sich über den Sarg und bereuten und weinten, und am lautesten heulte Franziska, unsere so früh Dahingegangene, sie tat sich schrecklich leid, aber sie verzieh ihnen. Linkerhands Albinokopf tauchte aus dem Ägäischen Meer auf, er blinzelte verstört, wie kann denn, meine Tochter, sagte er, wie kann denn in der Welt Frieden sein, wenn nicht einmal in einer kleinen Familie Eintracht herrscht?

Sie wäre, wer weiß, für den jungen Mann nur ein übliches Abenteuer gewesen ohne ihre Unerfahrenheit. Sie war noch unschuldig – das beeindruckte ihn. Er lernte umständliche Gefühle, Zärtlichkeiten, die ihm früher albern und unmännlich erschienen. Wie, wäre er vorher jemals mit einem Blumenstrauß über die Straße gegangen, hätte er ein Buch gelesen, nur weil es einem Mädchen gefiel, wären ihm etwa die widerwillig auswendig gelernten Gedichte seiner Schulzeit wieder eingefallen, hätte ein unfreundlicher Blick, eine mürrische Laune seinen Schlaf gestört? Er fand sie rätselhaft: er dachte zum erstenmal über ein Mädchen nach.

Weil er Lächerlichkeit fürchtete, wurde er reizbar, mied seine Freunde, die besten Kerle der Welt, und brachte es fertig, Franziska drei Tage lang nicht zu sehen: sie hatte gelächelt, nicht wahr? weil er mir und mich verwechselte, die Nase gerümpft, als er einen rüden Ausdruck gebrauchte, sie machte sich über ihn lustig, deshalb hielt sie ihn hin ... Ich werde es dir zeigen, dir und deiner feinen Sippschaft ... Seine arme Phantasie langte für Einsamkeit, Dickicht, Gewalttat (übrigens haben Mädchen ein bißchen Gewalt ganz gern), in Wirklichkeit war er gutmütig und so prüde, daß ihn die Sachlichkeit seiner Freundin erschreckte.

Franziska hatte Dr. Petersons Fachbücher gelesen, konnte präzis die menschlichen Organe mit ihren lateinischen Bezeichnungen nennen, kannte alle Stadien einer Schwangerschaft und verachtete poetische Umschreibungen für den unappetitlichen biologischen Vorgang zwischen Mann und Frau. Sie wußte alles und war ahnungslos. Wilhelm, der seine Schwester vor Enttäuschungen behüten wollte, übertrieb und verleumdete: Die Männer wollen alle dasselbe. Bett oder nicht Bett, das ist die Frage. Sie sprechen von deiner Seele und meinen den Busen. Und fall bloß nicht auf den Quatsch rein vom letzten und höchsten Beweis, von der Krönung der Liebe. Die wahre Liebe ... Hier wurde er weitschweifig und unklar. Frau Linkerhand, verschämt aber unnachgiebig, vollendete diese Erziehung, indem sie Franziska puritanische Angst vor dem Sündenfall eindrillte.

Sie war jetzt achtzehn, launisch und verstockt, lachte ohne Grund, weinte ohne Grund – knaatschjeck, sagte die Große Alte Dame, die immer noch Bols trank, mal mit, mal ohne Vikars Zuspruch, immer noch quicke, grauseidene Spießgesellin, die Franziska Geld und Zigaretten zusteckte und bei den abendlichen Routineszenen mit handfester und fröhlicher Vernunft zu vermitteln suchte. Franziska hatte zwei Monate Ferien, bevor ihr erstes Semester begann, sie langweilte sich und fand zuviel Zeit, über ihren Roman nachzudenken.

Frau Linkerhand durchwühlte ihre Schubladen nach Briefen, nach verräterischen Tagebuchnotizen und beklagte sich bei Wilhelm: Sie wird heimtückisch, sie versteckt alles, sie hat kein Vertrauen zu ihren Eltern. Wilhelm zuckte die

Schultern, sinnlos zu widersprechen, seine Mutter hatte schon die scharfen Falten, den strumös verdickten Hals einer hysterischen Frau. Abends, am Tisch, sah er seine Schwester weiß vor Empörung, er dachte: Sie wird mit Verbotstafeln umstellt, also springt sie bei nächster Gelegenheit über den Zaun.

In einer Augustnacht badeten sie im Fluß. Der Abend lau und erschlafft von der Hitze des Tages, Mond hinter Erlen, im Schilf quarrten Frösche ... Kupfermond, Kupplermond und melancholisches Gequarr wie bestellt, ekelhafter lärmender Froschplebs, und von der Brücke erzählte ich dir noch nicht? Fünfundvierzig zerbombt, Trümmer, über die sich der brennende Fluß wälzte, Fetzen von Autos, Pferden, Flüchtlingen mitriß, von Kreisleiter, Koffern und Plumeaus, jetzt wieder Brücke mit hochgeschwungenen Bögen, friedfertig von Wellen umspülten Betonpfeilern, sicherem Eisengeländer, zehn Meter überm Wasser oder zwölf, jedenfalls zu hoch, als daß ich Mut hätte runterzuspringen, ein bißchen gedreht, und du prallst wie auf straff gespanntes Tuch. Aber Wolfgang ... Sie saß schon am Ufer, in den Bademantel gewickelt, und sah ... die Bögen rot, mennigerot, und stand dort sieben Jahre später zum letztenmal, im Oktober, Wind, und schon kalt auf dem Fluß, der Professor war bei mir, ich sehe noch seine Hand auf dem Geländer, eine kleine weiße fette Hand, sie zitterte, er war irrsinnig nervös, aber das hatte nichts auf sich, er war es, solange ich ihn kenne, immer kurz vor Zusammenbruch, Schlagfluß, Katastrophe, und immer Stehaufmännchen, wir beide, sagte er, wir haben sieben Leben wie die Katzen. Früher Abend, noch hell genug für den Park, das Schlößchen und für das Hochhaus, das wir zusammen gebaut haben, und weißt du, wie es ist, dein Haus zu grüßen? Ich ging dann aus der Stadt weg ... und sah den dunklen glänzenden Körper ihres Freundes von der Brücke wirbeln.

Er stieg die Böschung hinauf und streifte Tropfen von Armen und Brust, mit einer schönen gemessenen Bewegung, die sich Franziskas Gedächtnis einprägte, und kam auf sie zu. Er zog ihr den Bademantel von den Schultern. Sie erduldete ihn stumm, neugierig und voller Entsetzen über ihren Körper, der einem fremden nassen Mund gehorchte und unter fremden Händen sich zu verändern, größer und weicher zu werden schien.

Auf dem Heimweg zitterte sie vor dem Augenblick, in dem sie das Zeichen auf ihrer Stirn entdecken würde. Sie rieb über ihr Gesicht, das sich nicht verändert hatte, und sie empfand nichts als Erleichterung, als habe sie eine Aufgabe gelöst und endlich etwas Bedrohliches hinter sich gebracht, dem sie doch nicht hätte entgehen können, sie dachte: Und darüber schreiben sie Gedichte, lieber Himmel, davon singen sie Lieder ... Frau Linkerhand kam ins Badezimmer, sah ihre Tochter vorm Spiegel, ihren prüfenden Blick, ihr Erröten, und sie wandte sich ab und brach in Tränen aus, die Wuttränen einer gekränkten Bigotten. »Mit diesem Stück Pöbel!« schrie sie.

Franziska bekam Hausarrest. Wilhelm mußte sie jeden Tag von der Hochschule abholen, er präsentierte am knatternden Dixi wie ein Leibwächter, um seine Schwester zum Lachen zu bringen, und trug Briefchen aus. Er amüsierte sich über das miserable psychologische Manöver seiner Familie, und in der Tat nutzte Franziska die Zeit, während sie eingesperrt blieb, allein in ihrem Zimmer aß und niemanden sah außer Wärter Wilhelm, nicht zu Einkehr und Buße: zwei Wochen der Trennung genügten, ihr ein enttäuschendes Erlebnis zu verklären, sie dachte an Auflehnung und Flucht. Ich könnte unabhängig sein, sagte sie sich, ein Zimmer mieten, von meinem Stipendium leben. Wilhelm lachte gutmütig über ihre Pläne. »Leider kannst du nicht rechnen, meine arme Kleine. Du wirst heulend und ruiniert in den Schoß der Familie zurückkehren. Und Wolfgang? Neunzehn, ich bitte, das will doch erst ein Mann werden. Meinetwegen kannst du mit ihm schlafen gehen ... Na, kratz mir nicht die Augen aus. Mir ist nichts heilig, ein Zyniker – geschenkt. Um es volkstümlich zu sagen: Zur Ehe gehört mehr als vier nackte Beine im Bett.« Er überschrie sie: »Dumme Gans, in drei Jahren wird er dich prügeln.«

Zu seinem Vater sagte er: »Sie ist eine romantische Person, sie leidet jetzt für ihre Liebe und liest Romeo und Julia

– übrigens im Original, denn sie hat Ehrgeiz –, und wenn ihr sie noch einen Monat länger in Einzelhaft haltet, verlieren wir unseren stärksten Mann im Zehner, weil sie ihn heiraten wird.« Sie durfte das Haus verlassen und flog in die Arme ihres Freundes.

Als Wilhelm eines Abends mit blutunterlaufenem Auge nach Hause kam, hörte sie, daß die Jungen vom Sportklub ihren Kameraden Exß mit einem Gelage gefeiert hatten, seinen Sieg, doppelten Triumph: Das Fräulein war Studentin und Jungfer. Wilhelm verprügelte den Verführer seiner Schwester – »obwohl«, sagte er, »obwohl er dich nur durch sein idiotisch seliges Gesicht verraten hat.« Sie weinte, und er brachte es nicht übers Herz, ihr zu sagen, daß sie Gegenstand einer Wette gewesen war, die Wolfgang mit den besten Kerls der Welt abgeschlossen, zwar vergessen, endlich aber gewonnen hatte.

4

Nein, Ben, ich hatte nichts vorausbedacht und geplant, und du verzeihst mir, nicht wahr, daß ich abgereist bin, ohne dir auf Wiedersehen zu sagen. Auf einmal, in der Nacht, bin ich aufgestanden, habe ein paar Sachen in die Mappe gestopft und den nächsten Lastwagen angehalten. Gegen Morgen waren wir schon auf der Autobahn. In einer Fernfahrerkneipe hatten wir ein schauderhaftes Frühstück, Beefsteak Tatar mit Semmeln von Weihnachten und lauwarmen Kaffee, und bei uns am Tisch saß ein junger Fahrer, ein ganz hübscher Schwarzer, aber verwachsen, mit einer hohen Schulter, sowas macht mich kaputt, weil es ungerecht ist und ein boshafter Makel vor anderen, die strack und stramm herumgehen und den Buckligen Tücke andichten und den Rothaarigen Falschheit.

Mein Fahrer war ein netter alter Bursche, er hat mal gesessen, und die Frau ist ihm weggelaufen; als er nach Hause kam, war die Wohnung ausgeräumt, kein Bett und kein Teller, nicht mal das Radio hat sie ihm dagelassen, nichts als die nackten Wände, und er hatte doch alles angeschafft, sagt er. Nachts auf der Autobahn erzählen dir die Leute einfach alles ... Um ihn zu trösten, sagte ich ihm, daß mein Mann mich auch sitzengelassen hat, mit zwei kleinen Kindern und so, und wir waren beide gerührt und verstanden uns wie Leute im Wartezimmer, die an derselben Krankheit leiden.

Ich mußte endlich wieder eine Stadt sehen, irgendeine, dachte ich, und durch irgendwelche Straßen gehen, Pflaster treten, eine Taufglocke hören, eine rumpelnde Straßenbahn, den Musikautomaten aus einem Eckcafé, Reifenzwitschern auf Asphalt, der keine Erinnerung bewahrt an Sand, sterbende Kiefern, die rüde Tristesse einer Barackenzeile und an die Wohnwagen der Straßenbauer.

Als ich aber an der Autobahn die Hügel wiedererkannte

und die Vorwerke unter grauen Schindeldächern, den Buchenwald, die roten und grünen Lauben in einer Gartenkolonie, die grinsende Giraffe aus Pappmaché und das gelbe Transitschild endlich und das blau-weiße, tausend Meter bis zur Abfahrt, bis zu dem geschotterten Weg, der zum Tal abfällt, zwischen Zäunen von silbergrünen, dichtstehenden Pappeln – da war mir, als ob meine Stadt die Arme nach mir ausstreckte, und nun gab ich mir zu, daß ich während der ganzen Reise nur sie gemeint hatte, ihren regnerischen Himmel, ihren altmodischen Charme (denn sie hat immer noch ein Air von Residenz, trotz der neuen City), die Parks mit dicken Alleebäumen, unter denen du in einem kühlen und grünen Licht sitzt, Kastanien in einem Hinterhof, Torbögen bekränzt mit sandsteinernen Wasserlilien, das feierliche Theaterchen, dessen Nischen mit Putten und nackten Halbgöttern bevölkert sind ... hier habe ich meine erste Oper gesehen, Hänsel und Gretel, und die vierzehn Engel von Scheinwerfern angestrahlt, rot, gelb, grün und violett, das hat mich damals mächtig beeindruckt ... Und über dem N.schen Palais, über Säulen, die nichts mehr stützen, und den gebrochenen Rippen einer Kuppel, die nichts mehr überdacht als Gras, Vogelgeschrei und rauchgeschwärzte Steine, schwebt immer noch Nike, auf die Fußspitze gestellt wie eine Balletteuse, kopflos und mit ausgespannten Flügeln.

Mittags saß ich im Schloßhof, ich war ganz allein, und ich wünschte, Ben, du wärst bei mir, obgleich ich doch, ich weiß nicht warum, auch dir ausgerissen bin ... Es war still, nur der Springbrunnen rauschte; irgendwo sehr hoch oben, wo Luft und Wasser schon ineinanderfließen, zerplatzt der Strahl, der hart und kompakt scheint wie ein Glasschaft, und fällt in Bögen auf die erste Schale, die sie weiterwirft in die nächste und in die dritte Schale und in die gehöhlten Hände, die Mäuler durstiger Tritonen, und wenn der Wind dreht, weht Wasserdunst über den Hof, die Kieswege, die Treppe – Gott, was für eine Treppe! Eine Treppe, die man nicht raufgeht, sondern emporschreitet, falls du verstehst, was ich meine.

Einmal schwärmte eine Wolke von blaubrüstigen Tauben

über das Kavaliershaus, über das Giebeldreieck und die Säulen aus weißem porösem Stein, und ich war glücklich, Ben, glücklich und traurig durcheinander wie manchmal bei einer Musik, nein, diesmal kein Blues, nichts in Schwarz und Gin und Trouble in Mind, dann schon eher ein Faun aus Arkadien und seine melancholische Rohrflöte an einem heißen Nachmittag, auf dem sonnengefleckten Waldboden. Leg dir die Platte auf und hör dem kleinen Bocksbeinigen zu. So ungefähr ... Jakob malt jetzt nach Debussy, La Mer in Farbkreise und Farbwellen übersetzt, Blau, Grau, Grün, sehr schön und sehr unverständlich und auf einmal, wenn er dir die Musik dazu spielt, genau das, was du selbst hinter geschlossenen Lidern gesehen oder doch empfunden hast.

Später bin ich zum Dom gegangen, es regnete, und aus den Teufelsfratzen und Schlangenmäulern der Wasserspeier rannen Speichelfäden. Wenn man am Fuß der Mauer steht und nach oben blickt, beginnt der Turm zu pendeln und sich vornüber zu neigen, zu fallen, ein gegen alle Gesetze langsamer Fall, ein drohend verzögerter Sturz, der mich als Kind ängstigte und demütigte wie die gewaltigen Mauern, das sakrale Halbdunkel im Kirchenschiff, die steifen Figuren der klugen und der törichten Jungfrauen. Heute sehe ich alles in einem neuen schärferen Licht: diese Pfeiler und Bögen sind nicht in den Köpfen von mönchischen Dunkelmännern vorgezeichnet worden, und die Gewölbe predigen nicht die Ohnmacht vor Gott ... Sie waren große Ausprobierer, meine Kollegen aus dem Mittelalter, und unfromme Denker. Eine rote Rose auf ihr Grab, das niemand kennt.

Eine sentimental journey also, zurück zu den Straßen und Plätzen von einst, zur Ruine von St. Annen, die von Gerüsten umsponnen ist bis an die Füße des schwarzen Engels, und den Laubengängen des alten Rathauses, auch zu ein paar Freunden, meinem Maestro Reger, und zu Jakob ... Aber nein, wir hatten nichts miteinander, damals. Eine Affäre, das ist das Wort, weil Affäre ja nicht nur Fall, Ereignis, Geschichte heißt, sondern auch Frage und – es ist ein vieldeutiges Wort – Verlegenheit und Klemme, und so war es denn auch, fatal und fragwürdig und ein Abend, an dem einer neben dir sitzt, irgendeiner, der nicht mehr Sie zu dir sagt, dessen Hand so lebendig ist wie die Plastehand einer Schaufensterpuppe und der dich aus einer Entfernung von drei Lichtjahren fragt:

»Woran denkst du?«

Als sie die Augen aufschlug, flogen ihr wieder die Boote entgegen, blauschwarze Segel geschwellt von einem Wind, der das Meer und die rauchfarbene Luft nicht bewegte. »Woran soll ich denken? An nichts.«

Er bückte sich nach dem ungetümen Trichtergrammophon und drehte die Kurbel. Franziska zog die Decke unters Kinn und drehte das Gesicht zur Wand, um seinen Rücken nicht sehen zu müssen und den Nacken, in dem das Haar schwarz und wild wie eine Tiermähne ansetzte. Die Grammophonnadel kratzte, und aus dem Trichter quollen quäkend die Klänge des alten Liedes, Glory Glory Hallelujah, und die Soldaten des Herrn marschierten, mit frommem und fröhlichem Lärm, und Old John Browns Seele marschierte voran, Glory Glory Hallelujah, Jakob, mit halboffenem Mund und hängendem Kiefer, nickte im Takt. »King Oliver«, sagte er.

»Aber nie«, sagte Franziska, die sich über ekstatisches Nicken und baumelnden Kiefer ärgerte. »Bleib du bei deinem Nono, für Jazz hast du einfach kein Ohr. Das ist der Swing von Chick Webb: Es ist, wie wenn du ein Mädchen siehst, dann eine Schlägerei hast und danach sie wiedersiehst.«

»Das trifft ziemlich genau meine Gefühle«, sagte er. Am Boden standen zwei Wassergläser und eine halbgeleerte Flasche Rotwein. Er goß Wein in ein Glas und gab es Franziska. Sie rümpfte die Nase über den säuerlichen Geruch. Das Mondlicht, das durch Fensterscheiben ohne Vorhänge fiel, enthüllte die heiße Unordnung im Zimmer, die rohen Dielen, das Kasernenbett, einen Haufen leerer Flaschen und Konservendosen in einer Ecke und den mit Skizzenblättern überhäuften alten Strohsessel. Sie streckte den Arm unter der Decke hervor und hob die Nadel von der Platte. »Dreh dich um, ich will mich anziehen«, sagte sie in einem Ton, der Jakob verriet, wie ungeübt seine Zufallsgeliebte war.

Er sah sie an. Sie richtete sich auf und warf ihm die Arme um den Hals, und er fragte, überredet von einem bitteren Duft, vom Atem ihrer Brüste auf seiner Haut, ob sie wiederkommen werde, aber sie schwieg, sie verleugnete sich, und er spürte, daß sie nicht ihn umarmte, sondern irgend jemanden, irgend etwas Lebendiges umarmte oder umklammerte, er sagte verletzt: »Bloß keine Tränen.« Er stand von der Bettkante auf und ging durch das kalte Zimmer und in sein Atelier hinüber; er schleppte den rechten Fuß nach, dessen Knöchel von einem Flaksplitter zerschmettert war.

Das Atelier war bei Nacht hoch wie ein Kirchenschiff. An einem der eisernen Rahmen, die die geneigte Glasfront zerschnitten, lehnte der junge Mann, und hier bot er ein Bild, das Franziska an technikberauschte Fotos erinnerte, mit den stürzenden Linien eines monströsen Stahlturms, in dessen verjüngtem Geflecht, nahe dem Himmel, sich ein schwärzlicher Punkt Mensch verstrickt. Er hatte die Arme untergeschlagen und beobachtete ihren Gang, er lächelte, als sie ungeschickt mit der Hüfte an einen Tisch stieß, auf dem dünne Aluminiumblätter raschelten und Emaillen klirrten, die im Mondlicht barbarisch wie Seeräuberschätze glänzten (er könne, hieß es, mit Blicken hexen, Fußangeln legen, durch Anstarren und hämischen Wunsch andere stolpern lassen). Sie blieb stehen und betrachtete den deckenhohen Karton an der Stirnwand des Ateliers, ein Liebespaar in einem Garten von krasser und naiver Buntheit. »Na?« sagte Jakob.

»Monumental, aber hübsch«, sagte sie. Das Paar berührte sich nicht, und seine Hinneigung, inmitten der sinnlichen Fülle von Blatt und Blumen, enthüllte sich nur in einer weicheren, fließenden Bewegung von Schultern und Nacken.

»Die Sonnenblumen legen wir mit Blattgold aus.«

»Gold, natürlich. Wetten, das ist Regers Idee. Na, ich geh dann. Herrje, mach nicht so ein Gesicht ... Was denn noch?« Sie sagte gutmütig: »Deine Schuld ist es nicht. Ich kann nicht aus meiner Haut. Mach dir nichts draus.«

Ihre Stimme war unscharf und brüchig, und Jakob versuchte sich vorzustellen, wie diese Stimme eines Halbwüchsigen sich veränderte, wenn sie in der Umarmung stammelte (stofflich wurde, dachte er, anzufassen wie rauhes Tuch, sepiabraun; er übte sich darin, Stimmen und Noten als Farben aufzunehmen, sah Flötentriller weiß, ein Glissando wie eine hochschießende Fontäne in immer hellerem atmosphärischem Blau), bei ihm hatte sie die ganze Zeit geschwiegen, sie hatte sich mit keinem Namen, keinem Seufzer verraten; stumm und wachsam, machte sie ihn unsicher, dann wütend. Er hätte sie jetzt gern aufgehalten, sie war ihm Geständnisse schuldig geblieben und sogar das bißchen Freundlichkeit, das ihn selbst zu Vertraulichkeiten ermutigt hätte: Nett, daß du da bist. Doch, ich mag dich gern. Schon damals, im Juni, als ich dich im Klub traf ... Du trugst ein gelbes Leinenkleid und eine Kette von schwarzbraunen Muscheln ... Eine Freundin? Ja. In Westberlin. Wir trafen uns mal drüben, mal bei uns, im Pressecafé, ein Bekannter gab uns sein Zimmer für eine Nacht – Robert, du kennst sein Mädchen mit der Mohnkapsel. Wie sie dann die Mauer gebaut haben ... Einmal, als ich in Berlin war, ging ich die Linden runter zum Brandenburger Tor, ich fühlte mich wie in der Anatomie ... Hast du mal zugesehen, wie ein Herzmuskel bloßgelegt wird? So. Eine Menge Leute, manche winkten, manche standen bloß so rum. Das kann doch nicht dauern, was meinst du? Daran kann sich doch kein Mensch gewöhnen, Stacheldraht mitten durch eine Stadt ... Du siehst ihr ähnlich, nein, wirklich, ein bißchen schon, ihr Haar ist dunkler. Ich habe ein Foto von ihr ...

Franziska zog die Handschuhe an. Er sagte schnell: »Seit dem Schlamassel mit der Ausstellung hatte ich keine Aufträge mehr. Ich habe aus dem Französischen übersetzt.«

»Reger hat eine Nase für gute Leute.«

»Du bist sachlich wie ein Viehhändler.«

»Und du bist larmoyant wie eine unverstandene Frau. Aber das, was du auf der Ausstellung gezeigt hast, war wirklich weder schön noch intelligent.«

»Unser Schönheitsempfinden hat mutiert«, sagte er hochmütig. »Cézanne fand man zu seiner Zeit abstoßend häßlich.«

Franziska streifte ihre Handschuhe wieder ab, sie sagte: »Red nicht mit mir wie mit einem Laienbruder, und tröste mich nicht mit dem Geschmack kommender Generationen, meine Enkel sind mir schnuppe, weißt du. Und überhaupt finde ich deinen ganzen Tachismus zum Totlachen, seit Monsieur Tinguely Meterware davon liefert.«

Er selbst hatte ihr das Bild der meta-matic gezeigt und den listigen Mechanismus erklärt, der weiße Papierbahnen mit farbigen Flecken beschrieb und Gemälde von skurriler Grazie schuf, die auch ein kundiges Auge nicht von den Werken einer Menschenhand unterschied. »Es waren Versuche«, sagte er mürrisch.

»Wir sind unter uns, du darfst zwinkern.«

»Zu einfach, zu einfach.« Er hinkte auf sie zu, ereiferte sich und vergaß die mißtrauische Kontrolle über den im Knöchel verdrehten Fuß. »Man hat nicht immer Sicherheit, wünscht sie auch nicht ... Man geht eine unbekannte Straße lang, auch wenn am Ende der Straße keine Laterne brennt. Schönheit ...« Er hüpfte wie ein Rabe, den glänzenden schwarzen Kopf vorgebeugt. »Ihr sagt schön und meint gefällig, eingängig, bequem. Ich, ich will nicht bequem sein, ich will nicht gefallen, dir schon gar nicht, mit deiner Schwärmerei für das blonde Fleisch von Renoirs dicken Weibern und ihre sanften Kuhaugen. Soll ich hübsche Bilder pinseln wie Wolters, dieser preisgekrönte Affe? Viertausend für ein glattes Gesicht, und ich seh ihn, wie er mit seiner dicken rosigen Zunge die Welt abschleckt, weg mit Schmutz und Trübsal und an einen ewig blauen Himmel gehängt die Sonne aus dem Land des Lächelns –«

»Und wie nennst du diese Reklamewand?« Sie blickte über seinen Kopf hinweg auf das Liebespaar und das platzende Feuerwerk von Farbe, Blume und Stern. »Eine reizende Reklame, sicher, aber doch wohl nur Lohnarbeit, wenn ich dich verstanden habe, der rettende Auftrag von unserem Meister, und nun schrei, wenn du kannst.«

»Reklame, wenn schon, für das liebe Leben.«

»Haha«, sagte Franziska. »Und dein Freund Maaß entwirft Luftschutzplakate ... für das liebe Leben. Ach, ihr ... Hofnarren, Kammerdiener, Kontenbesitzer, für einen dikken Auftrag vergeßt ihr eure schlechten Träume und malt Mutter und Kind unterm Atompilz und irgendeinen dummen verlogenen Slogan in Schönschrift, Bürger, auch du hast eine Chance, mit Siegeszuversicht und nassen Tüchern werden wir den nächsten Krieg schon überstehn ...« Jakob zog nervös den verkrüppelten Fuß hoch, er wartete auf einen tückischen Stich im Knöchel; es soll Leute mit Prothesen geben, dachte er, die in einem abgeschnittenen Bein noch Schmerzen fühlen. »Gestern«, fuhr sie fort, »sah ich im Sportgeschäft eine Art Skaphander, geschmackvoll und schnittig, den Asbestanzug für die wirklich gutgekleidete Strahlenleiche –«

»Hör auf, ja«, sagte Jakob. »Mich kotzen schon die Witze an: ... begeben Sie sich gemessenen Schrittes zum Friedhof ...«

»Warum gemessenen Schrittes?«

»Damit keine Panik entsteht.«

»Jetzt mußt du selber lachen ... Vielleicht hat auch Damokles schwarze Witze gerissen, nachdem er sich an das Schwert gewöhnt hatte. Eine Geschichte mit Moral, die mein Vater gern zum besten gab: von Dionys dem Tyrannen, der seinen Höfling in alle Genüsse einer glänzenden Stellung setzte, gleichzeitig aber, um ihm die Gefahren derselben zu veranschaulichen (ich wiederhole nur die Worte meines Vaters) – gleichzeitig also über dem Haupte des sorglos Schwelgenden ein scharfes Schwert an einem Pferdehaar aufhängen ließ ... Ich weiß nicht, wie die Geschichte für Damokles ausging, aber ich nehme an, daß er nach drei Tagen wieder Appetit hatte und nach drei Wochen mit seinen Freunden über die Haltbarkeit von Pferdehaaren philosophierte ... Und wir, wir haben uns an die Bombe gewöhnt und daran, daß sie das brisante Zünglein an der Waage ist –«

»Gewöhnt, gewöhnt«, sagte Jakob. »Es ist Notwehr, man kann nicht alles durchlassen, baut sich Sperren ein, sie funktionieren, müssen funktionieren, heutzutage, wo dir jeden Morgen mit der Zeitung hundert Leichen zum Frühstück serviert werden, und Folter, Lynchmord, dritter Grad, Tränengas und Zyklon B. Wer soll denn das aushalten? Es ist Notwehr ...« Er verschloß hinter sich die Kammer seiner eigenen Ängste, der Wolke und der weißen äschernen Träume. »Sonst kann man nicht leben, damit nicht«, sagte er, und zum erstenmal fühlte er sich ihr überlegen, einer anderen weiseren Generation zugehörig, den Geprüften, »und wir wissen, was leben heißt, weil wir wissen, wovon wir reden, wenn wir Tod sagen.«

Sie sah ihn an und entdeckte eine von Falten zerklüftete Stirn, ungehörig erfahren über glatten Lidern, als sei sein Gesicht willkürlich zusammengesetzt aus den Gesichtern eines alten Mannes und eines Zwanzigjährigen. »Wir«, sagte er, »wir haben in den Kellern die fauligen Leichen ausgegraben, Schenkel und Schädel, und die Erstickten unter geplatzten Wasserrohren. Die Phosphortoten waren schwarz und dürr und klein wie Kinder und zerfielen in Asche, wenn man sie anfaßte ... Früher hatte ich im Keller gesungen, wenn ich Äpfel oder Sauerkraut raufholen mußte ... Später, danach, fand ich alle die Mumien und schwatzenden Herzen und die einäugigen Katzen von Mister Poe so amüsant wie Comic-strip-Figuren ... Was wißt ihr denn? Als ihr zu leben anfingt, da waren die Städte schon aufgeräumt, da war der Himmel aufgeräumt.«

Sie erinnerte Sand, Schachtelhalm, Verneigung unterm jaulenden Bogen, nahen Sensenpfiff. »Wir hatten bloß noch nicht das Wort Sterben, oder hatten es nur als Wort ... Einmal, bei einem Schulausflug, wurden wir von einem Tiefflieger beschossen, kleine Mädchen, das muß einer doch sehen aus der Höhe ... Wir rannten in eine Scheune, wir rannten wie die Hasen, und sicher schlugen wir auch Haken wie die Hasen. An Todesangst kann ich mich nicht erinnern ... Eine Hasenjagd, ja, mit Maschinengewehren, ich sehe noch den Sand aufspritzen ... Ich kann auch die Bomber noch hören. Und Sirenen ... das vergißt sich nicht, und jeden Sonnabend, mittags um zwölf – jetzt, denke ich, jetzt ist es wieder soweit.«

»Damit kann man nicht leben«, wiederholte Jakob. »Und wenn du mich fragst, ich halte mich lieber an Luther, denn ich denke doch, es war Luther, der gesagt hat, wenn er wüßte, daß morgen die Welt untergeht, würde er heute noch ein Apfelbäumchen pflanzen. Man gibt nicht auf ... Nach jeder Katastrophe, als Feuer vom Himmel fiel oder als die große Flut kam, war der Mensch wieder da und erhob seine Stimme und sandte die Taube aus …« Er tippte brüderlich auf ihre Schläfe, »nein«, sagte er, »nein, was auch geschieht, der Mensch wagt immer wieder die Dauer.«

»Wagnis der Dauer«, sagte sie, »ja, das ist gut, und ich will es mir merken«, und so habe ich es in mein Gedächtnis aufgenommen und oft darüber nachgedacht seit jenem Abend, den ich fatal und fragwürdig nannte, und er war doch nur ein Irrtum, ein untauglicher Versuch, das Rechenexempel aufzuheben, nach dem eins und eins immer zwei ergibt. Nun, warum auch immer, unsere Freundschaft – der Einfachheit halber sage ich Freundschaft für unser stachlig kordiales Verhältnis – hat den Irrtum überlebt. Wir fanden auch mühelos den Ton wieder, in dem wir vorher miteinander gesprochen hatten, krauses und ungereimtes Zeug, mag sein, aber wir waren engagiert, geradezu wütend beteiligt, auch wenn wir in einer halben Stunde zehnmal von einem Gegenstand zum anderen sprangen.

Wir wechselten auch unsere Idole in einem atemberaubenden Tempo, schwärmten heute für Brecht, morgen für Mauriac, für Bebop und Barfußlaufen, Ikonenmalerei und wohltemperiertes Klavier, und gingen vier Abende nacheinander ins Stadttheater, um Marquis Posa zu applaudieren, wenn er deklamierte: Geben Sie Gedankenfreiheit, Sire! Wir fielen auf, und das wollten wir wohl auch, und Jakob war mein Protest gegen –

Nein. Protest, das ist zu stark. Hier müssen wir Franziska das Wort entziehen. Richtig ist, daß Unbehagen an ihrer Familie, an ihrer Gesittung, Tradition und fortwirkenden Erziehung sie verleitete, Personen anzuhängen, die sich unbürgerlich, vorurteilslos, aufsässig und sogar liederlich gaben, Personen also, die Frau Linkerhand zweifelhaft nannte, die kein passender Umgang waren und aus dem Rahmen fielen. Jakob fiel aus dem Rahmen. Man mußte ihn nur sehen, wie er durch die Straßen hinkte, barfuß oder in Mönchssandalen, das Gesicht von phosphoreszierender Blässe in einen Bart gerahmt, ein schwarzes wildes Gewölle, zügellos redend und gestikulierend, während Franziska, die so gern salopp und unbekümmert und, wie Wilhelm sagte, von Ludergeruch umwittert gewesen wäre, seine Gleichgültigkeit gegen starrendes Publikum zwar bewunderte, sich aber still und geniert an seiner Seite hielt, in gedrillter Haltung, mit weißem Stehbündchen gewissermaßen, und den Blicken der Leute auswich. Ein kläglich halbherziger Protest und die Beatnik-Uniform nur Kostümierung – soviel dazu. Kehren wir jedoch zurück ins Atelier, wo Jakob eben seiner Freundin die Hand auf den Nacken legt, den dünnen Nacken, auf dem sich die Wirbel abzeichnen, und sagt: »Ein lieblicher Köder ... Du spielst falsch, mon amour. Wer hat dich bloß so zugerichtet?«

»Trinken wir noch einen Schluck.«

»Weißt du, wie wir deinen Mann nennen?«

»Ich hole den Wein rüber«, sagte sie.

»... den schönen Idioten.«

»Bleib hier. Ich geh schon.« Als sie mit der Flasche und den Wassergläsern zurückkam, sagte sie: »Warum hast du nicht die Blauen Boote gezeigt? Wolters ist doch bloß bunt. Du, du hast einen sechsten Sinn für Farbe.«

»Ich war blöd«, sagte Jakob. »Ihnen mit dem nackten Arsch ins Gesicht zu springen ... Prost. Du sollst leben. Es war ein teurer Spaß.«

»Ein herrlicher Spaß«, sagte Franziska, und ihre Augen funkelten vor Vergnügen. »Ich war bei der Eröffnung, im Gefolge von unserem Kulturboß. Ich sagte ihm, du hast den Trommelnden Tod aus Protest gegen die Atombewaffnung in Westdeutschland gemalt. Er wand sich ... einerseits durfte er den Protest nicht überhören, anderseits sah er weder den Tod noch seine Trommel. Schließlich glaubte er in ein paar grünlichen Flecken die alten Generäle zu entdecken ... O buddy, wir starben bald vor Lachen ... Der arme Hund, ich wette, er hält Rembrandt für den Erfinder der Fernsehtruhe.«

»Und Malaparte für einen verkrachten Feldherrn.«

»Und Pädagogen für Leute, die mit kleinen braunen Knaben Unzucht treiben.«

»Und Utrillo für einen Menschenaffen.« Sie überboten sich in Witzeleien, verbündet durch ihre Unduldsamkeit gegen einen beschränkten Kopf, eine Macht hinter den Doppeltüren der Bezirksleitung, die Aufträge vergeben und zurückziehen konnte, einen unsicheren und desto unverschämteren Despoten, der nichts mehr fürchtete als einen spöttischen Blick. Jakob haßte ihn, weil er ihm in einem Augenblick verzweifelter Existenzangst geschmeichelt hatte, und er rächte sich, indem er fleißig Geschichten zusammentrug und kolportierte, die mörderischen kleinen Anekdoten, die im Klub und in den Ateliers ohne Gutmütigkeit belacht wurden. »Kennst du Berlinghoff?«

»Den Waldschratt ...« Er war ein schüchterner älterer Mann mit grauem Vollbart, er hauste am Stadtrand in einem kalten Schuppen, wo winters Fledermäuse im Gebälk hingen. Seine märchenbunten Bilder waren noch der Kinderwelt nahe, verwundert und voll wunderlicher Entdeckungen, seine Himmel bevölkert mit Schiffen und Schwänen und Reitern auf gestreckten, sanftäugigen Rappen.

Bei der letzten Ausstellung, erzählte Jakob, sei der Boß vor den Bildern Berlinghoffs stehengeblieben und habe gesagt: Wenn ich so einen Bart hätte, könnte ich auch so malen. – Zwei Tage später fand er auf seinem Schreibtisch, in braunem Packpapier, ein verfilztes Knäuel grauer Barthaare und einen Zettel mit der sackgroben Schrift von Berlinghoff: »Der Bart ist ab. Nun male Du.«

»Ist das gut?« fragte Jakob.

»Blendend. Prost. Berlinghoff soll leben.« Sie stießen feierlich ihre Gläser aneinander. »Der einzige Künstler unter euch, wenn du die Wahrheit hören willst.«

»Noch ein Glas, und du darfst mir sagen, daß ich der letzte Stümper bin.« Sie goß ihm ein. Er hielt ihre Hand fest und sagte: »Könntest du dich in mich verlieben?«

Sie drehte ihm den Kopf zu, mit einer schnellen genauen Bewegung, an der er sie endlich wiedererkannte, im fahlblauen Licht, Neonlicht, Aquariumslicht, über Zeichnungen gebückt, rechnerisch, streitbar und stotternd, geschlechtsloser weißer Kittel, den er auf den Tod nicht ausstehen kann, aber schlampig gekämmte Haare, Gott sei Dank, und die heiße braune Haut des Halses, noch nicht ganz das Abziehbild der Tüchtigen Frau, Haltung, Sicherheit (über welchen Ängsten?), und er sagte: »Also nein. Auch gut. War 'ne Mitternachtsidee.«

»Und die falsche Reihenfolge«, sagte Franziska. »Ach Jake, wir hätten so glücklich ... Ja, sagte ich, wär schön gewesen. Zitat.«

»Ich lese bloß die Stierkämpfe.« Er war jetzt ein bißchen betrunken oder nur benommen von Wein, Müdigkeit, scharf dumpfigem Geruch nach Metall und Terpentin, von Wünschen, in Geschwätz geronnen, Einsamkeit zu zweit, dachte er, auch nur Wort, Notbehelf, faul, man müßte ... »Nach Spanien«, sagte er, »den Tod der schwarzen Stiere malen, eine Capa im Sand, blutrot, die eleganten Metzger ... Kannst du kochen?«

»Was man so kocht. Pudding. Bratkartoffeln. Konservenfraß herrichten.«

»Das genügt.« Er hinkte, hüpfte in sein Zimmer, der schwarze Rabe, schief und flügelschlagend, und kam mit einem Bündel Papieren unterm Arm zurück. Er hockte sich auf den Fußboden und winkte ihr. »Wenn ich abgeliefert habe, baue ich mir ein Schiff. Ich krieg 'n Haufen Geld ... Die Pläne sind schon fertig, alles selbst entworfen, tüchtiger kleiner Steamer, zwölf lang, vier breit. Ich fahre die Elbe rauf, bei Hamburg ins Meer, durch den Kanal, an England vorbei, vielleicht 'n Trip nach Irland ...« Sie kniete neben ihm. Der gelbe Lichtkreis einer Taschenlampe drehte sich über Frankreich, Spanien, La Coruña, Lissabon, schwamm auf einem rotgestrichelten Reiseweg durch die Landkartenstraße von Gibraltar, tanzte vor Marseille, kreuzte rüber nach Ajaccio und um Korsika herum und ging in Genua vor Anker. Franziska strich eine Haarsträhne hinters Ohr, ihr ganzes Gesicht erbebte vor Spannung, und Jakob erlag einer vorgeneigten Stirn und dem halboffenen Mund und sagte: »Wir segeln in aller Herrgottsruhe die italienische Küste lang, machen Station in Ostia, Rom, das wär doch was für dich, der Petersdom ... Pompeji sollst du auch haben, jeder Architekt, der auf sich hält, wallfahrtet zu Ruinen ... In Neapel habe ich einen Freund ...«

»Du spinnst«, sagte Franziska und sah doch eine wilde Minute lang das Schiff mit blauen Segeln wie gespreizte Flügel und sah sich selbst zwischen Sonne und Meer auf heißen Planken, an denen Wellen schmatzten, unter dem vom Wind gebauchten knatternden Tuch. »Aber die Grenzen, die Kontrollen, da kommt doch keine Katz mehr durch, und Pässe, schon bis Hamburg brauchst du hundertzwanzig Stempel, und Devisen haben wir auch nicht. Fußballer müßtest du sein oder zehnzwo laufen, jeder überzüchtete Wadenmuskel hat mehr Chancen als du und ich.«

Jakob kauerte auf den Dielen, über seinen ohnmächtigen Papieren, bockig, ein Kind, dem Erwachsene sein Lieblingsspielzeug weggenommen haben, und er hatte doch, wer weiß, seine drei Rollen Hoffnung nur hervorgekramt, um sich bestätigen zu lassen, was er selbst längst wußte, kein Schiff, keine Reise, armer Jake, das sind die Abenteuer, von denen man nur träumt, und um seine Einwände zerpflücken zu lassen, zuzusehen, wie der andere Visa-Fußangeln auslegte, Paßwände mauerte, Dollargruben schaufelte, und von vorn zu beginnen, wenn und aber, und wieder auf seinem Lichtkahn durch den Golf von Biskaya zu segeln. »Irgendwie –«, begann er.

Aber Franziska spielte nicht mit. »Irgendwie«, sagte sie, »muß ich morgen, nein, heute, lieber Himmel, es ist ja schon eins durch, ich muß einen Wagen chartern und den Bezirk abklappern. Irgendwie müssen wir ein Polyamidgewebe für unsere Dachhaut auftreiben, keine Ahnung, wie und wo, aber Reger macht's möglich. Irgendwie muß ich Zeit zum Einkaufen und für große Wäsche finden. Nein, du darfst mich nicht nach Hause bringen, manchmal wartet er vor der Tür, einmal hat er 'n Strauß hingelegt, ausgerechnet Gladiolen, die ich nicht leiden kann, morbides Zeug ohne Duft, erinnert mich immer an die Hände und Füße aus Wachs, die man wundertätigen Marien spendet, – aber meistens ist er wütend, will mich erwischen und Liebhaber verprügeln. Ja, ich ruf dich mal an …«

Er hat sein Schiff nicht gebaut, aber er sucht immer noch, nach der zweiten Flasche Rotwein, seine Pläne raus und schippert mit der Taschenlampe Spaniens Küste lang. Er hat auch noch das Atelier wie damals, eine Bruchbude, nicht zu heizen, im Winter arbeitet er in Filzstiefeln und Steppjacke. Er hat einen Schaukelstuhl gekauft. Das Geld für den Wandfries ist auf der Bank, und er verwaltet es sparsam wie ein guter Haushalter, verwaltet seine Unabhängigkeit, kann sich Irrtümer leisten, er ist verrückt vor Egoismus – ich sehe, ich will, ich werde – und keine Bindung, nicht an eine Frau, nicht an einen Vertrag, seine Freunde ziehen sich von ihm zurück, diese Familienväter, die ihre Sorgen wie Handschellen tragen, intrigieren, sich gegenseitig die Aufträge aus den Zähnen reißen, man muß ja leben ...

Jakob aber, der will die Welt ausweiden, der sieht dich an, als wollte er dir die Schädeldecke abheben, das Stirnbein anbohren, deine Gehirnwindungen aufspulen ... eine Vivisektion mit Blickskalpellen, als wär dein Wesen und Bewußtsein ein Organ, das man herausschneiden, in die Hand nehmen, betasten und abbilden kann ... Du bekommst allmählich ein Menschengesicht, sagte er zu mir. Vor zwei Jahren warst du bloß hübsches Fleisch. Jetzt schält sich ein Kopf heraus ... An der Wand lehnten drei Porträts, immer derselbe Mann und immer ein anderer, als wäre bei jedem nächsten Bild eine Schicht vom bloß Äußerlichen, jedermann Sichtbaren abgeblättert, bloßgelegt, was man sonst den anderen verheimlicht, vielleicht nicht einmal sich selbst gesteht. Ist das denn Wahrheit in der Kunst, wenn man einen Menschen so preisgibt? Ich weiß nicht, Ben; ich weiß nicht mal, was Wahrheit ist. Wenn ich dir erzähle: das war so und so – ist das wahr? Für Stimmungen haben wir nur Codewörter und erwarten, daß der andere sie dechiffrieren wird. Färbe ich schon ein Bild um, rücke ich schon Figuren, weil ich weiß, was danach kam?

Ich bin auch in dem Viertel an der Strombrücke gewesen, auch vor dem Gericht, und drei Tage fielen mir in einem zusammen – dieser, in dem du schon warst, mein Liebster, und der Tag vor zwei Jahren, als das Urteil gesprochen war, und der dritte, weit weit zurück und doch so genau zu erinnern, daß ich heute noch rot werde. Herbsttage in allen Tönen von Gelb ... Die hohe Tür hatte den Mahagoniglanz des Alters. Sie schlug zu, feierlich dröhnend wie Simeliberg, der sich hinter dem Flüchtling schloß. Entronnen, um den Preis einer abgeschlagenen Ferse. Franziska blieb auf der Treppe stehen, in der korrekten Haltung, zu der man sie erzogen hatte, sie trug ein strohfarbenes Kostüm, das einen blonden Schein über ihr Gesicht goß. Der vergilbte Rasen vor dem Gerichtsgebäude und die blaugelben Kugeln gestutzter Ahornbäume entlang der Straße badeten im milchigen Licht des Spätnachmittags. Die Kirchenglocken vom Turm Unserer Lieben Frauen läuteten, und die Luft schien in langen gemessenen Wellen zu schwingen, traurig wie an einem Sonntag im November. Von dem grünleuchtenden Kupferdach des Doms warf sich ein Vogelschwarm schreiend in den Himmel.

Franziska stützte sich mit einer Hand aufs Geländer, sie hatte den Septembertag wiedererkannt, jenen Nachmittag vor drei Jahren, als sie zum erstenmal vor dem Werktor auf Wolfgang gewartet hatte, um ihm den Lohn abzulisten, seit fünf Tagen nichts als das fade Mensa-Essen, hungrig, auf eine Zigarette erpicht, aber elegant in einem gesteppten Nylonmantel und, vor der Ziegelmauer, aufrecht, geübt durch jahrelangen Drill: Halte dich gerade, die Schultern zurück, laß dich in der Öffentlichkeit nicht gehen, – während ihr die Geschichten der Großen Alten Dame einfielen: von den Offiziersfrauen, die Spitzendeckchen häkelten und heimlich verkauften, um zur Silvester-Redoute in einem neuen Ballkleid zu blenden, und von Beamten, bei denen mittags verlängerte Sauce oder ein Salzhering auf den Tisch kam, weil die Mädchen das Lyzeum besuchen und Klavierstunden nehmen mußten … Geschichten aus dem bürgerlichen Panoptikum, sagte Franziska und lachte.

Sie begegnete kalt den Blicken der Männer, die durchs Werktor radelten. Einem tat sie leid, er rief: »Er ist längst weg, junge Frau.« Ein Freund hatte ihn gewarnt, wir wollten doch auf ein Bierchen, deine Puppe steht draußen, paß auf, die schleppt dich ab; Wolfgang stahl sich über den Werkshof und durch eine Hintertür.

Franziska erbebte unter einer Demütigung, die schlimmer war als Hunger, als die Mietschulden bei der Zimmerwirtin und Bittgänge zu den Eltern, die jedes Geldstück in milde Vorwürfe einwickelten, du warst ja gewarnt, liebes Kind, du hättest auf uns hören sollen, natürlich steht dir unser Haus immer offen, wenn du vernünftig sein willst …

Eine kupferne Allee, Himmel von vergehender Bläue, auf

den Schwalben ihre Parabeln kritzelten, Straßen, das Haus, allein, mit qualmgeschwärzten Mauern, am Rande eines Parks, der früher einmal ein dichtbesiedeltes Stadtviertel gewesen war und in dem die Sträucher den üppigen Wuchs, die fetten Blätter von Friedhofssträuchern hatten (wenn in Herbstnächten der Sturm um das Haus tobte, preßte Franziska die Hände auf die Ohren, glaubte das Gebälk ächzen zu hören, die Wände schwanken zu fühlen, und im Regenschauer trommelten knöcherne Finger an die Fensterscheibe; im Sommer leuchtete der satte Rasen, die Wege säumte Lachsrot japanischer Quitten, Büsche neigten sich unter weißen Blütenbällen, und der Wind wehte ihren Duft durch das offene Fenster, und Franziska vergaß, [daß] sie am Rande eines Massengrabes wohnte), der verluderte Aufgang, Wände aus falschem Marmor, von Sprüngen wie Spinnennetze überzogen, die ölglatten Holztreppen, die ihr wie eine Klaviatur erschienen, auf der jeder seinen eigenen Anschlag, seinen unverwechselbaren Schritt-Rhythmus hatte ... verräterische Stufen, ich kann schon, wenn er im zweiten Stock ist, seine Laune hören, und ob er nüchtern ist oder betrunken oder bloß angeheitert heimkommt, mit geklauten Blumen, Bieratem und nassen Küssen ...

Sie tastete sich die Treppe hinauf, halb bewußtlos vor Wut und Scham. Der Hund, mich warten zu lassen, unter allen diesen Weibern mit Krampfadern und dicken Strümpfen, die können noch Witze reißen, wie sie ihren Alten Kopfstand machen lassen, nie wieder, lieber hungern, ich laß mich nicht runterziehn in sein Destillen-Milieu, o Gott, ich bin ja schon mittendrin ... Der Schlüssel lag unter der Fußmatte. Im Zimmer herrschte Zwielicht, während die Parkwege unterm Fenster sich noch sonnten und die Bäume messinggelb und scharf umrissen in der reinen Luft standen. Fliegen kreiselten auf dem Fensterbrett, laut und aufdringlich sterbend. Wenn ich bloß eine Zigarette hätte, dachte sie, mein Stipendium hat er auch versoffen, und immer stellt er das Radio an, früh am Morgen und mitten in der Nacht, ich schmeiß den verdammten Kasten noch zum Fenster raus, und bei La Paloma singt er mit, der sentimentale Idiot, Seemann wollte er werden, mit den Zähnen ...

Sie starrte auf die Tür, mit einem Grauen, das sich nie abnützen würde, vor dem hundertmal wiederholten Augenblick, wenn er an der Klinke herumfingerte, die Tür mit der Schulter aufstieß, am Pfosten lehnte, mit blöden Augen, deren Pupillen sich schwimmend nach oben verkehrten, und dem halb verlegenen, halb herausfordernden Lächeln: Was hat man denn sonst vom Leben? ... und besoffen sein, ist kleinen Mannes Sonnenschein.

Ihr Bruder fand sie laut weinend, er ergriff ihre Hand und sagte: »Franz, ich bitte dich, komm zu uns zurück«, und sie sah, durch Tränen verwischt, sein Gesicht und hörte seine Stimme, Ruf aus verlorengegangener Zeit des Behütetseins, der Schulaufgaben, heißer Schokolade, der blauen Tannen im Garten ... Sie fühlte, wie ihr Leben auseinanderriß, als sei das ein organischer Vorgang, als habe sich ihr Inneres in zwei zerstörerische Wesen gespalten, sie schrie, und Wilhelm drückte ihre Schultern auf das Bett und hielt das flatternde, kreischende dunkle Geschöpf, in das sich seine Schwester verwandelt hatte, er murmelte: »Ich schlage ihn tot, bei Gott, ich schlage ihn tot.«

... Im Oktober flog er nach Moskau. Das ist die Chance meines Lebens, sagte er. Ich brachte ihn zum Flugplatz, er trug einen pelzgefütterten Mantel, in Moskau lag schon Schnee. In dem Pelz und mit seinen Boxerschultern sah er gar nicht wie ein Gelehrter aus, obwohl er jetzt eine Brille tragen mußte und seine Augen von der Nachtarbeit immer entzündet waren. Er hatte Wolfgang fürchterlich verprügelt; ich glaube, er war der einzige Mensch, der Wolfgang imponierte, vielleicht weil Wilhelm nicht in sein Bild vom bleichsüchtigen Intelligenzler paßte.

Alles okay? fragte Wilhelm. Alles okay, sagte ich. Was hätte ich denn sonst sagen sollen? Wir küßten uns, und dann blieb ich hinter der Sperre stehen und sah zu, wie Wilhelm über den Flugplatz ging und die Gangway raufstieg und sich noch einmal umdrehte und winkte, und wie sie die Gangway wegrollten und die Düsenmaschine zur Startbahn einschwenkte, tausend Tonnen geballter Kraft, Ben, das ist ein Anblick, da zerspringt dir bald das Herz, und über die Betonbahn jagte, noch Laufvogel, noch der Erde verhaftet, und plötzlich hochzog, in einer Wolke von Feuer und Sturm und unirdischem Geheul. Nach einer Weile ging ich weg.

Zu Haus – ach, der Mensch gewöhnt sich an alles. Ich gewöhnte mich an die Zänkereien und an das Warten jede Nacht und an die dreckigen kleinen Demütigungen. Einmal, als wir zusammen essen gehen wollten, wurden wir vom Geschäftsführer rausgeschmissen, Wolfgang hatte Lokalverbot. In einer Nacht fand ich ihn auf den Stufen einer Haustreppe, ganz blutig, mit zerfetzter Jacke, ich konnte ihn nicht wachkriegen, aber ich konnte ihn auch nicht so allein sitzen lassen; ich blieb dann in der Nähe stehen, aber so, als ob ich nicht zu ihm gehörte. Mir fällt nur das Böse ein ... Auch, daß wir miteinander schliefen, ist böse und gemein in meiner Erinnerung und daß er ganz nackt im Zimmer herumging und mit seinem Körper prahlte, mit geschmeidigen Muskeln und vollkommenen Schultern, schön wie Antinoos. Er war ... er war stark und gesund und ohne Phantasie, und nach drei Jahren hatte er noch nicht gemerkt, daß ich nichts empfand, aber ich dachte, es wär meine Schuld, ich schämte mich, als ob ich ihn betrüge, ich dachte, ich wär frigid, das andere kannte ich nur aus Romanen.

Ich gewöhnte mich auch daran, abends von Kneipe zu Kneipe zu gehen und ihn zu suchen. Zuerst blieb ich in der Tür stehen (stummer Vorwurf wie eine dieser Frauen, die vier Kinder am Rockzipfel schleppen), später setzte ich mich zu den Betrunkenen an den Tisch; blamier mich ruhig, sagte er, zähl mir die Gläser in den Mund ... Noch später hatte ich meine Stammkneipe, da ging ich allein hin, in meinem Zimmer fiel mir die Decke auf den Kopf.

Der Wirt war nett. Überhaupt ein nettes Lokal, immer Blumen auf den Tischen, und dann die große vernickelte Theke, an der du dich richtig zu Haus fühlen konntest, und über der Theke eine Menge Fotografien von Schäferhunden. Der Wirt war ein großer gutaussehender Mann, im Krieg ist er Fallschirmjäger gewesen und hat beide Beine verloren. Er trug Prothesen, man hörte bei jedem Schritt das Knirschen wie von metallenen Gelenken, er bewegte sich aber schnell und sicher auf seinen künstlichen Füßen. Die Gäste, lauter ruhige und solide Leute, Arbeiter mit ihren Frauen und junge Paare und so, holten sich ihr Bier selbst an der Theke ab.

Wir waren ganz gut befreundet, der Wirt und ich, und eine Zeitlang kam auch Peterson jeden Abend, und wir saßen an der Theke, auf einer Art Barhocker, und redeten dies und das, von früher und wie's jetzt ist, und von Chruschtschow, wie er bei der UNO seinen Schuh ausgezogen hat, und von Büchern und Verkehrsunfällen und so, und ließen uns vollaufen. Wirklich, es war ein verdammt nettes Lokal, friedlich, verstehst du, und immer Leute da zum Reden. Jeden Abend um dieselbe Zeit kam der schwarze Schäferhund vom Wirt zur Tür herein, schritt prinzlich durch den Gang zwischen den Tischen und nahm die Huldigungen der Gäste entgegen. Er klinkte mit einem Pfotenhieb die Tür zum Hinterzimmer auf.

So war das damals. Ich ließ mich einfach fallen ... Abends, wenn die Lichter aufflammten und das Warten anfing und Mr. Hyde durch die Straßen schlich ... dann trennte sie sich von Franziska, die für ihren Professor schwärmte, sich mit Bauphysik plagte, Pläne für ein Theater entwarf, sie kannten sich nicht, sie wollten nichts miteinander zu tun haben, aber die Grenzen begannen zu verschwimmen, und manchmal, plötzlich hinausgeschleudert aus der glücklichen Beziehung zum Tag, fragte sie sich bang: Wer bin *ich*?

Vor dem Gericht, am Fuß der Treppe, stand ein sehr großer Mann von etwa fünfzig Jahren; sein kurzgeschorenes Haar war schwarz und weiß gesprenkelt wie das Gefieder einer Elster, und auch in seiner Gestalt und Haltung erinnerte er an einen breitbrüstigen, vom Wind zerraupten Vogel. Er trug seinen Maßanzug aus flauschigem Stoff mit der Nachlässigkeit eines Mannes, der keinen besten Anzug im Schrank hat, und sein Schlips hing schief unter dem aufgeknöpften Hemdkragen.

Er warf die Arme auseinander und zog Franziska an seine Brust, er hatte ein fabelhaftes Talent, jede Situation zu einem Drama auszubauen. »Mein armes Kind«, murmelte er, und Franziska, seine Schülerin und Mitspielerin, Tochter-Ersatz und Blitzableiter für seine Launen, halb anbetende Jüngerin, halb rebellische Rivalin, Franziska lehnte die Stirn an seine Schulter, sie fühlte sich endlich von Selbstmitleid ergriffen und von einem Schmerz, den sie während der Amtshandlung vermißt hatte, dem würdigen Schmerz der Heldin in einer Zwei-Personen-Tragödie ... Ich bin also keiner starken Gefühle fähig, sagte sie sich, als sie, stehend, das Urteil hörte, mir ist schon alles gleich, die Ewige Liebe ist hin und hat ein Begräbnis dritter Klasse (und bei Großmas Beerdigung konnte ich auch nicht weinen, nicht vor den Leuten, die aussahen, als hätten sie Angst, sich zu erkälten, im Januar, auf dem verschneiten Friedhof, denn ein Toter zieht einen anderen nach, und ich starrte beklommen auf den Priester, diesen fußballspielenden jungen Heiligen, der auf einer Planke über der Grube balancierte, im schneeweißen Chorhemd, die Stola mit pathetischen Goldstickereien über der Brust, und die Planke wippte und bog sich unter ihm, und meine Mutter, jeder Zoll Große Oper in ihren schwarzen Schleiern, flüsterte mir hinterm Taschentuch zu: Die Leute müssen dich ja für gefühllos halten, du weißt doch, daß wir beobachtet werden, über dich wird ohnedies genug geredet ... aber was wußte die denn, meinen Kranke-Katze-Tag hatte ich hinter mir, und wenn ich mit einem aus der ganzen gottverdammten Familie verwandt war, dann mit der Großen Alten Dame) ... und so deutlich, als liefe ein Tonband mit ihrer Stimme ab, das von Rührung erstickte Ja vor dem Standesbeamten hörte, und die Platte mit der Unvollendeten – der Plattenspieler war hinter Lorbeerbäumchen versteckt –, unvollendet, ja, und schiefgegangen von Anfang an, auch die Mahlzeit zu dritt, mit dem einzigen Linkerhand-Delegierten, dem rotäugig und verlegen zwinkernden Wilhelm, in einem Restaurant am Stadtrand, Gartenstühle, moderndes Laub auf der Tanzfläche, in den Ästen die vom Regen verwaschenen Fetzen einer Papiergirlande ... eine Hundehochzeit, sagte die Ex-Familie, weil es keine Feier gab mit Schnaps, Schweinebraten, Strumpfband-Tanz zu Onkel Pauls Akkordeon und populären Scherzen wie der Überreichung eines Nachttopfs, in dem sich Wiener Würstchen mit Senf ringelten …

Sie drückte die Hand ihres Lehrers. »Es war schrecklich. Gehen wir, schnell.«

Der Professor führte sie am Ellenbogen wie ein Krankenpfleger, er sagte: »Wer hätte gedacht, daß du wie eine Frau aussehen kannst.«

Franziska griff prüfend in ihren dicken Haarknoten, sie lächelte. »Es ist schließlich eine Art Premiere, nicht wahr?«

»Man gewöhnt sich«, sagte Reger, der sich vor einem halben Jahr von seiner vierten Frau getrennt hatte.

Sie gingen über den Kiesweg und zur leicht hügelan steigenden Straße, als hinter ihnen die Tür ins Schloß geworfen wurde. Franziska drehte sich nicht um, sie kannte den Schritt, auf den sie so oft wartend gehorcht hatte, sie drückte Regers Arm fester an sich. Der junge Mann lief ihnen nach. Unter der Schiffermütze quollen blonde Locken hervor, noch gebleicht von Sommersonne. Er sagte, grob vor Verlegenheit: »Ich komm dann noch, paar Sachen holen.«

Sie sah ihn an und fand nun in seinen Zügen, was ihr beim Halblicht im Amtszimmer, in der Dämmerung der Korridore entgangen war: geplatzte Äderchen im Winkel des Augapfels, die gedunsene Haut unterhalb der Lider, dünne unbarmherzige Spuren, die das Gesicht eines zwanzig Jahre älteren Mannes vorzeichneten, vergröbert und zerstört die Linien, denen sie bewundernd mit den Fingerspitzen gefolgt war, und sie fiel plötzlich in Panik, weg, dachte sie, bloß weg, die eigene Haut retten. Er schob seine Mütze aus der Stirn, tippte an den Schirm, »also, heut abend«, sagte er forsch. Er ging. Nach ein paar Schritten drehte er sich um und rief mit einer von Zorn und Kummer erfüllten Stimme: »Amüsiert euch gut!«

»Kleiner Schmeichler«, sagte Reger. Nach einer Weile folgten sie ihm; er bog in eine Seitenstraße ab, und sie gingen zur Brücke, wo Regers Wagen stand, unter dem Schild, das Parkverbot anzeigte. »Achtung, ein Sheriff«, flüsterte Franziska. Er kniff sie in den Arm, und sie schlenderten an dem Wagen und dem Polizisten vorbei, sie spielten ihr aufregendes Spiel mit einer Miene, die so harmlos war wie die

Melone eines Filmkommissars. Der Professor kicherte; er liebte es, vor Polizisten wegzulaufen, bei fremden Leuten zu klingeln oder mit glasigen Augen aus einem Lokal zu stolpern, wenn einer seiner seriöseren Kollegen vorüberkam.

Der Fluß beschrieb hier einen flachen Bogen um die Stadt; am anderen Ufer ragten aus bronzefarbenem Laub Mauerstümpfe und schwärzliche Kamine und vom Feuer gekrümmte Regentraufen. Diesseits des Flusses, auf dem Ölflecke schillerten und langsam abwärts trieben, mit einer trägen Strömung nach Westen, begleitete den Treidelpfad eine Reihe von Vogelbeerbäumen mit den Trauben ihrer korallenroten Früchte. Gegen Osten erblickte man einen Park und ein Barockschlößchen, dessen Kuppeldach wie mit leuchtend grünem Schimmel überzogen schien, und die zum Wasser hinabführende Sandsteintreppe und Putten, die sich auf der Brüstung tummelten, und in der Ferne, über Dächern und Antennengeflecht, die weißen Geschosse von Hochhäusern.

Es war kühl und windig auf der Brücke, und Franziska kroch in ihrer Jacke zusammen. Sie fröstelte, aber sie blieb stehen, den Kopf auf der Brust, das Gesicht seitwärts gewandt ... Ach, ihr heißen Vagabundensommer! Brücke über dem Strom, über der Sonne, strahlende Fläche, die zerspringt, zerplatzt, aufgerissen von der nackten braunen Horde. Die schwüle Stille über den Ufern, ein Vogel im Laub, Geschrei einer streunenden Jungenbande, und der Park, Taxushecken und lichtgraue Wolken von Mücken, ein Angler, nach Westen treibt ein toter Fisch, den silbernen Bauch aufwärts gekehrt ...

Der Fluß schauerte unter dem Wind. Franziska blickte auf die kleine, weiße, fette Hand des Professors, seine Finger zitterten wie bei einem sehr alten Mann. Sie deckte die Finger mit ihrer Hand zu. Sein Kinn sackte ab, er zeigte aber gleich wieder ein schlaues Lächeln, er sagte: »Das hat nichts zu bedeuten, Töchterchen, wir beide sind von der Sorte der Stehaufmännchen. Und du«, fügte er hinzu, »du bist immer noch das Schulgör, das bei den Vorlesungen in der ersten Reihe saß und mir auf den Mund starrte.«

»Ich bin fünfundzwanzig«, sagte sie. »Gestern habe ich mir ein weißes Haar ausgerissen.« Ein Schleppdampfer zog flußaufwärts, und sie sahen zu, wie er gemächlich näher kam, drei Lastkähne im Schlepp. Die Kähne hatten Kohle geladen. Der Wind drückte die Rauchfahne auf das Deck hinunter. Als der Dampfer an der Brücke war, senkte sich der Schornstein zum Deck, und Franziska beobachtete mit der gleichen vergnügten Spannung wie früher den langsam umklappenden Schornstein. Der Dampfer tauchte unter die Brücke, und ein paar Sekunden standen sie in einer stinkenden Wolke von Rauch und Kohlendunst. »Ich fühle mich ganz alt und ausgehöhlt«, sagte Franziska, »ich fühle mich wie ein Apfel, den die Maden von innen aufgefressen haben, und nur die Schale ist noch übriggeblieben.«

»Eine reizende Schale übrigens«, sagte Reger. Die Kähne glitten lautlos unter ihnen weg, und das Wasser floß lautlos und ohne sichtbare Bewegung von den Bordwänden ab, und Franziska schien es, als führe sie jetzt mit ihrer Brücke über den Kähnen entlang. Am Ende des Schleppzuges hüpfte ein winziges Boot wie ein Spitz hinter einer Herde von schwerfälligen dunklen Lasttieren. »Dein Monolog war mies«, sagte Reger. »Jetzt wirst du rot, und es geschieht dir recht.«

Nun hatte die Wölbung auch das Boot verschluckt. Sie gingen zum Ufer zurück. Der Polizist war weg, und unter dem Scheibenwischer klemmte ein weißer Zettel. Franziska lachte, und solange Reger sich über den Strafzettel bückte und den altjüngferlichen Haarknoten und die dünne Linie zum Mundwinkel nicht sah, die eine künftige Falte skizzierte, konnte er sich einbilden, sie sei wirklich noch das Schulmädchen wie damals, wenn sie die Hände vors Gesicht schlug und in ihr lautes unschuldiges Lachen ausbrach, das ganz hoch begann und bis zu einem tiefen schluchzenden Kehllaut hinabstieg.

Sie fuhren ein Stück am Fluß entlang; über dem Wasser, das jetzt taubengrau schimmerte, zog Dunst, und plötzlich flammten alle Lampen an der Straße auf, eine Girlande von dottergelben Blumen, die das Ufer bekränzte. Nach einer Weile wendete Reger. »Wohin?«

»In die alte Wohnung«, sagte sie. Nach Hause war ein Fremdwort geworden; es gab die alte Wohnung und Regers Wohnung, und hier wie dort war sie Gast, wartete auf Veränderung, Botschaft, die ihr ein fremder Himmel senden würde, und betrog sich lauernd und träge in einem provisorischen Leben zwischen Risiko und Ergebung. An dem Abend, als Reger sie in sein Haus holte, hatte sie sich als Heimkehrende gefühlt; er stellte ihren Koffer in der Diele ab und half ihr nicht aus dem Mantel, er öffnete die Tür zum Badezimmer und sagte: Da liegt dein Badetuch. Da kannst du deine Schönheitspflästerchen aufbauen. Und nun koch uns Kaffee.

Er half ihr auch nicht, als sie in der Küche herumwirtschaftete. Sie rief: Wo ist der Kaffee? Er rief aus dem Arbeitszimmer: Weiß ich nicht, mach die Augen auf. Als sie mit der Kanne kam, deutete er auf einen zerschlissenen Schaukelstuhl, über den von Lehne zu Lehne eine dünne Stahlkette gespannt war, und sagte: Tabu. Die Wände waren kreideweiß. An der einen Wand hing ein echter Matisse. Einmal blickte sie von ihrem Buch auf und begegnete Regers Blick, sie hörte ihren Atem in dem stillen Zimmer und hörte die Stille, sie sagte in gleichmütigem Ton: Nett, daß Sie keinen Kuchen für mich gebacken haben. Sie hörte auf, Besuch zu sein.

Der Himmel über der Stadt war rot wie von fernen Bränden, ein düsteres, in sich bewegtes Rot, vermischt mit Rauch und durchzuckt von den blauen Kontaktblitzen der Straßenbahnen, und Franziska erschien die feurige Wölbung nicht als der Himmel selbst, sondern als ein in den Himmel gehängter Riesenspiegel, dessen gekrümmte Fläche den Bogenlampenglanz der Innenstadt zurückwarf, Neonfluß und Reklamelicht und die Schwärme erleuchteter Fenster auf den Häuserwänden.

Der Park lag jetzt in Dunkelheit. Sie sah das Haus, stumpfschwarz und hoch und bedeckt mit den schorfigen Wunden, die Phosphorregen und Bombensplitter gerissen hatten, und die alte Furcht umkrallte ihr Herz, vor dem bleichen Licht auf der Treppe, vor der gierigen Stummheit der Wirtin, vor ihrem kalten Zimmer, das immer mehr einem Hotelzimmer glich, gleichgültiger Station für gleichgültige Reisende, und vor dem Schritt auf verräterischen Stufen. »Ich habe Angst«, sagte sie, stieß schon mit der Zunge an, hörte schon, wie mühsam sie artikulierte, ein Sprachgebrechen, das sie in den letzten Jahren befallen hatte, Stammeln und Stottern, wenn sie aufgeregt war, nicht zu vertuschen und für Reger ein Ärgernis. Er war unduldsam gegen kranke, erst recht gegen gehemmte Leute. Er sagte schroff: »Du hast zuviel Angst, vor zu vielen Dingen auf der Welt.«

Franziska öffnete die Wagentür, sie sagte: »Sie erw-warten von jedem, daß er in Ihrer G-gegenwart glücklich und f-furchtlos ist –« Sie stieg aus, ohne zu danken, und ging über die Straße und zu dem Hausstumpf hinüber. Das weiße Licht der Scheinwerfer klatschte um ihre Beine und Hüften. Die ungelenke Kontur eines Mädchens mit gesenkter Stirn … Himmel, er hat sie verprügelt, dachte Reger, er sah sie, in einer blitzschnellen Umkehrung des Bildes, wie sie an jenem Abend stolpernd und geblendet, mit verschwollenem Gesicht, durch die Lichtgasse gegen seinen Wagen rannte.

Er lief ihr nach. Sie bog gereizt die Schulter nach vorn, um seine Hand abzuschütteln, die fette väterliche Hand, die auf ihrem Leben lag, Schutz oder Besitznahme, wer weiß, der sammelt Menschen, dachte sie, wie andere Leute Schmetterlinge sammeln. »Früher habe ich nicht gestottert.«

»Ich weiß. Das hat keine Bedeutung. Ein Tick, eine schlechte Angewohnheit. Du warst meine streitbarste Studentin.« Er blickte aber, während er mit Balsamstimme sprach, argwöhnisch auf die breite flache Stirn, er witterte Revolte, Ausreißversuch, schwärzesten Undank gegen den Lehrer, der sie gebildet, nach seinem Bilde geformt, Hoffnungen investiert, Chancen geboten hat, von denen Anfänger nicht mal zu träumen wagen. »Sie geben zuviel Sicherheit«, sagte Franziska, als hätte sie seine Gedanken erraten. Da sie ihr Haar straff zurückgekämmt hatte, um die Matronenfrisur zu knoten, sah Reger, daß der Haaransatz über der Stirnmitte in einem stumpfen Dreieck auslief, einem

Winkel, entdeckte er, der auf bösartigen Starrsinn deutete. »Zuwenig Risiko«, fügte sie hinzu.

»Meine liebe junge Freundin«, sagte er ungnädig, »du scheinst dir nicht bewußt zu sein, daß es eine Auszeichnung ist, bei mir arbeiten zu dürfen –«

»Ich bin mir bewußt, Herr Professor.«

»Nein!« donnerte Reger, endlich hatte er seinen Auftritt, er zerrte an seinem Binder, Luft, Luft, sein Schatten drohte riesig von der Wand. »Nein, du bist dir nicht bewußt. Widersprich mir nicht. Ich dulde keine Widersetzlichkeit. Geh zum Teufel! Ohne mich bist du ein Quark, ein Nichts, eine aufgeblasene Null!«

»Jawohl, Herr Professor«, sagte Franziska.

»Sag nicht jawohl, ich bin kein Feldwebel. Zuwenig Risiko ... Das ist Eskapismus, mein Fräulein, das ist Abenteurertum schwankender Charaktere. Du willst uns verlassen? Ausgezeichnet. Fort mit dir, Natter, die ich an meinem Busen genährt habe ... Weinst du, mein Kind?«

»Nein, Herr Professor«, sagte Franziska, die vor Lachen bald erstickte. »Nur – letzten Winter haben Sie diesen Knaben da, den Neuen, rausgeschmissen, Sie sagten –«

»Gut, gut. Rausgeschmissen, sagst du? Na, wennschon. Wer arbeiten will, kommt durchs Fenster wieder rein. Außerdem ist es geschmacklos, einen Mann von Geist daran zu erinnern, was er vor einem Jahr gesagt hat, merk dir das.«

... Er hatte den kleinen Diplomanden vergessen. Wir bauten damals das Gewandhaus wieder auf, Reger hatte wie ein Löwe um die Ruine gekämpft, die gesprengt werden sollte; er hat in seinem ganzen Leben vielleicht bei drei Gelegenheiten Ausdauer gezeigt – der Streit ums Gewandhaus war eine davon. Ein Millionen-Objekt und die schönste Arbeit, die wir jemals hatten ... Reger war jeden Tag auf der Baustelle, bei jedem Wetter, und oft auch nachts, unter Flutlicht; der Bau, sagte er, soll euch mehr sein als eine Geliebte – aber was wißt ihr schon von Geliebten? Ihr sitzt mit Schwitzhändchen auf der Schulbank, verlobt euch mit achtzehn und seid mit dreißig impotent ... Er palaverte mit den Bauleuten, die er alle bei Namen kannte, die ihm ihre Zigaretten anboten, ihre Bierflaschen; er jagte vor seinem Projektierungsstab her, mit flatterndem Mantel, die Gropius-Krawatte unterm Kinn – und denk dir, er kennt Gropius, er hat mit ihm gesprochen, mit unserem fernen Stern, und Gropius hat ihm die Hand gegeben, und Niemeyer und noch ein paar von den Ganz Großen Männern –, und wenn uns Jungen schon die Zunge zum Halse raushing, kletterte er noch unermüdlich auf den Gerüsten herum, er flammte vor Enthusiasmus …

Dieser Neue also, ein grüner Junge, er kam gerade von der Hochschule, schleppte sich am Ende des Zuges dahin, er hatte die Hände in den Taschen, es war hundekalt. Schließlich blieb Reger stehen und fragte: Was fehlt dir, mein Sohn?

Ich friere, Herr Professor, sagte der Unglücksmensch. Wir waren starr. So, du frierst, sagte Reger … er wurde kreidebleich, seine Haare sträubten sich, er flog am ganzen Leib, und stell dir einen Mann von fast zwei Metern vor und mit einem Brustkasten, breit wie ein russischer Ofen, und mit einer Stimme wie die Posaune von Jericho – so fuhr der zürnende Engel nieder auf das Greenhorn, das zu frieren wagte im Angesicht des Erlauchten. Er, Reger, wäre barfuß an den Nordpol gelaufen, wenn Mies van der Rohe am Nordpol gebaut hätte … Aber diese jungen Leute hatten keinen anderen Ehrgeiz, als Geld zu verdienen und ihren Arsch in einem Büro zu wärmen … Faulheit, Feigheit, Impotenz, Securitätsbedürfnis … Er brannte ein Feuerwerk von unflätigen Flüchen ab, er jagte den Neuen vom Bau und schickte seinen Stab in die Wüste, ein für alle Male, mit einem letzten Aufschrei: Aus meinen Augen, ihr Greise! Exß durfte bleiben, mußte bleiben, und Exß zitterte, um die Wahrheit zu sagen. Er aber, als wir allein waren, rieb sich die Hände und kicherte. Ich war wohl ein bißchen grob, wie? Macht nichts. Manchmal muß man sie wie junge Hunde mit der Nase in ihren eigenen Dreck stoßen. Natürlich sind sie fabelhaft begabte Burschen, Leute mit Zukunft … ich, ich sehe, was in einem Architekten steckt, wenn er mir drei Striche aufs Papier zeichnet; das sind die drei Zeilen, an denen man den Dichter erkennt … Er war in blendender Laune. Der Neue mußte aber doch gehen.

Reger schnippte zwei Zigaretten aus einem Päckchen Roth-Händle. Franziska beugte sich über das brennende Streichholz. »Nicht verlassen«, sagte sie, »nicht für immer. Wenn Sie mich ein Jahr beurlauben würden –« Reger schwieg, er lehnte an der Hauswand und rauchte, und nach einer Weile fuhr sie fort, stotternd, aber stur: »Das Gewandhaus, das war besser als drei Jahre Hochschule. Wirklich. Ich bin Ihnen sehr dankbar ... Aber ich dachte, ich sollte mich mal im Städtebau umtun ... Ein Jahr. Ich hab doch alle Zeit der Welt.«

»Du weißt nichts von Zeit«, sagte Reger.

»Vierzig Jahre bis zur Rente. In vierzig Jahren kann man – einfach alles. Und die Stadt steht mir bis hier, und dieses Haus, und jeder Stein, auf dem die Schatten von gestern sitzen. Ich bin jetzt allein, ich bin frei, ich will wissen, wie das ist: frei sein, fortgehen, sich nicht umdrehen ... Ich dachte an Neustadt –«

»Originell. Und welches unter den dreihundertfünfzig Nestern dieses Namens hast du gewählt?«

Sie wählte es in diesem Augenblick; sie flüchtete nach vorn, ins Unbekannte, Ungenaue, aus dem ungenauen Gefühl, irgend etwas Neues beginnen, ein Schiff hinter sich verbrennen zu müssen; sie hatte nie zuvor an Neustadt gedacht, eine Siedlung, kaum mehr als der Entwurf für eine Stadt, in einem Landstrich nahe der östlichen Grenze gelegen, an den Großstädter wie an einen Verbannungsort dachten. »Provinz«, sagte Reger. »Sie sind erledigt, Dame. Wer sich in die Provinz begibt, kommt darin um.«

»Für Berliner ist das hier auch Provinz«, sagte Franziska. Sie warf ihre Zigarette weg und ging ins Haus. Über dem Paneel aus falschem Marmor hing der Stumme Portier, eine schwarze, barock gedrechselte Tafel mit den Namen der Hausbewohner, ihren verschollenen Titeln, a. D., pensioniert, eine gespenstische Stammrolle von Ehemaligen mit Uraltkonten und entwerteten Pfandbriefen, sie hatten alle bessere Tage gesehen. Franziska zog die Karte mit dem Namen Exß aus ihrem Rahmen, sie dachte, es lohnte nicht mehr, ein neues Schild anzubringen.

Im Korridor schlug ihr der säuerlich dumpfe Geruch von

ungelüfteten Kleidern, Mottenpulver und jahrealtem Staub entgegen. Im Wohnzimmer der Wirtin lief der Fernsehapparat. »Si, si, Körper verwesen, aber Asche bleibt immer rein ...« Sie tastete nach dem Lichtschalter. »Che bell' uomo!« rief eine Männerstimme. Die Tür wurde lautlos geöffnet, und kaltes blaues Licht fiel in den Korridor. »Eine Rose von einem Mann ...«, sagte die Frauenstimme voller Entzücken.

Eine große, unförmig dicke Frau streckte den Kopf durch den Türspalt. Während der dreißig Jahre in Bäckereiluft hatte ihr Gesicht die Farbe und die schwammige Weichheit von gärendem Teig angenommen. Sie sagte nichts, grüßte nicht, sie stand bloß da und starrte Franziska an mit Augen wie kleine schwarze Flintenlöcher; ihr Instinkt eines Wachhundes trieb sie bei jedem Laut an die Tür, sie hörte und sah alles wie früher, wenn sie als Chefin von einem halben Dutzend Konditoreien ihre Tortenbäcker, Cremeköche und Buffetmädchen kontrollierte. Sie wartete stumm, bis Franziska in ihr Zimmer gegangen war, und schloß lautlos die Tür, hinter der ihre Tochter saß, die weißen Augen zur Decke gekehrt.

... Die Wirtin war auch eine Ehemalige und Titelträgerin, ihr Vater war Hoflieferant gewesen, er hatte den Hof von Wilhelm Zwo mit seinen Nußkringeln beliefert, und den verkrachten Haushalt unseres Fürsten, der im November 18 abgedankt hatte, mit einem nicht druckreifen Letzten Wort an sein Volk. Sie hatte eine ganze Straßenzeile besessen, aber die war zerbombt, und nun gehörte ihr nur noch das Mietshaus und ein Haufen Plüschmöbel und der Fernseher und die vierzigjährige blöde Tochter ... Sie war bleich, rothaarig, ihre Haut wie transparentes Papier, straff über die Knochen gespannt, und wenn sie mich ansah mit ihren weißen Augen ohne Hintergrund, wurde ich steif wie ein Kaninchen unterm Schlangenblick, konnte mich nicht vom Fleck rühren, hätte nicht mal geschrien ... Sie hat ihr Kind erwürgt, aus Angst vor der Chefin-Mutter, sagen die Leute, sie war ledig, die Alte hätte sie zu Tode geprügelt. Im Zuchthaus ist sie verrückt geworden, ich denke mir aber, sie war schon vorher nicht richtig im Kopf, das Erwerbsweib hat sie erdrückt, zertrampelt, fertiggemacht. Nun hatte sie sich in sich selbst zurückgezogen und saß still wie in einem Brunnen, ohne Vergangenheit und ohne Zukunft, sie war da, nichts weiter …

Franziska riß die Fensterflügel auf, die Luft war auch hier vom muffigen Geruch des Korridors getränkt. Sie ging in dem pedantisch aufgeräumten Zimmer herum, die Daumen in den Gürtel gehakt, sie betrachtete Bilder und Möbel mit Inventurblicken, versuchte Abschied vorauszunehmen: fortgehen, in den nächsten Zug steigen, ein Köfferchen in der Hand, mobil sein, Nomade (Nomade, na, in einem Land, in dem du von einer Grenze zur anderen spucken kannst), Reisender per Autostop, Hotelgast, Barackenbewohner, aus fettigem Papier frühstücken, Brot mit dem Taschenmesser zersäbeln, Busstationen und Bahnhöfe, Fernwehschrei einer Lokomotive, unsere tollen Wünsche … armer Jake, das sind die Abenteuer, von denen man nur träumt. Der Günstling in Regers Hofstaat geht nicht nach Krähwinkel. Meine Welt, sagte sie sich, ist das Projektierungsbüro, Neonlicht, Theater, die Ateliers, Klatsch im Klub, Pflaster unter den Füßen, jede Woche Frisör, Lippenstift und drei Sorten Gesichtswässer und der sentimental betroddelte Samtsessel der Großen Alten Dame, und ohne das alles komme ich um. Klammere dich nicht an Besitz, sonst werden die Dinge dich besitzen … Zum Teufel mit Reger und seiner Philosophie der Bedürfnislosigkeit; der hat gut reden, in seinem Haus im Intelligenzghetto, in seinem Studio mit dem Matisse an der Wand, mit den Stahlrohrmöbeln von übermorgen, mit der Film-Terrasse zum Garten …

Sie nahm ein Handtuch aus dem Schrank und fand in einem ausgeräumten Wäschefach ein Paar zerrissener Socken. Wolfgang hatte noch einen Schlüssel zur Wohnung. Sein Koffer war nicht mehr da. Sie entdeckte nun auch die Lücke in einer Bücherreihe. Zwei Bände Jack London. Drei Bände Fallada. Er schleppt mir meine Bücher weg. Wenn er sie wenigstens je gelesen hätte … Sie hauchte auf die Glasscheibe, an der ölige Fingerspuren hafteten, und rieb sie mit dem Taschentuch blank.

Das Badezimmer war ein fensterloser Raum mit Wänden voller Wasserflecken; zwischen Wand und Wanne hatte die Wirtin Kohlen gestapelt, und die Wanne, von der das Email in breiten Fladen abblätterte, war seit Jahren nicht benutzt worden. An dem Haken neben der Tür hingen schmuddelige Handtücher, und auf einer Wäscheleine trockneten Flanellunterröcke, von denen feuchter Dunst aufstieg. Franziska drehte mit spitzen Fingern den Hahn überm Waschbecken auf. Sie hatte sich nie an das Badezimmer gewöhnen können und ekelte sich wie am ersten Tag ... darauf war ich nicht vorbereitet gewesen, und zum erstenmal fühlte ich mich deklassiert und ausgestoßen, und das Heimweh traf mich wie ein Schock, ein genau begrenztes Heimweh nach den kühlen weißen Fliesen, nach wolligen Badelaken und dem Geruch von Mutters Lavendelseife. Das andere machte mir nichts aus – daß wir nichts besaßen außer einem Bett, einem Schrank, einem Vorleger, so groß wie ein Taschentuch, und dem Sekretär von Großma (Gerümpel, sagte Wolfgang, ein Staubfänger); die Bücherkiste stellten wir hochkant, da hatten wir auch einen Tisch ... Wir waren neunzehn und unsäglich albern, über alles mußten wir lachen, über die Kiste und über den Kanonenofen und darüber, daß wir jetzt Eheleute waren ... Nur als ich das Badezimmer sah, heulte ich los ...

Die Prinzessin auf der Erbse, sagte Wolfgang. Wir hatten das Klo auf dem Hof. Nicht jeder kann es so fein haben wie ihr. Er schien Genugtuung zu empfinden, weil sie den Komfort eines Hauses vermißte, das er haßte. Franziska weinte. Ich halte das nicht aus, ich falle tot um, wenn ich mich in dem Dreckstall waschen soll.

Abends brachte er ein Paket Ata mit und scheuerte Ausguß und Klosettbecken. Ich ekele mich vor nichts, sagte Wolfgang. Nach dem Krieg haben wir Hunde gebraten. Das ist auch nicht jedermanns Sache. Und wetten, daß du keine Wasserschlange mit der bloßen Hand fängst?

Er war darauf versessen, ihr immer wieder zu beweisen, daß er vor nichts zurückschauderte: er hungerte nach ihrer Anerkennung. Er zeigte ihr, wie man einen Aal von der Angel löst und hinter dem flachen Reptilkopf packt, und lachte vor Vergnügen, wenn sich der schwarzbraune, schleimig glänzende Aal mit zuckendem Schwanz um seinen Arm wand, er sagte: Kleinigkeit. Du mußt bloß aufpassen, daß er dich nicht beißt. Sie sind giftig ... Das waren seine kurzen Triumphe; dumpfe Eifersucht auf die gescheiten Freunde seiner Frau verführte ihn zu Tollkühnheiten, und er führte ihr seine Kunststücke eines starken unerwachsenen Jungen vor, raste, auf dem Fahrradsattel stehend, einen steilen Abhang hinab, warf sich in die Strudel unter der Brücke und ritt auf einem halbverrückten Bullen über die Viehkoppel.

An den Sonntagen im Sommer verschwand er noch vor der Morgenröte und trieb sich bis zum Abend am Fluß herum; er stand reglos im Schilf, bis über die Hüften im Wasser, und beobachtete das kleine schwankende Nest der Rohrdommel, oder er lief, in seinem lockeren, ausgreifenden Trab eines Jägers, kilometerweit an einen Wildbach, wo er Forellen unter den Steinen und Baumwurzeln fing. Im Dunkeln kam er nach Haus, schmutzig und verhungert, er roch nach Schierling, Fisch und Pfeilkraut, und seine Haare waren von der Sonne gebleicht. Er schwenkte einen nassen Leinenbeutel, in dem Rotbarsche zappelten, und umarmte die zu Tode geängstigte Franziska, die ihn schon abgestürzt oder ertrunken gesehen hatte. Er fand sie über Bücher und Zeichnungen gebückt, mit müden Augen, die Stirn gerunzelt vor Kopfschmerzen. Ich, ich bin nie im Leben krank gewesen, prahlte er. Kopfschmerzen kenn ich gar nicht. Aber ihr Intelligenzler seid alle Stubenhocker ... Ich wär zur See gegangen, sie haben mich nicht genommen, wegen der Zähne ... Ich kann stundenlang am Wasser sitzen, still wie ein Baumstumpf, immer an derselben Stelle, damit die Tiere sich an mich gewöhnen ...

Franziska lächelte gutmütig. Der Heilige Franz von Assisi ... eines Tages werden sich alle Tauben der Stadt auf deine Schultern setzen.

Dann blieb er auch wochentags aus.

Franziska sagte: Warum liest du nicht, Wolf? Solange wir verheiratet sind, hast du noch kein Buch gelesen.

Ich hab's versucht, dir zuliebe, sagte er friedlich. Nach

zwei Seiten schlaf ich ein, mach was dagegen. Ich bin eben kein Studiker –

Am nächsten Tag sollte sie in eine Prüfung, sie war nervös und rauchte zuviel. Sie sagte scharf: Bitte, kokettier nicht mit deinem Mangel an Bildung. Es ist kein Zeichen von Urwüchsigkeit, wenn man mir und mich verwechselt.

Red bloß nicht so hochtrabend. Du hast doch gewußt, daß du einen einfachen Arbeiter heiratest …

Sie zankten sich noch nicht mit der tödlichen Routine wie in den letzten Jahren, aber sie hatten schon den untrüglichen Instinkt von Eheleuten, und jeder wußte, wo sein intimer Gegner verwundbar war. Sie spielten ihr Thema mit Variationen, Franziska war erfinderisch und zungenfertig, und sie führte diese Fertigkeit erbarmungslos ins Feld, lockte ihn mit giftigem Spott aus seiner Bastion selbstzufriedener Dumpfheit und beschoß ihn mit Fremdwörtern, Regerschen Vokabeln und lateinischen Zitaten (später, als sie zu stottern anfing, rächte er sich mit der naiven Grausamkeit eines Kindes, indem er ihr Stammeln nachahmte oder sie ermunterte: Na los, sprich erst mal ins Unreine); Wolfgangs Waffe war geheuchelte Friedsamkeit, und mit der Zeit entdeckte er die Wirkung von solchen Reizworten: ›deine feine Familie‹, ›ihr Intelligenzler‹, ›deine Freunde, die Spinner‹, ›mein gesunder Menschenverstand‹ … Genug. Wir wollen uns mit einem Zank-Schema begnügen, mit einer Szene für hundert andere.

… »Du hast doch gewußt, daß du einen einfachen Arbeiter heiratest.«

»Leg eine andere Platte auf«, sagt Franziska, »vielleicht die von deinem einfachen alten Mütterchen: Man soll immer in seinem Stand heiraten … Dein Großvater und dein seliger Vater haben auch nicht studiert … Unsereiner weiß, wo er hingehört … Mann, das ist die herrschende Klasse! Arm, aber ehrlich. Ihr lebt ja noch im Jahre 1905.«

»Noch ein Wort gegen meine Mutter …« sagt er, und sein Gesicht läuft rot an. »Sie hat ihr Lebtag schwer gearbeit'. Deine Mutter, der haben sie doch alles nachgeschmissen, Auto und Teppiche und den ganzen bürgerlichen Firlefanz –«

»Geschenkt. Die Walze kenne ich auch schon: Teppiche sind bürgerlich, Schlipse sind bürgerlich, gute Manieren sind bürgerlich.«

»Wir sind jedenfalls auch ohne Teppich groß geworden und anständige Leute.«

»Anständig! Ich lache mich tot. Deine Schwester hat ein Kind und weiß nicht, von wem.«

»Na, von deinem Bruder wollen wir lieber nicht reden. Wenn er auch den feinen Mann rauskehrt ... man weiß ja Bescheid, das ist ja stadtbekannt. Oben hui, unten pfui.«

»Verschon mich mit deinen volkstümlichen Weisheiten.«

»Nicht jeder kann sich so gelehrt ausdrücken wie du.« Sie starren sich an, mit der Erbitterung von Leuten, die zuviel voneinander wissen; Franziska ist blaß und zittert: er hat Wilhelm beleidigt ... »Aber bitte, bitte«, sagt Wolfgang und spielt Zuvorkommenheit, »wenn es dir nicht mehr paßt, kannst du ja die Konsequenten ziehen.«

»Konsequenzen«, korrigiert Franziska. »Mit z, mein Junge, mit z. Leider hast du eine unglückliche Liebe zu Fremdwörtern.«

Er verbeugt sich tief, er dienert, reißt einen imaginären Hut vom Kopf. »Verzeihung, Frau Diplom-Architektin.« Sie zieht die Schultern zusammen, ihre gelben Augen funkeln vor Wut. Er weicht einen Schritt zurück. »Keine Dummheiten«, murmelt er, und als ihm bewußt wird, daß er sekundenlang Furcht verspürt hat vor dieser halben Portion, dieser Handvoll, gähnt er laut und sagt: »Na, ich geh ins Nest. Kommst du?«

»Nein, ich komme nicht, und du sollst nicht Nest sagen, ich kann das nicht hören, es ist ekelhaft, ekelhaft –« Ihre brüchige Stimme wird schrill. »Was anderes fällt dir nicht ein. Du bist ja stumpfsinnig, ein Trakehner Hengst hat mehr Verstand als du. Lieber schlafe ich die ganze Nacht im Sessel. Ins Bett gehen, das ist alles, was du von der Ehe weißt –«

Jetzt hat er sie soweit, sie tobt, sie ist außer sich, und er kann sie im gelassenen Siegerton fragen, was denn sie, die so superschlau ist, von der Ehe weiß.

»Mit dir – ein Zuchthaus zu zweit, verdonnert zu Lebenslänglich und nicht mal Recht auf eine Einzelzelle –«

Er grinst und dreht ihr den Rücken zu. »Du hast recht, und ich habe meine Ruhe.«

Sie blickt auf seinen Nacken, sie ist plötzlich ernüchtert, sie denkt: Diesen Stiernacken habe ich schön gefunden, diesen dicken, ordinären Hals ... Sie sagt kalt: »In deinem Alter hast du als professioneller Naturbursche sogar einen gewissen Charme. Aber in zwanzig Jahren, mein Lieber, bist du bloß noch eine lächerliche Figur.«

... Er war nicht einmal beleidigt; die Bilder, die mich mit Schrecken erfüllten, bewegten ihn nicht, er sah nicht den gealterten, dick gewordenen Mann mit seinen Zügen, der Stunde um Stunde am Fluß sitzt auf seinem Klappstühlchen, und die Bierflaschen im Gras, und die Augen des Mannes, in denen die ganze Welt auf den einzigen Punkt zusammengeschrumpft ist: die im Wasser tanzende Pose.

Er roch dann öfter nach Bier, wenn er heimkam. Er trank nicht viel, damals: ein paar Helle, ein paar Schnäpse. Das brauchte er; den ganzen Tag in der Bude zwischen Benzin und Schmierfetten, sagte er, da schmeckt dir nachher jeder Bissen, als ob du einen alten Autoreifen kaust. Aber das war nur der Anfang ... Nie vergesse ich die Morgen, wenn ich ihn zu wecken versuchte; seine Haare waren von Schweiß verklebt, und sein Atem roch sauer, und ich schüttelte ihn, ich schrie: Steh auf, du Schwein. Einmal, noch halb betäubt, holte er aus und schlug mich mit der Faust ins Gesicht. Meine Nase blutete. Ein paar Tage vorher war ich zu seinem Werkleiter gegangen und hatte gebettelt, sie sollten ihn nicht rausschmeißen, sie sollten es noch einmal mit ihm versuchen, ich bürgte für ihn ... Wolfgang tobte; ich brauche kein Kindermädchen, sagte er, ich kriege überall Arbeit, in meinem Fach macht mir keiner was vor ...

Es war sechs durch, er würde wieder zu spät kommen, und in einer Stunde mußte ich zur Projektierung rüber und die nette kleine Frau Exß spielen und energisch und tüchtig sein, unter dem fließenden Aquarienlicht, neben den energischen und tüchtigen jungen Leuten mit ihren untadeligen Krawatten und den Familienfotos in der Brieftasche, und niemandem durfte ich von den Nächten und Morgen in meinem Zimmer erzählen, denn ich kannte nur das Wohnstuben-Leben dieser netten, sauberen, anständigen Leute und ihren merkwürdigen Sprachgebrauch, nach dem ein Verkehrsunfall tragisch und eine verzweifelte Liebe exaltiert ist. »Aber Madame de Renal ist einfach eine Hysterikerin«, sagte jemand, und als dem armen Reger die Frau weglief – es war herzzerreißend, obschon er es verdient hatte –, sah ich, daß ein verlassener Ehemann eine Quelle des Amüsements für andere ist. Ich fürchtete Lächerlichkeit. Ich mußte das Gesicht wahren ...

In der Tat war das alles ziemlich lächerlich, nicht wahr? Es war lächerlich, daß ich schließlich den Kopf verlor, weil ich einen Blutfleck auf meiner Bluse sah. Am Abend vorher hatte ich die Bluse gewaschen, gestärkt und gebügelt, und nun mußte ich mich umziehen und den Fleck mit kaltem Wasser auswaschen, ehe er eintrocknete. Es war eine Kleinigkeit, aber eine von diesen dummen, dreckigen, sinnlosen Kleinigkeiten, die mich verrückt machen, und die zehn Minuten dafür erschienen mir wie ebenso viele Jahre, schändlich vergeudete Jahre.

Er war in seinen flachen, feuchten Schlaf zurückgeglitten, und ich beugte mich über ihn und roch seinen verdorbenen Atem. Er röchelte im Schlaf, und ich sah, wie sich der Adamsapfel in seinem Hals bewegte. In meinem Inneren fühlte ich mich ganz weiß vor Haß, ich haßte seinen Hals, so ausschließlich, als ob er unabhängig von seinem Körper existierte, und irgendwann ... jetzt ... ihn zusammendrücken, würgen, dieses Röcheln ersticken ...

Franziska drehte mit heikel gespreizten Fingern den Hahn ab und schwenkte die Hände überm Waschbecken. Sie warf das Handtuch über die Schulter und ging in ihr Zimmer zurück. Unter der Tür blieb sie stehen. Ihr Herz sank. Die Gardinen wehten ins Zimmer wie leichte weiße Fahnen, nichts hatte sich verändert, nichts als der Blick, mit dem sie Wände, Fenster, gebauschte Gardinen sah und, in einer Schrecksekunde, sich selbst unter der Tür, an einem verhundertfachten Abend wie diesem, und sie starrte betäubt, schwindlig von vorweggenommener Wiederkehr, auf eine lange Reihe von Tagen, in der jeder kommende den vergangenen Tag spiegelte, dieselben Gänge, Bewegungen, Farben, dieselben Treppen und Bürgersteige, dieselben Gespräche mit denselben Leuten, ihr funktionierendes Lächeln und die von Rauch und Gewisper erfüllten Cafés, in denen jeder jeden vom Sehen kennt, den braunstichigen, braungepolsterten Klub mit immer denselben Schauspielern, Zahnärzten, Malern, Dozenten-Gattinnen und dem eidechsenhaften, ewig angesäuselten Kellner, dieselben Kirchen, Karyatiden und Brückenheiligen, die barocken Kuppeln, Gassen, Läden und die Kinos, ihr Dunkel, die dunkle, atmende Menge, kreischendes Gelächter, Tati, Tati, eine Träne für Julien, und jeden Abend hierher zurück ...

Sie saß am Fenster, eine Flasche neben sich am Boden, und blickte hinunter auf den Park und die vom Wind gewiegten Laubmassen und auf Höfe und Dächergeschiebe jenseits des Parks, als die Exß-Familie, jedenfalls eine Gesandtschaft von ihr, einfiel, fünf Mann stark, Schwester, Schwager, Brüder, Onkel, jener Onkel Paul, der bei Familienfesten auf der Ziehharmonika spielte, ein Einbeiniger mit rundem Gesicht und lachenden braunen Augen, die anderen groß, gutgewachsen, muskelbepackt, und die älteste Schwester ein Turm von einem Frauenzimmer, ein Rubensweib mit ausladenden Hüften und einem starken und steilen Busen, auf dem man, wie Wolfgang sagte, eine Kaffeekanne abstellen konnte. Der Bruder, als praktischer Mensch, trug über der Schulter Wäscheleine und Gurte mit Karabinerhaken.

Sie schrubbten ihre Schuhe auf der Fußmatte ab und drängten ins Zimmer, die Schwester voran, Onkel Paul hinterher, zwinkernd und vertraulich, er entdeckte auch gleich die Flasche am Boden, lachte und machte eine spaßige Bemerkung über Durst und Heimweh. Franziska, in ihrem roten Samtsessel, starrte ihn ausdruckslos an. »Wir kommen die Sachen holen«, sagte die Älteste, blickte sich neugierig um, taxierend und entschlossen, ihren Schnitt zu machen – sie wird sich nicht übers Ohr hauen lassen, Wolfgang, der Kleine, der ist ja zu gutmütig, der bringt es fertig, mit einem Koffer abzuziehen und dem Fräulein den ganzen Kram dazulassen, der Genofefa, die so schon nicht weiß, was sie sich alles um- und anhängen soll.

»Was für Sachen?« fragte Franziska, sie versuchte Miene

und Haltung der Großen Alten Dame zu kopieren, ihre eisige Höflichkeit, konnte aber der Exß-Familie nicht imponieren, schon gar nicht der Dicken, die sich auf einmal gesetzeskundig zeigte. »Mich ledert's hin! Welche Sachen? Geteilt muß werden, das sollst du doch wissen, gebildet wie du bist. Was in der Ehe angeschafft ist, geht halbe-halbe.«

»Aber das ist alles meins, das habe ich gekauft, von meinem Geld«, sagte Franziska aufgeregt, sie vergaß Nomadensehnsucht und Mobilität und verteidigte ihren Besitz gegen die Enteigner, gegen diesen Stamm, dessen Mitglieder untereinander wie Hund und Katze lebten und sich nur zusammenschlossen, mit dem Instinkt einer Horde, um einen Fremden und Eindringling wegzubeißen. »Euer B-bruder hat ja alles v-vertrunken ...« Damit kam sie schlecht an bei den fünfen: was es darüber zu sagen gab, das würden sie ihm sagen, Schwestern, Brüder, Schwäger, »so'n junger Mensch«, sagte die Älteste, »der will was haben von seinem Leben. Wir hätten ihm schon ein paar Takte erzählt, aber du wolltest ja nicht, daß er uns besucht, du wolltest ihn ja seiner Familie abspenstig machen. Nun sieh zu, mein Fräulein ... Unser Wölfi, der braucht eine feste Hand. Hätt'st du ihn härter angefaßt ...« Die alte Litanei. Franziska kochte, sie atmete flach und wagte keine langen Sätze mehr. »Sollt ich ihn anbinden?«

»Nächtelang bist du nicht nach Haus gekommen. Wir, wir wissen Bescheid.«

»Ich habe für einen Wettbewerb gearbeitet.«

Wettbewerb. Na, die war gut, um Ausreden nicht verlegen. Onkel Paul, der Spaßvogel, blinzelte mit seinen runden braunen Augen und warf Brüdern und Schwager unter der Tür ein Wort zu, über das sie in Gelächter ausbrachen. Sie hatten die ganze Zeit geschwiegen, sie ließen die Schwester sprechen, die Eifersucht anstachelte; sie, mit ihrem ruhigen Ernst von Familienvätern, mit ihren schweren Schultern und den harten Muskeln von Transportarbeitern, empfanden ein mit Verachtung gemischtes Mitleid für den Sperling von einsvierundfünfzig. »Na, was ist?« fragte der zweite, Wolfgangs brünettes Ebenbild, der mit Traggurten und Wäschestrick; zu Franziska, gutmütig: »Sei vernünftig,

Mädchen, das hilft nun nichts, deiner Pflicht mußt du nachkommen.«

Sie zuckte die Achseln, plötzlich umgestimmt: schließlich, was liegt mir daran? Was man nicht ändern kann, muß man in guter Haltung hinnehmen. »Bitte, bedient euch«, sagte sie, mit einer Miene, einer Handbewegung, die die Schwester in Wut versetzte. »Nur nicht so von oben herab, mein Fräulein. Jetzt tust du noch erhaben, aber wir werden sehen, wir werden sehen –«

Franziska grinste, sie hatte die dicke Henne geärgert, das versüßte ihr die Kapitulation vor dem Clan, und sie sah gelassen zu, rauchend, mit gekreuzten Füßen an den Schreibtisch gelehnt, wie ihre Habseligkeiten dahingingen, ermunterte sogar die Brüder: »Nur keine falsche Scham. Gut, gut. Das Radio zuerst ...«

Die Schwester kommandierte die Männer, schloß umsichtig Karabinerhaken, rückte Gurte über stämmigen Nacken und paßte scharf auf, daß es keine Kratzer gab und Möbelbeine nicht fahrlässig über den Boden geschleift wurden, und horchte argwöhnisch auf Gepolter und Zurufe im Treppenhaus. Der Brünette musterte die Bilder an den Wänden, die bleiche Prinzessin, die ein purpurrotes Pferd über den Himmel entführte, und die Fotografien von Modellen für Cafés und Pavillons, heitere, luftige, von Seilnetzen überdachte Gebilde, und einen ungerahmten Akt, den Jakob seiner Freundin geschenkt hatte, ein Mädchen in der Haltung der Olympia, eine persiflierte Olympia mit knochigen Hüften und dunklem Schoß, die dreiste Gebärde der Hand umgedeutet ins skeptisch Selbstbewußte, und parodistisch das schwarze Samtband, das den Hals umschlang ... Er winkte Onkel Paul und dem Schwager, sie schüttelten den Kopf, die ist ja häßlich, nichts drum und nichts dran, der Schwager zeigte sich entrüstet: das ist unanständig, nicht wahr? sowas hängt man nicht in die gute Stube.

»Macht mein Bild nicht dreckig«, sagte Franziska, und der Brünette, in seinem ruhigen und vernünftigen Ton, erwiderte: »Bild, na ja. So kann man's nennen oder auch nicht. Er hat sich nicht angestrengt, der Pinselschwinger, das ist meine Meinung. Aber du warst ja schon immer ein bißchen überkandidelt, Mädchen, ich sags, wies ist.« Da stand er, fest auf seinen festen Beinen, stark wie Atlas, der die Welt auf seinen Schultern trug, gesund und unerschütterlich überzeugt von seinem gesunden Menschenverstand, von der verspielten Überflüssigkeit aller dieser Kleckser und Schreiberlinge, ihrer Drohnenexistenz abseits von schwer arbeitenden Leuten seiner Art, die die Welt nehmen, wie sie ist, die sich nicht den Kopf heiß machen mit Dummheiten und Fisimatenten, und abends sehen, messen, auf den Pfennig nachrechnen können, was sie tagsüber mit ihren Händen geschafft haben ... so sah er sich selbst, ein Gran vom Salz der Erde, und war doch bloß ein Fossil, er und der Exß-Clan, pereshidki kapitalisma, wie du sagst, Überbleibsel, mit ihrem Mißtrauen gegen die da oben, ihrer Kleiner-Mann-von-der-Straße-Ideologie, ihren Gaunereien auf den Lohnzetteln, von denen sie mit einem listigen Lachen erzählten, als hätten sie jede Mark dem alten Feind aus den Zähnen gerissen (man muß zusehen, wo man bleibt), und mit dem unbelehrten, unbelehrbaren Geschmack an Porzellanhündchen und rosigen Nuditäten und unreinlichen Groschenheften ... »Ja, und was ich noch sagen wollte«, fuhr er nach einer Weile fort, »den Wolf, den wirst du nicht wiedersehen, dafür ist gesorgt. Er macht nach Leipzig runter, jetzt, mit dem Zug Viertel nach.« Er betrachtete sie bedächtig, mit dem festen Blick eines Mannes, der sich nicht den Kopf verdrehen läßt. »Er ist verrückt nach dir, und das weißt du und nutzt es aus und triezt ihn bis zum Weißbluten ... Er darf dich nicht mehr sehen, dafür haben wir gesorgt.«

»Du brichst mir das Herz«, sagte Franziska; sie war feuerrot geworden. Onkel Paul inzwischen, ungeschickt auf dem einen Bein hüpfend, hatte sich darangemacht, den Teppich aufzurollen; er zog den runden Kopf zwischen die Schultern und schnitt eine Grimasse, halb verlegen, halb spaßhaft ängstlich, als Franziska sich nach ihm umdrehte, er wartete auf Protest, Feilschen und Geflenne, sie aber, an ihm vorbei und an der Schwester, die als gute Hausfrau Sesselfedern prüfte, die Hände wippend aufgestützt und den Hintern in der Luft, – sie stürzte sich auf den Schrank, riß Wäsche aus den Fächern, Kleider und Röcke von der Stange, fegte Bücher, Zeitschriften, Fotos aus den Regalen, plötzlich von einer tollen Lust gepackt, zu verschleudern, wegzuwerfen, reinen Tisch zu machen, und taub für die Mahnung des Brünetten: so war es doch nicht gemeint, nur von Recht und Pflicht war die Rede, – sie war einmal in Rage, hochgedreht und nicht aufzuhalten, stotterte und schimpfte mit überkippender Stimme und zerschmiß noch ein paar Tassen, bloß wegen des Effekts ... Der Clan setzte sich ab, na endlich, die Schwester voran, zufrieden im ganzen (sie balancierte die Teppichrolle auf der rechten Schulter, während sie die freie Hand in die Hüfte stemmte wie eine wassertragende Beduinenfrau); Brüder und Schwager, in Gurte gespannt, zwischen denen der Schrank hing, schwankten durch den Korridor, unter den Flintenaugen der Wirtin, die stumm in ihrer Tür stand.

Franziska knallte die Korridortür zu. In ihrem Zimmer, in der heillosen Unordnung von Schuhen, Büchern, Kleidern, zerschlagenem Geschirr, zwischen den leeren Wänden, brach sie in Lachen aus, die haben den Hals voll, was für eine Lotterwirtschaft, herrlich, wie in der Kistenzeit, wie am Anfang, ich fange von vorn an, allein und gescheiter, – sie fühlte sich befreit, entlastet durch den Anfall von Libertinage im Angesicht des Stammes, und entwarf schon euphorische Pläne für ein neues Leben, als der Exßsche Plattenwagen abfuhr und mit eisenbeschlagenen Rädern übers Pflaster rumpelte ... und so, in ihrer silvesterlichen Stimmung, würden wir Franziska, jetzt wieder F. Linkerhand, gern aus diesem Kapitel entlassen, um sie im nächsten nach Neustadt zu begleiten, Herrn Schafheutlin, ›die Warze‹, vorzustellen und den dämonischen Jazwauk und die Bornemanns, und endlich auch Benjamin.

Aber wäre sie denn, unentschlossen, an Phantasmen verloren, sich selbst hinhaltend mit irgendwann und irgendwie, wäre sie überhaupt jemals nach Neustadt gekommen, wenn sich nicht ereignet hätte, was wir nun doch noch erzählen müssen? Vielleicht wäre alles anders verlaufen, vielleicht hätte sie, wie andere junge Leute aus Regers Gruppe, erste oder zweite Preise in Wettbewerben und internationalen

Ausschreibungen gewonnen, hätte mit dem Professor, als seine Assistentin, in Bukarest gebaut, später selbst den Bau eines Hochhauses geleitet, das den Künsten und Wissenschaften gewidmet ist, vom Volksmund spöttisch respektvoll auf Rakete, Zigarrenkiste, Zeigefinger umgetauft wird, jedenfalls aber mit dem Namen Linkerhand schmeichelhaft verknüpft ist – kurz, sie hätte Karriere gemacht (oder, um das anrüchige Wort zu vermeiden und mit dem Genossen Pfannstiel zu sprechen: so wäre es systematisch weitergegangen) … aber nein, statt dessen sitzt sie in einem Verschlag, dessen Holzwände von der Sommerhitze ausgedörrt und gesprungen sind, beim Licht einer requirierten Bürolampe, und bekritzelt die Seiten eines Schulhefts mit ihrer winzigen flackernden Schrift in Druckbuchstaben: sie schreibt an einem Buch, das sie selbst vor Benjamin versteckt, und über das sie sich abergläubisch abfällig äußert, einfach so Zeugs, Geschreibsel, übrigens, man soll nichts beschreien …

Wir greifen vor. Das Ereignis also, das ihr die Stadt ein für alle Male verleidete, war Wolfgangs Rückkunft: er war nicht abgereist, er hatte seinen Clan irregeführt, er kehrte am Bahnhof um, gefoltert von der Vorstellung, diesen alten Knacker, den Reger, bei Franziska zu finden; er drang ins Zimmer ein, voller Furcht – oder Hoffnung –, sie endlich zu erwischen, zu überführen, ihren Liebhaber bloßzustellen. Reger war seine fixe Idee … nur Jakob, gerade Jakob, hatte er nie verdächtigt, ein Hinkefuß, der kam gar nicht in Betracht … Franziska lag auf der Couch, die Arme in liederlichem Behagen auseinandergeworfen. Sie schnellte hoch, als sie Wolfgang sah, sein Gesicht, seine Augen, in denen Tränen standen. Er schloß die Tür ab und steckte den Schlüssel in die Tasche. »Schrei nicht«, sagte er leise, »ich bin zurück … ich kann nicht … Schrei nicht.«

… Am nächsten Morgen ging sie zur Arbeit in die Böttchergasse, pünktlich wie immer, proper wie immer, hielt aber den Jackenkragen fest am Halse zu und antwortete nicht, als Reger, aufgeräumt und in glücklicher Vergeßlichkeit, sie begrüßte, konnte nicht antworten, arbeitete krampfhaft mit Zunge und Lippen und stieß nur rauhe, bellende Laute aus. Reger brachte sie heim, in ihr Zimmer, das einem Schlachtfeld glich, er fluchte alle Höllenstrafen auf den schönen Idioten, diesen Vandalen herab, und hielt endlich den Mund, als er ihr die Jacke ausgezogen hatte und ihren Hals sah.

Er kam jeden Tag, eine Woche lang, er beschwor sie zu reden – Reden, sagte er, ist Erlösung, ist Selbstbefreiung, Reden gehört zur seelischen Hygiene, was ausgesprochen ist, das ist schon so gut wie überwunden, hier bin ich, ich höre, sprich, schimpf, lamentiere, hier ist eine Freundesbrust, an der du dich ausheulen kannst ... Sie schwieg, sie lag immer im Dunkeln, unter der Decke zusammengerollt: sie stellte sich tot.

Nach einer Woche, als seien ihr in Dunkel und künstlichem Todesschlaf neue Kräfte zugewachsen, stand sie auf, schaffte Ordnung, verbrannte Briefe, Bilder, Notizen, schrieb ihre Kündigung, ging in ein Restaurant und verschlang zwei Steaks. Als sie das Restaurant verließ und die Lange Gasse runterging, die Hauptstraße im Zentrum, hörte sie dreiste Bemerkungen über ihr Haar, die obszönen Schmeicheleien von zwei älteren Herren, Touristen, von der Leine gelassene Bürger, ängstlich unverschämte Jäger in einer fremden Stadt ... Im nächsten Friseursalon ließ sie sich die Haare abschneiden und sah, mit zorniger Genugtuung, im Spiegel ein fremdes, fleischloses Gesicht.

Reger empfing sie lärmend, er lachte und nannte sie knäbisch, invertiert, einen Leckerbissen für Schwule, er hatte aber Sinn für symbolhafte Handlungen, und als sie ihre Kündigung auf den Schreibtisch schob, nickte er und sagte: Ich verstehe, gut, gut, ich habe schon verstanden, ich respektiere deine Entschlüsse.

Franziska betrieb ihre Übersiedlung nach Neustadt mit Eifer und Energie; trotzdem wurde es Ende November, ehe sie abreiste, es war kalt, leichter fröhlicher Frost, es schneite, die Stadt war niemals schöner gewesen als jetzt, mit ihren weißen Alleen, den beschneiten Kuppeln und Simsen am N.schen Palais, dem schneebemützten Puttengetümmel ... Barock im Winter, mein Lieber, das ist schon was, danach kannst du schon Heimweh haben, ja ...

5

Kennst du die Geschichte von Tamerlan und dem persischen Architekten, dem die Liebe Flügel gab? Der lahme Tiger ließ in Samarkand einen Palast für seine Lieblingsfrau bauen, während er auf einem Feldzug in Mittelasien war, und du kannst dir denken, was geschah: der Perser verliebte sich sterblich in die Lieblingsfrau seines Auftraggebers. Sie war eine chinesische Prinzessin und wunderschön, und der Architekt wurde krank vor Sehnsucht, wenn er an ihre schwarzen Mandelaugen dachte und an ihre Brauen, die sich wölbten wie die Mondsichel.

Als nun Tamerlan nach Samarkand zurückkam, da merkte er, wie sein Architekt sich verstrickt hatte in die Liebe zu der schönen chinesischen Prinzessin, gerade zu dieser einen, zu der Ersten und Liebsten von Timur-Beg, und er warnte den Perser und zeigte ihm fünf bunte Eier, jedes in einer anderen Farbe, und sagte: Siehe, sie sind äußerlich ganz verschieden, aber sie schmecken doch alle gleich. Der Architekt jedoch zeigte ihm zwei Gläser, eins mit Wasser, eins mit Wodka gefüllt, und antwortete: Siehe, sie sehen ganz gleich aus, aber sie schmecken doch verschieden.

Er konnte und konnte seine Gedanken nicht von der Prinzessin abwenden. Eines Tages sah er sie mit unverschleiertem Gesicht und war so hingerissen von ihrer Schönheit, daß er den furchtbaren Tamerlan und seinen Zorn vergaß. Er küßte sie ... Die Prinzessin zog rasch ihren Schleier vors Gesicht, der Kuß war aber so leidenschaftlich, daß er ein Brandmal auf ihrer Wange zurückließ. Als Tamerlan das Brandmal entdeckte, befahl er, den Perser zu fangen und zu töten. Der Architekt flüchtete vor den Häschern auf die Spitze eines Minaretts, und in seiner höchsten Not, als er schon den Atem der Verfolger auf seinem Nacken spürte, breitete er die Arme aus und warf sich vom Minarett in die Luft, und um seiner großen Liebe willen wuchsen ihm Flügel, und er flog heim nach Persien …

Eine Legende, die mir mein Vater erzählte, und der hat sie bei Christopher Marlowe gelesen, Marlowe, den er bewundert und mißbilligt, ein genialer Kopf und ein Raufbold, der mit einem Messer in der Brust starb, dreißig Jahre alt, erstochen in einer Schenke oder auf den Gassen von London, – dreißig, sagte mein Vater, und was hätte er noch schaffen können, wenn er sich nicht verschwendet und verzettelt hätte mit Dirnen und Händeln und Saufereien … Ich war noch klein, elf oder zwölf, ich wünschte, ich besäße ein Bild von diesem Marlowe, ich dachte, ich würde lieber dreißig wilde Jahre wählen statt siebzig brave und geruhsame. Und später, immer wenn ich unruhig war, wenn ich mich sehnte, wer weiß wohin, wer weiß nach wem, fiel mir die Geschichte vom persischen Architekten ein, und an ihn dachte ich auch, als ich Django wiedertraf, einen Tag vor der Abreise, ich hatte meine Koffer zum Bahnhof gebracht und bummelte durch die Lange Gasse und über den Altmarkt, und ich fühlte mich wie auf dem Sprungbrett am Fünfmeterturm, gar nicht großartig, nein nein, ich bin feige, ich mag nicht gern springen, vielleicht ’n Bauchklatscher machen, wie?, höchstens wenn einer zusieht und applaudiert – mutig sein vor Publikum, das ist keine Kunst, aber allein, mein Lieber, allein …

Auf einmal sah ich Django. Mein Schreck. Der tanzt nicht mehr mit hochgekrempelten Hosen und barfuß auf dem Pflaster, der geht nicht mehr in die Kneipe von Dame Pia Maria, Fischbrötchen fressen, muß er auch nicht, ich sag ja nicht, daß die alten Fischbrötchen und aufgekrempelte Hosen Jugend ausmachen – ach, Django, mein Zigeuner, mein Spießgesell, der Hindemith glatt an die Wand komponieren wollte, er hat Fett angesetzt, in der Art, wie hagere Leute verfetten, locker, schwammig, nicht durchwachsen, und über der Stirn ist sein schwarzes krauses Haar ausgegangen, das sah ich, als er den Hut abnahm. Django mit Hut, das ist einfach das Letzte! Er war elegant, von der soliden Allerweltseleganz einer mittleren Gehaltsstufe. Er zog den Hut, er lächelte höflich und unsicher, er hatte mich nicht erkannt.

»Django –«, sagte ich und wurde rot, weil mir auf einmal zumute war, als hätte ich was unpassend Vertrauliches gesagt – so sah er mich an, weißt du, indigniert wie ein Erwachsener, der von einem anderen, fremden Erwachsenen mit dem albernen Spitznamen aus der Schulzeit angeredet wird.

»Franziska«, sagte er endlich und malte mit seiner Stimme ein Fragezeichen. Er blickte auf meinen Ringfinger.

»Linkerhand, ja, immer noch. Das heißt ... schon wieder.«

Er stand verbindlich vorgeneigt, mit seiner affigen Melone in der Hand, und ich ärgerte mich und sagte: »Du brauchst nicht zu kondolieren.« Wir standen unter den Kolonnaden, vorm Schaufenster von Exquisit, eine windige Ecke, wir wurden andauernd von Leuten angerempelt, und dabei sagten wir im Duett alle blöden Sprüche auf, die das Protokoll vorschreibt: so ein Zufall, danke gut, danke ebenfalls, sieben Jahre, ja ja die Zeit vergeht, beinahe hätte ich dich nicht, ich war auch nicht sicher ob, warum hast du deine schönen langen Haare, sic transit, die Musik ach nein keine Zeit Beruf Familie, Architektur ja der alte Traum, keine Familie gottlob Pardon, Kinder machen soviel Freude, ich bin, du bist, er sie es ist, wir hätten, sollten, *die Zeit vergeht* blahblahblah – und ich wurde immer wütender, denn auch seine Stimme hatte sich verändert ... früher, weißt du, hatte er so eine Messingstimme, und wenn er sang, Ben, dann liefen dir lauter Eisstückchen die Wirbelsäule runter, eine Stimme, die mehr Sex hatte als eine ganze Ballett-Truppe in schwarzen Strümpfen ... und jetzt sprach er, als ob er ein Sahnebonbon auf der Zunge wälzte, und er erzählte mir mit seiner verdammten sahnigen Stimme, daß er Physiklehrer ist und verheiratet und seit vier Jahren wieder in der Stadt. Vier Jahre, und wir hatten uns nie getroffen, und ich dachte, an meinem letzten Tag hätten wir uns nun auch nicht treffen müssen.

Er rief: »Martin!« Der Junge hatte bei dem Losverkäufer unterm Bogen gestanden, er kam jetzt sofort, er rannte nicht, er hüpfte nicht, ein gravitätischer Zwerg mit Lincolnschleife und 'ner Jockeymütze, und er machte seinen Diener vor mir und sah aus, als ob er nie im Leben eine Fensterscheibe einschmeißen wird. Er blieb still neben uns stehen, er starrte mich nicht an, wie andere Kinder Fremde anstarren, aber ein paarmal sah ich doch seine Augen, und, Ben, sein ganzes Gesicht bestand aus Augen, den schwarzen Augen von Django, dem Bänkelsänger, und wenn sie auch sanfte Seele spielten – auf ihrem Grund saß schon ein kleiner roter Hahn und krähte. Das Bürschchen hat noch einiges in der Hinterhand ... das gefiel mir, das gönnte ich dem Django, obgleich mir auch die Art gefiel, wie er mit seinem Sohn umging – nicht diese Gib-der-Tante-Patschhändchen-Tour, auch nicht der Von-Mann-zu-Mann-Schwindel. Er ließ einfach seine Hand auf der Schulter des Jungen liegen, und nachher, als sie über die Straße gingen, hielt er ihn an der kleinen Pfote und führte ihn ... so hat mein Vater mich nur einmal festgehalten und geführt, auf dem staubigen Weg unter Kirschbäumen, während die Glocken von allen Türmen läuteten, am ersten Friedenstag.

Der Mensch soll ein Haus bauen, einen Baum pflanzen und ein Kind zeugen. Wir standen pari, er mit seinem Sohn, ich mit meinen Häusern, ich hatte nichts gegen ihn vorzubringen, nichts anderes, als daß er nicht Django war, sondern Irgendeiner, ein Mann, eine abgerundete Persönlichkeit, zufrieden, verbindlich, verständig und leidenschaftslos – er war völlig in Ordnung, und ich wünschte, ich hätte ihn nie wiedergesehen. Wir verabschiedeten uns, und er fragte noch nach meinem Bruder, wie geht's ihm, was macht er, die Routinefragen. »Wilhelm? Der baut Atombomben«, sagte ich, eine Lüge, ich log vor Wut, und sein Gesicht veränderte sich, endlich, aber so, als hätte ich eine Taktlosigkeit begangen, ein obszönes Wort gesagt, das jeder kennt, das man aber nicht ausspricht.

Er ging unter den Kolonnaden lang, mit seinem Martin an der Hand, dessen knallgrüne Jockeymütze in der Schneeluft leuchtete, und ich blieb vorm Schaufenster stehen, zum Heulen deprimiert, ich spiegelte mich in der Scheibe und versuchte mich zu sehen, wie er mich gesehen hatte ... in

Wahrheit deprimierte es mich nicht, Django so verändert zu finden, sondern weil ich selbst verändert war: ich trauerte der kostbaren Zeit nach, den unwiederbringlichen Jahren, die mich vom Alter der Unschuld trennten, von dem Schulmädchen im Matrosenleibchen, einem Mädchen, das noch imstande war, auf einen Zeichenkarton zu kritzeln »... just as true as the stars above ...«

Der gewichtige Rücken in Tweed tauchte noch einmal jenseits der Fahrbahn auf, am Parkplatz, auf dem sich die eingeschneiten Autos wie eine Herde von weißen Riesenschildkröten buckelten, und eine Weile leuchtete noch die kleine grüne Ampel Martin neben dem Tweedrücken, und dann sah ich sie nicht mehr, der Schnee fiel dicht und lautlos, und ich lehnte mich an die Mauer, mir war schwindlig vor Glück, schwindlig vor Ehrgeiz, ich fühlte mich jung, so jung und frei wie niemals vorher, berauscht von dem Verlangen, mich zu behaupten und Häuser zu bauen, die ihren Bewohnern das Gefühl von Freiheit und Würde geben, die sie zu heiteren und noblen Gedanken bewegen ... in diesem Augenblick bejahte ich alles, was ich je getan und unterlassen hatte, ich war verliebt in die freundlichen eiligen Leute und den Schnee und den Altmarkt, den wir, wir wiederaufgebaut haben, und die steinernen Flamingos vorm Café und in diese ganze Welt, in der alles möglich ist, auch, daß Menschen sich mit ausgebreiteten Armen in die Luft werfen und fliegen ...

Die Fahrt war lang und langweilig, nach drei Stunden mußte Franziska in einen Personenzug umsteigen, D-Züge hielten nicht in Neustadt. Eine Landschaft zum Erbarmen, platt und grau, Felder, ein paar Birken, nackte Rutenbündel, ein zerrupftes Kiefernwäldchen, Dörfer, die aussahen, als ob sie alle auf -ow endeten, ein Dutzend Höfe, Heuschober, die runden, oben zugespitzten Negerhütten glichen, Kohlgärten, ein zerbrochener Leiterwagen, über den Äckern flatterten plump schwarze Krähenschwärme auf, hier möchte ich nicht begraben sein, dachte Franziska, die am Fenster saß und mit ungebrochenem Eifer hinausblickte, entschlossen, ihre neue Heimat reizvoll und liebenswert zu finden, diese östlichste Ecke des Landes, die

Regers junge Leute mit himmelwärts gerollten Augen eine Hundetürkei nannten, Klein-Sibirien und Wallachei.

Gegen elf zerfaserte die Wolkendecke, und die Felder flimmerten unter der Sonne in einem starken blauen Licht. Auf einer Station, die ihren Namen schon zweisprachig anzeigte, stiegen drei alte Bäuerinnen zu, tonnenrund in einer Unzahl von schwarzen knöchellangen Röcken, und mit grünwollenen Kopftüchern, ausladend wie die Flügelhauben der Nonnen, sie ließen nur die Stirn frei und zwei Fingerbreit von dem dünnen, grauen, in der Mitte gescheitelten und mit Zuckerwasser an den Kopf geklatschten Haar. Sie hielten ihre Deckelkörbe auf dem Schoß, auf der grünen Halbschürze, blickten vor sich hin und unterhielten sich gemächlich, mit langen Pausen, in einer Franziska unverständlichen Sprache. Sie lehnte sich zurück und starrte neugierig, hinter ihrer Sonnenbrille, auf die drei Weiblein, deren runzlige Gesichter sich ähnelten wie Winteräpfel, und sie erschienen ihr wie Brüder-Grimm-Gestalten, aus einer fernen Vergangenheit heraufgestiegen in verschollenen Trachten. (Sie lernte niemals, diese alten Bäuerinnen voneinander zu unterscheiden, die auf dem Fahrrad aus ihren Dörfern nach Neustadt einkaufen kamen, Sommer wie Winter vermummt in Tücher und sieben Röcke, diese zähen Greisinnen mit Wurzelhänden, die mit männlich kraftvollem Sensenschwung den Rasen vor den neuen Häusern mähten.)

Hinter einem lichten Waldstreifen, fremd und betriebsam in der ländlichen Einsamkeit, fraß sich eine Baustelle in Gehölz und Felder, ein Kraftwerk mit Hallen, in deren Stahlgeflecht blaue Schweißfeuer brannten, eine Reihe von Sheddächern wie die Zähne eines Sägeblatts; drei Schornsteine – der vierte noch ein Stumpf von einigen zwanzig Metern – waren in Schwaden von Rauch und Dampf gehüllt, die sich in der Frostluft zu schweren, träg unter dem Himmel ziehenden Wolken ballten, den wildweißen Haufenwolken eines Sommerabends. Ein hakennäsiger Alter, der Franziska gegenübersaß, beugte sich vor und sagte: »Passen Sie auf, Fräulein, jetzt kommen wir in das Gebiet des schwarzen Schnees.«

Schwarzer Schnee. Das beeindruckte sie, es klang wie ein Romantitel und erweckte in ihr Vorstellungen von einem finster schönen Land, und sie dachte mit dem Hochmut der Unbehausten an Django, den Seßhaften (Speck unter der Haut, Speck auf der Seele), während ihre Augen nichts anderes sahen als gelbbraun verfärbte Baumskelette, die Tümpel toter Gruben, die graue Schmutzschicht, den fetten Kohlenstaub auf den Kippen, flachen, einsinkenden Hügeln, – und ihre Nase, mißtrauisch schnüffelnd, einen stechenden Geruch wahrnahm, der durch die Ritzen im Abteilfenster drang und, als sich der Zug Neustadt näherte, dicker, beinahe greifbar wurde, ein Höllengestank von Schwefel und faulen Eiern.

»Jaja, das dreht einem den Magen um«, sagte der Alte auf dem Platz gegenüber, grimmig befriedigt wie ein Mann, der das Schlimmste prophezeit und recht behalten hat. »Sie verpesten die Luft, ja, mit ihrem Kombinat ... Sie sind wohl nicht von hier, Fräulein?«

»Nein.« Sie war auf der Hut. »Ich fahre bloß auf Besuch.«

Eine Landfremde, eine, die noch ahnungslos und unbelehrt war – er wurde geschwätzig, er war voller Galle und mußte sich Luft machen in einem Strom von bitteren Klagen, die Franziska nur halb verstand, denn er sprach einen harten Dialekt, gaumig, mit rollendem r, das alle anderen Konsonanten niederwalzte und zerquetschte: Wie die Zigeuner sind sie gekommen ... lauter fremdes Volk ... sie haben die Erde um und dumm gewühlt ... sie haben uns von Haus und Hof vertrieben ... (Vertrieben, na, der wird eine ganz anständige Abfindung eingesteckt haben, die Bauern lassen sich nicht übers Ohr hauen.) »Mit Geld«, sagte der Alte, »läßt sich nichts gutmachen. Wir, wir haben über hundert Jahr auf unserem Hof gesessen.«

Meine Familie hat einen respektablen Verlag gegründet und über hundert Jahre Bücher gedruckt, heul ich etwa? Keine Träne für Unabänderliches. Sein Pech, daß der Urgroßvater seine Ställe und Scheunen auf Braunkohle gebaut hat ... Sie fand Roggenfelder hübsch, Klatschmohn, die blaugrünen, vom Wind niedergedrückten Halme, und der Duft frisch gemähter Wiesen entzückte sie, Städterin, Pflastertreterin, aber sie war außerstande, fetten von magerem Boden, Halbblüter von Kaltblütern zu unterscheiden, und hielt Leute, die sich an ihre paar Hektar klammerten, drei Kühe hätschelten und auf Knien über ihren Kartoffelacker krochen, für hoffnungslos altmodisch.

Mit Bulldozern haben sie unser Haus niedergemacht …
»O je, tatsächlich?« sagte Franziska, sie hatte den Alten und sein zänkisch wehleidiges Gerede satt, er tat ihr leid, dem waren die Bulldozer mitten übers Herz gerollt, und sie hatte ihn satt, weil er ihr leid tat. Armer Alter, dem war nicht mehr zu helfen …

… er erinnerte mich an meinen Vater, obgleich die beiden nichts gemein hatten, nichts außer ihrer Meister-Anton-Haltung und dem Satz, der ihnen auf der Stirn geschrieben stand, in ihren trüben alten Augen: Ich verstehe die Welt nicht mehr … Es war ziemlich genau zwei Jahre her, seit meine Eltern weggegangen waren, und ich dachte an den Tag, als ich sie das letzte Mal gesehen habe, ein mieser Novembertag, Schneeregen, gefrorene Pfützen, feuchter Wind und ein Himmel, der bis auf die Straße runterhing. Niemals vorher war mir unser Haus so verwahrlost erschienen, ein Gespensterhaus in boshaft beabsichtigtem Verfall, Wasserflecken und Rost, bröckelnder Putz, das Parkett stumpf, die Terrassenstufen zerbrochen – Simson, dachte ich, brauchte die Türpfosten nur mit dem kleinen Finger anzustoßen, und das Haus würde zusammenkrachen und seine Bewohner unter Schutt und morschen Balken begraben …

Das Millionenviertel der zwanziger und dreißiger Jahre hatte seinen Namen und seine Bewohner gewechselt, puritanische Vornehmheit war einem grelleren Komfort gewichen, einem Leben, das nach außen drängte, sich zur Schau stellte; in die alten Klinkermauern waren französische Fenster gebrochen worden, angebaute Studios und Wintergärten mit riesigen Glasfronten holten die Straße in hohe und düstere Säle, und im Sommer sah man in den Gärten buntgestreifte Hollywoodschaukeln, in denen sich halbnackte Mädchen räkelten, Sonnensegel und sündhafte Ziersträucher und Oberschüler im weißen Tennisdress.

Wir, Jakob und die anderen, wir nannten das Viertel am

Strom den Professorenkraal, das Intelligenzghetto, und wir konnten die Jeunesse dorée nicht leiden, die dort draußen aufwuchs, obgleich wir bloß ein paar Exemplare kannten, junge Affen, die am liebsten Namen und Titel ihres Vaters auf einer Plakette am Revers getragen hätten; sie waren mächtig scharf auf die Ateliers, hatten aber bloß Zutritt, weil sie piekfeinen Martell mitbrachten. Na, die wurden ausgenommen ... Einmal lud uns einer zu sich ein, als seine Eltern verreist waren, er vertrug nichts, der dumme Junge, und war schon um zehn hinüber, und Jakob meldete ein Gespräch nach Kuba an, mit einem Hotel in Havanna. Gegen Morgen kam Havanna, wir weckten den Jungen, und er ging ans Telefon, und ehe er in seinem Dusel kapiert hatte, was los war, hatte er schon ein halbes Monatsgehalt vertelefoniert. Weil es aber nicht sein Geld war, entschloß er sich, Jakob ungeheuer witzig zu finden, ein richtiger Boheme-Clown, haha.

Nein, wir konnten das Viertel nicht ausstehen, und wir hatten keine Chance, jemals dort zu wohnen und einen Opel Kapitän zu fahren und im Club zu verkehren. Ein entsetzliches Tudorschloß aus der Gründerzeit – vor dem Krieg gehörte es einem Fabrikanten, einem degenerierten Playboy, der Papas Millionen mit schwulen Knaben verjuxte und später, auf Capri, von einem seiner zwitschernden Liebhaber auf scheußliche Art umgebracht wurde. Nachmittags und abends parkten immer eine Menge Autos an der Auffahrt, auch Westwagen mit DDR-Nummern, und nur Wilhelm war imstande, seinen uralten Dixi zwischen einem schwarzen Kreuzer und einer silbergrauen Rakete zu parken, aber Wilhelm ist eben ein Snob, wenn er Lust darauf hat, und – Ben, er ist der einzige von allen Männern, die ich kenne, der sich in Jeans bewegt wie im Abendanzug und im Abendanzug wie in Jeans ...

Linkerhand hatte in der Böttchergasse angerufen und seine Tochter um eine Unterredung gebeten. Sie sahen sich selten, nur an Geburtstagen und zu Weihnachten, Pflichtbesuche, die Franziska folgsam und gelangweilt absolvierte; sie saß still und gerade an der Tafel, in der gedrillten Haltung wie früher, wenn Frau Linkerhand ihr Bücher unter die Achseln schob und sie zwang, die Schultern zurückzudrücken, den Bauch einzuziehen, auf zeremoniöse Art einen Teller Suppe auszulöffeln, den Löffel mit der breiteren Seite dem Mund zugekehrt, und zu schweigen, eisern zu schweigen. Sie hielt den Blick gesenkt und gab sich den Anschein, als hörte sie höflich den seidenen Gespenstern zu, den Damen und Herren aus den drei oder vier guten Familien, die schon zu müde waren, die Zone, die Stadt, ihre verfallenden Villen zu verlassen, von Renten lebten, vom Zimmervermieten und dem Verkauf ihrer Möbel und Schmuckstücke und – als sei Erinnerung etwas Materielles, ein Stoff, eine Wegzehrung – vom Zurückdenken und Reden, dem unablässigen Reden über eine glanzvolle Zeit, über ihre Vergangenheit, die sie beim Tee so oft aufpolierten, daß sie ihnen fleckenlos, sorgenlos erschien und strahlender, als sie in Wirklichkeit je gewesen war.

Die Damen tauschten Fotografien aus (das skandalöse Fotoalbum ihrer Großmutter hatte, Gott sei Dank, Franziska geklaut und beiseite geschafft: eine Galerie von Backenbärten, Vollbärten, Schnurrbärten und von Korpsstudenten, die sie wegen ihrer Kappen für Liftboys hielt), und sie plauderten in ihrem Pensionatsfranzösisch, in der Sprache ihrer sonnigen Jugend, des Klavierspiels und der weißen Haarschleifen ... ach, sie waren nicht mehr sattelfest, sie machten peinliche Schnitzer, diese Spinatwachteln, dachte Franziska, da war die Große Alte Dame von ganz anderem Format, die Sünderin mit dem goldenen Kreuz auf dem Magen, die nahm hin, was kam, und machte immer noch das Beste daraus.

Manchmal, wenn sie wider Willen zuhörte, hatte sie ein Gefühl, als steige ihr schwarzes Wasser bis an den Mund, sie glaubte zu ersticken, sie hustete, scharrte, warf eine Tasse um oder trillerte mit der Kuchengabel auf ihrem Teller, bis ein Blick von Frau Linkerhand ihr erlaubte, vielmehr gebot, vom Tisch aufzustehen. Sie hätte, in ihren Anfällen von Jähzorn, aufgeschrien, geschimpft, Geschirr zerschmissen, hätte nicht Linkerhand der Tafel vorgesessen, entrückt, mit unbestimmtem Lächeln für jeden und niemanden, die Augen eulenhaft geweitet hinter der dicken

Brille. Er schien überhaupt nicht wahrzunehmen, was um ihn vorging, aber zuweilen, wenn einer dieser vor Hochmut halb verrückten Patrizier seine politische Ansicht mitteilte, einen Vergleich zwischen der Zone und dem Goldenen Wunderland, rötete sich Linkerhands Albinogesicht, und er drehte gepeinigt den Hals ... er errötete für seine Gäste, über ihre bornierten Torheiten, ihre honigsüßen Sticheleien: Ja, wenn man wie Sie Westverwandtschaft, Nescafé, und hier kostet ein Viertel schlechter Bohnen, es geht doch nichts über holländischen Kakao, mein Schwiegersohn in Dortmund, früher kostete, früher konnten wir, diese Leute sind doch völlig unfähig, die Annen-Kirche soll nun auch, Vandalismus.

Franziska flüchtete in die Bibliothek, und nach einer Weile kam Linkerhand, er sagte: Hast du Tom Jones inzwischen gelesen? oder: Nimm dir den Stechlin mit, glaub mir, mein Kind, man kehrt immer zu Fontane zurück ... In den letzten Jahren faßten sie eine verlegene Zuneigung zueinander, sie unterhielten sich schüchtern und förmlich. Er fragte nie nach Wolfgang, nie nach ihrer Arbeit, für ihn war spätestens mit Schinkel die Architektur gestorben. Er sprach mit ihr nur über Bücher, über Marc Aurel, Montaigne und Sainte-Beuve; sie lehnten an den Bücherschränken, unbequem, als müßten sie das Zufällige, Flüchtige ihrer Begegnung betonen, und so standen sie eine Stunde und länger, blätterten in Büchern und redeten mit gedämpfter Stimme, bis Frau Linkerhand erschien, hager und nervös, und ihnen vorwarf – mit pikierter Miene und in dem munteren Ton, der für die Ohren der Gesellschaft bestimmt war –, wie unschicklich es sei, sich unseren lieben Gästen zu entziehen. Sie wurde neckisch: Allons, ihr Einsiedler – ihr habt doch keine Geheimnisse miteinander? Franziska verspürte Mordgelüste, sie folgte gehorsam ihrem gehorsamen Vater, der mit tastenden Schritten zurückkehrte in das kristall- und silberbestückte Mausoleum.

Mit siebzehn nahm sie ihren Vater nicht zur Kenntnis und haßte ihre Mutter, wild und besinnungslos und noch ehe ihr bewußt geworden war, daß starrer Drill, heuchlerische Erziehung und die beständige nörgelnde Kritik dieser Bigotten ihr, Franziskas, natürliches Selbstbewußtsein gebrochen und sie auf viele Jahre mit einer Unsicherheit und Empfindlichkeit belastet hatte, von der sie sich durch Exaltationen, Wutausbrüche und allzu selbstsichere Haltung zu befreien versuchte. Mit vierundzwanzig betrachtete sie ihre Mutter wie eine Panoptikumsfigur: dieses Weib war dürr, zäh und schlau geworden und entwickelte seine Erwerbsinstinkte zu einem gerissenen Geschäftssinn.

Jahrelang nach dem Krieg verschob sie Kaffee, Kakao und Zigaretten, und sie manövrierte so geschickt, daß sie bei einem Prozeß gegen Kaffee-Schieber nicht einmal als Zeugin vorgeladen wurde, obgleich sie mit beiden Beinen in das Geschäft eingestiegen war. Man darf annehmen, daß Linkerhand nicht wußte, warum er immer noch sein Haus halten, leben, sogar gut leben konnte, beatus ille qui procul negotiis, sagte er, – und Franziska wollte es nicht wissen. Ein paarmal sah sie an ihre Mutter adressierte Briefe einer Kölner Anwaltsfirma, hörte von einer Erbschaft, von Grundstücken und Brauereien aus dem Besitz der Großen Alten Dame, fragte aber nicht und hätte ohnehin keine Antwort bekommen.

Frau Linkerhand hatte ihre Nornenkleider, handgewebtes Leinen und flache Schuhe, abgelegt, sie kleidete sich jetzt elegant, in Schwarz oder Dunkelgrau, legte Rouge auf und trug einen frivolen Granatschmuck mit so viel Delikatesse, daß sogar Franziska zugeben mußte, er könnte sich auf einem weißen Busen nicht besser ausnehmen als an diesem hageren Hals, zu dem schneeblau gefärbten Haar. Sie war an einem der Antiquitätenläden beteiligt, die in den letzten Jahren aufblühten und die homines novi, die Neureichen und Günstlinge des neuen Staates (so Linkerhand), mit gotischen Madonnen belieferten, mit Empire-Möbeln und Zwiebelmuster-Services. War dieser Laden nur Alibi, nur ein Vorwand für andere, dunklere Transaktionen? Wir wissen es nicht. Jeden Sonntagmorgen ging sie stocknüchtern zur Messe, sie kniete in der Kirchenbank nieder, wenn das Glöckchen des Ministranten dreimal klingelte, und neigte demütig den Kopf bei der Wandlung, *Deo gratias.*

Franziska spürte schon in der Diele, daß sich im Haus etwas veränderte, ein unbestimmbarer Geruch, eine Unruhe in der Luft lag, als habe sich ein altes, lange nicht mehr aufgezogenes Uhrwerk knirschend und ächzend in Bewegung gesetzt und hebe unter heiserem Rasseln zum Schlag an. Sie öffnete die Tür zum blauen Zimmer, sah nackte Wände, schiefhängende Jalousien, die Tapeten verblichen dort, wo letztens noch die Biedermeiermöbel gestanden hatten, die Kirschholzkommode und das geschweifte Sofa mit zierlich gestreiftem und geblümtem Bezug … hier hatte Franziska, im grünen Licht vom Garten, ihre Schulaufsätze geschrieben, die Briefe ihres jungen Ritters gelesen, hier hatte die Nachbarin, die Mutter der kümmerlichen Elfriede, gesessen, mit offenem Mund und stumm – an dem Tag, dachte Franziska, als der Große Ausverkauf begann. Jetzt stoßen sie die Reste ab, jetzt geht es zu Ende. Sie war zornig und ratlos: also verknüpfte sie doch noch eine sentimentale Empfindung mit dem Haus.

Linkerhand saß in der Bibliothek und las, eine Lupe vor den halbblinden Augen; Franziska platzte herein, ohne anzuklopfen. »Also, das geht zu weit. Madame verscherbelt, was nicht niet- und nagelfest ist. Sag mal, weißt du überhaupt, was hier vorgeht?«

Linkerhand legte die Lupe aufs Buch. »Setz dich, mein Kind.«

Sie blieb stehen, auch hier, zwischen den übervertrauten Schränken, Bildern und Portieren, beunruhigt, körperlich bedrängt vom Geruch der Auflösung. In den Bücherreihen klafften breite Lücken. »Deine Bücher, deine Inkunabeln … Das ist ja wohl nicht drin!« Er beugte sich nach vorn und legte die Hand hinters Ohr, und Franziska schluckte die stumme Rüge für saloppe Redeweise und verbesserte sich folgsam. »Das ist nicht möglich, Vater, du verkaufst deine Bücher, geht es euch so schlecht?«

Er setzte die Brille ab, Fluchtbewegung, und verwandelte seine Tochter in einen zappelnden kleinen Schemen ohne Gesicht. »Ich habe lange gezögert, dich zu unterrichten«, sagte er. »Ich wünschte dich nicht zu belasten, womöglich mit deinem Gewissen in Konflikt zu bringen, da unserem wohlerwogenen Schritt Gesetze entgegenstehen, Gesetze, die inhuman zu nennen ich nicht anstehe –« Er unterbrach sich, irritiert, er tastete nach seiner Brille: hörte er den bunten Schemen Franziska nicht lachen?

»Ach Papa«, sagte sie, »da hast [du] nun eine richtige feine Rede vorbereitet und willst doch bloß sagen, daß ihr abhaut – daß ihr euch absetzt, davonmacht, flüchtet, übersiedelt, such dir das passende Wort aus. Erlaubst du, daß ich rauche?«

Er nickte. Er sagte, er sei erleichtert zu hören, daß sie seine Mitteilung mit Gleichmut aufnehme, und Franziska zuckte die Schultern. »Warum nicht? Ich habe darauf gewartet, es ist mir schnuppe.« Er schwieg, er drehte den Kopf nach dem Geräusch ihrer Schritte, als sie im Zimmer umherging, rauchend, den Daumen in den Gürtel gehakt, und sie fühlte seine verschwommen farblosen Augen auf sich gerichtet, seinen hilflosen Blick eines Kurzsichtigen, der sie rührte und erbitterte: der alte Mann, er ist weiß geworden, ein Schatten und überflüssig, er kann nicht mal allein über eine Kreuzung gehen, er kommt unter die Räder, in jedem Sinn unter die Räder, und ich wünschte, es wär mir wirklich schnuppe. »Nach Bamberg«, sagte sie, »und wieder ein Verlag, du lieber Gott, bei der Konkurrenz, und wie willst du ankommen gegen hundert Etablierte?«

»Zerbrich dir nicht meinen Kopf«, sagte Linkerhand. »Unser Name hat noch immer einen guten Klang ... bei einer gewissen Schicht des lesenden Publikums, einer, zugegeben, kleinen Schicht.«

»Nach fünfzehn Jahren!« rief sie bestürzt. »Wo lebst du denn? Niemand erinnert sich, niemand, wir sind erledigt und abgeschrieben, und auf den Namen gibt dir kein Mensch mehr Kredit ... Der Zug ist durch.« Sie wiederholte bockig, gereizt durch stumme Rüge: »Der Zug ist durch, ein für alle Male, und du hast den Anschluß verpaßt. Du sitzt in deinem Zauberberg und spielst neunzehntes Jahrhundert, und Zola ist dir schon zu modern und ein brutaler Flachkopf, und als du mir den Hemingway zurückgabst, hast du ihn zwischen zwei Fingern gehalten wie eine eklige alte tote Ratte, und dabei hattest du keine drei Seiten gelesen. Und denkst du, ich weiß nicht, warum du nie nach meiner Arbeit fragst? Für dich sind wir Ingenieure ohne einen Funken Esprit, Handwerker ohne Idee, Nichtskönner und Verhunzer. Die Alten haben alles besser gemacht, Michelangelo war ein Titan, und Pöppelmann ist anbetungswürdig, ja ja ja, das kann ich schon singen, und du sollst auch recht haben – wenn du nur einmal, ich bitte dich, Papa, nur ein einziges Mal zu bedenken geruhtest, daß wir nicht für Könige bauen und nicht aus der Schatztruhe von Königen schöpfen, daß wir – daß ihr, ihr den Krieg verloren habt und daß unsere Stadt zu vierzig Prozent zerbombt war ... Entschuldige. Ich wollte dich nicht anschreien. Es tut mir leid.« Sie ging schnell zu ihm hinüber, versagte sich zwar eine herzliche Geste, die beiden peinlich gewesen wäre – etwa, ihn zu umarmen, seine Hand zu drücken, die bleiche, gedunsene, mit braunen Altersflecken gesprenkelte Hand, die auf der Tischplatte herumtappte –, setzte sich aber zu seinen Füßen auf den Teppich, spielte Respekt und kindliche Unterwerfung. »Wir geben ein hübsches Genrebild ab, Vater und Tochter ... Wetten, du hast nicht mal bemerkt, daß ich inzwischen erwachsen bin, ja, erwachsen und verständig – und verständnisvoll, vielleicht zu sehr, bis zur Schwäche.«

Manchmal spazierte sie am Linkerhandschen Stadthaus vorüber; den Garten mit seinem von Clematis umrankten Tempelchen durfte sie nicht mehr betreten – Pförtner und rotweißer Sperrbalken bewachten die Toreinfahrt –, aber die Setzerei lag zur Straße, und an Sommerabenden standen die Fenster offen, und Franziska sah die Setzer an den Linotypes, unter Neonlicht, halbnackt in dem vor Hitze kochenden Saal und mit schweißig glänzenden Schultern, und hörte, wie die Matrizen klickend in den Kasten fielen. Sie blieb unter einem Fenster stehen, schnupperte den Geruch von heißem Blei und Maschinenöl und fühlte, wenn sie die Hände an die Mauer legte, eine ferne Erschütterung, ein stampfendes Echo aus dem Maschinensaal, das die Steine in Schwingung zu versetzen schien ... »Bücher verlegen«, sagte sie, »das ist sicher so aufregend wie Bücher schreiben, und – doch, es gibt noch Leute, die sich an den Verlag erinnern. Neulich erst fragte Professor Schubert, ob ich ihm ein paar Bände von den Deutschen Bauten besorgen könnte.«

»Es ist recht freundlich von dir, mein Kind, daß du mich trösten willst, und wenn der Wunsch, den du mir vorträgst, nicht eine fromme Lüge ist, sollst du auch zwei oder drei Bände für den Professor bekommen. In der Tat, die Reihe war die schönste Leistung unseres Verlags ...« Er lehnte sich zurück, und sein Blick schweifte blind über sie hinweg und zurück, zurück, und Franziska bereute schon, daß sie ihm das Stichwort gegeben, an den alten Kummer gerührt hatte, Geduld, sagte sie sich, jetzt folgt unvermeidlich die Geschichte vom Erzfeind, von dem unseligen Schlosser Langer ... »Daß der stumpfsinnige Mensch die Kupferplatten vernichten ließ«, sagte Linkerhand, »das ist unglaublich und ganz unverzeihlich und ist symptomatisch für einen Staat, der die Kulturgüter der Vergangenheit für nichts achtet.«

»Gott, das war in den ersten Jahren«, sagte Franziska. »Heute würde man den Mann dafür einsperren.«

»Für einen Staat«, fuhr Linkerhand fort, taub gegen Einwände, »dessen laute Dichter nicht imstande sind, einen anständigen deutschen Satz zu schreiben, und dessen Bücher und Zeitungen – namentlich die Zeitungen – einer Russifizierung und Verwilderung der Sprache verfallen sind, die ihre Lektüre unzumutbar macht ... Buntmetall-Verwertung! Nein, mein Kind, was du auch sagen magst: die Zerstörung unersetzlicher Bildtafeln war ein Akt von symbolhafter Bedeutung. Ich habe fünfzehn Jahre hier ausgeharrt – fünfzehn Jahre zu lange ... Ich kann eine gewisse Sympathie mit den Ideen dieses Staates nicht verhehlen, mit seinen großen Gedanken von fraternité und befreiter Menschlichkeit, aber es ist eine Sache, Gedanken zu proklamieren, eine andere, sie in die Tat umzusetzen. Aufdringliche Propaganda, eine roh-disziplinäre Verfassung, Mangelwirtschaft und die mörderische Mißachtung des Individuums und jeder individuellen Äußerung – das ist euer Teil geworden ...«

Er sprach sicher und entschieden, er akzentuierte genau, als habe er auch diesen Teil seiner Rede präpariert und memoriert – er übt schon seine Chefstimme, dachte Franziska. Sein Gesicht, wunderlicher Gegensatz, zeigte die scheue und argwöhnische Miene wie immer, wenn er die Brille abgenommen, die Konturen einer gehässigen Welt und das Gesicht ihm gegenüber verwischt hatte. Wäre er anders überhaupt imstande gewesen, irgend etwas mit Entschiedenheit zu sagen, zu fordern, den Chef, Familienvater und Herrn des Hauses herauszukehren? Aber das ist ja ein phantastischer Trick, dachte Franziska, die, noch im Indianersitz auf den Fersen hockend, ihm von unten herauf und nah ins Gesicht blickte, – er sieht mich nicht, wünscht mich nicht zu sehen, er hat mich aufgelöst, schlau eliminiert und sich ins Selbstgespräch gerettet. Ein Trick, und sie war ihm draufgekommen und erheiterte sich an ihrer Entdeckung, er ist eine Molluske, sagte sie sich, ein nachgiebiges Weichtier und nachgiebig aus Unverbindlichkeit.

»Ich habe, wie Horaz uns anrät, lange überlegt, was die Schultern verweigern, was sie zu tragen vermögen«, fuhr Linkerhand fort. »Mein Teil ist es, ex malis eligere minime, und das kleinere Übel ist jenes Deutschland, das sich noch Reste europäischer Gesinnung und Gesittung bewahrt hat –«

Sie verletzte häusliche Spielregeln und unterbrach ihn, ungeduldig und überdrüssig, sie fühlte sich schon abgetrennt von ihm, obgleich noch zu seinen Füßen in der hübschen töchterlichen Haltung. »Also gut, Europa und die europäische Gesittung. Davon verstehe ich nichts und kann nicht mitreden. Jedenfalls wünsche ich dir Glück für den Verlag. Madame die liebe Mutter wird das schon arrangieren. Und besten Dank auch dafür, daß du nicht gefragt hast, ob mir Bamberg nicht besser gefallen könnte als eine miese mitteldeutsche Kleinstadt.« Er drehte den Hals, seine Stirn rötete sich wolkig. »Oder?« sagte Franziska. »Siehst du, davon verstehst du nun wieder nichts, weil du nichts in dieses Land investiert hast. Du hast nicht einmal Hoffnungen investiert.«

Sie stand auf, nahm die Brille vom Tisch und gab sie ihrem Vater. Er klemmte die Bügel so ungeschickt hinter die Ohren, daß ihm zwei graue Haarbüschel vom Kopf abstanden, und er ähnelte jetzt, verschreckt hinter dicken Gläsern blinzelnd, mehr denn je einer Eule. »Aber ich habe dir keine Frage gestellt«, sagte Linkerhand. Er deutete auf das Foto im Silberrähmchen, die Große Alte Dame züchtig in Matronenbluse und Fischbeinstäbchen und lächelnd mit tatarisch geschlitzten Augen. »Du hast ihr glückliches Naturell, ihr Talent zum Glücklichsein noch unter den widrigsten Umständen.«

»Ja?« sagte Franziska zerstreut. Sie stand auf Kohlen, trödelte, knöpfte an ihrem Mantel herum: sie dachte nur daran, wie sie sich auf gute Art davonmachen könnte, ohne peinliche und lächerliche Abschiedszeremonie. Linkerhand machte keine Anstalten, sie zu verabschieden, er blickte an ihr vorbei, hüstelte hinter der Hand, bückte sich und tastete nach dem Schlüssel zum Seitenfach und setzte Franziska in Verlegenheit durch gespielt schlaue Miene und den humoristischen Anblick der vom Kopf abstehenden Haarbüschel, brachte aber endlich, mit allerlei schüchtern betulichen Gesten, ein Paket zutage, das in blaues Papier eingeschlagen und mit einer blauweißen, in wunderlichen Maschen geknüpften Schnur umwickelt war. »Du würdest mir eine Freude machen, wenn du ein Geschenk annehmen würdest, ein – Souvenir, wie ihr heute sagt …« Er legte die Hand auf das Paket, feierlich wie auf einen Kultgegenstand, und blickte Franziska aus trüben, trübgelben Augen an. »Kurzum«, sagte er leise und eilig, »es handelt sich um die Cotta'sche Ausgabe von Goethes Gesamtwerk, eine Ausgabe, die Goethen selbst noch zu Gesicht gekommen ist.«

Franziska, die jede Wette eingegangen wäre, daß er sich eher von seiner rechten Hand trennen würde als von der eifersüchtig gehüteten Cotta'schen, war betroffen und gerührt, nein, das konnte sie nicht annehmen. Linkerhand redete ihr zu, eilig und leise, redete vielmehr sich selbst zu, während seine Hand noch auf dem Paket lag, zärtlich herumtappte, zögerte, endlich hochflatterte. »Du weißt es zu würdigen, du bist Fleisch von meinem Fleische, und ich … Ich kann mit Bias, dem Philosophen, sagen (der ohne Habe aus seinem Vaterland floh): Alles Meinige trage ich bei mir … Ungescheut, Fränzchen, nimm es hin.«

Fränzchen. Auch das noch. Sie fingerte an der Schnur, die nicht festgezerrt war, an dem Paket, das jetzt schon heillos auseinanderstrebte, stellenweis geplatzt war, wo lederne

Buchecken sich durchs Papier bohrten. »Und du hast es sogar selbst eingepackt«, sagte sie, undeutlich und ein wenig stotternd.

»Ungeschickt genug, fürchte ich.« Sie standen sich steif gegenüber. »Deine Mutter muß jede Minute kommen.«

»Ich treffe sie ja dann unterwegs.«

Linkerhand begleitete sie mit förmlichem Anstand zur Tür und über die Diele, er ging einen Schritt hinter ihr, groß und gebückt, ließ ihr keine Zeit für Gedanken an eine nächstens verschlossene und amtlich versiegelte Haustür, nicht einmal für Dankeschön und Auf Wiedersehen, reichte ihr die Hand, eigentlich nur die Fingerspitzen, und entließ sie mit trockenem »Adieu« in den Novemberabend und Schneeregen, hatte auch schon die Tür zugedrückt, als sie sich auf der Treppe umdrehte. Sie wechselte gleich auf die andere Straßenseite und trabte, schief unter der Bücherlast, dicht an den Zäunen, unter nassen Zweigen, auf der Flucht vor Muttertränen und Mahnungen, vor dem Erwerbsweib, das zäh, honigsüß und unerbittlich auf einen neuen gesellschaftlichen Aufstieg hinarbeitete …

Vorm Fenster drehten sich Felder vorbei, die von Muttergottesbildern bewacht wurden, Marien im blauen Mantel und unter schützendem Dächlein, und von Kruzifixen, auf deren vergoldeten Kreuzbalken und Marterleibern die Sonne funkelte. Hakennase murrte jetzt über die Kathol'schen, ihre Falschheit und ihre ausschweifenden Karnevalsbräuche, und Franziska atmete auf, als der Zug am Neustädter Bahnhof hielt, einem jener Kleinstadt-Bahnhöfe, an die man sich eine Viertelstunde später nicht mehr erinnern kann, backsteinern, niedrig, mit einem Bahnsteig unter Wellblech, rußigem Knipserkäfig und nassen, schmutzigen Fliesen. Franziska schleppte ihre Koffer zum einzigen Taxi am Bahnhofsplatz. Der Taximann besah sich wohlgefällig den fremden Vogel, rührte aber keinen Finger, als sie die Koffer in den Wagen wuchtete; er lehnte sich auf seinem Sitz zurück. »Schwer, hm?«

»Leichenteile«, sagte Franziska. »Zur Hochbauprojektierung, bitte.« Er starrte sie im Rückspiegel an. »Zum Stadtarchitekten«, sagte sie.

»Also zum Friedhof«, sagte der Taximann.

»Na schön, zum Friedhof«, sagte Franziska und lachte. Sie fuhren durch Straßen von halb dörflichem, halb kleinstädtischem Charakter, an einer Ziegelei vorbei, einer Villa im Kolonialstil und über eine weitgeschwungene neue Betonbahn und hielten richtig am Friedhof, durch dessen Gitter man die Kapelle unter ernsten dunklen Tannen sah und Kreuze auf eingesunkenen Grabhügeln und einen sechs Fuß hohen Engel mit tragisch gefalteten Schwingen. Der Taximann deutete auf einen Feldweg zwischen Friedhof und angrenzender Gärtnerei. »Da wärn wir, Fräulein. Macht drei zwanzig. Sie könn' den Weg abkürzen, übern Friedhof und hinten raus.«

Franziska warf einen verzagten Blick auf den Engel, sein strenges steinernes Gesicht mit der verwitterten, wie durch einen Faustschlag gebrochenen Nase, und sagte in abergläubischem Schrecken: »An dem vorbei? Nie. Nicht mal im Hellen.« (Später stand sie auf ganz vertrautem Fuß mit ihm, nannte ihn Aristide, nahm auch tagsüber den abkürzenden Weg zwischen den Gräbern, deren Kreuze, unter frommen Anrufungen, slawische, verschwenderisch mit Zischlauten durchsetzte Namen trugen, und versäumte nicht, Aristide nachbarlich zu grüßen.)

Als sie in den Feldweg einbog, kam der Mann ihr nach. »Na, geben Sie schon her«, sagte er und nahm ihre Koffer. Er war von mürrischer Galanterie. »Sie sind wohl nicht von hier? Das sieht man gleich. Berlin, hm?«

»Berlin, ja«, sagte sie, um ihm eine Freude zu machen, vielleicht hatte der Name der Hauptstadt hier den irisierenden Glanz wie der Name Paris für sie. Sie gingen am Friedhof vorbei, zur Linken Gewächshäuser und eine Plantage von hochstämmigen, in Stroh gehüllten Rosen. »Sonnenbrille im Winter, das ist wohl das Neueste in Berlin?« sagte der Mann. »Und der Mantel ist auch nicht von hier, das sieht man gleich.«

»Ein Mauersegler«, sagte Franziska; sie war nicht so prinzipienfest, Linkerhands Pakete zurückzuschicken: er schrieb kurze, trockene, mit Zitaten gespickte Briefe, nicht ohne pedantischen Hinweis auf Autor und Werk, versteht sich, und verriet seine Schwäche für das östliche Kind durch Pakete, konzedierte den Eitelkeiten dieser Welt und sandte allerlei Kokettes, Twenhaftes, als New Look Angepriesenes – und man mußte nur sehen, wie sich solche modischen Anglismen auf den Begleitzetteln ausnahmen: wie mit unwilliger, sich sträubender Feder hingekratzt …

Hinter der Gärtnerei mündete der Fußpfad in einen geschotterten Platz, an dem drei rostrote Baracken standen, die Giebel zum Platz gekehrt. *Ingenieurbau. Hochbauprojektierung. Hauptinvestor.* Ein morscher, stellenweis niedergebrochener Zaun grenzte die Baracken gegen eine mit Obstbäumen bestandene Wiese ab, und hinter der Wiese begann Kiefernwald. Vor den Baracken, im zertrampelten schmutzigen Schnee, standen Kisten voll Kohlen. »Hübsch«, sagte Franziska, hörte ihre Stimme nicht mehr und blickte blaß, betäubt von einer brüllenden Detonation, nach oben: über den blauen Himmel schoß deltaflügelig ein Düsenjäger, zuckte schon in eine heitere weiße Wolke überm Horizont, als der Donner ihm nachrollte und das Echo des Donners, das vom Himmelsgewölbe zurückgeworfen wurde wie von Bergwänden. Der Mann setzte die Koffer ab, er sagte: »Eine alte MIG, bloß noch für Übungsflüge.«

»Kommen die öfter hier vorbei?«

»Der Flugplatz ist nahebei. Hier ist praktisch die Einflugschneise.«

Sie ging auf Zehenspitzen über die knarrenden Dielen des Korridors. An die Türen rechts und links waren Karten gepinnt: Grünplanung, Statik und Konstruktion, Hochbau, Fernwärme. Unter der Tür zum Waschraum sickerte ein Rinnsal durch und sammelte sich in einer trüben Pfütze. Adieu, Böttchergasse und stiller Klostergarten, adieu, Kreuzgewölbe, Atelier und Aquarienlicht … Im Vorzimmer des Stadtarchitekten räucherte ein Kanonenofen Decke und Wände, ein ungekämmtes Mädchen hackte mit zwei Fingern auf der Schreibmaschine herum, eine schnippische Person, die Franziska von Kopf bis Fuß musterte, sich endlich, unlustig, vom Stuhl wand, und ihre luftballongroßen Brüste unter engem Pullover in Landauers Büro trug. Ihr Rock zipfelt, dachte Franziska, so eine Schlampe. Reger hätte sie keine drei Tage in seiner Nähe ertragen.

Solche Wendungen – Reger hätte, Reger würde, bei Reger wäre – werden sich im Fortgang unserer Geschichte wiederholen, häufig, bis zur Plage, und wir bitten im voraus um Nachsicht für Franziska, unsere ganz unheldische Heldin, wenn sie die Zeit bei Reger, eine verlängerte Studentenzeit, durch Erinnerung vergoldet, die Jahre in ihrer Heimatstadt, die Menschen (Exß und seinen Clan ausgeklammert) mit trügerischem Schmelz überzieht. Gönnen wir ihr solche wehmütig freundlichen Vorspiegelungen: sie wird noch genug Widriges in Neustadt zu bestehen haben, ihr Talent zum Glücklichsein, das Linkerhand ihr zuschreibt, entdecken und erproben müssen ... Landauer, als sie ihn zum erstenmal sah, hatte vor diesen Widrigkeiten schon kapituliert, er packte seine Habseligkeiten zusammen, ein enttäuschter Mann von sechzig Jahren, also uralt für Franziskas Begriff. Er war lang und hager und hielt sich schlecht, und sein Gesicht mit der dünnen, scharfrückigen gebogenen Nase wurde von Zeit zu Zeit gestört, verzerrt durch einen nervösen Tic, der den rechten Mundwinkel nach unten zog und die ganze rechte Wange in Zuckungen versetzte.

Er kam Franziska entgegen, er küßte ihr die Hand (Franziska errötete vor Vergnügen: das war alte Schule, wie Frau Linkerhand zu sagen pflegte), rückte ihr einen Stuhl zurecht und setzte sich erst, nachdem sie sich gesetzt hatte. Ein müd kennerischer Blick, kleine Nachlässigkeiten im Anzug verrieten den alten Hagestolz. Er trug, wie Reger beim Baustellenbesuch, die Gropius-Krawatte, eine nett gepunktete Fliege von altmodischem Ausmaß, undeutliche Erinnerung an die Lavallière-Schleife und ihre galante Erfinderin. Er fragte, ob sie eine gute Reise gehabt habe, wie ihr Befinden sei, und ob er ihr eine Tasse Kaffee anbieten dürfe.

Er stelzte zur Tür und bat die Sekretärin um Kaffee. »Kaffee is nich mehr«, sagte die schnippische Person, mit einer Stimme, die Franziska durch Mark und Bein ging, einem rauhen, schnapszerfressenen Bariton. Na, die hat eine Röhre ... Die gurgelt morgens mit Salzsäure, dachte Franziska, nicht ohne Neid, weil ihre eigene schwache und brüchige Stimme sie genierte. Landauer schloß leise die Tür, er kehrte die Handflächen gegen Franziska. »Pardon, meine liebe Frau Linkerhand, da ist nichts zu machen. Vermutlich eine Rankünе unserer Gertrud ... Versuchen Sie sich mit Gertrud gut zu stellen – gegen diese Posaune von Jericho kommen Sie doch nicht auf ... Ein unglückliches Geschöpf. Übrigens, ich weiß nichts Sicheres ...« Er erhob sich. »Wenn Sie gestatten, werde ich Sie jetzt mit meinem Nachfolger bekannt machen. Ja, heute ist mein letzter Tag hier«, sagte er mit einem Lächeln, das den Mundwinkel nach unten zerrte und die rechte Gesichtshälfte in fatale Zuckungen versetzte, »ich werde nicht das Vergnügen haben, mit Ihnen zu arbeiten. Wenn ich bitten darf –«

Franziska, im Vorzimmer, warf einen schüchternen Blick auf Gertrud, die künftige Freundin und tolle Gefährtin, auf ihr Gesicht. Das Mädchen, in Franziskas Alter, war kaum mittelgroß und zierlich gebaut, zierlich bis auf den Ammenbusen, von dem sie, dachte Franziska, ganz gut zwei Pfund an mich abgeben könnte, und ihr blasses spitzes Gesicht mit starren Puppenwimpern schien zusammengedrückt unter der Last einer hohen und mächtig vorgewölbten Stirn ... ›Eine hohe Stirn ist ein Zeichen von Intelligenz‹ – das war so eine Redensart von Frau Linkerhand und nörgelnd maliziöse Anspielung auf die flache Stirn ihrer Tochter; hier aber, angesichts so heillos verschobener Proportionen, paßte eher der erschrockene Ausruf der Alten Dame: Jesses, wat han Ehr Kinner für Köpp!, hier war Krankhaftes im Spiel, unheimlich Hypertrophiertes, und Franziskas Unmut über Anstarren und schlechtes Benehmen verwandelte sich in scheues Unbehagen, in ein Schuldgefühl, das sie beim Anblick eines Krüppels empfand, das sie auch später niemals los wurde, obgleich Gertrud sich derb ihrer Haut wehren, jeden Mann unter den Tisch trinken und Trupps von Bauarbeitern mundtot und schamrot machen konnte mit ihrem heiseren Bariton, ihren Flüchen von grauenhafter Obszönität.

Landauer stellte sie einander vor, und Franziska, als guterzogenes Mädchen, setzte ihr gedrillt liebenswürdiges, ihr gesellschaftliches, ihr funktionierendes Lächeln gegen eine mißtrauisch, sogar feindselig verschlossene Miene, sie sagte artig: »Ich freue mich –«

»Freun Sie sich man nich zu früh«, röhrte Gertrud, »Sie haun auch bald wieder ab. Hier is nämlich der Arsch der Welt, falls Sie das noch nich spitzgekriegt habn.«

»Ach. Ja?« murmelte Franziska. »Aber das ist ja ein Monstrum«, sagte sie zu Landauer, als sie über den Korridor gingen.

»Pünktlich, fleißig, korrekte Orthographie – da haben Sie ihre Vorzüge. Hier, wenn ich bitten darf, zu Herrn –«, sein Mundwinkel zuckte nach unten – »Genossen Schafheutlin.«

Ein Kanonenofen, rauchgebräunte Decke, Fenster ohne Vorhänge, ein pedantisch aufgeräumter Schreibtisch und auf dem Spind, befremdlich genug in diesem schäbig nüchternen Zimmer, eine grüne, rotäugige, zähnebleckende Fratze, eine Teufelsmaske, die man über den Kopf stülpen, mit der man in einem Fastnachtszug tanzen und Mädchen erschrecken konnte. Die linke Wand war von einer Karte bedeckt, dem Bebauungsplan für Neustadt. Landauer ließ sie mit Schafheutlin allein, versprach aber, sie nachmittags durch die Stadt zu führen; es werde ihm ein Vergnügen sein, sagte der alte Hagestolz, sich am letzten Tag mit einer schönen jungen, einer gutangezogenen Frau in den Straßen zu zeigen, – sah dabei aber Schafheutlin an, der verstimmt den Kopf abwandte.

Schafheutlin war ihr sofort und entschieden unsympathisch, ein untersetzter, kurzhalsiger, kraushaariger Mann Mitte dreißig, dessen von Natur gutmütig und freundlich gebildetes Gesicht versteinert war durch einen Ausdruck von kalter Strenge und Argwohn. Dieser Mann, der als Bauingenieur tüchtig und gewissenhaft gewesen war, hatte seine neue Autorität wie einen zu engen Handschuh angezogen, er spielte die Rolle eines Vorgesetzten und spielte sie schlecht; er, der keinen Schritt ohne Billigung durch höhere Stellen zu tun wagte, wollte Landauers Laxheit durch Festigkeit, eine straffe Leitung ersetzen, aber er ahmte Festigkeit nur nach: er wurde schroff und sprach kurzangebunden, er stieß jedermann vor den Kopf. Während der Studienzeit hatte er Gedichte geschrieben, jetzt las er Gedichte heimlich, wie verbotene Schriften, er verleugnete sein Verlangen nach Poesie, nach ausgelassenen Späßen: das Leben ist ernst, eine Kette von Pflichten, die Gesellschaft erwartet genaueste Pflichterfüllung.

Er mißbilligte Franziska, bevor er sie je gesehen hatte, sie war Regers Schülerin, wahrscheinlich seine Geliebte gewesen: Reger hatte einen enthusiastischen Brief geschrieben. Jetzt, als sie ihm gegenübersaß, beunruhigten ihn ihre drollige Bubenfrisur, ihr Mund und ein Wolfsgebiß mit scharfen Eckzähnen: die frühstückt die Männer mit Messer und Gabel. Vor Jahren, in seinen Semesterferien, hatte er bei Reger gearbeitet, und er erinnerte sich mit dem furchtsamen Widerwillen eines Pedanten an den aufwendigen Mann, seine Ungezwungenheit, sein schallendes Lachen und seine illuminierten Ideen ... Theaterdonner, genialische Gebärde, es ist kein Verdienst, glänzende Aufgaben mit Glanz zu lösen, ein Schloß zu restaurieren, ein hochberühmtes Gewandhaus wiederaufzubauen, generös mit Millionen aus dem Staatshaushalt herumzuwirtschaften statt, wie andere, wie wir hier, mit dem Pfennig fuchsen zu müssen, um einen Zentimeter Fensterbreite zu streiten und endlose Korrespondenzen wegen eines Rapid-Krans zu führen und niemals Dank zu ernten: die Welt bewundert immer Phantasten und Blender; sie profitiert von dem praktischen und fleißigen Arbeiter, dem Unentbehrlichen, der seine tägliche Pflicht tut, und übersieht ihn – kein Abglanz der festlichen Beleuchtung, in der die Wenigen stehen, fällt auf die Vielen ...

»Professor Reger hat Sie empfohlen, warm empfohlen«, sagte Schafheutlin. Er schwang sich zu Ironie auf. »Ich fürchte, wir werden Sie nicht Ihren Fähigkeiten entsprechend einsetzen können.«

Sie lachte, sie war ahnungslos. »Er hat mich mächtig gelobt, wie?« Sie dachte mit heiterer Rührung an ihren Lehrer, der ihre Treulosigkeit verziehen hatte, der jetzt noch, hier noch, seine Hand über sie hielt.

»Gepriesen«, sagte Schafheutlin kalt. »Zu Ihrer Orientierung –« Er stand auf und trat an die Wandkarte. Er nahm endlich die linke Hand aus der Tasche. Die Finger waren mit Warzen übersät, dunkelbraunen hexenhaften Auswüchsen, vor denen Franziska schauderte: Warzen sind verdächtig, behauptete sie, sind mehr als bloß ein Hautmakel, Warzen deuten, wie zerkaute Fingernägel, auf Unordnung im sexuellen Bereich, zeigen jedenfalls eine psychische Störung an ... Einmal, nach einer Serie von wüsten Auftritten mit Wolfgang, war ihr selbst so eine mißliche Blüte am kleinen Finger gewachsen, die keinem Ätzmittel weichen wollte; schließlich schickte Dr. Peterson, der seine heikle Patientin durchschaute, sie zu einer Weisen Frau; Franziska ließ sich bepusten und besprechen, amüsiert und übergraust – aber Grausen setzt ja Dranglauben voraus –, und das braune Übel verschwand. Dieser robuste Bursche also, der Landauer verdrängte, war eines defekten Innenlebens so gut wie überführt, vielleicht, dachte sie, zerfrißt ihn trockener Ehrgeiz.

Mit einem Lineal fuhr er auf dem Bebauungsplan herum, umriß die Wohnkomplexe des neuen Stadtteils – sechs Komplexe waren geplant, drei fertiggestellt, der vierte noch im Bau – und das gedrängte Hausgewimmel der Altstadt. Die Eisenbahnlinie, die Stadt und Kombinat verband, umging im Norden bogenförmig die Wohnsiedlung (die Karte zeigte noch Waldgebiet, tatsächlich aber war der schirmende Wald schon abgeholzt, Tagebaue schoben sich bis an die Peripherie der Stadt, und wenn Nebel fiel, wenn der Wind auf West drehte, brachte er den Gestank von Gasen mit und die träg schleppenden Fahnen von Kohlenstaub und feinem gelbem Sand aus den Gruben). »Sie werden mit dem Kollegen Jazwauk die Pläne für die Altstadt-Sanierung ausarbeiten«, sagte Schafheutlin, verurteilte sie also für die nächsten zwei Monate zu der ödesten, blödesten Arbeit, die sich denken läßt, Gewirtschafte mit Lichtpausen, Buntstiften und Tabellen, eine Fleißaufgabe für Studenten im dritten Semester. »Ich hoffe, Sie haben keine überspannten Vorstellungen von den Aufgaben, die Sie hier erwarten. Wenn Sie der Auffassung sind, daß Neustadt ein Experimentierfeld ist, dann revidieren Sie diese Auffassung. Wir haben keine Zeit für Spielereien. Wir haben nur eine Aufgabe: Wohnungen für unsere Werktätigen zu bauen, so viele, so schnell, so billig wie möglich. Halten Sie sich das immer vor Augen.«

Sie saß gerade, die Knie zusammengepreßt, er konnte ihre Augen hinter der dunklen Brille nicht erkennen. Er legte seine Warzenhand auf den Rücken. »Haben Sie mich verstanden, Frau Linkerhand?«

»Sie sind nicht mißzuverstehen, Herr Schafheutlin«, sagte Franziska, mit einem Lächeln, das ihre spitzen Eckzähne entblößte – ah, sie wird ihm die Zähne zeigen, sie ist nicht mehr grün, sie hat Pläne, aber keine Illusionen ... Franziska hielt sich in allem, was ihren Beruf anging, für nüchtern und vernünftig; als fleißiges Mädchen hatte sie sich auf Neustadt vorbereitet wie auf ein Examen und nächtelang, in ihrem geplünderten Zimmer, alles über Städtebau gelesen, was sich in Regers Bibliothek fand: sie türmte einen Wall von Büchern zwischen sich und die Gespenster, jahrelang zersplitterte Energie richtete sich jetzt gebündelt auf ein einziges Ziel, und sie lernte schnell und leicht. Sie leistete sich fünf Stunden Schlaf, fünf Stunden Ohnmacht, in denen sie an scheußlich Gestaltetes ausgeliefert war, auf der Stelle rannte, rannte, die Füße wie festgeschmolzen im Asphalt, eine Tür zudrückte, gegen die sich Schwarzes, Haariges, Namenloses stemmte, Vogel Greif verdunkelte den Himmel mit seinen Flügeln, und das weiße Pferd bleckte lautlos lachend die Zähne. Einmal lief sie Hand in Hand mit irgend jemandem eine Treppe hinauf, die Treppe war hoch wie ein Berg und ganz weiß, und sie liefen ohne Anstrengung, mit beflügelten Füßen. Erwachend erinnerte sie sich an den, der ihre Hand gehalten hatte, an den Jungen aus der Elften, und daran, wie er die kurzen schwarzen Wimpern verkniff, wenn er sich über ihr Heft beugte ...

Abends sah Schafheutlin sie in einem Restaurant wieder, irgendeinem – diese neuen Restaurants mit ihren Standardräumen, Standardmöbeln, Trauben von kugeligen Lampen und dem Geruch nach Wartesaal und Kunststoffen glichen sich wie ein Ei dem anderen –, er sah ihren Nacken, ihr seitwärts Landauer zugewandtes Gesicht, den halboffenen Mund: der alte Shanghaier, dachte Schafheutlin, schwärmt wieder von China. Er stellte sich an die Theke und trank ein Bier, er drehte den beiden den Rücken zu, die Kellnerin stieß ihn mit dem Ellenbogen, wenn sie das Tablett mit Schnäpsen, Bier und Bockwürsten vor der Theke schwenkte, eine kräftige adrette Frau mit weißblondem Haar. Er starrte auf ihre Beine, der kurze Rock ließ die Knie frei.

Er ekelte sich vor Biergeruch und Zigarettenrauch, dem trunkenen Lärm der jungen Männer, die Skat spielten oder Lagen auswürfelten, und vor dem scharfen Dunst ihrer feuchten und ölgetränkten Wattejacken. Er hörte Landauers Stimme, ohne einzelne Worte zu verstehen – der vertrocknete Charmeur, der quasselt ja schon stundenlang, laxes unverantwortliches Zeug wie immer –, und als er ein tiefes schluchzendes Lachen wiedererkannte, zog sich seine Kopfhaut zusammen: er fürchtete Gelächter hinter seinem Rücken. Er bezog jeden Scherz auf sich, weil er sich für unbeliebt hielt; zu sehen, wie andere flüsterten oder plötzlich verstummten, wenn er einen Raum betrat, bereitete ihm körperliche Qual, er hatte das Gefühl, als seien Brust und Rücken mit einem juckenden Hautekzem bedeckt.

Er bestellte noch ein Bier, er betrachtete gedankenlos die Kühltruhe, in der sich Fischbrötchen neben trockenen Kuchen krümmten, und horchte auf die Stimme hinterm Rücken, und Landauer erzählte, erzählte ... von dem silbrigen Licht eines Nachmittags am Perlfluß, vom süßen Ton einer Weidenflöte, von Tigerjagden in einer südlichen Provinz und den winzigen Werkstätten der Elfenbeinschnitzer und den Ketten trabender, keuchender, singender Bauern und Soldaten, die in flachen Körben Erde für einen Dammbau schleppten, und erzählte von Peking und dem Himmelstempel, der sich über die niedrigen Häuser des ehemaligen Chinesenviertels erhebt, rund und im strahlendsten Blau, das man sich vorstellen kann, und von Pagoden mit geschweiften, dreifach gestaffelten Dächern und den stillen Buddha-Priestern, die die Hände in den Ärmeln ihrer gelben Gewänder verstecken, und von den Gärten und Palästen in der Verbotenen Stadt ... »Ich versichere Ihnen, meine Liebe, das ist vollkommene Architektur«, sagte Landauer.

Er war Ende der zwanziger Jahre nach China gegangen,

einige Monate nach dem Massaker in Shanghai, und hatte Schulen für die Kinder von Kaufleuten im deutschen Settlement gebaut; auf der Heimfahrt, in einem Schlafwagenabteil der Transsibirischen Eisenbahn, reichte ihm ein stummer englischer Brückenbau-Ingenieur eine Zeitung: er las von der völkischen Erhebung in Deutschland, er stieg in Nowosibirsk aus (es fror Stein und Bein, fünfzig Grad minus, der Ob erstarrt, Schnee bis zu holzgeschnitzten Fenstersimsen) und fuhr zurück nach Shanghai. Jahre später fand er einen seiner Brüder in New York wieder; die anderen, Brüder, Schwestern und Eltern, blieben verschollen, ihre Spur verlor sich in Auschwitz und Bergen-Belsen.

Letzten Herbst hatte er Peking und Shanghai wiedergesehen. Er fühlte sich als Heimkehrender, er kam aber als Tourist in ein verändertes Land, in mikrobenfreie Städte, wo Mütter, mit ihren schwarzäugigen Babies auf dem Arm, weiße Mulltücher überm Mund trugen, und ging durch reinliche Straßen, in denen es keine Bettler und Prostituierten mehr gab, und die sanften und stolzen Chinesen, die ihn im Hotel bedienten, wiesen seine Trinkgelder zurück, sie beschämten ihn: er hatte, ohne sich dessen bewußt zu sein, die Erinnerung an die gelben boys mitgebracht, an seine demütigen, Pidgin-English zwitschernden Diener in der deutschen Niederlassung. In einer Industrie-Ausstellung sah er, wie sich ein paar Jungen und Mädchen über eine Maschine beugten, er verstand ihren Dialekt nicht, es geschah nichts Besonderes, nichts anderes, als daß junge Leute in blauen, soldatisch geschnittenen Kitteln um eine Maschine herumstanden, die sie mit Blicken zu zerlegen schienen. Aber das Bild hatte sich seinem Gedächtnis eingeprägt – niemals, sagte er zu Franziska, die ganz versunken dasaß, das Gesicht in die Hände gestützt, niemals werde er den klugen konzentrierten Eifer, die Wißbegierde in ihren Gesichtern vergessen, und niemals sei ihm so deutlich geworden, daß diese jungen Leute, die still und gesittet durch die Ausstellung gingen, die nicht gestikulierten und nicht laut lachten, von einer wunderbaren Energie erfüllt und zu Taten befähigt seien, die eine europäische Welt in Erstaunen oder Bestürzung versetzen werden.

Schafheutlin, an der Theke, trank sein Bier aus. Er ließ sich eine Schachtel Zigaretten geben und suchte umständlich nach Kleingeld, er trödelte herum, endlich machte er kehrt, er heuchelte Überraschung. Landauer, der den Krauskopf die ganze Zeit beobachtet hatte, winkte mit drei Fingern einen lässigen Gruß. Schafheutlin ging zwischen den Stuhlreihen durch wie an einer Schnur gezogen.

»Sie sind die charmanteste Zuhörerin, die man sich wünschen kann«, sagte Landauer, und er beugte sich über den Tisch und küßte Franziskas Handgelenk. »Augen so groß wie Teetassen ... Sie sind müde, meine Liebe, Jugend braucht Schlaf. Verzeihen Sie einem geschwätzigen alten Mann.«

Schafheutlin blieb neben ihrem Stuhl stehen, er sagte frostig: »Ich habe Ihr Gepäck ins Gästehaus schaffen lassen.«

»O je, die blöden Koffer hatte ich ganz vergessen. Danke schön; das war nett von Ihnen.«

Dies mit der unschuldigsten Miene. Einfach so: vergessen. Ihre Sorglosigkeit erschreckte Schafheutlin, der ein Hotelzimmer methodisch durchsuchte, wenn er bei der Abreise eine Rasierklinge vermißte, der im Zug seine Aktenmappe auf den Knien hielt und seine ganze Familie bis zu Tränen aufregte, weil eine Schuhbürste nicht an ihrem Platz lag. Man muß seine Sachen zusammenhalten, nicht wahr? Unordnung war ihm verdächtig, er witterte Zuchtlosigkeit im Denken, eine unernste Lebensführung. Nachmittags hatte er die Koffer im Korridor gefunden, er hatte sie zum Bus geschleppt und vom Bus ins Gästehaus, immerhin zwanzig Minuten Weg, und bekam jetzt [ein] Dankeschön hingeschmissen wie einen Knochen, natürlich, dachte er, hat sie damit gerechnet, daß irgendein pflichtbewußter Trottel sich ihrer Siebensachen erbarmen wird.

Landauer deutete auf den freien Stuhl. »Ich will nicht stören«, sagte Schafheutlin, störte aber doch, bildete es sich jedenfalls ein – tauschten die beiden nicht einen Blick von impertinentem Einverständnis? Er saß neben Franziska, er roch ihre Haut, ihr Haar, einen schwachen Duft nach Apfelsinen. Er rückte seinen Stuhl herum und saß nun mit dem Rücken zum Gang. An den Stehbiertischen gegenüber der Theke war ein Streit ausgebrochen, der Lärm schwoll an, sie mußten schreien, um sich zu verständigen, Schafheutlin schrie: »Welchen Eindruck haben Sie gewonnen?«

»Entsetzlich«, schrie Franziska. »Einfach das Letzte!«

»Wie?« Ein Bierglas flog durch den Gang, scharf an seinem Kopf vorbei, und zersplitterte an der Wand. Das Mädchen an der Theke kreischte um Hilfe. Ein Stuhl, hochgerissen zum Schlag, krachte in eine Traube von Hängelampen. Schafheutlin hatte sich ein bißchen verfärbt, vor Schreck, wer weiß, oder vor Ärger über Franziska. Landauer hielt sein Weinglas in der Hand, nahm gelegentlich einen Schluck und blickte müd geekelt ins Gewühl, auf diese dampfenden, röhrenden jungen Männer, die aufeinander losschlugen, Freund und Feind nicht mehr unterschieden und in dumpfer Wut kämpften, jeder gegen jeden, und auf die umgestürzten Tische, Scherben und Bierlachen und ein blutüberströmtes Gesicht, das fratzenhaft aus den Rauchschwaden auftauchte.

»Unerhört. Man muß eingreifen«, rief Schafheutlin. »Man muß Ordnung schaffen.« Er zog sein Jackett aus und hängte es über die Stuhllehne, er zeigte Nackenwülste und kurze stämmige Schultern, über denen das Hemd spannte, und schob ab durch den Gang, den Kopf gesenkt und den Hals vorgestreckt wie ein Ganter. Sie regte sich auf: Aber das ist wirklich zu dumm ... Sollen sie sich ihre blöden Schädel einschlagen, wenn sie nichts Besseres mit ihnen anzufangen wissen. Man muß zusehen, daß man eine Wand im Rücken hat ... Trotzdem drückte sie ihm die Daumen, stieg sogar auf den Stuhl, um zu sehen, wie Schafheutlin einschritt, mutig aus Pedanterie, und zu trennen versuchte, was sich da herumwälzte, ineinander verbissen hatte, und zur Friedfertigkeit zu ermahnen das Geschling von Leibern, Armen und Beinen; sie erblickte den jungen Mann am Nebentisch, beinahe hätte sie geschrien: Wilhelm, Wilhelm,

beinahe wäre ich dir an die Brust gefallen, Ben; das Herz ist mir stehengeblieben, und du, du hast deine Zeitungen gelesen, taub für das Blöken ringsum und für die ganze Kirchweihrauferei, du hast nicht mal hochgesehen, um mich zu begrüßen: Guten Tag, meine einzige Liebe, da bist du endlich, und wo hast du dich all die Zeit rumgetrieben? ... Ach nein, es war nicht der Blitzschlag, dem Stendhal ein Kapitel widmet; durch eigenes Unglück mißtrauisch gewordene Frauen, sagt er, seien solcher Revolutionen des Herzens nicht fähig, und wirklich, ich dachte nicht an Liebe, erst recht nicht an Sex, damit war ich fertig und zitterte beim bloßen Gedanken an einen Vorgang, den ich mir seit jenem Abend nur noch als Vergewaltigung vorstellen konnte ... Ich war erschüttert von deiner Ähnlichkeit mit Wilhelm, und im selben Augenblick übertrug ich unbedenklich alles, was ich für meinen Bruder empfinde, auf dich, ich dachte, du müßtest auch klug sein wie Wilhelm und ritterlich und – alles ... Sogar Wilhelm, als er damals aus Moskau kam – und er trug diese komische russische Brille wie du, ein unsägliches Drahtgestell, aber sie bedeutet ihm was, er behauptet, einer von seinen Ganz Großen Raketenleuten trägt die gleiche Brille –, sogar Wilhelm war erschrocken, er sagte: Der Kerl macht mich nervös ... als ob ich in einen Spiegel spreche, und Gott weiß, was für eine häßliche Visage mir da entgegenschaut ... Wie immer, eins ist sicher: als ich dich zum erstenmal sah, habe ich dich mir in den Kopf gesetzt, und ich habe dich bekommen, weil man alles bekommt, was man wirklich haben will ...

Er trug eine olivgrüne Windjacke, die über der Brust offenstand, und in die er einen Haufen Zeitungen gestopft hatte, und auch auf dem Tisch lagen Zeitungen und Zeitschriften, ein rotes Heft der *Weltbühne*, die *Einheit*, *Woprosy Filosofii*, er mußte den halben Kiosk leergekauft haben, er las und rauchte und hielt die Zigarette wie ein Soldat oder ein Holzfäller zwischen Daumen und Zeigefinger, das glimmende Ende nach innen gekehrt, gegen die Handfläche, und Franziska sah ihn, schien ihr später, scharf und weit weg wie über eine lange Strecke in überklarer Luft, Wilhelms Stirn, seine gebrochene Nase, hohe Backenknochen, die die Augen bedrängten – Augen mit entzündeten Lidern hinter der Brille im Drahtgestell –, und die geraden, über der Nasenwurzel zusammenstoßenden Brauen. Aber Wilhelm ist ja rot, ein Fuchs ... Füchse sind falsch, sagten die Mädchen in der Schule, diese kleinen Hexen, die Franziska Schrecken einjagten mit den Weisheiten ihrer Großmütter: Leute, bei denen die Augenbrauen zusammengewachsen sind, die sterben eines unnatürlichen Todes – von Mörderhand, ja, fügte die blonde Schöne hinzu.

Die Kellnerin packte einen langen Rüpel im Genick, stieß ihm das Knie in den Hintern und warf ihn zur Tür hinaus, dem mit Blaulicht und Martinshorn anrückenden Überfallkommando in die Arme, krümmte sich selbst dabei kein Härchen und räumte schon den nächsten raus, ohne sich zu erhitzen, mit adretter Frisur und der im Rücken gefällig gebundenen Schleife. Unter der Tür blinkten Tschakos, die Mädchen stiegen von den Stühlen, auch Franziska, sie mußte lachen: fünf oder sechs Männer gleichzeitig, zerfetzt und verschworen, quetschten und stießen sich durch die Toilettentür, um durchs Fenster und über den Hof zu türmen, ein uralter Trick, auf den kein Polizist mehr reinfällt, wetten, die warteten schon im dunklen Hof.

Andere heuchelten biederen Bürgersinn: Also, ich sitze hier ganz ruhig und trinke mein Bier, mein Freund ist Zeuge, man darf sich doch noch wehren, nicht wahr? Sie wußten alle gut Bescheid mit ihrem Recht auf Notwehr; keiner konnte sich entsinnen, wer angefangen hatte. Aber Schafheutlin, der eben an den Tisch zurückkam, einen blutigen Kratzer über der Nase, das Hemd gottlob unversehrt, bis auf ein paar braune Flecke auf der Manschette, Schafheutlin sagte finster: »Immer dieselben Kunden, Grenzgänger und arbeitsscheues Gesindel, das uns Berlin nach dem Dreizehnten August auf den Hals geschickt hat. Umerziehung im Arbeitsprozeß, gut, und ich will auch nichts sagen, das ist eine nützliche Maßnahme. Aber was machen die Schlauköpfe von der Wohnungsverwaltung? Sie konzentrieren alle diese – Elemente in einem Block, und was bisher nicht einer Gang angehört hat, das organisiert sich jetzt. So ist die Lage, ja.«

Einige Wochen nach dem Dreizehnten sah man morgens mit Kreide oder Ölfarbe aufs Pflaster gemalte Parolen *Nieder mit der SED* und an Häuserwände geschmierte Hakenkreuze. Arbeiter aus dem Kombinat, mit Knüppeln bewaffnet, gingen zu zweit und zu dritt Patrouille in den nächtlichen Straßen. Schlägereien, die einer Entladung glichen, einem rasend schnell heraufziehenden Gewitter an überheißen Sommertagen, und eine Reihe von Verbrechen, Körperverletzung, Einbrüche, ein paar Fälle von Notzucht, beunruhigten eine Gemeinde, deren Bewohner aus allen Teilen des Landes zugereist waren, ihre Nachbarn kaum kannten und auf der Straße fremd und grußlos aneinander vorübergingen. Man munkelte von einem Bordell, von einem provinziellen Call-girl-Ring, die Preise sollten zwischen fünf und zehn Mark liegen. Daran ist bloß die Mauer schuld, sagten die Leute, und alle die Nutten aus Berlin und das ganze Gesocks – sogar ein Strichjunge drehte seine Hüften vorm Restaurant *Friedenstaube* … »Babel, Babel!« sagte Franziska, sie schluchzte vor Lachen, vor allem über den Strichjungen, den Landauer anschaulich schilderte: schmachtende Augen und schwarze Koteletten – übrigens gefärbt – von der Schläfe bis zum Hals. »Fünf Mark? Aber das ist ja wahnsinnig komisch … Und meine Freunde schwören, ich werde hier vor Langeweile sterben, und Neustadt sei ungefähr so aufregend wie Gopher Prairie in Minnesota.«

»Ich weiß nicht, was daran komisch ist«, sagte Schafheutlin. »Sie haben nicht die richtige Einstellung zu den Dingen, nein, nicht die richtige Einstellung … Außerdem darf man nicht alles glauben, die Leute reden viel, wenn der Tag lang ist.« In die Luft, aber deutlich an den grimassierenden Landauer gerichtet: »Meines Erachtens ist es leichtfertig, solche Gerüchte weiterzutragen. Dahinter kann sich gezielte Propaganda gegen den antifaschistischen Schutzwall verbergen.«

Landauer winkte der Kellnerin. »Vier Wodka, aber nicht Adlershofer, möchte ich mir ausbitten. Sie trinken ein Glas mit uns, Frau Hellwig.«

»Ihnen kann ich's nicht abschlagen.« Sie brachte die vier Gläser. »Sowjetischer, Herr Landauer, der letzte und extra für Sie aufgehoben.« Landauer schob ihr einen Stuhl heran. Schafheutlin saß steif, die Fäuste auf die Schenkel gestützt, er schien peinlich berührt von dem familiären Getue mit der Kellnerin. »Ja«, sagte sie, »so geht das zwanzigmal am

Abend, trinken Sie einen mit, und wenn wir nicht unsere Tricks hätten mit Wasser und 'n bißchen kaltem Kaffee unterm Tresen ...« Sie war an die Vierzig, glatt und weißhäutig, und sie roch so gut wie frischgewaschenes und gestärktes Leinen.

Landauer hob sein Glas. »Das ist nun mein letzter Abend hier, Frau Hellwig ... Übertragen Sie Ihr Wohlwollen auf diese junge Dame.« Er nahm die Hand von Frau Hellwig und hielt sie eine Weile fest und sagte leise: »Nun, und wie steht es mit Ihrem jungen Mann?«

»Gott, Herr Landauer, ich soll ja wohl kein Glück haben. Der Richtige ist es auch wieder nicht. Er geht nun nach Rostock hoch, auf die Werft, und Sie wissen ja: aus den Augen, aus dem Sinn ... Aber eine Wohnung soll ich kriegen, im Hochhaus, und ich laufe jeden Tag nach Feierabend vorbei und freue mich, weil sie schon bei der fünften Etage sind. Ich, ich will in die achte, darunter tu ich's nicht.«

»Sehen Sie«, sagte Landauer und tätschelte ihr die Hand, »die Wohnung ist schon da, und der Richtige kommt noch, so, wie Sie aussehen, und wenn nicht – Junggeselle ist auch gut und vielleicht besser als verheiratet.«

»Entschieden besser«, sagte Franziska. Frau Hellwig sah sie mit ihren klaren blauen Augen an, den mutigsten Augen der Welt, fand Franziska; sie wurde rot und wollte etwas Nettes sagen. »Sie haben da eine hübsche Schleife, die ist mir gleich aufgefallen.«

»Das ist auch ein Trick«, sagte Frau Hellwig und lachte, »die habe ich mir selbst ausgedacht und verrate keinem, wie ich sie binde, auch nicht meinen Kolleginnen, und wenn sie noch so scharf darauf sind.« Sie kam nochmal an den Tisch zurück. »Herr Landauer«, sagte sie, »so leid es mir tut, aber Ihre Gertrud, die muß ich nächstens raussetzen, die macht mir das ganze Lokal rebellisch.« Landauer hob schweigend die langen knochigen Hände, die Handflächen nach außen gekehrt, Geste der Ergebung: da kann man nichts machen ...

Als sie zur Tür gingen, streckte ein kellerbleicher Louis blitzschnell den Fuß vor, meinte wohl Franziska, traf aber Schafheutlin. Er stolperte, und der Louis grinste und sagte: »Entschuldigung, Chef.« Schafheutlin schob den Kopf vor, er kniff die Augen zusammen wie geblendet. Hinter seinem Rücken sagte jemand leise und deutlich: »Wir rechnen noch ab, du Kopfjäger.« Das war nicht mehr Thekenblödelei, nicht die freigesetzte Aggressivität Betrunkener, und lächerlich nicht einmal der Western-Jargon der leisen, gemeinen Stimme, wir rechnen noch ab, das hieß Hinterhalt, Cliquenkampf, drei gegen einen, an einer dunklen Straßenecke, und Schafheutlin drehte den kurzen Hals, er suchte nach einer gewissen Ganovenfresse, und in seinen grauen, etwas vorstehenden Augen flackerten Haß und Angst, ja, er hatte Angst, aber er verriet sich nicht, er stemmte die Fersen gegen den Boden, entschlossen, sich hier und sofort zu stellen. Franziska faßte ihn am Ärmel. »Nicht. Kommen Sie.« Er zwang sich, langsam zu gehen, aber draußen, unter dem vorspringenden Dach, das eine kleine verwahrloste Terrasse überschattete, wischte er sich den Schweiß von der Stirn. »Na, feige sind Sie jedenfalls nicht«, sagte Franziska.

Landauer stelzte über die Terrasse und stieß mit dem Fuß in hohen schwarzen Gamaschenschuhen gegen zerbrochene Fliesen, »die Kanaille«, sagte er, und sein Mundwinkel zuckte nach unten, »verhunzt und ruiniert, wofür wir fünf Jahre unseres Lebens gearbeitet haben. Ach, gehen Sie mir doch weg mit der goldenen Jugend!« Zwei Lampen flankierten die Stufen zur Terrasse; die eine war zertrümmert, und in der milchweißen Glaskugel der anderen klaffte ein Loch, und ihr Licht zeichnete das Netz von Sprüngen und einen genau umrissenen Fleck von schärferem Weiß auf den Fliesen nach. Landauer winkte Franziska an die Brüstung. Zu ihren Füßen erstreckte sich ein zweihundert Schritt langer und dreißig Schritt breiter Anger, eine kahle verschneite Rasenfläche mit den kreuz und quer gesteppten Nähten von Fußspuren, zwischen Häuserblöcken, deren Dächer grauweiß mit der Farbe des Himmels verschmolzen, so daß die Fernsehantennen in der Luft zu schweben schienen oder über einer unsicheren Firstlinie schwammen wie die Masten und Rahen verschollener Segelschiffe am Horizont, und jenseits des Angers gab es einen gepflasterten Platz, der von Läden, flachen steinernen

Marktbuden, eingefaßt war und sich zur Hauptstraße öffnete. Jetzt, gegen elf Uhr, glich die Asphaltbahn einem toten Flußarm zwischen Ufern, die niemals ein Mensch betreten hat. Die Lampen an Peitschenmasten schütteten aus ihren platten Eidechsenköpfen eine Flut von kaltem grünem Licht, Filmlicht, das zartere Halbschatten ertränkte und alles Kantige und Gradlinige, Häuserecken und gezirkelte Wege überbetonte und eine künstliche Welt schuf, eine Atelierstraße mitten durch das ungeheuer vergrößerte Modell einer Stadt aus Gips, Leim und Pappmaché.

Sie lehnten eine Weile stumm nebeneinander an der Brüstung. Landauer schlug den Mantelkragen hoch, sie konnte sein Gesicht nicht sehen, und seine Stimme klang wie immer, höflich und nachsichtig: »Sie sind sehr jung, meine Liebe, was bedeuten Ihnen fünf Jahre Leben? Nichts, fast nichts, Teilchen von dem dauerhaften Stoff, der bis zur Jahrtausendwende vorhalten wird und darüber hinaus, dauerhafter vielleicht als diese Häuser ... Wir gründen unsere Städte nicht mehr für Generationen. Trotzdem hatte ich gehofft, eine Stadt zu bauen, die ihre zwei oder drei Generationen nicht bloß behaust – eine Stadt, die ihnen mehr bietet als einen umbauten Raum, in dem man Tisch und Bett aufstellen kann. Und, denken Sie, ich sah mich schon als Rentner durch meine Stadt gehen und sonntags meinen Mokka auf dieser Terrasse trinken oder, noch besser, in einem Trottoir-Café. Kennen Sie Paris? Natürlich nicht. Die jungen Leute kennen nichts von der Welt ...«

Schafheutlin stampfte vor Ungeduld. Paris. Auch das noch. Die Sorte von alten Emigranten, wenn die sich über Paris ausläßt, wird sentimental und uferlos. Landauer, immer in dem nachsichtigen, etwas schleppenden Tonfall, fuhr fort in seiner Abschiedsrede: »Was Sie hier sehen, meine junge Freundin, ist die Bankrotterklärung der Architektur. Häuser werden nicht mehr gebaut, sondern produziert wie eine beliebige Ware, und an die Stelle des Architekten ist der Ingenieur getreten. Wissen Sie, an wen die UIA in diesem Jahr ihre Preise für Architektur verliehen hat? An die Ingenieure Nervi und Candela ... Wir sind Funktionäre der Bauindustrie geworden, für die Gestaltungswille und Baugesinnung Fremdwörter sind, von Ästhetik ganz zu schweigen. Wir haben unseren Einfluß verloren in dem Augenblick, als wir den Bauherrn verloren, den Auftraggeber, der einen Namen und ein Gesicht hatte. Mein geschätzter Mitarbeiter«, sagte er, als sei Schafheutlin nicht hier, neben ihm, »wird Sie belehren wollen, daß der neue Auftraggeber das Kollektiv ist –«

»Das Volk, in der Tat«, sagte Schafheutlin.

»Das Volk. Verzeihen Sie, lieber Kollege, das ist Lyrik. Wenn wir uns präziser ausdrücken: die künftigen Bewohner. Aber haben Sie jemals in einem der hundert Gremien, Aktivs, Fachberatungen, Ausschüsse, an die wir unsere Zeit verschwenden, auch nur einen einzigen Verbraucher unserer Ware bemerkt? Und wozu auch, da der Wohnende vom Wohnen ja noch unklarere Vorstellungen hat als der Bauende ...« Er drehte Franziska den Kopf zu und begegnete einem kalten, prüfenden Blick. »Sie zweifeln. Sie halten es noch für eine Tugend, die Erfahrung der Älteren für nichts zu achten ...«

»Ich warte«, sagte Schafheutlin barsch. »Wir haben denselben Weg, Frau Linkerhand.« Er sah, daß ihre vergnügte Spannung zerrissen war, daß sie kaum noch die Augen offenhalten konnte, und er entließ Landauer, der den Hut zog und sich von Franziska mit altväterischer Courtoisie, von Schafheutlin stumm mit ungefährer Verbeugung verabschiedete, fröstelnd den Seidenschal am Hals über der nett gepunkteten Gropius-Fliege zusammenraffte und auf einem Trampelpfad quer über den Rasen davonschritt, lang und hager, das Gesicht mit der messerdünnen Nase unbestimmt seitwärts und nach oben gewandt, ruhmloser Rückzug zum Frauenplan, in die Stille des herzoglichen Parks, und Franziska, mit der ganzen Verachtung ihrer fünfundzwanzig Jahre für erfolglose Männer, dachte: Eine noble Fassade, aber morsch und mürbe, und Igel wohnen in ihren Säulenknäufen und Rohrdommeln singen in ihren Fenstern ...

Sie umgingen den Anger; Schafheutlin respektierte Verbotstafeln. Der Schnee knirschte unter ihren Füßen wie Zucker. Zwischen zwei Blöcken erblickte man eine kurze gerade Straße und die gleichen Wohnsilos wie am Anger, die gleichen Fassaden, Türen und Dachfirste unter den im diesigen Himmel segelnden Antennen. Kein erleuchtetes Fenster schmückte die stummen Häuserfronten, und als Franziska sich umdrehte, erschien ihr das Restaurant in seinem Dunst von Wärme und Helligkeit so freundlich wie ein dicker Kachelofen, und der Radau, der durch ein offenes Fenster drang, der heisere Gesang wehte über den Anger wie ein bunter Räuberfetzen, gehißt von den Lebenden und Nichtschläfern, und sie versöhnte sich mit der bleichen Ludentype, magnetisch angezogen von einer Zuflucht für fröhliche und gesellige Leute inmitten dieser Schlafkammern aus Beton.

»Sie haben vorhin eine abfällige Bemerkung über die Stadt gemacht«, sagte Schafheutlin; er gab ihr Gelegenheit zu leugnen: »Ich kann mich verhört haben.«

»Ich sagte: einfach das Letzte.«

Er ging forsch und gewichtig wie über Deckplanken, er wiegte seinen gedrungenen Körper. »In Zukunft behalten Sie Ihre vorschnellen Urteile bitte für sich. Diesmal will ich noch davon absehen, die Kollegen zu unterrichten, sie würden gekränkt sein, ja, sehr gekränkt ... Wir tun unser Bestes. Erst wenn Sie unsere Probleme in ihrer Gesamtheit erfaßt haben, können Sie begreifen, warum wir auf unsere Leistungen stolz sind, auf die erste Stadt, die ausschließlich mit vorgefertigten Elementen und mit Hilfe der modernsten Technik gebaut wird. Für sachliche Kritik sind wir aufgeschlossen, aber wir haben keine Zeit, uns um das elegante und unfruchtbare Geschwätz über Miseretheorien zu kümmern.« Sie schwieg, und er fügte milder hinzu: »Das ist Neuland für Sie, ich verstehe. Bei Professor Reger werden Sie kaum die richtige Einstellung zum industrialisierten und typisierten Wohnungsbau gewonnen haben.«

Das mußte ja kommen, Reger und seine Unklarheiten, der Plattfisch hatte nichts vergessen, er war Geist vom Geist, vielmehr Ungeist der Leute, die Reger angegriffen hatten. »Ich weiß schon, worauf Sie anspielen«, sagte Franziska und blieb stehen, »und falls es Sie interessiert: ich finde die ganze Plenartagung eine Schweinerei, und ich finde, daß Reger in seinem kleinen Finger mehr Verstand und Phantasie hat als alle diese Buchhalter der Baukunst, diese akademischen Formelkrämer, die sich bekreuzigen, wenn sie seinen Namen hören, weil er an ihren Totempfählen rüttelt.« Sie vergaß seine Launen eines eitlen Despoten, die lärmenden Auftritte und ihre eigenen Zweifel an seiner Unfehlbarkeit; sie warf sich mit ausgebreiteten Armen vor ihren Lehrer. »Reger, was denken Sie, der ist doch nicht blind, der protestiert nicht gegen die Idee der Serienproduktion. Aber er hat das Gefühl für Qualität, wie Corbusier sagt, er protestiert gegen die grauenhafte Gleichgültigkeit der Häuserfabrikanten und ihre Selbstzufriedenheit, er spricht über Mängel, prellt zu weit vor und kriegt eins aufs Maul –«

»– und baut ein Gewandhaus auf«, sagte Schafheutlin. »Er redet, und wir arbeiten, das ist der Unterschied.«

»Er denkt«, sagte Franziska, stotternd und feurig, »er denkt, und wenn er sich irrt, sind sogar seine Irrtümer von Format.« Der konnte einen wild machen, mit seiner Miene eines nüchternen Tatmenschen, seinem Temperament einer Panzerplatte ... Sie spürte nicht, daß Schafheutlin ihr auf seine trockene und schulmeisterliche Art entgegenzukommen, daß er gerecht zu sein versuchte: er kannte Reger, ahnte schillernde Verführung, die Fallstricke des Bösen; ungefestigte Jugend, sagte er sich, darf man nicht einem pomphaften Individualisten anvertrauen, man läuft Gefahr, sie der Realität und ihren Forderungen zu entfremden ... Er rieb nachdenklich die warzenbedeckten Finger am Mantelärmel, er fragte sich, ob er jemals so leidenschaftlich und unkritisch einem Lehrer oder einem Freund angehangen habe, aber er stieß den Gedanken gleich zurück, die Erinnerung an puerile Begeisterung, erst recht an seine Gedichte verstörte und beschämte ihn: mit sechsunddreißig ist ein Mann schon lächerlich, wenn er sich diesen Blick zurück, auf seine gefühlvollen Dummheiten, gestattet.

»Wir werden das noch ausdiskutieren«, sagte er zerstreut, während er in seinen Manteltaschen herumsuchte. Er dachte: Wenn sie große Rosinen im Kopf hat, lasse ich sie ein halbes Jahr lang Details zeichnen, das wird sie abkühlen. »Haben Sie ein Feuerzeug?«

»Streichhölzer.«

Er streckte die Hand aus. Franziska riß die Augen auf und sagte langsam, mit tragischer Stimme: »Alles ist verloren.«

»Was ist denn nun schon wieder?«

»Meine Handtasche ist weg ... mein Ausweis, das ganze Geld, ich bin ruiniert.«

Schafheutlin griff sich an den Kopf. Geldverluste anderer trafen ihn wie ein eigener Verlust. Er erlaubte sich kein Mitgefühl für Privatsorgen (wenn er, in der Kantine oder im Büro, über Liebeskummer, Ehestreit, die Melancholie eines verregneten Sonntags reden hörte, saß er steif und frostig und knetete seine linke Hand, Seelenkäse, sagte er) – aber eine Konventionalstrafe bereitete ihm schlaflose Nächte, er kämpfte bei Vertragsgerichten, als müßte er die Schulden seines Betriebs aus dem eigenen Portemonnaie bezahlen, und auf den Baustellen war er verhaßt wegen seiner Genauigkeit, er bückte sich nach Nägeln und sah jeden zerbrochenen Dachziegel, jeden verrottenden Lichtmast, und die Dumperfahrer terrorisierten den rechnerischen Krauskopf, indem sie auf ihn zurasten, ihn in Staubwolken hüllten und mit schreienden Bremsen stoppten, wenn die Wagenschnauze schon gegen seine Brust zu prallen drohte ... Er erstickte vor Ärger. »Ah, das fängt gut an ... Ohne Geld, ohne Ausweis ... Und der Tag ist noch nicht zu Ende – was werden Sie sich nun noch einfallen lassen? Wo haben Sie Ihre Gedanken?« Einmal, bei einem Familienausflug, hatte seine Frau ihr weißes, übrigens kunstledernes Täschchen verloren; er examinierte, er verhörte sie, leise, beherrscht und unerbittlich so lange, bis sie in Tränen ausbrach, die Kinder nervös heulten und der Ausflug verdorben war. Franziska war nicht die stumme Dulderin wie seine Frau. Er fuhr sie an: »Lachen Sie nicht. Denken Sie lieber darüber nach, wo Sie Ihre Tasche – ja, müssen Sie denn über alles lachen?«

»Ich kann mich auch auf die Straße schmeißen und heulen.«

»Die gelehrige Schülerin eines Komödianten ... Schon gut. Warten Sie hier und rühren Sie sich nicht von der Stelle. Ich gehe ins Restaurant zurück.«

»Nein nein, ich will selbst – ich renne, ich fliege.«

Die Hand noch auf der Türklinke, suchte sie hinter dem grauen Rauchschleier das brüderliche Gesicht. Sie sah den zurückgeschobenen Stuhl, die leere Kaffeetasse auf dem Tisch, und fühlte sich betrogen, zum zweitenmal von Wilhelm verlassen, eine weiße Sekunde lang, in der sie den Fremden mit ihm vertauschte, mit Wilhelm, der über den Flugplatz ging, plump im Pelz, und auf der Gangway stehenblieb und winkte.

Sie nahm gleichgültig die Tasche an sich, die Frau Hellwig verwahrt hatte, lungerte aber noch ein paar Minuten an der Theke herum, bis die Kellnerin mit dem leeren Tablett zurückkam, und fragte sie schüchtern und entschlossen nach dem Herrn mit den Zeitungen.

»Kennen – Gott, wie man Gäste so kennt. Wie er heißt, weiß ich nicht, aber wenn Ihnen daran liegt ...«

»Danke, bemühen Sie sich nicht«, sagte Franziska, sie war feuerrot und setzte eine hochmütige Miene auf. »Eine Verwechslung. Er hat auch nicht gegrüßt.«

»Weil er affig ist«, sagte Frau Hellwig, »bloß bitte und danke und nichts als Kaffee.« Ihre blauen Augen lachten. »Er kommt jeden Abend, außer Samstag und Sonntag.«

»Affig und arrogant, natürlich, das ist er«, sagte Franziska strahlend, »wir sind zusammen zur Schule gegangen ... er war ein paar Klassen höher.«

Schafheutlin war ihr langsam nachgegangen, er stand jetzt zwanzig Schritt von der Terrasse entfernt und sah, wie die kleine Person im offenen, vom Wind gebauschten Dufflecoat die Stufen hinabsprang und auf ihn zulief, sie schwenkte ihre Tasche überm Kopf, und er hörte ihre schrille Knabenstimme, die nach ihm rief, und einen Augenblick war ihm zumute, als habe ihm jemand einen kurzen heftigen Schlag in den Magen versetzt. »Sie lassen auf sich warten«, sagte er.

»Herr Schafheutlin«, sagte Franziska atemlos, »es tut mir leid, doch, Sie haben recht, es war einfach flapsig, und da sind die Streichhölzer. Mir auch, bitte.«

Er steckte das abgebrannte Hölzchen in die Schachtel zurück. Er sagte: »Ich dachte, Sie haben braune Augen.«

»Aber nein. Wieso denn braun? Hören Sie, ich schreibe das alles auf, so sachlich wie Sie nur wünschen –« Sie streckte drei Finger aus. »Punkt eins: Fassadenabwicklung. Punkt zwei: Straßenführung. Punkt drei: die Quartiere –«

»Komplexe«, korrigierte er.

»Bei Reger sagten wir Quartier … Sind Sie sicher, daß wir uns nicht verirrt haben?« Sie glaubte im Kreis zu laufen, immer wieder auf dieselbe kurze Straße zu stoßen, denselben Block, der sie abriegelte, und denselben verschneiten, mit Fußspuren überkritzelten Rasen: was sich auf dem Plan als strenge Ordnung darstellte, überschaubar – logisch, wie Landauer sagte, mit einem letzten Funken Stolz oder wenigstens Anhänglichkeit –, verwandelte sich hier, ins Räumliche, Dreidimensionale übertragen, in einen labyrinthischen Garten und erinnerte Franziska an ein Kinderspiel mit allerlei listig ineinandergesteckten Klötzchen und Schachteln.

Sie bogen um eine Ecke und standen auf freiem Feld, von einem scharfen Wind erfaßt, der Schnee und Sand vor sich her trieb. Hier, im letzten Wohnblock am Stadtrand, hausten für eine Nacht die Reisenden und für Wochen oder Monate die Arbeiter, Junggesellen und Ehepaare, die auf eine Wohnung warteten, zwei und drei Mädchen in einem Zimmer und die Ausgewiesenen aus Berlin, Wurzellose und Wartende, Hotelgäste und Knastbrüder, zusammengepfercht in einem Haus, dessen Wände vor Spannung zu knistern schienen, hier brannte noch Licht, kreischten Radios, bewegten sich Schatten hinter den Fenstern mit lappigen Scheibengardinen. Schafheutlin schloß die Tür auf. »Wohnen Sie denn auch hier?« fragte Franziska.

»Gelegentlich, wenn es für den Bus zu spät ist.« Er schaltete das Treppenlicht ein. »Ich habe ein Haus in Uhlenhorst, eine Stunde von hier.« Franziska sah ihn an. Er fühlte wieder den kurzen scharfen Schmerz in der Magengrube, er sagte mit gedämpfter Stimme wie auf einem richtigen Hotelkorridor: »Ich kann das Haus nicht aufgeben, wegen der Kinder … Wir haben einen großen Garten, und meine Frau hängt an ihrem Garten und an dem Haus …«

»Ach so«, sagte Franziska. Sie stiegen die Treppen hinauf, Schafheutlin nahm den Schlüssel aus der Tasche, den er den ganzen Abend mit sich herumgetragen hatte, und gab ihn Franziska. »Das Zimmer neben der Küche. Ich habe Sie im dritten Stock unterbringen lassen, hier wohnen nur Delegationen, Sie sind ungestört. Sie müssen sich selbst verpflegen, Sie sind nicht in einem Hotel, Frühstück gibt es nicht. Sie können Küche und Bad benützen. Und – ja, wenn es nachts mal laut wird, kümmern Sie sich um nichts. Gute Nacht.«

Sie tastete sich durch den dunklen Korridor und schloß das Zimmer neben der Küche auf, aus dem ihr heiße trockene Luft entgegenschlug. Das Fenster nahm fast die ganze Wandbreite ein und sah wie eine Bühne aus mit seinem geschlossenen Vorhang in Rotbraun, und auf dem wie eine grüne Eisfläche spiegelnden Linoleumboden schwamm ein Vorlegerchen, und die Möbel waren hell und von aufdringlichem Zweckbewußtsein: ein Tisch, ein Stuhl, auf dem man sitzen, ein Schrank, in den man Kleider hängen konnte, und ein Bett, das ausschließlich dem Schlaf, der Reproduktion tagsüber abgenützter Kräfte diente und niemandem erlaubte, auf seiner Matratze herumzuhüpfen, in sein Kopfkissen zu heulen und unkeusche Träume zu träumen. Über dem Bett hingen zwei Bilder, der Hafen von Arles und die Sonnenblumen ... und nebenan und in jeder Wohnung, in jedem Zimmer hingen sie, ordentlich ausgerichtet, Arles und die Sonnenblumen, und erfreuten das Auge des Verwalters.

Er war früher Untermann bei einer Akrobatentruppe, und so sah er auch aus, ein Hirte von zwei Zentnern, der seine Mieter zum Ausnüchtern am gestreckten Arm aus dem Fenster hielt. Er hatte immer einen Haufen Zuschauer, wenn er seinen Expander riß, schwedischer Stahl, aber für ihn bloß wie Gummiband, und manchmal ließ er sich aufgeklappte Messer auf den Nacken und auf die Armmuskeln werfen, mit der Spitze nach unten, und sie prallten ab wie Tennisbälle. Sowas stärkte seine Autorität, und er merkte sich die Burschen, die stehende Messer hatten ... O ja, der war durchtrieben, wenn er auch den starken Mann aus dem Bilderbuch spielte, mit prahlerischem Brustkasten und Kinderlachen und 'ner Wolke von Gemüt ... Er hatte den ganzen

Posten van Gogh aufgekauft, weil ihm die Sache mit dem abgeschnittenen Ohr imponierte. Er hielt Künstler für Schwächlinge, mickrige Männchen mit zu großem Kopf und dünnen Armen, aber van Gogh, der war okay, ein Mann, der sich das Ohr vom Kopf schneidet und seinem Mädchen ins Haus schickt ... Ein Lehrer hat ihm davon erzählt, auch eine verkrachte Existenz, drei Jahre wegen so einem hungrigen kleinen Biest aus der zehnten Klasse, und jetzt war er fertig, grau und fahrig und konnte keinem in die Augen sehen – aber das ist schon wieder eine andere Geschichte ...

Franziska zog den Bühnenvorhang auseinander und öffnete das Fenster und blickte auf den windüberfauchten unbestellten Acker und die Baumgerippe an einer Chaussee, die früher einmal eine Dorfchaussee gewesen war. Das Dorf war abgerissen worden, zermahlen zwischen den Zähnen der gefräßigen Stadt, Gemüsebeete und Obstgärten niedergewalzt mit Gleisketten, sorgsam gedüngte Erde zusammengescharrt und zu Hügeln gehäuft von den Raupenschilden, und hart an der Chaussee, schon im Halbkreis umzingelt von neuen Häusern, hockte grau, niedrig und bockig das letzte Bauernhaus, eine Ruine mit nackten Dachsparren und leeren Fensterhöhlen und immer noch, in einem Schuttkranz, wie festgekrallt in die Erde.

Nach Mitternacht verstummten die Radios, die streitenden Stimmen und Weibergekreisch im Nebenaufgang, und Franziska hörte bis in den Schlaf die Warnrufe der Grubenloks, dumpf und langgezogen wie die Sirenen der großen Schiffe, die im Nebel ihren Hafen suchen. Sie verschlief die fünfte Morgenstunde und den Hexensabbat von Geräuschen, der durch Wände und Decke drang, Türenknallen und morgendliche Badezimmergesänge, das Rauschen der Wasserspülungen und die Schritte der Frühschichtler auf den Treppen, und beim Aufwachen versuchte sie ihre krausen Träume zu erinnern, umsonst und schade drum: was man in der ersten Nacht unter fremdem Dach träumt, geht in Erfüllung.

Als sie ins Bad gehen wollte, fand sie vor ihrer Zimmertür eine Flasche Milch und eine Tüte mit zwei Streuselkuchen. Sie dachte, jemand müßte sich in der Tür geirrt haben, beschlagnahmte Milch und Kuchen und schlich in ihr Zimmer zurück. Sie stieg auf ihr Bett, dieses tugendhafte Funktionsmöbel, das man malträtieren mußte, um es sich zu unterwerfen, und sprang auf der Matratze herum, so stark sie konnte, dir werd ich's zeigen, sie ließ sich vornüber fallen und boxte das Kopfkissen zusammen, ah, es war wunderbar, allein aufzuwachen, auf niemanden zu warten, Junggeselle und fremd in einer fremden Stadt zu sein, entlaufen der Linkerhandschen Zucht und der fetten väterlichen Hand von Reger. Sie aß die Kuchen und scharrte abgeplatzte zuckrige Streusel auf dem Kissen zusammen, sie genoß ein sündhaftes Vergnügen – Frühstück im Bett, sagte Frau Linkerhand, das sind Mätressenmanieren.

Im Dämmerlicht und auf der spiegelnden grünen Eisfläche sahen ihre Koffer wie angeschwemmte Meertiere aus, behäbige Robben, eine weiße und eine graue Robbe, meine fliegenden Koffer, der graue war mit in Moskau, Tscherjomuschki, na, das war keine Offenbarung, häßliche Häuser, aber Boulevards so breit wie die Wolga, und die Markthalle ist lustig, Haufen Volks, draußen auf den Stufen mit Kind und Kegel und Händen voll Sonnenblumenkerne, und drinnen, unter der Kuppel, einem stählernen Marktschirm, das verrückteste Gewühl, Großstadtpuppen in Stöckelschuhen und alte Bäuerinnen mit Umschlagtüchern, die marinierte Pilze feilbieten, und die gerissenen Armenier, die mal eben mit dem Flugzeug rüberkommen, Augen wie Messer, und dich besoffen reden, bis du ihre viel zu teuren Trauben kaufst … Der Rote Platz, gar nicht rot und ziemlich klein, ich war enttäuscht, ich wollte ihn rasch überqueren und ging und ging, und der Platz nahm kein Ende, und die Märchenkathedrale war immer noch ungeheuer weit weg, und ich fühlte mich so klein wie eine Taube auf dem Pflaster … Den weißen hatte ich mit in Prag, eine schöne Stadt, Masse Architektur, aber das Beste war doch der Wenzel und die Straßen voller Leute, die Markisen und Caféhaustischchen vorm Ambassador, und Musik aus jedem Haus, bierselige Blasmusik und dieser tschechische Jazz, in dem immer eine Polka-Klarinette kichert, ein böhmischer Spielmann auf Besuch in New Orleans …

Sie suchte in ihrem Gedächtnis nach einem scharfen Bild und merkte betroffen, daß sie sich auf kein einziges Haus besinnen konnte, keine Fassade, keinen Torbogen. Aber warum, fragte sie sich, warum habe ich die Erinnerung an schöne und prächtige Straßen? Sie lag auf dem Bauch und rauchte und dachte daran, wie sie sich mit dem Menschenstrom treiben ließ, damals, an dem blitzenden Platz, unbekannt unter lauter Unbekannten und heiter verknüpft mit ihnen, ihrem Flanierschritt angepaßt, geborgen in der Umarmung dieser warmen, bunten abendlichen Straße …

Als sie gegen halb acht die Treppe hinablief, öffnete sich eine Tür im zweiten Stock (sagten wir schon, daß die Wohnungstüren mit Spionen ausgerüstet waren? erbsengroßen Glasaugen, durch die man Treppenhaus und Nachbarn beobachten konnte), und da stand Schafheutlin, der Chef, die Warze, mit kaltem und mürrischem Gesicht, du lieber Gott, schlimmer als eine schwarze Katze übern Weg …

6

Weihnachten suchte ich dich zum ersten Mal, Ben, überall, in der alten und in der neuen Stadt, auf den Straßen und in Lokalen, wie besessen von der Idee, daß auch du allein seist; niemals, wenn ich an dich dachte, vermochte ich dich jemandem zuzuordnen, einer Frau, Kindern, Vater und Mutter, einer Häuslichkeit mit Öfen, Ehebetten, gedecktem Tisch und Pantoffeln und Versicherungspolicen ... Um dich war ein Geruch von Abenteuer und stolzer wilder Unabhängigkeit, ich dachte, du bist, wie ich zu sein wünsche, wie ich mir Wilhelm gewünscht hätte, Wilhelm, wie ich ihn in einer Nacht sah, ein einsamer alter Gorilla, der zu niemandem gehörte, nur zu mir ... Du gehörtest mir, solange ich nichts von dir wußte, ich konnte dir einen Charakter schaffen und Geschichten um dich versammeln, irgendein Mann mit den Zügen meines Bruders und mein Geschöpf: ich hatte alle Möglichkeiten der Welt, weil ich dich nicht kannte.

Ich hätte dich sehen können, wann immer ich gewollt hätte, die Kellnerin sagte, du seist jeden Abend da außer Sonnabend und Sonntag, also ging ich nur am Sonnabend und Sonntag ins Restaurant, mal allein, mal mit Jazwauk ... ach nein, da gibt es nichts zu beichten, und wenn, dann würdest du es nicht hören wollen, und in der Tat war er nur meine Begleitdogge, ein dämonisch aussehender Mann, der Typ, der das Prestige jeder Dame hebt, und der netteste, unkomplizierteste Junge, er hatte keinen Ehrgeiz, weiß der Teufel, warum er Architekt geworden ist: er machte sich nichts aus Architektur ...

Madame meine Mutter sagte immer, ich habe keinen Familiensinn, weil ich keine Lust hatte auf ihre blöden Ausflüge und die Sonntagsspaziergänge, im weißen Voilekleid und drei Schritt hinter den lieben Eltern, und bei Geburtstagen finster wie eine Gewitterwolke in der Ecke hockte und las, statt meine Schulhefte rumzuzeigen oder Gedichte aufzusagen – als ob alle Verwandten verrückt darauf wären, zu hören, wie ich die Bürgschaft krähte ... Sie brachte sich bald um, weil ich nicht Klavierspielen lernen und Chopin runterhämmern wollte wie die Elfriede von nebenan, und dabei bin ich so musikalisch wie ein Blecheimer.

Aber Weihnachten war alles anders, Ben, und schon die ganze Woche vorher, wenn wir die Schüsseln voll Honigkuchenteig zum Bäcker schleppten und auf dem warmen mehlbestäubten Mäuerchen neben dem Ofen saßen und auf die Plätzchen warteten, und die Frauen standen herum, die Kuchenbleche auf die Hüfte gestemmt, und schwatzten, und es duftete bis auf die Straße nach Zimt und Nüssen und braunem Zucker. Die Große Alte Dame bekam einen Haufen Pakete, noch im fünften Kriegsjahr, kein Wunder, bei ihren Beziehungen ... Marzipan aus Lübeck, Brotlaibe und das Holstentor ganz in Marzipan, und die schwarzen Printen aus Aachen und Nürnberger Lebkuchen in bunten Büchsen, auf denen die Stadttürme und das Bratwurstglöckl abgebildet waren und Burgfräulein mit spitzen schleierbesteckten Tüten auf dem Kopf.

Der Schnee auf der Terrasse wurde nicht mehr weggefegt, damit die riesigen Fußstapfen recht einschüchternd wirkten, die Stapfen, die Dr. Peterson machte, jedes Jahr wieder, obgleich Wilhelm mich längst über den Weihnachtsmann aufgeklärt hatte. Am Heiligen Abend kriegte ich aber doch Herzklopfen, auch Wilhelm konnte sich irren, nicht wahr? und ich horchte an der Tür zum Eßzimmer auf den Schritt von leichten nackten Füßen, Taubenfüßen, Himmelsfüßen, du spinnst, sagte Wilhelm, der glaubte an nichts, für den war ein Luftzug durchs Schlüsselloch eben nur ein Luftzug, vom offenen Fenster etwa, auf keinen Fall von schwanweißen, rauschend entfalteten Flügeln eines startenden Engels – Wilhelm und du, ihr müßt einem alles entzaubern und erklären: die zersägte Jungfrau als Trick mit Spiegeln und Tüchern, das blitzende Spiel der Fische als interspezifische Aggression und Liebeskummer als eine Nukleinsäure-Reaktion, und am liebsten möchtet ihr jedem Menschen eine Elektrode in den Kopf stecken und einen Schaltplan in die Tasche, damit er sich selbst steuern und rückkoppeln und regulieren und kontrollieren kann, ach, geht mir doch weg mit euren Computergehirnen!

Pünktlich um sechs läutete Großma das Glöckchen, und die Tür tat sich auf, und wir stolperten feierlich und geblendet von hunderttausend Kerzen über die Schwelle, und die alte Spieldose zirpte, Vom Himmel hoch da komm ich her, rührend dünnes Geklimper, das in jeder Liedzeile ein paar Noten übersprang, wo die Walzenstiftchen abgebrochen oder bis auf einen kurzen Stumpf abgeschliffen waren. Die Tanne reichte bis zur Zimmerdecke hoch und funkelte von Christbaumschmuck, den altmodischen Kristallketten aus Großmutters Kinderzeit, vergoldeten Nüssen und den grünen und roten Kugeln, die so groß und schwer waren wie Kanonenkugeln, und allerlei Figürchen aus Blei und Lack und angelaufenem Silber, die aber mehr heidnisch aussahen, Fabeltiere und glückbringende Götzen mit dicken Bäuchen.

Auf dem Tisch, diesem Monstrum von Tisch, an dem man Artus' ganze Tafelrunde hätte unterbringen können, lagen die Geschenke, und natürlich wußte ich immer schon vorher, was ich bekommen würde: von Mutter was Praktisches, Solides, Kleid und Mantel, aus Leinen oder Loden versteht sich, denn damals hatte sie noch ihre handgewebte-Nornen-Zeit, und von der Großen Alten Dame einen Ring oder eine Granatbrosche oder ein goldenes Medaillon mit der Locke eines Toten, vielleicht eines toten Liebhabers, wer weiß, sie hatte es hinter den Ohren, und Mutter verkniff sich nur wegen Heiligabend eine nörgelnde Malice … und Vater schenkte mir Puppen fürs Marionettentheater, Krokodil und Gendarm, Prinzessin und langgeschwänzten Teufel, und einen Haufen Bücher – der Arme, er ahnte nichts von Kinderseelen: mit sieben las ich den Gespenster-Hoffmann, und nachts flüchtete ich kreischend in Wilhelms Bett, der Türknauf schnitt mir Fratzen, und was sich in der Standuhr begab, davon will ich lieber nicht sprechen …

Ja, so war es zu Weihnachten, Frieden und Eintracht, und Vater blickte liebevoll auf Wilhelm und mich und versuchte einen Abend lang sein Erstaunen darüber zu verbergen, daß er diese exotischen jungen Tiere in die Welt gesetzt hat, und die Große Alte Dame nahm uns nachts um zwölf mit zur Christmette, sie spritzte uns einen Tropfen Weihwasser auf die Stirn und beugte flink und elegant das Knie vorm Altar, mehr ein Hofknicks, aber mit inbrünstigem Gesicht – denn zu Weihnachten und Ostern, Ben, und am Fronleichnamstag war sie immer sehr katholisch ...

Ein Winterabend wie jeder andere in Neustadt, die Bürgersteige eisglatt, das Gras vom Frost verbrannt und der Schnee im Rinnstein aschgrau überpudert mit Kohlenstaub, die Straßen verödet wie immer, keine Menschenseele unterwegs, die Häuser aber verzaubert von der fröhlichen, der seligen, gnadenbringenden Zeit, die Blöcke, die heute mit hundert strahlenden Fenstern prunkten, mit weißen Vollmonden in den Küchen, wo Hausfrauen Karpfen oder Kartoffelsalat herrichteten, und mit Kerzenschimmer hinter den Gardinen und Jubelchören über alle Radiostationen: Christ ist erschienen.

Seit Einbruch der Dämmerung war Franziska in der Stadt herumgelaufen. Sie schlug jetzt den Weg zum Anger ein, sie zählte die Steinplatten: wenn am Ende der Straße eine ungerade Zahl rauskommt, treffe ich ihn ... An der Tür zum Restaurant wäre sie beinahe wieder umgekehrt, er ist nicht da, es gibt ihn nicht, ich bin die ganze Zeit einer fixen Idee nachgejagt. Frau Hellwig lehnte an der Theke und rauchte. Es war still wie in einer Kapelle, aber warm und hell, und die aufsteigende Wärme drehte den Adventskranz unter der Decke. Auf dem Zapfhahn stand ein grellgrünes Christbäumchen, eine dieser handhohen, mit glitzerndem künstlichem Schnee bestreuten Papiertannen, die Fernfahrer auf dem Armaturenbrett befestigen. Die sieben Gäste saßen an sieben Tischen, jeder für sich allein, jeder eingeschlossen in seinen Kreis einer besonderen Einsamkeit, die keines anderen Menschen Einsamkeit vergleichbar war, weil seine Geschichte mit keiner anderen zu vergleichen war, die besondere, besonders schmerzliche Geschichte seiner Niederlagen und verlorenen Illusionen.

Ein Alter in Wattejacke schlief, sein eisengrauer Kopf lag mit seitlich gedrehtem Gesicht auf der Tischplatte, und er lallte und sabberte im Schlaf, voll wie eine Strandhaubitze, dachte Franziska, sie nickte dem bleichen Louis zu, sieh mal an, sonst immer die große Schnauze und anderen Beine stellen, aber ohne seine Meute weinerlich und zum Erbarmen wie ein Kellerkind, na, das gibt sich, wenn wir die Stille Nacht, Heilige Nacht überstanden haben. Und da saß auch Gertrud, die Stirn von sorgfältig gebrannten Löckchen umkraust, Gertrud in einem sensationellen Strickkleid, mindestens Wien, und führte zierlich, mit abgespreiztem Finger, die Kaffeetasse zum Mund.

Franziska ging an die Theke und gab Frau Hellwig die Hand. »Bloß auf einen Sprung, das rauschende Fest der Einspänner sehen ... Nein, keinen Wodka. Nun gerade nicht.«

Ein rothaariger Junge spielte Schach mit sich selbst, er grübelte lange über jeden Zug nach und setzte bedächtig bald einen weißen Läufer, bald einen schwarzen Springer, und sein Gesicht war finster vor Konzentration. Neben dem Garderobenständer und mit so weit zurückgebeugtem Nacken, daß ihr schwarzgefärbtes Haar die Wand berührte und ihre Augen zur Decke gerichtet waren, saß eine Frau in einer Perlonbluse, unter der man die blauen und rosa Träger von Büstenhalter, Hemd und Unterkleid sehen konnte; ihre Lippen waren breit und blutrot geschminkt wie ein Clownsmund, sie bewegte sich nicht und trank nicht, sie bewegte nur ihren Zeigefinger, sie klopfte unaufhörlich mit dem Zeigefinger an die Kaffeetasse, und ihr Nagel machte ein tickendes Geräusch.

»Ach, geben Sie schon einen her«, sagte Franziska. »Für Sie auch – aber nicht den Trick mit der Wasserflasche.« Sie lehnten nebeneinander an der Theke und tranken, und der Alte rückte röchelnd seinen Kopf auf dem Tisch, und der Rothaarige zog finster und konzentriert die Weißen und die Schwarzen, und die Frau tickte mit dem Nagel gegen die Tasse, sie trägt keinen Ring, dachte Franziska, wenn ich jetzt nicht abhaue, fange ich an zu schreien. Sie trank ihr Glas aus, sie sagte zu Frau Hellwig: »K-komisch, ich dachte, h-heute treff ich ihn hier, m-meinen Schulfreund von f-früher.«

»Vielleicht ist er's gar nicht«, sagte Frau Hellwig.

»T-trotzdem«, sagte Franziska. Gertrud drehte steif den Hals im Stickkragen und blickte zu ihnen herüber. Franziska grinste schüchtern; sie sah Gertrud manchmal in Schafheutlins Büro, manchmal im Restaurant, sie fürchtete sich immer noch vor der mürrisch wilden Person und ihrem heiseren Bariton und hielt sich die Ohren zu bei den abendlichen Szenen ... Du weißt, wie sie war, Ben, du hast uns gerettet, und ich schämte mich, weil alle, alle uns anstarrten und von den Stühlen aufstanden und sich amüsierten, die Hundesöhne, o ja, sie amüsierten sich, und ich blieb nur aus Trotz bei ihr sitzen, sie war meine Freundin, das sollten sie sehen, aber innen war ich ganz kaputt vor Scham, ich habe sie verraten, an diesem Abend und später, das verzeihe ich mir nicht ... Ach, Ben, Ben, damals in der Küche, die Spuren ihrer Fingernägel, sie hat den Mörtel abgekratzt, Kratzer wie von Stahlnägeln, was für eine übermenschliche Kraft, sie hat sich gewehrt, gegen wen hat sie sich gewehrt?

Gertrud winkte Erlaubnis mit geziertem kleinem Finger. Aha, man trägt heute Dame, dachte Franziska, sie setzte sich. »Tolles Kleid«, sagte sie.

»Von drüben«, sagte Gertrud, und ihre Kehle, ihr Mund bebten von der Anstrengung, die tiefe und rohe Stimme zu zügeln; sie sprach halblaut und akzentuierte genau wie eine Lehrerin. »Meine Leute sind alle im Westen.«

»Ach. Ja?« sagte Franziska.

»Alle. Und Weihnachten haben sie ein schlechtes Gewissen, da falle ich ihnen wieder ein, da denken sie an mich wie an eine ausgesetzte Katze.« Das Bild gefiel ihr, »eine ausgesetzte Katze«, wiederholte sie, und Franziska grinste und sagte: »Aber Katzen tragen keine Wiener Strickmode, höchstens Millionärskatzen, wenn man den Illustrierten glauben will.«

»Meine, die haben schon Kies, keine Bange«, sagte Gertrud. »Der Älteste ist ein hohes Tier bei den Vertriebenen und weint nach der alten deutschen Heimat und nach Gumbinnen, und dabei, das faule Aas, auf dem Hof wollte er keinen Finger krumm machen. Alles Schwindel. Und sowas geht hin und versaut einem die Kaderakte ...«

Gumbinnen. Berlin. Bonn. Merkwürdig, was für Karrieren heutzutag in Deutschland gemacht werden ... Wenn du in der Zeitung mal ein Bild vom Boß der Jungen Union siehst, dann versuch ihn dir im Blauhemd vorzustellen und zehn Jahre jünger: er war an meiner Schule FDJ-Gruppensekretär, ein brillanter Kopf und wendiger Taktiker, wir nannten ihn die Graue Eminenz ... Weißt du, wenn ich jemals nach Bonn käme, dann ginge ich zu ihm hin und sagte: Guten Tag, ich bin die Franziska aus der Neunten, die du beim Abzeichen für gutes Wissen in Silber geprüft hast (er hatte es in Gold, klar), und ich habe Briefe für dich ausgetragen, als du in meine Freundin verknallt warst, und manchmal sind wir spazierengegangen, zu dritt, denn damals herrschten strenge Sitten an der Schule, und du hast uns erklärt, was ein Berufsrevolutionär ist und was die Formel Sowjetmacht plus Elektrifizierung bedeutet. Leider empfängt er nicht, der Egon, er läßt keinen vor aus der alten Schule, Ulrich hat es versucht, auch ein Klassenkamerad von mir, Medizin und Theologie, er wollte Missionar werden, Urwaldarzt, na schön, aber bekehren, ich bitte dich, Ben, wo denn noch, wen denn noch? – jedenfalls, Ulrich strandete in seinem Vorzimmer, obgleich er Bundesbürger und Christ ist, ein streitbarer Christ, den nicht mal die Graue Eminenz für Marxismus und FDJ gewinnen konnte, damals ...

»Meine Eltern sind auch im Westen«, sagte Franziska.

»Und schicken?«

»Klar.«

»Man müßte alles zurück«, sagte Gertrud, »man müßte ihnen den ganzen Kram in die Fresse schmeißen.«

»Ja«, sagte Franziska, »aber es wär schade drum.« Sie sahen sich an und lachten, und Gertruds Augen beruhigten sich, ihre mißtrauischen, mäusisch huschenden Augen zwischen den Puppenwimpern. »Genehmigen wir uns einen«, sagte sie.

»Bleiben Sie bei Kaffee, ich bitte Sie.« Sie zuckte zurück und faßte nach ihrer Stuhllehne, Gertrud lag mit dem halben Oberkörper über dem Tisch, mit ihren großen Brüsten, über denen die Maschen zerrten, sie näherte ihr feindselig gespanntes Gesicht Franziskas Gesicht. »Das paßt Ihn' nich, Schnaps, Sie denkn, ich schlag Krawall … wegen eim Schnaps, daß ich nich kichere. Krawall is Ihn' peinlich, feine Familie, sieht man gleich, höhre Tochter, und kommt ein' aushorchen … Hab ich gebettelt, daß Sie an mein' Tisch kommen solln? Sie könn' abhaun, meinswegen.«

»Oh, ich – ich wollte nur mit jemandem reden«, stammelte Franziska, erschreckt durch unruhige, plötzlich nach oben wegrutschende Augen, rauhes Flüstern und den Rückfall, von einer Sekunde zur anderen, in die verwahrloste Sprache mit abgeschliffenen und verstümmelten Silben.

»Aushorchen«, sagte Gertrud.

»Bestimmt nicht.«

Gertrud lehnte sich zurück. »Sie können sitzen bleiben. Frau Hellwig, Mokka für die Dame und mich.« Sie kramte in ihrer Handtasche und warf ein Päckchen Pall Mall auf den Tisch. »Mögen Sie sowas?« Nach dem ersten Zug wurde Franziska schwindlig, sie mußte sich an der Tischkante festhalten, das ganze Lokal drehte sich um sie.

»Gut?« fragte Gertrud.

»Die haut den dicksten Eskimo vom Schlitten.«

Gertrud schob die Zigaretten über den Tisch, Franziska zu, die errötete, pikiert war, ich nehme kein Trinkgeld, unglaublich, von einem Tippmädchen, dann aber begriff, daß Gertrud ihr Versöhnung anbot, daß sie ein uraltes Ritual wiederholte, mit einer Geste, die mühelos die tausend Jahre zusammenraffte zwischen einer indianischen Friedenspfeife und dem Päckchen Pall Mall. Sie sagte danke, und Gertrud blickte sie triumphierend an. »Sie können noch mehr haben, auch Schokolade … den anderen schenke ich nichts, den Schicksen«, sagte sie und schnippte mit den Fingern, »nicht soviel –« Sie tranken ihren Mokka, und Gertrud sagte, sie kann es in ihrem Zimmer nicht aushalten, da kommt die Decke auf sie runter, jeden Abend, jeden Abend, und Franziska sagte, sie hat auch Budenangst, aber nicht immer, und Gertrud, mit ihrem triumphierenden Ausdruck der guten Gastgeberin, blickte Franziska auf den Mund und auf die Hände und bog jetzt, wenn sie die Tasse hielt, den kleinen Finger nach innen. Aber Bücher, sagte Franziska, und Gertrud schüttelte den Kopf: sie kann nichts mehr behalten, eine weiße oder eine bedruckte Buchseite, das läuft auf eins raus, ihr Kopf behält nichts mehr.

»Einen Abend haben Sie den ganzen Faust-Monolog deklamiert, ohne Fehler von der ersten bis zur letzten Zeile, und dabei waren Sie schon ziemlich hinüber.«

»Eben«, sagte Gertrud. »Faust fällt mir bloß ein, wenn ich besoffen bin ... als ob eine Schublade im Gehirn aufspringt, da sind sie alle drin, auch Egmont und Klärchen, und Ritter Douglas und des Sängers Fluch. Jetzt, wenn Sie mich fragen, bleibe ich schon stecken bei Habenunach ...«

»Das lohnt doch nicht, trinken, damit einem Klärchens Gesäusel wieder einfällt.«

Gertrud zuckte die Schultern, sie macht ihre Arbeit, was hinterher ist, geht keinen was an, sie ist noch nie eine Minute zu spät gekommen, da hat sie ihren Stolz ... Ihre heisere Stimme zog dem Schachspieler den Kopf herum, er blinzelte verstört, sein Gesicht war gefleckt wie ein Leopardenfell, auch auf den Lidern sammelten sich die Sommersprossen dicht und dunkelbraun. Franziska sagte eilig jaja, aber Gertrud wollte nicht beschwichtigt werden, sie wollte sich rechtfertigen, vielleicht herausstreichen, vielleicht nur in das Gesicht hineinreden von einer, die zuhörte: Im Winter, wenn der Schichtbus ausfiel, ist sie mit dem Rad ins Kombinat gefahren, immerhin zwölf Kilometer, und dann acht Stunden am Band, das ist auch kein Spaß, die Kohle verklumpt und vereist, und wenn das Band reißt, ist Holland in Not. Sie ist anderthalb Jahre am Band gewesen, und nie eine Fehlschicht verfahren, und nie ein Schwelbrand, bei mir nicht, und dabei, im Sommer, da brennt die Brikettbude an allen Ecken und Enden. Sie ist weggegangen, als der Meister ging, der Meister war gut zu ihr, einfach so: gut, und nicht ein Bock wie andere, die einem Mädchen gleich an die Bluse wollen, er mußte aber aus den drei Schichten raus, wegen Magengeschwür, der Wechsel aller Woche, das Essen mal tags, mal nachts, das schlägt manchem auf den Magen. Vorher ist sie beim Forstbetrieb gewesen, Bäume pflanzen, das war eine schöne Arbeit, sagte sie, und ihr spitzes, kümmerliches Gesicht leuchtete vor Eifer.

Bäume pflanzen – mit den Händen, nicht größer als eine

Kinderhand, und Knöchelchen so dünn und zart wie Gräten. »Damit wissen Sie nicht Bescheid«, sagte Gertrud, »das ist eine Arbeit für Fingerspitzen.«

»O je, Sie haben sich aber böse geschnitten«, sagte Franziska.

Gertrud zog den Ärmel über ihr Handgelenk, sie schwieg, und nach einer Weile sah sie hoch mit einem listigen Lächeln, Mitwisserlächeln, das Franziska in den Kreis fataler Kumpanei zog, sie beugte sich über den Tisch und berührte Franziskas Hand und die weiße Narbe über dem Gelenk. »Das ist gar nicht so leicht, wie manche denken ... wer sich nicht auskennt, der schneidet bloß die Sehnen durch. Am besten soll es mit 'ner Ahle gehen, ja, eine richtige Schusterahle, wissen Sie«, sagte sie, und ihr vertraulicher Ton, ihr Komplicenlächeln drehte Franziska den Magen um, sie fühlte Übelkeit und Scham wie bei manchen Filmszenen, den klebrigen Intimitäten zwischen Bettlaken; sie haßte die brutale Exaktheit, mit der eine Kamera Lieben oder Sterben aufzeichnete: Beischlaf und Selbstmord, dachte sie, das sind nur zwei Seiten derselben Medaille und die schmutzigste Art von Selbstbetrug.

»Ich? Nie«, sagte sie. »Eine uralte Narbe, von Glasscherben ... ich war noch klein, die Mädchen haben mich ins Schulklo eingeschlossen ... Einsperren vertrage ich nicht.« Sie erfand für jeden, der fragte, eine andere Geschichte; Jazwauk hatte sie einen Autounfall mit grausigen Einzelheiten geschildert: er fuhr einen weißen Sportwagen, feminin mit den roten Lederpolstern, sie brachten aber seine Strizzi-Schönheit zur Geltung, und er verzichtete noch im Dezember auf das Hardtop.

»Nie, das hat schon mancher gesagt –«

»Wenn ich nie sage, meine ich nie.«

»Sie sind ehrgeizig, sagt Schafheutlin.«

»Was weiß denn der ... Mir macht das Leben Spaß, und außerdem kann ich kein Blut sehen«, sagte Franziska und lachte.

»Wenn einem alles bis hier steht –?«

»Schlafen ...« Die Kellnerin schaltete das Radio ein, und festlich toste Glockengeläut durch das Lokal, stieg und fiel, stieg und fiel mit den aufgerissenen Glockenmäulern und erzenen Zungen. »Das sind unsere«, sagte Franziska aufgeregt, »unser Dom, schön, ja?« Sie blickten sich an, zwei erwachsene Kinder, und horchten auf den Ruf zurück, zurück, bis das Geläut leiser wurde und sich entfernte, aber so, als ob sie sich entfernten, auf einer Straße, nachts, zwischen verschneiten Feldern, über denen der Wind die Glockentöne verwehte, schwach wie Seufzer, und dann erhob sich ein Chor von hohen und reinen Knabenstimmen. Es ist ein Ros entsprungen, sangen sie, adrett in Matrosenanzüge gekleidete Engel auf der Empore einer Kirche, die Bubengesichter mit geschult runden Mündern nach oben gekehrt, und Gertrud mischte ihren Säuferbariton in den süßen Chor, sie summte und sang, schmerzlich dehnend die halbe Nacht, und wiegte sich in den Schultern. Frau Hellwig legte den Finger auf die Lippen. Gertruds Augen rutschten weg. »Ach, ihr –«, röhrte sie, »leckt mich doch –« Sie fing an zu weinen, mühelos und lautlos, mit weit offenen Augen.

Franziska, zwischen Lachen und Tränen, fühlte sich aufgerufen zu Trost und Mitgefühl, dem Mitgefühl einer großen Schwester für die schwächere Kleine, sie streichelte linkisch Gertruds Arm und Hand und murmelte: »Heute haben sie es auf uns abgesehen ... Macht nichts, das geht vorbei ... Ja, ja, wir tun uns schrecklich leid, egal, man muß sich zusammennehmen.« Ach, sie hatte die Gesten der Zärtlichkeit verlernt, es widerte sie an, fremde feuchte Haut zu berühren, und ihre Stimme klang streng. »Putzen Sie sich die Nase. Haben Sie kein Taschentuch?« Gertrud wischte sich mit dem Strickärmel übers Gesicht. »Ich hab auch keins, zu dumm. Frauen ohne Männer ... Komisch, alle Frauen borgen sich zum Naseputzen das Taschentuch von ihrem Mann.«

Gertrud zog durch die Nase hoch, schluckte und schniefte, hörte aber auf zu weinen, na also, und ging in die Damentoilette, um sich das Gesicht zu waschen, sie knallte die Tür hinter sich zu, und der Alte in der Wattejacke fuhr hoch und tappte über den Tisch und warf ein Glas zu Boden. Frau Hellwig fegte die Scherben zusammen, und Franziska drehte sich um und sah ihr zu, ihren flinken und runden Bewegungen, ihrem Gang aus hoch ansetzenden Hüften, die der Rock hauteng umspannte ... Der Alte krächzte nach einem Stonsdorfer.

»Wir haben genug, Opa«, sagte Frau Hellwig, »wir gehen jetzt schön ruhig nach Hause ... Bezahlen können wir morgen.« Der alte Mann sträubte sich, erst einen Stoni, bloß einen, Frau Oberin, er brummte und schwenkte wie ein Eisbär den zottigen Kopf, während Frau Hellwig ihn auf die Beine brachte, die Wattejacke über seiner Brust zuknöpfte und ihm die Mütze aufstülpte, eine Fellmütze mit Ohrenklappen, die wie pelzige Schlappohren herabbaumelten. Sie faßte ihn unter, und er torkelte ergeben zur Tür: Frau Hellwig, in Häubchen und gestärkter Schürze, hatte die sanfte Resolutheit einer Krankenschwester.

So eine hübsche Frau, und Beine wie Marlene ... Nein, wirklich, ich sah sie zu gern an, und, Ben, früher wär ich gar nicht auf den Gedanken gekommen, mit einer Kellnerin zu schwatzen – Kellnerinnen, Friseusen, Verkäuferinnen werden bezahlt, um zu bedienen, zu funktionieren, so geschwind und so lautlos wie möglich, sie sind anonym, und man gestattet ihnen keine Vertraulichkeiten. Schon gut, Ben, ich sage ja nur, was ich früher darüber dachte, vielleicht nicht mal bewußt dachte: du kennst nicht die Magie eines Satzes, der zwanzig Jahre lang, ausgesprochen oder nicht, wie eine Verbotstafel auf allen deinen Wegen steht: *Das gehört sich nicht.* Es gehört sich nicht, Gefühle zur Schau zu tragen, man lächelt, lächelt, man belästigt niemanden mit Privatem (Sorgen bleiben in der Familie), es gehört sich nicht, auf der Straße zu bummeln, ein junges Mädchen geht schnell und aufrecht, den Kopf leicht gesenkt, und blickt anderen nicht dreist ins Gesicht (Schlendern ist mißdeutbar und versteckte Herausforderung), es gehört sich nicht, neugierige Fragen zu stellen, es gehört sich nicht, laut zu sprechen und zu lachen, es gehört sich nicht, allein ins Kino, womöglich in ein Lokal zu gehen ... wirklich bin ich die ganze Zeit in unserer Stadt nie ohne Begleitung in einem Restaurant gewesen, außer damals in meiner Stammkneipe, die mit dem Wirt ohne Füße und dem prinzlichen

Schäferhund … Ein spanischer Sittenkodex, aber er hängt dir an wie Pech, und alle Versuche auszureißen werfen dich ins linke Extrem und in die Arme von Leuten, die sich selbst als Bürgerschreck und Rebellen ansehen … Manchmal nahm mich Reger zum Essen mit, in das Restaurant am Altmarkt, das er projektiert hat, eine stinkfeine Marmorgruft, und die Kellner brachten sich bald um, Herr Professor geben uns die Ehre, sie machten Kotau, daß ihre Frackschöße wie Flügel wedelten, zum Kotzen, und Reger zwischen diesen watschelnden Pinguinen als ein regierender Fürst, in gnädiger Laune und zu Scherzen aufgelegt … Frau Hellwig, natürlich, war ganz anders, und Neustadt war überhaupt anders, und – oh, Ben, glaubst du, daß ich Heimweh habe, selten, jetzt, auch nach Frau Hellwig,

die das Mokkageschirr zusammenräumte, die Kännchen aus Neusilber und die Zuckerdose für Stammgäste. »Sie haben eine fabelhafte Figur«, sagte Franziska, »und fünf Kinder glaubt Ihnen kein Mensch.«

Frau Hellwig strich sich mit beiden Händen, deren Fingerspitzen leicht aufwärts gebogen waren, über die Hüften, sie sagte in ihrem singenden Küstendialekt: »Meine fünf, die hat eine andere für mich zur Welt gebracht … Ich habe sie bloß großgezogen, sie sind tüchtige Leute geworden, alle fünf, der Älteste studiert, und die Kleine verdient schon, die ist im Dorf geblieben, auf der Hühnerfarm, so ein Mädelchen, aber goldene Hände …«

Haufen Gören, und nicht mal die eigenen, na, die Frau hat Nerven. »Auch nicht verwandt«, sagte Frau Hellwig. Franziska schnupperte ihren frischen Duft nach gestärktem Leinen und Kölnisch Wasser, ein Wunder, wie eine so kühl und proper bleiben kann, den Tag oder die halbe Nacht in Rauch und Bierdunst, zwischen den Kerlen, die ihr auf den Hintern starren, den Witzbolden, die einen Fuß vorschnellen, Schürzenbänder aufziehen und ihre Bierfilze mit Strichen gegen Filze ohne Striche austauschen. »Der Große wird mich ja wohl nun zur Oma machen. Studenten, stellen Sie sich vor, er hat nichts, sie hat nichts, und dann die Examen, und wer nimmt das Kind?«

Im Oktober war ein Herr vom Leipziger *International*

hier gewesen, er hatte mit Frau Hellwig gesprochen, er wollte sie anwerben, entzückt von ihrem Dialekt: seine Gäste hörten gern den gedehnten Singsang der Leute von der Küste. Und bei Ihrer Erscheinung, sagte er, ich nehme Sie in die Rezeption. Mit dem bißchen Schulenglisch, nein, für den Empfang muß man mindestens zwei Fremdsprachen können, heutzutage. Dann lieber Bar, das ist ihr Traum, Barfrau vor einer funkelnden Wand von Flaschen mit bunten Etiketts, White Horse, Cinzano, Martell, Wermut und Wodka, Danziger Goldwasser und polnischer Żubrówka, gefärbt von einem Büffelgrashalm, und sie im schwarzen Kleid, immer Schwarz zum weißblonden Haar und eher streng geschnitten, bloß eine Handbreit Dekolleté; sie wird sich schnell einarbeiten, Phantasieflips mixen und blumige Namen erfinden, keine Sorge, sie ist erst zwei Jahre Kellnerin und leitet schon eine Gaststätte ... Sie wird auch wieder Englisch lernen; sie hat vier Jahre Lyzeum, zu mehr langte es nicht und war schon Opfer genug für die Eltern mit ihrem Lädchen, Kolonialwaren en gros und en detail, aber en gros bloß in der Schrift überm Ladenfenster, und im Krieg nicht mal mehr en detail: die Regale füllten Kohlköpfe statt der goldgelben Bananenbüschel und der Pyramiden von Apfelsinen und Mandarinen, und von Kaffee und Kakao blieb nur der Duft, der noch jahrelang in den Schubfächern nistete. Später sollte sie das Geschäft übernehmen, lieber Gott, Schokoladenmehl in graue Tüten wiegen, Bonbons, Seidenkissen, aus hohen Gläsern schaufeln, Möhren und Kohlrabi bündeln ...

»Leipzig, ja, das würde mir gefallen«, sagte Frau Hellwig. »Ein gutes Haus, und dann studiert ja auch der Große in Leipzig –«

»– der Sie zur Oma macht, genau, und ich sehe Sie schon hinterm Windeltopf statt hinter der Bar«, sagte Franziska mißmutig, und Frau Hellwig lächelte, als habe sie unbemessene Zeit vor sich, Zeit der Jugend und des Plänemachens und der glatten Haut, Zeit, noch einmal fremde Bälger aufzuziehen; ihrem Gesicht nah, entdeckte Franziska ein Netz von Fältchen um die blauen Augen, überpudert, noch nicht Krähenfüße, aber als Spuren von Krähenfüßen nicht zu verleugnen, – und welches Hotel von Rang (hier wird englisch, französisch, russisch gesprochen, hier werden in Zahlung genommen Dollar, Pfund, Schweizer Franken), welches Hotel präsentiert seinen Gästen eine Bardame mit welkem Hals, ich bitte Sie, Messestadt, Ausländerverkehr, man stellt wieder Ansprüche, Ober mit Frack, Liftboys (blasse und clevere Buben in Livree), Nachtklubs, Mädchen mit Hüftschlag, ein bißchen Striptease, Trikot auf der Haut, aber immerhin … »Sie sollten lieber mal an sich selbst denken«, sagte Franziska; aus den Augenwinkeln betrachtete sie mißtrauisch das aus dem Nacken gekämmte und am Hinterkopf hochfrisierte Haar, das im Lampenlicht flimmerte: bei diesen ganz hellen Blondinen fallen ein paar weiße Haare noch nicht auf.

»Ja, das sollte ich wohl«, sagte Frau Hellwig, sie formte mit den aufgebogenen Fingerspitzen ein Dach. »Gott, und dann die Wohnung im achten Stock – aber das wissen Sie nicht, Frau Linkerhand, wie es einen verlangen kann nach vier Wänden, in denen man allein ist, Musik hört, irgendwas Hübsches, Schumann, und kann die Beine hochlegen nach den hundert Kilometern jeden Tag. Fünfzehn, nein: siebzehn Jahre habe ich darauf gewartet …«

Im Krieg war sie als Pflichtjahrmädchen aufs Land geschickt worden. Ein Mittelbauernhof, der Mann im Feld, ein tauber alter Knecht, vier kleine Kinder, die Bäuerin schwanger mit dem fünften … Sie waren zu jung damals, Sie kennen nicht mehr die Bücher vom fröhlichen Leben unserer Arbeitsmaiden und die spaßigen Geschichten, wie unsere prächtigen Mädels zum erstenmal melken und eine Schwanzquaste um die Ohren gehauen kriegen, haha, und wie aus blassen Stadtmädels Bauerndeerns werden, drall und lebfrisch, und treten den Reigen unter der Dorflinde, Kraft durch Freude … Die Hellwig wär beinahe draufgegangen am gesunden Landleben, am Säckeschleppen, zwölf, vierzehn Stunden Arbeit am Tag und Angst vor Kühen und Pferden und allem Getier mit Hufen oder Krallen …

Im Winter auf fünfundvierzig zogen Trecks durchs Dorf; krepierte ein Pferd am Weg, spannten sich die Frauen vor die Deichsel, alle starr vor Frost und vor Furcht, als folgten ihnen die Kosaken schon auf den Fersen; sie schleppten Wagen voll Bettzeug, Vogelkäfige, Kinder und Läuse. Im Februar starb die Bäuerin an Flecktyphus. Die Hellwig blieb mit den Kindern allein, das kleinste drei Wochen, Beine wie Fädchen, spuckte jeden Tropfen Milch wieder aus, trotzdem brachte sie es durch, wer weiß wie. Im April kamen die Russen, sie hängte ein Laken ans Hoftor und versteckte sich hinter den Kindern, das kleine Mädchen an die Brust gedrückt. In der Kreisstadt wurde gekämpft, bis zum letzten Mann, bis zum letzten Blutstropfen; am Bahnhof flog ein Munitionszug in die Luft. In der Küche hockten sie um eine Kerze, sie sahen die Feuersäule über der Stadt, der Knecht bewegte betend die Lippen, wie bei Gewitter, und bekreuzigte sich mit breitem Daumen.

Sie blieb. Was denn sonst? Sie wartete auf den Bauern, den Vater der fünf. Sie wartete drei Jahre, dann kam er eines Nachts, wie ein Wolf, scheu und böse, er war krank, Wasser in den Beinen bis zum Knie, er drückte weiße Dellen in das schwammige Fleisch: So haben sie uns fertiggemacht, zweihundert Gramm Brot am Tag ... Wir hatten auch nicht mehr, sagte die Hellwig, aber Kartoffeln, sagte er gehässig.

Konnte man dem, mit seinem Wolfsblick über die Teller, fünf Kinder aufhalsen und sich davonmachen? Ein langes Pflichtjahr ... Was soll man noch erzählen? Sie blieb, das Leben ging weiter, einfach so – man steht um vier auf, füttert das Vieh, wäscht, kocht Zichorie, Malzkaffee, Bohne (die Zeiten werden wieder besser), die Kinder sagen Mutter, man stopft ihnen die Strümpfe, übt mit ihnen Lesen und Schreiben und gibt ihnen, wenn's sein muß, eins hinter die Ohren.

An den Bauern gewöhnte sie sich, sie lebte mit ihm, das hatte sich so ergeben, auch ganz einfach, Mann und Frau unter einem Dach, er war nicht übel, sogar ein Mann zum Gernhaben, seit er wieder wie ein Mensch auf den Tisch und auf die Teller der anderen blicken konnte. Sie hielt auf Ordnung und Sauberkeit. Als sie vom Heiraten sprach, besann er sich auf das Andenken seiner Frau. Eine Weile kränkte sie sich, wenn sie das Brautbild, im Rahmen aus holzgeschnitzten Eichenblättern, auf dem Vertiko abstaubte; sie war aber auch froh, weil eine Tür nach draußen offenblieb. Sie dachte immer noch an Weggehen, so, als sei ihr Leben hier, im Dorf, nur die Vorbereitung auf ihr Leben, eine Aufgabe, die zuvor gelöst werden mußte, und sie steckte sich bunte Fähnchen: Sobald der Große aus der Schule ist, sobald ... Sie ließ ihre Zielfähnchen hinter sich, eins nach dem anderen, wie das so ist: immer kommt was dazwischen, ein Kind wird krank, das älteste Mädchen ist im schwierigen Alter und braucht eine feste Hand, im Dorf wird ein Kulturhaus gebaut, man besinnt sich undeutlich, daß die Hellwig aus der Stadt kommt, Lyzeum hat, also eine Bücherei einrichten kann ... jetzt, gerade jetzt, kann sie nicht weglaufen. Wer, wenn nicht du? An ihrem dreißigsten Geburtstag überfiel sie Panik, ihr war, als läge ein feuchtes, dumpfriechendes Tuch über ihrem Gesicht, ihrem zum Schreien aufgerissenen Mund.

Eine Woche später flüchtete der Bauer über die Grenze, der Direktor von der Traktorenstation wurde verhaftet, die Hellwig ins Verhör genommen, wußte aber nichts von Geschäften mit schrottreifen Maschinen und wurde freigelassen. Das letzte Stück Weg, von der Bus-Haltestelle hinter den Schnitterkasernen, rannte sie, und die Kinder rannten ihr entgegen und umklammerten sie mit Armen und Beinen.

Die letzten Jahre, schien ihr, flogen bloß so dahin. Auf einmal saß sie mit Erwachsenen am Tisch, da war keiner mehr, dem sie Pflaster aufs Knie kleben, dessen entschlüpften Feuersalamandern sie nachjagen mußte, keine, der sie Vokabeln abhören, das Haar bürsten, ein Perlonkleid für den ersten Tanzabend nähen mußte: unmerklich, ohne festlichen Lärm war, wie man so sagt, der Tag der Freiheit angebrochen; sie hatte auch nicht das Empfinden von Befreiung, eher von Verlust. In der Zeitung las sie die werbenden Aufrufe eines Kombinats, an der Litfaßsäule die Plakate, auf denen ein Mann unterm Schachthelm lachte, ein zufriedener Mann mit strahlendem Gebiß, einer Perspektive, Qualifizierung, Wohnung und gesicherter Zukunft. Sie fuhr nach Neustadt.

Im Bahnhofsrestaurant bestellte sie Kaffee, sie saß gegenüber einem mannshohen, mit Messingleisten vergitterten Spiegel und sah tief erstaunt eine schöne Frau. Sie mußte lange auf ihren Kaffee warten, die grauhaarige Kellnerin murrte, ich bin allein, kein Personal, ihre Füße in plumpen schwarzen Gesundheitsschuhen waren geschwollen. Ich kann gleich anfangen, sagte die Hellwig und lachte. Abends servierte sie schon, die Gäste drehten sich nach ihr um, und ohne einen Blick in den Spiegel, an dem sie hundertmal vorbeieilte, war sie sich ihrer Existenz so stark bewußt, daß sie sich wie berauscht fühlte. Nachts zog sie, um ihre Finger geschmeidig zu machen, Glacéhandschuhe über ihre erdbraunen, rissigen Hände; alles andere an ihr war in Ordnung, fest und glatt, Gesicht, Busen und Beine.

Nach zwei Jahren übernahm sie das Restaurant in einem neuen Stadtteil, einen verlotterten Goldgräber-Saloon: ein schwieriges Objekt, sagte die Direktion, zwei Vorgänger sind daran gescheitert. Die Hellwig wurde aber mit ihren Desperados ganz gut fertig, denen ihre Unerschrockenheit, ihre männliche Kraft imponierte; Gaststättenverbot verhängte sie nur in den ärgsten Fällen: hier habe ich die Jungs unter meinen Augen, sagte sie, besser, als wenn sie sich auf der Straße rumtreiben und Gott weiß was anstellen. Sie sorgt immer für Tischdecken und Blumen, die, laut Verordnung, nicht zur Preisstufe gehören, und im Sommer wird sie die Terrasse ausbessern, bunte Sonnenschirme aufstellen, graziöse Stühlchen wie auf dem Bild von diesem französischen Maler ...

»Ach was, die Meute zertrampelt doch alles, die tanzen auf den Tischen, die verdammten Kerle«, sagte Franziska zornig, war aber nicht zornig auf die Meute, schon gar nicht auf Frau Hellwig, vielmehr auf etwas Ungreifbares, Unbegreifliches: das also ist Schicksal, dachte sie, diese niederträchtige Verkettung von Zufällen; sie war empört wie über einen krassen Fall von Ungerechtigkeit. »Sie haben keine Geduld«, sagte Frau Hellwig und lächelte ihr zu, und Franziska schüttelte den Kopf, nein, sie will das gar nicht erst lernen, Geduld, Selbstlosigkeit, die altmodischen Tugenden, die man den Frauen wie Handschellen anlegt. Jeder

Mensch hat ein Recht auf sein eigenes Leben, sein Glück, die freie Wahl dessen, was er für sein Glück hält ...

Franziska war entschlossen, keine Opfer zu bringen – irgendeinem Mann, irgendwelchen Kindern –, sie hätte nicht die zwanzig Pflichtjahre in einem mecklenburgischen Nest abgeleistet, dachte sie, nicht ahnend, daß, was Frau Hellwig damals für Vorbereitung gehalten hatte, schon das Leben selbst gewesen war, vielleicht sogar die ihr gemäße Art von Glück. (Aber was ist Glück? Ich weiß es nicht, sagt Benjamin – nicht aus Trägheit, unlustig, darüber nachzudenken: den Zweifler beunruhigt Franziskas zungenfertige Intimität im Umgang mit Glück, Liebe, Haß ... Ich weiß es nicht, denn ich habe noch keine präzise Definition, sagt er und drückt ihr von Schweiß und Tränen nasses Gesicht an seine Brust. Das schließt nicht aus, daß ich einen Zustand kenne, den ich, sehr subjektiv, als glücklich bezeichnen könnte. Subjektiv, hörst du, Hühnchen? also ungenau, eine unbrauchbare Formel, ich ziehe es vor zu sagen: ich fühle mich wohl ... Übrigens habe ich nichts dagegen, wenn man solche vieldeutigen Begriffe aus dem ethischen Bereich gebraucht, eine Gesellschaft kann darauf nicht verzichten: die Sprache hat ja auch einen pragmatischen Aspekt, verstehst du? ... Pragmatisch, ja, ich verstehe, murmelt sie, schlaftrunken und den Mund an seiner Achselhöhle, aber jetzt, bist du jetzt glücklich? Wie gut du riechst ...)

Gertrud kam nicht zurück, sie war durchs Toilettenfenster geklettert, kein Grund zur Sorge, sowas machte sie öfter. Ein Rappelkopf. Frau Hellwig wies Franziskas Geld zurück: Gertrud hat Sie eingeladen, sie wird tödlich beleidigt sein, wenn sie morgen eine bezahlte Rechnung findet. »Nehmen Sie ihren Mantel mit«, sagte sie. »Da haben Sie sich was aufgeladen ... Das Mädchen ist reinweg verschossen in Sie, haben Sie das nicht gemerkt?«

»Nein. In mich? Warum denn?« sagte Franziska, erschreckt, weil ihr jemand Neigung entgegenbrachte: im selben Augenblick fühlte sie sich verpflichtet; klar, daß Gertrud ihrerseits Neigung erwartete, dieses unselige verbogene Geschöpf, das zum erstenmal seit wer weiß wie langer Zeit nicht nach der Hand schnappte, die ihr ein anderer anbot (zufällig anbot, in einer sentimentalen Aufwallung, sagte sich Franziska, an so einem Abend klammert man sich an den ersten besten). Sie las Mitgefühl in Frau Hellwigs Augen, und als sie den fremden Mantel über die Schulter warf, fand sie ihn schwer und den Stoff grob, eine Bürde, die sie verstimmte. Sie wollte keine Freundschaft, erst recht keine Liebe mehr, und sah sich schon in ihrer Unabhängigkeit bedroht: Freunde stellen Ansprüche, sie wollen besitzen, sich in Bezirke drängen, die mir allein gehören ... Ich will keine Gefühle investieren ... das endet bloß mit Enttäuschungen. Sogar an Reger dachte sie jetzt mit Abneigung: er hatte versucht, aus ihr eine schwächere Kopie seiner selbst zu machen.

Sie ging rasch, wie zum Angriff, die niedrige bockige Stirn gesenkt. Gertrud lehnte zitternd an einer Haustür, krummgezogen vor Kälte; sie hatte die Arme um die Brust geschlagen. Franziska schmiß ihr den Mantel hin. »Manieren«, fauchte sie, »einfach wegrennen ... bei der Kälte ... Sie werden sich den Tod holen.«

»Und wenn«, sagte Gertrud mit schnatternden Zähnen, sie richtete einen demütigen Blick auf Franziskas Gesicht (körperliche Mühe, die unruhig huschenden Augen auf einen bestimmten Punkt zu fixieren). Franziska zog ihr die Fäustlinge über die erstarrten Hände. »Huh, gleich fange ich an zu heulen. Das kleine Mädchen mit den Zündhölzern ... Ekelhaft. Wenn Ihnen wieder die Decke auf den Kopf fällt, kommen Sie mich besuchen. Bloß reden Sie keinen verdammten Quatsch von Sterben ... Sind Sie denn gar nicht neugierig? Auf das Wetter von morgen, auf die Post im Briefkasten – ein Brief, der alles verändert –, auf das, was hinter der nächsten Straßenecke ist, ein Mensch, ein Wunder ... Mein Bruder sagt, ich bin neugierig wie ein Affe: Lauf und sieh, was es Neues gibt.« Endlich hatte sie Gertrud zum Lachen gebracht. »Mein Bruder (verdoppelter Herzschlag, als sie ein Gedanke an den Fremden streifte), der treibt spannende Dinge, er beschleunigt Atome, wissen Sie, er jagt sie im Kreis rum ...« Sie sagte langsam: »Er arbeitet an der Regulierung thermonuklearer Reaktionen.«

Gertrud verkniff die Puppenwimpern. »An was?«

»Keine Ahnung. Er hat es mir erklärt ... Wenn er erfährt, daß ich mir seine Moleküle wie Kaulquappen vorstelle, mit kleinen Schwänzen, dann bringt er mich um.«

Gertrud hakte sie unter, sie ging schief geneigt, unbequem, Franziska reichte ihr nur bis zur Schulter. »Schauen wir den Leuten ins Fenster«, sagte Franziska, »das macht Spaß, man kann sich Geschichten ausdenken ... lauter Zimmertheater.« Sie quatschte drauflos, munter aus Gutmütigkeit, um Gertrud aufzumöbeln, die Mitspielerin ohne Talent für solche Spiele, langweilig, der fiel nichts ein ... mit Reger, o ja, das war was anderes, sie konnten eine halbe Stunde unter einem erleuchteten Fenster stehen, atemlos vor Aufregung, vor Gier, sich in ein fremdes Leben zu schleichen ... oder sie saßen in seinem Auto, ohne Licht, und starrten auf das stumme Spiel, auf diese Pantomimen ohne weiße Schminke, die sich ihnen auslieferten durch die Bewegungen ihrer Hände, eine Kopfwendung, rasch geschützte Lippe, Narziß-Lächeln vor einem Spiegel. Franziska mit halboffenem Mund, die Zunge zwischen den Zähnen, plötzlich heiß vor Scham oder Schreck ... Sie übten sich darin, von einem Stuhl, einem Bild, vom Tapetenmuster auf den Beruf des Belauschten zu schließen, auf seinen Geschmack, seine Liebhabereien. Sie schlossen Wetten ab. Reger, rechthaberisch und aufbrausend, ging so weit, bei Fremden zu klingeln oder an die Scheibe zu klopfen, sie auszufragen; in neun von zehn Fällen behielt er recht, und Franziska schrie auf, nein, das ist unheimlich, er hat einen sechsten Sinn ... Reger klopfte ihr die Wange, er war großmütig, du lernst das auch noch, meine Kleine, sagte er. Geschmacklosigkeiten empörten ihn; in Wohnungen konnte er nicht einbrechen, dafür riß er im Restaurant am Altmarkt das künstliche, grellrote, grellgelbe Weinlaub von den Wänden und trieb den herbeigeeilten Objektleiter mit einem Hagel von unflätigen Flüchen in die Küche ...

Auf der Hauptstraße verstummte Franziska, sie spürte noch das Mädchen neben sich, durch den Mantel den Druck der warmen und weichen Brust an ihrem Arm, nicht unangenehm, Mädchen fühlen sich gut an, vergaß sie aber und rückte näher an Reger heran, in dem dunklen Auto (sie roch die kalte Zigarrenasche), und blickte zu den Fenstern hoch, ohne die verspielte Neugier wie vorhin, ärgerlich gespannt: Aber da kann einem ja übel werden ... die Leute haben den Geschmack der Exß-Familie ... Der Gedanke an den Clan half gegen Anfechtungen, gegen wehmütiges Zurückverlangen nach einem Familienverband. Sie musterte die Möbel, die Schlingpflanzen in pyramidenförmigen Bambusgestellen, die Lampen, dreiarmige, fünfarmige Kronleuchter, die unbarmherzig weißes Licht über einen genau in die Zimmermitte gerückten Tisch gossen, und Stehlampen mit schwülroten Seidenschirmen; wo die Gardinen zurückgezogen waren, konnte sie Bilder erkennen, Heide und Hirsche, kolorierte Fotos und bemalte Bastmatten, bleiche Reiher im Schilf ... »Die Hausierer neulich bei uns im Block«, sagte sie, »was nehmen die für so Zeugs?«

»Mit Blumen – vierzig, mit Figuren – neunzig«, sagte Gertrud.

»Das ist ja kriminell«, sagte Franziska.

Gertrud wohnte im selben Block, zwei Aufgänge weiter und nicht so behaglich wie Franziska, ein halbes Zimmer – wenigstens hauste sie allein –, Spind und Feldbett; sie teilte die Wohnung mit fünf Mädchen, das muß man sich vorstellen, das Küchengezänk jeden Morgen, um den Gasherd, um das Bad, um die Wäscheleine ... Sie brachten Männer mit, diese Schlampen, sie machten sich unbarmherzig lustig über Gertrud, die Männer nicht riechen konnte und sich zu wüstem Geschimpf aufstacheln ließ, und Männer und Mädchen brüllten vor Lachen: die hat eine Schandschnauze, was, von der kann eine Puffmutter noch lernen. Sie fühlte sich gehetzt und umstellt, sie setzte sich schon zur Wehr, bevor sie angegriffen wurde, und man fand sie komisch und gruselig, eine Ratte, die pfeifend vor Angst jedem ins Gesicht springt, der die Fluchtdistanz verkürzt ...

Sie kam schon am nächsten Abend, über den Dachboden und in Hausschuhen, die sie vor Franziskas Zimmertür auszog. Sie flüsterte rauh: »Störe ich?« Franziska lag auf dem Bett und schrieb, »ich arbeite«, sagte sie finster. Sie schmolz, als sie Gertrud in Strümpfen sah, auf den Zehenspitzen balancierend, und ihr von der Last der Stirn zusammengedrücktes Gesicht, auf dem Stolz, Mißtrauen und demütige Hingabe stritten. »Sie stören nicht«, sagte Franziska rasch. »Sagen Sie, was kostet Gardinenstoff, Baumwolle oder so?«

»Sie haben es doch hübsch hier.«

Franziska machte eine wegwerfende Handbewegung, hübsch, na, eben ein Hotelzimmer, übrigens ist es mir recht so. Sie hatte nichts im Zimmer verändert und nichts hinzugefügt, sie verleugnete ihr Verlangen nach Blumen, Bildern, Kissen, sie wollte nicht heimisch werden. Eine Mönchszelle. Je nüchterner, desto besser, hier lenkte sie nichts von der Arbeit ab, Gemütlichkeit wärmt, wer warm sitzt, wird träge. Ein Jahr, in dem sie lernen, sammeln, schlingen wollte (sie hat einen gewaltigen Hunger, die Kleine), sie mußte in Form sein, immer fit, Augen und Ohren offen, sie wappnete sich gegen Sentiments, gegen ihre Träume, gegen die unwürdigen Heimsuchungen, denen ihr Körper eines mageren, gesunden Mädchens ausgesetzt war. Sie bestrafte ihr Fleisch, weil sie sich für verweichlicht hielt, schlief bei offenem Fenster, unter einer dünnen Decke und erwachte zähneklappernd und zusammengekrümmt vor Kälte; im Bad überschüttete sie sich mit eisigem Wasser, sie war krebsrot und zufrieden, als hätte sie eine strenge Pflicht erfüllt. Sie hatte undeutliche Vorstellungen von einem asketischen Leben …

Die langen Winterabende hielten andere Prüfungen bereit, frühe Dunkelheit, Alleinsein, Blick aus dem Fenster auf eine Straße ohne Menschen, auf die Ruine des Bauernhauses, auf eine Lampe an der Straßenecke, mattgelb und kraftlos und so fern wie die Kerze, die eine Verliebte für den Schwimmer angezündet hat. Traurig … Nun, man muß sich zusammennehmen. Hier kam ihre Erziehung zu Hilfe. Wenn Schafheutlin, der ein-, zweimal die Woche im Gästehaus übernachtete, unter einem Vorwand ihr Zimmer betrat (er hielt sich nie länger als zehn Minuten auf), zeigte sie ihm eine heitere Miene. Sie brachte ihn sogar zum Lachen … Mit Energie geladen, für die sie keine Verwendung hatte, wünschte sie sich zwanzig Stunden Arbeit, ein großes Projekt, einen Wettbewerb wie damals, bei Reger, als sie Tage und Nächte hindurch schufteten, eine halbe Stunde Schlaf auf einem Zeichentisch, auf einem Stuhl, mit der Stirn gegen das Reißbrett gesunken, – sie wünschte sich eine Aufgabe wie einen Gegner, um ihre Kräfte zu erproben.

»Nicht für mich«, sagte Franziska. »Ich will da so eine Sache aufziehen ... eine Beratungsstelle, verstehen Sie, für Leute, die ihre Wohnung einrichten. Wir werden den Kolporteuren das Wasser abgraben ... Vierzig Mark für diesen Mist, das bringt mich hoch, und die entsetzlichen Kronleuchter ...« Sie sprach über ihren Plan schnell und genau, als könnte sie schon morgen beginnen, Sprechstunden zu halten (aber wo? in der Baracke am Friedhof? das wird sich finden), sie beschlagnahmte Gertrud, die steif und geziert auf dem Stuhl saß, für ihr Vorhaben, und forderte begeisterte Zustimmung. Während sie in der Küche Kaffee kochte, redete sie weiter, durch die offene Tür, sie sah schon den Pavillon, in dem sich die Leute drängten, sie wird ihnen helfen, Teppiche, Vorhänge, Lampen auszuwählen, sie wird eine Ausstellung von Reproduktionen machen, später von Originalen, Aquarellen und Grafiken (ich spanne Jakob ein, meine alten Freunde), und eine Genossenschaft von Tischlern verpflichten, die alte Möbel umarbeiten, sie hat alles durchdacht ...

»Aber das kostet«, röhrte Gertrud. Endlich kam sie zu Wort, mit ihren Erfahrungen eines Mädchens, das am Band gearbeitet hat, das den Betrieb da draußen kennt, die Löhne, die Sorgen der Familienväter. »Was denken Sie, Geschmack kostet ... Die Zeiten sind vorbei, wo man Geld machen konnte noch und noch. Sogar die von der Wismut, die haben rechnen gelernt.« Sie hatte, als Franziska in der Küche war, die Tassen und Teller mürrisch bewundert, betastet und herumgedreht. Blaue Schwerter ... »Sie haben gut reden. Meißener. Wer kann sich sowas leisten?«

»Die habe ich geerbt«, sagte Franziska, sie entschuldigte sich schon, für ihre Familie, für das Haus im Millionenviertel, eine satte Kindheit, Morgenkakao und Marionettentheater, sogar für die Große Alte Dame und das königliche Blau ihres Porzellans ... Sie prahlte mit der Kistenzeit, mit dem miserablen Mensaessen, o ja, sie hat gehungert, sie hat nicht immer die eine Mark fürs Kino zusammenkratzen können, und an Schaufenstern vorbei mit Augen links, – aber sie lächelte, während sie Gertrud von Entbehrungen erzählte wie über einen Studentenulk: sie war niemals verzweifelt, niemals wirklich in Not gewesen, sie hatte sich Hunger und Mietschulden geleistet, ohne jemals Angst zu empfinden, wie ein Dilettant aus gutem Hause, der sich bei der Bohème einschleicht, ihr Leben teilt, zu teilen glaubt, weil er auf einem Mantel schläft, im kalten Atelier, und Brot und Zwiebeln ißt ... Sie hatte ihre goldenen Sicherheiten, Stipendium jeden Monat, ihre Eltern (die nur für den schlimmsten Fall: sie zahlten, aber sie ließen Franziska bezahlen, in harter Währung – mit einem Eingeständnis ihrer Niederlage) und eine äußerste, unterbewußte Sicherheit, ungefähr so: bei uns geht keiner unter. Klar. Da gibt es nichts zu reden.

»Geld, natürlich, das ist ein Problem ...« Geheuchelter Seufzer. Schafheutlin, der schon an seinen Lebensabend dachte, an Renten und Zusatzversicherungen (er hat vier Kinder), hätte Franziskas Leichtsinn erschreckt, entrüstet, ihre Unbekümmertheit einer Frau mit Beruf und mit der selbstverständlichen Erwartung, diesen Beruf ein Leben lang auszuüben; sie sparte nicht, und das Wort Zukunft warf auch nicht den Schatten einer Bedrohung. Da sie in ihre Arbeit vernarrt war, empfand sie jedesmal, wenn sie ihr Gehalt abhob, etwas wie eine freudige Überraschung: man bezahlte sie für ihr Hobby. Sie teilte nicht ein, ach was, Geld ist dazu da, ausgegeben zu werden, sie befriedigte ihre Launen und sah erstaunt nach einem halben Monat die winzige Restsumme, gerade genug, die zweite Monatshälfte zu überstehen, die übliche Durststrecke, die sie nachdenklich zurücklegte, beeindruckt von der lästigen Bedeutung, die Geld gewinnt, sobald man keins besitzt, – aber immer ungeängstigt.

Während dieser zehn, fünfzehn Tage bemerkte sie auch die Jägerblicke der Hausfrauen, die Knochenfleisch prüften und zwischen zwei Sorten Wurst die um vier Pfennige billigere wählten; ihre Lippen, die sich flink rechnend bewegten, und ihre Hände, die einen Kohlkopf betasteten, eine Konservendose drehten und zögernd ins Regal zurückstellten, zu teuer, und auf eine nach Bonbons ausgestreckte

Kinderpfote klapsten. An Lohntagen war die Kaufhalle mit triumphierenden Jägerinnen überfüllt, Kauffieber in den scharfen Augen, denen keine Gelegenheit entging; sie plünderten das Regal für Schokolade und Keks, die Kühltruhen mit Putenfleisch und nackten Hühnern und schleppten ihre vollen Netze wie eine Beute davon …

Mit einem hingeplapperten Satz, einem Seufzer gab sich Gertrud nicht zufrieden, sie erklärte die Geldfrage für das wichtigste Problem bei dem Plan – unserem Plan, sagte sie, um Franziska gefällig zu sein. Franziska wurde ungeduldig. »Gut muß nicht teuer sein. Wir ziehen durch die Kaufhäuser, wir stellen Kataloge zusammen, mit Preisen und Stoffmustern und so.«

»Nach Feierabend, wie?« Nun glomm ein Funken Neugier in den unsteten Augen. »So dumm«, sagte Gertrud. »Sich abschinden für andere. Wer schindet sich für uns? Sie wer'n keinen Dank haben, bloß Ärger und 'ne Menge Rennerei, und wozu das alles?«

»Wozu, wozu … Bei Reger haben wir gelernt –«

Gertrud unterbrach sie, mit ihrer tiefen und rohen Stimme, unter der sich Franziska duckte. »Das sagen Sie man dem Chef, genau das, Sie mit Ihrem Reger – wenn er den Namen bloß hört, sieht er rot, dann sind Sie geplatzt. Sie, Sie wissen ja nichts … Der hätte Hackfleisch gemacht aus Jazwauk, wenn Sie nich angefangen hättn mit Ihrem Reger.« Sie stemmte die Ellenbogen auf den Tisch, achtlos auf einen Stoß Skizzenblätter, und hackte mit dem schwachen Kinn nach Franziska, nach ihrer Freundfeindin, die sie wochenlang belauert, der sie sich gestern abend ergeben hatte, bedingungslose Kapitulation in dem Augenblick, als Franziska, fauchend vor Ungeduld, ihr die Fäustlinge angezogen hatte. Nein, nicht bedingungslos … Sie wollte mit niemandem teilen. Sie verriet ihre mürrische Liebe und ihre Eifersucht, als sie Franziska anfuhr: »Und jetzt, warum ziehn Sie mit dem dämlichen Bengel rum?«

»Was für'n Bengel? Jazwauk, ach, der ist doch ganz nett.«

»Auf einmal. Dabei haben Sie ihm eine gefeuert. Doch. Das wissen wir alle.«

»Bürogeschwätz«, sagte Franziska. (Durch die Lattenwände hört man jedes laut gesprochene Wort, und einen Schrei, einen Streit in der ganzen Baracke, und sie hat getobt, sie hätte den schönen Strizzi erwürgen können ...) »Keine Ohrfeige. Das ist nicht ritterlich ... Mein Bruder sagt, es ist unfair, wenn eine Frau einen Mann ohrfeigt. Männer können nicht zurückschlagen. Warum? Sie können eben nicht ... Sie haben eine eingebaute Hemmung wie männliche Tiere, sagt mein Bruder, eine Weibchenbeißhemmung, jedenfalls ist das die Regel.«

»Dann hab ich immer die Ausnahmen von der Regel getroffen«, sagte Gertrud.

»Jazwauk ist die Regel«, sagte Franziska, »immer, der ist Durchschnitt, Normalmaß – wenn es je einen normalen Menschen gegeben hat, dann ist es Jazwauk. Unauffällig.« Sie genoß Gertruds Verblüffung. »Nein? Weil er wie ein gefallener Engel aussieht? Wirklich, finden Sie ihn schön? Lord Byron war schön: er hatte Geist. Unser braver Jazwauk trägt nur eine Byron-Maske ...« Sie lachte. »Brav, sagte ich. Ein Schürzenjäger und Frauenheld und dabei so brav, daß er für seine Heldentaten einen Vorwand braucht: er sucht die ideale Frau ... Leider sucht er sie immer nur zwischen Bettlaken. Also, ich sehe für ihn nur zwei Wege – ein lächerlicher Alter Herr zu werden, den der Schlag trifft, wenn zum erstenmal ein pralles Mädchen ›Opa‹ zu ihm sagt ... oder spätestens zur Zeit der grauen Schläfen eine Musterfamilie zu gründen, mit Auto, Einzelkind und karotin-gepflegter Gattin. Sehen Sie einen dritten Weg?«

Gertrud schüttelte den Kopf, stumm und zufrieden; sie witterte eine Verbündete. Sie, sie hat eine andere Art, sich die Männer vom Leib zu halten, gleich mit den Krallen ins Gesicht, gegen Dreistigkeit eine Sauerei, daß sie die Ohren anlegen, ein Korb voll Unflätigkeiten ausgeschüttet, die sind blamiert, – nicht die Katzentour wie ihre grelläugige Liebe, die schnurrte, die Nase krauste und wie im Spaß spitze Eckzähne zeigte ... Sie machte es sich bequem, sie leckte sich die Lippen, Vorgeschmack des Vergnügens, über einen Mann herzuziehen, ihn zu zerstückeln, sich an seiner Niederlage zu weiden. »Backpfeife oder nicht, er ist reingefallen –«

Er war wirklich reingefallen, Jazwauk der Kenner, der seine phantastischen Erfolge der Gabe zu wählen verdankte; er spürte unter zehn Frauen die zwei, die für ihn anfällig waren. Er holte sich nie einen Korb und eroberte mühelos, jungenhaft nett, er stürzte sich nicht in seelische Unkosten und löste seine Verhältnisse so geschickt, daß sich die Verlassene durch den Abschied nicht weniger geschmeichelt fühlte als durch die Eroberung. Sie nahmen ihm nichts übel. Ein Goldjunge. Auf der Straße grüßten sie sich mit einem Augenzwinkern ... Franziska, der er seine Abenteuer mit der Unbefangenheit eines guten Kameraden erzählte, hörte ihm nachsichtig und amüsiert zu: er sprach niemals abfällig von einer Frau, mit der er geschlafen hatte, er hatte sie alle in freundlicher Erinnerung – und sie ihn. Keine Wehmut, keine Eifersucht. Da es keine Opfer zu beklagen gab, sah Franziska ihm zu wie einem Seiltänzer überm Strom, er machte das so hübsch, so elegant, kein Gedanke an Absturz, an die Stromschnellen tief unter ihm. Das ist auch eine Begabung, nicht wahr? »Er war in Sie verliebt«, sagte Gertrud.

»Keine Spur«, sagte Franziska und lachte. »Er testete noch ...« Sie zögerte, gewarnt durch ein Komplizenlächeln; seit dem Pagendienst bei der blonden Schönheit, seit ihrer Schulzeit ohne Freundin, auch ohne Verlangen nach einer Freundin, fühlte sie sich zum erstenmal wieder angezogen von Weibchen-Solidarität, wie Wilhelm sagte, von der Lust, zwischen Intimitäten herumzukramen und alles durcheinander zu werfen, diese gewisse Schublade aufzuziehen, deren Inhalt für Männer tabu ist – angezogen und zugleich abgestoßen, denn sie hatte sechs oder sieben Jahre nur mit Männern zusammengearbeitet, sich männlichen Normen angeglichen, eine sprödere Sprache gelernt. Sie war aufgenommen worden – freilich nicht, das wußte sie, als ein natürlicher Teil dieser anderen Welt. Der Vogel mit dem bunteren Gefieder. Ein Tropfen Bitterkeit: die machen es einer Frau schwer ... ich muß Ausgezeichnetes leisten, um vor ihren Augen auch nur mit Gut zu bestehen ... Trotzdem empfand sie nicht die Rachsucht wie Gertrud (aber die, spätes Opfer des Krieges, hat ihre Gründe – eine finstere schmutzige Geschichte), und sie flüchtete aus dem Kreis der Ehefrauen, die, sobald sie unter sich waren, ihre Rechnungen aufmachten, ihre Männer bloßstellten, deren Schwächen sie ans Licht zerrten ... rächten sie sich für die Doppelbürde von Haushalt und Beruf? für eine Schwangerschaft? dafür, daß sie seinetwegen auf ein Staatsexamen, auf eine Laufbahn verzichtet hatten? Warum fühlten sie sich übervorteilt? Darüber dachte ich damals noch nicht nach: ich hatte nicht verzichtet, und ich ließ mich nicht an die Wand drücken. Wolfgang – das war ein anderes Kapitel ... Gesetze, die mir gleiche Rechte sichern, garantieren nicht Anerkennung, Gleichwertigkeit. Klar. Man muß sich anstrengen, Schritt halten ... Später erst habe ich begriffen, daß in einer Gesellschaft, die den Frauen gleichen Lohn für gleiche Arbeit zahlt (darüber gibt es nichts zu reden), daß bei uns noch andere ungeschriebene Gesetze walten, die in einer von Männern beherrschten Welt gemacht worden sind, – die werden mitgeschleppt, zäh und dumm und als ein Joch, unter das man unseren Nacken beugt, nicht anders als das verfluchte Man-tut-das-nicht meiner Eltern ...

Sie sagte trocken: »Er verliebt sich in jede Frau, die er haben will, aber erst dann, wenn er sie hat. Verstanden? Kein Risiko ...« Sie raffte ihre Skizzenblätter zusammen. Anderes Thema, bitte. Sie bedauerte schon, daß sie ihn durchgehechelt hatte, Jazwauk, den sie sogar duzte: er war achtundzwanzig, sie langweilten sich bei derselben Arbeit, plapperten also den lieben langen Tag, und er machte ihr Spaß mit seinem Spaß am Dasein – er raste mit hundertvierzig über die Betonstraße, er riskierte seinen (und Franziskas) Kopf und Kragen aus ungezügelter Freude an der Geschwindigkeit, an seinem starken weißen Tier, er schrie: Wir fliegen. In solchen Augenblicken fand sie ihn liebenswert.

Sie arbeiteten in dem Zimmer neben Schafheutlins Büro. Schafheutlin, am ersten Tag, warnte sie in trockenen umständlichen Wendungen vor Jazwauk, dessen Ausschweifungen er sonst nicht zur Kenntnis nahm (aus Toleranz? aus Desinteresse? wir werden sehen), er ging so weit, Franziska über ihren Eindruck zu befragen, und sie sagte, so ungefähr habe sie sich immer die Knaben auf der Via Veneto vorgestellt. Schafheutlin verlor sich an Erinnerungen, Rom, Mailand, Florenz ... das ist lange her ... Student, keinen Pfennig in der Tasche und per Autostop durch Italien ... Franziska blieb die Luft weg. Sie suchte in seinen Zügen eine Spur von dem Zwanzigjährigen, eine weitläufige Verwandtschaft zwischen dem Tramp in Nietenhosen und ihrem Chef ... dieses verkniffene Gesicht sollte jemals eine heißere Sonne verbrannt, der weiße Staub der Landstraßen gepudert haben? Sie zog die Brauen hoch. »Sie?« sagte sie ... Er sprach drei Tage lang nicht mehr mit ihr, obgleich er sah, wie Jazwauk seine Schlingen um eine neue Beute zog.

Jazwauk erwies Franziska Artigkeiten, die sie zerstreut entgegennahm, als etwas, was ihr zustand (auch das war Wilhelms Schule); er schlug seine schwarzen Samtaugen zu ihr auf, die Franziska mit soviel oder sowenig Gefühl betrachtete wie auf Stecknadeln gespießte Schmetterlinge, erlesene Exemplare, zugegeben, und er blickte über ihre Schulter auf den Stadtplan, er beugte sich vor, während sie vor Abscheu erstarrte, seine nahe Wärme, Tierwärme, den Atem auf ihrem Nacken wie die Berührung mit einem unreinlichen Stoff empfand. Der Spieler tippte auf eine gewiefte Spielerin. Dieses eine Mal verriet ihn sein Instinkt: die ließ sich nicht fressen, erst recht nicht vernaschen ...

In der Kantine saßen sie immer nebeneinander, Franziska und Jazwauk, unsere jungen Leute, auf denen die Statiker und die Architekten ihre Augen ruhen ließen, neugierig und belustigt und mit dem Wohlwollen von Familienvätern, die Ehrgeiz darein setzten, den Windhund zu verheiraten. Dieser letzte Junggeselle war der Gegenstand von Wetten und boshaften Wünschen, man gönnte ihm einen Reinfall – Abfuhr oder, endlich, die Fessel, Liebe, Ehe, eine Frau, die ihn zu halten verstand. Er war zu oft entschlüpft ... Ihre Sticheleien (die er mit einer Der-Kavalier-genießt-und-schweigt-Miene ertrug) waren frei von Ärger, frei von Neid; das spricht für seinen geschmeidigen Charakter: er hatte keine Feinde. Merkwürdige Duldsamkeit dieser ernsthaften und sittenfesten Leute, die eher zu wachsen schien, je mehr Verfehlungen sich Jazwauk leistete ...

An einem Dezemberabend führte er Franziska sein Auto vor, das sie schwul fand. »Aber es steht Ihnen«, sagte sie, »Sie sehen aus wie la dolce vita«, während sie seinen auf die roten Polster zurückgelehnten bräunlichen Römerkopf betrachtete. Auf der Betonstraße holte er das Letzte aus seinem Wagen heraus: das Männchen warf sich in Imponierhaltung. Am Stadtrand hielt er. »Angst?« fragte er. Franziska lächelte wie betrunken. »Es war wunderbar.« Er fuhr sie zum Gästehaus, sie rauchten noch eine Zigarette im Wagen.

Nach einer Weile bog Schafheutlin um die Straßenecke, er ging forsch, er stockte, und seinen ganzen gedrungenen Körper durchfuhr ein Ruck, er machte eine halbe Drehung, als wäre er gegen ein unsichtbares Hindernis geprallt. »Der«, murrte Franziska, »vor drei Tagen habe ich ihm meine Note überreicht. Der Diplomat schweigt ... Wissen Sie, Jazwauk, was mich hier nervös macht, das ist das Getue, als ob man in geheimer Mission arbeitet.« Schafheutlin, auf dem schlammigen Weg, wich eisüberkrusteten Pfützen aus und streifte den Kotflügel des Wagens, er hielt den Kopf steif und unnatürlich gereckt, als steckte er in einem Halseisen. »Jeder an seinem Detail und ohne Vorstellung von dem fertigen Haus – falls Sie verstehen, was ich meine.« Sie versuchte ihr Unbehagen zu formulieren, ahnungslos, daß Jazwauk ihr nicht zuhörte, daß er sie mit Blicken verschlang.

»Fließbandarbeit von Leuten, die nicht wissen, was für eine Ware sie produzieren. Eine Luft zum Ersticken ... Alle Fenster nach draußen verrammelt, die Türen abgeschlossen, wir sind unter uns und finden uns in Ordnung. Kein Pep in der Truppe ... (Sie wagte nicht von Enthusiasmus zu sprechen.) Man tut, was man kann, aber das ist zuwenig, Jazwauk.« Sie drehte ihm den Kopf zu und sah seine Samtaugen auf sich gerichtet, seine hübschen dummen Augen. Sie faßte ihn am Ärmel. »Hören Sie? Das ist ein Abenteuer, ein Wagnis, von dem die großen Architekten geträumt haben: eine neue Stadt bauen, ein paar hundert Hektar Land, auf denen man eine städtebauliche Idee verwirklichen kann – und wem hat man je eine solche Chance geboten? Niemeyer mit seinem Brasilia, Corbusier, den

Kiruna-Leuten ... Und Schafheutlin mit Neustadt«, fügte sie hinzu.

Jazwauk sagte versonnen: »Eine geschiedene Frau hat einen eigenartigen Reiz ...«

»Sie sind langweilig, Jazwauk«, sagte Franziska, »Sie wiederholen sich ... Warum sind Sie Architekt geworden?«

Er zeigte sein charmantes Jungslächeln, er durchschaute sie: Die hat noch Ideale, macht sich jedenfalls welche zurecht, Ersatzbefriedigung einer enttäuschten Frau. Hingabe an den Beruf ist für Frauen immer nur ein Vorwand; mit fünfundzwanzig verleiht ihnen dieser Eifer einen zusätzlichen Reiz, mit vierzig macht er sie unausstehlich: sie tragen Männlichkeit, um von den Männern ernst genommen zu werden, aber ohne auf ihr Recht zu verzichten, in Tränen auszubrechen, wenn man ihre Arbeit tadelt, ihrer Härte mit Härte begegnet ... »Um aufrichtig zu sein«, sagte er (und war es beinahe), »– ich weiß es nicht. Ich könnte Sie belügen, von verlorenen Illusionen erzählen, das würde Ihnen Eindruck machen, nicht wahr? Aber Sie, Sie sind mir zu schade dazu. Doch. Ehrenwort, ich achte Sie als Kollegin –«

»– und als Mensch«, sagte Franziska trocken.

Er schnitt eine Grimasse, über die sie lachen mußte. »In Wirklichkeit habe ich niemals Illusionen gehabt«, sagte er mit der Treuherzigkeit eines gerissenen Jungen, der weiß, daß man ihm wenigstens seine Offenheit zugute halten wird. »Ich habe meinen Beruf nicht gewählt. Reden wir doch nicht von Idealen ... Ich bewundere Leute mit Idealen, aber sie gehen mir auf die Nerven – Pardon, schönste Kollegin. Offenbar erwartet alle Welt, daß ein junger Mann sich nützlich macht und ein Ziel vor den Augen hat ... Ich hatte ein Faible für Innenarchitektur, echt, das können Sie glauben, aber damals waren keine Studienplätze frei. Nitschewo. Kriegt man die jüngere Schwester nicht, muß man die ältere nehmen.« Geplapper, in der Tonlage zwischen Laisser-faire und dieser Wir-wollen-uns-doch-nichts-vormachen-Offenheit. Kleine weiße Zähne, die unterm Schnurrbärtchen blitzten, zwischen den wie Kirschfleisch roten Lippen, die Mausezähne eines naschhaften Bengels, der an jeder Süßigkeit herumknabbern, schmecken und schmatzen muß.

... Ein Weg wie mit dem Lineal vorgerechnet, keine Ecken, an denen er sich wundgestoßen hätte, und keine Umwege. Mittelstand, mittelmäßiger Schüler, genügend bis gut, braver Student, wohlgelitten, der weder durch Leistungen noch durch sündige Neugier auffiel. Aller Welt Freund und ohne Anstrengung jedermann gefällig. Ein Dutzend Mädchen-Affären, bei denen er Takt bewies ... Wie seine Mutter sagte: Man kann ihm nicht böse sein. (Sie vergötterte ihren großen Schlingel.)

Seine brünette Schönheit machte ihm vieles leichter, er lernte sie benutzen. Nicht, daß er vorm Spiegel ein Lächeln studiert hätte – er war ein Naturtalent, er brauchte nur seinen Eingebungen zu gehorchen, um im richtigen Augenblick seine runden schwarzen Augen leuchten zu lassen, zu verschleiern, herausfordernd oder schmachtend zu blicken. Er las die Wirkung von den Gesichtern ab, wenn er, unter den Blonden und Sandfarbenen, seinen Römerkopf ins Profil drehte, und die Überraschung, beinahe Bestürzung, wenn er in Lachen ausbrach, das nette harmlose Jungslachen, das einen unsichtbaren Abstand sofort überbrückte. Statuen werden bloß bewundert – Jazwauk wollte geliebt werden (was er unter lieben verstand). Er verletzte niemanden, auch nicht durch Eigensinn, durch eine selbständig gefaßte und entschieden vorgetragene Meinung: der Gedanke, jemandem zu mißfallen, hätte ihn ernstlich beunruhigt.

Sein Vater besaß eine Möbelhandlung und eine Tischlerei (patriarchalisches Handwerkerhaus, die Wohnung hinter dem Laden mit drei Schaufenstern, die Werkstatt übern Hof; im Sommer standen alle Türen offen, und das Haus war erfüllt von Leimgeruch und dem Duft frischen Holzes, der Hof überstreut mit gelockten Hobelspänen und den Trittspuren der Gesellen, an deren Schuhsohlen gelbes Sägemehl haftete), besaß einen Lieferwagen, ein Auto, einen Bungalow am Krummen See ... was man so zum Leben braucht. Ein galanter Mann, heute noch, mit seiner Adlernase und der grauen Mähne. Früher hatte er, in der Kleinstadt, zu den wohlhabenden Bürgern gehört, jetzt – mein Gott, Sie wissen ja, die Steuer saugt einem Blut aus ... Er empfing seine Kunden mit einem langen warmen Händedruck, er kannte sie alle bei Namen und kannte ihren Geschmack (den er teilte) an Nierentischchen, Fernsehsesseln, zierlichen Büchergestellen aus Bambusrohr, neuerdings an Zimmer-Springbrunnen.

Jazwauk der Jüngere hatte die Neigung für Kunstgewerbliches, für verspielte Sächelchen geerbt, eine Neigung, die auf der Hochschule veredelt worden war. Lacke, ein Seidenstoff, polierte Hölzer zogen ihn unwiderstehlich an (man mußte ihn sehen, wenn er schimmerndes Furnier aus Birkenholz streichelte – wie die Haut an einem Mädchenhals), er begleitete Frauen gern beim Einkaufen, mit denen er zwischen Blusen und Strümpfen wühlte und die er beim Anprobieren von Kleidern beriet, ohne daß ihm je die barbarischen Fehler unterlaufen wären wie Franziska, die imstande war, einen mit tellergroßen roten Blumen bepflanzten Stoff um Ihre eckigen Hüften zu wickeln oder Schuhe zu kaufen, deren Schnallen mit funkelnden Steinen besetzt waren.

Ein glücklicher Mensch. Wenn er jemals, früher, an sich gezweifelt, über seine Existenz gegrübelt, Träumen von düsterer Großartigkeit nachgehangen hatte, dann war das jetzt vergessen. Das Leben selbst hatte ihn bestätigt. Die Welt streute Freude in die Hände von denen, die sie rechtzeitig hinzustrecken verstanden. Er hatte eine Wohnung im Apartmenthaus in der Bezirkshauptstadt, einen Sportwagen mit 50 PS unter der Haube, beigefarbene Ledersessel, ein paar Reproduktionen nach Braque, eine Petroleumlampe und seine Liaisons, die ihn nicht durch Aufwand an Gefühl beunruhigten. In seinem Beruf arbeitete er ordentlich, ohne überspannten Ehrgeiz, aber niemals unzufrieden oder widerwillig, und nach Feierabend projektierte er für private Auftraggeber (wir wollen hier nicht untersuchen, an welches seiner beiden Arbeitsverhältnisse er mehr Kraft setzte). Als Draufgabe zu allen diesen Annehmlichkeiten besaß er ein gefälliges Zeichentalent, das Franziska später ausbeutete: er gab nüchternen Bauten einen mondänen Hauch, indem er seine Modellgrafiken mit Bäumen, Stromlinienautos und flott gezeichneten langbeinigen Mädchen belebte –

und damit genug von Jazwauk, der in den Polstern lehnt, schwätzt und funkelt und seinen Kopf ins Profil dreht, während Schafheutlin hinter der Gardine steht und mit zusammengekniffenen Lidern den dunklen Wagen beobachtet und ein rotes Glutpünktchen, das hinter der Scheibe tanzt (die ... die redet wieder mit Händen und Füßen, redet, gottlob), er hat das Licht im Zimmer ausgeschaltet, er wartet, eine Viertelstunde, eine halbe Stunde, und starrt, während er dem Dreckskerl die Fresse zermalmt, ihn unter seine Füße tritt, starrt auf den schrecklich dunklen Wagen und – als er schon stumpf ist, betäubt vom Warten, von den Bildern, die ihn aus Hitze in Kälte werfen – sieht endlich, wie Jazwauk aussteigt, sein Chromtier umkreist, den Schlag aufreißt und der Linkerhand äffisch die Fingerspitzen reicht, die sie nimmt, verwöhntes Weibchen, und wie er ihr (die sich reckt und streckt und irgendwas sagt, worüber sie beide lachen, albern und zügellos, mit aufgerissenen Rachen) seine Hand unter den Arm schiebt und sie zur Tür begleitet, ein schönes Paar, wie man so sagt, unsere jungen Leute, diese Halbstarken mit ihrem ewigen Gequassel und Gekicher, unüberhörbar hinter der Lattenwand zum Büro, und mit ihrem invertierten Habit – sie in Stiefeln, er in spitzen Halbschuhchen mit Toreroabsätzen, sie kurzgeschoren, er langmähnig – zwittrige Wesen, die in fremden Zungen reden und befremdliche Musik hören, die gurrende, kreischende, obszön röchelnde Menschenstimme eines Saxophons, und Liebe machen so gleichgültig und nebenhin, wie unsereiner eine Zigarette raucht. Wir, in ihrem Alter ... (So Schafheutlin über Franziska und Jazwauk, und so – mit Variationen – Franziska und Benjamin über die stupide Generation nach ihnen, die Achtzehn- und Zwanzigjährigen, die an Straßenecken lümmeln und der Welt übelnehmen, wer weiß was.)

Er raffte das Manuskript vom Tisch, zwölf eng beschriebene Seiten, eine Zumutung bei der Handschrift. Er wird es der Linkerhand um die Ohren hauen ... Nein. Ganz kalt: Schade um die Mühe, Kollegin, Sie gehen an den Problemen vorbei ... Er drückte die Hand auf den Magen, in dem eine feurige Kugel rollte und in genau bemessenen Abständen gegen die Magenwände stieß, sie zu versengen schien. Vor zwei Jahren hatte er sich mit Magengeschwüren geplagt, mitgenommen von einer Bestechungsaffäre im Baubetrieb, die er aufgedeckt und – nachdem er lange geschwankt hatte zwischen Pflichtgefühl und der Furcht, aufzufallen und sich unbeliebt zu machen – vor Gericht gebracht hatte … Sie hat gearbeitet, sagte er sich, hat also ein Recht darauf, daß man sich sine ira et studio mit ihrer Arbeit auseinandersetzt.

Er ging in den Korridor, drehte die Klappe vorm Spion auf und spähte ins Treppenhaus, als er ihre Schritte hörte: die eisenbeschlagenen Spitzen und Absätze ihrer Stiefel knallten auf den Steinfliesen. Durch die verzerrende Linse wirkte die Treppe sehr lang und steil, wie die Treppe in einem Metroschacht, und zwergenhaft das Figürchen an ihrem Fuße. Die Linkerhand stützte sich auf das Geländer und stieg die Stufen hoch, und es klang, als ob sie bei jedem Schritt auf Schneebeeren träte, die mit einem Knall zerplatzten. Sie schien, in ihrer preußischen Haltung und mit geradem Nacken, direkt auf die Tür, den Spion, das Auge hinterm Spion zu blicken, und Schafheutlin wich unwillkürlich zurück, sah aber noch, unter der weißen Lampenglocke und ganz nah, das Gesicht der Linkerhand, die sich unbeobachtet glaubte … Er ging leise in sein Zimmer zurück.

Er war bestürzt über eine Verwandlung, die er nicht begriff, und über seine eigene Indiskretion, diesen schamlosen Blick durchs Schlüsselloch. Wenn jemand durch den Korridor gegangen wäre, wenn man ihn erwischt hätte wie irgendein Klatschweib, einen ungezogenen Lümmel! Er wäre blamiert, seine Autorität eines untadeligen Vorgesetzten in Frage gestellt … Armer Schafheutlin, er wird noch oft genug, und immer mit schlechtem Gewissen, mit ansehen müssen, wie das Gesicht der Linkerhand verfällt, auseinanderfällt, altert von einer Minute zur anderen – später, wenn sie keine Geheimnisse mehr voreinander haben, wenn sie sich gehenläßt und ihn, in ihren tollen Launen, ihrem Egoismus einer Verliebten, zum Mitwisser macht, zum gepeinigten und dankbaren Vertrauten, der sich Augen und Ohren zuhalten möchte, während er jeden Blick, jedes Wort auffängt, zerlegt und zu deuten versucht …

Schafheutlin war in seiner Art ein gerechter Mann, gerecht aus Pedanterie, und war es auch dann noch, wenn er voraussehen konnte, daß Gerechtigkeit ihm selbst zum Nachteil ausschlug. Die zwölf Bogen, die Franziska ihm liederlicherweise als loses Bündel überreicht und die er mit Metallklammern zusammengeheftet hatte, schob er in einen Aktendeckel und diesen in seine Mappe. Nicht, daß ihn ein müdes und jammervolles Frätzchen gerührt hätte ... Seelenkäse. Morgen ist sie wieder obenauf ... Unvernünftiger Zorn über die halbe Stunde in Jazwauks Wagen, vielmehr: seine halbe Stunde hinterm Fenster. Unvernünftig und ganz unstatthaft im Umgang mit seinen Mitarbeitern: er stand im Begriff, Sachliches und Persönliches zu verquicken. Er entschloß sich, der Linkerhand die Arbeit erst anderntags zurückzugeben.

Anderntags dieser skandalöse Zwischenfall ... Franziska über ihrer Fleißarbeit: sie fraß sich durch den Reisberg zum Schlaraffenland durch, ungeduldig, schon übersatt und deshalb erst recht in einem Tempo, das Jazwauk verdrießlich stimmte. Bloß nicht hetzen, sagte er, als wir damals, in den Semesterferien ... Ja, damals, sagte Franziska, da war es wegen Geld und überhaupt was ganz anderes, und wir haben auch getrödelt. Sanierung ist doof, auch für fünfhundert im Monat, und fünfhundert, als Student, da kann man alle Teufel tanzen lassen. Ein netter Chef, damals in H., knapp dreißig, der hatte noch nicht vergessen, wie Mensafraß schmeckt, und drückte ein Auge zu, als wir anfingen, unseren Job in die Länge zu zerren ... Ob die uns mal an was Richtiges ranlassen?

Jazwauk, der den Laden kannte, zuckte die Schultern und hob die Hände mit auswärts gekehrten Handflächen, eine Geste, die der Landauerschen verzweifelt ähnlich sah und mit der auch die anderen antworteten, Leberecht, Kowalski, Scholz, Grabbe, in deren Zimmern Franziska herumschnüffelte, übrigens mit der artigsten Miene von der Welt. Ein paarmal hatte sie im Gespräch zuviel Feuer verraten und war von Grabbe, einem schüchternen, verwachsenen Menschen, freundlich belehrt worden über die Ohnmacht des an Typenprojekte gefesselten Architekten – und unfreundlich, mit Herablassung, von Köppel aus der Abteilung Grünplanung, der sich Krittelei der jungen Kollegin verbat: Sie haben, sagte er, Sie haben nicht das richtige Maß für die Einschätzung unserer Erfolge ... Über Köppel müssen wir ein paar Worte verlieren, einen Menschen, der sich, was sein Äußeres betrifft, durch nichts auszeichnet als durch seine Maßanzüge und das süffisante Lächeln eines Eingeweihten, das beständig seine Mundwinkel nach unten krümmt. Franziska ging ihm aus dem Weg: ihr Instinkt warnte sie vor diesem Mann, der auf seine Beziehungen anspielte, wer weiß zu wem, das blieb im Dunkeln. Bei den Beratungen in Schafheutlins Büro saß er mit über der Brust verschränkten Armen und seinem wissenden Lächeln, er redete wenig und mit sehr leiser Stimme, die ihm Aufmerksamkeit, sogar Autorität verschaffte. Gelegentlichen Widerspruch erstickte er – immer leise, im Ton arroganter Verbindlichkeit – durch Sätze, die seine Kenntnis gewisser Interna, seinen tieferen Einblick in gewisse Zusammenhänge andeuteten ... Er nahm bald diesen, bald jenen Kollegen zu vertraulichem Gespräch beiseite ... Ein Reptil, sagte Franziska, die körperlichen Abscheu gegen die Halblauten, Halbbelichteten hatte; sie übersah, wenn sie sich begrüßten, seine ausgestreckte Hand: sie fürchtete einen Gallertklumpen zu berühren. Eine trockene und gepflegte Hand ... an der bleibt Geld kleben, unter uns gesagt, die lanciert Leute, die ihm genehm, will heißen, gefällig sind ... Ominöse Geschichten, Gerüchte, nichts Beweisbares, aber wo Rauch ist, da ist auch Feuer ... Selbst der verträgliche Jazwauk nannte Köppel, natürlich hinter dessen Rücken, einen Intriganten, und Kowalski beschimpfte ihn in starken Ausdrücken, ebenfalls hinterrücks und schon deshalb, weil Köppel auch auf ihn einschüchternd wirkte – und wieviel mehr erst auf Grabbe, den kleinen Buckel, Kowalskis Freund und Schützling.

Die beiden hausten im selben Raum, sie hatten ihre Tische zusammengeschoben, aber man sah doch gleich, wohin jeder gehörte, denn auf dem Grabbeschen Tisch lagen alle Blätter ordentlich gebündelt und die Stifte, Federn und Lineale zierlich in Reih und Glied und immer parallel zur

Tischkante, wenn auch bedroht durch Kowalskische Papierflut, fußhohe Stapel von Zeichnungen und schwarze Rinnsale aus den Tuschefäßchen, die der sanguinische Mann öfter umwarf, sei es im Zorn, sei es auch nur in der Hast, wenn er mit fliegenden Händen und fluchend nach einem tückischen Radiergummi suchte.

An die Wand neben Grabbes Platz waren Postkarten gezweckt, Fotos von Katzen, getigerten, die sich in einem Korb räkelten, hochmütigen Perserinnen und Angorakätzchen, die possierlich gähnten; die Kowalski-Wand hingegen war kreuz und quer beklebt mit Kunstblättern, lauter weibliche Akte und alle in der gleichen Haltung, hingestreckt auf ein Ruhebett oder den Rasen in einer mythischen Landschaft: Danae, den goldenen Regen empfangend, die dicke Hendrickje, die Kurtisane Olympia und Venus, von einem Dutzend Meistern gemalt, Venus schlummernd oder doch im Halbschlummer, mit unschuldigem Gesicht und verspielter Hand im Schoß. Franziska, zum Richter angerufen (das war so ein Kowalski-Test), sagte, sie ziehe den Göttinnen das Modigliani-Mädchen vor: mindestens fünf Zentimeter Hüftschlag, und die Augen offen, und nicht von Kopf bis Zeh Hingabe an den nächstbesten Kerl mit Bocksbeinen und haarigen Ohren … Allerdings, das sei ein bedenkenswerter Aspekt, sagte Kowalski etwas betreten.

Er gefiel ihr, weil er mit seiner Statur, sehr groß und breitbrüstig, und mit seinem explosiven Naturell an Reger erinnerte; wenn er im offenen Kittel über den Barackenflur eilte, hatte er auch das dramatisch Wehende wie Reger, immer Lear auf der Sturmheide, sagte Franziska. Sie lachte in sich hinein, wenn sie gewisse theatralische Gebärden wiedererkannte – einmal hochgeschraubt, raufte er sich die Haare, trommelte mit den Fäusten auf seiner Brust (fatale Ähnlichkeit mit einem Menschenaffen, zumal aus seinem am Hals offenen Hemdkragen lohfarbenes Gewölle quoll) –, aber sie hörte ihm zu, seinem deftigen Geschimpf auf Köppel, auf die Idioten in der Gebietsplanung, die senilen Trottel in der Bauakademie und auf das Baukombinat, diesen Staat im Staate, dieses absolute Fürstentum, das sich Architekten wie Hofnarren und Hanswürste hielt … Windstöße in der stickigen Luft, erfrischend, am meisten für Kowalski selber, den man niemals gallig oder niedergeschlagen sah, und jedenfalls besser als Grabbes Ergebung und Jazwauks Wurstigkeit. Er wäre, ewiger Randalierer, lächerlich gewesen ohne seinen Arbeitsernst und seine Beharrlichkeit: er rannte mit dem Kopf gegen die Wand, er dachte nicht an Unterminieren, Listen und schlaue Manöver waren ihm fremd – er stürmte los, die Stirn gesenkt und mit roten Augen wie ein Stier, stieß sich wund, gab aber nicht auf, keine Mauer ist so stark, daß sie nicht eines Tages einfiele ...

Anderntags also dieser Auftritt: Schafheutlin, in der Tür, stemmte die Fersen gegen den Boden und kniff die Augen zusammen wie geblendet, er hätte sich auf Jazwauk gestürzt, hätte sich Franziska nicht gegen ihn gewandt wie gegen einen neuen Feind, fauchend und stotternd: »Da-das wär unm-möglich bei Reger ...«, Schafheutlin drehte den kurzen Hals, was geht hier vor? fragte er, und die beiden, mit roten Köpfen, sagten wie aus einem Mund: »Nichts.« Zwei rasch aufeinanderfolgende Detonationen erschütterten die Fensterscheiben. Schafheutlin bewegte die Lippen; unter dem Geheul, das seine Stimme verschlang, bog er die Schultern nach vorn, trotz jahrelanger Gewöhnung, trotz der in der Baracke hundertmal wiederholten mürrischen Witze: Die werden uns noch das Dach abrasieren ... Franziska hatte sich verfärbt. Der Pfiff der Messer, die den Himmel aufschlitzten, schmerzte in den Ohren und zog ihr die Haut an Armen und Beinen zusammen. Schafheutlin winkte mit dem Kopf, und Jazwauk folgte ihm zur Tür, allzu lässig, mit wiegenden Strizzi-Hüften, beschrieb aber vorsichtig einen Bogen um Schafheutlin, der, ohne Blick für Franziska, die Tür zuschmetterte.

Sie wollte seine Stimme hinter der Bretterwand nicht hören – zähen Fluß von Worten, Vorwürfen, Mahnungen aus verkniffenem Mund, Augen grau und fischig auf Jazwauk – und öffnete das Fenster, in dem die Scheiben tanzten. Sie stieß eine Tasse herunter, die auf dem Fensterbrett gestanden hatte, ein billiges Ding, Dutzendware. Das fehlte noch ... alles geht mir schief ... Sie bückte sich, um die Scherben aufzulesen, und blieb am Boden kauern, plötzlich schwach vor Heimweh, und zum erstenmal überlieferte sie sich ohne Widerstand dem Gefühl, fremd und allein zu sein in einer Stadt, deren stumpfsinnige Häuserzeilen sie bedrückten, und die fahlgelben Wolken, der Schwefelgestank, den Westwind in die Straßen trieb, und Sirenenschrei in den Nächten und der Himmel, an den die Überschalljäger ihre weißen Parabeln schrieben.

Nach einer Weile kam Jazwauk zurück, forsch vor Verlegenheit, dieser Jedermannsfreund, den sein Mißgeschick betrübte, sich abgewiesen zu sehen, unbeliebt, seinen erprobten Charme stumpf und wirkungslos vor Schafheutlins Strenge. Eine eiserne Stirn. Jazwauk hatte ein Gespräch unter Männern erwartet: man wird sich verständigen ... Nichts davon. Die Unversöhnlichkeit seines Vorgesetzten erschreckte ihn mehr als Franziskas Gekreisch: über diese Niederlage tröstete ihn der Gedanke, daß sie anormal sei, bestenfalls mit einem Komplex belastet ... eine geschiedene Frau ... übrigens glaubte er sich zu entsinnen, daß ihr Haarschnitt, ihre Männerhände ihm schon immer bedenklich erschienen waren.

Franziska, am Fenster, wandte ihr Gesicht ab und zog die Nase hoch. »Ich habe Ihre Tasse zerschmissen.«

»Aber ich bitte Sie ... wenn es Ihnen nur Vergnügen gemacht hat.« Er warf die Scherben aus dem Fenster, auf den mit Flaschenglas und Zigarettenkippen übersäten Pfad, der die Baracke vom Friedhof trennte. Er setzte sich an seinen Tisch, Franziska gegenüber, und drehte automatisch den Kopf ins Profil. »Es tut mir leid, echt«, sagte er.

»Mir auch«, sagte Franziska.

Später brühte er Kaffee auf; er hantierte mit der grämlichen Pedanterie eines alten Provisors an dem Glaskolben, in dem das Wasser summte, schaufelte wohlabgewogene fünf Löffel Kaffeepulver hinein, einen Löffel Kakao, eine Löffelspitze Vanillezucker und ein paar Salzkörner, und schöpfte den im Kolbenhals wallenden Schaum ab, und Franziska beobachtete ihn gespannt, die Zunge zwischen den Zähnen, wie gefaßt auf hexenhafte Vorgänge in der Alchimistenkugel, dieser Brutstätte für Homunculi. Jazwauk schenkte ihr ein und trank selbst aus dem Kolben, er verbrannte sich den

Mund und warf Franziska aus feuchten schwarzen Augen den Blick eines Dulders zu. »Schon gut, ich sehe Ihr Opfer«, sagte sie. Ein Clown. Man kann ihm nicht böse sein … »Keine Affereien, bitte … Nein, wirklich, Jazwauk, das war geschmacklos … während ich Ihnen die Vorzüge der Gangerschließung erkläre …«

»Ich schwärme für Gangerschließung«, sagte Jazwauk, der seine Unbefangenheit eines glücklichen jungen Mannes wiedergewonnen hatte, »aber in diesem Fall, vergeben Sie mir, war ich abgelenkt durch Ihre Vorzüge …«

Franziska beugte den Kopf über den Lageplan, sie sagte leise, zwischen den Zähnen: »Warum sind Sie nicht Dekorateur geworden?«

Jazwauk sagte nichts, und eine Weile hörte sie nur das Knacken in der Kochplatte, die sich rasch abkühlte und schwarzrot verfärbte, und zähen Tropfenfall vorm Fenster, und sie fühlte seinen Blick, genau und fest wie einen Fingerdruck, er machte sie fahrig, sie tastete unter dem harten gelben Papier nach der Zigarettenschachtel. »Wir sind quitt«, sagte sie. Jazwauk stand auf und ging um den Tisch herum und hielt ihr sein Feuerzeug hin, silbernes Feuerzeug mit Monogramm: die schwungvoll hochgezogene Schleife des J umschloß das M und rankte seine kürzere Oberschleife um den zweiten, wie ein Pfeil zugespitzten Haarstrich von M gleich Maurizio. Das Handgelenk in der weißen Nylonmanschette und der Handrücken waren gebräunt von Höhensonne, die Innenfläche rosig wie bei einem Mulatten, und rosig schimmerten auch die Fingernägel, gewölbt, poliert und oval geschnitten, der läßt sich maniküren, der Dandy. »Wir sind also quitt«, sagte Jazwauk langsam.

»Tut mir leid, das war ein Schlag unter die Gürtellinie.«

»Gezielt«, sagte Jazwauk.

»Na schön, gezielt.«

»Sie meinen«, sagte Jazwauk, ohne zu lächeln, »Sie meinen, ich habe kein Berufsethos … Habe ich Sie richtig verstanden?«

»Sie haben mich ausgezeichnet verstanden. Herein«, sagte sie zu Gertrud, die gar nicht geklopft hatte, monströse Stirn und Pudellöckchen im Türspalt zeigte und den Blick von Franziska zu Jazwauk huschen ließ, der neben ihr am Tisch lehnte. Jazwauk zog die Schultern hoch, steckte die Hände in die Taschen und schlenderte an seinen Platz zurück, und Gertrud folgte ihm mit den Augen, stumm, wissend und boshaft, sie sättigte sich an seinem Mißbehagen und ließ ihn zappeln, den Goldjungen, und röhrte erst hinter der Tür: »Frau Linkerhand zum Chef!«

»Zu Befehl«, sagte Franziska, blieb sitzen und stützte die Ellenbogen auf den Tisch, das Kinn in die Hände und sah Jazwauk an. Sein Gesicht hatte sich ein bißchen verändert, vielleicht nur entspannt von der Pflicht zu gefallen; abgegriffene Haut, der Mund wie zerlaufen und der Blick, sah sie, den manche Männer abends in der Straßenbahn haben: Hinstarren, müde oder zerstreut, auf die beschlagene Scheibe, an der das Licht abfließt (Weg und Haltestelle sind übervertraut wie Körperfunktionen), eine Hand in der Lederschlaufe, pendeln sie durch die unbestimmte Viertelstunde zwischen Werktor und Wohnungstür, Arbeit und Abendbrot, geben schaukelnd, aus den Knien, der Schaukelneigung in einer Kurve nach, sehen, sehen nicht, wie zappelnde Reklame rot weiß grün hinter der Scheibe gerinnt, sie sind unterwegs, nichts weiter ... Sie hatte ihn überrascht, er zog sofort den Blick zurück. Er fragte: »Wie lange bleiben Sie?«

»Ich? Ein Jahr. Vielleicht.«

»Keine Angst, daß Sie hier hängenbleiben?«

»Keine«, sagte sie und lächelte, und Jazwauk lächelte auch, jungenhaft nett wie immer, und sagte: »Ich bin vier Jahre hier.«

»Ziemlich lange für Neustadt.«

»Hier oder anderswo«, sagte Jazwauk, »ich bin nicht ehrgeizig.« Er hauchte auf seine Fingernägel und rieb sie am Jackenärmel blank. »Ich habe kein Ethos – zum Glück für mich und für Neustadt ... Vor vier Jahren haben wir Schlagzeilen gemacht, schöne Kollegin, das Land blickte auf uns, die kühnen Erbauer einer sozialistischen Wohnstadt ... eine kriegsstarke Kompanie von Ethikern mit Professor Pankraz an der Spitze ...« Er drehte die Hand gegen das Licht, spreizte und schloß die Finger und blies über seine spiegelnden Nägel. »Diese Hand hat ein Ministerpräsident gedrückt ... Heute«, sagte er und begann die Nägel der Linken zu polieren, »heute sind wir passé, die Ethiker haben sich verdrückt, und Pankraz der Große verhunzt die nächste Stadt, und das Bodenpersonal macht das bißchen Schmutzarbeit: es baut die Stadt auf ... Genug?«

»Nur weiter«, sagte Franziska, die ganz rot geworden war, trotz seiner harmlosen und fröhlichen Miene, und Jazwauk zuckte die Schultern und sagte: »Kein Ministerpräsident mehr. Alle Vierteljahr 'ne Delegation, CGT oder Labour-Party oder irgendwas in der Preislage ... Vorbei, vorbei, auch die Empfänge in der *Friedenstaube.* Landauer war 'ne andere Nummer, immer Gentleman, und auf ein paar Flaschen Sekt kam es ihm nicht an ... Weiter nichts. Ich schwöre Ihnen, ich habe keine Geständnisse zu machen. Ich bin zufrieden, echt ... Die Chefs kommen und gehen, Jazwauk aber bleibt. Um was wollen wir wetten, daß Schafheutlin sich spätestens nächstes Jahr die Ohren bricht? Falls ihn nicht schon vorher der Schlag rührt, weil er drei Franzosen plus Betreuer eine Tasse Kaffee spendieren muß ...« Er verlor sich in Klatschgeschichten über Schafheutlin, den filzigen Streber, und seinen Geiz eines Buchhalters, er schwatzte, funkelte, übertrieb und verdeckte mit dem Bild, vielmehr der Karikatur eines Mannes, der sich nach Nägeln bückt und Büroklammern zählt, das Bild von sich selbst, einem schwitzenden Jazwauk, dem Wink der grauen Augen parierend und an den Türpfosten gedrückt in animalischer Angst vor einer Gewalttätigkeit ... (Nachgeschmack seiner Schülerangst vor Raufereien, Ballspielen im Schulhof mit scharfen, gezielten, gegen Brust und Beine prallenden Bällen und vor den rohen Späßen der Schulkameraden, die ihn von der glitschigen Badeplanke stoßen und auf seine Schultern springen, während er blind und jachelnd den Mund aufreißt und grünes, lauwarmes, nach Chlor riechendes Wasser schluckt.)

Franziska saß wie auf Nadeln, gepeinigt, wer weiß warum, von den hämischen Anekdoten, und als Jazwauk auf das Familienleben und die Frau Schafheutlins anspielte, unterbrach sie ihn, »danke«, sagte sie, »Schafheutlin in Unterhosen interessiert mich nicht.«

In diesem Augenblick begann scheppernd und hastig die Glocke im Türmchen der Kapelle zu läuten, und sie sprangen auf und stürzten ans Fenster. »Ein neuer Nachbar«, sagte Jazwauk.

»Wieder einer vom Stamme der Kubitz oder Knychalla oder Przewozniks«, sagte Franziska. »In den letzten tausend Jahren hat es hier bloß drei Familien gegeben, nach den Grabsteinen zu urteilen.«

»Sie vergessen die berühmten Jazwauks. Einer meiner Onkel war König der Sorben – oder wäre es doch beinahe geworden.«

Die Wintersonne, auf der Kapelle, auf den staubigen Bogenfenstern, entzündete ein rauchiges Feuer in den roten und blauen Scheiben. Sie lehnten Schulter an Schulter in dem engen Fenster und hörten das Harmonium in der Kapelle, das leise und hoch einsetzte und mit dem Klang von Hirtenflöten ein Choralmotiv nur andeutete, umspielte und auflöste, und zwischen Tannen und kahlem Gesträuch sahen sie die Kreuze und den hölzernen Obelisken mit dem roten Stern und den Trauerzug von alten Männern, die ihren Zylinder an die Brust preßten, und alten Frauen, die klein, krumm und krähenhaft in schwarzen Umschlagtüchern auf dem Schnee herumtrippelten; sie schienen unschlüssig und schüchtern, vielleicht warteten sie auf den Pfarrer, und sie setzten sich erst in Bewegung, als sich in das tändelnde Flötenspiel ein tiefer orgelnder Ton mischte, der die fromme und einfache Melodie aufhob und trug, So nimm denn meine Hände, und die Männer blickten zu Boden oder auf ihre schweren schwarzen Sonntagsschuhe, und die Weiber flatterten durcheinander, ordneten sich ein, ordneten sich unter und folgten, jede ihrem Mann, in einem Schritt Abstand.

Franziska seufzte. »Möchten Sie so alt werden?«

»Na, ich weiß nicht«, sagte Jazwauk. »So'n Tapergreis am Stock und – kennen Sie den? Sitzen drei alte Männer auf der Parkbank, kommt ein schönes Mädchen vorbei, sagt der erste: Jaja, die jungen Mädchen, ich erinnere mich dunkel …

die kleine hübsche Brust ... Und der zweite sagt: Ach ja, und dann diese netten runden Popos ... Der Älteste sitzt da und grübelt und grübelt, und schließlich sagt er kopfschüttelnd: Nanu, da war doch noch was ... Und Sie?«

»Courte et bonne, wie meine Großmutter sagte: Kurz und glücklich.«

»Schwindel. Wie ich Sie kenne, wollen Sie achtzig werden und ein Staatsbegräbnis auf dem Dorotheenstädtischen haben.«

Drei Faustschläge an die Lattenwand mahnten Franziska zur Eile. Sie schnitt eine Grimasse. »Sauer?«

»Todsauer. Vorhin jedenfalls war er zorniger Heldenvater vom Typ Galotti: ich glaube, er erwartet, daß ich Sie um Ihre Hand bitte, um Ihre Ehre wiederherzustellen«, sagte Jazwauk in munterer Vergeßlichkeit, und die ebenso vergeßliche Franziska schlug die Hände vors Gesicht und lachte wie toll.

Als sie eine Viertelstunde später aus Schafheutlins Büro zurückkam, war sie blaß und wild, biß sich die Lippe und ging, die Daumen in den Gürtel gehakt, im Zimmer herum, wobei sie mit den Stiefelabsätzen aufstampfte. »Ach was, kein Wort von Ihnen. Streng dienstlich ... Ah, er hat mich gelobt – ich nehme an, das ist seine Art zu loben. Er hat soviel persönliche Ausstrahlung wie ein Computer ... Die fleißige Franziska hat eine Eins auf ihre Schularbeit bekommen. Stellen Sie sich vor, Jazwauk: ich bin eine glänzende Theoretikerin. Ohne Spaß. Oder haben Sie dieses Holzpferd schon mal spaßen hören? Er, natürlich, jeder Zoll Mann der Praxis mit der ganzen verfluchten Arroganz dieser Realisten ... Wissen Sie, die alten Hasen, die seit zehn Jahren kein Buch gelesen haben, öden mich genauso an wie die albernen Frauenzimmer, die mit ihrer Vier in Mathematik kokettieren. Ich war die Beste in Mathematik, und soviel ich weiß, hat meine Weiblichkeit nicht darunter gelitten, und Rilke liebe ich auch, und überhaupt ...« Sie blieb vor Jazwauk stehen, der hustend Mund und Schnurrbärtchen hinter der Hand versteckte, und sagte nachdenklich: »Wozu, bitte schön, hat er diese scheußliche Teufelsmaske auf seinem Schrank liegen? Setzt er sie manchmal auf?«

»Nein. Ich weiß nicht«, murmelte Jazwauk erstickt.

»Das sollte er aber tun. Sie würde ihm was Menschliches geben, wenn er seine ›automatischen‹ Sprüche abzieht: Der Aufbau der Stadt ist im wesentlichen nur noch ein organisatorischer Vorgang ... Ich denke, die erarbeitete Lösung ist eine maximale Lösung ... Ich denke, dieser Stumpfsinn ist ein vollendeter Stumpfsinn –«

Jazwauk legte den Finger auf die Lippen und zwinkerte zur Wand hin. »Zwei Phon tiefer, ich flehe Sie an. Was soll's? Er hat sowieso nichts zu melden. Wir sind doch bloß der Appendix von der Plankommission.«

Endlich wieder an ihrem Platz, vor dem Lageplan, warf Regers Schülerin in einem letzten dramatischen Ausbruch die Arme hoch und rief schrill: »Die lassen uns bei lebendigem Leibe verschimmeln!«

Bis Ende Dezember arbeiteten sie an den Plänen; Franziska malte die Grundrisse der Häuser aus, die zum Abbruch verurteilt waren, dreihundertjähriges gichtiges Gemäuer unter Schieferdächern, tief heruntergezogen und bei Regen schleimig glänzend wie Pilzhüte und mit Regenrinnen, in denen Moos wuchs und spätzischer Plebs heckte; in den Höfen, breit wie ein Badelaken, klebten an der Mauer die Abortverschläge, Holzställe und Kaninchenboxen. Linden sprengten mit ihren Wurzeln das Pflaster, und im Frühling warfen Fliederbäume violette Schatten über die Höfe, diese Tanzböden für Ratten, und die rußigen Schwellen, die Fensterhöhlen der Werkstätten von Hufschmied, Wagenbauer, Drechsler und Feilenhauer, und den Ziegelbau – verlassen wie die Werkstätten –, den ein Seifensieder *Fabrik* genannt hatte, und den gelben Giebel mit der übertünchten und unter der Tünche immer noch, schwarz, dauerhaft und in altmodischen Lettern, weithin lesbaren Reklame für die Berliner *Morgenpost.*

Schmuddelige Poesie, Gassen für kleine, kleingewachsene Leute, feuchte und finstere Toreinfahrten, aus denen Modergeruch wehte: hier lehnten nachmittags, an einer von Sonne gestreiften Wand, Frauen in verwaschenen Kittelschürzen, die Arme unterm Busen verschränkt, und Katzen scheuerten ihre Rippen, ihr Streunerfell an den steinernen

Pflöcken mit Eisenringen. Sackgassen, buckliges Pflaster und abenteuerliche Straßenkrümmungen waren den Verkehrsplanern ein Ärgernis; ein Autokran, ein schwerer Lastwagen, einmal in dieses Darmgeschling geraten, blieb stecken und verstopfte Damm und Bürgersteige.

Die Bäcker und Fleischer im alten Viertel machten Geschäfte wie nie zuvor, ihre Läden zogen auch die Fremden an, die Übersiedler aus Dörfern und Kleinstädten, die, plötzlich einem Supermarket, Kassenautomaten und Drahtgondeln ausgeliefert, abschätzig an dem Brot aus Fabriken schnüffelten, an den Brötchen vom Fließband, dem Fleisch aus Großschlächtereien ... Hier aber roch man schon häuserweit den Duft von frischem Streußelkuchen und über Reisigfeuer gebackenem Brot, und der mit Petersiliengrün bekränzte Schweinskopf im Fenster einer Fleischerei, die blau und weißen Kacheln, die Bratwürste und Salamis, die wie Stalaktiten von der Decke hingen, lobten das Handwerk und garantierten Solidität ...

Franziska unterschrieb die Todesurteile, ungerührt von einer Romantik ohne Kanalisation. Nach Feierabend, entronnen Baracke und Friedhof und dem Engel Aristide, durchstreifte sie das verluderte Quartier, ließ bei Woiskis Feinbäckerei die Glockentraube im Dreiklang bimmeln und kaufte eine Tüte voll warmer Kuchen, die sie gleich auf der Straße verschlang. Arme Bäckersfrau, sie schaufelte ahnungslos für eine Dynamitera ihre Ammonplätzchen vom Blech. Franziska betrachtete ohne Bedauern ihre steinernen Delinquenten: da sie keine Erinnerung mit den Gassen verknüpfte, konnte sie sich ganz der Genugtuung des Architekten hingeben, der den Plunder aus vergangenen Jahrhunderten in die Luft jagt, den Touristenzauber, die Wohnhöhlen, die ihr Alter nicht adelt.

Die Häuser drängten sich ums Schloß und bis an den verschlammten Graben – Schloß oder Burg, grau, prunklos, wie halbiert mit nur einem Seitenflügel, einem Turm zur Linken; rechts, wo die Mauer steil abfiel zum Burggraben, gab es erst in der Höhe des zweiten Stockwerks Fenster, eher Schießscharten, engstehende mißtrauische Augen. Ein nur aufs Militärische bedachter Bauherr hatte jeden Zierat verschmäht außer dem in Stein gehauenen Wappenschild überm Tor und einem hölzernen Erker, aus dem man auf den Schloßhof blickte und auf eine Allee von Blutbuchen, sommers ein dunkelroter Tunnel. Der Park war längst zerstückelt, in Fetzen gerissen für Kohlbeete und Ziegenweide, und in den eisigen, nach Staub und Schimmel riechenden Schloßzimmern standen die Aktenschränke von Steuerbehörde, Kreisgericht und Katasteramt.

Seit der Jahrhundertwende hatte der Saal im Erdgeschoß als Gefängnis gedient; als vor zwei oder drei Jahren der Museumsleiter Kubitz – Maler, Heimatkundler, ein agiler kleiner Mann, immer mit Baskenmütze und aufwendig geschlungenem Schal – Zellenwände und eingezogene Decke abreißen ließ, kam ein wunderschönes Kreuzgewölbe zum Vorschein. Franziska traf Kubitz im Chefbüro, er schien pikiert, weil die neue Architektin, schon länger als zwei Wochen in Neustadt, seinen Saal noch nicht gesehen hatte. Franziska folgte seiner Einladung nur aus Höflichkeit, sie erwartete eines dieser Provinz-Wunder, die nur den Heimatforscher und treuen Sohn seiner Stadt bewegen; sie faltete die Hände, als sie den restaurierten, ganz in Weiß strahlenden Saal betrat: er war nicht groß, aber von vollkommenen Proportionen, und die Rippen des Gewölbes waren so tief heruntergezogen, daß sie den Raum schützend zu umfassen schienen. Was für Maße! sagte Franziska, die konnten noch bauen, die Alten.

Kubitz wollte das Urteil einer Expertin hören, und sie sagte, sie schätze Anfang des dreizehnten Jahrhunderts, und Kubitz, etwas verstimmt, versuchte ihr hundert Jahre abzuhandeln, mußte sich aber nach langem Feilschen mit dem Ausgang des zwölften zufriedengeben, weiter zurück ging sie nicht, auf keinen Fall, und er konnte sich nicht auf Urkunden berufen, besaß überhaupt keine sichere Nachricht über das Schloß und seine Herren, und einige überlieferte Geschichten, die den Nebelkreis des Sagenhaften tangierten, erlaubten dem gewissenhaften Historiker nur Vermutungen.

Immerhin durfte er ein Turmzimmer vorweisen, in dem Napoleon, auf der Flucht aus Rußland, übernachtet hatte

… Schlittengeläut in einer Winternacht, Diener mit Windlichtern, die dem kleinen Kaiser leuchten, als er die Treppe zum Turmzimmer emporsteigt; jeder kennt das feiste weiße Gesicht, die Haarlocke unterm Zweispitz – und der Kaiser ist allein, nur von einem Adjutanten eskortiert. Schläft er ruhig diese Nacht, im preußischen Grenzland? Soviel ist sicher: er schläft unbehelligt, die guten Bürger von Neustadt stehen Wache für den Flüchtling. Am nächsten Morgen reist er ab …

Wenn sie ihn verhaftet hätten, sagte Kubitz, bedenken Sie, die Weltgeschichte hätte eine andere Wendung genommen. Unter uns gesagt, Neustadt lag immer hinterm Mond, und ehe sich das Debakel von Moskau und Beresina bis hierher rumgesprochen hatte, war Napoleon schon mit einem neuen Heer unterwegs nach Preußen … Sie waren langsame Leute, die Neustädter: Ein Jahr nach der Achtundvierziger Revolution wußte ihre Zeitung zu berichten, daß es in Berlin Unruhen gegeben haben solle … Franziska lachte, als Kubitz ihr das vergilbte, in den Falzstellen brüchige Zeitungsblatt vom Jänner 1849 zeigte, – arme Gräfin, sagte sie, ein Kloster war bestimmt amüsanter als Neustadt.

Um 1700 war das Schloß Wohnsitz, vielmehr Verbannungsort einer Gräfin L. gewesen, der ungnädig verabschiedeten Mätresse eines sächsischen Kurfürsten. Franziska betrachtete lange das Porträt der galanten Dame, ihren mit Anstrengung herzförmig zusammengezogenen Mund, die Perlenschnüre im gepuderten Haar, ein Dekolleté, das fast den ganzen Busen entblößte, und schmale schwarze Augen, deren Wildheit und Intelligenz zu überpinseln, wegzulackieren nicht einmal dem Hofmaler gelungen war. Na, die hatte es hinter den Ohren … Die tolle Person, man muß sich das vorstellen, in dem Grenznest zwischen Heide und Wäldern, Wolfsgeheul in den Winternächten, Handwerker und Ackerbürger von verbissener Frömmigkeit, die eine fremde Sprache sprechen …

Welchen Vergehens sie sich auch schuldig gemacht hat – welker Haut oder übertriebener Ansprüche an die Staatskasse –, sie ist hart bestraft worden, vielleicht ist sie, ohnehin zu straff geschnürt, in Ohnmacht gefallen, als ein Lümmel in seidenen Kniehosen ihr mitteilte: Madame, der König erlaubt Ihnen, sich nach Neustadt zurückzuziehen … Nein, die ist nicht ohnmächtig geworden, sagte sich Franziska, befangen unter den gemalten Augen, die wild und hochmütig über sie hinwegblickten, und ich würde eher annehmen, daß sie ein zu lebhaftes Interesse für Politik gebüßt hat, eine Zettelei gegen den königlichen Liebhaber …

7

Gestern abend habe ich noch einmal in N.s »Nachtwache« gelesen ... dabei hätte ich den Mitscherlich durchackern müssen ... Wiedererkennen: der Geruch von feuchter Erde und späten Blumen. Nebel qualmte vorm Fenster. Es wird Herbst, Ben (und wo werden wir im Winter sein?). Das erstemal sah ich den N. bei Reger; in seinem Haus sammelte sich, was gut und teuer war oder doch Aussicht hatte, es zu werden: Reger hat eine Antenne für Leute mit Zukunft, diesen sechsten Sinn der großen Verleger, von denen mein Vater erzählte, mehr angewidert als bewundernd ... denk dir, er hat noch Rowohlt kennengelernt und die beiden Cassirer, er war schockiert von ihnen, erst recht von ihren Protegés, lauter Moderne (schon das Wort war ihm ein Greuel) und – Ben, wenn ich mir vorstelle, er könnte heute einen Cézanne oder Pissarro besitzen statt seiner ollen Holländer, die bloß noch aus Respekt vor ihren patinierten Namen hoch notiert werden ... Ja, wenn Madame die liebe Mutter ihn damals schon gemanagt hätte, die mit ihrem Jobberinstinkt, die weiß schon drei Jahre vorher, wann die Leute auf gotische Madonnen stehen oder auf unanständige Negergötzen ...

Den N. zog Reger zur Tafel wegen einer einzigen Kurzgeschichte, eigentlich nur eines einzigen Satzes: das ist alles Bockmist, sagte er, aber hier, hier zeigt der Löwe seine Klauen ... N. war damals schon über dreißig, eine magere schlottrichte Vogelscheuche in einem Konfirmandenanzug, dessen Ärmel knapp den Ellenbogen bedeckten, und bemerkenswert waren nur seine Augen, und die versteckte er unter langen Mädchenwimpern. Er war halb blödsinnig vor Verlegenheit, zermalmt von Regers Enthusiasmus, er knurrte wie ein Hofhund, hielt das Messer in der linken Hand und kämpfte so verzweifelt mit seinem Filet Stroganoff, daß den anderen die Bissen im Hals steckenblieben.

Ein Mann von gußeisernem Charme … als er sein Weinglas umstieß, war es einfach eine Katastrophe, und die anderen sahen weg, düpiert oder taktvoll, was beinahe noch schlimmer ist, nur Reger lächelte ihm zu, danke, mein junger Freund, daß Sie mich an meine Unterlassungssünden erinnern, und er nahm eine halbvolle Flasche und goß den Rotwein übers Tischtuch. Er hatte einen üppigen Erfolg, und den ganzen Abend sahen seine Gäste aus, als ob sie ihre Erziehung in merry old England genossen hätten.

Er war großartig, wenn er jemanden ins Herz geschlossen hatte, verschwenderisch und gewalttätig. Eine breite Natur, wie Wilhelm sagt … Der N., obgleich er schlottricht und knurrig blieb wie am ersten Tag, war eine Lieblingsidee von Reger, und was immer ein Anfänger braucht, das gab er ihm, Zuspruch und ein Gedeck an seinem Tisch und Beziehungen und einen eiskalten Schinder von Verlagsmann, schläfrig, intelligent und so versnobt, daß er alle Fremdwörter deutsch aussprach, und im richtigen Augenblick zart wie ein Maßliebchen. Wahrscheinlich hätte Reger nach zwei Jahren die Geduld verloren, aber nach zwei Jahren kam die ›Straße nach Łódz‹ raus, und wenn das Buch mit Herzblut geschrieben war, dann mit Regers Herzblut …

Wieder zwei Jahre später brachte N. die ›Sonnenblumen‹ auf den Markt, hochgestochenen Schwachsinn, wenn du meine Ansicht hören willst, und Reger sagte, das kann jedem mal passieren – aber N. war schon N. und nicht Jeder, und Reger machte einmal mehr die bittere Erfahrung des Lehrers, dessen Schüler sich empört, Rat als Kuratel, Förderung als Fessel empfindet, der aus dem Halbdunkel seiner Möglichkeiten hervorgetreten ist, sich umblickt, Gewißheiten über sich selbst zusammenträgt … Reger hatte aus einem Lehmkloß einen Menschen geformt und ihn laufen gelehrt, und der Mensch benutzte seine neue Fähigkeit, um eigene Schritte zu machen, immer schneller, immer weiter weg von seinem Bildner; er hatte ihn sehen gelehrt, und der Mensch benutzte seine Augen, um die Schwächen und Eitelkeiten des Lehrers zu beobachten und sich nach einem, seinem Platz in der Welt umzusehen, einem sonnigen Platz, über den nicht der Schatten des Lehrers fällt …

Bis hierher kann ich dem N. folgen: manchmal haßte ich Reger, die Tyrannei seiner Liebe und Belehrung; ich sah auch ganz scharf, was kleinlich und schwindelhaft in seinem Wesen ist. Früher, als Studentin, verehrte ich den Titan, ich legte den Kopf in den Nacken, um zu diesem Turm der Weisheit aufzublicken, aber geliebt habe ich ihn erst später (der Einfachheit halber nenne ich es Liebe, dieses wunderliche Gefühlsgemisch), und keinen Augenblick habe ich aufgehört, ihm dankbar zu sein ... Warum lachst du nicht, Lieber? Du darfst lachen. Dankbarkeit ist die Tugend schlichter Naturen, die im Kino heulen, wenn sich das Liebespaar nicht kriegt, und sich einbilden, ein böser Mensch sieht wie der Buhmann aus.

N. aber wünscht an seinen Anfang nicht erinnert zu werden ... Despoten haben ihre Steigbügelhalter liquidiert, mit oder ohne ethischen Vorwand, eine in letzter Minute aufgedeckte Verschwörung oder ein Autounfall in einer Seitenstraße, wie im Krimi, wo der Boß mit der Narbe seine Gangster mustert: Boys, einer weiß zuviel ... Typen wie dieser Kanonen-Basil müssen eine Schwäche für Mythen haben, wenigstens für mythisches Dunkel, wenn die Legende vom zwölften Kind armer aber reinlicher Eltern nicht zieht, weil zuviel Leute den strebsamen Basil als Zuhälter gesehen haben ... Aber nein, nein, N. hat eine propere Vergangenheit, liest keine Krimis und denkt beim Autofahren bestimmt nicht an Seitenstraßen und verunglückte Zeugen. Unblutige Exekutionen: er löscht sie aus seinem Gedächtnis, und wenn er sich wirklich einmal umdreht, arbeitet er mit optischen Tricks und verwandelt gewisse Leute in daumenlange Figürchen und Kasperlepuppen.

Er zog dann nach Berlin, und ich sah ihn erst Jahre später wieder, bei einer Dichterlesung in Neustadt, ihn und seine Frau, nicht Frau: Gattin, Gralshüterin, groß, blond, gelassen, damenhaft und wachsam, mit langem Nacken und dem Lächeln, das sich geschickt ins Make-up einfügt ... Gattin eines Mannes, der bei Zeitungsmeldungen von einem Empfang unter den Persönlichkeiten aus Kunst und Kultur rangiert und – so fein reagiert Journalistensprache – im Ausland nicht ist, sondern weilt. Ein vorteilhafter Tausch, wenn man weiß, daß die andere so ziemlich alle Merkmale der ersten Frau trug: unbelesen, derb, mit einem Stich ins Ordinäre, dick nach drei Geburten, schlecht frisiert und mit Händen wie Reibeisen und ewig rutschenden Strümpfen. Ein klarer Fall von fehlender geistiger Übereinstimmung.

N. und seine Erste aber traten aus dem Rahmen landläufiger Erfahrung: N. hat nicht getauscht, die Erste nicht abgelegt wie einen verschlissenen Mantel ... Sie verließ ihn, als er die ersten Erfolge hatte, festen Boden unter den Füßen, den Schlüssel zum Himmel in der Hand. Drei Tage nach dem Einzug in die neue Wohnung packte sie Koffer und Kinder zusammen und verschwand. Sie hatte noch die Wände tapeziert, die Böden gewischt und gebohnert, das Essen angerichtet ... N. irrte wie eine verlorene Seele durch die leere Wohnung ... Reger stöberte die Frau auf; sie arbeitete wieder in dem Textilbetrieb wie früher, bevor sie das erste Kind bekommen hatte. Sie erklärte nichts, konnte vielleicht nicht, wortarm, wie sie war, sagte bloß, sie will sich nicht unterbuttern lassen ... Mach dir einen Reim drauf, wenn du kannst.

In der ›Nachtwache‹ erzählt N. seine Ehegeschichte. Zuerst dachte ich, als ich das Buch las, daß es in Wirklichkeit doch ganz anders gewesen ist, und dieser N. mit dem Januskopf verwirrte mich: bald drehte er mir das Gesicht zu, das ich kannte oder doch mit meinen Augen gesehen hatte, bald das Gesicht des Mannes, der zugleich als Zeuge und Berichterstatter seiner Hoffnungen und Enttäuschungen die Geschichte einer Liebe aufschrieb. Ich las das Buch an einem Abend durch und vergaß, nach den Korrekturen der Wirklichkeit zu suchen: dies hier war seine Wahrheit, und ich akzeptierte sie, und es war unwichtig geworden, ob dieser Durchschnittsheld mit den Zügen der Einmaligkeit N. hieß oder nicht. Er hatte die Realität seiner Katastrophe zum Roman erhoben und für sich selbst in Vergangenheit verwandelt, während er für mich, den Leser, eine andauernde Gegenwart schuf ... Er traf mich schmerzhaft mit Erfahrungen, die meinen Erfahrungen glichen, auch solchen aus einem Bezirk, in dem ich mich allein, unerkannt und unverwechselbar gefühlt hatte ... Staunender Neid: der war begabt dazu auszusprechen, was ich nur dumpf und dunkel empfand – ich, Höhlenbewohner, fallend, fremd, furchtsam, an Empfindungen ausgeliefert wie an Naturereignisse und immer noch, immer noch auf der Suche nach dem Wort, nach einem Namen für das, was wächst, sich bewegt, vom Himmel stürzt, an meiner Höhle vorbeischleicht (unheimlich, weil ich es nicht mit seinem Namen anrufen kann) ... Und endlich vergaß ich auch, überm Fluß einer ruhigen und schönen Sprache, daß dieser Mann, an Regers Tisch, keinen zusammenhängenden Satz formulieren konnte, an Wörtern würgte, Wörter ausspuckte wie Knochensplitter ...

Für die ›Nachtwache‹ verlieh ihm die Akademie ihren Preis, und in Neustadt las er aus seinem preisgekrönten Buch, für die zehn oder fünfzehn Leute, immer dieselben an einem Dichterabend, Lehrerinnen, ein paar Oberschüler, die Damen vom Kulturbund und die Bibliotheksmädchen, natürlich auch die Zicke mit den blauen Augen, du weißt schon, die dich immer angehimmelt hat ... o ja, angehimmelt, ich bin nicht blind, mein Lieber, aber die hat Fischblut, ihr Glück, sonst hätte ich ihr die Augen ausgekratzt ... N. saß vorn, unter einer Stehlampe; er muß jetzt an die Vierzig sein, er ist immer noch mager, aber – im Schneideranzug – von einer aristokratischen Magerkeit. Seine Blondine saß neben ihm, aber im Schatten, sie zündete ihm ab und zu eine Zigarette an und, es war ziemlich peinlich, demonstrierte Vertraulichkeit und dienende Gebärde zu ihm, *meinem Mann*.

Nachher bekam er einen Chrysanthemenstrauß, und die Leute klatschten, und die Lehrerinnen drückten ihm die Hand und sagten, es war wunderbar, Sie haben uns soviel gegeben, und er ließ seine Wimpernjalousie runter und sagte danke, vielen Dank. Ich gratulierte ihm zu dem Preis, und er sagte wieder danke, vielen Dank, und dann erkannte er mich, und seine Frau musterte mich wie einen unterschlagenen Fundgegenstand. Sie hielt seine Chrysanthemen im Arm, sie rochen nach Herbst und feuchter Erde und irgendwie nach Friedhof. N. fragte, was um Himmelswillen mich ausgerechnet nach Neustadt verschlagen habe, vielleicht dachte er, es ist ein Jammer, die ehrgeizigen jungen Corbusiers von einst so wiederzufinden, als Architekturbeamte irgendwo in der Provinz ... Nun, ich hatte damals eine optimistische Strähne, ich war sicher, Schafheutlin rumzukriegen, daß er mir den Auftrag fürs Klubhaus zuschiebt, und ich sagte, Neustadt sei ungeheuer aufregend, proklamierte Städtebau zum Weltproblem Nummer eins, ließ mich also gehen, hätte vielleicht, wären sie zur Hand gewesen, meine Pläne ausgebreitet ... Nach einer Weile drehte er sich zu seiner Gattin um und sagte: Die Welt in der Nußschale, und lächelte ihr zu, und sie lächelte zurück, und – Ben, ich kam mir vor [wie] ein Papua, und kein Schwanz interessierte sich für meine drei Kokospalmen und das kleine schwarze Schwein ... Ich hatte weder die letzte Felsensteininszenierung gesehen noch mit der schönen Anna Tee getrunken ... Ich wollte gerade die Kurve kratzen, da fing N. von Reger an – er fing an, nicht ich, und er sagte, es sei gut für mich, daß ich mich von diesem Rattenfänger befreit habe ... eine schillernde Seifenblase, nicht wahr? ... der hat es verstanden, sich ein Image zu zimmern ... Mir blieb die Luft weg. Er habe mit einem Westberliner Architekten gesprochen, sagte N., mit Professor Fehlig – Fehlig ist Ihnen doch ein Begriff? –, und Fehlig habe ihm bestätigt: ein amüsanter Wirrkopf, aber als Architekt, ich bitte Sie, nimmt ihn kein Mensch mehr ernst, und was er am Altmarkt gebaut hat, das ist einfach talentlos gemacht ...

Talentlos gemacht, wiederholte N., langsam und schmeckerisch ... ach, ich wünschte, ich könnte dir erzählen, daß ich großartig und überlegen war und daß ich ihn mit einem geistreichen Satz zerschmettert habe. In Wahrheit stand ich stumm und blöd vor Wut, unfähig, dieses saturierte Schwein auf witzige Art an Regers Fleischtöpfe zu erinnern, vielleicht sogar, vor seiner langhalsigen Dame, an gewisse Tischmanieren – nichts davon, ich dachte bloß: noch ein Wort, und ich hau ihm eins in die Schnauze, hätt's auch gemacht, verrückt, da trat sie aus dem Schatten, die Hüterin, bräutlich mit den Blumen im Arm, obschon Friedhofsblumen. Ahnte sie eine Verrücktheit, Eklat, lächerliches Getümmel? Sie blickte zur Uhr und sagte, es ist spät geworden, du mußt dich ausruhen, N. (nicht Schatz oder Liebling: sie redete ihn mit seinem Nachnamen an, schick, was?), sie zog langsam die Lippen von den Zähnen zurück und beschenkte uns mit der gelungenen Kopie eines berühmten Film-Lächelns, Liz oder Sophia, irgendwas in der Größenordnung, und damit war die Audienz beendet.

Gestern also las ich noch einmal die ›Nachtwache‹ – außerstande, den Autor in der Haut des Mannes zu sehen, der seinen Freund und Wegbereiter mit einem Fußtritt ins Vergessen befördert hat. Einfach ein schönes Buch … Heute früh sah ich, daß das Heidekraut blüht, drüben an unserem Abschnitt, wenn die Sonne auf den Hang scheint, schmerzen dir die Augen von dem tollen Rotviolett. Erinnerst du dich, wie wir zum erstenmal in die Heide fuhren und uns mit dem Motorrad überschlugen und wie ich vor Schreck liegenblieb und mich totstellte und du – nein, das war ein andermal, beim ersten Ausflug (Ausflug: familiär gemütvolles Wort für unsere Flucht) rasten wir blind ins Gewitter, und da war kein Baum und kein Strauch, nur Heide und Sand, in den Regentropfen wie Geschosse platzten und Krater wühlten, und du nahmst mich unter deine Windjacke …

Der N. schreibt in seinem Buch, daß die Liebe schon zu Ende geht, wenn die Liebenden anfangen sich zu erinnern, an den ersten Tag, an den ersten Kuß … Darüber dachte ich heute nacht nach, sündhafte Abschweifung, statt über Kontaktzonen und die Funktion des Bürgersteigs. Ich hatte Angst um uns … Beginnt so das Ende, in den Augenblicken, wenn ich mich staunend, immer noch staunend, umsehe nach dem Fremden in der olivgrünen Windjacke? Wann wird sich die Verwunderung über ein Wunder erschöpfen, wann die Begierde, deine Haut zu berühren, deinen Geruch einzuatmen? Wann … du kommst nach Hause (wir sind verheiratet, behaust, eingerichtet), ich höre deinen Schritt, und mein Herz klopft nicht schneller, du küßt mich auf die Stirn, Neuigkeiten? fragst du, und ich sage: das Übliche, und dabei schiele ich nach deiner Zigarette – du hast eine unerträgliche Manier, die Asche überm Teppich abzustäuben –, und du weißt, daß ich deine Zigarette beobachte und daß ich dich gleich ermahnen werde, dir die Hände zu waschen, und daß das Badezimmer überschwemmt ist, wie immer, und natürlich streust du doch die Asche herum, und ich sage: mein Gott, kannst du nicht einen Aschenbecher nehmen, denkst du, ich habe Lust, jeden Tag den Teppich abzubürsten? oder ich sage gar nichts und stelle dir den Aschenbecher hin, stumm und duldend, Stummheit, die dich reizt ... Oder: wir sitzen im Restaurant (wir gehen selten ins Restaurant, zu Haus haben wir's gemütlicher, Fernsehen und schwedische Sessel und eine gutbestückte Hausbar, Whisky aus Prag oder Rumänien, geschmuggelter White Horse: das sind die kleinen Abenteuer, die wir uns noch leisten), du bestellst, du brauchtest mich nicht zu fragen, seit zehn Jahren trinke ich Kaffee schwarz mit Zucker, fragst aber doch, höflicher Ehemann, wir sind immer höflich miteinander, auch unter vier Augen, auch nach einem Streit, erst recht nach einem Streit: von tödlicher Höflichkeit; wir reden, nicht heftig und händefuchtelnd wie in jungen Jahren, immerhin angeregt – Gott sei Dank gehören wir nicht zu diesen Ehepaaren, die steinern schweigen, sich anöden –, natürlich verkrachen wir uns nicht mehr auf Leben und Tod wegen Psychoanalyse, wir wissen seit langem, wo Einigung möglich ist, wo nicht, die Bezirke sind abgesteckt, wir respektieren sie, vernünftige Leute, wir reden also, ich nehme eine Zigarette, du bist zerstreut, vergißt, mir Feuer zu geben, ich sage: früher ... übrigens nicht etwa zickig, ich lächele, bitte, solche Versäumnisse nimmt man nicht tragisch, wir lächeln, wenn wir früher sagen, wir sind vernünftig und wissen, daß nicht alles so bleibt wie früher und daß für uns dieselben Gesetze gelten wie für alle anderen ... ein Bekannter tritt an unseren Tisch, stört er? durchaus nicht, ist sogar willkommen – oh, nicht, daß wir uns geradezu gelangweilt hätten ... er hört dir zu, er ist intelligent, und du verfolgst deinen Gedanken mit mehr Eloquenz als vorhin, du formulierst eleganter, entschlossen, ihn zu gewinnen, jedenfalls zu verblüffen (mich verblüffst du schon lange nicht mehr), und ich gönne dir den Spaß, geduldig sehe ich zu, wie du deine Knallfrösche abbrennst, und jetzt lehne ich mich zurück, *Männer*, jetzt ordnet ihr die gesellschaftlichen

Kommunikationen auf dem Mond, *Mond*, herrje, statt erstmal auf der Erde ... oder: er sieht gut aus, unser Bekannter, er küßt mir die Hand, und du siehst mich an, und ich sehe mich durch deine Augen, belebt, gerötet, strahlender Blick, ein anderes, tieferes Lachen, du bist nicht eifersüchtig, eher amüsiert, und ich weiß, was du denkst, und du weißt, daß ich es weiß, und jetzt lehnst du dich zurück, du gönnst mir ritterlichen Handkuß, Augenspiel und Flirt (deine verfluchte Toleranz: beim Sommerball, nach drei engen Tänzen mit dem Soundso, warntest du mich wie ein Bruder seine jüngere Schwester: Vorsicht, Kind, das ist kein Mann für dich), du bist sicher, daß ich dich nicht betrügen werde, und ich bin deiner sicher – obgleich wir vernünftig über Möglichkeiten sprechen –, wir umarmen uns nicht mehr so oft, nicht mehr so wild wie früher, aber kennerischer, geübter, Lust zu empfangen, Lust zu geben, nein, ich habe keinen Appetit auf irgend jemanden, der anders ist, nichts weiter als dies: anders ... ich lege meine Hand auf deine Hand und lächle dir zu (später wird unser Bekannter sagen: nach zehn Jahren noch verliebt, eine glückliche Ehe), und niemals wirst du erfahren, daß ich dir in dieser Sekunde alles aufrechne, was ich deinetwegen versäumt habe ... Oder

Nein. Unmöglich, Ben, daß uns widerfahren könnte, was anderen widerfährt. Wir werden die Ausnahme von der Regel sein – wenn es denn wirklich eine Regel gibt, nach der das Alter der Entdeckungen aufhört, nach der die Geschichten verdorren, die so anheben: Als wir zum erstenmal ... Die tausend Zimmer, die wir noch aufschließen werden (bis auf die gewisse Kammer, Blaubarts Kammer im letzten Winkel, man weiß, wie das endet). In der Liebe gibt es immer wieder ein erstes Mal. Die Angst heute nacht, das arme Tier ... vielleicht, weil ich endlich erfahren habe, daß nichts sich wiederholt: das Gefühl wie damals, als du mich unter deiner Jacke verstecktest, ist unwiederholbar, und nie wieder werden wir weinen wie auf dem Hotelbett, in der schrecklichen Berliner Pension ...

Er kam schon den dritten Abend, Franziska wunderte sich, daß die Straße nach Uhlenhorst noch nicht freigeschaufelt war. Am ersten Abend sagte er, wie zu seiner Entschuldigung: wir mußten umkehren, zwei Meter hohe Schneewehen, der Bus ist steckengeblieben. Der Bus ist im Schnee steckengeblieben, wiederholte er und rieb sich die frostklammen Hände; von seinen Stiefeln troff Schneewasser. Rot und mit bereiften Wimpern unterm nassen Fell seiner Bojarenmütze sah er jung aus, bubenhaft vergnügt über Schneesturm und weiße Dünen auf der Landstraße und den Augenblick, zu kurz für Furcht, als der Bus wie räderlos ins Leere glitt, sich drehte – Scheinwerferlicht prallte gegen einen Baum, gegen eine flimmernde, vornüberkippende Wand und wieder, nah, gegen einen Baum – und in den Graben rutschte, sanft und ohne Erschütterung, trotzdem kreischten Frauen ... einfach von der Landstraße rutschte wie ein Hornkäfer an einer geschrägten Glasplatte: davon hätte Schafheutlin erzählt, nicht von der halben Stunde im Graben, als er, bis über die Hüften im Schnee versunken, die Kinder aus dem Bus hob und die zwiebelrunden Bäuerinnen in ihren sieben Röcken, und mit dem Fahrer um die Wette schippte und schwitzte.

Er sah, daß er in einer schmutzigen Wasserlache stand, verstummte mitten im Satz und ging rückwärts zur Tür und aus dem Zimmer. Franziska schürzte die Lippen: Der kommt sich wie Nansen vor wegen 'ner Schneewehe ... Mittags stand er hinterm Fenster, wenn Franziska und Jazwauk, manchmal auch Kowalski, Schneebälle kneteten und weiße Muster auf die Barackenwand stickten, und wenn sie sich im Zielwerfen übten, nach einem Lichtmast, nach den Rosenstöcken der Gärtnerei, wobei Kowalski die meisten Treffer hatte, Kunststück: der war Soldat gewesen, und wenn sie um die Baracke tobten, Jazwauk voran, der Vogelschreie ausstieß, Angst spielte oder wirklich empfand vor den beiden, die ihm nachjagten. »Teeren und federn, den Mädchenschänder! Teeren und federn!«

Sie hatte sich schon an seine Besuche gewöhnt, sogar an den Ärger über Besuche, nach denen sie ratlos und gereizt zurückblieb: sie glichen Ferngesprächen mit einem, der nach dem ersten Satz auflegt oder unterbrochen wird, Rufzeichen statt einer Stimme. Er ließ die Zimmertür halboffen und setzte sich nicht (Sie tragen mir die Ruhe raus, sagte

Franziska), manchmal ging er, wie über eine Eisdecke, an den Tisch und blätterte in den italienischen und französischen Architektur-Zeitschriften … An diesem Januarabend also, immer noch abgeschnitten von Uhlenhorst, Frau und Kindern, kam er wieder und fand Franziska mit tränenüberströmtem Gesicht in der Küche, er nahm ihr das Brotmesser aus der Hand und schlug die Hemdenmanschette um und schnitt die Zwiebeln, dann Speck auf einem Holzbrettchen exakt in sparsame Würfel. »Essen Sie mit«, sagte Franziska. Er spülte seine vom Speck fettigen Finger überm Ausguß ab, nach einer Weile sagte er unfreundlich: ja, meinetwegen.

»Was trinken Sie?« fragte Franziska. »Kaffee, Tee mit Zitrone? Rum ist nicht, leider.«

»Tee, aber nicht stark, ich muß mich mit meinem Magen in acht nehmen.« Er saß auf dem Holzstuhl, er hatte den Stuhl vom Fenster weggerückt. Am Küchenfenster waren keine Gardinen, und man konnte auf den Anger sehen und vom Anger her gesehen werden, und auf die Wohnblöcke, die ihn im Karree umstanden, und die Müllkübel neben den Kellertreppen und die bereiften Netze von Wäscheleinen mit gefrorenen Laken, die im Wind wie Brettertüren knarrten. Es war sehr warm in der Küche, und Schafheutlin streckte die Beine aus, wobei zwischen Hosenbein und Socke ein weißer baumwollener Streif sichtbar wurde, und lehnte den Kopf an die Wand, schläfrig vom Summen des Wasserkessels und von dem Geruch nach heißem Fett und gebräunten Zwiebeln, häuslicher Geruch, Herdwärme, die zu langsamen Gesprächen verleitet. So, in der Küche, beim Abwasch, hatte er seiner Mutter Geständnisse gemacht, halb ausgesprochen, halb verstanden beim Geschirrklappern, er war dreizehn oder vierzehn … sie sahen sich nicht an, redeten stockend, er rieb mit einem flauschigen blaukarierten Tuch die Teller blank … seine Mutter bückte sich übers Spülbecken, runder Rücken, Grübchen am Ellenbogen der runden und kurzen Arme … durch die halboffene Küchentür fiel grünliches Licht, im Wohnzimmer, unter der heruntergezogenen Hängelampe mit dem grünen Seidenschirm, Jettperlen am Saum, saß sein Vater, die Zeitung raschelte ... er dachte, wenn er seiner Mutter bei der Arbeit zusah, daß sie sich nie anzustrengen, nie den nächsten Schritt in einem Arbeitsgang zu überdenken schien: als sei ihr dieser gemächliche, von keiner hastigen oder überflüssigen Bewegung gestörte Rhythmus angeboren, uralte Erfahrung und nicht erlernbar ... sie trug auch ihre Kittelschürze wie ein Kleidungsstück, das ihr vor vielen Jahren ein für alle Male angepaßt worden war ... eine solide Schürze, nicht wie dieses handgroße Tändelläppchen. Feuerrot, eine gestickte schwarze Rose am Saum. Er blickte auf ihre Beine in Nylonstrümpfen, auf ihre Sandalen, die Zehen und Fersen frei ließen, und sagte: »Sie sind immer so dünn angezogen. Mit vierzig jammern Sie über Rheumatismus. Man muß sich nach der Witterung anziehen.«

Franziska riß den Wasserkessel vom Feuer. »Eitelkeit läßt keine Kälte durch, sagte meine Großmutter.«

»Hatte Ihre Großmutter noch mehr so weiser Sprüche?«

»Jede Menge. Wenn wir zuviel Pudding nahmen: Die Augen sind größer als der Magen ... Wenn wir unsere Portion nicht schafften: Was du zuviel hast, ißt du zuerst.« Sie strich Butterbrote, und es erschreckte Schafheutlin, daß sie die Butter in Scheiben aufs Brot legte: diese jungen Frauen können nicht wirtschaften. »Und wenn ich krank war«, sagte Franziska, »dann jagte sie mich aus dem Bett ... Krank? Ach wat, dat is alles Faulheit und Einbildung ... Und da hatte sie auch recht, denn meistens wollte ich bloß Schule schwänzen. Sie, sie war nie krank, bloß ganz zuletzt, 'ne Lungenentzündung, das hat sie umgebracht, wochenlang im Bett und nichts tun ...«

Schafheutlin nickte, ja, er erkannte sie, die bäuerliche Alte, ihre Apfelbäckchen und die pergamentene Schläfenhaut, ihre Hände, die immer an einem Strickzeug oder einer Stopfarbeit bosseln, und ihre Weisheit des einfachen Volkes ... Franziska drehte sich um, »aber nein«, sagte sie und lachte, »eine Bourgeoise, wenn es je eine gegeben hat. Übrigens eine Salon-Linke ... Sie hielt sich das ND, und bei Tisch erläuterte sie uns die neuesten Parteibeschlüsse, zum Entsetzen meiner Mutter, die behauptete: das Tischgespräch ist der Gradmesser für das Kulturniveau eines Hauses ...

Und unsere jecke Musik gefiel ihr, sie applaudierte meinem Bruder und mir, wenn wir Jitterbug tanzten, und Jitterbug war damals einfach das Letzte an Unzucht ... Und schön war sie, in der Art wie ein Hecht, verstehen Sie? Eine femme fatale mit solchen Augen«, sagte Franziska und zerrte mit den Zeigefingern die Augenwinkel nach oben, und Schafheutlin lachte. »Ich habe ihr Fotoalbum gefunden. Na ... Und das vor dem ersten Weltkrieg, denken Sie, in einer erzkatholischen Stadt ...«

»Und Ihr Großvater, wie war der?«

»Weiß nicht«, sagte Franziska. Sie schlug die Eier in die Pfanne und warf die Eierschalen in den Pappeimer unterm Herd. »Stattlich, nach den Fotos zu urteilen, aber ohne Belang. Er verwaltete ihre Brauereien. Vertrauensposten bleiben am besten in der Familie.« Schafheutlin zog die Beine unter den Stuhl. Aus irgendeinem Grund kränkte ihn ihr kalter boshafter Ton, ohne Belang, dachte er: als meinte sie einen anderen, nicht diesen längst Verstorbenen, schon Unglaubhaften, nur durch Fotos Bezeugten: bärtiger Mund, Stehkragen, hochgebürstetes Haar, Kneifer an einer schwarzen Schnur. »Sie hat erst mit dreißig geheiratet. Vernünftig.«

»Finden Sie?« sagte Schafheutlin. Seine Benommenheit war verflogen, die quallige Küchen-Vertraulichkeit, die ihn verführt hatte, zu schwatzen und Geschwätz über eine bourgeoise Lebedame zu hören und über Franziskas Schlitzaugen zu lachen. Er sagte ärgerlich: »Aber stochern Sie doch nicht mit einer silbernen Gabel in der Pfanne herum! Silber wird schwarz –«

»Ja«, sagte Franziska. »Wenn ich diese Halbzarten sehe ... ein Kind im Wagen, eins an der Hand, und schon wieder 'n Bauch ... Scheint überhaupt eine fruchtbare Gegend zu sein.«

»Neustadt hat im Republiksmaßstab den höchsten Geburtenzuwachs, das ist statistisch belegt.«

»Wie erklären Sie sich das?«

»Sehr einfach. Drei Faktoren: die altersmäßige Zusammensetzung der Bevölkerung; soziale Sicherheit, keine Wohnungsnot.«

»Sie haben den vierten Faktor vergessen.«

»Ja?« sagte er argwöhnisch.

»Langeweile. Um sieben ist die Stadt tot, toter als Pompeji und Herkulanum«, sagte Franziska, die sich aufzuregen begann. »Was soll man tun? Fernsehen oder Kinder machen –«

»Sie werden unsachlich«, sagte Schafheutlin. Er beugte sich vor und drehte die Gasflamme ab.

»Herr Schafheutlin, hier gibt's nicht mal 'n Kino.«

»Sie sind schlecht informiert. In der Altstadt –«

»Exitus«, sagte sie triumphierend. »Schwamm in den Dielen. Baupolizeilich geschlossen wegen Einsturzgefahr.«

»Das ist mir neu«, sagte Schafheutlin.

»Natürlich. Hier weiß die Linke nicht, was die Rechte tut. Na schön, kommen Sie essen.« Sie ging in ihr Zimmer, und Schafheutlin stand auf, er schaltete noch das Küchenlicht aus, er ging ihr nach wie gezogen, kurzbeinig und stämmig, durch den dunklen Korridor, durch die Tischreihen, die lautlos lärmenden Männer, er sah ihre aufgerissenen Münder wie auf einem Filmstreifen, der vorbeizuckte, aber stumm, und Landauers lautlos redenden Mund, seine dünnen Lippen auf dem Handgelenk, dem Gelenk ihrer Hand, die eine gedachte Schnur aufwickelte, und er blickte auf ihren Nacken und die flaumige Vertiefung überm Nacken, in die sich ein kupferfarbener Haarwirbel drehte, der jetzt, unter der Lampe, rot leuchtete, metallisches Rot, und er blieb unter der Tür stehen und sagte: »Wie alt waren Sie denn?«

»Ich? Neunzehn«, sagte sie, und Schafheutlin dachte, neunzehn, da war Uwe schon geboren und der erste zwei Jahre alt, und plötzlich, während er noch zurückrechnete, überfiel ihn eine scharfe lüsterne Neugier auf den Mann der Linkerhand, auf sein Gesicht, seine Hände, er war groß, bestimmt, solche kleinen Frauen sind verrückt nach großen Männern ... Der Schlag in die Magengrube zog ihn krumm, er atmete flach, das kam erwartet, beinahe erwünscht, und verging, langsam atmen, durch die Nase, warum in aller Welt plärren die Poeten nur von Herz und Herzweh? Er rückte den Stuhl an den Tisch und fing sofort an zu essen, unbequem vorgebeugt und mit schiefer Schulter; die linke warzengefleckte Hand hielt er zwischen den Knien fest. Franziska setzte sich auf ihr Bett, sprang aber gleich wieder auf und kramte im Schrank, »unser Katalog«, sagte sie, »Sie werden staunen, ein Katalog wie Neckermann.«

»Können Sie nicht eine Minute stillsitzen?«

»Jetzt habe ich Sie einmal hier«, sagte sie mit einem schlauen Lächeln, »und ich lasse Sie nicht weg, eh Sie nicht Ja und Amen gesagt haben.« Da er nicht antwortete, nicht mal aufblickte, der Klotz, bloß kaute und schluckte, hingelümmelt, eine Hand unterm Tisch, kehrte sie an ihren Platz zurück, pickte mit der Gabel in den Speckeiern herum und würgte am ersten Bissen, einem pappigen, versalzenen Klumpen. »Aber das ist ja ungenießbar!« sagte sie empört.

Schafheutlin blickte starr auf seinen Teller, er schwieg, und Franziska sah, wie sich auf seiner Stirn, zwischen den Brauen und am Haaransatz, Schweißtröpfchen sammelten. »Und Sie, Sie essen einfach«, stammelte sie, während ihr vor Verlegenheit Tränen in die Augen traten. »Unerhört ... Sie nehmen mich nicht ernst ... Entweder haben Sie keinen Geschmack –«

»Oder?« sagte Schafheutlin leise.

Franziska dachte, sie müßte jetzt aufstehen, das Geschirr abräumen, etwas Alltägliches tun, mit den alltäglichen, ungezwungenen Bewegungen wie immer, sie blieb sitzen, steif vor Schreck und vor Furcht, ihren Schreck zu verraten, zu stolpern wie damals im Atelier, unter Jakobs Augen, und gepeinigt von seinem Anblick, lächerlich und abstoßend, mit schweißnasser Stirn und rotem Gesicht, das kalte Aas, jetzt nur noch irgendein Mann, schwitzender, lächerlicher, abstoßender Mann, sie schwieg, obgleich sie fühlte, daß sie sich mit jeder Sekunde weiter von der Möglichkeit entfernte, einen Satz aufzusagen, und daß sie einen Augenblick wie geträumt erst durch ihr Schweigen wirklich machte, und nun, als die Stille dick und wattig aufs Trommelfell drückte, gab sie auf und überließ ihm, zu sprechen oder nicht, wegzugehen oder nicht, sie zog ihre Gedanken von ihm ab, und das Haus kam ihr zu Hilfe, diese Wohnwabe mit ihren Dutzenden nebeneinander und übereinander geschachtelter

Zellen und die Bewohner der Zellen, die ihre Signale aussandten, Lebenszeichen, Stimmen, Musik, Geräusche, an die sich Franziska gewöhnt hatte, die sie nicht wahrnahm, nicht mehr als das schläfrige Rauschen von Landregen, ein Gemisch von Lauten, die sie nur dann wieder hörte und unterscheiden konnte, wenn sich ein neuer Laut vordrängte oder ein bekannter plötzlich verwilderte: Trommelwirbel an einer Tür, mach auf, du Nutte, ich lang' mir deinen Kerl raus, und Ächzen von splitterndem Holz (hier griff der Verwalter ein, der ehemalige Untermann einer Akrobatengruppe, und klemmte mit einem Ringergriff den Eifersüchtigen in seine Armbeuge); Radiogebrüll bei offenem Fenster, eine wiehernde Klarinette, let's twist, im zweiten Stock schraubten sich die Mädchen vom Tiefbau in die Knie, rollten die Bäuche und die stabilen Hüften, schweißtreibende Exercitien für den Sonnabend, die Tanzdiele, Schuhe mit Stilettoabsatz und Brokat wie ein Korsett bis über die Schenkel … Hilferufe aus dem Ehepaar-Zimmer, das war komisch, und Franziska hing mit halbem Leib über dem Geländer, sie kicherte, obgleich übergruselt, Hilferufe des Mannes, der durchs Treppenhaus jagte, zerkratzt, in Unterhosen und Trikothemd, und beim Verwalter Schutz suchte vor der fetten kleinen Furie mit aufgelösten, wie Schlangen geringelten Haaren … Letzten Sonntag, nachmittags gegen fünf, das Martinshorn vor dem Paravent von üblichen Sonntagsgeräuschen, das trieb sogar Gertrud vom Katalog weg und ans Fenster: auf der Straße, in der schneebleichen Dämmerung, leuchtete das rote Kreuz, dann das weiße Tuch über der Trage, auch der Kopf war zugedeckt, Gas, jede Wette, sagte Gertrud, sie zählte an den Fingern nach, mindestens zwölf in dem Jahr, und immer sonntags (ein Zimmermann, hörten sie später, zwanzig oder einundzwanzig, Franziska erinnerte wasserhelle Räuberaugen, zu kurze Oberlippe, breite Samthosen und Schlapphut, dessen linke Krempe mit einem Achtzöller hochgesteckt war –, Gas wie vermutet, wer weiß warum, Liebeskummer, sagten die Leute im Haus, das leuchtete allen ein, mir auch, nach ein paar Tagen Unruhe wie über ein Versäumnis) …

Schafheutlin legte die Gabel, die er die ganze Zeit in der

Hand gehalten hatte, auf den Tellerrand, und die Linkerhand schreckte zusammen wie geweckt, dehnte sich und runzelte die Brauen, trotzdem sagte er den einzigen, ungeschicktesten Satz von allen zurechtgelegten und durchgespielten Sätzen her, »woran denken Sie?« fragte er, hatte keine Hoffnung, nur die Sehnsucht nach einer Hoffnung, und verlor sie, als sie ihn mit einem langsamen, zärtlichen Lächeln ansah. »Ich? An nichts«, sagte Franziska.

Unverändert in ihrer gedrillten Haltung, Schultern zurück, die Knie nach Tanzstundenregel geschlossen nebeneinander, hatte sie sich mühelos in den Zustand versetzt, den das Fuchsjunge Verreistsein genannt hatte: wenn Wilhelm, auf der Treppe sitzend, an die Wand starrte, auf ein Zeichen, das nur für ihn entzifferbar war. Sie wunderte sich jetzt erst, daß sie imstande gewesen war, die von ihrem Haus ausgesandten Signale aufzufangen, zu dechiffrieren und einem bestimmten Menschen zuzuordnen (Gertrud, die abends über den Dachboden schlich, ihre Schuhe im Korridor auszog und rauh flüsternd hinter der Tür fragte: störe ich?, Gertrud, deren mäusisch huschenden Augen nichts entging, erfuhr auf geheimnisvolle Weise jedermanns Lebenslauf und Schicksal und packte vor ihrer Freundin aus, während sie Stoffproben klebten und Preise notierten, vor Franziska, die nur mit halbem Ohr zuhörte und ach Gott murmelte oder nein, wirklich?), und sie sagte, während sie das Geschirr zusammenräumte: »Hören Sie? Der Lehrer ... Er spielt immer dieselben Platten ab und immer so leise, als ob er sein Grammophon und sich selbst unter einem Tuch versteckt.«

»Ich verstehe nicht, wovon – was für ein Lehrer?« sagte Schafheutlin.

»Der Dürre, Graue, der drei Jahre Zet abgerissen hat. Sitte.«

Schafheutlin rieb die linke Hand am Jackenärmel. »Tschaikowski?«

»Klavierkonzert Nr. 1, in b-Moll, opus 23«, schnurrte Franziska (unvergeßlich fürs ganze Leben Linkerhands pedantische Belehrungen). »Kersten oder Karsten. Er kippt Waggons im Tagebau, das ist Muskelarbeit, nicht wahr?, viel zu schwer, abends schleppt er sich die Treppen rauf wie tot.«

Sie trug das Geschirr in die Küche und ließ heißes Wasser über die Teller laufen. Sie stand ein paar Minuten am Küchenfenster, rauchte und blies den Rauch gegen die mit fettigem Dunst beschlagenen Scheiben und gegen ihr Spiegelbild auf der Scheibe, den farbigen, von Lichtreflexen gebrochenen Schatten, und ihre Gedanken drehten sich träge im Kreis und streiften Schafheutlin und den grauen Lehrer und Mr. Davis, der Shantys auf dem Akkordeon spielt, dunkel im verdunkelten Zimmer, die gelblichen Augäpfel rollend, on the banks of Sacramento, und dann ging sie in ihr Zimmer zurück. Schafheutlin blätterte in dem Katalog. »Na?« sagte Franziska.

»Eine gute Sache, ja«, sagte Schafheutlin.

»Einen Raum habe ich, am Kaufhof steht ein Laden leer –«

»Wir können nicht über Räume verfügen, die vom Handel bewirtschaftet werden.«

»Aber ich sage doch, er steht ewig leer, er wird nicht genutzt, warum sollen wir ihn nicht nutzen? Wir könnten gleich anfangen.«

Schafheutlin klappte den Ordner zu, er sagte in dem frostigen Ton wie immer: »Sie wollen alles, und Sie wollen alles sofort.«

»Natürlich«, sagte Franziska, und Schafheutlin sah hoch, zum erstenmal, seit sie wieder im Zimmer war, neben ihm, nah, er roch ihren schwachen Duft nach Apfelsinen, »natürlich«, wiederholte er, nicht ironisch wie beabsichtigt, sondern trüb und müde, das las er von ihrem Gesicht ab, ihrer höflich gelangweilten Miene: er ist, noch nicht vierzig, unmerklich aus dem Alter der Erwartungen übergewechselt ins Alter der Erfahrungen, er ist nicht enttäuscht, nur gelassener als früher, abgeklärt, wie man so sagt, und weiß, daß man im *Leben* nicht alles bekommt, was man sich wünscht, er weiß auch, daß die Linkerhand, die noch Einsicht mit Resignation verwechselt, ihm höflich und ungläubig zuhören, wenigstens so tun wird, als hörte sie zu, während sie sich in Gedanken Gott weiß wo herumtreibt ... Er sagte schnell: »Einverstanden, ich werde mit der Kreisdirektion verhandeln, ich werde das für Sie regeln. Ich versuche es«, fügte er einschränkend hinzu, aber das überhörte Franziska, »danke«, sagte sie strahlend: darauf hatte er gewartet wie auf eine Belohnung, danke und das Aufleuchten ihrer Augen, als habe er ihr einen Gefallen getan. Eine Gefälligkeit, ja, so nimmt sie es hin, weiß, worauf er wartet, und belohnt ihn oberflächlich, mit dem Lächeln für jedermann, aber genug für ihn, der eine gewöhnliche Zusage aus der Arbeitssphäre und ins Private rückt, nur durch das unnötige »für Sie«, nur durch eine leichte Veränderung im Ton. Er kniff die Lider zusammen. Ein Augenblick Mißtrauen, panisch, wütend, schweißtreibend wie Angst: das ist nur der Anfang, der erste Schritt zur Liederlichkeit, wenn nicht Korruption – die, mit ihren Wolfszähnen, hält fest, was sie erschnappt hat. Er fuhr zusammen wie ertappt, als es klopfte, und erhob sich, er stemmte die Fersen gegen den Boden.

Gertrud war lautlos, auf Strümpfen, durch den Korridor geschlichen, sie fragte: »Störe ich?« Durch den Türspalt erblickte sie Schafheutlin, sie zog sich sofort und lautlos zurück. »Herrje«, sagte Franziska, »morgen macht sie mir wieder die Hölle heiß.«

Draußen, auf der ungepflasterten Straße, fuhr dröhnend eine Kolonne Dumper vorbei. Schafheutlin raffte den Fenstervorhang beiseite, er nickte, Büffel, wie vermutet, und sein Nacken faltete sich in Wülste verdrossener Zufriedenheit. Die Lichtbahnen, die von hier oben kompakt erschienen, wie aus einem weißen elastischen Stoff, rutschten durch Schlaglöcher und über Bodenwellen, und die mit Ketten umspannten Hinterräder schleuderten Erdklumpen hoch und Wolken von Schnee, die im Scheinwerferkegel des folgenden Wagens funkelten. Manchmal lief ein zuckendes Licht um den Horizont, kalt und blau wie Wetterleuchten. An der Ruine des Bauernhauses bogen die Büffel nach links ab, auf die Chaussee. Schafheutlin ließ den Vorhang zurückfallen. »Sie fahren nicht für uns«, sagte er, sein Gesicht hatte sich verfinstert. Er sah sich um, als habe er vergessen, warum, wie er in das fremde Zimmer geraten sei. Motorenlärm und das Klirren der Schneeketten gerannen, während sich die Dumper auf der Chaussee von der Stadt und den Baustellen der Stadt entfernten, zu einem tiefen summenden Insektenton.

Im Korridor machte er einen halben Schritt zurück, er sagte: »Frau Linkerhand, ich kann Ihnen Ihren Umgang nicht vorschreiben. Trotzdem muß ich Sie darauf hinweisen, daß Ihre – Freundschaft mit Gertrud bei einigen Leuten Befremden hervorruft. Sie sollten sich nicht zu oft mit ihr in der Öffentlichkeit zeigen. Betrachten Sie das als einen gutgemeinten Rat in Ihrem eigenen Interesse, auch im Interesse unseres Büros.«

»Was für Leute, zum Teufel?«

»Das tut nichts zur Sache. Fakt ist, daß Gertrud in allen Lokalen, außer bei dieser Frau Hellwig, Gaststättenverbot hat, wir wissen warum, wir kennen auch ihr Vorleben –«

»Sie hat ein Vorleben, wie aufregend!« sagte Franziska.

Schafheutlin verschränkte die Hände auf dem Rücken. »Sie ist geschieden –«

»Ich auch.«

»– geschieden«, wiederholte er, »im Zusammenhang mit gewissen Vorfällen im Pädagogischen Institut, die ... kurzum, man sah sich gezwungen, sie zu relegieren. Sie war eine Zeitlang ständig unter Alkoholeinfluß.«

»Ich auch«, sagte Franziska verbissen.

»Ihr Mann hat sie aus den Vorlesungen geholt, beschimpft, in Gegenwart der Studentinnen geohrfeigt.«

»Ich hoffe, er ist bestraft worden«, sagte Franziska.

Das irritierte ihn. »Bestraft?« fragte er.

»Natürlich. Sie doch auch – dafür, daß so ein Schweinekerl sie ruiniert hat.«

»Sie werden schon wieder unsachlich«, sagte Schafheutlin. »Ich teile Ihnen nur Fakten mit. Man hat Aussprachen mit ihr geführt, leider ohne Ergebnis. Kein Anzeichen von moralischer Festigung. Ich weiß auch nichts davon, daß sie in den Jahren irgendeine Anstrengung unternommen hätte, ans Institut zurückzukehren.«

»Vielleicht schämt sie sich ... Würden Sie an eine Schule gehen, in der Sie coram publico gebackpfeift worden sind?«

Er begann sich über die starrsinnige Linkerhand zu ärgern. Er sagte schroff: »Gertrud ist stadtbekannt für ihre alkoholischen Exzesse, der Umgang mit ihr wirft ein schlechtes Licht auf Sie, nehmen Sie das zur Kenntnis.«

Exzesse. Nun mußte sie lachen. »Wir sind jeden Abend zusammen gewesen, Gertrud und ich, und ich kann Ihnen schwören, daß wir keine Orgien veranstaltet haben. Immer bloß Kaffee, falls Sie das interessiert.« Sie sagte langsam und stolz: »Sie hat seit Wochen keinen Schnaps getrunken.«

»Ich muß Sie enttäuschen. Ihre Freundin pflegt sich anschließend ins Restaurant zu begeben und das versäumte Quantum nachzuholen.«

»Das ist nicht wahr«, sagte Franziska leise. Schafheutlin schwieg, er sah ihr Gesicht wie an jenem Abend durch den Spion, ein jammervolles Frätzchen. »Und ich dachte, sie hat sich gebessert ...« Einen Augenblick wünschte er sich den Mut, die Unbesonnenheit, ihr übers Haar zu streichen, wenigstens die Hand auf ihre Schulter zu legen, warum denn nicht, eine väterliche, schlimmstenfalls onkelhafte Geste, sogar glaubhaft nach dem kindlichen Seufzer, der einer ungebesserten Freundin gilt; Kowalski, beim Schneeballen vor der Baracke, legt den Arm um sie, seinen pfahldicken, wie ein Zaunpfahl unempfindlichen Arm, er denkt sich nichts dabei, beneidenswert, dachte Schafheutlin, dabei ärgerte er sich über die lärmende Unbefangenheit von Kowalski, der blind sein muß, nervenlos, da er so deutlich nichts als kollegiales Wohlwollen für das Mädchen empfindet, dessen zarte Schulter er mit seiner dicken haarigen Pfote belastet.

Das Treppenlicht erlosch. Schafheutlin tastete über die Wand, er sagte im Dunkeln: »Gute Nacht, Franziska.« Er fand den Lichtknopf und stieg die Treppe hinab, deren Stufen mit Zigarettenstummeln und Bonbonpapier und mit Erdklumpen beschmutzt waren, die noch die Form eines Absatzes, Riefen und Eindrücke von Nagelköpfen festhielten; in Geländerhöhe zog sich ein grauer Streifen über die Wand, und am Fuß der Treppe hatte jemand ungelenke Buchstaben und ein obszönes Symbol in den Putz gekratzt. Schafheutlin atmete rasch und leicht; er, der mit keiner Wimper zuckte, wenn die Dumperfahrer auf ihn losrasten, wenn die Wagenschnauzen fast gegen seine Brust prallten, fühlte sich jetzt waghalsig und berauscht von seiner Waghalsigkeit. Franziska, was für ein altmodischer Name: wie eingraviert in Medaillons, eingetragen in Heiligenkalender, also mit Namenstag, vielleicht im Juni, vielleicht im August, jedenfalls Sommer, und einer Schutzpatronin, zuständig für Sperlinge und Sonnenblumen.

Am nächsten Abend fuhr er wieder nach Uhlenhorst,

dabei hatte ich auf ihn gewartet, nur so, nebenbei (immerhin gewartet), schon im voraus geärgert durch seine eingefrorene Miene, die blechernen Redewendungen – trotzdem war ich enttäuscht, als er nicht kam, wie über eine Untreue, ein nicht gehaltenes Versprechen. Nach neun dachte ich nur noch an Weglaufen (aber wohin?), da senkte sich die Decke herab, da rückten die Wände zusammen, und die Grillen schlüpften in meine Schuhe. Sehnsucht nach einer langen blitzenden Straße, Menschen, Autos, grünem Licht, bei dem du über die Kreuzung gespült wirst, dem starren Lächeln von Schaufensterpuppen, einer Tür, die Musik auf die Straße dreht, manchmal einen Schimmer von Gläsern, Haar, falschen bunten Steinen ... Einzige Zuflucht in diesen augenlosen Straßen das Restaurant, vielmehr die Kneipe von Frau Hellwig, die Theke, an der Mr. Davis lehnt, dick, sanft und asphaltschwarz, und hinter einem Tisch, hinter einer Zeitung, wer weiß, der erfundene Schulfreund ... Im Treppenhaus fing sie der Lehrer ab, Kersten oder Karsten, von dem Gertrud, wenn überhaupt, nur als dem Sittenstrolch sprach, dem Wüstling und Unhold; er bat sie in sein Zimmer. Franziska zögerte. »Bitte«, sagte der ehemalige Lehrer, jetzt Kipper Kersten: *A. Kersten,* so stand sein Name, in Antiqua und säuberlich mit Ausziehtusche gemalten Buchstaben, auf dem Kärtchen, das er an seine Zimmertür gezweckt hatte.

Unter der Decke baumelte eine Glühlampe ohne Schirm, und über den Metallbetten, die an Krankenhaus erinnerten, so daß man den stechenden Geruch von Desinfektionsmitteln wahrzunehmen glaubte, leuchteten die Sonnenblumen und die gelben Rahen der arlesischen Segelboote. Auf dem Bett zur Rechten, auf der glattgestrichenen karierten Decke, stand der Plattenspieler, und Franziska blickte mit gerunzelten Brauen auf die Platte, die sich drehte, leicht schlingernd, wie von Wellenringen bewegt, und das Kissen, mit dem der Lautsprecher verstopft war. »Entschuldigen Sie«, sagte Kersten, er knetete seine Hände, »ich bitte um Entschuldigung. – Beethoven, Sie verstehen. Die sogenannte Schicksalssinfonie ...«

Sie schloß die Augen und erkannte den kupferroten Mond, wie abgebildet auf der Innenseite der Lider, das Feuer im Kamin, Bücher, die sich auf dem Rost krümmten, einen grauseidenen Rücken und das Albinogesicht des rothaarigen Mannes, dem sie nachschnurrte: »Die Fünfte, c-Moll, opus 67.« Sie öffnete die Augen und lächelte Kersten zu. »Wie ein Papagei, was? Das kann ich noch im Schlaf.«

Er erwiderte ihr Lächeln mit einem Blick, verstört, aber [ein] Versuch, seine selbstauferlegte Quarantäne zu durchbrechen, das dauerte nur Sekunden, dann irrten seine Augen wieder ab; sie hatten den feuchten und zerknirschten Blick eines Hundes. Franziska errötete.

Kersten drehte die Platte um und tupfte mit einem schwarzen Samtbürstchen gedachten Staub aus den Rillen. Als er die Nadel auf die Platte, haargenau in die erste Rille senkte, zitterten seine verdickten, von Schwielen wie von Gicht krummgezogenen Finger, als bemühte er sich, die Präzisionsarbeit eines Uhrmachers zu leisten mit Händen, die ihm noch ungewohnt waren, mit Prothesen, die man ihm kürzlich erst angepaßt, in deren Gebrauch er nicht geübt [war], nie geübt sein wird, dachte Franziska. Er richtete sich auf. In diesem Moment war er begierig zu sprechen und, während seine Augen noch abirrten, halb entschlossen, viel wenn nicht alles der jungen Frau zu erzählen, die ohne Fragen und Ausflüchte in sein Zimmer, in das Schweigen seines Ausgeschlossenseins gekommen war. Sie ermutigte ihn nicht, sie hatte gar nichts bemerkt. Sie ging durch das Zimmer und nahm das Kissen vom Lautsprecher. Kersten erschrak, wagte aber nicht, ihre Hand festzuhalten. Er blickte ängstlich auf die Wand, und seine dürre Gestalt schien noch mehr zu schrumpfen. »Sie müssen doch nicht für alles um Verzeihung bitten«, sagte Franziska.

»Aber die Hausordnung«, sagte er.

»Aber Beethoven«, sagte Franziska. Sie setzte sich auf den Koffer am Fußende des Bettes und legte einen Arm auf den Metallrahmen, dann das Gesicht auf den Arm, als es ihr unerträglich wurde, zu sehen, wie der Mann sich duckte und lauerte, bereit, auf ein Klopfzeichen den sieghaften Marsch zu ersticken, sich dafür zu entschuldigen, daß er die Hausordnung verletzt, ärger: daß er durch ungebührlich laute Musik andere auf seine Existenz aufmerksam gemacht hat. Sie ging gleich nach dem dritten Satz. Sie hatte nicht mal die Handschuhe ausgezogen. Der Lehrer bedankte sich, wofür denn? dachte Franziska, die ihr Zögern vorhin, im Treppenhaus, vergessen hatte.

Sie sah die handgemalte Visitenkarte an der Zimmertür, die erschien ihr auf einmal wie eine Anrufung ans normale Leben, die schüchterne Botschaft eines Mannes, der sich noch nicht ganz aufgegeben hat, der unter den Trümmern seiner geordneten Welt nach Hausgerät wühlt, brauchbar fürs Weiterleben, und, wenn schon nichts anderes, das Namensschild aus Messing findet. *A. Kersten.* So bestätigte er sich seine Erinnerung an einen ordentlichen, unauffälligen Bürger Kersten von einst und die Möglichkeit (Hoffnung auf eine Möglichkeit), Bürger unter anderen Bürgern zu sein, mit Wohnung, Adresse, Familienfotos, Musiktruhe, Nachbarn, die ihn auf der Treppe grüßen: normal. Franziska sagte, sie werde nächstens wieder zum Konzert kommen; das überraschte sie selbst.

Nachts weckten sie Schreie, die aus dem Zimmer unter ihr drangen, das irre Kreischen einer Frauenstimme. Sie dachte: Mord. Sie sprang aus dem Bett und rannte barfuß und im Schlafanzug durch den Korridor und die Treppe hinab und prallte in einen Weiberschwarm, dann gegen die breite Brust des Verwalters, der stutzte, als er ihre verwilderten Augen sah, grinste und sagte: »Bloß keine Panik. Gleich haben wir's überstanden ...« Er trug gelassen seine zwei Zentner Muskeln und Knochen durch das Gewoge von Nachthemden und Bademänteln und halbnackten Busen. »Was denn, was denn?« stammelte Franziska. Die Mädchen lachten. »Die hat sich geschnürt bis aufs Letzte«, sagte die Furie aus dem Erdgeschoß, deren Kopf von Lockenwicklern starrte, »geschnürt, sage ich Ihnen, so eine Unvernunft, zu sehen war es aber doch. Mir, mir kann keine was vormachen.«

Die Wohnungstür stand offen. Das Mädchen war jetzt still, und Franziska merkte, daß sie vor Schreck und vor Kälte bebte; sie zog einen nackten Fuß hoch und rieb ihn an der Wade. Durch den Korridor eilte eine Frau, die ein nasses blutbeflecktes Laken trug. So dumm, die hat gar nichts vorbereitet, erzählte eine, nicht mal Windeln gekauft – als ob sie das Früchtchen durch bloßes Nichtdrandenken weghexen könnte ...

Sie zuckten zusammen, als wären sie durch eine Schnur verbunden: in zwei Minuten Stille hatte das Mädchen seine ganze Kraft gesammelt für einen Schrei, der tief und klagend begann und anschwoll und jeden anderen Laut, auch die Erinnerung an andere Laute verschlang. Sie drängten durch die Tür, auch Franziska, gepreßt von dem bettwarmen Fleisch dieser halbnackten jungen Frauen, benommen vom Geruch ihrer Angst (nahmen sie schon eigene Qualen, ihre eigenen Klagen vorweg?), und zwischen einer Schulter, einem erhobenen Arm erblickte sie das Bett, angewinkelte Knie und einen weißen, zuckenden, von Schweiß überrieselten Bauch, einen ungeheuren Bauch, dessen Haut, von blauen Adern wie Stricken umschnürt, zum Platzen gespannt war und der sich wand, als wollte er Fesseln sprengen. Der Kopf war nicht zu sehen; das Geschöpf dort, schien Franziska, bestand nur aus Knien, Leib und dem hohen heulenden Schrei, und während sie, blaß vor Ekel und Entsetzen, die Hand auf den Mund drückte, ahnte sie, wie allein das Mädchen war, unerreichbar für eine menschliche Stimme, für die fremdsprachigen Vokabeln Schmerz, Kind, Glück, ausschließlich mit der Arbeit des Gebärens beschäftigt und in einer Einsamkeit, die nur der des Sterbens vergleichbar ist.

Der Verwalter trieb sie hinaus und schloß die Tür. »Mein Gott, hört das denn nie auf?« sagte ein Mädchen mit blondiertem fusseligem Haar; ihre Zähne schlugen aufeinander, obgleich sie sich in einen Bademantel gewickelt und eine Decke um die Schultern geschlungen hatte.

»Ach was, das sind schnell vergessene Schmerzen«, sagte die dicke Frau, die sich abgebrüht gab. Sie neigte den mit Lockenwicklern gepanzerten Kopf zur Schulter und spitzte den Mund. »Das ist nun mal nicht anders ... Rein macht mehr Spaß als raus ...« Zu Franziska, die zitternd an der Wand lehnte, sagte sie in gutmütigem Ton: »Sie wer'n doch nich schlappmachen, Kleine ... Und barbeinig, so eine Unvernunft.«

Das blonde Mädchen stieß Franziska an. »Nimm meine Decke um.« Die Brigadierin brachte ihr Hausschuhe, verräterische Männerpantoffeln, und Franziska stieg dankbar hinein; sie waren kamelhaarbraun und so riesig wie die Pantoffeln des Schloßkastellans, in denen sie als kleines Mädchen über das Parkett in Sanssouci geschlittert war. Die hochgewachsene, breitschultrige Brigadierin blickte auf Franziska hinab, auf ihre Füße in den Kamelhaarpantoffeln. »Die verdammten Kerle«, sagte sie, das klang wie vereinbart, ein Stichwort, das den anderen die Zunge löste, ihre Füße in Bewegung setzte: jetzt rückten sie zusammen, verbündet durch ihren plötzlich aufflammenden Haß gegen die Männer und durch den angestrengten Hochmut derer, denen die schwerere Bürde zugefallen ist – als wäre die Leistung der Kreißenden ihrer aller Leistung, die sie über das anmaßende und wehleidige Männergeschlecht erhob; jetzt legten sie los, und Franziska errötete über die Schimpfreden und rohen Witze, den Austausch von Erfahrungen, die sie preisgaben, trotzdem fühlte sie sich zu ihrem Erstaunen eingeschlossen in den Kreis, in dem sie eben erst, vielleicht nur für die eine Nacht, Fuß gefaßt hatte.

Die ganze Zeit hatte sich keiner der Männer gezeigt, die im Haus wohnten, wach lagen und horchten ... aber Schafheutlin, dachte Franziska, der wär gekommen, der wär dem Verwalter zur Hand gegangen; merkwürdig, sie konnte sich vorstellen, daß Schafheutlin so ruhig wie der Verwalter, wenn auch auf andere Art ruhig, das Zimmer bewachte, sogar, daß er mit einem blutbefleckten Laken durch den Korridor eilte. Sie zog die Decke über der Brust zusammen, ihr war warm, beinahe wohlig, sie begann die Gesichter der Mädchen zu unterscheiden, die ihr sonst zum Verwechseln ähnlich erschienen waren, alle gleich grob, rissig und frostbraun unter den Kopftüchern, wenn sie nach Feierabend im Treppenhaus standen und tratschten, auf einmal verstummten und ihr nachstarrten, ihren Mantel und ihre Stiefel musterten, während Franziska treppauf in die Hotel-Etage stieg und fühlte, daß ihr Gesicht eisig, ihr Rücken steif wurde, als sei sie gezwungen, von Scheinwerfern geblendet über einen Laufsteg zu schreiten, zwischen Zuschauern, deren Gesichter im Dunkeln blieben, ein Schauspiel wie geträumt.

Gegen zwei verstummten die Schreie. Die Stille erschreckte sie wie ein neues unheimliches Geräusch. Sie horchten und warteten, bis die Dicke ihre Courage bewies, ihre Lebenserfahrung, die sie den verängstigten jungen Dingern überlegen machte, und mit gefaßter Miene, so oder so, man nimmt's, wie's kommt, die Korridortür aufklinkte. »Na also«, sagte sie in rechthaberischem Ton, und die Blonde brach sofort in Tränen aus, ganz leicht wie bei einem Film, dessen Ende sie kannte und erwartete, bereit loszuweinen. Aus dem Zimmer ertönte das dünne, entrüstete Schreien, das dem Mauzen von Katzen glich, wenn sie in Frühlingsnächten über die Höfe streichen. So schreit man also, wenn man auf die Welt kommt, dachte Franziska. Sie hätte jetzt gern eine Zigarette geraucht, auch den anderen die Schachtel angeboten, ein Vorwand, ihnen zuzulächeln, irgend etwas sagen zu dürfen; dabei war ihr die Kehle wie zugeschnürt. Ein Kind, denken Sie ... Sie empfand eine Regung von Stolz, ohne zu wissen warum.

Der Verwalter hatte die Hemdsärmel aufgekrempelt, unter denen sich Arme wie Keulen wölbten; sein Gesicht verriet keine Spur von Abspannung. »Alles okay«, sagte er. »Ging ganz glatt. Wenn erst der Kopf durch ist, kommt das andere von selbst nach. Ein Junge ...«

Ein Junge. Sie waren gerührt, bloß die Dicke zuckte die Schultern und sagte: »Junge oder Mädchen, die Alimente kann sie in den Rauch schreiben.«

Franziska schlurfte in ihren Riesenpantoffeln bis zur Schwelle, sie versuchte einen Blick ins Zimmer zu werfen (es erschien ihr auf einmal wichtig, sich davon zu überzeugen, daß sich jenes kopflose Geschöpf wieder in ein Mädchen wie andere verwandelt hatte, daß es atmend und flach unter einer Decke lag, die der Bauch kaum wölbte), aber der Hausvater schüttelte den Kopf, keine Ausnahme, nicht mal für Sie, sagte er und blinzelte Franziska zu, die er vorzog wie eine Lieblingsschülerin, vielleicht aus Mitleid mit diesem Federchen, vielleicht weil sie seine Zirkusgeschichten noch nicht kannte und, obschon steifgefroren, mit aufgerissenen Augen seinen Reiseabenteuern im Wohnwagen lauschte – abends, wenn er in Gladiatorenhaltung mit untergeschlagenen Armen und trotz der Januarkälte nur mit Hose und Netzhemd bekleidet, vor der Haustür stand und seine Herde musterte, die in den Pferch zurückströmte.

Nach ein paar Minuten hielt der Krankenwagen vor der Tür; der Fahrer hatte sich verirrt und in den Straßen ohne Namen lange vergebens nach dem Block gesucht. Franziska gab dem blonden Mädchen die Decke zurück, sie bedankte sich so eifrig, als könnte sie dadurch den Augenblick hinauszögern, in dem sie aus der Zugehörigkeit zu den anderen Mädchen entlassen wurde und allein in ihre Etage für die besseren Gäste hinaufstieg. Die Blonde, die sie vorhin geduzt hatte, nahm wortlos die Decke und gähnte, ohne die Hand vor den Mund zu halten.

Der Fahrer und der Arzthelfer im weißen Kittel kanteten die Trage, um durch die Tür zu kommen, und raunzten die Mädchen an, die nicht schnell genug beiseite sprangen, als wären die schuld an der Irrfahrt und Verspätung. »Na, dann«, sagte die Brigadierin, »früh um viere ist die Nacht rum.« Ihre Augen waren gerötet, und sie sah mürrisch und gereizt aus wie nach einem Rausch. So gingen sie auseinander, zu zweit und zu dritt in ihre Zimmer, die Dicke nach unten, zu ihrem Mann, den sie, wenn er nicht gehorsam wach lag, wecken würde, um ihm von dem Ereignis zu erzählen und von ihren Vermutungen über den Kindsvater, und Franziska stieg allein die Treppe hinauf, aber nur bis zum Absatz, dort blieb sie aufs Geländer gestützt stehen und wartete, bis die Männer mit der Trage kamen, bis sie das weiße Bündel sah, atmend und flach unterm Laken, und auf dem Kopfkissen einen Busch feuchter, geringelter Haare, und den Verwalter, der mit seinem lautlosen Panthergang der Trage folgte. »Haben Sie seine Finger nachgezählt?« fragte Franziska. »Und die Zehen?«

»Alles dran, wie's sich für einen jungen Mann gehört.«

»Und wie soll er heißen?«

»Mario«, sagte der Verwalter; der war vom Zirkus allerlei bunte Namen gewöhnt und wunderte sich über nichts. Also Mario – wie der italienische Filmheld, den das Mädchen im Kino gesehen hat: schwarzlockig und schwarzäugig, in der linken Hand eine Rose, in der rechten den Degen. Der kleine Mario ist blond, unehelich und unerwünscht, ein Zufallsfrüchtchen, dessen Vater sich über die Grenze verdrückt hat, Adresse unbekannt, und dessen Mutter ihr verweintes Gesicht unter dem Haarbusch versteckt ...

Ein paar Tage lang empfand Franziska, wenn sie abends den Block betrat, daß sie nach Hause kam – als habe sich seit jener Nacht etwas verändert in ihrer Beziehung zu dem Haus, vielleicht sogar zu der Stadt, diesem Labyrinth aus Beton, anonymen Straßen und Wohnsilos für eine geplante und statistisch erfaßbare Menge von Bewohnern mit ihren eingeplanten, kaum erforschten Bedürfnissen, der Stadt, die ihr nicht mehr bedeutete als eine Fotokopie ihres Bebauungsplanes. Sie durchstreifte die Straßen wißbegierig, aber unberührt, beobachtend, wie dieses neugeschaffene Gebilde funktionierte: ein Studienobjekt, an dem sie gelernte und gelesene Theorien überprüfte, über das sie im knochentrockenen Vokabular der Städtebauer nachdachte.

Als sie entdeckte, daß sich etwas zu verändern begann, war sie beunruhigt. Sie sträubte sich ... Nachts zuckten kalte Blitze überm Horizont, und sie hörte die dumpfen, langgezogenen Warnrufe (Schiffe, die ihren Hafen suchen), sie dachte: das werde ich auch vermissen, später. Sie versicherte sich schon zu oft, daß sie hier nur Gast sei und daß sie auf Jazwauks Frage: Keine Angst, hier hängenzubleiben? mit dem festen Nein wie vor einigen Wochen antworten konnte. Trotzdem verblaßte Regers Gesicht, und die Böttchergasse, und Nike in Ballettpose über der geborstenen Kuppel des N.schen Palais, und als sie eines Morgens den langsam schwenkenden Ausleger eines Turmdrehkrans über den Dächern sah, klopfte ihr Herz vor Aufregung, da ist er endlich, wir haben es geschafft, dachte sie, als habe sie, nicht Schafheutlin, monatelang um einen Rapid gestritten und korrespondiert, dessen Arm jetzt vor dem roten Himmel kreiste.

Nach Hause kommen: da stand der Gladiator vor der Tür, die Arme über der Brust gekreuzt, und zeigte Nackenwülste wie ein Bison. Er empfing Franziska – je nachdem, ob sie zu Fuß oder in Jazwauks Auto kam – wohlwollend oder streng, mit sorgenvollem Blick, und sie lehnte sich neben ihn, kreuzte die Arme wie er und schob die Hände unter die Achseln, um sich zu wärmen, und sagte: »Also die Pasellis ... Und was war mit Charly?«

Der Hirt behielt die Straße und seine Schäflein im Auge, während er ihr erzählte von den 5 Pasellis, bei denen er als Untermann gearbeitet hat, und von dem Clown Charly, der in der Manege starb, Herzschlag, ein schöner Tod, mitten in der Manege, stellen Sie sich vor, und das Publikum merkte nichts, die Stallburschen trugen ihn raus, und seine karierten Frackschöße schleppten im Sand, das sah aus wie geprobt, und Charly lachte, er konnte gar nicht aufhören zu lachen mit seinem großen, blutrot in die kreidige Clownsmaske gemalten Mund ... der Sand spritzte schon unter Pferdehufen, und die kaukasischen Reiter, unter den Bäuchen ihrer Pferde hängend, stießen schrille Schreie aus – Zirkuspublikum merkt nichts, ist immer ahnungslos, weil immer gefaßt auf Tricks und Tempo ... Er erzählte alle seine Geschichten, spaßige und traurige, in einem friedfertigen, zugleich entschiedenen Ton: so war es, ob Sie es nun glauben oder nicht. Über sich selbst verlor er kein Wort, und Franziska wagte ihn nicht zu fragen, warum er vom Zirkus weggegangen war: sie spürte seine Härte hinter der Miene des Riesen aus dem Bilderbuch, die eiserne Disziplin, die bei seiner Truppe geherrscht hatte und der er sich heute wie damals unterwarf. Der wird sich nie von einer Stimmung treiben lassen, Gefühle, vielleicht Heimweh, zu verraten und preiszugeben, was er ein für alle Male in sich verschlossen hat ... Er baute gelassen seine Figuren vor Franziska auf, Kautschukmenschen und Dompteure, Kunstreiter und den Fänger am Trapez, und ringsherum das Getier, Seehunde, Ponys und Löwen, die wie mürrische alte Männer aussehen, Elefanten und breitbrüstige Schimmel mit rosigen Nüstern ... Bären erwähnte er nur widerwillig: er hatte einmal mit ansehen müssen, wie ein Bärenjunges von einem großen Braunbären gefressen wurde; das hatte ihn mitgenommen, der kleine Bär jammerte und weinte wie ein Kind, er weinte, ja, sagte der Verwalter, und wir standen vorm Gitter und konnten ihm nicht mal den Fangschuß geben, der Große hatte ihn in eine Ecke geschleppt und fraß sich langsam in ihn hinein. Überhaupt Bären, sagte er, von Eisbären will ich schon gar nicht reden, dann lieber ein Dutzend Tiger ... Ich habe mal einen Zirkusfilm gesehen, sagte Franziska, da konnte der Dompteur seine Tiger hypnotisieren. Das ist doch Quatsch, mit dem magischen Blick und so, sagte der Verwalter. Sie dürfen bloß keine Angst haben, wenn Sie zu den Katzen reingehen, und dann, merken Sie sich, treiben Sie kein Tier in die Ecke, lassen Sie ihm die Fluchtdistanz, sonst greift es an.

So ihre Gespräche vor der Haustür. Franziska bestaunte den wie eine Tonne gewölbten Brustkasten des Hausvaters, und er sagte, sie solle ihn auf den Bauch hauen, mit aller Kraft. Franziska lachte, war zwar geniert, schlug ihn aber mit der Faust auf den Bauch und sagte: »Wie eine Betonwand.« Sie wußte noch nicht, daß sie eine Auszeichnung erfahren hatte; nicht mal die Dicke aus dem Erdgeschoß riskierte ein zweideutiges Lächeln, wenn sie in einer rosa Bettjacke und überquellend im Fenster lag, die Straße bewachte, auf der nichts geschah, und aus den Augenwinkeln Franziska und den Verwalter.

Mit dem letzten Schichtbus kam Mr. Davis, er hatte den weitesten Weg, über eine Stunde vom Tagebau Salchen bis nach Neustadt. Er sagte: »Guten Abend, Fraulein«, und reichte erst ihr, dann dem Verwalter seine Schachtel *Jubilar*; um das Flämmchen rundete er Hände, die innen heller waren, von einem rosigen Grau. Sie redeten bedächtig über den Frost und die Kohle, den Absetzer in Salchen und über die Löhne und ein neues Prämiensystem, das Franziska nicht leichter durchschaubar als die Quantenmechanik erschien, und das Mr. Davis mit der zermürbenden Gründlichkeit wie Wilhelm erklärte ... Haben wir schon von Mr. Davis erzählt?

Der Mann mit der Ziehharmonika, ja, der abends Shantys spielt, rolling home, rolling home, statt Gospels auf dem Banjo zu klimpern, Meer und Häfen erinnert statt weißer Baumwollfelder, dabei ist er im tiefsten Süden, nahe Jackson, Mississippi, geboren, ein großer, dicker, sanfter Neger, grauschwarz wie Asphalt. Vor Jahren ist er aus der US-Army getürmt, mit einem Bohrtrupp durch die Republik gewandert, schließlich in Neustadt hängengeblieben: hier, sagte er, gefallt es mir (er hat noch Schwierigkeiten mit den Umlauten, ä und äu, das finden die Mädchen goldig). Seinen richtigen Namen, Clarence Davis, hat man vergessen; die Männer vom Bohrtrupp haben ihn Rehlein getauft, und so nennt ihn alle Welt, Rehlein, der an jedem Finger ein Mädchen haben könnte, aber so gut wie verlobt ist mit einer vom Tagebau – keine Blondine, wie zu vermuten, sondern braun, schmal, hinkend. Sie heiraten, sobald sie eine Wohnung bekommen; inzwischen sitzt Rehlein im verdunkelten Zimmer und spielt Seemannslieder, oder drüben in der *Friedenstaube*, kloppt Skat und zeigt unglaubhaft weiße Zahnbögen, wenn er lächelt, weil er nicht alles versteht, was da geredet wird in sächsischer, thüringischer und mecklenburgischer Mundart. Streit anzufangen oder einen schweinischen Witz zu erzählen, das versuchen nur Greenhorns, nie die Stammkunden: der Tisch ist eine Insel der Friedfertigkeit, an dem Rehlein sitzt, dick und sanft, und mit asphaltschwarzen, innen helleren Händen seine Karten fächert ...

Die Mädchen vom Bau nickten ihr zu, wenn Franziska sie grüßte: übertrieben herzlich, fand sie selbst, hielt ihr Lächeln, ihre nette Grimasse aber fest, als sei eine Fernsehkamera auf sie gerichtet, während sie die Treppen hinaufstieg, Blicke im Nacken, die ihr Juckreiz verursachten. Einmal wird sie sich blitzschnell umdrehen, sie ertappen und Bescheid wissen: blicken sie spöttisch, mißtrauisch, gleichgültig? Übrigens ist es ihr schnuppe ... Trotzdem versuchte sie leise aufzutreten und ihre Absätze und eisenbeschlagenen Stiefelspitzen auf den Stufen nicht knallen zu lassen, sie wollte nicht auffallen, schon gar nicht provozieren durch West-Stiefel und puerilen Spaß am Lärm: sie empfand Unbehagen, beinahe Schuldbewußtsein gegenüber diesen frostverbrannten Frauen in ihren Watteuniformen und den schweren, vor Nässe schwarzen Filzstiefeln, erst recht, als sie vom Hausvater hörte, daß die meisten jünger waren als sie. Die sahen aber jetzt schon, zwanzigjährig, älter als Franziska aus (und zugleich alterslos wie Steine, dachte sie), mit der verwitterten Haut, die von einem Netz dünner Risse überzogen war, und dem harten Haar, das unter Wind und Regen pflanzenhaft, wie Flechte, wuchs.

Einmal sagte die Brigadierin im Vorübergehen zu Franziska, es sei lausig kalt draußen, und Franziska sagte ja, das war schon alles, immerhin ein Wink vom anderen Gestade ... Sie wartete darauf, wiedererkannt und angerufen zu werden; als es endlich geschah, war sie steif vor Schüchternheit. »Sie, Fräulein«, rief die Blonde, die an der Wohnungstür gelauert hatte, in Trainingshosen und einem blauen, unter den Achseln verblichenen Pullover, den sie auf der bloßen Haut trug. »Sie haben das Kino dichtgemacht«, sagte sie vorwurfsvoll.

»Ich? Wieso denn ich? Die Baupolizei ...« Sie blickte an dem Mädchen vorbei und in den verluderten Korridor, in das Zimmer mit Kasernenspinden und drei Betten.

»Mehr hat man hier doch nicht«, sagte das Mädchen, »bloß Kino –«

Franziska schwieg. In dem Zimmer herrschte ein Durcheinander von Steppjacken, rosa Wäschestücken, hochhackigen Pumps, Marmeladegläsern, leeren Milchflaschen und allerlei Kram, Kämme, Taschenspiegel, ein paar Papierrosen im Wasserglas, eine Trachtenpuppe mit dem weißen Spitzentuch der Spreewälderin, Nadeln und blaue Wollknäuel – eine Unordnung, wie sie nur Frauen hervorbringen können, die, beengt und ständig gereizt durch die Enge, aufgegeben haben, gegen den Staub und die tückisch aus allen Fächern quellenden Sachen und gegen ihre eigene Trägheit zu kämpfen.

»– Kino und sonnabends mal Tanz im Schützenhaus. War'n Sie mal da? Das ist Ihnen vielleicht ein Schuppen, so'ne Nahkampfdiele, verstehen Sie, kaum daß man sich drehen kann, und bloß Gartenstühle, die ruiniern einem jede Woche ein paar Strümpfe.« Sie bemerkte Franziskas Blick und drehte sich um; dabei bewegten sich ihre Brüste unter dem Pullover wie runde weiche Tiere; sie wollte die Tür mit dem Fuß zustoßen, ließ es aber und hob die Schultern, halb trotzig, halb ergeben. »Da sehen Sie, wie unsereins haust ... Sie, Sie wohnen allein.«

Das traf Franziska wie eine Anschuldigung; in diesem Augenblick war sie bereit, Schafheutlin recht zu geben, seine Nüchternheit und die starre Begrenzung auf eine Pflichtaufgabe zu bejahen, als könnte sie sich damit vor ihren Nachbarinnen rechtfertigen, die auf eine Wohnung warteten, die eigenen vier Wände, ein Badezimmer, in dem nicht die Strümpfe und Büstenhalter anderer Mädchen trocknen.

»Sie sind eben Intelligenz«, sagte die Blonde. Franziska glaubte einen feindseligen Ton herauszuhören, und ihre Stimmung schlug um, sie hatte den Clan wiedererkannt. Mit einem Mann hätte sie gestritten; dem Mädchen antwortete sie mit einem boshaften und genauen Blick auf die abgekauten Fingernägel, die gebleichten Haare, die am Scheitel und über der Stirn dunkel nachwuchsen, die Krähe, die sollte wenigstens was unterziehen, bei dem Busen.

In ihrem Zimmer wütete sie gegen diese Weiber und gegen sich selbst, weil sie um Freundlichkeit gebuhlt hatte, sie rief sich mit bitterer Genugtuung den Clan ins Gedächtnis zurück, den Haß der Exß-Familie gegen die Gebildeten, ihr dumpfes Mißtrauen gegen die da oben und jeden, der anders ist als sie, ihre sentimentalen Räuberballaden, die Nippsachen, Porzellanhündchen und marzipanrosa Nymphen mit Windspielen, und die kolorierten Bilder über den Betten im Schlafzimmer, das sie vertraulich zwinkernd ihr Arbeitszimmer nannten ... Wolfgang biß die Zähne zusammen; sie erfuhr nie, was ihn mehr bedrückte, Scham für seine Brüder oder Ärger über seine Frau, die keinen Spaß verstand und mit ihrer eingeschnappten Miene allen die Laune verdarb ...

einmal mußte sie sich übergeben, bei einer Geburtstagsfeier, als die Schwester, die vor Lachen kreischte, Bockwürste in einem Nachttopf hereintrug ... Sie zwang sich, an die rüden Witze der Mädchen zu denken, dieser Megären, die auf Männer schimpften und Männer in ihr Zimmer schmuggelten, sobald der Verwalter die Augen abwandte; bei einer Razzia hatte die Streife zwei Paare in einem Zimmer aufgestört, in einem anderen zwei Mädchen mit einem Mann im Bett, die wurden dann noch frech, spuckten und fuhren den Polizisten mit den Nägeln ins Gesicht ...

Eine andere Welt, sagte sich Franziska. Es gab ihr aber doch einen Stich, als sie freitags vom Verwalter erfuhr, daß die Mädchen für einen Kinderwagen gesammelt, daß sie Jäckchen und Mützen gehäkelt hatten. Franziska war um nichts gebeten worden; sie preßte gekränkt die Lippen zusammen.

Spätabends klopfte die Blonde; sie streckte Franziska die Hand hin. »Griepentrog. Sie können Käte sagen.« Die anderen, sagte sie, hätten gewettet, sie würde sich nicht trauen, das Fräulein einzuladen.

Sie trauten sich nicht. Franziska mußte lachen; sie fand die Griepentrog jetzt hübsch mit den weinbraunen Augen und üppigen, wenn auch aufgesprungenen Lippen. Die sagte ihre Einladung her wie auswendig gelernt, aber zerstreut, während sie ungeniert das Zimmer musterte, und Franziska war froh, daß sie Jakobs Bild, jene anstößige Olympia, noch nicht aufgehängt hatte. »Sagen Sie, was zahlen Sie hier Miete? ... Teuer ... Mittwoch hab ich sie auf Station besucht. Sie heult. Nimm Vernunft an, sag ich, reg dich nicht auf, die Milch bleibt dir noch weg. Wennschon, sagt sie. Die anderen haben ihre Männer zu Besuch, darum heult sie, und weil die Zicken sie immer aushorchen wollen, wer der Vater ist ... Gehn Sie mir bloß weg mit den anständigen Frauen! Ich möchte nicht den Trauschein von denen sehn, ich nicht ... Du mußt doch überhaupt keinen Stolz haben, sag ich, daß du vor denen heulst ... Haben Sie das gebaut?« Sie deutete auf die Fotos, die Franziska mit Heftpflaster an den Schrank geklebt hatte, die von Seilnetzen überdachten Cafés und Pavillons. »Schick. Wie Möwen.«

»Wie schwerelos, nicht wahr?« sagte Franziska eifrig und schickte sich an, eine neue Konstruktionsmethode zu erklären, bei der es kein Stütze-Last-Verhältnis mehr gibt, und die technischen Probleme der Seilnetzverspannungen, Probleme von bestrickendem Reiz, freilich nicht für die Griepentrog, die Interesse nicht mal vortäuschte, sondern rundheraus sagte: »Das ist mir zu hoch. Ich bin aus der sechsten Klasse raus, damit Sie Bescheid wissen, und Mathe kann ich schon gar nicht.«

»Aber ich sprach von Physik«, murmelte Franziska, und die Blonde sah sie scharf an und wiederholte: »Aus der sechsten. Zweimal sitzengeblieben, dann ab, Geld verdienen. Mir hat keiner was geschenkt ...« Sie lehnte sich an den Schrank und rieb nachdenklich den Rücken an der Schrankkante. »Dabei, ich war nicht dumm ... Aber machen Sie mal Schularbeiten, wenn um Sie rum sieben Gören bläken und sich kloppen, und der Alte immer dazwischen ... Der ging erst abends auf Arbeit, als Nachtwächter, der war invalid aus dem Krieg gekommen ... Nachher hatte ich einfach keine Lust mehr. So blöd. Jetzt steht's mir bis hier, man ist doch bloß Putzlappen für jedermann. Ich hab mich zum Lehrgang gemeldet, ich will endlich aus dem Dreck raus, Kran fahren, am liebsten Rapid Fünf, je höher, desto besser, aber ich schaff's nicht, in Mathe bleibe ich schon bei den iks hängen.«

»Kleine Fische«, platzte Franziska raus, sie sah, wie sich die weinbraunen Augen verdunkelten, und gab einer Aufwallung von Mitleid nach (acht Kinder, Höllenlärm, der Krüppel, der zwischen Stube und Küche herumstelzt, sein Stock klopft auf den Boden), sie sagte: »Zeigen Sie mir die Aufgaben.« Die Griepentrog zierte sich nicht, holte ihr Heft und setzte sich neben Franziska, die mit spitzen Fingern blätterte. »Aber in Maschinenkunde bin ich gut«, sagte sie. Sie roch scharf nach Achselschweiß; das verstörte Franziska, sie wäre gern etwas von ihr abgerückt, wagte es aber nicht, weil das Mädchen ihr so unbefangen und neugierig ins Gesicht, auf den Mund blickte ... Die Unbefangenheit verlor sie rasch nach der dritten ungelösten, unlösbaren Aufgabe, sie kämpfte gegen die Unbekannte Größe wie gegen einen Feind, der sein Gesicht nicht zeigt, und ihre Lehrerin hob die Brauen, als wollte sie sagen: kleine Fische, – das machte sie erst recht unsicher und aus Unsicherheit albern, sie begann laut zu seufzen, kratzte sich die Nase und zeigte zwischen den Zähnen ihre Zungenspitze, die lila verfärbt war, weil sie immer wieder den Kopierstift befeuchtete. Sie schwitzte stark, und Franziska fauchte vor Ungeduld. »Nehmen Sie sich zusammen. Denken Sie nach ...« In Wahrheit erbitterte sie mehr der beißende Geruch als ein schwerfälliger Verstand. »Wie halten Sie bloß den Stift? Ihre Zahlen torkeln herum wie betrunken.«

Wenn Käte den Kopierstift aufs Papier drückte, krampfte sie die Finger zusammen, daß die Kuppen weiß wurden. »Locker«, sagte Franziska, »so«, und sie nahm den Stift, vertrautes Instrument, und zeichnete leicht und ohne abzusetzen einen Kreis wie gezirkelt, dann eine Ellipse, die kann man an jedem Punkt nachmessen, dachte sie, plötzlich von Freude durchflutet, Freude über ihre Fertigkeit, über die Schönheit geometrischer Figuren und über die Hand, die ihr gehorchte (vergessen die Mühen des Trainings), und sie beugte sich vor, Käte zu, deren fusseliges blondes Haar ihre Schläfe streifte, und sagte: »Denken Sie, was für eine herrliche Konstruktion unsere Hand ist, der Daumen, die Finger ... und was für ein Gefühl, wenn man sie gebraucht, um zu zeichnen, Zahlen und Buchstaben zu schreiben ...«

Käte legte ihre Hand neben Franziskas Hand, sie zeigte stumm, wie einen besonderen Ausweis, ihre Finger, die sich nicht mehr gerade biegen ließen, und die bis aufs Nagelbett abgewetzten Fingernägel. Das dürfte es gar nicht mehr geben, dachte Franziska, daß Frauen so verschandelte Hände haben. »Ich weiß schon, was Sie jetzt denken. Intelligenz ... Das sagten Sie neulich abends, Intelligenz, wie ein Schimpfwort.«

Käte schüttelte den Kopf. »Anders. Bloß so ... Darüber regt man sich schon gar nicht mehr auf, daß die Intelligenz alles besser hat, daran hat man sich doch schon gewöhnt. Euch blasen sie noch Staubzucker in den Hintern.«

Franziska stand auf. Ihre Freude war erloschen. Sie ging

im Zimmer herum, die Daumen in den Gürtel gehakt, nach einer Weile sagte sie: »Wissen Sie, wie lange ich zur Schule gegangen bin? Siebzehn Jahre.« Sie war selbst erstaunt. Siebzehn Jahre, ein Viertel des Lebens. »Sie haben es vorgezogen, Geld zu verdienen –«

»Wieviel schon«, sagte Käte wegwerfend, und Franziska lachte. »Ich weiß verdammt genau wieviel, mir können Sie nichts vormachen, ich habe auf dem Bau gearbeitet ... Von Staubzucker weiß ich nichts. Soll ich mich schämen, weil ich für meine Arbeit bezahlt werde? Und Sie, werden Sie sich vor Ihren Freundinnen schämen, wenn Sie mit Lohngruppe sechs auf den Rapid umsteigen? Falls Sie jemals einen Kran fahren«, setzte sie hinzu; jetzt rächte sie sich, auch für ihr eigenes törichtes Schuldgefühl, dabei erschreckte sie schon der Gedanke an die unvermeidliche Szene, Türknallen, böse Blicke im Treppenhaus, die beleidigte Miene der Griepentrog. Aber die hob nur die Schultern, halb ergeben, halb trotzig. »Ich hab Ihnen gleich gesagt, ich kapier's nicht.« Sie versuchte zu spaßen: »Dumm geboren, nichts dazugelernt ...«

Franziska stand hinter ihr, sie blickte auf den dunklen Scheitel im gebleichten Haar. »In Ihrem Kopf ist noch Platz für alle xs und ys der Welt ... Was ist? Fangen wir nochmal an? Sie werden diese Unbekannten schon durchschauen. Also. Vorn ist die Musik.«

Nach einer Stunde war sie so erschöpft wie die Griepentrog. Sie biß die Zähne zusammen, um nicht aufzuschreien. Das ging so langsam, kein Sprung, nur ein Schrittchen ... Sie verabredeten sich für den Sonntag. Franziska dachte an Verrat. Trotzdem sagte sie nein, als Jazwauk sie einlud, am Sonntag mit ihm in die Bezirksstadt zu fahren, ins Kino zu gehen, *Rot und Schwarz*, hinterher in eine Bar, »nein, mein schöner Maurice, ich bin vergeben. Nicht, was du vermutest. Eine junge Dame, die Schwierigkeiten mit der Mathematik hat.«

Jazwauk sah sie an. In der Kantine wurde schon darüber geklatscht, daß die Linkerhand jeden Abend das versoffene Stück, die Gertrud, aus der Kneipe holte. Merkwürdig, er konnte nicht mitlachen. Das ist doch ihre Sache, sagte er, ohne das verbindliche Lächeln wie sonst. »Du wirst tugendhaft wie ein Pfadfinder. Jeden Tag eine gute Tat … Warum machst du das?«

»Warum, warum … Darum. Außerdem sehe ich mir nicht mit dir zusammen ›Rot und Schwarz‹ an, weil ich weiß, daß du kichern wirst, wenn Madame Renal ihm die Füße küßt, und daß ich schrecklich weinen werde, wenn Julien zum Richtplatz geht …«

Der Sonntag in Neustadt. Dieser oder ein anderer, gleichviel, sie glichen sich alle. Erinnernd fühle ich wieder die bleierne Schwere in den Gliedern, Schlaf als Fluchtversuch, die Traurigkeit: war denn sonntags immer der Himmel grau, erstickten die Straßen im Nebel? Atemnot, als drückte dir eine Hand den Hals zu … Das Haus ist stiller als sonst, die Familienväter sind übers Wochenende nach Hause gefahren, die anderen schlafen sich aus, erst gegen zehn rauschen die Wasserspülungen, dudeln Radios Marschmusik, Opernarien, Goldener Pavillon. Ich trödele herum, das Bett ist nicht gemacht, der Aschenbecher voller Kippen, ich rauche und blättere in den eleganten Zeitschriften (Fotos auf Kunstdruckpapier, die Texte in Englisch, Französisch, Italienisch), der Alte Mann hat ein Kloster gebaut, weiß in den weißen Felsen am Mittelmeer, der Glockenturm wie eine Klippe gewachsen … Stahlprofilgitter, die stürzenden Linien, die unmenschliche Fassade eines Büro-Hochhauses … Chagall malt in der Pariser Oper … Bungalows, englischer Rasen, versenkbare Glaswände, eine Terrasse mit Kamin, orangerote Sonnensegel … Mode-Zeitschriften, Bauten, die den langbeinigen, flachbrüstigen, überschlanken Mannequins gleichen, in Kleider eingenäht, die keine normale Frau tragen kann. Die Haute Couture der Architektur.

Mittags gehe ich ins Restaurant. Essen ist nur ein Vorwand, um ein paar Leute zu sehen, vielleicht den Fremden mit der gebrochenen Nase, aber der kommt schon lange nicht mehr, sagt Frau Hellwig, übrigens ungefragt. Der Ventilator wirbelt den Essendunst durcheinander, es riecht nach Kohl und Bratenfett, und aus der Küche hört man Geschirrklappern. Niemals geschieht ein Wunder. Sonntagmittag ist das Restaurant fast leer; Essengehen ist hier nicht Sitte, man kocht selbst, die ganze Woche Betriebsküche, danke, das reicht. Frau Hellwig duftet nach frischgestärktem Leinen und Kölnisch-Wasser, sie trägt jetzt beim Servieren Sandalen mit Korksohlen, hoch wie Kothurne, die Männer starren auf ihre Beine, und wenn sie vom Tisch zur Theke schreitet, drehen sich die Männerköpfe wie von Marionettenfäden gelenkt mit … Der Herr vom *International* hat sein Angebot wiederholt. Bleiben Sie hier, sage ich, für Sie baue ich eine Tanzbar, eine Nachtbar, ein Nachtkabarett … Ein Scherz; ich kenne die Planziffern.

Später gehe ich durch die Straßen (nur aus Gewohnheit nenne ich die Häuserreihen bei diesem Ehrennamen: Straßen), die auf einem Acker enden oder an einem leeren windigen Platz, auf dem Hügel von Mutterboden aufgeschüttet sind. In die verschneiten Hügel sind Pfähle gerammt, da hängen an Wäscheleinen Unterhosen und Overalls, die, gefroren und reglos, wie halbierte Männer aussehen; auf einem Hügel rodeln Kinder, das ist nicht gestattet, aber sie wissen es nicht und schleppen unermahnt ihre Schlitten den kurzen steilen Hang hinauf, lauter Drei- und Vierjährige: die sind schon in Neustadt geboren.

Frühe Dämmerung. Die Straßenlampen flammen auf, sie färben sich apfelgrün, dann gelb um einen rosigen Lichtkern. Auf der Hauptstraße habe ich fünf Autos gezählt, drei Trabant, einen Wartburg, einen Jeep, und vierzehn Menschen: ein Liebespaar, von der Schulter bis zur Hüfte wie zusammengewachsen, fünf Leute an der Bushaltestelle, vier auf dem Heimweg, eilig, hinter hochgeschlagenen Mantelkragen, und drei Betrunkene, sie sangen mit zurückgeworfenem Kopf und hatten einander die Arme um den Nacken geschlungen, bierselige Bruderschaft. Mit der Dunkelheit, die die ockerfarbenen Fassaden verwischt, kommt die Furcht, jedenfalls das Gefühl, nicht sicher zu sein: diese Straßen haben keine Augen und Ohren. Das letzte Stück bis zu meinem Block renne ich, eine Hand in der Tasche, den Schlüsselbund wie einen Schlagring über die Finger gestreift. Vor mir steigen Rehlein und sein hinkendes Mädchen die Treppen hinauf, er legt seine schwarze Hand stützend unter ihren

Ellenbogen ... die haben's gut, die sind nicht allein am Sonntagabend ...

Unterwegs, in der kalten Stadt, habe ich mich nach meiner Wohnhöhle gesehnt ... jetzt treibt es mich schon wieder fort, kaum ist die Tür hinter mir zugeschlagen (die Falle zugeschnappt). Ich koche mir Kaffee. Die Küche duftet nach Kaffee, Gemütlichkeit, Familienglück, dem ganzen Schwindel. Ich verbrenne mir die Finger am Wasserkessel und gebe dem Kessel schuld, wir sind per du, ich beschimpfe ihn und drehe mich erschrocken nach einer Stimme um, also meiner eigenen Stimme. Unterm Fenster: der verschneite Anger, die Blöcke im Karree, hinter jedem Küchenfenster die gleiche Milchglasglocke, an der gleichen Stelle überm Gasherd, durch Gardinen flimmert mattblaues Licht, Fernsehen überträgt ein Fußballspiel oder Tele-Tips oder einen Schwank oder istdochegalwas, eine Frau im Hauskittel läuft zum Müllkübel und kippt einen Eimer aus (es knallt wie ein Schuß, als der Eisendeckel des Kübels zuschlägt), wenn wenigstens eine Katze, ABC die Katze lief im Schnee, und mit ihren Pfoten ein Muster – Keine Katze.

Ich liebe Städte.

Irgendwo auf der Welt muß es Städte geben und den Widerschein ihrer Lichter am Himmel und Trottoirs und Menschengedränge, in das du dich wie ein Schwimmer wirfst ...

Der Winterhimmel hat sich ein für alle Male über die Siedlung gestülpt (die Falle ist zugeschnappt). Man sagt: das Leben verrinnt ... als sei Leben etwas Stoffliches, die drei Fingerspitzen Sand im Stundenglas. Jetzt weiß ich, Sonntagnachmittag am Fenster, wie das Leben verrinnt, ich kann es hören, ein zartes trockenes Geräusch. Bei uns zu Haus gab es noch eine dieser altmodischen Eieruhren, ein Glas mit enger Taille; wenn der Sand durchgerieselt war, drehten wir sie um, und das Spiel begann von neuem ... Der Kaffeeduft erfüllt die Küche, unsere weißgekachelte Küche, die so groß ist wie ein Anatomiesaal, und ich sehe die Blautannen im Garten und den Nußbaum von Frau Direktor, ich horche auf den Schritt von Wilhelm, seinen Jägertrott zur Speisekammer, Wilhelm ist dreizehn, schweigsam und mürrisch, er reißt mich an den Zöpfen, nur so im Vorbeigehen, gewissermaßen prophylaktisch: wehe, du petzt, – und auf den flinken Schritt der Großen Alten Dame, die Wilhelm zwar erwischt, aber entwischen läßt mit einem Stück vom schwarzbraunen Katenschinken und bloß für die Ohren meiner Mutter schimpft: waat, Kääl, ich schnigge dir der Hals aff, da ist er schon über alle Berge, und unsere schlitzäugige Spießgesellin klatscht in die Hände, als jagte sie die Katze aus der Speisekammer (ihre Ringe klirren aneinander), klatscht in die Hände, die vermodert sind, Staub, ein paar zierlich angeordnete Knöchelchen; einzig der Ehering, den die Sünderin fromm mit ins Grab genommen hat, dauert und überdauert Fingerglieder, Seide und Eichenholz …

Sonntags denke ich über den Tod nach, über die ungewisse Stunde, hora incerta (die Stimme des rothaarigen Mannes), ich stelle mir mühelos vor: ich bin tot. Mühelos, weil ich immer die Stunde überspringe, den idiotischen, tödlichen Zufall – es kann nur ein Zufall sein, die Flugzeuge über der Stadt tragen keine Bombenlast – und dort beginne, wo schon zu Ende ist, was sich nicht denken läßt: sterben. Aber den sandigen Friedhof kann ich mir vorstellen, den Engel Aristide, die Gesichter der Lebenden. Niemand wird mich vermissen. Fünfundzwanzig Jahre, und ich habe nicht gelebt, nur Leben vorbereitet, bestenfalls geprobt. Ich habe keine Schule und kein Theater gebaut und niemanden geliebt, nur geträumt: von einem großartigen Bau, von der großen Liebe. Was bleibt von mir? Ein Dutzend Entwürfe und Ideenskizzen und die Zeichnungen mit meinem Namen, rechts in der Ecke, neben dem Namenszug von Reger; Halle und Treppenaufgang im Westflügel des Gewandhauses; Gedanken – aber das sind keine meßbaren Größen –, die mit den Gedanken anderer in ein Projekt eingegangen sind; ein Foto vom Richtfest, Gruppenbild, aufbewahrt von wer weiß wem, er hat mit dem Fingernagel ein Kreuzchen ins Fotopapier geschrammt, entsinnt sich nicht mehr, warum, erinnert nur den Namen, eine gewisse Linkerhand, die war ganz begabt; leider, von der hört man auch nichts mehr (eben die übliche Geschichte mit diesen vielversprechenden jungen Leuten).

Ich habe keine Zeit zu verlieren. Jeder Tag ist ein Tag meines Lebens, der ins Dunkle fällt …

Gegen fünf kam die Griepentrog, hochwillkommen, mit ihrem Schulheft; sie hatte sich geschminkt, die Augenbrauen mit einem schwarzen Stift nachgemalt und saß prall in einem Jerseykleid. »Manchmal möchte man aus dem Fenster springen«, sagte sie, »oder wenigstens die Scheiben einschlagen …« Sie hatte, wie Franziska gestern, an Verrat gedacht, dann aber die Mathematik der sonntäglichen Langeweile vorgezogen, Strümpfestopfen und Radiogeplärr und dem Blick auf den Acker und die Ruine des Bauernhauses; eine aus ihrem Zimmer war weggegangen, mit einer Tanzliebe vom Abend vorher, die andere lag auf dem Bett und schlief, ihr Mund stand offen, und ihr Atem, ihre Haare, das Kleid, das sie im Morgengrauen über einen Stuhl geworfen hatte, rochen nach Fusel und Tabakrauch. »Ein Kino, das ist doch nicht zuviel verlangt, sagen Sie selbst, was hat man hier von seinem Leben?«

»Sie haben wenigstens noch das Schützenhaus«, murmelte Franziska; sie war bestürzt, als Käte sofort, als habe sie nur auf das Stichwort gewartet, sagte: »Kommen Sie doch mit nächsten Sonnabend.« Franziska schüttelte den Kopf. Im ersten Jahr war sie mit Wolfgang und ihm zuliebe tanzen gegangen (aus Eitelkeit, dachte sie jetzt: der umschwärmte Held der Tanzböden hatte nur noch für mich Augen), in ein Ballhaus, in Säle, die früher einem Schützenverein oder Bismarckbund gehört hatten, einer Freimaurerloge oder der Theatertruppe von Amateuren aus der guten Gesellschaft … Ach, sie kennt die hölzernen Galerien, das mit Stearinflocken bestreute Parkett, Papiergirlanden vom letzten Winzerfest und die Aushilfskellner in weißen, unterm Arm schweißgelben Jacken; die Jungs, die an der Theke lehnen und versuchen wie Männer im Drugstore auszusehen, lässig, Standbein, Spielbein, gedrehte Hüfte sind filmreif, auch das wie beim Zielen zugekniffene Auge überm Bierglas, wenn sie den Mädchen nachpfeifen, die in der Tanzpause zur Toilette gehen, immer zu zweit oder zu dritt, sich schubsen und schnippisch auf die Zurufe der Jungs antworten, dieser Ekel, was die sich einbilden … Sie kennt den Nachgeschmack der roten und grünen Liköre, die laute Musik, Trommel, Trompete oder Saxophon, Klavier, wenn's hoch kommt; den Geruch nach Haarpomade, Staub und Schweiß und billigem Parfüm, die Toiletten mit blinden Spiegeln, Haarnadeln und Seifenschaum im Waschbecken, und den letzten Tanz, Good night, Irene, den tanzen sie Wange an Wange, umhalst wie Schwäne, und die Augen sind leer vor Erwartung, noch ein paar Takte, die letzte taumelnde Drehung, noch eine Zugabe, durch heftiges Klatschen erzwungen, und die geflüsterten Abmachungen, der Heimweg, ein Park, der Hausflur – soviel Hoffnung für die Zeit zwischen dem letzten Tanz und Montagmorgen.

»Unmöglich«, sagte sie und fügte mit einem Lächeln hinzu, das die Schroffheit ihrer Absage mildern sollte: »Nein, aus dem Alter bin ich raus.«

»So jung, wie Sie aussehen ... Wir müssen immer lachen über Ihre abgegnabbelten Haare, weil, zuerst dachten welche, Sie sind der Junge von dem Krauskopp.« Sie schlug sich auf den Mund. »Das hätte ich wohl nicht sagen dürfen?«

Schafheutlin. Franziska versuchte sich sein Gesicht vorzustellen, wenn er erfährt, daß sie sich im Schützenhaus rumgetrieben hat, einem Bumslokal dritter, wenn nicht vierter Klasse, und er erfährt es, das ist sicher. Wennschon. Der sitzt in seinem Uhlenhorst, mit Frau und Kindern, Haus und Garten, zwischen Wäldern statt Sandwüsten wie hier, eine Busstunde weit weg von der Stadt, die er baut und die so langweilig ist wie er selbst. Das erbitterte sie. Langweiliger alter Esel, der mir von Pflichten spricht, dabei wärmt er sich sonntags in einem Landstädtchen (sie sah grüne Fensterläden, den Markt mit umgittertem Brunnen, Kramläden, rosafarbene Giebel, einen Ratskeller, dessen Tische und Täfelung vom Alter gebräunt sind) – während er die Griepentrog, Gertrud, mich dazu verdammt, zwischen den Schlafkammern aus Beton herumzuirren und Fensterscheiben einzuschlagen.

»Nächsten Sonnabend?« sagte sie. »Na schön. Warum eigentlich nicht?«

Seit jenem Abend hatte sie mit Schafheutlin kein Wort gewechselt, er ging ihr aus dem Weg, geschickt, das fiel niemandem außer Franziska auf. Hinter der Lattenwand hörte sie seine Schritte, seine Stimme, wenn er telefonierte, kurzangebunden, sachlich wie immer, warum auch nicht?, sie drehte Jazwauks Kofferradio auf, zappelnde Musik, man spielt wieder Charleston, ausgerechnet Bananen, jetzt ärgert er sich, weiß sie, frohlockt sie, yes, Sir, that's my Baby, jetzt wird er ungeduldig, trommelt gegen die Lattenwand ... Nein. Kein Faustschlag gebietet Ruhe; dafür flucht jenseits der anderen Wand Kowalski auf diese Irren und ihre Heule. Ihr verdammten jungen Hunde! Ich reiße euch die Ohren ab!

Abends, wenn sie mit Jazwauk über den Friedhof ging, sah er ihnen nach, das fühlte sie; drehte sie sich um, war Schafheutlins Fenster leer. Das Neonlicht, das den Schnee blaßgrün färbte, schien durch Aquarienglas zu fallen. Im Dunkeln, zwischen Kreuzen und Grabhügeln, schlich kindliche Furcht in ihr Herz zurück, Erinnerung an hexische Vorgänge (man weiß, was sich damals in der Standuhr begab –), sie klammerte sich an Jazwauks Arm und wagte keinen zweiten Blick zurück ... erst später, im Traum und allein, erblickte sie das Fenster, jetzt die gläserne Wand eines Riesenaquariums, in dem Algenfäden trieben, von einer leichten Strömung gewiegt, zwischen Amazonaspflanzen mit spiralig gedrehten Blättern und Wasserpest, dessen herzförmige Blätter sich wie Fächer bewegten; trotz der lautlosen Bewegung wirkten sie, durchtränkt von dem kalten hellgrünen Licht, wie gefroren, in einen Eisblock eingeschlossene Gewächse vergangener Erdzeitalter.

Aus der Tiefe, dort, wo die Lichtquelle verborgen sein mußte, glitt ein Schatten nach vorn, der einem platten Torpedo glich und den stumpfen Glanz von Eisen hatte. Er schwamm ohne Flossenschlag durch die Algen und die langsam fächelnden Blätter, ein großer Fisch mit einem Menschengesicht, Schafheutlins Gesicht, sah sie, überm Stirnbein und unterhalb des Mundes geschuppt. Merkwürdig, die Verwandlung erstaunte sie nicht, alles Wunderbare schien ihr möglich, sogar natürlich, und sie erinnerte sich sofort – als an tatsächliche Begebenheiten, die in die Zeit ihrer Kindheit fielen – an andere Metamorphosen, meist als Strafe verhängt: wie im Fall der tyrrhenischen Schiffer, die Bacchus wegen ihrer Frevel in Delphine verwandelt hat; selten erwünscht oder gar erkauft wie von der kleinen Seejungfrau, Menschenbeine für einen Fischleib, man weiß, um welchen Preis: Stummheit und der Schmerz bei jedem Schritt, als ob sie auf scharfe Messer träte ...

Der Menschenfisch prallte gegen die Scheibe, fuhr zurück und stieß von neuem mit der Nase ans Glas, und Franziska lachte, sie sah mit boshafter Genugtuung zu, wie er sich wand und ohne Flossenschlag, stumm und stupid, nach vorn schoß, Stirn und Nase prellte, umsonst, obschon die Scheibe unter den Stößen zitterte, und mit schuppigem Mund schnappte, vielleicht sprach, vielleicht schrie; Luftbläschen perlten schräg nach oben. Er blickte sie mit den grauen hervorstehenden Augen Schafheutlins an, und sie lachte, obgleich er ihr leid tat, armer komischer Fisch, doppelt eingesperrt in den Glaskasten, in den platten Schuppenleib. Auf einmal wurde ihr bang von einem knirschenden Geräusch, das erst dumpf, wie aus weiter Entfernung, dann schärfer und näher klang, Knirschen, mit dem die Eisdecke auf einem See reißt, sie sah die haardünnen Sprünge in der Scheibe, die sich verbreiterten und von Feuchtigkeit dunkel färbten, sie wollte fliehen und rührte sich nicht, starr vor Furcht und Neugier. Sie erwachte in dem Augenblick, als das Glas zersplitterte, ihr Herz schlug wild. Das wiederholte sich, der Traum von dem stummen Gefangenen, der aus der grünen Tiefe nach vorn glitt, auch ihr Gefühl, halb Schadenfreude, halb Mitleid, mit dem sie seine Versuche, sich zu befreien, beobachtete, bis zu dem Moment, wenn Wasser durch die Risse sickerte, und das Erwachen, eben noch rechtzeitig, bevor Unausdenkbares geschah ...

Abends gingen sie zu Marios Mutter, früher einfach Rosi, jetzt Rosemarie, blaß und stolz, in einem Stillkittel, vorn zum Aufknöpfen. Die gestiefelten Feen beugten sich über den Waschkorb, zwitscherten und schnalzten mit den Fingern, isternichtsüß?, sie ließen Gummipuppen tanzen, vor seinen leeren blauen Augen, und Rosemarie lächelte nachsichtig. Er sieht noch nichts. Gar nichts? Nichts, wenn ich euch sage. Aber ihr Lächeln, stolz und nachsichtig, deutete geheimnisvolle Beziehungen an; kein Arzt der Welt hätte ihr ausgeredet, daß sie die Ausnahme ist, sie, die er sucht und wiedererkennt, das fühlt sie, weiß sie, dagegen kann die Wissenschaft nicht an, und behält es für sich, unnahbar.

Er war prinzlich empfangen worden, Mario, der Erstgeborene in diesem Haus der Wanderer und Wartenden. Auf dem Tisch häuften sich die flaumigen blauen Wollsachen, nichts zu danken, sagten die Mädchen, die auf mitgebrachten Stühlen oder auf der Bettkante saßen und Kaffee tranken; Geburt oder Begräbnis, Kaffee und Kuchen muß sein. Franziska hatte ein Taufkleid gekauft, sündhaft teuer und ganz überflüssig, denn Mario war bloß standesamtlich, aber Spitzen und Schleifchen fanden Beifall, das bleibt für Sonntag, bestimmte Rosi, Perlonseide zwischen den Fingern reibend. Auf dem Fensterbrett stand ein Zweig Flieder im Wasserglas, neben Flaschen mit Eierlikör und Bergmannsschnaps, lila Flieder, der welkte schon, als die Flaschen zur Neige gingen und die Mädchen leise kreischten, die Hand auf den Mund gepreßt, und Rosi lachte, daß ihr die geringelten Haare ins Gesicht fielen, keine Rede mehr vom flüchtigen Kindesvater, von Scham und Schande und Inswassergehen, ein paar Tränen, das schon, aber vor Rührung, als die Brigadierin den Kinderwagen ins Zimmer rollte, eine Gondel, blau und weiß, die zwischen hohen Rädern schaukelte. Keine Silbe also über den Kerl, das schien verabredet (sie darf nicht grübeln, sagte die Griepentrog; aus ihrem Mund klang das Wort schwer wie Unheil und schwarze Erde, grübeln, graben, begraben), ebenfalls verabredet die Beschwerden übers Kino, an Franziska gerichtet, die bis dahin schweigsam auf der Bettkante gesessen hatte, ein Glas in der Hand, das oft nachgefüllt wurde, absichtlich oft, darf man annehmen; eine listige Verschwörung, ohne anderen Erfolg, als daß die Linkerhand langsamer und deutlicher sprach als sonst, ein bißchen lispelnd, das war drollig, aber enttäuschend, die verträgt wie ein Mann, und so, langsam und lispelnd, erklärte sie die Beschlüsse von Volkswirtschaftsrat und Plankommission und das Bauprogramm für Neustadt (ich argumentiere schon wie Schafheutlin), erklärte einsichtig, wofür sie Einsicht nicht erwartete, nicht einmal wünschte. WirwollenaberinsKinogehen. Als ob ich mir nicht ein Bein danach ausreißen würde, ein Filmtheater zu projektieren ... Sie rieb Daumen und Zeigefinger aneinander, die Geste verstanden sie: kein Geld, haha, aber zum Rausschmeißen ist Geld da, Sie sollten mal sehn, was wir da draußen unterbuddeln, Rüstholz und Schwellen und Klinker, davon können Sie drei Kinos bauen, macht nichts, immer weg damit, wir haben's ja, und einmal, nachts, ich weiß nicht wie viele Tonnen Kohlen. Kohlen? So wahr ich hier sitze, Bruch-Briketts, Bruch, aber noch gut genug zum Heizen, die mußten wir, statt den alten Leuten, aber so sind die, lieber bei Nacht und Nebel verscharren, wir haben bald geheult, wie die Raupen den Graben zuschoben. Das kam von oben, da kann man nichts machen. Wer viel fragt ... wie mein Vater sagte: du darfst alles essen, aber nicht alles wissen.

Sie schwiegen und wechselten Blicke, als die Griepentrog triumphierend sagte: »Sie kommt mit tanzen, ins Schützenhaus.« Fatales Schweigen, also doch unerwünscht, dachte Franziska, sie saß wie auf Nadeln. Käte lachte verlegen. »Immer deine Einfälle«, sagte die Brigadierin.

Rosi schüttelte die Ringelhaare zurück, sie sagte in mütterlichem Ton: »Aber das ist doch nichts für Sie.«

Franziska sah sie an. »Und für Sie ist es was?«

»Sie sind Besseres gewöhnt«, sagte Rosemarie und lenkte rasch, ehe Franziska antworten konnte, das Gespräch auf Klinik-Erfahrungen, jonglierte mit Beschwörungsformeln in zweifelhaftem Latein und verriet Dinge, Dinge, sage ich euch, und verweilte auf dem Wort, auf dem i, ein i spitz wie ein Messer, Schlimmstes andeutend – hier fiel der Chorus ein, die Mädchen, angefeuert vom Bergmannsschnaps, jede mit einer Geschichte, ach was, einem Dutzend Geschichten, ich kenne eine, bei uns im Dorf, ihr glaubt ja nicht was, unsere Nachbarin, das ist noch gar nichts gegen, von der hast du schon dreimal, aber die Alte nebenan ... Aberglauben quoll hoch, die trübe Flut überlieferter Vorurteile,

Erinnerung und von Müttern übernommene Erinnerung an Arme-Leute-Krankheiten und Unfälle, und das Zimmer füllte sich mit den Schatten der an Schwindsucht und Krebs gestorbenen Verwandten und Bekannten und den blutigen Gespenstern abgestürzter Schornsteinbauer, zwischen Waggons zerquetschter Eisenbahner, im Ofen verglühter Kesselmaurer und lebendig in Beton eingesargter Bauarbeiter, und Franziska war zumute, als blättere sie wieder im alten Legendenbuch vom Leben und Sterben der Märtyrer, den kruden und naiv bunten Bildern, die den Heiligen Laurentius auf dem Rost darstellten und den Heiligen Sebastian, mit Pfeilen gespickt. Sie schauderte vor der Genauigkeit, mit der die Mädchen Stationen des Sterbens schilderten, dem behaglichen Verweilen bei Einzelheiten, krud und bunt wie jene Bilder von Zange, Rost und Flammen, Marterleibern und Legionärsfratzen.

Soviel Vertrautheit mit dem Tod! Sie kamen mir steinalt vor ... Ich hatte noch keine Toten gesehen, außer der Großen Alten Dame und der Nachbarsfamilie: der Ingenieur, Nora, die beiden Kinder, auf dem Rasen ausgelegt in ihren Sonntagskleidern – bis heute weiß ich nicht, ob ich sie wirklich sah, bevor Wilhelm mich über den Zaun warf, oder mir nur vorstellte, später, nach Wilhelms Bericht, die arme Nora mit ausgebreiteten Armen, die Ameisen auf der Stirn des kleinen Mädchens ... Die Große Alte Dame war friedlich gestorben, alt und lebenssatt, auch meine Urgroßeltern und deren Eltern, hochbetagt und friedlich in ihrem Bett, umstanden von Kindern und Enkeln, beweint und würdig bestattet: so stirbt man bei uns, in unseren Kreisen, wie Madame meine Mutter sagte, das ist die Regel, die manchmal ein Krieg durcheinanderbringt, manchmal eine Krankheit, unheilbar trotz Hausarzt, Sanatorium, Höhenluft und Hühnerfleisch, und selten ein abenteuerliches Unternehmen, etwa Einmischung in Politik (Großonkel Albert war die Ausnahme, der wurde erschossen, fiel aber auf der falschen Seite, historisch gesehen).

Mir war ziemlich übel, Ben, wir saßen schon bis an die Knöchel im Blut ... Merkwürdig, diese Lust, beinahe Wollust, mit der sie von Greueln hörten und redeten, war nur die andere Seite von Ergebung: die Mädchen nahmen Leiden hin wie Naturereignisse, gegen die der Mensch machtlos ist. Sie waren geduldig. Geduld der kleinen Leute, die an einem Schalter Schlange stehen, die unsinnigen Anordnungen gehorchen und Kohlen verscharren, die sich mit einem Schützenhaus begnügen ... einem miesen Schuppen, Gartentisch, Gartenstühle, wie beschrieben (die kosteten mich auch ein Paar Strümpfe), der verschwitzte Kellner, die Western-Statisten an der Theke, Standbein, Spielbein, gedrehte Hüfte, bloß die Haare sind kürzer, die Hosenbeine enger als damals, vor fünf Jahren, und Bierdunst, elektrische Gitarre, überpaukt vom Schlagzeug, Stilettohämmer auf dem Parkett, das Geschiebe von Brokathintern, karierten Hemden, Konfektion in Blau; später tanzen sie hemdsärmelig unter Luftschlangen und Papiermonden von Silvester, knutschen an den Tischen, einmal geht das Licht aus, Attraktion oder Defekt, jedenfalls erfolgreich, Stimmung! grölen einige, dann viele, – wären die Fenster nicht staubblind, sähe man jetzt, zwei Minuten lang, den Mond und das rote Neon-T über der Tankstelle; gegen Mitternacht ist die Luft im Saal eine kompakte graublaue Masse, und die Schlägerei im Hof, unter kahlen Kastanienbäumen, war längst fällig, sowas riecht man. Nachher sahen wir Blut im Schnee.

Wir sind nicht sitzengeblieben, Käte und ich, nicht für einen Tanz, ein paarmal brachte der Kellner Kirschlikör, den wir nicht bestellt hatten, und wir kippten das klebrige Zeug untern Tisch. Wir flüchteten vor zudringlichen Kavalieren durch den Hinterausgang und über den Hof und rannten zur Bushaltestelle. Ein Mädchen in Perlonkleid taumelte vorbei, sie war höchstens sechzehn und sinnlos besoffen, mit Tanzschuhen im Schnee, sie verschwand im Dunkeln, zwischen den Vorort-Häusern, als wir ihr nachwollten. Ein Bursche im Trenchcoat hatte sein Mädchen gegen den Gartenzaun gelehnt, er faßte ihr unter den Rock, eine Schweinerei, auf offener Straße, sagten zwei ältere Leute an der Haltestelle und guckten weg, dann wieder hin und dachten sich ihr Teil über die Jugend von heute. Am Sonntag machten wir Schularbeiten, Körperberechnung, und Käte haute den Kopierstift ins Papier, als müßte sie Kegel und Pyramiden aus weißem Stein rausmeißeln, macht nichts, letzte Woche hat sie eine Drei geschrieben, das ist schon was, darauf können wir uns was einbilden.

Sie müssen ja wunder was von uns denken, sagte Käte, und ich sagte, nein, von Ihnen nicht, und meinte Schafheutlin, obwohl, der ist nur ein Rädchen, funktionierend, weil verzahnt mit anderen Rädchen, bescheiden und zuverlässig, keinesfalls befugt, ins Getriebe zu greifen,

keinesfalls befugt, Beschlüsse zu mißachten, sagte er – Montag morgen, auf dem Weg durch die Stadt –, Mittel an anderer Stelle als geplant zu verbrauchen, also Gesetze zu verletzen. »Nicht verletzen, bloß umgehen«, sagte Franziska, und er sah sie an wie eine Brandstifterin, die ihn überreden wollte, den Benzinkanister zu tragen, wenn sie auszog, Feuer an ein Haus zu legen. Er hatte sie frühmorgens in sein Büro rufen lassen und gefragt, ob sie zur Baustelle im neuen Wohnkomplex mitkommen wolle, eine Frage, die er wie einen Befehl vorbrachte, aber Franziska strahlte, sie ließ sich eine Wattejacke aufnötigen, obgleich das Wetter über Nacht umgeschlagen war und lauer Wind durch die Straßen jagte; den weißen Schutzhelm henkelte sie am Lederriemen wie einen Marktkorb in die Armbeuge.

Von den Dächern rutschten Klumpen nassen Schnees und klatschten in den Morast und in die Tümpel von Schneewasser. Später begann es zu regnen. Franziska stemmte sich gegen den Wind, sie wäre beinahe vornüber gefallen, als sie um eine Hausecke bogen, in den Windschatten; Schafheutlin hielt sie am Ärmel fest. Vor den neuen Wohnblöcken hielten Möbelwagen, und die Leute liefen mit Stühlen und Matratzen beladen vom Wagen zur Tür, mit Hausrat, der unter freiem Himmel, im Regen, ärmlich und wie zusammengeborgt aussah; ein Buffet prahlte mit geschnitzten Früchten und Trauben auf den Türen und verriet sich, gedreht, durch seine Rückwand, eine ungebeizte fasrige Holzplatte.

In der nächsten Querstraße packte sie wieder der Wind. Hier standen die Blöcke noch leer, mit unverputzten Wänden, grauer, von Fugen genarbter Haut, und im Regen, der jetzt schräg und dicht fiel, glichen sie verwitternden Häuserattrappen für einen Film, der längst abgedreht ist, und das Gerümpel am Weg verstärkte den Eindruck von einer hastig errichteten, in Hast verlassenen Kulissenstraße: Strohwische, eine Kabeltrommel, zerbrochene Platten, aus denen Armierungsstäbe ragten, Planken und Drahtknäuel und eine Badewanne, die wie ein angeschwemmtes Tier ihren gelben Bauch, ihre klauenförmigen Füße nach oben streckte. Nur die Messingrahmen der Türen schimmerten in der diesigen Luft, und die mit weißer Farbe auf die Fensterscheiben gemalten Kreuze, hier und da Strichmännchen oder Gesichter, wie Kinder sie malen, Pünktchen, Pünktchen, Komma, Strich, fertig ist das Mondgesicht.

Sie hielten sich in Straßenmitte, zwischen den wassergefüllten Reifen- und Kettenspuren, trotzdem saugte sich bei jedem Schritt zäher Schlamm an ihren Stiefeln fest, sie wateten, zerrten sich vorwärts, und Schafheutlins Miene verfinsterte sich. Der Ärger meldete sich wie ein Reflex; die hundertmal gerügte Schlamperei der Bauleute erfüllte ihn mit ohnmächtiger Wut, als sei er verurteilt, an Händen und Füßen gefesselt zusehen zu müssen, wie das liederliche Volk Hundertmarkscheine in den Dreck stampfte. Er bereute auch, daß er die Linkerhand mitgeschleppt hatte, eine Frau in dem Hundewetter, man weiß, wie das endet: mit einer Flut von Vorwürfen, als sei er schuld an Sturm und Regen, verwüsteter Frisur und dem todsicheren Schnupfen, oder mit Duldermiene und der Stummheit, die ihn klaglos und unwiderruflich ins Unrecht setzt. Sie schwankte neben ihm, eine nachlässig ausgestopfte Wattejacke, und er lenkte das Ding ohne Kopf und Gesicht über Planken, die sich schmatzend in den Schlamm gruben, in einen Hauseingang. Franziska schlug den Kragen zurück und kramte nach Taschenspiegel und Kamm, sie sagte: »Ich sehe schrecklich aus.«

»Wie eine Reklame für gesunde Kindernahrung«, sagte Schafheutlin. Sie grinste in den Spiegel und blies die Backen auf. »Tatsächlich, *Das gute Citrosan.* Halten Sie mal. Nein, höher.« Er war froh, daß sie es so aufnahm. Er hielt den Spiegel und sah ihr zu, wie sie das nasse Haar erst nach hinten kämmte, dann nach vorn, über die Schläfen und in die Stirn zupfte und wieder zurückkämmte, umständliche und, wie ihm schien, sinnlose Manöver, die er bei seiner Frau nie ohne Gereiztheit verfolgte. »Setzen Sie doch den Helm auf«, sagte er, aber sie sträubte sich, ich mach mich nicht lächerlich, und murrte, sie sei kein Praktikant im zweiten Semester, schon gar nicht Minister mit behelmtem Gefolge, die sehen immer verkleidet aus, besonders die Dicken, zum Lachen wie seriöse Herrn mit Papierhütchen.

Sie standen unterm Vordach und rauchten. »Aber dieses Schützenhaus ist un-glaub-lich«, sagte Franziska, und Schafheutlin, zum drittenmal und nicht mehr geduldig, aber beherrscht: »Ja. Sicher. Trotzdem können wir nicht mehr umprojektieren. Ausgeschlossen, daß wir aus Mitteln für den komplexen Wohnungsbau ein Objekt bauen, das in den Stadtkern gehört –«

»– der noch nicht existiert«, warf sie ein.

»Richtig«, sagte er und nickte ihr zu, ein Lehrer, dessen schwieriger Schüler sich im Netz seiner eigenen Spitzfindigkeiten gefangen hat, »desto einleuchtender, daß jeder Komplex sein Zentrum braucht, also auch seine Gaststätte, darauf haben die Bewohner ein Recht so gut wie auf die Versorgungseinrichtungen. Selbst wenn Ihr Gedanke einer Umprojektierung realisierbar wäre, würden wir gegen die Interessen der Bewohner im neuen WK verstoßen, weil wir ihnen gesellschaftliche Räume und damit Kontaktmöglichkeiten entziehen ... Sie sind noch nicht überzeugt?«

Ein Versuchsballon, er war geplatzt, kaum hatte sie ihn aufsteigen lassen, das kam erwartet, versicherte sich Franziska. Die kleine Chance, daß Schafheutlin ihren Vorschlag prüfen würde, hatte sie nur aus Höflichkeit genutzt (man soll auch an der kleinsten Chance nicht grußlos vorübergehen). Sie blickte in den Regen, den Windböen zerrissen und bald nach vorn, bald zur Seite trieben, und durch den Regen auf die gedachte Silhouette eines Gebäudes, eine graphitgrau an den Himmel gezeichnete Firstlinie, die nur für sie sichtbar war, eine blendende Minute lang, in der sie vergaß, was sie am Tag zuvor erregt hatte, den nach Bier und Brunst stinkenden Saal und Blut im Schnee und das betrunkene Mädchen, das lallend an uns vorbei ins Dunkle stolperte, und das Gefühl, mitverantwortlich zu sein ... ins Vergessen beförderte, wegschnippte die Schwärmerin vom Altmarkt und ihre Sonntagsschulregeln und Reger mit seinen brillanten Reden über das Berufsethos des Architekten: in diesem Augenblick beherrschte mich nur das Verlangen, einen Auftrag zu erraffen – um meinetwillen, um leben zu können. Wie lange kann man leben als Handlanger in einer Häuserfabrik? Wir sind getäuscht worden, dachte ich, auch von Reger, der uns mit einem sozialen Auftrag von der Hochschule entlassen hat (und für sich selbst ehrgeizig darauf bedacht ist, seiner Ichsucht Denkmäler zu bauen), der uns in einen Kokon aus Idealen und Illusionen eingepuppt hat … Hier, in Neustadt, erweisen sich unsere Vorstellungen als untauglich. Zwischen Vorstellung und Möglichkeit stehen Verordnungen und Kennziffern wie Spanische Reiter, erstreckt sich das Niemandsland der Ungewißheiten über die Stadt von heute.

Damals – ich erinnere den Morgen, das Dach, von dem Regenwasser troff, den dumpfigen Geruch von Beton und feuchtem Stroh – damals erfaßte mich zum erstenmal eine Art Verzweiflung beim Gedanken an meinen Beruf. Ich fühlte mich betrogen und deshalb im Recht, wenn ich soviel wie möglich für mich zu retten versuchte: ich muß mir die paar Gewißheiten herausklauben, Projekte unter den Nagel reißen, Anerkennung erzwingen, sonst bleibt mir nur der Platz am Fließband … Die Verzweiflung verging, auch der böse Eifer, mit dem ich Reger beschuldigte, aber ich wußte nun, daß sie wiederkommen würden und daß ich nicht gegen sie geschützt war wie früher, in der Böttchergasse, unter Regers fetter, väterlicher Hand …

»Sie sind nicht überzeugt?« fragte Schafheutlin.

»Doch, doch«, sagte Franziska zerstreut; das kränkte ihn, die zerstreute Miene, ihre ganze Manier, Tatsachen nicht zur Kenntnis zu nehmen oder, wenn schon, in Schweigen zu versinken, ein gefährliches, weil vieldeutiges Schweigen, in dem sich ausgesandte Argumente wie im Nebel verirren, doch, sie ist überzeugt und läßt ihn stehen mit seiner unbrauchbaren Vernunft, und nun kommt er sich auch noch schäbig vor … Er warf die Zigarette in eine Pfütze und trat auf die Straße hinaus. »Sie können umkehren und mit dem

Bus zurückfahren«, sagte er. Franziska stellte wortlos den Kragen hoch und ging über die Planke und zwischen den Reifenspuren neben Schafheutlin her. Sie wurden nun, als sie sich der Baustelle näherten, von Lastwagen und Dumpern überholt, deren Reifen Fontänen von Schmutzwasser schleuderten; andere kamen ihnen entgegen, und die Fahrer ließen die Hupe röhren, dreiste Huldigung, die Schafheutlin verstimmte, während Franziska lachte, eben Männer, Jäger, Cowboys auf schweißbedeckten zitternden Pferden, *Männer*, sage ich bloß (aber haben Sie Gary Cooper als Sheriff gesehen, allein auf der Straße, die weiß von Mittagshitze ist?), die fühlen sich stark und allein, wenn sie ihre großen Tiere reiten, und nennen Büffel das auf der Kühlerhaube trabende Öchslein, aber kaum aus dem Sattel – du lieber Gott! dagegen Sheriff Cooper ... Schafheutlin sagte, für Kino habe er keine Zeit.

Die Taktstraße verlief am Rande eines Kiefernwäldchens, das dünn war wie Altfrauenhaar; im Schnee zwischen den Stämmen lagen verrostete Eimer und ausgeweidete Matratzen, ein Kinderwagen und Weihnachtsbäume, in deren kahlen Zweigen ein paar Lamettafäden glitzerten, und an einem Ast hing ein Regenschirm mit gespreizten, von Seidenfetzen umflatterten Speichen. Sie gingen zwischen Waldrand und Kranschiene, vorbei am Verbotsschild, an Stapeln von Betonplatten und einer Reihe Badezimmern, offen und deckenlos wie die Badestuben in einem Puppenhaus, achtmal hellgrüne Wand, achtmal rundliche Badewanne, und in Richtung auf den Portalkran und den Block unterm Kran.

Die Glocke schlug an und schnarrte, und das Stahltor mit seinen Lichtern und Katzen glitt leicht und fast geräuschlos auf den Schienen nach vorn, kein Mensch war zu sehen, und die Maschine schien sich aus eigenem Entschluß zu bewegen, steuerlos und ohne Aufwand an Energie, aber in der Art, wie [sie] sich bewegte und stillstand, während die Glocke aufhörte zu schnarren, war nichts, was einem Angst machen konnte, eher Spaß, fand Franziska, wie das Monstrum in diesem Film, der gefällig Brote backende Golem ... Sie war froh, für einen Tag der Baracke und ihrem Zeichentisch entronnen zu sein, und sie wünschte, sie könnte

Schafheutlin sagen, daß sie diese und jede andere Baustelle mochte und alles, was dazugehörte, auch den dumpfigen Betongeruch und die Kabel wie Fußangeln und die von Ketten und Zwillingsrädern zerwühlten Wege … und wie es früher gewesen war, bei Reger, der ihnen vorauseilte, die Gropius-Krawatte unterm Kinn und vom Mantel umweht, schwarzem klatschendem Gefieder, und seine Jünger beschwor, bedrohte: der Bau soll euch mehr sein als eine Geliebte, – und niemand feixte, was denken Sie, jedenfalls feixten wir nicht, solange Reger in der Nähe war, dessen bloße Gegenwart genügte, uns eine Ahnung davon zu geben, daß jeder Bau ein Ereignis ist, einmalig und ungefähr von der Bedeutung wie der erste Schöpfungstag …

Neben der Baubude parkte ein Wagen, ehemals grün, und der Mann, dem der Wagen gehörte, lehnte in Mantel und Hut am Fenster und redete mit jemandem, auf den sein Zeigefinger zielte; drei Männer in Steppjacken spielten Skat, sie blickten nicht hoch, als Schafheutlin mit Knie und Schulter die verquollene Budentür aufstieß. Franziska ging allein weiter, unter den Kiefern, die im Wind schwankten, und sah zu, wie sich vom Kranbalken eine Wand mit einem Fenster und weißen Kreuzen auf dem Fenster herabsenkte. Die Wand pendelte in der Luft und schien gewichtlos wie ein Lindenblatt, das in einer Spiralbahn zu Boden schwebt und handbreit über dem von Herbstsonne warmen Boden unentschlossen einen taumeligen Halbkreis beschreibt, – und so, als sei sie gewichtlos, lenkten und rückten die Männer die Wand, ehe sie aufsetzte und stand und im selben Augenblick, an eine andere Wand gefügt und Teil der Hausfassade, ihre natürliche Stabilität einer Betonplatte zurückgewann und genauso schwer aussah, wie sie in Wirklichkeit war; das Schweißfeuer schlug einen Fächer von blauem Licht auf.

Der Regen rann ihr übers Gesicht und in den Kragen, aber sie blieb stehen, am Rande dieser Fabrikhalle, deren Dach der Himmel war und in der ein halbes Dutzend Männer ein Haus wie irgendeine Gebrauchsware montierten, schweißten, später übertünchten; manchmal hörte sie einen Pfiff, Zurufe, den Glockenton, sonst war es hier still, nicht gerade totenstill, aber sonntagsstill (ein Sonntag in Neustadt), eben anders als zu Hause, dachte Franziska, wie eine Reisende in einem Land mit fremden Bräuchen, anders, und suchte schon zurück: nach dem Mittagsgeläute über der City und der Straße und dem gerüstumsponnenen Gewandhaus, nach dem Wellengeräusch der Straße, die den Bauplatz einschloß und seine Laute vermengte mit den Stimmen und Schritten hinterm Bauzaun, dem Klingeln der Straßenbahn und Musik aus Kofferradios, nach Mittag auch aus dem ungarischen Café, Zigeunergeige, versteht sich, und mit Taubengurren und dem Zischen von Autoreifen auf Basalt ... suchte nach den Gesichtern überm Bauzaun, die Neugier einander ähnlich machte, Familienfotoköpfen mit einem verwandten Zug, dem gemütvollen und intoleranten Stolz einer Stadt, deren Bürger zwei Jahrhunderte lang ihren Stolz auf Schloß, Dom und Rathaus vererbt haben wie andere andernorts ihre Tafeltücher und silbernen Löffel; einer Stadt, der Barock übervertraut ist wie Brot und Bier, und das Leben zwischen Denkmälern und Putten, unter Kupferdächern, Grünspan, Patina, Anmut, die Bombennächte überlebt hat, und Ruinen, die anmutig sind wie die spielerisch nachgeahmten Tempelruinen und Säulenschäfte im ehemals fürstlichen Park, in der mythologischen Landschaft hügelan ... und fand einen Sommermorgen, Juli oder August, heiß und hitzebleich, die nackten Schultern der Maurer und Zimmerleute glänzten von Schweiß, der sich zwischen den Schulterblättern sammelte und Streifen wie Narben auf ihre Rücken zeichnete, die braunen Rücken von Pyramidenbauern, und die Luft schmolz, und alle Farben verschmolzen zu Weiß, Kreideweiß, Wildweiß, das gebündelt durch die Ablagerungsschichten vergangener Zeit stieß und Franziskas Augen traf; sie kniff die Lider zusammen, geblendet vom Weiß des Himmels, der Giebel und Gesimse und der Maßwerke von Barockvoluten und der Statuen, die im Schatten einer Baubude lehnen wie Verzauberte, ein für alle Male in der letzten Geste versteinert, – und so, mit halbgeschlossenen Augen, lief sie über die Straße und vor die Schnauze eines Kippers, der mit schreienden Bremsen stoppte und stand, die Räder quer. Der Anprall gegen eine unsichtbare Mauer warf den Wagen zurück und den Kopf des Fahrers nach vorn, gegen die regenbeschlagene Scheibe, Wilhelms Kopf, sah Franziska, bevor sie, zu spät, den Arm vors Gesicht legte.

Der Fahrer sprang ab, er war erblaßt, du warst blaß vor Wut, Ben, ich habe dich nie wieder so wütend gesehen, obgleich, Grund genug habe ich dir gegeben all die Jahre, und besseren, vielmehr: schlimmeren als Traumtänzerei auf der Straße, vor Autoreifen. Er drohte schon im Abspringen, verdammter Bengel, ich geb dir eins hinter die Ohren, die ersten Worte, die ich von dir hörte, so oder ähnlich, jedenfalls verdammter Bengel, also seh ich vergammelt aus, dachte ich, das mußte ja kommen, struppig und naß, gerade heute, gerade jetzt; der Gedanke lief federleicht über den Schreck hin, erst als ich das nasse Haar aus der Stirn wischen wollte, ließen mich die Hände im Stich, dann knickten die Knie weg, schien mir: der Augenblick für dich, drei Monate in einer Minute zusammenzuraffen und, zum erstenmal, wie zur Probe, den Finger an meinen Lidwinkel zu legen, eine gedachte Träne wegzustreichen, Guten Tag zu sagen, einen schönen guten Tag, mein Herz, wir haben Glück heute ... der belletristische Augenblick, den wir nicht erleben, auch nicht erleben möchten, ich nicht, Ben; ich kann ihn mir vorstellen, seine Möglichkeiten durchspielen, die ungesprochenen Worte umtauschen, Liebste statt Herz, oder dich zurechtrücken, so zum Beispiel, daß du jetzt mich ansiehst – nicht, wie in Wirklichkeit, das Rad, das sich schief in den Schlamm gegraben hat ... ich bin froh, daß nicht geschehen ist, was ich mir vorspielen kann: die Liebe auf den ersten Blick, die Gewißheit ohne Entdeckungen, eine Romanszene, in der ich sage, was ich damals nicht gesagt habe, etwa: Ich habe dich überall gesucht ... Dabei hatte ich wirklich gesucht, das erstaunte mich mehr als der Zufall, durch den ich dich jetzt fand, Irgendwen, einen Fremden, dessen Existenz nichts für mich veränderte, und den nichts auszeichnete als eine flüchtige Ähnlichkeit mit Wilhelm, die gleiche Stirn, das schon, die gebrochene Nase, Backenknochen, die die Augen bedrängen; übrigens fehlte heute die Brille, das lächerliche Drahtgestell.

»Also hier sind Sie«, sagte Franziska.

Er drehte sich mit hochgezogenen Schultern gegen den Wind und zündete eine Zigarette an. Franziska wünschte, er würde sofort und wortlos in seinen Wagen steigen und wegfahren und sie von seiner Nähe und Wirklichkeit befreien; sie bezweifelte nun, daß sie jemals gehofft hatte, ihn wiederzusehen. Trotzdem ließ sie ihn nicht aus den Augen; sie verglich ihn mit ihrem Geschöpf, um das sie Abenteuer versammelt, das sie mit einem Charakter ausgestattet hatte, probierte einen Vergleich nüchtern, wenigstens ernüchtert, glaubte sie, und fühlte sich schon gereizt durch seine Art, wie er das Streichholz fallen ließ und unmanierlich laut den Rauch ausstieß, wie er die Stirn runzelte und sie anblickte, alles unverbindlich, als sei ihm weder am Rauchen gelegen noch an dem Gesicht, das er kurz, wie belästigt, mit einem Blick streifte. Kennen wir uns? fragte er, um höflich zu sein, und Franziska sagte: »Sie sind mein Schulfreund.«

Seine Hand, die verdutzt mitten in der Bewegung, vor der Brust hängenblieb, war dieselbe wie in ihrer Erinnerung, rot und narbig und für eine Männerhand sehr klein; wenn an nichts anderem, so hätte sie ihn an der Hand wiedererkannt und daran, daß er die Zigarette, das glimmende Ende nach innen gekehrt, zwischen Daumen und Zeigefinger hielt wie ein Holzfäller, wie der Rote auf der Gangway, Wilhelm, mein einsamer alter Gorilla ... nun traf sie doch ein Gefühl von Verlust, und für einen Augenblick wünschte sie sich die Erwartung der Abende zurück.

Er gab sich nicht einmal Mühe, eine nachdenkliche oder bedauernde Miene zu zeigen: »Ich kann mich nicht erinnern«, sagte er.

»Natürlich nicht, ich habe Sie ja erfunden«, erwiderte Franziska, mit einem Lächeln, das nicht ihm galt, erst recht nicht Schafheutlin, der aus der Baubude gekommen war und, auf der Suche nach der Linkerhand, die Straße entlangstapfte, den Kipper mit verrenkten Rädern sah (und unter den Rädern die Wattejacke, ein Häuflein zermalmter Knochen, der weiße Helm ist seitab gekullert), dann den Rücken des Fahrers, dann die Linkerhand und ihr Lächeln für wer weiß wen. Er atmete langsam aus. Er rief sie, und der Fahrer zog die Schultern hoch, drehte sich um und ging zur Kabine; er ließ die halbgerauchte Zigarette fallen, bemerkte Schafheutlin ärgerlich, halbgeraucht und weg, egal wohin, ob auf einen Strohhaufen, ob auf den Teppich im Wohnzimmer, typisch, er kennt die Typen und wittert ihren Ludergeruch, ihr zynisches Verhältnis zum eigenen, erst recht zu anderer Leute Besitz: die werfen auch Menschen, Mädchen, weg, die gehn, wie man so sagt, über Leichen, aber zerstreut ... »Sie schließen schon Bekanntschaften«, sagte er zu Franziska.

»Ich? Wieso denn ich? Er kennt mich, sagt er ... er wär mit mir zur Schule gegangen, aber ein paar Klassen höher ...«

»Schwindel. Der übliche Trick«, sagte Schafheutlin, und sie lachte und sagte, natürlich, ein Trick, mit der unschuldigen Miene, die ihn argwöhnisch machte, was wird hier gespielt? dachte er, wußte selbst nicht, wie er darauf kam: gespielt. »Als ob ich mir die Visage nicht gemerkt hätte, jahrelang«, sagte sie. »So was von häßlich ... einfach das Letzte.« Eine Fehlzündung knallte wie ein Schuß. Franziska fuhr zusammen. »Was haben Sie denn?« fragte Schafheutlin.

»Nichts«, sagte sie. »Wissen Sie, Herr Schafheutlin, als wir das Gewandhaus aufbauten, da hatten wir einen lustigen Bauzaun, mit Bildern und Plakaten und mit Tafeln, auf denen jeder die Bautermine und Investitionssummen nachlesen konnte, und die Namen der Projektanten, ja, unsere Namen rot auf weiß, Regers Idee, klar, der hat Sinn für Publicity. Zur Hölle mit dem Architekten, sagte er, der sich an den Katzentisch der Anonymität verbannen läßt ... Damals bei Reger, das war eine schöne Zeit, trotzdem.«

»Trotz was?« fragte Schafheutlin.

»T-trotz allem m-möglichen.«

»In Ordnung. Das geht mich nichts an.«

Nach einer Weile drehte sie sich um. Der Kipper war nicht mehr zu sehen.

»Vermutlich setzt er Kollektiv mit Anonymität gleich«, sagte Schafheutlin. »Hinter seinem Gerede steckt nichts anderes als die Furcht des Star-Architekten, der seine Position bedroht sieht. Nein, lassen Sie mich ausreden. Solche Tendenzen bemerke ich bei Ihnen auch. Ich mache Ihnen das nicht zum Vorwurf; zweifellos übt Professor Reger einen starken Einfluß auf junge Leute aus. Aber die Zeit für Einzelgänger ist vorbei, ob Sie es nun wahrhaben wollen oder nicht.«

»Wir reden immer über verschiedene Dinge, immer«, sagte Franziska. »Ich rede von Publicity, und warum auch nicht? Wir sind namenlos und gesichtslos geworden, darin gleichen wir unseren Bauten. Jedes Haus sollte signiert sein wie ein Bild ... Aber nein, wir sitzen am Katzentisch, übersehen von der Öffentlichkeit, die jeden Schlager rülpsenden Halbstarken kennt, und Lollos Oberweite, und die Hosenträger von diesem Fernseh-Spaßmacher, und nichts weiß von dem Architekten, der ihr die Häuser baut. Wir vegetieren am Saum der Kunst ... Und fragen Sie die Leute, ob sie die Gedanken, ach was, nur die Namen von denen kennen, die Städte bauen, Organismen schaffen, die für das Zusammenleben so wichtig sind wie eine gemeinsame Sprache, Gesetze, moralische Normen.«

»Sie überschätzen unsere Funktion«, sagte er in trockenem Ton, um zu verbergen, daß er bestürzt, dann geniert war wie über ein Foto, das unvermutet aus einem Buch fällt, aus einer übervollen Schublade kriecht: ein junger Mann in verwaschenen Drellhosen, im Hintergrund die Fontana Trevi, was denn sonst (er hat den faulen Zauber mitgemacht, seinen Pfennig in den Brunnen geworfen, wohlfeile Garantie auf Wiederkehr, dabei war er im Zweifel, ob er sich die Wiederkehr überhaupt wünschte – schon jenseits der Fähigkeit zu bewundern, halbblind vor Kopfschmerzen, erdrückt von zwei Jahrtausenden Geschichte, erschlagen von Marmorleibern, zerquetscht von der Kuppel des Petersdoms), zuviel Sonne, die Blende ist falsch gewählt, das Gesicht, soweit erkennbar, ein nettes offenes Jungsgesicht, ein bißchen müde, aber lachend, das war *ich*.

»Wo bleiben Sie denn?«

»Ich bin müde«, maulte Franziska, die drei Schritte hinter ihm her trottete, durch Pfützen schlorrte, nicht in der preußischen Haltung wie sonst, fiel ihm auf, sondern krumm, die Hände in den Taschen vergraben. Sie setzte sich auf die Treppe, die kurze Trittleiter am Wohnwagen der

Straßenbauer, und Schafheutlin stemmte einen Fuß auf die Stufe und betrachtete seinen über und über schlammverkrusteten Stiefel; müde, am frühen Morgen? sagte er zweifelnd.

»Früher konnte ich zwanzig Stunden hintereinander arbeiten«, sagte Franziska, »jetzt gähne ich schon mittags, dabei habe ich nichts geschafft. Vielleicht deshalb.«

»Ich weiß nicht, was Sie wollen. Ihre Arbeitsergebnisse sind gut«, sagte Schafheutlin.

»Gut … Fleißig, brav, doof. Das mache ich doch mit der linken Hand … Abends fühle ich mich wie ein Meerschweinchen, das den ganzen Tag seine Trommel gedreht hat …« Er blickte auf ihren gesenkten Kopf und das Haar, das schwarz vor Nässe war, und auf das stumpfe Haardreieck über der Stirn; er hat, scheint's, Sätze überhört: wie kommt sie auf Meerschweinchen? dachte er. »Früher, auf dem Jahrmarkt, gab es Schausteller, bei denen konnte man für einen Fünfer weiße Mäuse oder Meerschweinchen angucken, wie sie in einer Trommel rannten und rannten bis zum Umfallen, und sie kamen keinen Schritt voran, und es geschah nichts weiter, als daß sich die Trommel drehte … Sie sind blind, sagte mein Bruder, sie werden geblendet – wie, das verriet er mir nicht. Können Sie sich daran erinnern, an den Jahrmarkt, früher, und an die Meerschweinchen und alles?«

Schafheutlin nickte, er sagte: »Heute sind solche Dressurakte verboten.«

»Mit Meerschweinchen, ja«, sagte Franziska.

Er schlug die Mantelschöße hoch und setzte sich neben sie auf die Treppe. »Reden wir offen, Frau Linkerhand.«

»Wozu? Es deprimiert mich, mit Ihnen zu reden.«

»Weil Sie ignorieren wollen, was Ihren subjektiven Vorstellungen nicht entspricht. Das Bauwesen ist heute ein Industriezweig wie jeder andere, vernünftig, ohne Mythos, das ist ein Fakt, und damit haben Sie fertigzuwerden, wie, das ist Ihre Sache … Anderseits«, sagte er und knetete seine Warzenhand, »wir würden Sie ungern verlieren. Leider haben wir es in der Vergangenheit nicht verstanden, Hochschulabsolventen für die Aufgaben in Neustadt zu gewinnen –«

»Sie sind Ihnen weggelaufen, ich weiß, und Jazwauk unterwirft sich nur dem Trägheitsgesetz. Sie haben nichts zu bieten, Herr Schafheutlin. Typenprojekte, Wiederverwendungsprojekte, herrje, meine Arbeit kann auch eine technische Zeichnerin machen … Übrigens, falls es Sie interessiert, unsere Zeichnerin schließt sich jeden Morgen in die Toilette ein und bricht. Sie ist im Dritten.«

»Das fehlte uns gerade noch«, sagte Schafheutlin, »zu dumm.«

»Wirklich, das fehlte noch, denn wie ich den Laden kenne, bleibt die Arbeit an uns Jungen hängen, an Maurice und mir. Trotzdem«, sagte sie giftig, »trotzdem müssen Sie Ihre charmante Bemerkung nicht unbedingt vor Frau Krupkat wiederholen. Sie freut sich nämlich, wissen Sie?«

Schafheutlin bückte sich nach einem vom Wind abgeschlagenen Ast und fing an, die Dreckkruste von seinen Stiefeln zu kratzen, erst aus der Rille zwischen Oberleder und Sohle, dann von der Sohle und aus den Absatzprofilen, und er mußte das Bein mit dem Stiefel, den er säuberte, im Knie verdrehen und mit dem kurzen feisten Oberschenkel des anderen Beins stützen, eine turnerische Übung, die ihm Mühe machte; er lief rot an und atmete kurz … Mit fünfzig ist er dick, herzkrank, schlechtgelaunt und rechthaberisch: Recht haben, vielleicht braucht das einer in dem Alter, dicht vorm Herzinfarkt, dem Heldentod am Schreibtisch, dachte Franziska, während Schafheutlin, als Unterhändler eines kollektiven Wir, kurzatmig Vorschläge forderte, betreffs Verbesserung der Arbeitsbedingungen … Also ein Kadergespräch, bitte, aber doch nicht im Regen.

Im Büro, murmelte er, hat man keine fünf Minuten Ruhe! Er schien unschlüssig, überlegte, inzwischen schabte er immer noch an seinen Stiefeln herum, gebückt, Franziska sah seinen Nacken, der nun auch rot anlief, als Schafheutlin wie beiläufig sagte, er werde gelegentlich zu ihr raufkommen. »Wenn es für den Bus zu spät wird«, fügte er hinzu; das war unnötig, fand er selbst, er drehte Franziska den Kopf zu, von Mißtrauen gepeinigt: wenn sie lachte, hinter seinem Rücken … Sie blickte ihn an, nicht mit der spöttischen Miene, die er erwartet hätte, sondern aufmerksam, unter gerunzelten Brauen, taxierend, das ist das Wort, dachte er und vergaß es sofort, als er ihre Stimme hörte, fremd oder nur anders, tiefer. Ich habe Sie schon vermißt, sagte sie. Eine Ahnung möglicher Abenteuer verwirrte ihn. »Vermißt?« fragte er. »Warum?«

»Eben so«, sagte Franziska. »Meine auch, bitte.« Sie streckte das Bein aus, und Schafheutlin hielt ihren Fuß etwas oberhalb der Knöchel fest und stocherte mit dem Ast die Dreckklumpen von den Stiefelabsätzen, er hielt meinen Fuß sanft, ohne Druck, und er arbeitete methodisch wie vorhin an seinen Stiefeln, ein Kratzer im Leder wäre ihm ärger gewesen, glaube ich, als ein Riß in der eigenen Haut … ich weiß nicht, warum mir diese Erinnerung weh tut … sein roter Nacken, der ziemlich hoch, bis zur Wölbung des Hinterkopfs, ausrasiert war, als empfände er sein gekraustes Haar als leichtfertig, etwas Widerspenstiges, das man züchtigen und kurzhalten mußte. Er stützte ein Knie auf die Treppe am Wohnwagen, er kniete, das hatte ich gewollt, dachte ich später, und hatte es darauf ankommen lassen, eine Kraftprobe, frag mich nicht, warum, Ben, Hexerei, einen Funken in diese Seele aus Holz …

Schafheutlin maß ihren Fuß mit der Spanne zwischen Daumen und Zeigefinger, eine Kindergröße, darauf verstand er sich; er pflegte jede Anschaffung, die nicht vom Haushaltsgeld bestritten wurde, also auch den Kauf von Kinderschuhen, zu überwachen. »Höchstens fünfunddreißig«, sagte er.

»Einfach eine Katastrophe, wenn ich Pumps kaufen will. Zum Glück schickt mir mein Vater manchmal Schuhe.«

»Aus Bamberg«, sagte Schafheutlin.

»Aus Bamberg, ja. Na und? Soll ich sie verbrennen? Die verspäteten Liebeserklärungen von einem wunderlichen alten Mann … Zehn Zentimeter hohe Absätze … und früher hat er uns so puritanisch gehalten, lauter solides Zeug, Haferlschuhe und Lodenmäntel, und nichts in Seide, nicht mal seidene Haarschleifen.«

»Die brauchten Sie doch gar nicht, Haarschleifen.«

»Was denken Sie, damals hatte ich noch Zöpfe, nicht so einen Stoppelhopser wie jetzt.«

»Einen was?«

»Einen Bop, falls Sie das verstehen ... Komisch, wie viele Wörter Sie nicht kennen«, sagte Franziska, ahnungslos, daß sie ihn verletzte; eine Anspielung, dachte er, auf seinen Jahrgang, auf eine beginnende Versteinerung (er sagt: Reife), er versteht nicht ihre Jargonausdrücke, mißbilligt die Musik, die verrückten Tänze der jungen Leute, setzt seine Erfahrungen gegen ihre überspannten Erwartungen; er ist weniger als die Linkerhand über Neuerungen und neue Theorien unterrichtet, und abgeneigt, über Experimente zu streiten, etwa selber zu experimentieren, also ein Risiko einzugehen, – das sind die Anzeichen, Symptome wie ein nervöser Magen und gelegentliches Herzflattern, das ihn nicht geradezu beschwert, immerhin mahnt, mit seinen Kräften hauszuhalten. Für sie ist die bloße Tatsache, daß sie ein Dutzend Jahre jünger ist, ein Wert an sich, und ihn, wer weiß, rechnet sie schon zur Verliererseite, zu denen, die nicht mehr mitkommen ... Soweit war er schon: in jedem Wort eine Anspielung witternd, plötzlich von Zweifeln heimgesucht, unnützen Gedanken, Seelenkäse. Er sah sich selbst, halb kniend auf der schmalen Holzstufe, und seine Hand, die Franziskas Fußknöchel hielt, schamhaft gedreht, verdreht (er weiß, daß ihr beim Anblick seiner warzengefleckten Haut schaudert), und er erschrak wie über einen Fehler, der sich nicht wiedergutmachen läßt, den er, nicht Franziska, verschuldet hat und für den er, nicht sie, bezahlen muß: mit einer endlosen Reihe von Abenden in Uhlenhorst, in seinem Haus, unserem Heim, in dem Wohnzimmer, in dem nichts so gegenwärtig sein wird wie ihre Abwesenheit, und nichts so liederlich wie die Ordnung, die man zum Schein aufrechterhält ...

8

… auf rosa Stielen leicht gedreht … die einzige Zeile, die ihm noch einfiel, als wir aus der Allee von Blutbuchen kamen, aus der Kühle, den roten Schatten, und die Wiese und den Teich sahen, auf dem Enten mit schwarzgrünen Hälsen schwammen, und den Flamingo, einen Flaumball auf hohen Beinen, der aus dem Licht des Spätnachmittags geformt zu sein schien, eine anmutige und flüchtige Schöpfung, die sich mit dem Licht auflösen wird, später, wenn die Sonne untergeht und das Wasser fröstelt wie Haut. Eine Gedichtzeile, die mir einfällt, immer wenn ich an ihn denke … auf rosa Stielen leicht gedreht, sagte er, armer Schafheutlin, er suchte in seinem Gedächtnis und fand nur Bruchstücke, da kreischt ein Neid durch die Volière … und schreiten … und schreiten ins … stammelte er. Vergessen. Er war betroffen, als wär es wunder was für ein Verlust, und ich sagte nichts, verriet auch nicht, wie verwundert ich war, daß er Gedichte las, sogar gelernt hatte; so schlau war ich schon, Verwunderung hätte ihn mißtrauisch gemacht, er wäre zurückgezuckt, verstummt, als habe er sich selbst bei ungebührlichem Betragen ertappt.

Das Gedicht vom Panther wußte er aber noch auswendig, und als wir vorm Drahtkäfig standen, sagte er es her, leise, damit ihn nur ja niemand hörte, und beim ersten Vers noch mit Betonung, weißt du, wie man in der Schule Gedichte rezitieren lernt, dann freier, zuletzt hingerissen … ein Tanz von Kraft um eine Mitte, in der betäubt ein großer Wille steht … einen Augenblick schien er die Leute zu vergessen und seine Furcht, er könnte Autorität einbüßen, und ich mochte ihn sehr, Ben, jetzt hätte ihm keiner den Pedanten und Pfennigfuchser angemerkt, wie er vorm Käfig stand, freilich nicht pantherhaft, sondern stämmig, mit einem Nacken, auf dem er Lasten schleppen konnte wie ein

Bulle. Allerdings, hinterm Drahtnetz, nicht Gitter, strich kein Panther umher; nur ein müder alter Puma lag in der Sonne, sandbraun im Sand, und streckte alle viere von sich. Ach nein, Schafheutlin hatte kein Glück mit seinen Gefühlsausbrüchen …

Den Puma hat ein durchreisender Zirkus hergeschenkt, für den Tierpark, damals erst ein Tiergärtchen, das Herr Kubitz hinterm Schloß angelegt hat, übrigens unbeachtet von uns und während wir in der Baracke am Friedhof über Kontaktzonen diskutierten. Möglich, daß wir auch an diesem Nachmittag über Kontakte und Kommunikationen redeten, als wir durch den roten Buchentunnel gingen und in die Menagerie gerieten, mehr zufällig, nach einer Sitzung im Schloßsaal, und den Flamingo sahen, der seinen Hals bog, als versuchte er Buchstaben oder ein herzförmiges Zeichen in die Luft zu schreiben, und Lachtauben, Schwäne und Marder und Ziegenlämmer von ungelenker Grazie, die beim Trinken niederknieten und ihr zottiges Fell im Staub badeten. Ein Wochentag gegen Ende August, alle Wege und Wiesen belebt von Spaziergängern, Liebespaaren, Vätern mit ihren Kindern, trotzdem blitzten die Kieswege vor Sauberkeit, und das Wasser im Teich war klar, sein Ufer nicht zertrampelt, im feuchten Sand nur die Spur von Entenfüßen (während über die Grünflächen im Wohngebiet Papierfetzen wehten, und im Springbrunnen, auf der trüben Brühe, Casinoschachteln und Zigarettenkippen schwammen; die Vitrine am Kaufhof war schon in der zweiten oder dritten Nacht zerschlagen worden. Sie hatten einen Pflasterstein in die Scheibe geschmissen: sie, dachte ich, alle, die Leute, die Vandalen, die ganze Stadt hat den Stein in meine Vitrine geschmissen), und die Leute zeigten heitere Mienen, anders als an Sonntagen in Neustadt, wenn sie auf der Hauptstraße, zwischen öden Fassaden, wie in Erledigung einer strengen Pflicht ihren Spaziergang absolvierten, die Augen gläsern vor Langeweile … Wir ließen uns mittreiben, bis zur Volière, in der ein Pfau sein Rad schlug und zwei Hennen umtanzte, mürrische Hausfrauen, die ihm trippelnd auswichen; er drehte sich im Halbkreis – eine Feder schleppte im Sand nach wie ein Galanteriedegen –, und im schrägen Sonneneinfall sprühten Funken aus seinem Gefieder, er schien aus Metallen geschmiedet wie der Wundervogel im Märchen, und wirklich hörte man bci jedem Tanzschritt ein metallisches Geräusch, seine Prachtfedern und alle Flaumfedern schwirrten und klirrten, als ob Aluminiumblätter in Schwingung versetzt würden. Er war sehr kostbar und sehr albern anzusehen, wie er sich in der Sonne und vor seinen uninteressierten Hennen drehte, winzige Sprünge riskierte und seinen Fächer spreizte, der vornüber schwankte und jeden Augenblick über dem kleinen dummen kobaltblauen Kopf zusammenschlagen konnte ... du hättest deinen Spaß gehabt, Ben, und ich wünschte, du könntest ihn sehen, benommen vom Wohlgefallen an sich selbst ... ich wünschte, ich dürfte neben dir durch den Park spazieren, furchtlos wie jetzt neben Schafheutlin, und deine, nicht Schafheutlins Hand hielte mich am Ellenbogen, wenn ich Sand aus dem Schuh schüttele, und du wärst es, der Waffeln am Eiswagen kauft, Himbeer oder Vanille? also beides, himbeerrote und gelbe Kugeln, die schmelzen und aus der Waffeltüte tropfen, soviel Zeit lassen wir uns, Baumschatten oder eine freie Parkbank zu suchen (wir sind nicht auf der Flucht vor Bekannten, den Leuten, der Öffentlichkeit).

Schafheutlin, merkwürdig, verdächtigte niemand.

Er war tabu, selbst in den Büros, diesen Märkten für Klatschgeschichten; nicht der Schatten eines Verdachts streifte den untadeligen Mann, den Familienvater, den Vorgesetzten, der seine Kaderakte auf Bütten und goldgerahmt an die Wand hängen könnte, und keine zweideutigen Blicke befingerten uns auf dem Ball, damals im April, oder beim Heimweg, einmal, auch zweimal die Woche, wenn er in Neustadt blieb, oder in der Kantine und bei Sitzungen; sogar Köppel, dieses Reptil, senkte die Mundwinkel nur im routinemäßig wissenden Lächeln, als Schafheutlin mich zur Assistentin, also in eine Funktion nahm, die es offiziell nicht gab.

Was wußte, was ahnte seine Frau? Ich sah sie selten, sie blieb sich immer gleich, stumm, leidend, sie beugte ihren Nacken unter einem unsichtbaren Kreuz, und jeder Satz, über den Haushalt, über den Frisör, war ein Vorwurf, ich weiß nicht an wen, vielleicht ans Schicksal allgemein. Eine dieser Frauen, die sich vom Leben benachteiligt fühlen, eine Märtyrerin aus Passion. Möglich, sie wäre entzückt gewesen, wenn ihr Mann sie betrogen hätte: welche Wonne, auch das noch erdulden zu dürfen!

Sie hat sich einen Mythos zurechtgemacht: die Frau, die ihren Beruf und die beruflichen Chancen einem Mann, Kindern, dem Haushalt geopfert hat; damit hielt sie in Schafheutlin ein latentes Schuldbewußtsein wach. Ihr Talent, andere ins Unrecht zu setzen, bekam ich am ersten, übrigens auch letzten Tag in Uhlenhorst zu spüren, und ich wand mich in einem Schuldgefühl, das ärgerlich und juckend wie ein Ekzem war ... Im März, an einem Sonnabend, nahm er mich mit nach Uhlenhorst. Später nannte er es ein Experiment, versuchte Entzauberung; damals aber erklärte er mir in seiner umständlichen Art, seine Frau habe keinen Kontakt mit seinen Kollegen, vermißte ihn, wie er annehme, sie sei selbst Bauingenieur gewesen, genauer: wäre es geworden, wenn nicht vorm Examen das erste Kind, Sie verstehen. Außerdem wird es Ihnen guttun, ein bißchen Waldluft, fügte er hinzu.

Wir saßen bis in die Nacht über Terminarbeiten, gerade in dieser Woche bekam ich den Laden am Kaufhof und richtete die Beratungsstelle ein ... Die Angst am ersten Abend, wir schieben eine Pleite, kein Mensch läßt sich blicken, ich sitze, hinter dem Schaufenster ohne Gardinen, wie in einem Kessel mit siedendem Öl, ein Glück, daß Gertrud da ist, zwar wortlos lauernd im Hintergrund, aber bei mir, und Schafheutlin mal reinschaut, der uns tröstet, das wird schon, nur Geduld ... Am nächsten Abend kamen zwei, ein Paar ohne Trauring, das Mädchen war schwanger, ihr Vlady-Haar strähnte, und das modisch halblange Mäntelchen spannte über dem Bauch. Meine ersten Klienten, also reizende junge Leute, und reizend fand ich ihren dalbrigen Ernst, ihre Manier, sich mit Mann und Frau anzureden, Erwachsene zu spielen, ihre drei Habseligkeiten in der Einraumwohnung zu verteilen, und die pfiffige Miene des Mädchens, wenn es ›siehst du‹ sagte, als sei es nur gekommen, um sich von einem Fachmann bestätigen zu lassen, daß es schon recht gewählt habe, praktischer als der Junge, und ihre Vorfreude darauf, daß sie eine Tür hinter sich verschließen, daß sie zusammen in einem Bett, unter einer Decke schlafen dürfen – wie auf ein Glück, das sich in hundert Jahren nicht abnützt.

Sonnabend fuhren wir nach Uhlenhorst. Ein Landstädtchen wie in meiner Vorstellung, der Marktplatz eine deutsche Idylle, rosafarbene und weiße Giebel, Katzenkopfpflaster, die kugelig gestutzten Ahornbäume, das Messingbecken überm Friseurladen, das in der Sonne funkelt, und der von Eisenketten umspannte Marktbrunnen mit einem Heiligen Georg; sein Pferd hat die Gemeinde eingespart, und unberitten spießt er den Wurm, der sich um seine Füße ringelt. Ein Rudel von Motorrädern jagt über den Platz, umkreist den Brunnen und gefährlich nah die Eisenketten, auf denen Mädchen schaukeln, taub für die röhrende und knatternde Balz, ohne Blick für den Werbetanz auf zwei Rädern.

Der Bus rumpelt durch ein Gäßchen, er streift fast die Mauern, die grünen Läden, die Fenster, ein Augenpaar späht durch das Gitter von Kakteen, eine Hand, der Scherenschnitt einer Hand aus vergilbtem Papier, rafft die Gardine hinter Topfblumen, Fleißigem Lieschen …

An der Chaussee stiegen sie aus; links erhob sich Kiefernwald, vermischt mit Birken, zur Rechten lag offenes Land, Hügel wie lange grüne Wellen, und über den Feldern schwamm graublauer Dunst, die Luft roch rauchig. Den Waldweg zur Villen-Siedlung kreuzten die von Rost braunen Schienen einer Grubenbahn, die seit Jahrzehnten nicht mehr fuhr, und abseits vom Weg, zwischen Brombeerhecken und Haselsträuchern, schimmerten Tümpel, einst Gruben, in denen das Wasser still und dunkel stand.

Die Siedlung hatte sich ausgedehnt; zwischen Villen aus den zwanziger und dreißiger Jahren standen frischverputzte Bungalows mit Blumenfenstern, Dschungeln von Luftwurzeln und tellergroßen Blättern, und Wochenendhäuser, deren Holzwände schwarz vor Nässe glänzten und Teergeruch verströmten, und jedes Haus war von Garten und Zaun umgeben und von Kiefern überschattet. Franziska ging dicht an den Zäunen entlang, sie winkte Schafheutlin und zog ihn am Ärmel, entzückt von einem Forsythienstrauch, ein paar gelben und lila Krokusspitzen, und Schafheutlin, der auf dem Weg von der Haltestelle her geschwiegen hatte, sagte zerstreut, ja, Krokus, schon möglich. In einem Garten prasselte Feuer, Franziska blieb stehen und schnupperte den Rauch, den bitteren Duft von brennendem Reisig und Laub vom vergangenen Herbst. »Um diese Zeit fingen wir an zu kieseln«, sagte sie und sah, als sie sich umdrehte, Schafheutlins Gesicht unbewacht und verzerrt vor Schmerz; er hatte eine Hand zwischen die Knopfleiste seines Mantels geschoben und auf den Magen gepreßt. Er ging schnell weiter und klinkte die Tür im Nachbarzaun auf. »Wir sind zu Hause«, sagte er.

Es war eines dieser standardisierten Einfamilienhäuser, die aussehen, als ob sie alle in derselben Form gebacken worden sind, nach hygienischen Vorschriften, sachlich, aber unter gemütvollem Satteldach. Die Fensterscheiben funkelten in der Sonne, und jedes Blatt im tropischen Geschling hinter dem Blumenfenster glänzte wie poliertes grünes Leder. In der Diele roch es nach Bohnerwachs und Seifenlauge. Schafheutlin zog gleich an der Tür seine Schuhe aus und fuhr in ein Paar Pantoffeln; noch gebückt, schob er auch Franziska Pantoffeln zu und sagte halblaut: »Sie wissen, wie Frauen sind … Sonnabends ist Hausputz …«

Seine Verlegenheit war ihr peinlicher als der Schuhtausch an der Tür, dieser tyrannische Dreh einer Hausfrau, die ihrem flüchtigen Erfolg, einem blanken Fußboden, Dauer verleihen will und Ordnung wie eine Legitimation vorweist; sie lachte und sagte eilig, natürlich, schade um die Arbeit, und plapperte von Sanssouci, das lag nahe, nicht wahr? Parkett wie ein Spiegel, und die Filzkähne, das ist alles, woran ich mich erinnern kann, außer an den komischen Chinesen, der unaufhörlich mit dem Kopf nickte, und an den Knall, als ich hinschlug, auf den Hinterkopf, und damit war der Familienausflug zu Ende.

Schafheutlin hängte ihre Mäntel auf Bügel, als eine Tür aufflog und ein kleines Mädchen wie ein Ball quer durch die

Diele schoß, gegen ihn prallte und kreischend seine Beine umklammerte. »Nette!« rief er und hob sie hoch und küßte ihr Gesicht, ihre runden Ärmchen und ihr Haar, das straff hochgekämmt und über der Stirn zu einem blonden Pinsel zusammengebunden war, und sie machte sich noch kleiner, sie rollte sich zusammen an seiner Brust, in den Armen, die sie wiegten. »Das gefällt dir, Kätzchen«, murmelte er, »was, das gefällt dir …« Er drückte die Schultern zurück, als riefe er sich selbst zur Ordnung. »Das ist meine Annette«, sagte er, und nach halbrechts, mit Kopfschwenk ungefähr in Richtung der beiden Jungen: »Das sind Dieter und Uwe. Begrüßt Frau Linkerhand.«

Sie streiften folgsam ihre Finger durch Franziskas ausgestreckte Hand; ehe sie zufassen konnte, entschlüpften die Finger, scheu und kühl wie Fische. Nur der Siebenjährige erlaubte sich einen Blick kindlicher Neugier auf die fremde Dame; der Älteste starrte zu Boden. Vor ihrem Vater beugten sie den Kopf, mit einem kurzen straffen Ruck, der ihnen durch Nacken und Rücken und bis in die zusammengenommenen Fersen fuhr, und Schafheutlin hatte keine Hand frei, er mußte Annettchen halten; als er sie endlich anders gebettet und eine Hand befreit hatte und dem Kleineren übers Haar strich, war es eine mißglückte, weil verspätete Geste.

Franziska brachte jedem Kind eine Tafel Schokolade mit (eine Verschwendung, die Schafheutlin später rügte, gottlob nicht vor den Ohren der Kinder: man darf sie nicht verwöhnen, sie müssen rechtzeitig lernen, daß nichts vom Himmel fällt, daß jedes Spielzeug oder Kleidungsstück Geld kostet und schwer erarbeitet ist; er hatte schon auf Minuten genau errechnet, wie lange sie, Frau Linkerhand, für vier Tafeln Schokolade arbeiten mußte). »Bedankt euch«, sagte Schafheutlin. Annettchen, versteht sich, wurde nicht ermahnt, sie kniff die Wimpern zusammen und sperrte die Welt aus. Der kleinere Junge sagte gehorsam danke. Der Älteste schwieg, auch nach scharfer Verwarnung, vielleicht zitterte er im Innern, stand aber wie ein Gefangener, den man eingebracht, vor fremde Soldaten, zum Verhör geschleppt hat, und schwieg, wild entschlossen, sah Franziska, und sie, nicht er, errötete bei Schafheutlins Befehl.

Sie fühlte sich beunruhigt, seit er in der Diele stand; obwohl er groß war und von mädchenhafter Hübschheit, empfand sie Scheu vor ihm, als sei er mißgestaltet, eine mit Grauen gemischte Anziehung, die sie zum erstenmal als Kind gespürt hat, in der Leinengasse zwischen zwei Zelten, in denen Zirkusmusik schmetterte, beim Anblick einer Zwergin, der sie nachgeschlichen war – einer geträumten Seiltänzerin, einem kleinen Mädchen im Flitterrock – und nachstarrte wie behext, als die Zwergin sich umdrehte und grinste, die Zähne bleckte in einem verwüsteten alten Gesicht.

Schafheutlin drückte die Nette unwillkürlich fester an seine Brust. »Zum letztenmal –«, sagte er. Franziska legte ihm die Hand auf den Arm, sie spürte durch den Stoff, daß er die Muskeln anspannte, als müßte er gleich einen Faustkampf austragen, nicht eine Kraftprobe im Namen der guten Erziehung, sie drückte seinen Arm, und Schafheutlin gab nach, er sagte: »Du kannst gehen. Wir sprechen uns noch.« Der Junge sah hoch und umfaßte seinen Vater und die Fremde mit dem kalten und scharfen Blick eines Erwachsenen, der weiß, was gespielt wird, und sich nichts vormachen läßt. Franziska zog ihre Hand zurück, unauffällig, hoffte sie. »Man redet gegen eine Mauer«, sagte Schafheutlin, während er Franziska ins Wohnzimmer führte. »Verstockt, ewig beleidigt –«

»Aber der ist doch schon mitten in der Pubertät«, sagte sie.

»Mit neun Jahren? Lächerlich. Er braucht eine feste Hand, Disziplin, genau umrissene Aufgaben, nicht nur in der Schule, auch im Haus. Seine Mutter opfert sich auf … Neuerdings fängt er an zu stottern … Nichts als Trotz, eine schlechte Angewohnheit …«

»Ach. Ja, finden Sie?« sagte Franziska.

Das Wohnzimmer war mit neuen Möbeln und Sesseln in vier Farben ausgestattet und glich einer Illustration aus *Kultur im Heim*, auch das Arrangement auf der Anrichte, Birkenzweige im rustikalen Tonkrug, und die mexikanischen Bauern, die zum Arrangement gehörten, Rivera als Dekoration, na danke, dachte Jakobs Freundin. Das Zimmer war taubstumm. Sie konnte nirgends einen Gegenstand entdecken, der eine Eigenart oder Liebhaberei seiner Besitzer verriet, und keine Spur von dem Trödel, der sich gewöhnlich in einer Wohnung ansammelt und pietätvoll oder abergläubisch aufbewahrt wird; die Bücher standen nach der Wasserwaage ausgerichtet, und die polierte Tischplatte verunzierte keine Gläserspur, geschweige ein Brandfleck ... Franziska ahnte Katastrophen, Erdbeben (höflich unterirdische Beben) und Panik hinter dem Gastgeber-Lächeln, im Fall, sie kippte eine Tasse um und ließ Zigarettenasche auf den cremefarbenen Teppich rieseln. »Er wird mal ein schöner Junge«, sagte sie.

»Das weiß er auch«, erwiderte Schafheutlin in verächtlichem Ton.

Frau Schafheutlin kam in Hausschürze und echauffiert, immer im Trab, man gönnt sich keine Pause; ihr Haar, frisch frisiert und gelackt, verriet, daß sie wenigstens die letzte Viertelstunde nicht trabend, sondern vorm Spiegel verbracht hatte. Sie hielt Schafheutlin die Wange zum Kuß hin, er stutzte, überrascht wie von Wegelagerei am hellen Tag, und Franziska blickte beiseite, als er seinen Zoll an Zärtlichkeit entrichtete und einen Kuß auf die geduldig harrende Wange stempelte, neben den geduldig klagenden Mund, dukommstsospätwirhabenmitdemEssengewartetduweißtdochdaßdieKinderkeineSchokolade ... Franziska warf die Hände hoch, bloß keine zweite Schokoladenszene, und verwandelte den gestischen Wutschrei noch rechtzeitig in eine Bittgebärde: sie nahm die Schuld auf sich.

»Aber das war doch nicht nötig«, sagte Frau Schafheutlin. Sie standen immer noch, erst ein Wortwechsel zwischen den Eheleuten, der Balltausch routinierter Spieler, erlaubte [Franziska] gelockerte Haltung und einen Blick, der blitzschnell vom Grübchenkinn bis zu den Fußknöcheln der Frau Schafheutlin glitt, dünnen Fesseln, über denen sich flaschenrund die Waden wölbten, die Schenkel und ausladenden Hüften ... ich war erstaunt wie über den Entwurf eines Architekten, der unbekümmert um die Gesetze der Statik einen schweren Baukörper auf untaugliche Stützen stellt. Über der Taille, jedenfalls dort, wo das Schürzenband die Mitte markiert, wird es wieder ein Mädchentorso mit kleinen Brüsten und schmalen Schultern, und aus diesen Schultern, die man rührend nennen könnte, wachsen wahre Fleischerarme, wie zugeschnürt, wo das Gelenk sein sollte ... versuch dir solche Proportionen vorzustellen, die Mischung zwischen Überreife und konservierter Kindlichkeit, dazu ein Gesicht, das man mühelos auf einem alten Foto wiedererkennen würde: unversehrt sind Stirn, Nase und Mund einer niedlichen Achtzehnjährigen, aber eingebettet in schlaffe Wangen und ein Kinn, das in einer Doppelfalte zum Hals absackt.

Das sah ich erst im Verlauf des Nachmittags, und schärfer, je mühsamer sich die Stunden hinschleppten, endlich böswillig ... dabei war ich ohne Vorschuß auf irgendein Gefühl gekommen – ungerechnet eine gewisse Überlegenheit, aufs Berufliche begrenzt, kaum bewußt, nur eben vorhanden, sprungbereit, wenn ich auf eine Hausfrau und Gattin von Profession treffe, und vergessen, wenn ich arbeite; die Überlegenheit, die ich wie eine Fahne auf den Trümmern meiner Courage hisse, wenn ich müde und kaputt bin und mir vorstelle (das kommt vor, Ben, dagegen bin ich nicht geschützt), wieviel angenehmer es wäre, könnte ich mich jetzt an Brust und Brieftasche eines Mannes ausruhen, in Muße Bücher lesen, spazierengehen, statt zu hetzen, in einem Café sitzen statt in einem verqualmten Konferenzzimmer, meine Wäsche gemächlich irgendwann am Tag waschen und bügeln statt nachts oder in aller Herrgottsfrühe, immer mit dem Blick zur Uhr. Aber das gehört nicht hierher.

Also ein verpfuschter Nachmittag. Zuerst der Wortwechsel, Erörterung einer Lebensfrage, Parlamentsdebatte über Kaffee, Kosta grün oder rot, Krieg oder Frieden, hier kann nur noch die UNO eingreifen, hier verblassen alle Probleme der Welternährung ... Sie muß noch zum Konsum runter, sagt Frau Schafheutlin. Aber das kann doch Dieter, sagt Schafheutlin. Nein, wenn ich schon sein bockiges Gesicht [sehe], da gehe ich lieber gleich selbst. Nun erbietet sich Schafheutlin, aber nein, danke, sie ist entschlossen, sich zu opfern, und erfindet tausend Gründe, sie erhebt den Einkauf zur kultischen Handlung, endlich ist Schafheutlin vernichtet, unfähig einzukaufen und schuldbewußt, weil die Ärmste nun noch ins Städtchen laufen muß (das Spiel wiederholt sich, als wir beim Abwasch helfen, Teller und Tassen abtrocknen, die sie stumm und geduldig nachpoliert – da rettet dich nur Flucht aus der Küche, rechtzeitig, ehe du einen Stoß Teller auf den Fliesen zerschmetterst).

Während der Kaffee-Debatte, ich spüre es, werde ich gemustert. Bitte. Ich bin korrekt gekleidet, Pensionat-Stil mit Bubikragen (manchmal reden meine Kollegen über eine geschiedene Frau, oder über geschiedene Frauen schlechthin, sie denken sich nichts dabei), ich sehe ungefähr so verrucht aus wie ein Kiewer Schulmädchen, fand ich vorm Spiegel; jetzt sehe ich, mit den Augen einer anderen, der Rock ist zu kurz, der Gürtel zu breit, er schreit nach dem Blick auf die Taille, provoziert Seufzer und die Mitteilung, daß sie als junges Mädchen ebenfalls, ein Zeuge ist zur Hand, honigsüß und hart wird er aufgerufen zu bestätigen, wie schlank sie war, damals, vor den Kindern, und es hilft ihm nichts, daß er bestätigt; eine halbe Minute später, ich weiß nicht durch welchen Kniff, welche Andeutung, ist aus dem Zeugen ein Angeklagter geworden, beschuldigt, ihre Figur verdorben, ihr Leben verhunzt zu haben. Dennoch, sie verzeiht ihm, ach ja, das bleibt nicht aus, sagt sie, jede Frau über dreißig wird stark …

Diese Sorte von enttäuschten Frauen wirkt wie ein Gift, das die Luft ringsum verseucht. Sie sind Bazillenträger und versessen darauf, den Bazillus ihrer Enttäuschung auf andere zu übertragen, und manchmal schaffen sie es, daß du, infiziert, ihren Mann – also deinen Chef in diesem Fall – als den Mörder ihrer Träume und Chancen siehst und dich selbst dick, mit flatternden Nerven und Händen, die ewig nach Seifenlauge riechen, und schaudernd begreifst: du bist demselben Gesetz unterworfen, jede Liebe nützt sich ab, es gibt keine anhaltende Euphorie, keine sieben Sonntage in der Woche; das bleibt nicht aus: Gewöhnung, Krampfadern, Streit um Kosta grün oder rot, Krähenfüße im Lidwinkel, die tödliche Intimität im Badezimmer, wo er sich rasiert, während sie sich die Achselhöhlen wäscht, die Arme, die ihn nicht mehr aufregen, sie sind nackt, na und?, ein Kuß in die Armbeuge wird nicht erwogen, wär auch lächerlich, man hat Seifenschaum im Gesicht, eine Zunge in der Backe, um die Haut zu straffen ...

»Was trinken Sie?« fragte Schafheutlin, als seine Frau das Haus verlassen hatte. »Likör? Kognak?«

»Wodka, wenn Sie haben.« Sie kippte den Wodka in einem Zug runter, bevor Schafheutlin, der einen Magenbitter nahm, zur Gesundheit sagen konnte. Sie verschluckte sich vor Lachen, als sie die Nette erblickte, die sich tänzelnd auf der Schwelle wand, bis zum Haarpinsel mit Schokolade beschmiert, und die murmelrunden Augen rollte, halb kokett, halb geängstigt. Schafheutlin setzte sein Glas ab. »Zu mir, Annette«, befahl er. Sie stürzte aufheulend durch das Zimmer, zu Franziska, und drückte das Gesicht in ihren Schoß. Schafheutlin erstickte vor Ärger. Das geht zu weit, nun hat das ungezogene Mädchen auch noch Frau Linkerhands Kleid beschmiert ... Er packte ihr Handgelenk und versuchte die kleine, ins Kleid festgekrallte Hand loszureißen, Annette schluchzte, ihr ganzer Körper zuckte wie unter Stromstößen, und Franziska umschlang sie mit beiden Armen und sagte: »Asyl«, und so, umschlungen und im Krebsgang, schleppten sie sich aus dem Zimmer und ins Bad.

Annettchens jämmerliches Schluchzen verstummte wie abgeschaltet, das kannte er, nichts als Getue, Theatertränen, die List eines vierjährigen Weibchens, darauf fallen nur Fremde rein und retten die Unschuld vor einem grausamen Vater. Er war verstimmt, weil die Linkerhand ihn für fähig hielt, in ein verheultes Gesichtchen hineinzuschlagen, dann wurde er unruhig, weil sie nicht zurückkamen, als wollten sie ihn durch ihr Ausbleiben bestrafen, und weil seit einer Viertelstunde Wasser rauschte, genug, um ein Dutzend Kinder zu waschen, das Badezimmer zu überschwemmen und die Wasserrechnung zu verdoppeln. Er hörte sie schon von der Diele her, die amüsierten sich, wer weiß, über ihn, hatten ihn jedenfalls vergessen, Nette mit blankem und vom Rubbeln roten Gesicht thronte auf dem Klodeckel, krümmte zwei Finger über der Stirn, Teufelshörner, fletschte die Zähne und riß die Augen auf, und Schafheutlin sah durch die halboffene Tür, daß sie Franziska nachahmte, die vor ihr auf den Fersen hockte und Fratzen schnitt ... höchste Zeit, einzuschreiten und dem Unfug ein Ende zu setzen. Zuerst drehte er das Wasser ab, das aus beiden Hähnen in die Wanne strömte.

»Aber, Herr Schafheutlin, Sie treten uns ja auf den Schwanz«, sagte Franziska vorwurfsvoll, und Nette kreischte, da stieg er von der Bademantelschnur, die sich mit weißer Quaste auf den Fliesen ringelte, trat zurück, leider, nun hatte er die Schnur als Schwanz anerkannt, ein Tadel für unpädagogisches Treiben erübrigte sich. Er schüttete bloß den Kopf, nein, die Große Hundeschreck-Fratze wollte er nicht sehen, das nun doch nicht, erlaubte aber, daß Annette Abbitte tat, irgendein Versprechen ichwillwiederartigsein runterhaspelte wie ein müder Sünder den Rosenkranz; er war besiegt, als sie ihm an den Hals sprang und nasse Küsse auf sein Gesicht schmatzte. Franziska bückte sich nach der Schnur und hängte sie über einen Haken, das Spiel war zu Ende. »Ich glaube, die Tante Franziska möchte auch einen Kuß«, sagte Schafheutlin, das war gutgemeint, ein Trost, er konnte es sich leisten, Schafheutlin als Verschwender, verschwenderisch mit seinem Schatz, Nette, deren nassen Kuß Franziska auf dem Mundwinkel fühlte, deren Wange sie an ihr Gesicht drückte, Pfirsich und Vogelflaum, dachte sie, aber das bleibt nicht, das verspielte Tierchen wächst heran, Zärtlichkeit wird rar, eines Tages trifft dich ein Erwachsenenblick, unter dem dein Herz erstarrt.

»Sie sollten ein Kind haben, Frau Linkerhand.« Warum? Zum Glück mischte sich Nette ein, sie wollte tanzen – bah, tanzen, könnt ihr gar nicht, sagte Franziska, um sie anzustacheln. »Bloß Schieber«, entschuldigte sich Schafheutlin, und sie schoben los, quer durch die Diele, Schafheutlin brummte, dann sang er schallend, In Rixdorf ist Musike, Musike, Musike, seine Augen lachten, er verlor die Pantoffeln und tanzte auf Strümpfen, schleifte parodistisch verbogen mit langen Schritten durchs Altberliner Ballhaus, fiel in Galopp, und Nette galoppierte mit, sie strampelte ein Stück überm Boden, Franziska klatschte in die Hände. »Der zweite Tanz beim Frühlingsball gehört Ihnen.«

»Abgemacht«, sagte Schafheutlin. »Und nun – Hopak!« Er rückte eine gedachte Pelzmütze ins Genick, kreuzte die Arme vor der Brust und warf den Kopf zurück, er ging in die Hocke und tänzelte auf den Fersen, und jetzt schnellte er ein Bein vor, keine Bange, er fällt nicht, rechts, links, schmiß die Beine und wirbelte um sich selbst, dann einen stampfenden Kreis um die Mädchen, immer mit gekreuzten Armen, schwitzend, aber in stolzer Kopfhaltung, eine Pelzmütze wäre nicht um Fingerbreite verrutscht.

Frau Schafheutlin schob mit dem Fuß den Dielenläufer zurecht, sie trug in jeder Hand ein pralles Einkaufsnetz. »Ihr seid so fröhlich«, sagte sie, und Franziska errötete, Nette sah aus, wie beim Naschen ertappt, Schafheutlin wischte sich den Schweiß von der Stirn, nun spürte er: er hat sich übernommen, Atemnot, das Herz jagt, er ist kein junger Mann mehr. Neben der Tür zum Wohnzimmer stand, wer weiß wie lange schon, der älteste Junge, stumm, der glitt wie ein Schatten durchs Haus ... verdammter Schleicher, dachte Franziska; er schlug die Augen nieder, als sie an ihm vorbeiging, und sie wünschte inständig, er gäbe ihr Grund, eine Ohrfeige in sein hübsches Gesicht zu hauen. Geh doch spielen, sagte seine Mutter, eilig und ohne Überzeugung, als habe sie denselben Satz schon an tausend Nachmittagen wie diesem gesagt, zwecklos, gegen den Türstock. Er blieb stehen, taubstummblind, dabei entging ihm keine Silbe vom mühsamen Gespräch, fühlte Franziska, sie wählte ihre Worte für ein unsichtbares Tonband, ihre Bewegungen für eine Kamera, die sie genau und unbeteiligt registrierte, und sie begann diesen Bengel zu hassen, diesen Zeugen ohne Zunge, der alles gesehen hat und nichts preisgibt. Überall stieß ich gegen seinen Erwachsenenblick, eine hölzerne Schranke, wohin ich mich wandte.

Schafheutlin sagte, er habe in einem Studentenensemble getanzt, daher der Hopak (warum bittet er um Entschuldigung?), seine Frau legte eben das Tischtuch auf, möglich, daß es an einer Seite tiefer herabhing, Schafheutlin zog es automatisch zurecht, sie zog ebenfalls, aber auf ihrer Tischseite, entschuldige, sagte sie, entschuldige, aber du weißt, sagte er, sie leidend, er streng, beide zogen, zerrten, rissen an dem Tuch, jeder auf seiner Seite, ein erbitterter Kampf, ein Ringen auf Leben und Tod, das dauerte nur Sekunden, in denen sie sich antaten, was man einem anderen in wüsten Träumen antut ... Übrigens redete Schafheutlin gleich weiter, ruhig, als sei nichts geschehen, und es war auch nichts geschehen, ein Zwischenfall, eher lächerlich, vielleicht hätte ich ihn sofort vergessen, wäre der Junge nicht dabei gewesen, der Zeuge, in dessen Gesicht sich die Szene, Mikroszene, der Traummord spiegelte, auch nur sekundenlang, er krümmte die Mundwinkel nach unten ... o Ben, ich habe meine Mutter gehaßt, dieses Erwerbsweib mit dem Geruch nach Weihrauch und Chanel Nr. 5, sie und ihre verfluchte Welt, und wir hatten furchtbare Auftritte, wenn auch nie lärmend, weil gezügelt durch gute Manieren, und Wilhelm hat wie ein Gast am Tisch gesessen, aber niemals, ich bin sicher, niemals haben wir so neben unseren Eltern gestanden, mit einem solchen Ausdruck von Hohn und Verachtung wie der Junge von neun Jahren ...

Hier können wir die Beschreibung eines Nachmittags in Uhlenhorst beenden. Drei Leute am Kaffeetisch, ein Ehepaar, ein Gast, alleinstehende Frau; die Kinder hat man zum Spielen in den Garten geschickt, wir sind unter uns, präpariert auf Gemütlichkeit, laßt die Politik aus dem Spiel, Fachsimpelei, Themen, in denen Drachensaat schlummert, vielleicht aufgeht und Eiserne Männer ausspeit, Gemetzel ist unerwünscht, überhaupt Lärm irgendeiner Art, das Radio schweigt (nur die Kiefern kann man nicht abschalten, die ihre Wipfel über dem Dach drehen, fernes Brandungsgeräusch), eventuell legt Schafheutlin später eine Platte auf, wenn sich Gesprächspausen überdehnen, Aus der Neuen Welt oder so ... Was noch folgt, ist dies: Kaffee und Kuchen, selbstgebackene Quarktorte und ein Kompliment für Frau Schafheutlin, Bericht über die Marktlage (keine Zitronen, Quark knapp, Butter rationiert, immer noch, ich bitte Sie, siebzehn Jahre nach dem Krieg), Seufzer, Kindermund, Besichtigung des Jüngsten, Andreas, achtzehn Monate, den Franziska höflich bewundert, den sie sich auf den Schoß setzen läßt (und nun? was in aller Welt fängt man mit so einem Ding an, einem rosigen Fettklößchen, einem Krabbelwesen ohne Sprache?), Uhlenhorst, die Nachbarn, die Kinder und so weiter. Ausbruchversuche werden vereitelt, schuldbewußt kehren sie zurück, Franziska und Schafheutlin, von Exkursionen in Gebiete außerhalb des Familienbunkers, duldende Stummheit erstickt Gespräche und möglichen Streit über Metzkes und Ronald Paris, Nervis Betonschalen, Atom-Tests und Weltraumfahrt und Gagarins Chancen, auch auf dem Mond der Erste zu sein, um Neustadt und Algerien und einen Film, den Franziska neulich in der Bezirksstadt gesehen hat – Schafheutlin hat keine Zeit für Kino, seine Frau erst recht nicht, sie kommt nie aus dem Haus, das ist ihr Los, und jetzt erschrickt sie und wehrt sich, sie will von dem Algerien-Film nichts hören ... schrecklich, man darf gar nicht daran denken (das sagte Jazwauk auch, als er Franziska sein Taschentuch in die Hand schob, und das sagte sich vermutlich auch der Filmvorführer, der, als der Vorhang fiel und Licht aufflammte, Gitarren der Liebe abspielte, muntere Werbung für unsere beliebten Amiga-Schallplatten, erhältlich in jedem Fachgeschäft, man darf nicht daran denken, übrigens haben wir zwei Prozent vom Gehalt gespendet). Endlich der Blick zur Uhr, der glaubwürdige Aufschrei: Ich muß zum Bus!

»Ich dachte, Sie bleiben zum Abendessen«, sagte Frau Schafheutlin. Franziska wand sich vor Verlegenheit. Schafheutlin sah sie an. »Frau Linkerhand hat noch eine Terminarbeit«, sagte er. »Entschuldige, ich hätte dir eher Bescheid geben sollen.«

Er ging in die Diele, um ihren Mantel zu holen. »Mein Mann bleibt so oft in Neustadt«, sagte Frau Schafheutlin, sie blickte auf ihre Hände und drehte den Ring, der in den Finger schnitt und zwei kleine Fleischwülste aufwarf. »Die Arbeit ... aber ich kann das nicht beurteilen. Mein Mann spricht sich ja nicht aus ... und ich habe nicht mehr den Überblick wie früher ...« Ihr niedliches, in eine Überfülle von Fleisch gebettetes Mädchengesicht schien zu schrumpfen, der Mund zog sich zusammen, rundspitz, als zerdrückte die Zunge bittere Beeren am Gaumen. Schafheutlin schien sie absichtlich allein zu lassen, die Absicht kränkte Franziska, als habe er sie mit einem schäbigen Trick hereingelegt, Vertraulichkeiten, einem Wort unter Frauen überliefert, wozu? fragte sie sich, schon vom schlechten Gewissen geplagt und empört über eine Passionsmiene, die sie und alle Welt zu Gewissensbissen nötigte.

Frau Schafheutlin gestand Neid auf Frau Linkerhand, die unabhängig ist, ihren Beruf hat, Freunde, Kollegen, Kontakt mit dem *Leben*, einen weiteren Horizont (doch, man darf sich nichts vormachen), sie sagte, sie gäbe sonstwas dafür, wenn sie arbeiten gehen könnte, immerhin, vier Jahre Studium, die sollten nicht vertan sein; oft, sagte sie träumerisch, oft habe sie geradezu Sehnsucht nach ihrem Beruf. Franziska nickte, das verstand sie, Sehnsucht nach dem Beruf, nach dem Bau, verdammter Schafheutlin, der kettete seine Frau ans Haus, auch mit einem schäbigen Trick, alle zwei Jahre ein Kind; sie sah, die arme Frau wartete nur auf Ermutigung ... da flatterten die Hände auf wie fette kleine Krammetsvögel, das Kostüm ihrer Rolle zerfiel, das Opfergewand, der Verzichtplunder, ein dreifaches Nein verriegelte den Weg ins ersehnte Arbeitsleben und nach Neustadt, nein, mein Mann, nein, die Kinder, nein, das Haus unser Heim: hier ist sie unentbehrlich. Sie bewies ihre Unentbehrlichkeit und verteidigte ihre Beweise, ihr Nest, ihre Enttäuschung, ihr Joch, unter dem sie die schmalen Schultern bog, Schultern, die Franziska später rührend nennt, jetzt aber ungerührt betrachtete, mit dem schwachen Widerwillen wie gegen Gefrierfleisch und Konserven. Ich muß weg, sagte sie, mitten in den bitteren Monolog.

Frau Schafheutlin drehte am Ring. »Und ich habe ja auch den Anschluß verloren«, sagte sie leise.

Schafheutlin begleitete Franziska durch den Wald, sie stieß einen Kieselstein vor sich her, obgleich sie merkte, daß es Schafheutlin nervös machte; er zuckte zusammen, wenn sie den Stein nach vorn schnellte. »Müssen Sie Ihre Schuhe unbedingt ruinieren?« sagte er ärgerlich. Darauf hatte sie nur gewartet. »Es sind meine Schuhe«, fauchte sie, »ich kann meine Schuhe kaputtmachen, wenn's mir paßt.«

Sie kreuzten die Schienen der Grubenbahn, es dunkelte, von der Siedlung drang kein Laut herüber. Schafheutlin blieb stehen. »Kindskopf«, sagte er.

»Schulmeister«, sagte Franziska schrill, sie zitterte vor Wut und vor Verlangen, aus voller Kehle zu schreien, ihn zu beschimpfen, mit den Nägeln sein verfluchtes Holzgesicht zu zerkratzen.

Schafheutlin stemmte die Fersen gegen den Boden, wie gefaßt auf einen Angriff; seine Stimme klang unverändert, als er sagte: »Wenn Sie meine Tochter wären, würde ich Sie übers Knie legen und durchprügeln.«

»Aber ich bin nicht Ihre Tochter, Gottseidank«, sagte sie, nur um zu widersprechen. Ihr Zorn (auf wen?) war verflogen. Die Kiefernwipfel kreisten vor dem fahlen Himmel, ein Geschwader von Riesenschirmen in einem phantastischen Film, und Franziska wurde schwindlig, als sie nach oben blickte. Schafheutlin stand zwischen den Schienen, die ihre rostbraune Spur durch den Wald zogen, wer weiß wo begannen und endeten, im Unterholz oder an dem zerfallenen Tor, in dem von Brennesseln überwucherten Hof einer Fabrikruine, die nutzlosen Gleise für eine Bahn, deren Lokführer moderten, deren Loren verschrottet und von einem feurigen Ofenmaul verschluckt waren. »Hören Sie?« flüsterte Franziska. Schafheutlin sagte nichts und bewegte sich nicht, und plötzlich überkam sie Furcht, er schien ihr verwandelt, ein Baumstrunk, ein Teil dieses Waldes, mit seinen schwarzen Tümpeln, seiner Gespensterbahn, die durchs Dickicht brach, rollte, auf sie zurollte, sie hörte Schienenschlag und Lokomotivenpfiff und stürzte blindlings vor, gegen Schafheutlin. »Der Abendzug«, sagte er. »Er hält nicht in Uhlenhorst.«

Sie warteten an der Chaussee und blickten schweigend auf die schwarzgrünen Hügel, die gegen die Böschung anrollten, und auf die Bauernhöfe in einem Wellental, ummauerte Kastelle, hinter den engen Fenstern brannte Licht. »Es hat Ihnen nicht gefallen«, sagte Schafheutlin, in demselben Ton hätte er festgestellt, daß ein Plan nicht ordnungsgemäß erfüllt worden sei.

»Nette ist ein Schatz«, sagte Franziska.

»Meine Frau findet schwer Kontakt zu fremden Menschen.«

»Oh, sie war sehr freundlich.«

»Zum Teufel mit Ihren guten Manieren«, sagte Schafheutlin. In der Ferne funkelten die gelben Lichteraugen vom Bus. Sie gingen ein Stück die Chaussee entlang. »Es war ein Fehler, Sie hierher zu bringen«, sagte Schafheutlin. »Meine Schuld. Ich hätte wissen müssen, daß es sie quält. Sie sind –«, er zögerte und suchte nach einem treffenden Wort, »Sie sind die Verwirklichung ihrer Wünsche –«

»Großer Gott«, sagte Franziska. Der Bus näherte sich, sie konnten das erleuchtete Schild lesen, *Linienverkehr.* Oft, sagte Schafheutlin schnell, oft habe sie geradezu Sehnsucht nach ihrem Beruf, hinzu kämen ökonomische Erwägungen, ferner das moralische Gewicht der vier vom Staat finanzierten Studienjahre … Ist sie unglücklich? (Die Vokabel, hörte sie, machte ihm zu schaffen: unglücklich.) Jedenfalls unzufrieden – für ihn stellt sich also die Frage nach der Schuld.

»Sie hat Angst«, sagte Franziska.

»Angst?« wiederholte er ungläubig. Im selben Augenblick blendete der Fahrer auf, Scheinwerferlicht klatschte ihnen ins Gesicht, Schafheutlin riß den Arm hoch und tat einen Schritt, beinahe Sprung seitab, ins Dunkle, sprang aus der mörderischen Lichtbahn, vom Fahrdamm auf den Bürgersteig, in eine Haustür, Berliner Mietshaus, fünfstöckig, im dritten Stock Pension Liebscher, eine fremde Haustür (wenn sie verschlossen ist –), bekam die Klinke zu fassen, der Messingknauf legte sich glatt und kühl in seine Hand (ein Löwenkopf? augenlos, ohrenlos, abgeschliffen von den tausend Händen), drehte sich mit der Tür ins Dunkle, Treppenhaus, muffiger Geruch, Steinkälte an einem warmen Juniabend, und stützte sich mit den Händen, dann auch mit der Stirn gegen die Wand, von der Putz bröckelte, er keuchte vom Zickzacklauf über den Damm und vom rettenden Sprung, da streifte ihn die Tür, zufallend, am Bein, er empfing endlich den erwarteten (später hundertmal geträumten) Stoß des Kotflügels, das Rad, das sein Bein zermalmte, oder die Brust, oder sein Gesicht, und erbrach sich, ein bißchen Schleim und Galle, er hatte den ganzen Tag nichts gegessen, er krümmte sich vor Schmerz und Scham (die Angst, auch die Erinnerung an Todesangst verging, aber er schämt sich heute noch, daß er sich in einen fremden Hausflur erbrochen hat wie irgendein Betrunkener). Als er sein Taschentuch suchte, um Mund und Hände zu säubern, schließlich das Seidenläppchen aus der Brusttasche zog, fühlte er unter seinen Fingern das pfenniggroße Metallplättchen am Jackenaufschlag, sein Parteiabzeichen, ordentlich festgesteckt, heute wie an jedem anderen Tag. Auf einmal empfand er eine Art Enttäuschung, weil sie nicht ausgestiegen und ihm gefolgt waren. Zwei Männer, Schatten hinter der Windschutzscheibe. Der Wagen schoß aus einer Seitenstraße, die müssen ihn gekannt und auf ihn gewartet haben. Er wird nie erfahren, wer am Steuer saß, plötzlich aufblendete und ihn im stechend weißen Lichtkegel fing. Bekannte, anzunehmen. Vielleicht hat er in den folgenden Jahren dutzendmal mit seinem Mörder, Beinahe-Mörder an einem Konferenztisch gesessen, eine Zigarette aus seiner Casinoschachtel geraucht, aus derselben Flasche ihm und sich Selterswasser eingegossen. Schatten. Eine offene Rechnung, die er abgeheftet hat.

Er will nicht gesehen werden, ein Mann in seiner Stellung, abends und allein mit einer Frau, dachte Franziska, nichts ahnend von einer Hasenjagd auf Berliner Pflaster (falls sie je davon erführe, würde sie die Geschichte bezweifeln: ein Mörderauto, doch nicht bei uns, außer im Kino oder Krimi). Sie hätten sofort umkehren und zur Haltestelle zurückrennen müssen. Sie blieben in wortloser Vereinbarung stehen und sahen zu, wie der Bus hielt und, weil niemand ausstieg, gleich wieder abfuhr. »Angst vor Draußen«, sagte Franziska, und Schafheutlin, immer noch kurzatmig: »Das ändert nichts an der Fragestellung.«

»Ich weiß nichts von Schuld, schon gar nicht, wie man eine Unbekannte Größe Schuld dividieren sollte.«

»Sie sind geschieden«, sagte er nach einer Weile.

»Sie kennen doch meine Kaderakte.«

Die Kaderakte, ja, und den Vermerk hinsichtlich des Familienstandes, also geschieden, aber warum, wollte er wissen, dabei fiel es ihm schwer, nach Persönlichem zu fragen, Seelischem sozusagen, und sie machte es ihm nicht leichter: aus Scheu, dachte er und fragte halblaut wie nach dem Verlauf einer peinlichen Krankheit, im Ton zarter Schonung, der sie zum Lachen reizte.

Sie zuckte die Schultern. »Weil ich ihn nicht liebte«, sagte sie, statt: nicht mehr liebte. So oder so, Schafheutlin hielt ihre Antwort für sträfliche Vereinfachung, er war gekränkt für den unbekannten Mann, den sie mit einem Schulterzucken ins Vergessen abschob.

»Einfach?« sagte sie. »Ich kann es umschreiben, bitte, dann hört es sich komplizierter an: frühe Heirat, die Partner sind unbeschriebene Blätter, bestenfalls Skizzenblätter zur Projektierung eines Charakters; sie entwickeln sich, wie, das war nicht vorauszuberechnen (betreiben Sie mal Prognostik, wenn Herz im Spiel ist), der eine marschiert los, Studium, Arbeit jeden Sonntag, Diplom, der Partner bleibt stehen ... Und so weiter. Die Formeln sind bekannt, die Patentlösungen auch ... Wie immer, wenn ich zusammenrechne, heißt die Endsumme: die Liebe ist perdu. Strich darunter.« Oder ich kann den Abend erwähnen, dachte sie, als Wolfgang zum erstenmal Messer, Gabel, Serviette vom Tisch wischte, immer deine bürgerlichen Faxen, und hilflos tobte, weil er nicht beim Namen nennen konnte, was er haßte ... oder eine Nacht (mein Geburtstag) am gedeckten Tisch, auf dem sich Kuchen vertrocknend krümmte, die Rosen von Reger welkten, erst gegen zwei wehte kühlere Luft ins Zimmer, da saß ich immer noch, erschöpft, als sei Warten eine körperliche Strapaze, wie Rennen zum Beispiel, sechs Stunden im Kreis rennen, Nacken steif, Arme angewinkelt, und immer noch wartend, als er schon zwischen den Türpfosten schwankte, mit borkigen Lippen, in schnapsfrommer Demut, dubistdochnichtböseMäuschen ... oder die Woche in einem märkischen Nest, mit einem anderen Mann (wenn schon von Schuld die Rede ist), eine Romanze mit allem romantischen Zubehör, Mond überm See, Kutschfahrt durch herbstliche Buchenwälder, Cembalokonzert im Schloßsaal, Umarmungen im Zimmer des alten Gasthofs, und in jeder Umarmung nahmen wir Abschied voraus und wußten, während wir von Dauer sprachen, daß es nicht einmal Wiederholung geben wird, er war verheiratet und achtzehn Jahre älter, und ich war empört über die Trivialität unserer Geschichte, wollte nicht erleben, was ich in einem Dutzend Büchern lesen konnte, erlebte es aber, Mann und Mädchen, Flucht, Mond, Ehebruch, alles wie gehabt, einschließlich Abschied am Zug, unumgänglich wie Alltag, Pflicht, Anstand und die Gewöhnung an einen anderen, Wolfgang, einen schönen jungen Hirtengott, der sich aus mythologischen Auen in eine Bahnhofshalle verirrt hat, Wolfgang, der Gegenwart ist, daher Gewinner, während jener Mann unaufhaltsam zur Erinnerung wird, die Woche mit ihm ein loses Bündel Bilder, manche überscharf, manche schon verschwommen.

»Aber wenn Kinder da sind«, sagte Schafheutlin. Jetzt erst sah sie den Umweg, den Bogen vom Besonderen zum Allgemeinen, Kinder allgemein, der nächste Schritt wird ihn wieder zum besonderen Fall führen, seinem eigenen, und den eigenen Kindern, er wird beichten und um Verständnis, wenigstens Mitgefühl bitten. Nur das nicht. Sie schob eine Zigarette zwischen die Lippen, aber der fällige Verweis, Sie rauchen zuviel, blieb aus, damit auch ein ablenkendes Gespräch über Nikotin und Lungenkrebs. Er strich sofort ein Hölzchen an (das ist neu, dachte sie, Schafheutlin höflich) und redete über ihren Kopf hin, trocken, als gäbe er zu Protokoll: seine Prinzipien betreffs Ehe und Gleichberechtigung (musterhafte Prinzipien) und seine Einstellung zur Familie, der Keimzelle des Staates; er flocht auch einen Vorwurf gegen junge Leute ein, die sich leichtfertig zusammentun und nach ein paar Jahren auseinanderlaufen … Manche lädiert, fügte Franziska im stillen hinzu; sie war gelangweilt, aber erleichtert, weil er im Allgemeinen blieb und nicht, wie sie einen Augenblick befürchtet hatte, jammerte oder Jammer durchblicken ließ und Trost suchte, was sich fast natürlich ergeben hätte nach diesem Nachmittag, und nachdem sie den Bus versäumt haben und allein sind, auf einer Landstraße, die mit ihrem Sommerweg, den Kirschbäumen und weißgekalkten Steinen tausend anderen Landstraßen gleicht, so daß man sich mühelos von Uhlenhorst wegdenken kann, an einen beliebigen geographischen Punkt im Koordinatennetz aus Asphaltbändern, Kirschbäumen, weißen Grenzsteinen.

Inzwischen hatte er zerstreut das dritte Hölzchen angezündet. »Sie kokeln«, sagte Franziska.

Er sah sie an. »Merkwürdig, zuerst dachte ich, Sie haben braune Augen.«

»Das sagten Sie schon. Am ersten Abend.«

»Das wissen Sie noch«, sagte er langsam. Es verwirrte ihn, daß sie seine Worte nicht vergessen hatte. Unmöglich, jetzt ihre Hand zu ergreifen unter irgendeinem Vorwand, zum Beispiel, um nach der Narbe am Gelenk zu fragen, als habe er sie eben erst entdeckt; unmöglich, gerade jetzt seine Lebensumstände zu erklären: die ewige Gereiztheit, Streit um Nichtigkeiten und tagelang verstocktes Schweigen, seine Unlust, abends nach Hause zu fahren (wenn Nette nicht wäre!), die Angst seiner Frau vor einem unerwünschten Kind, das sie um weitere zwei Jahre von der Rückkehr zum Beruf abtrennt ... nein, diese Mitteilung hätte er ohnehin unterschlagen, auch ihre Drohung (die er ernst nimmt), im Fall einer Schwangerschaft den Gashahn aufzudrehen, und, vielleicht, eine Andeutung, daß er seit anderthalb Jahren auf der Couch im Wohnzimmer schläft ... Worauf er umständlich hingelenkt hatte, erschien ihm auf einmal als schäbiger Versuch, sie zu gewinnen, indem er ihr Vertrauen erweist und sich mitteilt, aber vorsichtig, und nachdem er sortiert und sich zurechtgelegt hat, was er verheimlichen, was er aufbauschen will.

Er ließ das Streichholz fallen, als es schon fast seine Fingernägel verbrannte. »Ich bin ratlos«, sagte er.

Franziska schwieg. Schade, dachte sie, enttäuscht, weil er sich nun doch trösten lassen will, und verwundert über ihre Enttäuschung: also mochte sie ihn, bejahte ihn jedenfalls so, wie er war, hölzern, unzugänglich, pflichtbewußt, exakt und so gefühlvoll wie ein Computer. Schade. Er sagte aber nichts mehr, nur – als sie schon die Lichter vom nächsten Bus sahen – zum zweiten Mal und mit Blick auf die anrollenden Hügel: »Ich bin ratlos, Franziska.«

Sonntagabend ging Franziska in die *Friedenstaube*, das einzige Lokal, in dem Gertrud noch bedient wurde. Der Streifendienst, drei- oder viermal in der Woche, war zur lästigen

Pflicht geworden, der Franziska nur aus Eigensinn gehorchte: sie wollte sich ihre Niederlage nicht eingestehen.

Seit jenem Januarabend, als Gertrud ihren Chef in Franziskas Zimmer gesehen hatte, herrschte eine dumpfe Gereiztheit zwischen ihnen, Schwelbrand, aus dem jeden Augenblick eine Flamme hochschießen konnte; Franziska fühlte sich belauert, sie zuckte nervös zusammen, wenn Gertrud, die auf Strümpfen durch den Korridor geschlichen war, klopfte und sofort, ohne Antwort abzuwarten, den Kopf durch den Türspalt steckte. Franziska biß die Zähne zusammen, um nicht aufzuschreien: Hau ab, ich habe dich satt. Sie verzieh Gertrud nicht, daß sie sich nicht retten lassen wollte: ihre Sauftouren waren permanenter Verrat. Eine demütige Verräterin, deren Augen wegrutschten, wenn Franziska neben ihrem Tisch stand. Sie ließ sich das dickwandige Schnapsglas aus der Hand winden, ohne Lärm zu schlagen.

Trotzdem betrat Franziska das Lokal wie eine Arena, ein kleiner nervöser Torero unter den Augen einer schaulustigen Menge. Kein Gatter rasselte hoch, um den schwarzen Stier in die Arena zu entlassen. Sie ging steif durch ihr Publikum. Der Kampf fand nicht statt. Manchmal starrte sie in einer Art abergläubischen Schreckens auf Gertruds in Löckchen gerahmte Stirn. Eine Besessene, dachte sie. Der Dämon hinter dieser Stirn ließ sich nicht durch freundlichen Zuspruch austreiben, sie konnte ihn nicht einmal bei Namen rufen: er war die Ausgeburt einer finsteren und schmutzigen Vergangenheit, die sie nur aus Andeutungen und halben Sätzen erriet.

Obgleich die rohe Stimme ihr nicht mehr die Furcht einflößte wie früher, blieb sie wie angenagelt im Windfang stehen, wenn der Säuferbariton aus dem Schankraum erscholl. Jetzt reitet sie wieder der Teufel ... Franziska hörte Flüche und Schimpfworte, Gertrud blieb niemandem eine Antwort schuldig, und es gab immer ein paar Burschen, die sie hänselten oder anrempelten, um sich an ihrem unflätigen Geschimpf zu ergötzen. Manchmal flüchtete Franziska; einmal versteckte sie sich hinter einer Hausecke, als sie Gertrud sah, die sich auf der Terrasse mit einem Polizisten zankte; die alte Bürgerscheu vor der Polizei erwachte, sie wollte nicht gesehen, erst recht nicht mit Gertrud in Verbindung gebracht werden …

Jeden Abend, wenn sie sich auf die Suche nach der Freundfeindin machte, quälte sie die Vorstellung, in einen Skandal verwickelt zu werden, und sie atmete auf, wenn sie Gertrud still an ihrem Tisch sitzen sah (bewacht von Frau Hellwig, falls sie Spätschicht hatte), damenhaft im Wiener Strickkleid, mit zierlich abgespreiztem kleinen Finger, wenn sie die Kaffeetasse zum Mund führte, und vor einem Bierfilz, auf dessen Rand nicht mehr als zwei oder drei Kreuzchen gestrichelt waren … Aber was wird morgen sein, oder nächste Woche? Unmöglich, diese Verrückte ans Haus zu fesseln. Die Bücher, die Franziska ihr lieh, durchblätterte sie nur. Bewachung entzog sie sich durch hundert Finten; sie war gerissen wie die meisten Trinker, von einer zähen Schlauheit, die alle schlauen Pläne ihrer Bewacherin durchkreuzte.

Das Gefühl ihrer Ohnmacht erbitterte Franziska. Sie wurde grausam. Sie kränkte Gertrud, indem sie ihre kleinen Geschenke zurückwies, eine Schachtel Pall Mall, eine Tafel Schokolade. Sie verspürte Lust, ihr Tritte zu geben wie einem Hund … Dabei haßte sie nicht Gertrud und ihre Listen, ihre Demut, ihre Sucht, sich selbst zu erniedrigen (indem sie sich zum monströsen Clown machte, zu einer Attraktion für betrunkene Kerle, die sie anstarrten wie eine dieser Jahrmarktsfiguren, mit denen Schausteller früher herumgezogen sind: der Mann mit dem Hundekopf, das Riesenweib, das sechsbeinige Kalb), sondern den Gegner ohne Gesicht und ohne anderen Namen als diesen: Vergangenheit, und die anonymen Schemen derer, die ein menschliches Wesen zerstückelt hatten – und leben, dachte sie, eine Gegenwart haben, unbescholtene Bürger, vielleicht musterhaft, gewiß nicht belastet mit Erinnerungen an ein gewisses Mädchen G … Den Stammgästen, die sie schon kannten und sich amüsierten wie über eine Frau, die ihren Mann aus der Kneipe holt, zeigte sie eine kühle Miene; sie spielte eigensinnig das längst durchschaute Spiel von zufälliger Begegnung, grüßte erst Rehlein und die Milizionäre und dann, wie überrascht, ihre Freundin, bestellte Kaffee und schwatzte mit

Frau Hellwig, lächelnd. Aber im Innern zitterte sie vor Zorn über die Vergeblichkeit dessen, was sie hier unternahm; sie legte Gertrud die Hand auf den Arm – eine freundschaftliche Mahnung, schien dem Zuschauer – und plötzlich, gegen ihren Willen, drückte sie mit aller Kraft zu und preßte ihre Fingernägel in Stoff und Haut …

Heute, ahnte sie, kam sie zu spät; schon an der Tür traf sie die heisere Stimme wie ein Schlag aufs Ohr. Gertrud hockte allein, sie glich einer Riesenspinne in ihrem Netz, lauernd und voll Gift; sie hielt den auf die Faust gestemmten Kopf schief, zum Nebentisch gedreht, an dem der bleiche Louis mit seiner Clique saß. Sie trommelten auf den Tisch und brüllten vor Lachen. Franziska kniff die Lider zusammen, der Rauch biß in die Augen; Pfiffe und Witze knallten ihr um die Ohren, als sie sich durch das Gestrüpp von Stuhlbeinen drängte, Sonntagsschuhen und kalkbespritzten Gummistiefeln mit umgekrempelten Schäften. Die meinen mich, dachte sie erstaunt, aber unbeteiligt. Ein metallischer Blitz zuckte durch die Rauchschwaden und schlug klirrend in den Tisch der Clique, zwischen Biergläser und zurückschnellende Köpfe. »Das Weib dreht durch, die braucht 'n Mann«, sagte der Chef, dessen Gesicht womöglich noch käsiger geworden war, aber grinste – das war er sich vor seinen Leuten schuldig, auch das obszöne Fingerzeichen, das er Gertrud zeigte.

Einer stand auf und vertrat Franziska den Weg, und als sie ihm ausweichen wollte, spreizte er die Beine und breitete die Arme aus. »Verzeihung, gnädiges Fräulein –« Er verbeugte sich tief und schwankend und überreichte ihr das Messer. »Mit bestem Dank zurück, Fräulein.« Die Stimme kannte sie, eine leise gemeine Stimme, die Schafheutlin drohte: wir rechnen noch ab, und sie sah hoch, in ein flaches, wie platt geschlagenes Gesicht; die Nase schien durch einen Hieb in den Kopf hineingetrieben zu sein, und die Augen, feucht wie in Tränen schwimmend, steckten eng nebeneinander, in ungleicher Höhe, schludrig eingesetzt. »Nichts für ungut, Gnädigste, Verzeihung, und bestellen Sie Ihrer Freundin, wenn sie das nochmal macht, reißen wir ihr mit dem Messer den Arsch auf.« Er trat beiseite und dienerte, und Franziska zwängte sich an ihm vorbei, gefaßt auf eine Fußfalle oder einen tückischen Stoß, trotzdem ohne Angst, weil sie am Stammtisch vor der Eckbank den schwarzen Wollkopf von Rehlein sah und die Milizionäre, ihre breiten Rücken in karierten Hemden, ihre bretterharten Hände, die Skatkarten auf die Tischplatte klatschten. Keine reguläre Polizei, schon gar nicht uniformiert oder bewaffnet: fünf oder sechs junge Männer, Eisenflechter und Betonierer aus einer berühmten und mit Titeln und Orden dekorierten Brigade, die sich zu einer Art Selbstschutz-Truppe zusammengeschlossen hatten und Schlägereien, wenn schon nicht verhinderten, so doch schnell und ohne Aufhebens beendeten; sie räumten auf wie Leute, die eine schmutzige aber notwendige Arbeit verrichten.

»Für heute reicht's. Kommen Sie«, sagte Franziska und faßte Gertrud an der Schulter; sie fuhr zurück, als habe sie durch die Berührung einen Mechanismus in Gang gesetzt, eine gräßliche, Schimpfworte heulende Sirene. »Der soll nicht denken, ich bin eine von seinen Nutten, der halbseidene Lude ...« Und in das Johlen vom Nebentisch, in die höhnischen Zurufe, mit denen sie Gertrud anstachelten, schleuderte sie einen Hagel von zotigen Flüchen, und die Männer an den Tischen drehten sich um, die entfernter Sitzenden standen auf, manche ärgerlich, sogar verstört, die meisten lachend, sie lachten über das Schandmaul dieser Kratzbürste, über ihr Repertoire an Sauereien, das sie runtergrölte, hilflos und toll wie ein Straßengör, das Hände voll Dreck nach einem Widersacher schmeißt, dem stärkeren Bengel von nebenan.

Franziska klammerte sich an die Stuhllehne, ihr Gesicht und ihr ganzer Körper brannte vor Scham. »Sei still«, flehte sie, und gegen den Tisch der Clique gewandt: »Laßt sie in Ruhe, laßt sie um Gotteswillen in Ruhe«, aber ihre brüchige Stimme verlor sich in dem Höllenlärm, und sie wünschte, sie könnte einen Fuß vor den anderen setzen und den kilometerlangen Weg zur Tür wagen, dabei fühlte sie sich von Blicken wie in einem Netz gefangen und umschnürt, das sich bei jeder Bewegung fester zusammenziehen und sie zu Fall bringen mußte. Sie schloß die Augen: sie stellte sich tot.

Der Lärm zog sich aus ihren Ohren zurück, sie suchte nach einem bestimmten Bild in dem Filmstreifen, der zappelnd unter ihren Lidern ablief, und hielt es fest und kehrte heim in eine Welt, die (unbegreiflich) neben dieser hier existierte, in Regers Arbeitszimmer, in das Genrebild, der Meister im Kreis seiner Schüler, Kerzenlicht, der Matisse auf einer schneeweißen Wand, pelzige Nachtmotten, die gegen die Glastür prallten ... Eine Welle von rohem Gelächter spülte sie in die Wirklichkeit zurück, sie sah den wie ein Schiffsdeck schlingernden Fußboden und den schwankenden Tisch, über dem mit halbem Leib der bleiche Chef hing und seine Meute hetzte, faß, faß, und das platte Gesicht, das sich drehte und in immer engeren Kreisen näher drehte und jetzt über Gertrud hing, diesem vor Angst irren Geschöpf, und den Kreis von Augen und klaffenden Mündern und, wie geträumt, den Fremden oder Wilhelm in einer olivgrünen Windjacke, durch Zauber von Dubna herbeigeholt und an die Theke einer Neustädter Kneipe versetzt. Er nahm die Brille ab und legte sie auf das Zinkblech der Theke.

Er kannte die Spielregeln, hielt eine Hand in der Hosentasche, die andere offen, mit der Handfläche nach vorn gekehrt, und stieß den Burschen nicht an, der sich über Gertrud beugte und ihr ins Haar blies. »Laß sie in Frieden«, sagte er halblaut, »es ist genug, niemand hier findet deine Späße sehr witzig.«

Der andere richtete sich auf, er stellte sich breitbeinig, um im Gleichgewicht zu bleiben. »Misch dich nicht ein«, sagte er. Die Milizionäre schoben ihre Kartenfächer zusammen, und der Bursche verfiel sofort in den gekränkten, sentimental schleppenden Ton eines Betrunkenen, er täuschte, er spielte seine Trunkenheit, die er wie eine Schutzfarbe annahm. »Warum mischst du dich ein, Kumpel? Suchst Streit, ja? verdirbst einem Bürger seinen Feiera'md ... Du hast kein Gewissen ...« Er schwankte vornüber und blies dem Fahrer seinen Bieratem ins Gesicht. »Wer bist du überhaupt? Hast dich nicht vorgestellt ...«

»Uninteressant«, sagte der Fahrer. »Ich habe dich gebeten, die Mädchen nicht zu belästigen.«

»Du hast dich nicht vorgestellt«, wiederholte der Bursche

vorwurfsvoll, er musterte den Fahrer, dann Franziska, und pfiff durch die Zähne. »Verstehe. Du bist der Beschäler von dem Fräulein ... Verzeihung, Gnädige, wir sind einfache Leute, wir reden deutsch, nicht parlewu ...« Der Fahrer nahm die Hand aus der Tasche, er sagte nichts und sah den Burschen an, der langsam zurückwich, gegen den Tisch seiner Clique, die stumm und gespannt die beiden beobachtet hatte, und der Lärm setzte wieder ein, so jäh, wie er vor einer Minute verstummt war, und die Milizionäre fächerten ihre Karten auseinander.

Gertrud flennte und zog durch die Nase hoch. »Gehen Sie jetzt«, sagte der Fahrer zu Franziska. Im selben Augenblick drehte sich der Bursche um, mit dem Schwung eines Hammerwerfers, und versetzte ihm einen Faustschlag, der den Mund traf und die Unterlippe spaltete. Franziska stieß einen rauhen Laut aus, ein Stöhnen, als sei sie, nicht der fremde Mann geschlagen worden, und geblendet von dem Schmerz, der sich hinter ihren Augen ergoß wie ein Strom von weißem Licht, stürzte sie sich auf den Burschen (auf den letzten der Reihe, die weit zurück im Dämmerungsland begann), sie fühlte eine Hand auf ihrem Gesicht, die ihr Kinn hoch und nach hinten zu drücken versuchte – der stechende Schmerz im Nacken signalisierte Gefahr –, und als die Handkante gegen ihren Mund, gegen die Zähne schlug, biß sie zu und hielt fest, obgleich betäubt von einem Schwall fremder Gerüche, Schweiß und Bier und dem süßlichen Fliedergeruch von Brillantine, und von den Faustschlägen, die ihren Kopf trafen, ihren Rücken, der empfindungslos war, ein gespanntes Trommelfell, und während sie die Kiefer wie eine Zange zusammenpreßte, durchströmte sie ein Gefühl von Befriedigung, das barbarische Behagen eines Jägers, der seinen Stammesfeind an der Kehle hält.

Endlich gelang es Rehlein und dem Fahrer, sie loszureißen. Zwei Milizionäre schleppten den Burschen hinaus, er hing zwischen ihnen, die Knie an den Leib gezogen, und heulte mit rückwärts gedrehtem Kopf, er wird die Schickse umbringen, er wird sie wie eine Katze totschlagen, wenn er sie allein und im Dunkeln erwischt ... »Hören Sie nicht hin«, sagte der Fahrer zu Franziska, die nur sah, wie er die geschwollenen Lippen bewegte, aber nichts hörte, als sei sie in eine schalldichte Glaskapsel eingeschlossen, imstande, jedoch nicht verpflichtet, mit ihren Augen die Umwelt wahrzunehmen, Gesichter, Gegenstände, die Farben Schwarz, Blau, Olivgrün, und sie wünschte, dieser Zustand würde endlos andauern oder auf wunderbare Weise dadurch enden, daß sie in ihrem Bett erwachte, gegenüber dem Fenster, einem gerahmten Stück Himmelsblau.

Langsam kehrte das Bewußtsein in ihren Körper zurück. Rehlein brachte ein Glas Wasser, er hielt das Glas, während sie gehorsam schluckte, und sie blickte auf seine schwarzen Hände und dachte daran, wie er sein hinkendes Mädchen stützte, wenn sie die Treppen hinaufstiegen, und wie sie ihnen nachsah: die haben es gut.

»Ich bringe sie nach Hause«, sagte der Fahrer, an Rehlein gewandt; eine Verabredung unter Männern, Franziska wurde nicht gefragt, sie dachte, sie würde sich, wenn schon, lieber von dem sanften Mr. Davis begleiten lassen, und wollte widersprechen, sie schüttelte den Kopf, in dem ein zweiter, ungenau eingepaßter Schädel aus Metall saß, der jetzt dröhnend gegen die Stirn stieß. »Hoppla«, sagte der Fahrer gleichmütig und legte ihr die Hand um den Ellenbogen. »Ausflüge in die Anarchie bekommen Ihnen nicht, Lady.«

»Wo ist Gertrud?« murmelte Franziska.

»Zu Schiff nach Frankreich, oder in die Hölle, was für alle das beste wäre. Kommen Sie.« Er holte seine Brille, die in einer Bierpfütze auf der Theke lag, und steckte sie in die Brusttasche, unachtsam zwischen gekniffte Zeitungen, und ging zur Tür, ohne sich umzusehen, ob Franziska ihm folgte.

Draußen saßen die beiden Betonierer auf dem Mäuerchen, das die Terrasse begrenzte, und zwischen ihnen, in merkwürdig steifer Haltung, der plattgesichtige Bursche. Sie hatten ihm die Arme auf den Rücken gedreht und redeten auf ihn [ein], und er schwieg, er preßte die Lippen zusammen, nur seine Lider zuckten über den schwimmenden Augen. »Wo arbeitest du?« sagte der eine. Franziska atmete tief durch, in der kalten Nachtluft wich ihre Benommenheit. »Er arbeitet nicht«, sagte der andere. »Das Schwein arbeitet nicht. Aber immer Geld zum Saufen … Gib uns nen Tip, wo du das Geld zum Saufen herhast. Antworte, Schwein, wenn du was gefragt wirst, der liebe Freddy fragt dich nicht zweimal.«

Der liebe Freddy. Wahrscheinlich sein Spitzname: Freddy Quinn (dessen Stimme aus den offenen Fenstern der Wohnunterkünfte schallte, die Stimme eines Legionärs auf verlorenem Posten, eines Mannes, der die Heimat im Herzen trägt und Aug in Auge mit dem Tod seinen Nebenmann fragt: hast du noch eine Zigarette, Kamerad?). Unter seinem Räuberfilz und der tief in die Stirn gezogenen Krempe sah sie von seinem Gesicht nur die Nase, die von der Märzsonne verbrannt war und sich schälte, und die aufgeworfenen Lippen; die zu kurze Oberlippe bedeckte nicht die Schneidezähne, ein Hasenschnäuzchen, eher zum Lachen, auch seine Redeweise, fand sie, als spräche er mit verstellter Stimme, Sätze, die aus einem Fünfzig-Pfennig-Ost-Film am Potsdamer Platz zu stammen schienen, und die ganze Szene oder Probe für eine Szene, im verschmierten gelben Bühnenlicht überm Parkett, dem dunklen Anger.

Der Bursche schwieg, sein Blick flog nach rechts und links, als spähte er nach Hilfe aus, nach der Clique, die ihn im Stich gelassen hatte, und blieb an Franziska hängen, die erstarrte und den Atem anhielt. Plötzlich begriff sie, daß hier nicht Theater gespielt wurde, und sie dachte voller Schrecken an den nächsten Abend und alle folgenden Abende, wenn sie durch die augenlosen Straßen laufen wird, ihren Schlüsselbund umklammert, eine klägliche Waffe. Der junge Mann, der sich Freddy nannte, schob seinen Filz ins Genick und sah Franziska an, dann seinen Gefangenen. »Gefällt mir nicht, wie du die junge Frau anglotzt«, sagte er. Der Bursche warf blitzschnell den Kopf herum und stieß mit der gesenkten Stirn zu, aber ins Leere. Sie drückten ihm die im Rücken verdrehten Arme hoch, und sein Kopf fiel nach vorn, er keuchte. »Ihr Hunde … Kopfjäger … Faschisten …« Er spuckte aus, dem Betonierer vor die Füße. »Polizeihelfer«, stieß er hervor: das dreckigste Schimpfwort, das er kannte.

»Halt's Maul«, sagte Freddy. »Mit dir werden wir noch fertig, dazu brauchen wir keine Polizei. Du stinkst uns schon lange ... Und wenn der jungen Frau was passiert, oder einem von unseren Kumpels, dann bist du dran, dann poliern wir dir die Fresse, daß dich deine eigene Mutter nicht wiedererkennt. Das verspreche ich dir«, sagte er hart, obschon abgelenkt durch Seitenblicke auf Franziska, die mit großen Augen und hingerissen zuhörte, sozusagen an seinen Lippen hing, »und der liebe Freddy hält, was er verspricht.«

Der Fahrer war weitergegangen, weggegangen, dachte Franziska, na wennschon, aber da stand er, neben der Treppe, die Hände in den Hosentaschen, und wartete geduldig, obgleich am Rand der Langeweile, wie ein Erwachsener auf ein Kind, das raufende Buben oder einen Wasserwagen oder Vögel, Dachdecker, Käfer, Autos bestaunt, unbegreiflich warum. Ob sie diese Art von Selbstjustiz so imponierend fände? fragte er, und sie sagte: jedenfalls beruhigend. Wirklich? Wirklich. Also nicht gespielt, sagte er, die Miene gläubigen Vertrauens und der entzückte Blick auf den Eisenfresser Freddy wie auf einen Schutzengel, geradezu eine himmlische Erscheinung. »Sie lachen«, sagte Franziska verstimmt. »War ich so komisch?«

»Komisch? Nein. Nicht einmal, als Sie versuchten, diesen jungen Mann umzubringen. Sie sahen aus wie Sturm über Asien ... Pardon«, sagte er, drehte den Kopf zur Seite und griff sich mit zwei Fingern in den Mund. Franziska blieb stehen. »Gehen Sie weiter«, sagte er schroff. Eine Minute später kam er ihr nach. »Tun Sie mir den Gefallen und sehen Sie mich nicht an wie eine barmherzige Schwester. Sie sollten soviel Selbstbewußtsein haben, sich zu sagen, daß das Vergnügen, Sie kennenzulernen, mit einem Zahn nicht zu teuer bezahlt ist. Übrigens taugte er sowieso nicht mehr viel. Fort mit den Trümmern und was Neues hingebaut!«

»Es tut mir so leid ... und dafür, daß Sie uns gerettet haben, meine Freundin und mich –« Er fiel ihr ins Wort. Freundschaft sei wohl nicht die treffende Bezeichnung für das spektakuläre Verhältnis zwischen Gertrud und einem möglicherweise wohlmeinenden, aber genierten Bürgermädchen. Er hatte, ergab sich nun, Frau Linkerhand und Gertrud mehrmals gesehen, nicht in so fataler Situation wie heute, immerhin, gewisse Gesten und die Miene eines nervösen kleinen Toreros deuteten auf Gereiztheit und Überdruß, trotz pünktlicher Erfüllung einer Pflicht, die man – mag sein, in Ermangelung anderer Pflichten – übernommen hat: zwecklose, wenn auch rührende Bravheit, sagte er, ging gebückt, mit hochgezogenen Schultern, und so schnell, daß Franziska kaum Schritt halten konnte, und redete laut, spöttisch, dabei gleichmütig; einmal unterlief ihm das Wort beobachten, er korrigierte sich sofort und ersetzte es durch bemerken, um sich nicht den Anschein von einem Interesse zu geben, das er nicht empfand.

Franziska war bestürzt, dann empört (weil er aussprach, was sie sich nicht eingestehen wollte), sie sträubte sich, versuchte ihn zu unterbrechen, nein, hören Sie, erlauben Sie, und hätte jetzt Gertruds Geschichte, soweit bekannt, ausgeplaudert und Geheimnisse preisgegeben, sogar Erfundenes hinzugefügt ... als sie zu Wort kam, hörte sie selbst: eine Kolportage-Geschichte, unglaubhaft, obgleich sie sich in Wirklichkeit zugetragen hat, eine wahre Geschichte, Treck im Winter, die Flucht übers vereiste Haff,

(später, wenn sie sich lieben und Vergangenes ausgraben und Stück um Stück zusammensetzen – trotzdem ergibt sich nur ein schadhaftes, stellenweis unkenntliches Relief –, später, wenn sie im Dunkeln liegen und rauchen, wird er diesen Winter wiederfinden, denselben, den sie jetzt erwähnt, Februar 45, und dieses Haff und das Eis, das unter Granaten zerkracht, und den Jungen, der zwei Stunden im Eiswasser treibt, aufgefischt wird, gerettet für den letzten Dienst am Vaterland, und heimgeschickt nach Berlin-Lichtenberg, zwar einen Schock hat, aber nicht mal eine Erkältung, deshalb tauglich ist für Endkampf, Werwolf, Umgang mit Panzerfaust und Brandflasche, und der überlebt, manches vergißt, manches abtut, Erinnerungsballast, das Haff zum Beispiel, die zwei Stunden im eisigen Wasser, und gelassen zur Kenntnis nimmt, daß er nicht mehr schwimmen kann und – ohne geradezu Angst zu empfinden – erstarrt, untergeht, einfach wegsackt, sobald er in der Badeanstalt oder in einem See den Sandboden, die Fliesen nicht mehr unter seinen Füßen spürt),

der Treck also, quer durch Deutschland, ein Bördedorf, ein Großbauernhof, Unterschlupf in der Futterkammer, Demütigungen, Prügel, schwere Arbeit, der Bauernsohn, der das Flüchtlingsmädchen in der Scheune vergewaltigt (Gertrud ist noch nicht zwölf). Eine wahre Geschichte, wie gesagt, aber ungeeignet, sie nebenhin und einem unbeteiligten Fremden zu erzählen, dachte Franziska. Sie schwieg verwirrt.

»Bedaure«, sagte der Fahrer, »aber ich habe keinen Sinn für karitative Betätigung, die einen miserablen Zustand verewigt, statt radikal zu verändern. Ich zweifele nicht, daß Sie es gut meinen ... auch die Damen, die für die armen kleinen Negerkinder Strümpfe stricken, meinen's gut –« Er blieb stehen, weil Franziska stehengeblieben war. »Ich habe genug von Ihnen«, sagte sie. »Eine Wohltätigkeitsdame ... das geht zu weit ... den ganzen Weg sagen Sie mir Unverschämtheiten ...«

Er hielt ihr ein zerknautschtes Zigarettenpäckchen hin. »Rauchen Sie?«

»Nicht auf der Straße.« Als er ein Streichholz anriß, sah sie sein Gesicht nah, zum letztenmal, hoffte sie. Es gab keinen Grund, ihm wieder zu begegnen (hatte es jemals einen Grund gegeben?), und es war überflüssig, ihn zu fragen, warum er sich vorhin im Lokal eingemischt habe, dennoch tat sie es, fragte, um sich zu vergewissern und ohne Erwartung, abschließend.

Warum? Er zögerte und überspielte sein Zögern, indem er heftig an der Zigarette zog. Aus Ritterlichkeit? Sie versuchte nun ebenfalls einen spöttischen Ton anzuschlagen. Oder in einer Anwandlung von Mitleid, gewissermaßen karitativ, er also auch?

»Nein«, sagte er. »Weil Sie mich so angesehen haben, als ob Sie es erwarteten ... als ob Sie es von mir erwarteten.«

Eine Woche lang ging sie nicht in die *Friedenstaube.* Einmal abends, durch das Schaufenster ihres Ladens, sah sie einen Mann, der über das regennasse Pflaster schlenderte, die

Hände in den Hosentaschen, den Kopf zwischen die Schultern gezogen. Sie mußte sich eine Frage wiederholen lassen (trotz Regenwetter waren sechs oder sieben Leute gekommen, und sie hatte, zum Glück, alle Hände voll zu tun). Im Gespräch mit zwei jungen Frauen, Kinderzimmer, Spielecke und Schlafkojen skizzierend, drehte sie dem Schaufenster den Rücken zu, um nicht zum zweiten Mal, unwillkürlich, hinauszublicken. Übrigens habe ich mich getäuscht, sagte sie sich: das beunruhigte sie erst recht.

Sonnabend mittag, als sie aus der Kaufhalle kam, schief unter der Last ihrer übervollen Einkaufstasche, ging er drei Schritte entfernt an ihr vorüber, hinter einer ausgespannten Zeitung, lesend mitten im Wochenend-Gedränge, zwischen verspäteten Hausfrauen, Männern mit Bierkästen, Scharen von Kindern und Kinderwagen, hochrädrigen Gondeln, in der Sonne aufgereiht wie Autos am Parkplatz, und den alten Bäuerinnen, die, auf ihre Fahrräder gestützt, in einer fremden Sprache schwatzten, die Köpfe zusammengesteckt, die kahlen Scheitel unter schwarzwollenen Tüchern oder den Hauben mit flügelartigen Taftschleifen, deren Bänder bis auf den Rocksaum fielen; ein Dutzend weiterer Zeitungen und Illustrierter hatte er unter die Achsel geklemmt, einige auch unter den Pullover gestopft (der blaue mit dem Rollkragen, ich erinnere mich, der blaue, Ben, den darfst du nie in die Lumpen geben). Ein Zufall – später nennt sie's glückliche Fügung –, daß in diesem Augenblick der Taschenhenkel riß, die Tasche sich aufsperrte wie ein Maul und Brot, Konservendosen, Tüten und Pampelmusen ausspuckte, die übers Pflaster kollerten, den Bäuerinnen, auch dem Fahrer vor die Füße. Franziska bückte sich, dabei rutschte ihr die Milchflasche aus der Hand und zerschellte auf den Steinplatten. Aus der Eiertüte quoll Dottergelb. »Einen Salzstreuer haben Sie nicht zur Hand?« sagte der Fahrer, während er Scherben und Eierschalen mit seiner gefalteten Zeitung zusammenschaufelte.

Franziska war feuerrot vor Verlegenheit, aber erleichtert, weil er nichts weiter sagte, sondern rasch den verstreuten Kram auflas und, indem er die Tasche unter den Arm nahm, gutmütig lächelte, als wüßte er schon Bescheid: manchmal hat sie einfach eine Pechsträhne, dann reißen Henkel, fallen Tassen zu Boden, schnappen Autokühler mit Haifischzähnen nach ihr, fließt Tusche über eine fertige Zeichnung, unerklärlich warum, und sie ist fassungslos, vernichtet von soviel boshaftem Mißgeschick.

Er stellte die Tasche auf dem Betonsockel ab – auf dem nächstens eine bronzene Mutter sitzen wird, vor dem Halbrund weißblühender Sträucher, auf dem rechten Knie ihr Bronzebaby, auf dem linken, das von den kleinen Hintern bald blankpoliert ist, ein paar Gören vom Spielplatz nebenan – und kramte Bindfaden und Drahtenden aus der Hosentasche. Franziska machte schüchterne Einwände, die er überhörte. Sie sah ihm zu, wie er mit seinem Taschenmesser die Fasern an dem zerrissenen Henkel abschnitt. Ein fremder Mann, der jetzt, sie merkte es ihm an, nur mit seiner Arbeit beschäftigt war, keinesfalls mit Gedanken an die Person, für die er sie tat. Fremder, dachte sie, als der, den sie erfunden hatte. Bekannt waren nur seine Hände, sogar vertraut (bevor sie jemals über ihr Gesicht gestrichen, ihren Nacken umfaßt hatten), die kleinen harten Hände, der Daumennagel an der rechten, blauschwarz wie von einem Hammerschlag, und die lange Narbe, die den Daumen bis zum Handballen spaltete, und der linke Ringfinger, an dem ein Glied fehlte. Der Fahrer, der ihren Blick spürte, krümmte den Finger ein. »Der Rest liegt im Schacht«, sagte er, »in der Eile konnte ich ihn nicht wiederfinden, sonst hätte ich ihn als Souvenir aufbewahrt.«

»Oder verschenkt«, sagte sie. »Es muß ja nicht gleich ein Ohr sein. Und warum hatten Sie's so eilig?«

Er warf unwillig ein Wort hin, Wassereinbruch, mehr sagte er nicht, auch später nicht: Wassereinbruch, nun ja, ziemlich ungemütlich, sagt er und gähnt laut, gähnt wie immer, wenn er verlegen ist, und Franziska wird nie erfahren – falls sie nicht eines Tages in einem Schuhkarton zwischen Manschettenknöpfen, Reißzwecken, Heftpflaster und Handwerkszeug die Medaille aufstöbert –, daß er zwei Kumpels das Leben gerettet hat; höchstens wird er, wenn sie ihm mit neugierigen Fragen zusetzt, grinsend und obenhin sagen: er hat erst draußen, nach dem Aufstieg über die

Leitern, bemerkt, daß sein Finger ein Stück kürzer ist als morgens, bei der Einfahrt in den Schacht.

»Sie waren Bergmann?«

»Auch«, erwiderte er in abweisendem Ton. Franziska schwieg und griff wie zerstreut nach einer Illustrierten. »Lassen Sie meine Zeitung liegen«, sagte er, »die habe ich noch nicht gelesen.«

»Ich will bloß die Bilder ansehen.«

Er drehte sich wortlos um und ging über den Platz und zum Kiosk, und nach einer Weile kam er mit der gleichen Zeitschrift zurück und drückte sie Franziska in die Hand. Sie sagte verblüfft danke und blätterte in den Modeseiten, während er Drahtenden bog und den Henkel oberhalb und unterhalb der Rißstelle mit seinem Taschenmesser durchbohrte. Einmal blickte sie auf, er auch, er blinzelte mit den geröteten Lidern, als ob ihm Zigarettenrauch in die Augen gestiegen wäre. Neuigkeiten? fragte er. »Die Kleider bleiben kurz«, meldete Franziska.

»Bewährte Waffen verschrottet man nicht«, sagte er.

Franziska lachte, über seine Bemerkung oder nur so, weil sie gut gelaunt war (die Sonne wärmte schon), heiter ohne bestimmten Grund, dabei ruhig, unbefangen und ihrer Unbefangenheit so sicher, daß sie eine Art Bedauern empfand wie über den Abschied von einem möglichen Gefühl (einer Geschichte, ehe sie begonnen hat). Sie blickte auf den Kaufhof und die Leute in der blitzenden Schwingtür und die blauen und gelben Giebel und – ohne den lähmenden Schreck wie sonst – in den blauen Himmel, als ein Düsenjäger über die Stadt pfiff, so tief, daß sie seine Radarnase erkennen konnte, eine silberne Nadel, die schräg in den Himmel stach. »Die neue MIG«, sagte der Fahrer.

Sie hielt ihm eine Tüte hin. »Gummitiere, mögen Sie sowas?« Er runzelte die Stirn und sah Franziska an, befremdet und, schien ihr, mißbilligend, und sie sagte schnell, wie zur Entschuldigung, leider habe sie eine Schwäche für billige Süßigkeiten, für Himbeerbonbons, Gummischlangen und Pfefferminzbruch.

»Lakritzen«, fügte er hinzu, mit dem gutmütigen Lächeln wie vorhin.

»Lakritzen auch ... obwohl es bei uns immer hieß, sie werden aus Pferdeblut gemacht.«

Er lachte, bei uns auch, und biß einer Schlange den Kopf ab: trotzdem, sagte er kauend, sei er früher wegen drei Schrippen bis zum Jörlitzer Bahnhof jeloofen, zu der netten Bäckerswitwe, die Kindern eine Lakritzstange zugab, manchmal sogar eine Tüte Krümel oder die verbrannte Kruste vom Obstkuchen. Görlitzer? fragte Franziska. Wo ist der? »Bei uns. Kreuzberj ...« Wobei sie, sagte er, den politischen mit dem geographischen Bezirk Kreuzberg nicht gleichsetzen dürfe. Der Görlitzer sei jetzt West, übrigens fast ganz weggeräumt; früher zog sich sein Gelände bis zum Schlesischen rüber ... Den Schlesischen, heutigen Ostbahnhof, müßte sie aber kennen, wenigstens aus der Literatur, Fallada zum Beispiel. Vom Görlitzer – Kopfbahnhof wie der Potsdamer, Anhalter, Stettiner, Lehrter – seien früher die Vorortbahnen Richtung Königs Wusterhausen gefahren, die Züge in den Spreewald, nach Lübbenau und Cottbus, und D-Züge nach Wien, und, während des Krieges, bis in die Tschechoslowakei ... »Kennen Sie die Gegend um Warschauer Brücke und Oberbaumbrücke? Also nicht«, sagte er, weil sie unsicher nickte, und zeichnete mit einem Zweig den Verlauf der Grenze in den Sand, Straßen und Brücken, umliegende Stadtbezirke und die erwähnten Bahnhöfe, wobei er unaufhörlich redete – im Berliner Dialekt, sobald er sich mit Skizze und Kommentar dem Kreuzbergischen näherte – und Namen, Daten, Zahlen so geläufig nannte, als lese er sie aus Tabellen ab, über Gründung und Geschichte privater Eisenbahngesellschaften sprach, ihre Bahnhöfe und die Linien ins Sächsische und Schlesische, und abschweifte zu Blockade und Luftbrücke, Autobahnen und Checkpoints. Plötzlich unterbrach er sich und löschte die Skizze aus, wie gelangweilt von seinem eigenen weitschweifigen Vortrag. »Den kenn ich«, sagte Franziska, als seine Schuhspitze über Lehrter Bahnhof wischte, »noch aus der Zeit, als wir mit der S-Bahn rüberfuhren, ins Hansa-Viertel.«

»Zum Fußfall vor Niemeyer«, sagte er trocken. Lehrter sei ihm verleidet, er assoziiere sofort Polizei und Himmelsschlüsselchen. Wieso Himmelsschlüsselchen? Sie lachte ahnungslos, als er übersetzte: Gummiknüppel.

Daß er keine Anstalten machte, sie zu begleiten, was nahegelegen hätte, oder sich wenigstens auf gehörige Weise zu verabschieden (er raffte seine Zeitungen zusammen und hatte keine Hand frei), enttäuschte Franziska. Sie nahm ihre Tasche und bedankte sich bei einem Mann ohne Namen. »Ich muß Sie um Entschuldigung bitten«, sagte er, schon zum Gehen gewandt. »Holen Sie Ihre Freundin ab, wenn Sie glauben, Sie müßten es tun. Besser, das Mögliche zu versuchen als gar nichts ... Im übrigen, Frau Linkerhand, habe ich Sie nicht ersucht, auf mich zu hören. Auf Wiedersehen.«

Sie drehte sich auf dem Absatz um, ohne Gruß, sprachlos vor Zorn. Sie fröstelte, als sie aus der Sonne in den Schatten ihres Häuserblocks trat. Hinter offenen Fenstern tobten Radios. An Nägeln, die in die Fensterrahmen geschlagen waren, hingen Netze mit Milchflaschen und Butterstücken. Ein junger Mann mit sonnenverbranntem Gesicht, der einen Fiberkoffer trug, ging langsam auf den Nebeneingang zu, vermutlich ein Neuer, ein Ankehrer, Zimmermann, nach seiner Tracht in schwarzem Samt zu schließen. In ihrem Zimmer, zwischen den nüchternen Hotelmöbeln, wußte sie nicht, was tun. Auf dem Tisch lag ein Brief von Reger, ungeöffnet, zwischen Packen beschriebener Zettel, Exzerpten aus Büchern, die Reger ihr geliehen hatte, und Fotografien von Neustadt, darunter eine Luftaufnahme, die starre Reihen von Wellbetondächern zeigte, einem Gitterwerk ähnlich. Sie setzte sich aufs Bett, in der Hand die Fotografie, ein Raster von Blöcken und engen schnurgeraden Wegen zwischen den Blöcken, das sie an irgendein Spiel erinnerte, ein stummes Spiel, daher geeignet für langweilige Schulstunden und Spieler in der letzten Bank (das alte Victoria-Auguste-Gymnasium: mit fünfzehn klemmten wir noch in Bänken, die Jungen schräg, die langen Beine im Gang), Kreuzchenmuster auf kariertem Rechenpapier, das verstohlen hinterm Rücken des Vordermanns getauscht wurde.

Müßig, darüber nachzugrübeln, wie jenes Spiel hieß,

trotzdem suchte sie zurück, und das Gedächtnis meldete Dutzende Spiel-Namen, Mitspieler-Namen, Lehrer-Namen, Kommilitonen-Namen, Baumeister-Namen, Städte-Namen, Berlin unter anderem, also den Berliner, als habe es darauf hingelenkt, umwegig über eine Reihe gespeicherter Namen, zu denen sich blitzschnell ein Bild oder Bilddetail einstellte, Dame, König, Katheder, Mund, Zopf, Säule, Torbogen, die Quadriga und jetzt, unvermeidlich, die Hand mit blauschwarzem Daumennagel. Berliner, von Beruf Fahrer, ehemals Bergmann, ehemals wer weiß was, Lehrer, Journalist, Funktionär (jedenfalls eine verkrachte Existenz, wie Madame meine Mutter sagen würde), Alter ungefähr dreißig, Haarfarbe zwischen blond und braun, Augen grau, blau, grün je nach Lichteinfall, schläfrige Augen, dachte sie. Es half nichts, daß sie seinen letzten Satz drehte und wendete und Betonungen durchprobte, sie hörte nur die Absicht heraus, sie zu kränken oder doch in einer kränkenden Art zurechtzuweisen, und von neuem ergriff sie Zorn, nun auch auf diese blöde Gertrud, die im Grund schuld ist, der sie endlich kündigen wird, sofort.

Sie zog ihre Schuhe an und lief die Treppe hinauf und über den Dachboden, den leeren Boden eines Hauses, dessen Bewohner nur mit Koffer und Campingbeutel eingezogen sind, unbelastet (so empfand sie's), unbelastet von Habe, die sich im Lauf der Jahre unter den Dachsparren anderer Häuser stapelt, alte Küchenschränke, Bilderrahmen, Matratzen, seidene Lampenschirme, Flickenkisten und Geschirr, verstaubt und vergessen, aber aufbewahrt von Frauen, die alles nochmal gebrauchen können.

In Gertruds Zimmer mußte sie sich anstrengen, böse zu sein. Eine Zelle. Gertrud auf dem Bett, die Hände im Schoß, mit dem Blick einer Gefangenen auf die Wand gegenüber. »Als ob Sie lebenslänglich haben ... Und wie es hier wieder aussieht ... Schmeißen Sie wenigstens die leeren Westbüchsen in den Müll. Und nähen Sie einen Knopf an Ihre Bluse. Man darf traurig sein, aber nicht schlampig ... Budenangst, ach was, das ist alles bloß Einbildung und Faulheit. Kaufen Sie sich einen Fernseher, Sie könnten längst einen haben, Fernsehen ist immer noch besser als

Saufen. Untersteh dich zu heulen … während ich mit Engelszungen rede … Ach, mit dir hat man nichts als Ärger«, sagte sie bekümmert.

Gertrud schwieg, nach einer Weile stand sie auf und schlug das Fenster zu, sperrte Lachen und Geschrei der Kinder aus, die über den Anger jagten, sich ins Gras warfen, auf allen vieren robbten und aufsprangen und mit Holzgewehren schossen, Schießen markierten, und gellende Kehllaute ausstießen, die das Taktaktak von Maschinengewehren nachahmten. »Immer spielen sie Krieg, die Rotzgören.«

Franziska raffte die Scheibengardine beiseite. Im betonierten Sandkasten, in dem trockenen gelben Sand, den kürzlich ein Dumper aufgeschüttet hatte, buddelten nur ein paar von den ganz Kleinen; die anderen, die dreißig oder vierzig Kinder aus den Häusern ringsum, spielten auf den Kellertreppen und zwischen Sträuchern und Wäschepfosten, außerhalb des Drahtzauns, der den Spielplatz umgitterte, und keines drehte das Stahlkreuz am Karussell, keines turnte im Stahlgestänge vom Kletterpilz, dieser Attraktion, die nach einer Woche ihren Reiz verloren hatte. Franziska vergaß, weshalb sie gekommen war. »Welcher Idiot hat die pädagogische Provinz eingezäunt? Wo man in dieser Stadt hinspuckt, baut einer seine privaten Zäunchen und Mäuerchen und Garagen, fehlt bloß, daß sie Gartenlauben auf dem Rasen aufschlagen.«

»Immer mit ihren Maschinengewehren«, sagte Gertrud dumpf. »Die wissen ja nicht, was das ist, Krieg.«

»Sympathische Kinder, gehen nicht ins Gehege … Wir sollten eine Raupe chartern und die verdammten Zäune und Garagen plattwalzen.«

»Den finden Sie nicht, der Ihnen die Raupe fährt.«

»Warum nicht?«

»Wegen der Rache«, sagte Gertrud.

»Angst vor ein paar NÖP-Burschen? Lächerlich. Wenn der Chef mal was riskieren würde … Hören Sie, haben Sie letzte Woche den Mann in der *Taube* gesehen? Sie wissen schon, den häßlichen Affen mit der Spartacus-Nase.« Gertrud nickte, aber, sagte sie, falls sie ein und denselben meinten, der sei doch nicht häßlich, und Franziska zuckte die

Schultern und sagte, jedenfalls keine Schönheit. Aber er hat sowas, sagte Gertrud. Ja, Arroganz. Nein. Was sonst? fragte Franziska. Eben sowas Gewisses, mehr fiel Gertrud nicht ein, und die Mitteilung, daß er sie nach Hause gebracht habe, machte sie nur nebenbei, absichtslos. »Donnerstag und gestern.« Franziska lachte laut auf. »Er hat Sie nach Haus gebracht ... phantastisch. Was hat er gesagt?«

»Nichts.«

»Nichts? Irgendwas muß er doch gesagt haben.«

»Weiß nich mehr«, sagte Gertrud mürrisch, und vergebens drängte Franziska, sie schwieg verstockt, entsann sich nicht oder wollte sich nicht entsinnen, ihre Augen zwischen den Puppenwimpern rutschten plötzlich weg, und Franziska sagte eilig, macht nichts, unwichtig.

Durch die Dachluken auf der Westseite fiel Sonnenlicht, und über das Himmelsquadrat in einer offenen Luke zogen weiße Düsenfahnen, die sich kreuzten und Bögen und Schleifen beschrieben und nach einer Weile flockig zerliefen. Die Jäger flogen sehr hoch und schienen sich lautlos und langsamer als die Möwen zu bewegen, die an manchen Wintertagen über die Straßen segelten. Franziska blickte nach oben. Also die neuen MIGs. Ich möchte wissen, wie ein Pilot die Erde sieht – falls er sie überhaupt sieht, mehr liegend als sitzend in seinem Pilotensessel –, die entrückte Erde, und die Städte, wenn sie ihm rasend schnell entgegenstürzen, und Neustadt, das sich im Bruchteil einer Sekunde unter ihm wegdreht ... Sie versuchte an ihren ersten Flug zu denken, und an die Flugplätze, die sie kannte, und an die Wolken wie Eisberge und die Farbe des Himmels über den Wolken, ein eisiges violettes Blau (um nicht an dich zu denken), und als sie die Jäger nicht mehr sehen konnte, ging sie über den Boden zurück und ins Erdgeschoß zum Verwalter und rief Jazwauk an.

Über dem Schreibtisch hingen, gekreuzt wie Degen in einer Waffensammlung, eiserne Hanteln und der Expander aus schwedischem Stahl, und zwischen den Hanteln ein Foto von den fünf Pasellis mit ihrem Untermann, dem Verwalter im engen Trikot, lächelnd für Fotograf und Publikum, während er ohne Anstrengung, so sah es aus, auf seinen Atlasschultern die Pyramide junger Männer trug, alle lächelnd, schwarzhaarig (vermutlich gefärbt) und in funkelnden, wie Fischhaut geschuppten Trikots. »Falls du heut abend keinen Minnedienst hast«, sagte Franziska, »zieh deine Abendrobe an und führ eine alte Jungfer aus.«

Jazwauk kicherte und sagte etwas leicht Unanständiges, und Franziska kicherte auch, sie war gut gelaunt und hatte Lust, sich eine Nacht um die Ohren zu hauen, mit einem Spielkameraden wie Mauricio, der einer Frau das Gefühl geben kann, sie sei hübsch und begehrenswert, und mit dem sie sich unterhält, unbeschwert durch Erwartung oder eine Rolle, die man durchhält, weil der andere sie verlangt; sie täuscht sich nicht und wird nicht getäuscht, deshalb nicht enttäuscht und zickig aus Enttäuschung. Bloß keine Liebesgeschichte. Sie wollte mit dem Bus in die Bezirksstadt fahren, aber das ließ der gefällige Jazwauk nicht zu, er sagte, er käme mit dem Wagen rüber, um sie abzuholen.

Im Spiegel, als sie ihr Haar bürstete, sah sie sich lächeln, listig, als habe sie jemanden reingelegt, eine fröhliche Verschwörung angezettelt, an der sich die Gegenstände beteiligten, Haarbürste und Cremedose, Lippenstift und Parfümflacon. Sie probierte drei Kleider an, bevor sie sich für das Schwarze entschied, das sie zuerst gewählt hatte, und dann blieb ihr noch eine Stunde bis sieben Uhr, Wartezeit, die sie nicht verwartete, sondern so hinbrachte, ohne Unruhe. Sie las. Im Haus war es still geworden; wer nicht langes Wochenende und Heimreise hatte, war in die *Taube* gegangen oder zum Lokal im benachbarten Wohnkomplex, ins *Glück auf*, Fernsehen beim Bier, sonnabends bis elf, über Fußball, Aktuelle, Quermann zum Nacht-Krimi oder einem zehn Jahre alten Westfilm. Halb sieben sah sie zum erstenmal zur Uhr, und einen Augenblick, während sie schon umblätterte und weiterlas, war sie gestört, als ob sie etwas vermißte, konnte sich nicht gleich besinnen, was sie vermißte, dann fiel ihr ein: Warten früher, auf Django, Wolfgang, Jakob oder egal wen, die Namen sind austauschbar, Warten, daran dachte sie jetzt wie an Zahnschmerzen, die man eher komisch findet, wenn man sie nicht mehr hat, Qual ist nur noch ein Wort aus dem Erfahrungsregister.

Jazwauk küßte seine Fingerspitzen, der Kenner in Seiden, Spitzen, Falbeln, Schneiderkunst und Preisen sah sofort: Exquisit, Import aus Italien, er kniete nieder und zupfte mit der Geschicklichkeit eines Couturiers eine Falte zurecht und strich glättend, konnte nicht anders, entzückt wie er war, streichelte Stoff und stoffumspannte Hüfte, und Franziska hielt still wie mit Stecknadeln gespickt vor dem Anprobe-Spiegel. Er nahm ihr die Halskette ab, ihr Nacken, sagte er, sei zu schade für einen Korallenstrick, Koralle überhaupt unmöglich zu ihrer Haarfarbe. Franziska grinste. Sag jetzt bloß nicht Kastanie. Als sie die Treppen hinuntergingen, standen Mädchen vom Tiefbau vor der Tür, und Jazwauk brachte das Kunststück zustande, jede einzelne mit einem Blick zu beschenken, der ihr vor allen anderen huldigte.

Er startete und trat aufs Gas, und der Wagen schoß wie ein Projektil los (hinter den Fenstern schwankten Scheibengardinen) und schleuderte kreischend auf zwei Rädern um die Ecke. Sie fuhren die Hauptstraße hinab, die im rechten Winkel auf die Chaussee stieß; auf der einen Seite der Chaussee erstreckten sich Roggenfelder und Gemüsebeete, auf der anderen ein langer Wohnblock, der wie ein Betonriegel vor der Stadt lag, und hundert Schritt hinter dem Block wucherte eine Laubenkolonie, eine schnellwachsende, fahlgrüne, zäh in den Sand geklammerte Bodenflechte. Im abendlichen Halbdunkel, das die Farben der rot gelb grün gestrichenen Lauben im Zaungestrüpp auflöste, sah man schattenhaft die Männer und Frauen, die Wassereimer schleppten oder ihre mit Eimern beladenen Handwägelchen durch den knöcheltiefen Sand zerrten. Franziska schüttelte den Kopf. Eine Schinderei, dabei, in zwei Jahren müssen sie die Lauben wieder abreißen, und Planierraupen überrollen ihre Gärtchen. »Nein«, sagte Jazwauk auf ihre Frage, »nein, wir haben nichts genehmigt.«

»Aber sie stecken jeden Tag neue Claims ab. Vielleicht wissen sie nicht, daß sie Bauland beackern.«

»Und wenn – sie bleiben trotzdem. Muß ein ererbter bäuerlicher Trieb sein, auf eigenem Grund eigene Radieschen zu ziehen.«

»Wir werden einen Haufen Scherereien haben, wenn wir sie von ihrer Scholle vertreiben.«

Jazwauk gab Lichtsignale und überholte einen Sattelschlepper. »Nicht mehr deine Sorge«, sagte er. Die Straße war frei, und er jagte den Wagen mit hundertdreißig über die Betonbahn, im Dunkeln eine Gebirgsstraße zwischen den steilen Klippen rechts, dem Abgrund links, einem Schacht, auf dessen Sohle ein Schwarm von Lichtern blinkte wie die Lampen einer Stadt im Tal. Nicht meine Sorge, dachte Franziska, na schön, er weiß, ich bleibe nicht hängen, er hat mich abgeschrieben, trotzdem brauchte er's nicht zu sagen, nicht in dem Ton. Schafheutlin, fiel ihr ein, hat ein paarmal, umwegig, die Rede auf eine Wohnung gebracht: Heim und Herd als Faustpfänder dafür, daß sie bleibt, danke, sie sieht den Haken im Köder und beißt nicht an ... In Jazwauks Wohnung empfand sie aber doch ein leises Bedauern; hierher heimzukommen, nach Feierabend, war verlockender als die Rückkehr in ein Hotelzimmer, über einen Korridor, den jedermann zu jeder Zeit betreten kann, vorausgesetzt, er passiert die Doppelschranke, den Hirten vor der Tür und die einschüchternde Hausordnung am Schwarzen Brett, und es war vergnüglicher, hier aus dem Fenster zu sehen, auf die Geschäftsstraße der Bezirksstadt (eine schlauchenge Straße, für Verkehrsplaner eine Katastrophe), auf die Trottoirs und Schaufenster, den von Glühlampen-Girlanden bekränzten Eingang zum Filmtheater, die Neonschrift auf den Mauern – überm Warenhaus zweisprachig: *Kupni dom* in Flaschengrün – und eine backsteinerne Kirche zwischen alten Kastanienbäumen und ein Café mit Vorgärtchen, gerade breit genug für drei Marmortische.

Granaten hatten ein paar Lücken in die Straße gerissen; die neuen Häuser, auch das Haus, in dem Jazwauk wohnte, waren Anfang der fünfziger Jahre gebaut worden, in dem Stil, den man jetzt Zuckerbäckerstil nannte, in einer Bauepoche (warum Epoche? warum gleich das Erz-und-Granit-Wort?), über die man, wenn überhaupt, in spöttischem oder wegwerfendem Ton sprach – zu Unrecht, fand Franziska, die bei einem Streit um die Stalinallee, heutige Frankfurter, soweit ging zu behaupten: seitdem ist keine *Straße* mehr gebaut worden. Eine Übertreibung, zugegeben, sagte sie zu Jazwauk, der Martinis mixte, aber es ärgert mich, wenn ich immer dieselben Witze über abgefallene Kacheln höre, und wenn die Jüngeren das Stalin-Allee-Team als einen Haufen Schwachköpfe und Speichellecker abtun, und erst recht, wenn die Alten, die damals mitgebaut haben, nicht darüber reden können ohne Hinweis auf ihre Arbeiten in der Schublade, diese fabelhaften Entwürfe, die man ihnen vermasselt hat ... Die rührseligen Opfer des Dogmatismus, die zehn Jahre später ihrerseits Dogmen wie Fahnen schwenken ... Oder die andere Sorte, die überzeugten und orthodoxen Zuckerbäcker von einst als die Raster-Priester und Funktionalisten von heute, wieder überzeugt und orthodox, die die Phantasie morden im Namen der Realität und Emotionen im Namen der Ökonomie ... Schafheutlin zum Beispiel, sagte sie. Ein ungeeignetes Beispiel, weiß ich heute, ungeeignet auch, weil wir uns einig waren, was die Allee betrifft; verschieden waren nur unsere Gründe, das schon, denn ich meinte den städtebaulichen Aspekt, er den ideologischen, das Bewußtseinsmäßige, wie er sagte: die großartige Manifestation der Lebenszuversicht unseres Staates, und der Opferbereitschaft unserer Menschen. Er sprach von dem revolutionären Schwung, der sie damals beseelte, ihn und seine Truppe ... beseelte, sagte er, und ich versuchte ihn mir vorzustellen, diesen mißtrauischen, knochentrockenen Burschen, ein Dutzend Jahre jünger, furchtlos, mit revolutionärem Schwung, damals, als er seine Große Zeit hatte, an der Weberwiese, seine heroische Jugend, von der ich noch nichts wußte, als ich sagte: zum Beispiel Schafheutlin.

Jazwauk klapperte mit den Eiswürfeln im Becher, er grinste. »Du bist natürlich ein Muster an Toleranz, echt. Und jetzt kein Wort mehr über Arbeit und den Chef.«

Sie tranken ihren Martini, Franziska wanderte mit dem Glas in der Hand von einem Sessel zum anderen – beigefarbene Ledersessel – und probierte sie durch, sie versank in Daunenwolken und seufzte vor Behagen. Acht, sagte Jazwauk. Was acht? Acht Lappen – jeder. Die Spielwiese einsneun. Franziska rollte die Augen. Sie betrachtete halb amüsiert, halb angewidert die quadratische Couch, den verruchten Diwan, auf dem Jazwauks Liebesgeschichten ein vorläufiges Happy-End fanden, im baumschattengrünen Licht der in Weinflaschen eingebauten Birnen.

In die Nachtbar, die einzige der Stadt, gelangten sie auf geheimnisvollen Umwegen, über Kellertreppen und durch eine eiserne Tür, die ihnen, nachdem Jazwauk Klopfzeichen getrommelt hatte, von einem Ober im Frack aufgeschlossen wurde; er erlaubte sich einen Seitenblick auf Franziska und begrüßte Jazwauk mit einer Miene, die etwa ausdrückte: Ich bin immer wieder entzückt von Ihrer Frau Gemahlin. Die Bar glich einem schummrigen Salon aus der Gründerzeit, auf den Tischen brannten Lämpchen unter Seidenschirmen, und Palmwedel nickten über Balustraden aus gedrechseltem Holz; Franziska hätte sich nicht gewundert, statt der Combo ein Trichtergrammophon zu sehen.

Jazwauks Auftritt, in einer Tanzpause, als wär's arrangiert ... Gestrafft durch die Pflicht zu gefallen, schritt er durch stummen Beifall, und sein mit Spiegeln über der Bar, Spiegeln in Nischen multiplizierter Römerkopf drehte sich langsam ins Profil, aus Spiegeln lächelten seine schwarzen Augen für alle: er gehörte seinem Publikum, allen Frauen und jeder allein wie ein Schauspieler, der (Kamera auf Nah) nur dich ansieht unter den hundert Zuschauern im Kinosaal. Er war hinreißend, das fand auch Franziska, die seiner Wirkung auf das Publikum erlag, der Bewunderung, fast Bestürzung der Frauen: Marcello-Horst-Gérard Marais nicht als schwarzweißer Schatten auf der Leinwand, sondern leibhaftig, ein Mensch wie du und ich. Das kannte sie schon, auch die angestrengte Sorglosigkeit der Männer, die einfach nicht begreifen, sagen sie, was eine Frau an dem findet, außerdem, schöne Männer sind dumm, oder treulos, oder dumm und treulos, – was hilft's? sie wirken schäbig neben ihm, die Haut grau, der Anzug zerknautscht. Sie kannte auch ihren Mauricio, sein Mienenspiel, den Zauber, den er immer wieder erproben mußte; trotzdem tat es gut, daß er ihr den Hof machte, als säßen sie sich nicht jeden Tag acht Stunden gegenüber, als sei sie unvertraut mit seinen Tricks, den harmlosen Kniffen, die er zum Erfolg nicht mal nötig hatte, dachte Franziska. Er brauchte nur seiner Intuition zu folgen, die Gebärden rundeten sich von selbst, seine Komplimente waren glaubwürdig, weil er selber glaubte, was er einer sagte über ihre Augen, Ohren, Lippen, Haare, Brüste, Beine.

Ihr seid so reizend, sagte er, als sie an dem Tisch saßen, von dem der Ober das Schild *Reserviert* entfernt hatte, und ihr seid noch dreimal so reizend, wenn ihr wißt, ein Mann sieht es und bewundert euch, liebt euch, weil ihr seid, was ihr seid: Frauen; einer, der nicht verlangt, daß ihr euch immerzu fabelhaft männlich benehmt, Tränen verbeißt, Launen beherrscht, Eitelkeit verleugnet ... Was trinken wir? Alles. Sommernacht und Paradies, Dreamland und Lady's Dream und was sich sonst an Träumen bietet, Hochzeitsglocken? nein, dann lieber Aprilschauer und Schneegestöber, Balalaika und Mah-Jongg – Gedenkschluck für Landauer – und in fröhlicher Koexistenz Moskwa und Manhattan. Die Combo hackte Charleston. Sie schlenkerten übers Parkett und schleuderten die Beine, einmal noch mit Charly, aus dem Kniegelenk, bis immer dichteres Getümmel von zappelnden Leibern ihre gymnastischen Übungen erstickte und Franziska an Jazwauks Nylonbrust preßte, und nach dem Tanz, und nach jedem weiteren Tanz küßte er ihr die Hand, später das Handgelenk, gegen Mitternacht die dunklere Haut in der Armbeuge, wohin soll das noch führen? sagte sie, und Jazwauk seufzte, ach Franziska. Ach Mauricio, seufzte Franziska, warum habe ich mich nicht in dich verliebt? es wär so nett und unkompliziert.

Wir können nachholen, für die Liebe ist es nie zu spät, sagte Jazwauk, als ob er nicht jetzt schon Schwierigkeiten hätte, seine Damen zu koordinieren, derzeit drei, die er glücklich macht – wodurch? Er entschädigt sie für den Zärtlichkeitsverlust, den die moderne Frau erleidet ... Alles auf der Welt hat seinen Preis, auch die Gleichberechtigung: Die Männer bitten zur Kasse. Die Frau ist Kollegin, Mitarbeiterin, Konkurrentin geworden, ihr Anspruch auf Höflichkeit und zarte Schonung gestrichen. Sie mißfällt, wenn sie Schwäche verrät, und mißfällt, wenn sie sich stark macht. Sie ist zu tüchtig oder nicht tüchtig genug und als Vorgesetzte einfach ein Unglück. Erfolg verzeiht man ihr, notfalls, aber wenn sie jung und hübsch ist, kannst du jede Wette eingehen, daß acht von zehn Männern sagen, sie verdankt den Erfolg ihren Beziehungen, sie hat sich, Pardon, hochgeschlafen ... Ihr habt's nicht leicht, sagte er voller Mitgefühl, und, indem er Franziskas Hand ergriff: Ihr hungert nach Zärtlichkeit ... Ihr schert euch die Haare ab, tragt Hosen, flucht, stoßt die Männer vor den Kopf, doch, das tust du, und dem armen Hund, der dich umwirbt, klappt die Kinnlade runter, weil du mit ihm über Gangerschließung diskutieren mußt statt, also, ihr gebt euch soviel Mühe, aber nachts streckt ihr die Arme ins Dunkle, sehnt euch nach einem Ritter, wenigstens nach Ritterlichkeit ... Du lachst. Aber gib zu, du warst echt glücklich, als dieser polnische Architekt dir die Hand küßte.

Ah, und mit welchem Charme! Aber, sagte sie, erstens sei der Pole Gast gewesen, und zweitens habe er zwar ihr die Hand geküßt, aber nicht Gertrud, die unbestreitbar ebenfalls eine Frau ist, obgleich nur Sekretärin.

Frau? Ein Ungeheuer. Dagegen die erste, ihre Vorgängerin, sagte Jazwauk und küßte seine Fingerspitzen. Ein Schlag für den alten Landauer, als sie ging, vielmehr gehen mußte, das heißt, eigentlich ging sie doch, türenknallend, gewissermaßen freiwillig; die Kündigung war dann nur noch ein Aktenvorgang. Eine Geschichte, die man in der Baracke nicht mehr erwähnte, und die Jazwauk jetzt ausplauderte, nach einem Dutzend Fizzes, Flips, Cobblers und Cocktails, schon deshalb, weil sie ein schlechtes Licht auf Schafheutlin warf. Eine Liebes-Affäre, Dreiecksverhältnis, eben das Übliche, allerdings nicht für den Säulenheiligen Schafheutlin, der denn auch eingriff, Aussprachen forderte, Aussprachen führte, erst unter vier Augen, dann in der Parteigruppe (hier hieß es nicht mehr sich aussprechen, sondern sich verantworten) und die Romanze von Fräulein Menzel zum Fall Menzel machte, zum Diskussionsgegenstand, Tagesordnungspunkt drei. Die Angeklagte Menzel schmiß die Tagesordnung, indem sie zwar unter Tränen, aber Türen schlagend den Raum und die Baracke verließ; draußen wartete ihr Freund, der Mann, den Schafheutlin – in welchem Ton! – ihren Geliebten nannte. Franziska nickte, sie konnte sich denken: als ob ihm eine Kröte vom Munde spränge. Den letzten Aufzug im moralischen Schauspiel und seine Personen schilderte Jazwauk, als sei er dabeigewesen: Schafheutlin steinern, Koeppel mit wissendem Lächeln, wenn er seine Medizinerfragen stellt (Genossin Menzel ist schwanger, das ist nicht mehr zu übersehen, trotz des locker fallenden, übrigens selbstgeschneiderten Hängerkleidchens), die anderen ernst und schweigsam, nur Kowalski empört, Bettgeschichten, brüllt er, statt meine Ecklösungen zu beraten; Landauer müd geekelt und stumm, seit er seinen Diskussionsbeitrag geliefert hat: die Verbeugung vor Fräulein Menzel, als er ihr einen Stuhl hinschob.

Soweit Jazwauks tendenziöse Darstellung. Der steinerne Schafheutlin als negativer Held, und Fräulein Menzel, die er leise, beherrscht und unerbittlich verhört, als Julia, Gretchen, Klärchen, Luise. »Sie ist also hübsch«, sagte Franziska.

»Und groß, unwahrscheinlich lange Beine, das Haar wie du, Kastanie, vielleicht eine Nuance heller, und bis zur Schulter. Ein bißchen staksig, damals, der Kenner sieht: Vorform lässiger Eleganz ... Dazu einen sechsten Sinn für Chic, sie nähte ihre Kleider selbst und sah aus wie von Madame Chanel angezogen ...« Er verlor sich in eine geschmäcklerische Beschreibung ihrer Röcke und Blusen, während Franziska an Schafheutlin dachte, betroffen, als sie merkte, daß sie nach Gründen suchte, ihm recht zu geben im Fall Menzel. Nicht Gretchen, sondern Messalina, das wäre doch denkbar, und der Geliebte nur der vorläufig letzte in einer Reihe von Männern, in der auch Mauricio – Hier sagte Jazwauk entschieden nein. Ein echt anständiges Mädchen, ohne Prüderie unnahbar und, bis sie diesem Maler in die Hände fiel, unberührt, also tabu für ihn, Jazwauk: er hat schließlich auch seinen Sittenkodex, seinen Tugendkanon, ein privates elftes Gebot, betreffend Ehefrauen und unschuldige Mädchen, er meidet solche brisanten Affären, die Tragödien heraufbeschwören können, zumindest Verwicklungen, Auftritte mit Müttern und eifersüchtigen Ehemännern, und er findet unverantwortlich, geradezu verwerflich, wie der Maler – ein verheirateter Mann! – an Fräulein Menzel gehandelt hat, einer Waise, sagte er mit Gefühl, Kriegswaise, der Vater ist im Strafbataillon gefallen, die Mutter auf der Flucht umgekommen, erfroren, soviel er weiß, und die Kleine in einem frommen Stift (oder Diakonissenhaus?) aufgewachsen, mit Gebeten morgens mittags abends, kein Taschengeld, nicht mal für ein Paar Strümpfe; mit sechzehn ist sie ausgerissen und hat sich auf ihre eigenen Füße gestellt, Steno und Schreibmaschine gelernt, in einer Abendschule die elfte und zwölfte Klasse und das Abitur nachgeholt, dann zwei Jahre im Aufbaustab, bei Landauer gearbeitet – *musterhaft*, buchstabierte Jazwauk in die rauchige Luft.

Auf dem Hintergrund dieses Lebenslaufs der Richter Schafheutlin, eine desto dunklere, nahezu teufelsschwarze Figur. »Er hat sie fertiggemacht, eiskalt, du kennst seine Art.« Warum? Er zuckte die Schultern. »Dabei hat er für sie gebürgt, als sie in die Partei eintrat.«

Nein, es ist nicht geschehen, was nach der Szene in der Baracke hätte geschehen können, zum Beispiel: Fräulein Menzel, ohnehin in unglücklicher Lage, sieht sich verhört, verhöhnt (Koeppel! das Reptil!), ist verzweifelt, als sie aus dem Zimmer flieht, sie weiß nicht, zu wem, nachts dreht sie den Gashahn auf, Kurzschlußreaktion, sagt, wer davon erfährt; oder: sie kehrt um, sie ist vernünftig, billigt den Genossen das Recht auf Eingriff in ihr Privatleben zu und trennt sich von ihrem Geliebten, eine saubere Lösung, findet Schafheutlin und empfiehlt ihr, Arbeitsstelle und Wohnort zu wechseln; oder: sie machen nicht den glatten sauberen Schnitt wie gefordert, aber die Liebe kränkelt, Fräulein Menzel erinnert sich an diesen Nachmittag, ihr Freund war nicht da, um sie zu beschützen, er ist selten, fast nie, nie da, wenn sie ihn braucht, abends hat sie Kreuzschmerzen, ihre Füße sind geschwollen, und er läßt sie allein (wie an dem Nachmittag, der in ihrer Erinnerung wuchert, sich aufbläht, andere Erinnerungen, zuletzt die Gegenwart erstickt), er läßt sie allein, weil seine Frau Geburtstag hat, weil ein Kind krank ist, seine Kinder sind zu oft krank, oder weil er ein Bild auf der Staffelei hat, er schafft nichts mehr, kein Wunder bei der seelischen Belastung – aber daß ich seelisch belastet bin, sagt sie, interessiert dich nicht ... das Ende ist schon da, als sie beginnen, die Schuldfrage zu stellen.

Drei Möglichkeiten, die Franziska dem unbekannten Fräulein Menzel (später sich selbst) anbot; im Roman, sagte sie, würde sie die dritte Version vorziehen, wegen der Lebensnähe, und im Leben die zweite, wegen der romanhaft vorbildlichen Vernunft. »Aber sie sind doch verheiratet«, sagte Jazwauk verwirrt, und sie lachte, die normale Lösung, natürlich, wenn Liebe im Spiel ist. »Da hat Schafheutlin ja Glück gehabt«, sagte sie.

Zwei Uhr nachts ist die Stunde des Rheinländers, der offenen Singemünder, wenn das Wasser im Rhein goldner Wein wär, der gähnenden Kellner, der welkenden Rüschen, Hälse, Locken, der versäumten Gelegenheiten und des hastig, hastig nachgeholten, aufgeholten, überholten Vergnügens, fort, vorm letzten Tanz, – die Stunde der Straßen, wieder mal von nichts gewußt haben, der mondsüchtigen Hunde und vorwurfsvollen Katzen, der Milchkannen ohne Milch, der Solos für Stöckelschuh auf dem Trommelfell Pflaster, der listig und unschuldig blinzelnden Schaufensterpuppen, die so tun, als haben sie sich nicht vom Fleck gerührt, nachdem die letzte Straßenbahn abgefahren ist – fort, hinter eine Tür, ins Licht einer Petroleumlampe. Im Zylinder aus Milchglas brannte eine Glühbirne, nicht die blakende Flamme wie zu Haus, während der Stromsperren der Nachkriegszeit.

In der Küche, die sich bäuerlich gab, mit blau-weiß gewürfelten Vorhängen, Zinntellern und irdenem Geschirr, kochten sie Kaffee und aßen Gurken und blauschwarze Oliven und Paprikaschoten, lachsrote und hellgrüne, die ihnen den Mund verbrannten. Jazwauk tickte gegen eine Kupferkasserolle und streckte zwei Finger aus. »Hundert?« schrie Franziska.

»Was schreist du? Das Geld liegt auf der Straße ... ihr seht es bloß nicht, ihr Idealisten. Ihr starrt auf ein edles Ziel in der Ferne, statt einmal vor eure Füße, aber nein, Ethos! sagst du, Pflicht! sagt Schafheutlin, ihr zankt euch, dabei gehört ihr derselben Sekte an ... Paß auf, meine Kleine«, sagte er gutmütig, »ich will dir ein paar Tips geben. Leben und leben lassen. Und ich mag dich, echt ...«

Franziska pfiff durch die Zähne, als er seine Zeichnungen entrollte. Der arbeitet für einen Nabob ... Ach was, Brunnenbauer, sagte Jazwauk, selbständig, sechs Leute, Wartburg-Kombi, Wartburg-Sport, zwei Königspudel, ent-zük-ken-de Tierchen, endlich die Krönung, das Eigenheim mit Garage Terrasse Sonnenmauer pipapo. Westlich – was der unter westlich versteht, mit seinem Geschmack eines Klempners, aber er hat das Geld, und der Kunde ist König und die Projektierung eines Constanze-Heims immer noch lustiger (und einträglicher) als Angleichung von Typenblocks. Das machen doch alle, zweites Arbeitsverhältnis, Feierabend-Job, einer beim WBK, Kowalski und Grabbe im Kombinat, und Koeppel, ach, ich weiß nichts, will auch nicht, sagte er unlustig, Koeppel mit seinen Beziehungen, du verstehst, und seine Manier, als ob er Material über jeden besitzt ... also die Leute haben wieder Geld, Wohlstand blüht, die Konten wachsen, der Fernseher ist schon ein übliches Möbel wie Schrank, Tisch und Bett, man spart für ein Auto, kauft Parzellen am Stausee, ehe ein Tropfen Wasser im Becken ist, siedelt im Grünen, baut Datschen (die höheren Gehaltsgruppen, die Prämienkassierer, Preisträger, Doppelverdiener von Funk und Fernsehen, weiter nördlich, am Meer, mit allem Komfort unterm kuschligen Schilfdach), und wir, wir nehmen unseren Zehnten ... »Reger würde mich erwürgen«, murmelte Franziska.

Er bot ihr seine Beziehungen an, Aufträge, Klienten (alles streng gesetzlich, klar, er macht sich nicht die Finger schmutzig an Schiebungen und Schwarzbauten), und er war aufrichtig betrübt, weil sie nicht sofort zugriff und ihre Chance nutzte. Als zufriedener Mensch gönnte er jedem anderen Zufriedenheit, und sein Bedauern für jene, die das kürzere Los gezogen haben, war aufrichtig und stufte nicht ab zwischen einer dürftig angezogenen Frau, indischen Kindern mit Hungerbäuchen, Kriegsblinden und hoffnungslos Verliebten. Er beneidete niemanden, der erfolgreicher war, mehr besaß, einen schnelleren Wagen fuhr; er hätte sich sogar einschränken können – zum Glück war es nicht nötig –, aber er hätte Höllenqualen gelitten in einem abgetragenen Anzug, oder in einem Hemd mit durchgescheuerten Manschetten, oder als Untermieter in einem möblierten Zimmer, das mit häßlichen Möbeln, Plüschdecken, Ölschinken und Emailleschüsseln im Waschständer vollgestopft ist. Er liebte glatte und glänzende Dinge, Kupferpfannen, Eschenholz, Messingnägel, Damast, Lederbezüge und Nylonhemden; sie zu besitzen war für ihn nicht eine Prestigefrage: er mußte sie um sich versammeln, um sie ansehen und berühren zu dürfen, und er steigerte sein Entzücken zu einem vollkommenen Glücksgefühl, indem er Preise nannte und sich einmal mehr versicherte, daß er der Besitzer dieser hübschen Gegenstände war. Hinter einer Schaufensterscheibe oder in der Wohnung eines Bekannten hätten sie ihn beunruhigt wie eine schöne Frau am Arm eines anderen Mannes. Er mußte erwerben, was ihm gefiel, also brauchte er Geld und verschaffte es sich ... Und wieviel mehr, sagte er sich, braucht eine Frau, die den tausend Verlockungen der Mode ausgesetzt ist, den werbenden, nur für sie dekorierten Schaufenstern, und die sich mehr als ein Mann nach einem Heim sehnt, Gemütlichkeit, Nestwärme – das liegt in ihrer Natur. Er begriff nicht, warum seine Freundin immer noch in dem tristen Zimmer hauste und drei Abende der Woche in ihrem Laden zubrachte, Nachhilfestunden für Farbenblinde gab, unbeholfene, schlechtriechende, überdies mißtrauische Leute, und mit nichts als einem Dankeschön honoriert wurde.

Aber die Erfahrungen, wandte sie ein, die sind mein Profit ... Jazwauk ächzte. Zieh den Rock über die Knie, Süße. Und nichts von Erfahrungen, herrje, nachts um drei. Um sie abzulenken, legte er eine Platte auf, Bill Ramsey, der Jazz singt oder Beinahe-Jazz, jedenfalls schön traurig, sagte er an, und Franziska fuhr zusammen, als William oder Big Bill, wie er sich in Sopot nennt, als der heisere Bill losbrüllte, *Caledonia*, in den züchtigen Korridoren des Auguste-Victoria-Gymnasiums, und sie horchte hinter der Klassentür, sie biß vor Aufregung auf ihren Zopf (ah, die Pauker wagten nicht zu mucken), und sie brüllten, William und seine

Freunde, die Primaner, die Davongekommenen, die Rächer der Kleinen aus der Vierten, die Soldaten in Wenks Kinderarmee, Caledonia, das war ihre Kriegsbeute, außer einer Stange Amis, Angstträumen und den umgefärbten Uniformblusen ... Der heizt sein Publikum an ... sie hörten die Pfiffe im Saal, die Zurufe, jajaja, und nach dem letzten Akkord den rauhen anschwellenden Schrei, ein Stöhnen, als sei die Menge zu einem einzigen Körper, einer Kehle verschmolzen.

Erst die vierte Nummer war, wie versprochen, schön traurig, war Djangos Lieblingslied und Liebeslied für Franziska, damals Fränzchen, die Ballade von Frankie und Jonny, die geschworen hatten, einander treu zu sein wie die Sterne da oben. Und Frankie war eine gute Frau, wie jedermann weiß (für jeden Anzug zahlte sie an die hundert Dollars), denn sie liebte den Mann, doch er hielt sie schlecht. Er hielt sie schlecht, und sie schoß auf ihn und traf ihn, daß er fiel, sie traf ihn, und eines neuen Mannes Gesicht tauchte in der Hölle auf (weiß Gott, wie schlecht er sie hielt!). Diese Geschichte hat keine Moral, sang Big Bill zur Gitarre, diese Geschichte hat kein Ende, und sie wird nur erzählt, um dir zu zeigen: in manchen Menschen steckt nichts Gutes ...

Die Große Kehle im Saal, das Publikum antwortete mit Buh-Rufen und ein paar höflichen Pfiffen, unzufrieden, hörte man, mit einem heiseren Gott, der nicht brüllte, röhrte, gurgelte, der seine Fans nicht in der eigenen Hitze gar kochte. Jazwauk hob die Nadel von der Platte. Die sind echt blöd, die Halbstarken. Franziska seufzte. »Nochmal, bitte.« Seit zehn Jahren, sagte sie und glaubte es schon selber, hat sie sich nichts so sehr gewünscht wie ein Grammophon und diese Platte und zwei Dutzend weitere Platten, ohne die sie einfach nicht mehr weiterleben kann. Jazwauk streckte schweigend drei Finger aus.

Sonntagmorgen, auf ihrem Bett liegend, aber schlaflos, überdachte sie Jazwauks Angebot. Ein honoriges Unternehmen, gutbezahlte, im Glücksfall interessante Arbeit ... Schafheutlin wird verstimmt, vielleicht enttäuscht sein. Wennschon. Der läßt uns nicht mal einen Kiosk projektieren. Sie suchte schon Gründe, der Versuchung nachzugeben, womöglich einen Schuldigen ... Mit ihrem Gehalt konnte sie auskommen, aber auskömmlich, dachte sie jetzt, heißt soviel wie knapp, kurze Decke, unerfüllbare Wünsche. Solange sie bei Reger arbeitete, sorgte sie sich um Geld sowenig wie ein gesunder Mensch um seinen Kreislauf, seine funktionierende Leber; ihre Ansprüche an das Leben, ihre Erwartungen existierten in einer reinen und dünnen Höhenluft, und der Erfolg, das beflügelte Fabelwesen, schwebte über den Niederungen materiellen Gewinns, der Zahlen, Konten, Prämien, Preise, Schecks und aller käuflichen Dinge.

Hier aber, bei einer Routinearbeit, die nicht ihre ganze Kraft forderte, begann sie zu erschlaffen. Seit jenem Morgen unter dem Dach, von dem Schmelzwasser troff, meldeten sich die Zweifel wie periodischer Kopfschmerz. Ist unser Beruf, fragte sie sich, so erhaben wie in meiner Vorstellung als Studentin? Ist es noch möglich, in einem Bau einen Gedanken, wenigstens einen Vorschlag für das Zusammenleben von Menschen zu gestalten? Hat Reger sich schon selbst überlebt, ist er nur ein Nachzügler aus dem neunzehnten Jahrhundert, wenn er den Architekten zu den Künstlern zählt? Müssen wir vor der Industrialisierung, den Typenprojekten und Fertigteilen die Waffen strecken, vor der Notwendigkeit, schnell und billig einen Massenbedarfsartikel herzustellen? Und falls es möglich ist, dem Notwendigen Schönheit zu geben – was nützt die schönste Gestaltung der einzelnen Häuser, wenn ihnen der gemeinsame Nenner fehlt, die planerische Idee, die sie zur Stadt verbindet? Manchmal glaubte sie das Ende vom Ariadnefaden erwischt zu haben, lief aber, wickelte sie ihn auf, bloß im Kreise; manchmal war sie der Stadt überdrüssig und verfluchte ihre Arbeit: dann spielte sie auch Jazwauks Wenn-man-viel-Geld-hätte-Spiel mit; sie schwärmten von Truhen und silbernen Leuchtern, persischen Teppichen, Segeljachten und schnellen Wagen, Porsche oder Jaguar, und von Reisen nach Paris, Amsterdam (im Trödel auf dem Waterloo Plein werden sie einen echten Rembrandt ausgraben), nach London und Samarkand, sie steigerten sich, sie spielten hoch, um ihre Ironie glaubhaft zu machen.

Sie konnte nicht einschlafen. Um zehn stand sie auf und duschte, eine durchwachte Nacht machte ihr nichts aus, noch nicht, dachte sie. Nackt und mit feuchtem Haar setzte sie sich an den Tisch und rauchte und las Regers Brief. Ich drücke Dir die Hand. Immer Dein R. Auf dem Kopfkissen lagen noch wie gestern die Fotos, obenauf das Luftbild. Ein Vorwurf, empfand ich. Auch das Bündel Blätter, Aufzeichnungen über die Stadt, Skizzen für einen Bebauungsplan: für die wird keine Zeit mehr bleiben, nur der gute Vorsatz, Zeit aufzuwenden, gelegentlich, aber die Gelegenheiten werden immer seltener, eines Tages sind dir die Blätter lästig einfach dadurch, daß sie herumliegen, mit vergilbenden Rändern, und du sargst sie in eine Schublade ein, vorläufig, bis später, irgendwann, nirgendwann, und auch der Laden wird lästig, drei Abende jeder Woche für nichts, nicht mal einen warmen Händedruck (ich bin ja ein Idiot!), du wirst vernünftig, lächelst schon über deine Vorstellungen von einem strengen Leben, über deine unbescheidenen Forderungen an dich selbst, lernst Realitäten anerkennen … das alles kann kommen, muß nicht, aber kann.

Eine Provokation: so faßte Schafheutlin die Botschaft auf, die er frühmorgens am Schwarzen Brett sah, neben einem drei Wochen alten Zeitungsartikel und dem Speiseplan der Kantine, Montag wie jeden Montag Bratwurst mit Weißkraut, und den ebenfalls wochenalten Zetteln mit handschriftlichem Hinweis auf Sitzungstermine. Er rief nach Frau Linkerhand. »Entfernen Sie das.«

Sie hatte die Luftaufnahme auf weißen Zeichenkarton geklebt und darunter geschrieben: »Die Stadt ist die kostbarste Erfindung der Zivilisation, die als Vermittlerin von Kultur nur hinter der Sprache zurücksteht.« Sie leugnete nicht die provokatorische Absicht, die Schafheutlin unterstellte, »aber bedenken Sie«, sagte sie, »den positiven Aspekt des Wortes Provokation, wenn man es mit Ermunterung übersetzt (das ist statthaft) oder mit Herausforderung: Provokation im Sinne von Herausforderung ist nicht gut oder böse an sich, bevor die Frage wozu –« Er unterbrach sie. Keine Spitzfindigkeiten! (Macht sie sich über ihn lustig?) »Für uns«, sagte er, »für uns ist Provokation ein eindeutiger

Begriff.« Sie spannte sich, obschon auf Streit gefaßt, seit sie den Karton ans Schwarze Brett geheftet hatte, und war verwirrt, geradezu enttäuscht, als Schafheutlin nur wiederholte: Entfernen Sie das! und in sein Büro ging. Erledigt. Ein Streich, ein unpassender Scherz ... Als er eine halbe Stunde später kontrollierte, las er *Karl Marx* unter dem Satz.

Die Linkerhand kam sofort; durch die Tür sah er, daß Jazwauk grinste, und verzichtete auf eine dramatische Geste, etwa, den Karton abzureißen und zu zerfetzen.

»Das ist kein Jux«, sagte sie heftig. Er sah sie an. Franziska errötete. »Mumford, wissen Sie ... Aber es könnte von Marx sein, finden Sie nicht?« Kowalski stürzte aus dem Büro der Statiker, Affenschande, brüllte er und schlug mit dem Handrücken auf das Foto. Franziska schluckte. Kowalski blickte von ihr zu Schafheutlin, warf den Kopf zurück und lachte aus vollem Halse. »Er stutzt dir die Hörner, was? Schadet nichts, man muß was einstecken können.« Er legte ihr seine Tatze auf die Schulter und brüllte herzlich: »Zeig ihm die Zähne, Kindchen.« Er galoppierte davon, die Dielenbretter dröhnten. In der Tür zu seinem Zimmer drehte er sich um und ballte die Faust. »Um die Ecke! Um die Ecke!«

Schafheutlin winkte sie stumm in sein Büro. Er stellte sich vor den Bebauungsplan. »Sie wiegeln die Kollegen auf«, sagte er dumpf. Ihr Schweigen nahm er für ein Eingeständnis. Also, was bezweckt sie damit, warum erschwert sie ihm seine Arbeit, mokiert sich über unsere Anstrengungen, bekrittelt Errungenschaften, auf die wir, mit Recht, stolz sind? Das Foto draußen, mit dem angeblichen Marx-Zitat, ist eine Ohrfeige für ihn, für unser Kollektiv.

Es störte sie, daß er ihr nur seinen Rücken und den gedrungenen Nacken zeigte (um unbemerkt die Hand auf den schmerzenden Magen zu drücken?). Eine Ohrfeige, sagte sie: er spüre also den schockierenden Widerspruch, die Kluft zwischen dem, was tatsächlich ist, und dem, was sein sollte, zwischen der stupiden Aufreihung von Blöcken und der von Marx oder Mumford geforderten Stadt, die ihre Funktion als Vermittlerin von Kultur erfüllt.

»Haben Sie konstruktive Vorschläge?«

»Nein«, sagte sie.

Er drehte sich um, nein? wiederholte er, nicht ironisch, sondern erstaunt, wie denn, keine Phantasieprojekte, keine Fata Morgana – mit konstruktiven Vorschlägen hat er sowieso nicht gerechnet –, keinen Entwurf für Übermorgen, das Jahr der Verheißung Zweitausend, den Weideplatz visionärer Geister, die das Heute nicht bewältigen, die ordinäre Gegenwart mit ihren Verordnungen, Einsparungen, Parametern? Merkwürdig, er vermißte, was ihn früher verstimmt hatte: was in dem Lächeln, dem Ton lag, mit dem sie ›natürlich‹ sagte zu seiner Feststellung ›Sie wollen alles und wollen alles sofort‹.

»Noch nicht«, sagte Franziska, und er war erleichtert, als habe er sie einen Moment aus den Augen verloren, auf einem Bahnsteig etwa, im Gedränge, und nun wiedergefunden, zwischen Köpfen, Hüten, Mützen erkannt an ihrer, der feuerroten Mütze, der feuerroten Unbescheidenheit – Unbescheidenheit, die man heutzutage zur Tugend erklärt, zweifelhaft, ob mit Recht, dachte Schafheutlin. »Ideen genug, aber nicht die Idee ... Ein bißchen Kosmetik, na schön, aber unter der Schminke bleibt dasselbe Gesicht, die Anti-Stadt. Wir brauchen eine ganz neue Konzeption ... Keine Kompromisse ... Darf ich das Fenster aufmachen?«

Von Sonne benommene Fliegen taumelten ins Zimmer. Ein Windstoß, der Franziskas Haar scheitelte und den Bebauungsplan wie eine Fahne bauschte, wehte einen süßen Duft herein. Sie sagte bestürzt: »Blühen denn schon die Linden?« Flieder, schlug Schafheutlin vor. Die Bäume und Sträucher grünten, und wenn der Wind die Zweige bog, ging der rote Stern über dem Obelisken aus Holz auf, aber den Engel Aristide konnte ich nicht mehr sehen. Mein Schreck. Ich mußte an den Fingern nachzählen, sechs Monate in Neustadt, die waren mir vergangen wie sechs Wochen. Ich hätte jetzt nicht mehr gesagt: Ich habe alle Zeit der Welt. Früher dachte ich an das Leben, an mein unbemessenes Leben, wie an den Hirsetopf im Märchen, du löffelst und löffelst und kommst nicht auf den Grund, wunderbar, die Hirse quillt von selbst nach, und der Topf wird niemals leer ... Nicht, daß ich nun dem Tod nachgrübelte, oder daß mich der Friedhof vorm Fenster, der Anblick der Kreuze, hebe ich die Stirn überm Reißbrett, beständig gemahnt hätte. Mag sein, an einem Tag, wenn die Wolken ihre grauen, grauen Bäuche über die Erde schleppen, an einem Regentag hörst du mit halbem Ohr auf den Text, die Predigt über die Vergänglichkeit alles Irdischen. Nein, der Friedhof ängstigte mich nicht, er war gemütlich wie der verwilderte Garten von deinen oder meinen Großeltern (im Sommer, diesem irr heißen Sommer, weißt du noch? als die Wälder ringsum abbrannten, flüchteten wir aus unserem Feuerofen in den Schatten der Trauerweiden, zwischen die Gräber der Großen Familien von Neustadt, der Mrozeks, Jazwauks, Kubitz!), ein Garten für alte Bäuerinnen, die mit über der Brust gefalteten Händen, den Kopf auf einem Kissen aus weißer Papierspitze, in Frieden ruhen, versichert der Pastor, nach einem Leben, das köstlich war, sagt er, weil's Mühe und Arbeit gewesen ist ... Nur einmal war ich sterbenstraurig, an einem Feiertag, der achte Mai, die Bergmannskapelle spielte am Obelisken, und niemand hörte zu außer ein paar Leuten in Regenmänteln, Offiziellen, die es eilig hatten, ihre Kränze loszuwerden, und uns beiden, Schafheutlin und mir ... Ich wollte nur sagen, Ben: vielleicht arbeitest du mehr, wenn du weißt, du hast nicht alle Zeit der Welt, und wagst Dauer, weil du selbst nicht von Dauer bist. Also Arbeit als Protest gegen die Begrenztheit der eigenen Existenz ...

»Leider verlange ich diese neue Konzeption ausgerechnet von mir«, sagte sie zu Schafheutlin. Er knetete seine Hand. Soll das heißen: sie stellt die Prinzipien des sozialistischen Städtebaus in Frage? Die Dogmen – ja, sagte sie. Schafheutlin stemmte die Fersen gegen den Boden. Die Komplexe zum Beispiel? – Ein Haufen Angerdörfer. – Aber die ökonomisch günstigste Lösung. – Aber Mord an der Stadt. – Für Sie spielt Ökonomie natürlich keine Rolle. – Und Sie denken nur in Wohnungseinheiten ... Sie waren schon aufeinander eingespielt, warfen sich halbe Sätze zu, Argumente und Kommentare waren überflüssig, hätten sogar gestört – sie wiederholten zum wer weiß wievielten Mal den Streit vom ersten Abend, aber in einem erbitterten Ton, als stritten sie nicht gegen die Ansicht des anderen, sondern gegen seine Person, seine Lebenshaltung, einen Bezirk seines Wesens, der schrecklich fremd war. Die schwachen Sperren – der Sache angemessene Wörter, das korrekte Sie und Herr statt Kollege, Frau statt Kollegin, Frau Linkerhand, Vorname unbekannt, nie ausgesprochen in einem dunklen Treppenhaus, auf einer Chaussee über schwarzgrün anrollenden Hügeln – die Sperren schützten sie nicht mehr, sie wurden persönlich: Schafheutlin, indem er ihr Anmaßung und Ehrgeiz vorwarf, und Franziska, indem sie ihn einen Architekturbeamten nannte, beide mit der Absicht zu verletzen.

Schafheutlin rauchte selten; jetzt mußte er sich doch eine Zigarette anzünden, schon um seine Hände zu beschäftigen (manchmal hat er wirklich Lust, die unverschämte Person zu backpfeifen, das Gör, kaum der Schule entlaufen, schon besserwisserisch, eine jüngere Ausgabe ihres Herrn Professors). »Was bezwecken Sie?« sagte er noch einmal. »Sie geben doch nur eine Gastrolle hier.«

»Und Sie ziehen es vor, in Uhlenhorst zu wohnen«, sagte Franziska. Sie erwähnte zum erstenmal seit jenem Nachmittag den Namen Uhlenhorst; sie hatte nicht einmal nach der süßen Nette gefragt, aus Scheu vor Vertraulichkeiten.

Schafheutlin schwieg, weil er nicht erwidern konnte: Sie wissen, warum. Ausgeschlossen, gerade in diesem Moment auf ihren Besuch bei der Familie anzuspielen, das sah auch Franziska, und sie bedauerte aufrichtig, wie einen unfairen Griff, den Vorwurf, der ihn verlegen machte – übrigens nur sekundenlang, er beherrschte sich, er sagte: »Sie haben nicht die richtige Optik, nein, nicht die richtige Optik. Sie sehen unsere Erfolge nicht, Wohnungen für unsere Werktätigen, die niedrigsten Mieten in Europa, mit der Zahl von Krippenplätzen und Kindergärten liegen wir an der Weltspitze ... das muß man doch sehen«, sagte er fast beschwörend. »Wir haben ein für alle Male mit den vom Profitstreben diktierten Praktiken des Kapitalismus Schluß gemacht, das ist eine historische Leistung, Häuser ohne Hinterhöfe, die Wohnsiedlung im Grünen –«

»Ihr habt die Straße zertrümmert!« rief Franziska. (Warum können wir uns nicht verständigen?) Die Siedlung im Grünen, spottete sie, ein menschenfreundlicher Traum vor hundert Jahren, heute ausgeträumt, eine untaugliche Idee, das werde ich Ihnen beweisen. Spekulationen! sagte Schafheutlin. Das Telefon schrillte. Schafheutlin meldete sich. Ferngespräch aus Berlin, hörte Franziska, ehe sie durch Kopfschwenk zur Tür aus dem Zimmer gewiesen wurde. Dienstliches auf höherer Ebene, vermutete sie, streng vertraulich, for eyes beziehungsweise Ohren only, Schafheutlins Ohren, Unbefugten ist Zuhören verboten. Sie schnickte den Kopf zurück, sie dachte nur, was Reger in solchem Fall, nach erfolglosem Palaver zu sagen pflegte: Wir leben auf verschiedenen Planeten! – mit einer Gebärde, die seinen verstockten Gegner in Weltraumkälte, auf einen fernen, fernen Stern im galaktischen System verbannte.

Abends stieg er in die dritte Etage hinauf, tappte durch den dunklen Korridor, an ihre Zimmertür, hinter der Musik ertönte, Ravels Bolero, hörte er und war peinlich berührt, als habe er die Linkerhand in einer zweideutigen Situation überrascht, er klopfte und bekam keine Antwort, vernahm keine Stimmen und Schritte, nur den Bolero, jetzt überlaut, dessen laszive Monotonie ihn verstörte, und als er zum zweitenmal und nochmals geklopft hatte, wieder vergebens, lähmte ihn Schreck: über seine Phantasie, die ihm ein halbdunkles Zimmer vorspiegelte, Unordnung wie nach einem Kampf, Franziska – in wessen Armen? – mit weit offenen, halboffenen, geschlossenen Augen, und die Schallplatte, die nun abgespielt ist, endlich, aber noch kreist (die hören, sehen nichts!), und plötzlich wußte er, woher der Widerwille gegen diese Musik, erinnerte sich an die Szene, eine Buchszene, Weisenborn?, an das Buch, als Rotationsdruck auf grobem Zeitungspapier, im ersten Jahr nach dem Krieg, und an das Zurückdenken eines Mannes im Zuchthaus, Berlin, die Tänzerin, der Bolero, ›wir begannen beide zu zittern‹.

Er drückte die Klinke herunter wie versehentlich, und Franziska, die auf dem Vorlegerchen kniete, sagte: »Ach, Sie sind's«, als habe sie ihn erwartet, und ließ ihm nicht mal

Zeit, seine übliche Entschuldigung vorzubringen, zu spät für den Bus, und schon gar nicht den als Grund deklarierten Vorwand: daß er ihr leider mitteilen müsse, ihr Laden sei bis Ende der Woche zu räumen. Sie war so glücklich ... »Ein neues Spielzeug?« sagte er trocken, als er sich setzte, um geduldig eine, aber wirklich nur eine Platte anzuhören, Flötenspiel eines Fauns, an einem Nachmittag, Hochsommer, sah er in ihren Augen, die Waldlichtung, Sonnensprenkel, die süße Pansflöte, der süße und wilde Geruch von Brombeeren, Juligras und Thymian, Fäulnis und Hitze, der vom Waldboden und aus dem zottigen Bocksfell aufsteigt. »Schön?« Ihr langsames Lächeln wie aus dem Schlaf. Er nickte, statt zu sagen: morbid.

Während sie in der Küche Tee kochte, schwach, nicht wahr?, das hat sie also behalten, – fragte er durch die Tür nach jenem Buch. Weisenborn, ja, bestätigte sie. Sie nannte ihn nobel ... Warum? Das spürt man eben, rief sie aus der Küche. An einen Rotationsdruck konnte sie sich nicht erinnern, natürlich nicht, dachte er, sie war ja damals noch ein Kind, acht, höchstens neun Jahre. Als sie die Tassen hereintrug, schnupperte sie hinter Schafheutlins Rücken; er hatte sich reichlich mit Eau de Cologne eingerieben.

Er wußte nicht wie weiter. Vorläufig trank er den kochendheißen Tee, dabei musterte er über das Glas hinweg die Bücher auf dem Tisch, mit Zetteln, Haarklemmen, Streichhölzern gespickte Statistische Jahrbücher und Broschüren vom letzten Partei-Plenum. Sie schob unauffällig einen Westkrimi unter den Bücherstapel. Mein Beweismaterial, spannend, auch die Zahlen, vor allem die Tendenzen, sagte sie und blickte Schafheutlin erwartungsvoll an, der stumm, in kleinen Schlucken seinen Tee trank, trotz verbrühter Zunge, und wünschte, sie möge seine allzu neue, allzu keck gemusterte Krawatte nicht bemerken, und das frischgestärkte Hemd, und den Anzug, den er sonst nur sonntags trug. Die Tendenzen! wiederholte sie. Da er eisern schwieg, mußte sie weiterreden, zitierte Zahlen, betreffend Bevölkerungszuwachs und Verkehrsdichte und Ausdehnung der Städte in den vergangenen zehn Jahren, malte ihm die Folgen dieser Entwicklung in den künftigen zehn, zwanzig, dreißig Jahren aus – katastrophale Folgen, wenn wir nicht bald unsere Vorstellungen, also auch unsere Pläne korrigieren – und fragte ihn, Schafheutlin, wie er sich das denke, bitte schön, Wohnen in zwanzig Jahren, Lebensweise der Menschen, ihre möglichen, angenommenen, geschätzten, vorausberechneten Bedürfnisse, eine rhetorische Frage, leider, da nicht einmal die Wünsche und Gewohnheiten der Heutigen exakt erforscht sind.

Sie war unpersönlich wie die Statistiken, die sie ihm anbot, sachlich, entmutigend sachlich, hoffte sie, und erlaubte sich keine saloppe Haltung, kaum ein angedeutetes Lächeln, als sie ihm ein zweites Glas Tee einschenkte; sie hatte die verwegene Krawatte bemerkt und den für feierliche Anlässe geschonten Anzug, in dessen Brusttasche ein Seidentüchlein steckte, womöglich auch ein rührendes und fatales Veilchenbukett.

Schafheutlin setzte das Glas ab. Er teilte ihr den Räumungsbefehl mit, ohne die begütigende Vorrede, die er sich zurechtgelegt hatte. »Ach«, sagte Franziska. Ihre Unterlippe zitterte. Er sah sich aufstehen, um den Tisch herumgehen, ihren Kopf an seine Brust ziehen (er roch ihre Haut, einen schwachen Duft nach Apfelsinen), ihr Gesicht streicheln, ein jammervolles Frätzchen, und fühlte ihr Haar, die flaumige Bucht überm Nacken, den Haarwirbel rot und knisternd unter seinen Fingern, in der Hand, die er knetete, während er wie festgebunden auf dem Stuhl saß, wußte, das wird nie geschehen, nie, weder bei dieser noch bei einer anderen Gelegenheit. Gelegenheit! das liederliche Wort ... Sie tat ihm wirklich leid ... Nicht nötig. Sie lachte schon wieder, spöttisch, schien ihm, als habe sie ihn erraten, die Tröstung, den erwünschten Vorwand, um seine Finger in ihrem Haar zu vergraben.

Er war enttäuscht. Der geht nichts unter die Haut. Die wilde Begeisterung damals? Strohfeuer. Was er nicht merkte: daß sie über sich selbst lachte. Tendenzen, Perspektiven, die vertikalen Städte morgen – aber heute nicht mal ein Lädchen, lumpige zwanzig Quadratmeter. »Sie wußten doch, daß es nur ein Provisorium ist«, sagte Schafheutlin vorwurfsvoll. Provisorisch. Sie empörte sich, um ihre Niedergeschlagenheit nicht zu zeigen, sie griff ihn an, als sei er der Schuldige. Eine Übergangslösung, natürlich, wie diese ganze provisorische Stadt, ihre provisorischen Straßen und provisorischen Pläne (und wie mein provisorisches Leben, fügte sie für sich hinzu). Hier kann man eben nicht arbeiten!

Er hatte sein Möglichstes getan, aber das wußte sie nicht zu schätzen, weil sie seine Probleme, die alltäglichen Widrigkeiten nicht kannte, dazu fehlte ihr einfach der Überblick. »Ich möchte Sie nur einmal für eine Woche an meine Stelle setzen«, sagte er, ein säuerlicher Scherz, den er gleich bedauerte; sie war imstande, ihn ernst zu nehmen, als Angebot.

»Wissen Sie, das hat mir wirklich was bedeutet ... der Laden ... und die Leute, die kamen ... Wir sprachen über die Stadt, das ergab sich so, ich habe eine Menge gelernt, bloß so, durch Zuhören. Draußen, im Büro, komme ich mir vor wie unter Glas. Keine Umwelt, kein Echo ... Na schön, nicht zu ändern«, sagte sie abschließend, dabei zerstreut, sie dachte: Nicht an seiner Stelle, aber neben ihm, warum nicht? als eine Art Ordonnanz. Am Ball sein. Wissen, was gespielt wird ... Von Möglichkeiten geblendet, für eine neue Idee entflammt (sie umging noch die Frage, wie Schafheutlin sich dazu stellen wird), warf sie ihre Enttäuschung ab, hinderliches Gepäck. Vorn ist die Musik.

Schafheutlin wartete, er ahnte Zumutungen, einen tollen Einfall, er hätte sich jetzt verabschieden sollen, blieb aber: aus pädagogischen Gründen. Um sie zurückzuholen, falls sie ins Phantastische abirrte ... Er bewachte ihre Stirn, ihre Brauen, schwarze, im Schwung abgeknickte Flügel. Ihr Schweigen machte ihn nervös, auch ihre Haltung, nicht preußisch wie gewöhnlich; sie hatte die Knie angezogen und die Arme um die Knie geschlungen und wiegte den Oberkörper. Geduld! Er trank Tee. Er fand es heiß im Zimmer. »Ihr Plattenspieler ist nicht ausgeschaltet«, sagte er. Sie wiegte sich. »So?« sagte sie. Ihre Augen schimmerten gelb und hart wie Bernstein. Schafheutlin bückte sich und nestelte an seinen Schnürsenkeln, manchmal konnte er ihre Augen einfach nicht ertragen. Nein, entschied Franziska, obgleich sie darauf brannte, ihren Einfall vorzubringen, zunächst, vielleicht, wie im Spaß ... Sein roter ausrasierter Nacken (wie damals, auf der Treppe zum Wohnwagen), die Verschwendung von Kölnisch Wasser, die jugendlich kecke Krawatte ... nein, sie brachte es nicht über die Lippen, nicht hier, im häuslichen Umkreis (Intimsphäre), bei Lampenlicht und geschlossener Tür, zu zweit. Es ist nicht ritterlich, empfand sie: das war Wilhelms Schule.

Zum Glück fiel Schafheutlin ein, daß er noch eine Einladung zu übermitteln hatte, für den Ball am Wochenende, den Frühlingsball, den die Kammer der Technik gab, schon Tradition und für Neustadt, das heißt für die Neustädter Intelligenz, das gesellschaftliche Ereignis des Jahres. Einen Augenblick verstimmte ihn der jähe Umschwung ihrer Laune, die Vergeßlichkeit des Weibchens, das sich unbegreifbar schnell trösten läßt durch die bloße Aussicht auf eine Tanzerei, die er, Schafheutlin, nur pflichtgemäß, wie eine dienstliche Obliegenheit wahrnimmt, weil man's von ihm erwartet, – dann erlag er ihrer Freude, Brauenflug, dem leuchtenden Gesicht. »Ein richtiger Ball mit langen Kleidern? O je, und ich habe kein langes Kleid. Sagen Sie, was soll ich anziehen?«

Sie vermißt ihre Stadt, sagte er sich, Theater, Tanz, Konzerte auf der Terrasse des N.schen Palais, überm Strom und den Lichterketten der Brücken, Premieren, die Gastspiele von Berühmtheiten aus Berlin, Prag, Paris. Was hat sie schon in Neustadt? Statistische Jahrbücher, ein anrüchiges Lokal, zweimal die Woche Kino in einer Schulaula ... Schafheutlin hatte wie viele Kleinstädter ein purpurfarbenes Bild vom abendlichen Großstadtleben: eine Riesenkirmes, ein monströser Kulturpark, Menschengezappel, Sturm auf Kassen und Kinos, die City, ein gleißender Magnet, der die Leute aus Häusern und Schnellbahnen saugt und an sich reißt, das rauchige Rot des Nachthimmels, das Weinrot der samtenen Logenbrüstungen, die roten Augen der Verkehrsampeln ... Er selbst war während seiner drei Berliner Jahre nur einmal ins Theater am Schiffbauerdamm gegangen (man hatte an anderes zu denken!). Gelegentlich seiner Dienstreisen nach Leipzig oder Berlin las er die Plakate in

Bahnhofshallen und an Litfaßsäulen, ihr Angebot, das ihn verwirrte, eine allzu üppige Speisekarte, Hoppegarten und Distel, Oldtimers und Philharmoniker, Marcel Marceau und Chatschaturjan, Meistersinger, Mutter Courage, Laterna magica, Guttuso, Six-days, Cohrs und Camera, Palatschinken und Stroganoff, Omelette surprise und Pückler-Eis mit Sauce béarnaise. Völlerei. Schon die Litfaß-Lektüre machte ihm Magenbeschwerden. Aber Franziska? Die hat alles mitgenommen, dachte er, alles verschlungen, jetzt darbt sie, verständlich, ein junger Mensch ... Er sah sie mit einem warmen Lächeln an. »Erwarten Sie nicht zuviel. Das ist kein Filmball. Irgendein nettes, schlichtes Kleid, nichts Auffallendes ...«

»Ganz schlicht, mit Stehbündchen«, versprach sie, und wirklich sah er, als er sie sonnabends am Bus empfing, unter ihrem Mantel einen hoch am Hals anliegenden grünen Stehkragen; dafür mißfielen ihm die Ohrgehänge, lange blitzende Tropfen, Straß, oder wie immer dieser Tand hieß. Die anderen saßen schon im Bus, die Statiker, Ingenieure, Architekten mit ihren Frauen – trotz gleichmacherischer Sitzbänke in Gruppen geordnet, die der Ordnung ihrer Arbeitsbereiche und Büros entsprach –, und der kleine Grabbe, allein, und Kowalskis und Koeppel mit einer entschlossen blickenden Brünetten. Schafheutlin hatte seine Frau nicht mitgebracht. Er gab keine Erklärungen ab; man wußte schon Bescheid und nahm nicht Anstoß, nur Frau Kowalski fand, es sei nicht recht; beim nächsten Ball, sagte sie, wird sie die Kinder nehmen, und der Junge (Kowalski) kann sich mal ohne sie amüsieren, darauf wartet er schon lange.

Zwanzig Jahre, sagte Kowalski lächelnd und drückte ihre Hand. Sie war eine anziehende Frau von vierzig oder fünfundvierzig Jahren, und sie machte keine kosmetischen Anstrengungen, ihr Alter zu verheimlichen. Ihr Haar war schneeweiß, als sei es in einer einzigen Nacht, vielleicht von einer Minute zur anderen, ergraut, aber ihr heiteres und herzhaftes Gesicht ließ nicht einmal eine Ahnung tragischer Vorfälle aufkommen. Während der Fahrt hielt Kowalski ihre Hand fest.

Vor dem Schützenhaus stoppten Taxis. Durch die Saalfenster fiel Licht in den verwilderten Garten, auf die Kastanienbäume, den geschotterten Vorplatz, auf dem Busse und Autos parkten, auch Dienstwagen, Wolgas, deren Fahrer rauchend zusammen standen, ruhige; im Warten geübte Leute. Der Gang roch nach Urin und Scheuerpulver wie sonst, aber der Tanzschuppen hatte sich für eine Nacht in einen Ballsaal verwandelt, mit weißgedeckten Tischen, Stühlen statt der Gartenmöbel, Stoffbahnen überm fleckigen Putz und hundert Lichtern, die sich im Parkett spiegelten; nur zwei Fächer aus silbernem und rotem Glanzpapier erinnerten an den Sonnabendschwof. Franziska blieb an Schafheutlins Seite, hier schien jeder jeden zu kennen, und sie fühlte sich wieder als Neuankömmling, während sie im Gang und an der Garderobe hundert Hände schüttelte, gemurmelte Namen nicht verstand im Stimmengewirr und beim Foxlärm der Kapelle, oder gleich wieder vergaß, trotz Schafheutlin, der die dunkelblauen bis schwarzen Anzüge etikettierte: Der Ratsvorsitzende. Der technische Direktor. Der Sekretär für. Noch ein Direktor. Der Erste Sekretär. Der Kreisschulrat. Der Vorsitzende von. Der Haupt. Für Agit. Tech. Ök. Schulze. Der schicke Schulze, wie Jazwauk ihn nannte, Baron Schulze im Maßanzug, ein gutaussehender Mann mit lehmgelber Hautfarbe. Beim Sprechen bewegte er kaum die Lippen, als hielte er noch die zwei knappen, über den kleineren Schafheutlin hingehauchten Sätze für verschwendet; er machte den Eindruck eines Mannes, der seine Freunde, nützliche Freunde, mit Überlegung auswählt. Schafheutlin war nicht nützlich.

Franziska sah ihm nach, als er durch das Gedränge ging, ohne jemandem auszuweichen, er schien nicht auf die Leute und auf seinen Weg zu achten, trotzdem brachte er es fertig, niemanden anzustoßen oder nur zu streifen. Der war mal ziemlich weit oben, tuschelte Jazwauk neben ihr. Hart für ihn, der Fall nach unten, bis auf Kreisebene. Frauengeschichten ... Er wußte pikante Einzelheiten und hätte sie sofort ausgeplaudert, wäre er nicht durch den Ohrschmuck seiner Freundin abgelenkt worden, die funkelnden Steine, die er betrachten, dann betasten mußte. Ent-zük-kend! Der

Schliff! Das Feuer! Er küßte seine Fingerspitzen. Franziska hob dreimal die Hand mit gespreizten Fingern. Hundert? »Tausend«, raunte sie. Das schmiß ihn einfach um. Sie lachte und antwortete auf seine stumme Frage mit einem Kinderreim: »Der letzte Rest vom Schützenfest.«

Schafheutlin, der mit finsteren Blicken ihre Zeichensprache überwacht hatte, nahm ihr den Mantel ab. Er wurde rot und machte eine hastige Bewegung, als wollte er ihr den Mantel wieder über die Schultern werfen, er dachte an ein Mißgeschick, ein verlorenes oder, schlimmer, durch seinen groben Zugriff im Mantel verbliebenes Kleidungsstück. Nett, murmelte er, damit sie ihn nicht für einen Provinzonkel hielt. Erst als sie zum Tisch gingen, wagte er einen Blick auf den nackten Rücken, den Leberfleck akkurat zwischen den Schulterblättern. Seine Kopfhaut zog sich zusammen: ein Spießrutenlauf, empfand er auf dem Weg durch den Saal. Sie setzten sich zu den Kowalskis. Auf der Bühne arbeiteten sich zwei Kapellen ab, eine schmetterte Polka und Rheinländer, die andere spielte Twist für die Jungen, und der Klarinettist blies wie der Teufel. Er spielte sehr gut, und wenn er seine Klarinette vom Mund nahm, blickte er gelangweilt in den Saal, schneuzte sich in sein kariertes Taschentuch oder schlenderte von der Bühne – um einen zu kippen, behauptete Jazwauk. Er verbeugte sich. »Tut mir leid«, sagte Franziska. Sie sah Schafheutlin an. »Der erste Tanz ist schon vergeben.«

Annettes schwungvoller Tänzer schob sie korrekt zwischen den Paaren herum. Er wußte nicht, wohin mit seiner rechten Hand, er schwitzte, er ärgerte sich über Jazwauk, der ihren Rücken umschlang, wie im Spaß ihre Haut streichelte, dabei unaufhörlich plapperte, sie zum Lachen brachte. Sie tanzten in einer Art, die Übung verriet: Vertrautheit, geradezu Intimität, dachte Schafheutlin. Er verlor sie aus den Augen und sah sie erst beim nächsten Tanz wieder, ihre konzentrierten Mienen von Akrobaten, ihre rollenden, zuckenden Hüften, Schenkel, Knie, die hintenüber gebogenen Oberkörper, Jazwauks Kopf, der fast das Parkett berührte. Schamlos. Sie glühten, Franziska trank ein Glas Wein in einem Zug aus. »Mäßigen Sie sich«, sagte

Schafheutlin. »Sie sind erhitzt, Sie verderben sich den Magen.« Frau Kowalski legte ihre gehäkelte Stola um Franziskas Schultern.

Schafheutlin führte Frau Kowalski zum Pflichttanz ins Gedränge. Sie haben eine nette Frau, sagte Franziska. Jazwauk tanzte mit einem Mädchen, dessen blonder, am Hinterkopf geflochtener Zopf wie ein Uhrenpendel nach rechts und links flog. Kowalski schien gern von seiner Frau zu sprechen. Ein Engel! sagte er. Sie hatte jahrelang ein Waisenhaus geleitet. Waisen nicht im üblichen Sinne: die Eltern waren in den Westen gegangen, sie hatten ihre Kinder im Stich gelassen wie lästiges Gepäck, manche in einem Wartesaal, manche in der leeren Wohnung, wo sie von Nachbarn gefunden wurden, halbverhungert, wund, im Schmutz. »Sie war allen eine Mutter«, sagte Kowalski stolz. In Neustadt sollte sie dem Altersheim vorstehen, das mußte aber umgebaut und zur Frauenklinik ernannt werden, weil es in den neuen Vierteln keinen Rentner, keine Greisin gab, dafür eine Unmenge Geburten, eine wahre Explosion, einen Babyboom, sagte Kowalski und schickte Professor Pankraz einen dramatischen Fluch, ein Hohngelächter nach. Jetzt arbeitet sie bei der Jugendhilfe. Was sie zu sehen bekommt! Zustände! Immer die Schattenseite ... »Aber sie sieht so glücklich aus«, sagte Franziska, die nur umschreiben konnte, was sie empfand: »– als ob sie in der Welt wirklich zu Hause ist.«

Sein großes Gesicht bebte, er schwieg. Sie sprachen nie über ihren Sohn, obgleich sie es ertragen hätten, über ihn zu sprechen, ohne ihren Kummer wie eine Medaille herzuzeigen. Der Schmerz war ein Teil ihres Lebens geworden, so natürlich wie ein Stück Zellgewebe, kein reißender Schmerz, den man jeden Tag wieder betäuben mußte, durch Arbeit zum Beispiel. Sie bauten ihm keinen Altar, und seine Fotografie schmückten weder Blumen noch schwarze Schleifen. Ein zwölfjähriger Wilder, der künftige Konstrukteur unerhörter Brücken über den Ärmelkanal und die Meerenge von Gibraltar. Er starb unter den Augen seiner Kameraden, die ihn vom Sprungturm wirbeln sahen, seinen dürren, von Schweiß glänzenden Knabenkörper, der Kopf voran die chlorgrüne Haut des Wassers durchstieß, und noch eine ganze Weile auf sein Geheul am anderen Ende des Beckens warteten, auf seinen Triumphschrei, der ausblieb.

Kowalskis Miene veränderte sich, als seine Frau an den Tisch zurückkam, er brüllte: »'tschuldige, muß die Kleine mal rumschwenken.« Er trug Franziska zwischen seinen Maurerhänden über den spiegelnden Boden. Im Vorbeitanzen an einem leeren Tisch zog sie eine Blume aus der Vase. Sie verbeugte sich vor Frau Kowalski. »Für Sie.« Sie bot ihre Verehrung an, ihr Herz, das danach verlangte, sich für einen anderen Menschen zu begeistern. Frau Kowalski steckte ohne Ziererei die Blume hinters Ohr. Franziska errötete, sie sagte lachend: »Einmal kam unser Mathelehrer in die Klasse und warf eine Rose zwischen die Mädchen. Der Schönsten! sagte er. Es gab eine richtige Rauferei ... Ein ulkiger alter Herr. Den Jungs imponierte er, weil er die Riesenwelle am Reck schaffte, er nahm nicht mal die Zigarre aus dem Mund ... Mungo der Affenkönig – so hieß er seit wer weiß wievielen Schülergenerationen ... Er rauchte auch in der Stunde, oder er las die Zeitung, dabei hatte er ein Loch in die Zeitung gebohrt wie der Pauker in diesem Film ...«

»Unserer war auch 'ne Type«, sagte Jazwauk, »Stummel, ein Giftzwerg von einsfünfzig –« Kowalski überschrie Jazwauk und die Kapelle, die sich schwitzend daranmachte, Down by the riverside zu einem hysterischen Lärmbrei zu zerstampfen; er hatte einen Lateinlehrer zu bieten, Studienrat, besessener Kantianer und Meister im Zielwerfen mit Kreide, Schlüsselbunden, Wörterbüchern (das Ziel, natürlich, war der Kopf des Schülers Kowalski). Jetzt redeten sie alle durcheinander – Schulgeschichten. Schafheutlin beugte sich über den Tisch. »Und haben Sie die Rose erobert?«

»Ach, ich ... ich sah doch aus wie 'ne Meerkatze.«

Jazwauk stieß seine Freundin unterm Tisch an: der Alte verschwenderisch, das war noch nicht da. Schafheutlin bestellte schon die zweite Flasche Wein. Er wollte Franziska um einen Tanz bitten, zögerte aber, er fürchtete aufzufallen, und während er die vom ehernen Gesetz einer Kleinstadt diktierten Pflichttänze ableistete, spähte er im Gewühl nach dem braunen Rücken. Am Tisch zeigte er eine gekränkte Miene: Franziska meldete nach jeder Runde eine Neuigkeit aus dem Kombinat oder dem WBK, eine Absprache mit dem Stadtbaudirektor, betreffend Garagenbau, sogar das Versprechen des Ratsvorsitzenden, im nächsten Haushaltsjahr die verluderte Baracke renovieren zu lassen. »Das verspricht er seit drei Jahren«, sagte Schafheutlin. Sie ist gerissen ... das gewisse Lächeln, sie sucht Beziehungen ... Er hatte drei oder vier Gläser Wein getrunken, sein Magen nörgelte: flüssiges Blei.

An manchen Tischen knallten Sektkorken. Die Band mit dem Klarinettenmann marschierte in die improvisierte Bar hinüber; die Musiker trugen ihre blauen Wappen vor sich her, The Rhythm Kings, und ein Schwarm junger Leute zog ihnen nach, folgte dem Rattenfänger, dem hochmütigen Klarinettisten, der ziemlich betrunken war und auf dem Weg durch den Saal How high the moon blies, ein erlauchtes Solo, das auf einer Himmelsleiter aus purem Silber zu den höchsten Tonlagen emporstieg.

Die Bumskapelle beherrschte das Feld und spielte, so laut sie konnte, der Posaunist zog die Jacke aus, jawohl, die alten Herren kamen in Fahrt, und was sie auch anstimmten, es wurde immer ein Marsch daraus. Gegen Mitternacht saßen sie alle in Hemdsärmeln auf der Bühne. Das Stimmengewirr schwoll an. Ein Kellner wurde von Tänzern gerammt und ließ das Tablett voller Gläser fallen. Frauen kreischten vor Lachen. Jazwauk ging mit dem blondzöpfigen Mädchen in die Bar, er zwinkerte Franziska zu: das Fischlein saß an der Angel.

Schafheutlin riß ein Fenster auf, die Nachtluft strich über sein Gesicht und zerrte an dem Rauchvorhang in seinem Rücken. »Nun, amüsieren Sie sich?« sagte er. Franziska lehnte neben ihm am Fenster. Die Nacht war klar und der Himmel voller Sterne. Durch die Zweige der Kastanie leuchtete das rote Neon-T über der Tankstelle. Ein Mann und eine Frau gingen umschlungen durch den Vorgarten, und unter den Bäumen blieben sie stehen und küßten sich. Der Mann stützte sich mit einer Hand gegen den Baumstamm.

»Das war also der Ball«, sagte Franziska.

»Es ist immer dasselbe«, sagte Schafheutlin. Durch den Jackenärmel spürte er die Wärme ihrer Haut, und er bewegte sich nicht und dachte an nichts, während er in den Garten hinaussah, auf das Paar, das sich unter der Kastanie küßte. Ein Auto bog auf den Parkplatz ein, das Scheinwerferlicht sprang über die Stämme und das Paar, und einen Augenblick konnte er deutlich das nach oben gewandte Gesicht der Frau sehen, ihren Hals und die Sehnen an ihrem Hals. Sie war nicht mehr jung und küßte mit geschlossenen Augen. Der Mann hielt sie nur mit einem Arm und blickte an ihrem Gesicht vorbei auf die Uhr an seinem Handgelenk.

Franziska fröstelte. Hinter ihrem Rücken tobte der Saal, die Tanzdiele wie an jenem Samstagabend, und plötzlich hatte ich Furcht davor, mich umzudrehen:

9

Die Verwandlung war nur geträumt, dachte ich, ein Wunder hat nicht stattgefunden.

Nach einer Weile ging ich an den Tisch zurück, und Frau Kowalski wickelte mich in ihren Schal. Schafheutlin blieb am Fenster stehen. Ich glaube, er hat das ärm Dier, sagte ich. Was für ein Tier? fragte Frau Kowalski.

Franziska antwortete nicht. Der Mann mit der gebrochenen Nase kam an ihren Tisch. Er legte eine Hand auf die Stuhllehne und beugte sich zu Franziska hinab wie zufällig, im Vorüberschlendern. »Möchten Sie mit mir tanzen oder in die Bar gehen?«

»Beides«, sagte sie. Die alten Herren fiedelten einen langsamen Walzer. Weißer Flieder? Der Mann stand neben dem Tisch und wartete, mit seiner spöttischen und unbeteiligten Miene, seinem bitteren Stolz (du wärst nicht wiedergekommen). Er trug ein schwarzes Jackett zu schwarz-grau gestreiften Hosen, einen sogenannten Stresemann, in dem er eleganter aussah, als er ahnte oder beabsichtigte, und er trug ihn so, als habe er die erstbesten Kleidungsstücke angezogen, die ihm am Kleiderschrank in die Hände gefallen waren. Das beeindruckte Franziska, deshalb versuchte sie ihn komisch zu finden; sie hatte noch nie einen Mann im Stresemann gesehen, außer in englischen Filmen, die zu einer unbestimmbaren Zeit spielten, in einer unbestimmbaren Stadt – falls sich nicht der Nebel vor Big Ben oder der Tower Bridge lichtete –, in einem Club, in dem Herren von unbestimmbarem Alter hinter der ausgespannten *Times* schliefen.

Er tanzte schlecht, vielleicht nur zerstreut, und gab sich keine Mühe, Konversation zu machen. Franziska sagte sanft: »Wir tanzen English-Waltz, soviel ich aus der Tanzstunde weiß.«

»Ich halte es eher für den Yorkschen Marsch«, sagte er und drehte Franziska vorsichtig, mit weit ausgestreckten Armen. »Allerdings war ich nie in der Tanzstunde.« Der Walzer war zu Ende, und er ließ sie los. Sie standen nebeneinander und klatschten nicht wie die anderen Paare, eben ein Pflichttanz, dachte sie. Die Kapelle begann wieder zu spielen: Tango, meldete Franziska. Sie legte die Hand auf seinen Arm. »Wissen Sie, ich bin kein Dynamitpaket.«

Er legte den Arm um ihren Rücken und zog sie zu sich herüber, und sie kam, sie ging ihm entgegen, den halben Schritt, den weiten Weg, der irgendwo im Dämmerungsland der Kindheit begann, vielleicht in der Gasse zwischen Hecken aus Teufelszwirn, und als sie sich trafen, lehnte sie die Stirn an seine Brust, ahnungslos, daß sie in diesem Augenblick schon die Rollen für sich und für ihn wählte. Sie brauchte nicht den Vorwand, den der Tanz ihr lieferte und das Gedränge erhitzter Körper, sie ließ sich halten und folgte der Hand, die sie auf ihrem Rücken fühlte; obgleich sie sich kaum von der Stelle bewegen konnten, war ihr schwindlig, als ob sie sich sehr schnell und mit geschlossenen Augen im Kreis gedreht hätte, o du mein Neckartal, um den Punkt im Kies des Schulhofes, den nachher die schwärzliche, wie mit dem Zirkel geschlagene Spur der Mädchenschuhe umlief.

Der Tango war vor zwanzig oder dreißig Jahren berühmt gewesen und in den Cafés und Tanzsälen der ganzen Welt gespielt worden, und er war heute noch gut anzuhören, dachte Franziska, trotz dieser hemdsärmligen Biertrinker auf der Bühne, die an ihm herumsägten und mit Paukenschlag und Beckenrasseln versuchten, ihn auf Vordermann zu bringen, Tritt gefaßt, den Marschtritt der Alten Kameraden. Dann fiel ihr der Name ein, Jalousie, und sie erkannte den niegesehenen Marktplatz wieder, die Stadt im Süden, ihre weißen Häuser, Mittagshitze, die grünen Läden, hinter denen Augen funkelten, die Augen ihrer Mutter, kalt und schwarz wie Gewehrmündungen, und der Abendnebel vom Fluß löschte die südliche Stadt aus, die Lampe über der Tür schien auf Rost und Taubnesseln und zerfallende Stufen, komm, komm herein, rief die Stimme ihrer Mutter, aber sie gehorchte nicht mehr, sie suchte noch einmal, wie zum Abschied, den Trost des blauen Zimmers, den in Sonne gebadeten Garten hinter der Jalousie, die Lichtbänder auf dem Fußboden, den Schatten über ihrem Schulheft, Wilhelm, der ihr Haar im Nacken zusammenraffte.

Sie blieben auf dem Parkett stehen, ohne einander loszulassen. »Talmi paßt nicht zu Ihnen, Teuerste«, sagte er. Der Schlagzeuger klopfte; die Kapelle machte Pause. Teuerste, dachte Franziska, die plötzlich einen Grund suchte, den Fremden ärgerlich zu finden, Teuerste ist schon schlimm – aber Talmi! Er faßte sie am Ellenbogen; er hat kein Glück mit Komplimenten, sagte er, während sie zur Bar gingen, er ist auch ein schlechter Tänzer, weil er keinen Spaß am Tanzen hat, außer mit sehr großen, rothaarigen Frauen. Auf den Stufen zum Barraum saßen junge Männer, die Weinflaschen zwischen den Knien festhielten und, die Musik überschreiend, redeten oder stritten oder sangen, ein Glück, daß wir nicht saufen, und zerstreut die Beine der Mädchen streichelten. Franziska blickte in den Hexenkessel hinab, in dem Arme, Beine, Köpfe brodelten, bloße Schultern sotten, düsterrote Flammen an den Wänden leckten, die Klarinette blitzend den Rauchmantel durchbohrte. Jazwauk winkte ihr zu, er hing über der Schulter des blonden Mädchens und tanzte mit ihr auf einem Fleck, gerade groß genug, um die Füße aufzusetzen, und Franziska winkte zurück und lachte, mit dem Überschwang einer Reisenden, die in einem anderen Land, in Straßen von heikler und gefährlicher Fremdheit, einem Bekannten begegnet; sie fühlte sich gerettet. Sie konnte noch wählen.

Sie stieg die Stufen hinunter und tauchte in den Höllenlärm, ohne sich einmal umzudrehen: ich habe ihn erfunden, sagte sie sich, ihre Willkür war noch nicht zu Ende, und der Weg durch den Raum mit seinem Kellergewölbe, seinen rot überflackerten Wänden gab ihr Zeit genug, sich zu entschließen, ob sie ihr Geschöpf herbeiwünschen sollte oder nicht. Zwei Wodka, bestellte der Mann über ihren Kopf hinweg. »Oder haben Sie die Marke gewechselt?« fragte er verspätet. Baron Schulze stand neben der Frau des Kombinatsdirektors, einer ängstlichen grauen Maus, die wie hypnotisiert auf dem Barhocker saß und auf seinen Mund starrte; er hielt ein volles Glas in der Hand und schien stocknüchtern zu sein.

Sie zwängten sich mit ihren Gläsern zwischen den Tänzern durch, andere drängten nach oder wurden gedrängt, alle lachten und schrien, einer fiel ins Schlagzeug, das fanden alle spaßig, außer dem Schlagzeuger. »Keine Angst, wir lassen sie auflaufen«, sagte der Fremde. Er stützte sich mit einem Arm gegen die Mauer, im Rücken die heiße Brandung, und beugte sich zu Franziska hinab. »Trojanowicz.« Wie bitte? Es dauerte eine Weile, ehe sie begriff, daß er aus der Namenlosigkeit herausgetreten war, daß sie ihn jetzt anreden oder zu einem Dritten von ihm sprechen konnte: Herr Trojanowicz, oder: dieser Trojanowicz, oder: ein gewisser Trojanowicz.

Ich war bestürzt, als habe dich erst der Name unwiderruflich zu einem Teil der wirklichen Welt gemacht, die ich sehen, fühlen, riechen, schmecken kann. Der Geruch nach Diesel, der von dir ausging, trotz Stresemann, Seife, Haarwasser: der Geruch eines Kraftfahrers mit Pässen, Kaderakte, Betriebsausweis, Steuernummer, Gewerkschaftsbuch, Zündschlüssel, Haustürschlüssel, Spindschlüssel ... Die Narben an deinem Hals, unterm rechten Ohr, und über den ganzen Nacken hin, sah ich später, ein Gestöber von kleinen weißen Narben: sie hatten eine Geschichte, die ich nicht mehr gegen eine andere Geschichte auswechseln konnte, Unfall gegen Kriegsverletzung etwa, oder – er war zu jung damals, war nicht Soldat, nicht mal Pimpf in Endsieg-Panik – eine Schießerei, Bandenkampf, Nachkriegsschlachten, oder eine Sprengung unter Tage, jedenfalls Außergewöhnliches, außerhalb eines gewöhnlichen Lebens, meines Lebens zum Beispiel ... Ich konnte nicht mehr über dich verfügen. Ich wußte nichts mehr von dir – in dem Augenblick, als du dich bekanntmachtest, wurdest du das Unbekannte Land, unwegsam (die Stromtäler und Geröllhalden der Erfahrungen, die vergangene Jahre zurückließen, und die tropischen Wälder der Erinnerungen), schwer erforschbar, vielleicht nie bis ins Landesinnere zu durchforschen.

Er sagte einen Trinkspruch, in Russisch, soviel sie durch den Lärm hörte. Sie tranken. Franziska lehnte an der Wand, in den Flammen aus rotem Stanniol, sie mußte sich auf die Zehenspitzen heben, wenn sie jemanden sehen wollte, über seinen Arm hinweg, den er immer noch schützend vorgestreckt hielt, obgleich Schutz sich jetzt erübrigte, weil alle tanzten oder um die Musiker herumstanden und auf den Klarinettisten warteten, der über der Bar hing und der Frau des Direktors einen dreckigen Witz erzählte, ohne die Pointe loszuwerden, denn gerade noch rechtzeitig half Baron Schulze der Maus vom Barhocker, zahlte und schritt zur Treppe, und der Klarinettist grinste, na endlich, der stört sowieso bloß, immer Selters und die verdammte gelbe Maske, Trojanowicz sah den beiden nach. Schulze zerschnitt die Menge wie ein Hecht einen Schwarm von Stichlingen. »Sie kennen ihn«, sagte Franziska.

»Wir sind intime Feinde.« Er schnippte Zigaretten aus einem zerknautschten Päckchen, die billigste und greulichste Sorte Zigaretten, die sie je geraucht hatte. Sie erstickte vor Husten. »Mut, Lady«, sagte er. »Sie rauchen *Kenty*, die Zigarette mit dem markanten Profil. *Kenty* für Männer, die das Leben meistern. Wer *Kenty* raucht, hat keine Angst mehr vor der Atombombe.«

»Waren Sie mal in der Reklamebranche?«

Er schwieg und rauchte. »Zeitung?« rief Franziska. »Auch«, sagte er unfreundlich, in dem Ton, der weitere Fragen verbot, den sie schon kannte wie das verschlossene Gesicht, eine Tür fiel zu, sie fand sich ausgesperrt. Da er trotzdem nicht sagte, was fällig war, weil sie ihren Wodka ausgetrunken, ihre Zigarettenkippen gelöscht hatten, sagte sie es: Gehen wir! jedoch nicht laut oder nicht entschieden genug, jedenfalls überhörte er es. Er redete jetzt von ihr, Frau Linkerhand, das heißt von ihrer Arbeit, also von Neustadt, das er eine Siedlung von Fernsehhöhlen nannte, eine vertane Chance, ein städtebauliches Debakel, sagte er streng und sah Franziska an, als machte er sie für das Debakel verantwortlich. Zwecklos zu protestieren; er schnitt ihr einfach das Wort ab, er hob die Stimme, obschon er ohnehin zu laut sprach wie jemand, der gewöhnt ist, vor

Klassen oder in Sälen zu reden. Ein Debakel, sagte er, weil die Stadt ihre Funktion verfehlt, indem sie Kommunikationen nicht fördert, sondern verhindert, Lebensbereiche und Tätigkeiten ihrer Bewohner nicht vermischt, sondern trennt.

Eine amputierte Stadt! Er stieß heftig den Rauch aus, merkte verspätet, daß er Franziska vergessen hatte, und hielt ihr die zerdrückte Packung hin, dann ein Streichholz, aber zerstreut, ohne das Gespräch zu unterbrechen, ein monologisches Gespräch, einen Vortrag, in dem er weit ausholte, zurückschweifte zum alten Babylon, Athen, Rom, Byzanz, einen Bogen über die Jahrhunderte schlug, unter den Metropolen der Neuzeit (Neuzeit im Sinne des Historikers) London, Berlin, Petersburg auswählte und untersuchte hinsichtlich so aufregender Prozesse wie Industrialisierung, Verstädterung, Organisierung der Arbeiterklasse, Herausbildung revolutionärer Traditionen, und endlich auf Neustadt zurückkam – eine Wohnstadt, sagte er mit höhnischer Betonung der ersten Silbe. Sein Zeigefinger zielte auf Franziska. Hat sie bemerkt, wie empfindlich die Sprache reagiert, indem sie für eine Erscheinung ein Wortgebilde schafft, das die Kritik an dieser Erscheinung schon in sich trägt? Ein entlarvendes Wort: der so bezeichneten Stadt wird nur eine Funktion zugebilligt; sie bietet Wohnung, Schlafstätte, eine Tür, die man hinter sich abschließen kann, das alte Spiel Familienleben zwischen Tisch und Bett, nicht mehr.

Der Klarinettist strolchte im Halbschlaf durch die Bar und zu seiner Band zurück, und die Leute machten ihm Platz. Er konnte sich kaum auf den Beinen halten. Das Haar hing ihm in die Stirn und über die rotgeäderten Augen. Er dudelte eine Weile herum, vielleicht aus Bosheit, um das gaffende Publikum zu reizen, er fing Dreiklänge aus der rauchigen Luft, drehte sie gelangweilt und schnippte sie weg, und sie flogen von seinen langen, müden Fingern auf, stiegen und zerschmolzen.

»Schafheutlin hat auch nachgelassen«, sagte dieser Trojanowicz, der alle Welt zu kennen schien.

Der Klarinettist klopfte mit dem Fuß auf. Jetzt werdet

ihr was erleben … Franziska drehte sich um, als habe sie jemand beim Namen gerufen. Ein wunderbar reiner und tiefer Ton drang durch das Stimmengewirr, und ihr ganzer Körper antwortete mit einem nervösen Aufschrei, jajaja. Als der Fremde von Berlin sprach, wußte sie nicht gleich, warum; dann sah sie, mit einem flüchtigen Blick zurück, den Punkt, in dem sich die Linien überschnitten, Schafheutlin, der gewisse Trojanowicz, zwei gedachte Linien im Koordinatensystem von Lebenswegen, die das Land, die Zone, Ostdeutschland, die Republik überkritzelten. Die Wege der Veteranen zwischen dreißig und vierzig, die sich auf den Stationen Sosa, Bruchstedt, Wismut, Stalinallee, Schwarze Pumpe getroffen haben und wiedertreffen werden in Schwedt, Boxberg, wer weiß wo, in einem heute noch nicht existierenden Kraftwerk, in einer noch nicht projektierten Stadt. Der Schnittpunkt also: Berlin. Sie fragte nicht, wann. Wann schon? Die kennen sich immer aus der Zeit, als wir noch Bellum Gallicum übersetzten, Iphigenie obduzierten, die Mirakel des Mönchs, die rote, weiße, rosa Mirabilis jalapa, die rote, weiße, rosa Kreide von der Wandtafel schwemmten; die haben alle Talsperren, alle Schornsteine gemauert, alle Öfen beschickt, alle Pipelines gelegt, alle Herkulesarbeiten der Welt getan, während wir zur Großen Pause auf den Hof rannten, Milch tranken, in der Tanzstunde langsamen Walzer übten.

Sie hob sich auf die Zehen, niemand tanzte, und sie konnte das Gesicht sehen, einen violetten Klumpen Fleisch, augenlos. Trojanowicz sagte nichts mehr. Die Musiker spielten routiniert, aber leise, bis die betrunkenen Hände und Lippen die Melodie fanden, und dann ließen sie ihn allein weitergehen, die lange einsame Straße, auf der sie ihm nicht zu folgen wagten, die Straße der blinden Sänger und der verlassenen jungen Frauen, die ihren Mann suchen, und der Männer, die den Regen, den Hunger, die Straße verfluchen, die mit wunden Füßen wandern, voller Angst und Hoffnung, laß uns heimgehen, oh, laß uns heimgehen, und [die Straße] aller schwarzen und weißen Leute, die den Blues in ihren Schuhen haben, im Wasser und im Schnaps, im Briefkasten und unter dem Kopfkissen. Er kämpfte, er quälte sich mit zitternden Knien den Weg hügelan, den Kopf in den Nacken gebogen, als drückte ihn eine Hand nieder, und klagte jedem, der es hören wollte: Mein Haus ist leer, und manchmal scheint mir, die ganze Welt sei leer ...

Trojanowicz runzelte die Stirn, verletzt wie durch ein unanständiges Schauspiel. Die reißen sich das Herz aus der Brust. Das Mädchen erschien ihm plötzlich größer, ihr Gesicht knochig, heiß, voll leidenschaftlicher Hingabe. Irgend etwas in ihm sperrte sich. Nein, er legte keinen Wert darauf, Zeuge einer Verzückung zu sein, die er nicht begriff, erst recht nicht teilte. Er hat sich geirrt, empfand er, hier ist niemand, der auf ihn wartet. Einmal hat er sie rührend gefunden, an jenem Mittag, sonnabends, sie bückte sich über ihre Tasche, ganz rot, schutzlos allen Bösen Geistern ausgeliefert (ich hätte ihr Gesicht mit einer Hand zudecken können). Ein Irrtum also, zum Glück ist nichts geschehen, was irreparabel wäre. Trotzdem fühlte er sich gestört, durch einen Schatten, einen Kältehauch, der ihn streifte, den Gedanken, wie leicht es ihm fiel, sich aus dieser und jeder anderen Sache herauszuhalten.

»Was?« sagte sie gedehnt und heiser. »Der hat was los, hören Sie?« Der Beifall kam zögernd, beinahe unwillig. Der Klarinettist schnitt eine rüde Grimasse, er schwitzte, und die Schweißtropfen rollten wie Tränen über seine Schläfen und die Nasenflügel. »Bedaure, dafür habe ich keinen Nerv«, sagte Trojanowicz, er betrachtete ihren Mund, ihre Zähne zwischen den halbgeöffneten Lippen, und ihm war zumute, als wäre er in letzter Minute bei einem riskanten Unternehmen ausgestiegen. Jetzt konnte er sich erlauben, sein mißglücktes Kompliment zu wiederholen, in überarbeiteter Fassung, sagte er, also: das Talmizeug paßt nicht zu Ihrem Jungskopf, und konnte es mit einem Adjektiv schmücken – zu Ihrem schönen Jungskopf – und seine Hand auf ihren Nacken legen, wie prüfend, um mit zwei Fingern der Form ihres Schädels unter dem kurzen Haar nachzuspüren. Schafheutlin erschien auf der Kellertreppe. »Er sucht mich«, sagte Franziska. Trojanowicz ging ihr nach, befremdet von ihrer Hast, als ob ein Vatertyrann wartete (oder ein eifersüchtiger Liebhaber?).

Eine junge Frau machte ihm Zeichen und lachte. Trojanowicz nickte. Die gehören zusammen, dachte Franziska. Die Frau war blond, muskulös und sehr groß und sah wie eine Basketballspielerin aus. Sie schüttelte Franziska die Hand. Er hat ihr von mir erzählt ... die Kleine, du weißt, die mir damals vor die Räder gelaufen ist ... Sie sitzen am Tisch, in einem Wohnzimmer, das ich mir nicht vorstellen kann (Bücher? ein Musikschrank? die sanften braunen Tahiterinnen?), er liest die Zeitung, hast du das gelesen? fragt er, in M. bauen sie eine Sporthalle, übrigens habe ich heute diese Du-weißt-schon getroffen, Linkerhand, sagt er, ein Scherz bietet sich an, und sie lachen beide über die Person mit zwei linken Händen ... oder: sie liegen im Bett, er raucht, er hat einen Arm unter ihren Nacken geschoben, auf der Zimmerdecke rollt der Film ab *heute am Sonnabend*, stumm, er kommentiert die Bilder für sie, übrigens habe ich heute diese Du-weißt-schon getroffen. Franziska blickte mit einem strahlenden Lächeln zu Schafheutlin hoch, und er kam langsam und etwas schwankend die Stufen hinab. »Entschuldigen Sie mich«, sagte sie zu Trojanowicz und seiner Basketballfrau.

Schafheutlin stand an der Treppe wie am Rand eines Sumpfes, mehr angewidert als furchtsam, notfalls wird er ihn durchwaten, in Erfüllung einer Pflicht. »Wir haben Sie vermißt«, sagte er. Er konnte in der verqualmten Höhle keinen Bekannten entdecken, außer dem Kipperfahrer und vorgeblichen Schulfreund der Linkerhand, der ihn mit einem ausdruckslosen Blick streifte und sich wegdrehte; trotzdem fühlte sich Schafheutlin belästigt wie an manchen Morgen, wenn er die verwischten Bilder eines Traums aufzufrischen versuchte. Er grübelte nach dem Namen, um das Gesicht wiederzufinden, das der Mann mit Absicht, schien ihm, unter der Schlägermaske versteckte. Franziska hob die Schultern. »Weiß ich? Irgendwas Polnisches.«

»Sie waren doch lange genug zusammen«, sagte er schroff.

Sie sah ihn an, und sein Herz flatterte wie ein gefangener Vogel. Tanzen wir! befahl er und legte entschlossen die Hand auf ihren Rücken. Er wußte nicht, was für einen Tanz die Musiker trommelten, aber er bewegte die Füße exakt in dem Rhythmus, den Europa von den karibischen Inseln mitgebracht hat, in den Bäuchen seiner Frachtschiffe, in den Säcken mit braunem Rohrzucker, zwischen den Büscheln von grünen und goldenen, fauligsüß duftenden Früchten.

Er ist verheiratet, dachte Franziska, natürlich, ein Mann in seinem Alter, das war zu erwarten, damit habe ich nicht gerechnet, eine Ehefrau war nie auf dem Gruppenbild, zwischen den möglichen Mitspielern, eine Frau von der Sorte, die er mag, zwar nicht rothaarig, aber groß, sehr groß, eine Walküre!, mit schönen langen Beinen, das muß man zugeben, und sicher nett – der herzliche, herzhafte Händedruck –, sicher tüchtig, trotz des schwachen Kinns ... Zum Teufel, ich kann diese blonden Semmelgesichter nicht ausstehen, auch nicht das Händeschütteln, kernig, als ob wir zusammen ein Fußballmatch gewonnen hätten. Zwei Figürchen, die über einen grünen Rasen zappeln, gestreift wie Sträflinge, Metzger, Kartoffelkäfer, und um den Ball raufen. Das fehlte noch. Sie mußte lachen und drückte den Mund auf ein Jackett, das Lachen und Seufzer schluckte. Wenn hier ein Match stattgefunden hat, dann habe ich es verloren, schon vor dem Anpfiff.

Eine Gitarre knallte los, allez hopp, eine Peitsche, die über die Köpfe pfiff und das gehorsame Rudel in die Knie sinken und wieder hochschnellen ließ. Eine Zirkusnummer, eine Messe für Verrückte, von der Treppe, dachte Schafheutlin, hat einer die Aussicht aufs Fegefeuer, in dem die verlorenen Seelen hüpfen, jede für sich allein. Die schwitzenden Gesichter erschienen ihm stumpf, ihre Augen nach innen gerichtet, ihr Lachen schief aufgeklebt. Wozu das, wozu? Er hielt seine Tänzerin fest, sie zuckte wie ein Fisch, sie wollte sich befreien, aus seinen Armen entspringen, unter seinen Händen weg, die an der glatten grünen Haut abrutschten. »Eure modernen Tänze –« Das war nicht nötig: eure. Ihr. Ihr Jungen. Ihr Anderen. Sie gab nach. Aus Schonung, dachte er, aber sein Mißtrauen löste sich gleich wieder auf, ein Nebelstreifen über einer ganz in Sonne getauchten Küste, den Kreidefelsen, perlmuttfarbenem Dunst am Horizont, Wellen und Gischt, weißen Lippen, die schmatzend über den Strand herfallen ... Als Junge hat er am Meer gezeltet, allein, Camping war noch unbekannt, Sehnsucht nach Lagerleben und Nomadenzug unvorstellbar (erst recht der Nomade von heute, mit Fernseher, Hausgerät für einen hundertköpfigen Indianerstamm, Salons in Aluminiumrohr und Leinen, und dem Anspruch an die Natur, gefälligst das Ihre zu tun und Romantik ins Hauszelt zu liefern). An den Zügen, auf Trittbrettern, Waggondächern, Puffern, klebten Menschen wie Ameisen an der Leimrute. Er fuhr auf seinem Rad, zweihundertvierzig Kilometer bis zur Küste, mit einem Zelt in Tarnfarben, Kriegsbeute, grün und braun gefleckt; ein an den Rändern versengtes Splitterloch diente als Fenster, säuberlich verputzt, mit einer Scheibe aus Plexiglas – auch eine Kriegsbeute, Überrest der zerschmolzenen Flugzeugkanzel, des Bombers, der Motte im Scheinwerferkreuz, der Feuerbäume und Schwefelblumen am Stadtrand.

Er schlug sein Zelt am Waldrand auf, unterhalb der Dünen und in gehörigem Abstand von dem Schild, das sich dem harten Dünengras zuneigte und sein *Verboten* nicht mehr brüllte, nur noch seufzte mit verweinten Buchstaben. Er wurde König Midas; was er berührte und anbiß, verwandelte sich, aber in Sand statt Gold. Die Strandnelken bebten im Wind. Disteln blühten, sie öffneten violette Augen in einem Kranz von silbrigen Wimpern. Abends ... die Scherenschnitte von Kiefern, abgeknickte Regenschirme ... nein, das waren die Linien auf einem Hügel bei Ostia. Die Kiefern, die Pinien, davon hätte er ihr gern erzählt. Und Sie? Lieben Sie das Meer? Wohin fahren Sie im Sommer? Wir, wir bleiben zu Hause. Gemütlich. Der Garten. Ferien sind teuer, besonders an der See, besonders an Regentagen, die Kinder quengeln, sie langweilen sich zu Tode ... Letztes Jahr im Harz, eine ruhige, ordentliche Pension, der Achtermann vorm Fenster, eine versteinerte Gewitterwolke, unverändert jeden Morgen –

Der Schreck lief auf Spinnenbeinen seinen Rücken hinab. So lebt man. Dagegen kann man keine Berufung einlegen. König Midas ist tot, das Tarnzelt begraben unter den Hügeln von goldenem Sand, die Dünen wandern, und die

Meere trocknen aus, und wo die Gischt mit wütenden Küssen den Strand bedeckte, türmt sich Meeresschrott auf dem rissigen Boden, Algenknäuel, Schalentiere, Schiffswracks, Knochen, Bernstein, die verdorrten Fischaugen, Muscheln, die ihre raunende Stimme verloren haben ... als ob das Meer keine andauernde Gegenwart mehr sei, weil es für mich Vergangenheit ist, dachte er verwirrt, als ob die Dinge aus der Welt verschwänden, weil ich sie nicht mehr besitze ... Im Juli reist sie an die See (allein?), im Bäderzug mit Schlafwagen, sieht wie er das Wasser, grün, bleigrau, kupferrot je nach Lichteinfall, den Himmel, die Klippen im Halbrund, weiß wie Zahnbögen, das ist alles geblieben; was fehlt, von niemandem vermißt: ein geflecktes Zelt, ein Junge, barfuß, in kurzen Hosen aus Uniformtuch ... Man muß Berufung einlegen! Mit der ganzen Kraft seiner Empörung preßte er sie an sich, ihren Körper, der ihn von der Brust bis zu den Schenkeln erhitzte, er begrub sie unter seinen massigen Schultern, er umarmte sie, seine toll lachende, hemmungslos trauernde, hochmütige, besserwisserische, ahnungslose, gescheite, unweise, zweiflerische, gläubige, arrogante, ungeduldige Jugend ... die Legende von seiner Jugend, die er in diesem Augenblick erschuf, an die er jetzt glaubte, um sich selbst zu glauben: ich kann alles ändern, ich kann von vorn anfangen. Mit einer jungen Geliebten, sagte eine ironische Stimme in ihm, die er überhörte.

Als der Tanz zu Ende war, wagte er sie nicht anzusehen. Er sprach barsch vor Verlegenheit. Gehen wir an die Bar! Er faßte sie um die Taille und hob sie auf den Barhocker. Sie heuchelte einfältige Bewunderung für den Athleten in der Manege, der Hufeisen zwischen Daumen und Zeigefinger zerknickt. »Wie stark Sie sind«, sagte sie lispelnd. Also gut, er lachte. So ist sie eben, da kann man nichts machen. Er begann sich hier wohlzufühlen. Sie sahen den Leuten zu und redeten. Worüber? Egal. Ihre Stimme, ihr Lachen wie tagsüber hinter der Lattenwand. Ihre honigfarbenen Augen. Ihre Brauen, die ein persischer Dichter besungen hat. Die vergnügten Leute, die vergnügte Polonaise, Chopin in Dixieland, die Schlange mit heillos verknoteten Gliedern, die sich treppauf und treppab windet, über Stühle und unter Tischen hindurch ...

Der Kognak bekam ihm wie Medizin. Die wundertätige Franziska. Kannst weitermachen, sagte sein Magen. Er war in Ordnung, fit, wie seine Halbstarken sagen würden.

Es störte ihn nicht mal, als Jazwauk auftauchte und seinen Römerkopf über die Theke hängte, der schöne Mauricio, der Rapunzel eingebüßt hatte und eine verworrene Geschichte erzählte, von einem Verlobten oder versöhnten, zur Unzeit versöhnten Ex-Verlobten, einem Gorilla, einem behaarten Schneemenschen, Boxer, Weltmeister im Schwergewicht, wenn man ihm glauben wollte. Der feuchte Schimmer in seinen Augen, die elegant stilisierten Trauergebärden beeindruckten Schafheutlin; er war bekümmert über Franziska, ihren schnöden Witz. Armer Junge, es schien ihm wirklich nahezugehen … »Wie spät ist es?« fragte Franziska.

»Kurz nach zwei«, sagte Schafheutlin.

»Schon?« – »Wir haben Zeit bis vier«, sagte er. Wenn sie in dem Tempo weitertrinkt, ist sie in einer Stunde fertig, dachte er, konnte sich aber nicht entschließen einzuschreiten, zur Mäßigung zu mahnen, womöglich ihre Laune zu trüben. Und deine Aussicht, sagte die ironische Stimme, sie nach Hause zu bringen, vielleicht in ihr Zimmer (sie ist benommen, müde, aus Müdigkeit sanft) … Er nahm wie versehentlich ihr Glas und trank es aus. Jazwauk zog mit dem Finger eine krakelige Linie über ihren Hals, die Wirbelsäule hinab. »Sie ist keine Frau«, sagte er traurig.

Sie drehte sich um und blickte zur Treppe. »Hör mal, Süße«, sagte Jazwauk, »wir sprachen gerade davon, daß du keine Frau bist.« Schafheutlin streckte den Kopf vor, als wollte er sich kein Wort entgehen lassen, und streifte ihr Haar, ein kurzes weiches Fell, und während er unbequem vorgebeugt saß, mit vor Spannung erstarrtem Gesicht, hörte er ihre Stimmen, ein Hörspiel im Nebenzimmer, durch die halboffene Tür, ihren Dialog vor der Geräuschkulisse *Innenraum, nachts, Tanzmusik*, einen blöden Dialog, fand er, unverständlich, weil er sich zu spät eingeschaltet hat, mitten im Spiel. Er war sekundenlang alarmiert, als Jazwauk von einem V-Mann redete … Geheimdienst? ein geheimnisvoller Verbindungsmann – zu wem? »Eine fabelhafte Figur«, versicherte Jazwauk.

»Ach. Ja?« sagte sie. »Das ist mir nicht aufgefallen.«

»Sie ist echt frigide«, klagte er seinem Glas. »Nicht aufgefallen … Die Schultern! Die Hüften!«

»Und der reizende Hintern«, sagte sie trocken. »Weißt du, was ich denke? Du verstellst dich bloß, in Wirklichkeit hast du eine Tendenz nach links.« Hier mischte sich Schafheutlin ein, den der Gedanke an ihre zwielichtige Bekanntschaft nicht losließ, an den erwähnten V-Mann … Sie starrten ihn verblüfft an, dann brachen sie in Lachen aus, die konnten sich gar nicht beruhigen, schluchzten und schwankten auf ihren Hockern; schließlich stimmte Schafheutlin ein, weil er merkte, die lachten nicht über ihn, denen war jeder Anlaß recht. Jazwauk verdeckte Mund und Schnurrbärtchen. »Anfrage an Radio Jerewan«, flüsterte er. »Stimmt es, daß Tschaikowski homosexuell war?«

»Ja, das stimmt«, sagte Schafheutlin, »aber wir lieben ihn nicht nur deshalb.« Er selbst war am meisten überrascht, von sich und von seinem Erfolg, dem Beifall, der ihn anstachelte, weitere Anfragen aus der ehrwürdigen Jerewan-Serie zum besten zu geben, Konferenz-Abfall, Witze, die er in einer Pause unwillig und nur mit halbem Ohr gehört hatte; er erzählte umständlich und verpatzte die Pointen, zuerst, weil er sie vergessen oder mißverstanden hatte, dann absichtlich und fintenreich, er kam in Schwung und spaßte mit ihrem Spaß an Knallfröschen, die in die falsche Richtung schwirrten oder zu früh zerplatzten, und an seiner Verlegenheit, die er jetzt nur noch spielte. O ja, er hielt die Fäden, und er ließ die beiden tanzen, deren Lachen ihm nicht, wie sonst, die Kopfhaut zusammenzog, und das ihn auch morgen nicht mehr quälen wird, dachte er, wenn er es hinter der Lattenwand seines Büros hört.

Er war jetzt froh über die Gegenwart eines Dritten, ohne den er, wer weiß, längst verstummt wäre oder angefangen hätte, sie nach Persönlichem zu fragen und Persönliches preiszugeben, was er an jenem Abend auf der Landstraße noch vor ihr verschlossen hat, und von sich zu reden – bis zu einem schrecklichen Augenblick, in dem er eine höfliche Miene sieht und Augen, die Langeweile wie eine trübe Haut überzieht, oder durch ein Wort gutwilliger, schwesterlicher

Teilnahme gedemütigt wird. Die Gegenwart anderer machte ihn kühn; unter so vielen Blicken schien es ihm unverfänglich, wenn er nach seinem Glas griff und dabei die Hand, den bloßen Arm seiner Nachbarin berührte. Daß er rot wurde, fiel nicht auf beim düsterroten Licht der Höllendekoration, und Franziska tat, als spürte sie nichts, sie zog ihren Arm nicht zurück: um Schafheutlin nicht zu beschämen. Die zufälligen Berührungen fand sie weder lästig noch angenehm, und beunruhigend nur die ernsthafte Mühe, die er an einen Flirt wandte. Wenigstens spielt er nicht den Schwerenöter, oder den Chef in Ich-bin-auch-bloß-ein-Mensch-Laune, oder einen Dienstreisenden um Mitternacht, nach dem scharfen Parfüm der Gelegenheit schnuppernd ...

Schafheutlin auf Dienstreise: sie konnte sich seine Abende vorstellen, das schäbige Hotelzimmer, die Pension, Rosenthaler Platz, Wilhelm-Pieck-Straße, Reinhardtstraße etwa, und das Waschbecken, unterm Spiegel den feierlichen Aufmarsch von Rasierpinsel, Zahnbürste, Mundwasser, Seifenbüchse aus gelbem oder grauem Kunststoff, und die Tischdecke, kariert, von der Farbe einer Brandmauer im Herbstregen, den schweren Glasascher, in dem ein Zigarettenstummel liegt, das Kerngehäuse eines Apfels, ein Zellophankügelchen, die zerknüllte Hülle einer Tablettenschachtel, und dem Fenster gegenüber das Bett, von dem er die Decke zurückgeschlagen hat, und ihn selbst, auf der Bettkante sitzend, in leichten Lederpantoffeln, Protokolle oder ein hektografiertes Hauptreferat lesend (falls er sich aufs Bett legt, wird er die Pantoffeln, vielleicht auch die Strümpfe ausziehen, die Hose in ihren Bruchfalten glätten und in den Hosenbügel klemmen, den er vorsorglich mitgebracht hat), lesend also beim Schein einer Vierzig-Watt-Birne im plissierten rosa Seidenschirm ... während sich der Himmel über der Stadt zyklamenrot färbt, Straßenbahnen kreischen, das erste Klingelzeichen in einem Foyer ertönt, Mädchen mit hochhackigen Tanzschuhen vorm Spiegel eine blitzende Nadel in den Haarturm stecken, Partituren rascheln und ein gesitteter Sturm den Frackrücken des Dirigenten beugt, auf der Weidendammer Brücke und in den Häusern am Ufer die

Lichter aufblühen, deren Spiegelbild auf dem schwarzen Wasser gerinnt, und der Klang der Schritte, der Sohlen auf dem Trottoir zu einem Geräusch zusammenfließt, dem Schlürfen eines durstigen Riesenmauls ... Sie betrachtete ohne Widerwillen seinen roten Hals und die Schweißtröpfchen über den Schläfen, wo das Haar dünn wurde. Man kann ihn teilen und teilen, dachte sie, und es bleibt immer ein unteilbarer Rest. Möglich, er hatte früher ein anderes, liebenswürdigeres Gesicht (und er hat sich unter Schmerzen gehäutet), aber sicher hat er zu keiner Zeit eine Kollektion von Gesichtern besessen, die man nach Belieben – manche sagen: Notwendigkeit – austauschen kann.

Er glich jetzt wieder dem jungen Mann, der eines Abends in ihr Zimmer gekommen war, mit bereiften Brauen unter der Bojarenmütze, aufgeregt durch sein Abenteuer in den weißen Dünen, und vergnügt, bis er merkte, daß er in einer Lache von Schneewasser stand, und verstummte ... der Augenblick wiederholte sich, der schamhafte Rückzug, als Jazwauk zwitscherte: »Warum sagt ihr nicht endlich du zueinander?« Er schob zwei Gläser über die Zinkplatte. Schafheutlin schwieg; nach einer Weile nahm er ein Glas und hielt es wie prüfend gegen das Licht. »Korrekt gemessen, Herr Schafheutlin«, sagte Franziska. Sie sahen sich an. »Auf Ihr Wohl, Franziska«, sagte Schafheutlin, lächelnd und erleichtert, als wären sie einen Moment in Gefahr gewesen, mehr aufzugeben als nur eine Anredeformel.

Die Barfrau bediente über ihre Köpfe hinweg die Leute, die hinter ihnen standen, schrien, als wären sie am Verdursten, und Kastagnetten schüttelten, ihre gehöhlten Hände, in denen Münzen klapperten. Eine Rempelei, der Stoß eines Betrunkenen, warf Franziska beinahe vom Hocker, und Schafheutlin hielt sie fest, wußte nicht mehr, ob stützend oder selber Halt suchend, als er ihre Schulter umschloß und unter seinen Fingerspitzen die rührende Vertiefung, das Salznäpfchen über dem elliptischen Bogen des Schlüsselbeins, fühlte, während sich die Theke und die wie Lampions schaukelnden Köpfe an ihm vorbeidrehten, kippten und stiegen, auf der Bahn einer Sinuskurve, zu ihrem Scheitelpunkt in einem Raum, den er sich nicht vorzustellen wagte.

Plötzlich stand alles still, mit einem harten Ruck, und er spürte Übelkeit. Franziska glitt vom Hocker. Seine Hand hing noch wie behext in der Luft; als er sich verspätet umdrehte, langsam, aus Furcht vor einem neuen Schwindelanfall, war sie schon durch den Rücken, die hochgezogenen Schultern eines Mannes verdeckt.

Du bist wiedergekommen und hast deine Existenz behauptet gegen das Scheindasein, das ich für dich entworfen hatte (auf das Zinkblech, in die Schnapslachen gemalt, lachend, ein bißchen betrunken, ermattet von der Anstrengung, nicht auf dich zu warten), und deinen lebendigen Körper, Fleisch und Blut, Haut mit dem Geruch von Schweiß und Dieselöl, einen Kopf voller Gedanken, ein schlagendes Herz gegen einen Schattenriß, den Straßenpassanten wie in einer Modellgrafik, unter Baumspiralen: Konturen, eine weiße Fläche, hier und da schraffiert, Punktaugen, geometrische Schultern, kein Mund zum Grüßen. Du bist gekommen und hast mich um den zweiten Tanz gebeten, warum? Ich mißtraute schon, mir und dir; vielleicht hatte mein eigenes Gesicht Verrat begangen, als ich dich an der Bar stehen sah. Er hat den Wunsch in meinen Augen gelesen, er hat sich erbarmt ... Mir war zumute, als ob ich in den rotglühenden Pantoffeln der Königin tanzte. Eine Gefälligkeit hätte ich dir nicht verziehen ... Als er endlich zu sprechen begann, klang seine Stimme spröde vor Unwillen oder Befangenheit. Franziska war erstaunt, beinahe belustigt über eine Erklärung, betreffend das zweifelhafte Recht auf Einmischung in die inneren Angelegenheiten anderer und seinen, Trojanowicz', Respekt vor den Grenzen fremder Territorien. Sie hob die Brauen und murmelte: ja, aber?, eingeschüchtert durch seine ernste Miene.

Er runzelte die Stirn und blickte auf sie hinab, geringschätzig, schien ihr, und plötzlich stieg eine trübe Welle von Unsicherheit in ihr auf, ein Schuldgefühl wie früher, wenn ihre Mutter rief oder, an der Stirnseite des Tisches sitzend, stumm ihre Haltung, ihr Mienenspiel, ihr Gespräch überwachte, wartete, bis Franziska irgendeines unter hundert möglichen und angebotenen Vergehen annahm, gelangweilt oder ungeduldig oder mit einem fatalen Humor, aber immer bereitwillig, als gäbe es zwischen ihnen eine Abmachung über die tägliche Sünde, den täglichen Tadel (du bist zu blaß, oder: du bist auffallend rot; du hast einen Roman unterm Kopfkissen versteckt, den *wir* für unpassend halten; dein Haar ist unordentlich gekämmt; du hast etwas verschwiegen, oder: du hast etwas ausgeplaudert, was du verschweigen solltest; du bist auf der Straße mit einem jungen Mann gesehen worden, den *wir* nicht kennen; du trägst einen roten Gürtel zum blauen Kleid; du hast geflucht und SEINEN Namen mißbraucht ...).

»Sie wissen natürlich«, sagte Trojanowicz, »daß ich Ihnen diesen erbaulichen Quatsch von Nichteinmischung erzähle, weil ich zur Intervention rüste ... Manchmal frage ich mich, als mäßig interessierter Beobachter solcher – Sie würden's Schicksale nennen, fürchte ich – solcher Schicksale also, warum ausgerechnet die trockenen Pedanten, die nüchternen oder schwerfälligen oder stillen Männer, die Familienväter mit Prinzipien und dem Lebensernst wie unser Freund Schafheutlin, plötzlich den Kopf verlieren und einer kapriziösen Person ins Netz gehen.«

Sie blieb stehen. »O nein, ich nenne es nicht Schicksal, und ich heule nicht vor Rührung, wenn Ihre armen alten seriösen Männer verrückt werden und anfangen zu balzen ... Ich finde es einfach zum Lachen«, sagte sie, mit einem Ausdruck von Ekel, der nicht zu ihren Worten paßte. Er schwieg. Franziska blickte von seinem Gesicht weg. Gekränkt und unglücklich, sie wußte selbst nicht warum, brachte sie nicht über die Lippen, was sie einem anderen gesagt hätte: daß sie aufrichtig wünschte, Schafheutlin niemals in eine Lage zu bringen, in der ihn jemand komisch oder bedauernswert finden konnte.

»Für Sie ist es nur eine Laune«, sagte Trojanowicz nach einer Weile, »für ihn eine Katastrophe, nämlich Unordnung.« Er hatte sie nicht losgelassen, und sie standen umschlungen und reglos wie ein mitten im Tanzschritt verzaubertes Paar. »Sehen Sie, er ist ein braver Mann, ein Rechner ohne Berechnung, ein Pflichtmensch, der redlich seinen Beruf ausübt, ohne daß die Berufung in ihm brennt ... jedenfalls hat er meines Wissens niemals die Welt mit der

Enthüllung belästigt, daß er irgendwann einmal die Stimme des Herrn im Dornbusch gehört hat ... und ich nehme an, sein Familienleben verläuft, wie er es geplant hat, als er heiratete – übrigens im Blauhemd, obgleich er über das Alter hinaus war, und auch sie in Blau, ein munteres Mädchen, hübsch, soviel ich davon verstehe –, und schon damals war vorauszusehen, daß er mit aller Wahrscheinlichkeit in zehn Jahren ein nettes und ordentliches Eigenheim haben wird, ein Haushaltsbuch und sechs artige Kinderchen –«

»Vier«, sagte Franziska.

»– also vier artige Kinder, die ihre kleinen Pflichten im Haushalt erfüllen und einen Zensurendurchschnitt von 1,5 haben ... Stellen Sie sich die verheerende Wirkung auf den Organismus eines Menschen vor, der sein Leben lang keinen Tropfen Alkohol getrunken hat, und dem Sie, bloß zum Spaß, ich verstehe, dem Sie ein Glas neunzigprozentigen Brennspiritus in den Hals schütten. Pardon. Ich habe mit meinen Metaphern so wenig Glück wie mit meinen Komplimenten.«

»Nein, Sie haben nur eine fabelhafte Begabung, andere zu deprimieren und selber so verflucht erhaben zu sein über – einfach über alles. Ich weiß wirklich nicht, was Sie das angeht ...«

»Es gibt eine Art Bruderschaft unter Männern, die – aber davon verstehen Sie nichts. Und ich sehe nicht gern einem Spiel zu, bei dem von vornherein feststeht, wer der Verlierer ist.« Er sprach ruhig, nicht spöttisch wie sonst, nicht einmal ärgerlich, das erbitterte sie am meisten. Ich bin ihm ganz gleichgültig ... Sie war nicht gefaßt auf den Schmerz, den sie bei diesem Gedanken empfand, und der sie empörte, den sie absichtlich verschärfte, um sich zu bestrafen. »Deshalb haben Sie mich geholt?«

»Ja«, sagte er.

Nicht meinetwegen. Ich war lächerlich, jedesmal, wenn wir uns trafen, und zickig aus Angst vor Lächerlichkeit ... Die Antwort, die sie herausgefordert hatte, verwandelte sie zurück in das struppige Fuchsjunge, das seine ungelenken Pfoten unterm Tisch versteckte, und das auf der Straße von Wilhelm abgehängt wurde: für Darwin wärst du 'ne Augenweide, missing link, hau ab ... Sie hätte jetzt, in einen Spiegel blickend, nur Makel entdeckt und ihre Gestalt knochig genannt, den Mund zu groß, die Haare fuchsig, die Augen fahlgelb, Natternaugen, pfui Teufel. Sie war verzweifelt. Es gibt nichts an mir, was er liebenswert finden könnte ... Überflüssig, daß er ihr zu verstehen gab, er sei nicht persönlichen Motiven, etwa einer Regung von Eifersucht, gefolgt: Sie brauchen Zerstreuung, gut, sagte er, spielen Sie mit diesem Beau, dem werden Sie nicht das Herz brechen. Überflüssig und unverschämt. Ihr Kummer schlug in Zorn um. Sie befreite ihre Hand, die er die ganze Zeit festgehalten hatte. »Bringen Sie mich jetzt zurück, oder soll ich Sie stehenlassen?« Sie wollte kalt und entschieden sprechen, aber ihre Kehle war zugeschnürt, und sie begann zu stammeln.

»Ganz nach Ihrem Belieben«, sagte er. »Ich fürchte nur, es wäre Ihnen peinlicher als mir, wenn Sie mich stehenließen.« Das gleichmütige Gesicht. Es ist wahr, ihm macht es nichts aus, dachte Franziska. Trojanowicz, betroffen von ihrer Blässe, wollte der Szene ein Ende machen, die ihn zu peinigen begann. »Geben Sie mir Ihren Arm, ich begleite Sie. Sie haben recht, es geht mich nichts an, es interessiert mich nicht, und ich begreife selbst nicht, warum ich mich andauernd durch Sie provoziert fühle, mich wie ein Idiot in einem Mantel-und-Degen-Stück aufzuführen. Man soll eben nicht über seine Verhältnisse leben. Es ist genug, Lady, genug, daß Sie mich schon einmal zu einer Rolle veranlaßt haben, zu der ich weder Lust noch Talent habe.«

»Ich, ich hatte Sie nicht gebeten –« Sie stotterte vor Wut. »Lieber hätte ich mir die Zunge abgebissen.«

Er schwieg; zwei rote Flecke zeichneten sich auf den hohen Backenknochen ab. Er hielt Franziska am Ellenbogen. Die jungen Männer auf der Kellertreppe brüllten Spaniens Himmel, und an der Bar sangen die Leute vom gemütlichen Weltuntergang, wir leben nicht mehr lang, wir leben nicht mehr lang, sie hatten sich untergehakt und schunkelten, und eine junge Frau, die ihr Haar, ihre schwarze Mähne, schüttelte, hängte sich bei Schafheutlin ein, und er überließ ihr seinen Arm wie einen Gegenstand, der ihm nicht gehörte.

»Auf Wiedersehen«, sagte Franziska. Trojanowicz zögerte, er sah plötzlich bedrückt aus. Er beugte sich zu ihr hinab und sagte leise: »Verletzen Sie ihn nicht«, in einem schlichten Ton, der sie entwaffnete. Sie blickte zu Schafheutlin hinüber, auf seinen Rücken, den Felsen, der sich nicht rührte, wenn die Schwarzmähnige mit dem Schwung von links gegen ihn prallte und, an seinem Arm zerrend, nach rechts fortflog. Sie schüttelte den Kopf. »Sie müssen sich irren. Zehn Jahre ... Er hat sich eine Hornhaut zugelegt, dabei ist ihm nicht mal ein Lindenblatt auf die Schulter gefallen.«

Er sah sie ungläubig an. Soviel Unwissenheit. Sie standen ein paar Schritte hinter Schafheutlin, mitten in der Menge, die unaufhörlich kreiste und schwankte wie von einem Schneebesen durcheinandergequirlt, aber als Schafheutlin den Kopf drehte, fiel sein Blick sofort, ohne suchen zu müssen, auf Franziska, als sei sie allein hier, der letzte Gast in einem Wartesaal nach Mitternacht; dann auf den Fahrer, seine Stirn, die Kalmückenaugen, die er wiedererkannt hat wie auf einer quer durchgerissenen Fotografie ... Er drehte sich um. Er trank aus seinem Glas, das leer war.

Trojanowicz zog die Schultern hoch. Wem Fragen stellen, wem widersprechen? Die Unschuld der weißen Schlehenbüsche, deren Dornen ihm die Hände zerkratzt haben. Die Unschuld der Steine, an denen er sich die Füße blutig gerissen hat. Die Unschuld der Ägypterin, deren Blick ihn jetzt aus den Augen ihrer tausend Jahre jüngeren Schwester trifft. Eine Schwester, obgleich sie keine Ähnlichkeit mit dem rundlichen, rosigbräunlichen, schwarzäugigen Mädchen in jenem Bild hat, dachte er, behelligt, weil sie ihn nun auch zu Erinnerungen veranlaßte: ein Nebensaal der Galerie, das Bild, gegenüber ein hohes Fenster, Herbstsonne in hundert kleinen Scheiben, blondes Licht, ein Kirchendach, Grünspan, der steinerne Apostel, der den Himmel aufschließt, Sonnenpfützen auf dem Parkett, das spitze Geräusch von Annemaries Absätzen, Knall zerplatzender Tropfen, ihre Hand, die die Augen überschattet (in der anderen Hand hält sie den Katalog, das Meßbuch, in dem sie liest, emsig, lernfreudig, vertrauensvoll, liest und abhakt), eine Jalousie schnurrt, und die Goldfunken auf dem Rahmen verlöschen, der graue Samt der Wände wird stumpf, ein Schattenstreif versiegelt den Mund der Frau Potiphar, ein zweiter bebändert ihren Hals, ein dritter den runden Busen ... Nachgeschmack eines Septembertags, mürber, gelber Äpfel, des Feuers in kupfrigen Ziegeln, als er ihr diese kindliche Potiphar beschrieb, der ein Lämmchen, ein Pudel, ein hübscher Joseph entwischt ist, unverständlich warum, da sie doch nur gesagt hat: komm, spiel mit mir, – entwischt unter Zurücklassung seines Mantels ...

Ihre Augen glänzten vor Bosheit. »Unser Joseph hätte sich ergeben, um seinen Mantel zu schonen ... Bitte, geben Sie mir eine von Ihren gräßlichen Zigaretten.« Sie zog den Rauch ein, ohne zu husten wie vorhin. »Eine dunkle Affäre, und die Bibel geht auch ziemlich schnell drüber weg. Ich glaube, er hat unbewußt die Versuchung gesucht.« Sie schnippte die Zigarettenasche auf den Fußboden. »Er geht ins Haus, als sie allein ist, er kommt ihr so nah, daß sie ihn beim Kleid fassen kann, er reißt aus – weil ihm im letzten Augenblick einfällt, was er riskiert: seine gute Stellung im Hause Potiphar, ein Amt, eine Karriere«, sagte sie in einem abfälligen Ton, der Trojanowicz überraschte; er fragte sich, ob sie wirklich den biblischen Jüngling meinte. Er schwieg und sah sie an, neugieriger als es sonst seine Art war.

»Arme Frau Potiphar«, sagte sie nach einer Weile. »Vielleicht liebte sie ihn ... Es gibt eine Stelle in diesem Kapitel, nur einen halben Satz, wissen Sie, der mich gerührt hat. Es heißt –« Sie stockte und kniff die Lider zusammen; obgleich sie sich an jedes Wort erinnerte, sprach sie unsicher und langsam, als entzifferte sie die Inschrift auf einer Mauer, ihre ehemals strengen, keilförmigen Buchstaben, die der Regen vieler Jahre gerundet und besänftigt hat. »Es heißt, er gehorchte ihr nicht, daß er nahe bei ihr schliefe noch um sie wäre ... Verstehen Sie?« Sie blickte ihn an; sie mußte den Kopf zurücklegen, obgleich er etwas gebückt, in der schlechten Haltung großgewachsener Leute vor ihr stand. »Sie wünschte, daß er in ihrer Nähe und um sie wäre ... Darum dachte ich immer, sie war verliebt, nicht bloß mutwillig, verspielt, zuletzt noch rachsüchtig.«

Eine Frage der Interpretation, murmelte er. Um etwas zu sagen, um sie abzulenken von seinen Kundschaftern, von zwei Fingern, die er in Gedanken ausschickte in die Landschaft zwischen Brauen und Kinn, über die Hügel der derben Jochbeine, herbstlaubfarben von Sonne, vom Tanz, vom Kognak, über die Wangen und zum Mund, dem langen, abwärts gekrümmten Bogen über der kürzeren und vollen Unterlippe, und den Mundwinkeln, die ein bräunlicher Schatten vertiefte.

Sie blickte wieder auf Schafheutlins Rücken und die wie Tusche schwarze Flut von Haaren, die seinen abgewinkelten Arm überschwemmte. »Na, sie wird sich gleich auf seinen Schoß setzen«, sagte Franziska, geistesabwesend, weil immer noch beschäftigt mit jener zweifelhaften Geschichte einer Versuchung, und verdutzt, als Trojanowicz laut auflachte. »Aber Sie finden es blöd, ja? Ein halber Satz ... und er beweist auch wirklich nichts«, fügte sie entmutigt hinzu. Er warf den Kopf zurück. Gewieher. Dabei hat er selber von dieser Potiphar angefangen ... Ein Spaß (den er nachher mit seiner Frau teilen wird?). Sie starrte mit Widerwillen auf seinen Mund. Er redet zu laut, er lacht zu laut. Sie sah die Zahnlücke im Oberkiefer und errötete. Sie fuhr mit der Zungenspitze über ihre Zahnbögen, als müßte sie sich vergewissern, daß sie unversehrt waren, sie kostete den beinernen Geschmack, während sie ihre vergeßlichen Nerven nach dem Geschmack von Blut befragte, nach Schmerzen im Kiefer, in einer aufgeplatzten Lippe; sie konnten nur aus Erfahrung antworten: ja, er hatte Schmerzen. Sie empfing bereitwillig den scharfen Biß der Reue; sie wünschte, sie könnte Gedanken zurücknehmen, einen Blick voller Widerwillen.

Er hörte auf zu lachen, weil er ihr Erröten mißverstand. Er hätte, was er empfand, ironisches Mitleid genannt, wenn ihm an Benennungen gelegen wäre, etwa an der Empfindung selbst, die ihm schon bekannt war, mindestens solange wie diese Frau Linkerhand. Neu war sein Unvermögen, sie in Worte zu fassen (die Wörter wird er später lernen, aber mühsamer als die zugehörigen Gefühle, und selten benutzen – aus Klugheit? aus Scheu vor einer Inflation von Vokabeln der Liebe?), und neu war das Gefühl, das ihm Haut, Poren, Papillarlinien seiner Fingerspitzen signalisierten, die einer ovalen Lidbucht folgten. Er war bestürzt: über den langen Weg vom Augenwinkel zur Schläfe; über die nicht geträumte Berührung, die er nicht ungeschehen machen konnte, indem er sie in eine scherzhafte Geste verwandelte, »Tränen, Lady?« sagte und den Finger an ihren Lidwinkel legte wie im Spaß, um die ungeweinte Träne wegzuwischen.

»Du bist hinüber, Süße«, sagte Jazwauk. Sie stieß ein Glas um, es rollte klingelnd über die Theke, mit dem gläsernen Seufzer wie die Fensterscheiben, die erbeben, wenn ein Düsenjäger die Schallmauer durchbricht. Franziska blickte auf ihre Hände, beblätterte Zweige, die nicht sie bewegte, sondern der Wind aus dem Nirgendwo, sie antwortete auf die stummen Fragen der schwarzen Augen links, der grauen Augen rechts: »Wir haben über die Bibel gesprochen.« Jazwauk kicherte. Sie ist völlig hinüber, sagte er zu Schafheutlin, der schwieg, der eine bloße Schulter nach ihrer Farbe befragte: Akazienhonig?

Er zahlte. Er besaß so viel Umsicht, Jazwauk mitzunehmen, damit man bemerkte – falls jemand interessiert war, es zu bemerken –, daß sie zu dritt die Bar, den Saal, den Ball verließen. Die Kowalskis waren schon fortgegangen, aber nun war es ohnehin zu spät, dachte Franziska, zwanzig Jahre zu spät für einen wollenen Schal, weiße oder blaue Wolle, Wärme, Mutterschoß: du bist entlassen nach draußen.

Erst in der Garderobe fiel Schafheutlin ein, daß ihm die Barfrau zuwenig Geld herausgegeben hatte. Er zog einer Traumwandlerin, einer Puppe mit gelenkigen Zelluloidarmen, den Mantel über, er hängte ihr die Kette des Abendtäschchens in die Armbeuge und ging ihr nach, Olympia, für die er kein Zauberwort kennt.

Die Dämmerung, ein graues Pferd, dessen rosige Mähne über den Horizont schleppte. Die Lampen waren erblaßt, das rote Neon-T über der Tankstelle verwischt wie Lippenstift. Sie schlürften die Morgenluft und taumelten, atemlos, als hätten sie zu schnell ein Glas eiskaltes Wasser getrunken. Franziska lehnte sich gegen den Stamm der Kastanie, sie preßte die Handflächen, das Gesicht gegen die Rinde, die das Paar und alle Paare zuvor vergessen hat, die Haut und die gespannten Sehnen am Hals der Frau und den Druck des Handballens, als der Mann im Kuß auf seine Armbanduhr blickte.

Wenn ihr bloß nicht übel wird, dachte Schafheutlin. Er lud die Last der Verantwortung auf seinen Nacken. Der Weg durch die Stadt, zu Fuß, da noch kein Bus fährt, Licht in Küchenfenstern, ein Mann im Unterhemd, gähnend, Aluminiumblitz einer Brotbüchse, Weckerrasseln, ein Kübelwagen, unter der Plane das übernächtigte Gesicht eines Ingenieurs, Wecker, die soliden, überlaut schnarrenden Glocken der Schichtarbeiter …

Franziska sah den perlmuttfarbenen Himmel durch die Kastanienzweige, die schüchternen Fingerblätter, die Knospen, die wie Flügeldecken von Maikäfern glänzten. Sie stieß einen Schrei aus. Der Schrei ihres schönen Freundes, wenn er über die Betonbahn raste, wenn die Bäume vorüberschwirrten, mit dem Laut springender Saiten: Wir fliegen! Sie breitete die Arme aus, sie umfing den Morgen, den Kastanienbaum, seine natürliche Zuversicht, den künftigen Schimmer seiner weißen, lachsrot gefleckten Blütenkerzen, und die Luft, die den Perser trug, nach Hause, und das Pferd mit dem blauen Fell seiner Flanken, seiner vom Feuer vergoldeten Mähne.

10

Die Nächte sind schon kühl. Durch die Kiefernstämme sehe ich Licht schimmern, wenn alle anderen Fenster dunkel sind. Dein Fenster, das Licht deiner Lampe, das auf den Schreibblock, auf die blauen Linien fällt, auf die Zeilen (beschreibst du das Mietshaus, den Hinterhof, Kreidekrakel auf der Mauer, den Sonnenstreifen – mittags zwischen elf und zwölf – auf dem Lauchtopf, den Geranien, dem Küchengärtchen im fünften Stock? oder die Kiefern, die wir fällen werden, ihre roten Stämme, die in der Abendsonne flammenden Säulen?) und auf deine Hände. Ich sterbe vor Sehnsucht. Versuchung, zu dir zu gehen, an dein Fenster zu klopfen; im Wald werden wir uns lieben, auf deinem Mantel, den du über das harte Heidekraut breitest ... Die Versuchung, meiner Arbeit davonzulaufen, dem waghalsigen Unternehmen, ein Buch zu schreiben, und dem Anblick von hundert Büchern, Buchrücken, auf denen die Namen Gropius, Wright, Corbusier, Mumford, Neutra stehen, und meinem Unvermögen zu formulieren, oder der Furcht vor meinem Unvermögen.

Nein, ich komme nicht, aus Gründen der Disziplin, und du kommst nicht, ebenfalls aus Disziplin, die dir leichter fällt als mir, denke ich manchmal, gekränkt wie über den Bruch eines Versprechens, verletzt, weil du dich an unser Versprechen hältst, obgleich auch du ein Licht siehst und weißt, wenigstens ahnst, ich warte auf dich ... hundert Meter zwischen Baracke und Baracke, Sand, kein reißender Strom, trotzdem bleibst du drüben: das bringt nur ein Mann fertig, denke ich, so vernünftig sein, so ausschließlich, wenn er arbeitet, an seine Arbeit denken ... Dabei wäre ich erst recht verletzt, jedenfalls gestört. wenn du kämst, rücksichtslos, wie es nur ein Mann fertigbringt, der die Arbeit einer Frau nicht ernst nimmt wie seine eigene, offene Arme und eine glückliche Miene erwartet und mich durch seine Erwartung verpflichtet, die Glücksmiene zu zeigen, während ich über die Suizidziffern in Wohnsiedlungen nachdenke, jetzt also gestört und mit schlechtem Gewissen, weil ich sehe, du trägst wie zufällig den Mantel, unseren Mantel, der zwar kein Zeichen ist, gewissermaßen das weiße Handtuch im Fenster, keinesfalls, aber natürlich kann ich dir nicht gerade jetzt ein Gespräch über Selbstmorde zumuten, über Fenstersturz, Gashahn, Schlaftabletten.

Daß du dich dennoch einstellst, als Bild, nicht leibhaftig, daran sind die Wörter schuld, Haus, Baum, Brücke, Bürgersteig, Straße, die und andere, ausgestattet mit einer Macht wie das Zauberwort *Sesam*, das einen Felsen spaltet, den Berg aufschließt und eine Schatzkammer voller Fäßchen mit Rubinen, und milchweißen Perlenschnüren, die du durch die Finger rieseln läßt, und Seiden und Brokaten, steif von Goldstickerei ... Ich schreibe Baum – anläßlich sachlicher Erwägungen, Durchgrünung von Städten zum Beispiel –, und plötzlich, ohne meine Willkür, öffnet sich ein Erinnerungsraum, Frühling, Abend, Linden, die Allee von alten Linden, die Brücke, damals nur eine Holzbrücke überm Flüßchen, der faulige Geruch des Wassers, vermischt mit dem Duft von Lindenblüten, deine Hand auf dem Geländer, der verstümmelte Finger, den ich mit Küssen heilen möchte ... oder: ein Sommertag, der Apfelbaum im gemähten Kornfeld, Roggen, glaube ich, blondes Stroh, dein Motorrad am Wegrand, vom Staub gepudert wie die Blätter des Apfelbaums, wie unsere nackten Füße und das Gras zwischen den Stoppeln, über dem ein winziger grauer Frosch segelt.

Ich schreibe Straße, und vor die hundert Straßen, die sich blitzschnell aufrollen, überschneiden, ineinander schachteln, schiebt sich, als habe sie das Gedächtnis schärfer fotografiert als andere, das Bild der Straße, auf der du mir entgegenkommst: die Magistrale, ein Wohnblock, ochsenblutrot, davor der übliche Rasen mit einem unüblichen Saum von Stiefmütterchen, am Straßenrand das gelbe Schild, das eine Bushaltestelle anzeigt (auch die Stiefmütterchen, fällt mir ein, sind gelb, rapsgelb, sonnengelb), die breite Straße, Stromtal aus Beton, überbreit, weil menschenleer; Verstecken oder Ausweichen war nicht möglich, einzige Rettung der Fahrplan, der nicht vorhandene, hinter der zerschlagenen Scheibe. Ich las von der leeren Tafel ab, sogar mit dem Finger, um geschäftig zu wirken, in Eile, nicht aufgelegt zu einem Gespräch, kaum zu dem Gruß, mit dem ich deinen Gruß erwiderte, übrigens einen beleidigend kühlen Gruß, fand ich, obgleich höflich: du nahmst die Hände aus den Taschen. Du hast dich nicht umgedreht, das weiß ich, weil ich mich umgedreht und dir nachgesehen habe. Zum erstenmal sah ich dich gehen ... Wäre Jazwauk bei mir gewesen, ich hätte gesagt: sexy, – in dem Ton, in dem wir von einer Frau sagten: scharf, oder von einem Chevrolet: fabelhafter Schlitten.

Einmal, in einem Hotel, sah ich einen Neger durch die Halle gehen. Gast aus Harlem vermutlich, Revuetänzer, Anzug wie Sportin' Life, großkariert, in Grün und Rot, soweit ich mich erinnere, dabei vom modernsten Zuschnitt, auch die kanariengelben Schuhe. Ohne Reger, der neben mir saß, wäre ich ihm durch Berlin nachgelaufen wie behext. Er ging mit dem ganzen Körper, jeder Schritt eine fließende Bewegung von dem kleinen ovalen Kopf über die Schultermuskeln, Rücken, Hüften, die langen Beine, die trommelnden Fersen und Zehen; die Füße waren leicht einwärts gedreht. Ein steppender Puma. Du lachst. Wie ihn beschreiben? Geschmeidig, ja, oder tänzerisch, das auch, wirklich eine Art Step, aber gleitend, als ginge er in zwei verschiedenen Rhythmen, unvereinbaren, sollte man meinen, trotzdem ergab sich eine vollkommene Bewegung. Den Anzug, so schockfarben und revuehaft er war, bemerkte ich gar nicht mehr. Reger, in seiner professoralen Unverblümtheit, sprach aus, was ich sah oder mir vorstellte; er gebrauchte absichtlich einen derben, geradezu ordinären Ausdruck für eine Empfindung, die ich nicht mehr für möglich gehalten hätte. Ich war so verhunzt nach drei Ehejahren, ich konnte mich nur noch für Marmorleiber begeistern, für einen steinernen David oder Apoll, für Amor und Psyche, beide zwar nackt, aber keusch, und in einem Kuß, gegen den der fromme Kuß einer Nonne ein Vulkanausbruch an Sinnlichkeit ist. Marmor, ja, und Halbgötter in

Bronze, bloß kein Männerfleisch, kein Muskelspiel, ob unter weißer oder schwarzer Haut, keine Körperwärme (Ekel, wenn Regers Katze um meine Beine strich). Ich fand Reger brutal. Ich redete von Ästhetik, er lachte: sein schlaues Lachen, seine aufrichtige Schadenfreude, wie immer, wenn er einem auf die Schliche gekommen war, wenn er jemanden hereingelegt hatte.

Als ich dir nachsah, dachte ich nicht sofort an ihn (dein Gang ist anders, aufregend, aber anders), erst recht nicht an einen Vergleich mit dem Neger, der übrigens nicht aus Harlem war, auch nicht Steptänzer oder Boogiespieler, sondern Afrikaner, hörte ich an der Rezeption, Leiter einer Delegation, Fachmann für Außenhandel, Bürger von Ghana, glaube ich, oder war's Elfenbeinküste? Daß mich dasselbe Gefühl getroffen hatte wie damals in der Hotelhalle, gestand ich mir erst später, als ich im Bus saß, dem ersten, der gehalten hatte, und in die falsche Richtung fuhr ... Am nächsten Tag leugnete ich schon wieder den Blick auf deine Hüften, die Erinnerung an einen kaffeebraunen Kaufmann. Ich beobachtete Jazwauk, dann die Ingenieure im Büro, dann fremde Männer in den Straßen, sie ließen mich kalt. Ich hätte dich wiedersehen und dir ausweichen können. Ein Trost, dabei bestürzend: du warst nicht Gast aus Ghana, sondern Einwohner, Mitbürger, zu Haus in Neustadt, also erreichbar.

Daß sie sich jetzt häufiger begegneten, war natürlich, da Trojanowicz vor ein paar Wochen aus dem Lager – einer im Wald und nahe beim Kombinat gelegenen Barackensiedlung – in die Stadt umgezogen war, in einen Block für Bauarbeiter, provisorische Unterkunft: Aufmarsch von lehmigen Gummistiefeln neben den Türen, von Milchflaschen und Butterdosen auf den Fenstersimsen, jedes Zimmer mit zwei oder drei Männern belegt, Alleinsein schlechterdings nicht möglich, außer an Wochenenden, wenn auf Heimreise ging, wer ein Heim besaß, Frau und Kind in Berlin, oder in einem Harzstädtchen, oder in einem nördlichen Bezirk.

Guten Tag. Guten Abend. Er wäre stehengeblieben, wenn Franziska ihm durch ein Zögern oder ein Lächeln zu verstehen gegeben hätte, daß sie Anrede wünschte. Sie zählte die

Pflastersteine; die Häuserfronten warfen das Echo ihres Herzschlags zurück. Sie fuhr an ihm vorbei, in dem offenen Sportwagen, und Jazwauk legte den Arm um ihre Schulter, als wär's verabredet für den Fall, dieser Trojanowicz kreuzte ihren Weg. Ihr Seidentuch flatterte im Wind, ein maigrüner Wimpel, ihr Triumph: Sehen Sie? ich tue, was Sie mir rieten, und es gefällt mir. Aber sie wagte sich nicht umzudrehen: um sich nicht an seinem Gleichmut zu verwunden.

Sie fischte nach der verlorenen Seele Gertrud. Trojanowicz las seine Zeitungen, Zeitschriften, Bücher, er tastete, immer lesend, nach der Kaffeetasse, nach einem Glas Kognak, aus dem er nicht trank, nur den Duft einatmete. Das fand Franziska affig wie seine angedeutete Verbeugung, wenn sie ihm von der Tür her zunickte, über einen Raum hinweg, breiter und kälter als die Milchstraße. Sie litt, wenn er zerstreut aufsah, belästigt, schien ihr, und litt unter Freundlichkeit, die sie für Ironie nahm. Sie ging wie unter dem bösen Blick von Jakob, stieß mit der Hüfte an einen Tisch, stolperte über Stiefel, ließ einen Handschuh fallen.

An milden Abenden öffnete Frau Hellwig die Tür zur Terrasse. Unterm Licht der Lampen, der fluoreszierenden Eidechsenköpfe, glänzten die Blätter der jungen Sträucher grellgrün, wie von Kindern bemalt; der Anger lag im Dunkeln, ein See, zerschnitten von der Kiellinie fremder Boote, einer unverwischbaren Schaumspur, dem Trampelpfad quer über den Rasen. Franziska saß stumm neben Gertrud. Die Häuser schliefen mit offenen Lidern. Wieder ein Tag vorbei ... Die Zeit schleppte sich hin, die Zeit verging rasend schnell. Heute sitzt ein Fremder, wo gestern ein Bekannter saß. Sie suchte, noch in der Tür, die Beständigen: Frau Hellwig in ihrer weißen Schürze, Gertrud, die Milizionäre. Gertrud war ihr sicher. Die Milizionäre, fünf, die zu derselben Brigade gehörten, reisten ab: nach Rostock, Lütten Klein. Der gewisse Trojanowicz? Jedesmal, wenn er seine Zeitungen entfaltete, konnte er zum letzten Mal hier sein, in ihrer Nähe, in ihrem Leben; die Bewegung, mit der er die leere Tasse zurückschob, das Scheppern des Porzellans, Scheppern des Läutewerks auf einem Bahnhof, konnte Aufbruch ankündigen, endgültig, Abschied ohne Verabschiedung.

Sie vermißte Freddy, seinen Räuberfilz auf einer Stuhllehne oder am Bilderhaken, Freddy, der nach Schwedt weitergezogen ist; sie vermißte Rehlein, der geheiratet und eine Wohnung bekommen hat und sein hinkendes Mädchen, jetzt Frau oder Mrs. Davis, abends durch die Straßen mehr trägt als führt, sie und das Mulattenkind, das in ihrem Bauch wächst; sie vermißte sogar den bleichen Cliquen-Chef, er fehlte ihr nicht, aber er fehlte, sie fragte nach ihm. Einer hielt die Hand mit gespreizten Fingern vor sein Gesicht. Ein Jahr, wegen Diebstahl. Nein, Einbruch. Nein, Diebstahl: die Keller waren nicht abgeschlossen, die Leute sind ja zu leichtsinnig.

Ein aufflackernder Streit lieferte Trojanowicz den Vorwand, an ihren Tisch zu kommen. (Er beobachtet uns, hinter seiner Gardine, der Zeitung, durch das schwarze Muster von Lettern.) Gertrud verstummte, eine Radau-Szene fand nicht statt. Wie macht er das bloß? dachte Franziska. Kommen Sie, sagte er zu Gertrud, nicht freundlich, nicht scharf; er redete ihr nicht zu, überließ es ihr, sich zu fügen oder nicht. Sie stand auf; erst am Kleiderrechen, einen Arm schon im Mantelärmel, probierte sie Widerstand, drehte sich zu den Gästen um, Clown mit starren Wimpern und Puppenlöckchen, und deklamierte: Ich hab es getragen sieben Jahr ... Stimme wie eine heisere Tuba. Trojanowicz hielt den Mantel, geduldig oder unbeteiligt abwartend; als sie in der zweiten Strophe steckenblieb, sagte er ihr vor. Franziska drückte die Fingernägel in die Handflächen. Ich haue ihr eine runter. Höhnischer Applaus prasselte.

Sie gingen schweigend über den Anger; sie nahmen Gertrud in die Mitte. Franziska stieß einen Kieselstein vor sich her. »Was gibt es Neues an der Architekturfront?« fragte Trojanowicz.

»Blumenschalen«, knurrte Franziska. Er lachte. Eine revolutionäre Neuerung! Umwälzend, bestätigte sie. Die Befangenheit fiel von ihr ab. Fünf Stunden Beratung über Blümchen, die müssen doch verrückt sein, als ob wir nichts anderes, überhaupt diese Sitzungen, sagte Franziska; sie hatte sich mit Koeppel, dann mit Schafheutlin zerstritten, sie war zornig geworden und aus Zorn ungerecht, unsachlich, wie Schafheutlin sagte, der sie zurechtweisen mußte. Sie ließ sich zu einer dramatischen Schilderung hinreißen: eines Palavers von Schamanen, Gesundbetern, Kräuterhexen, Quacksalbern. Blumen und Birken, gut, sehr gut gerade hier, wo man drei Schritt hinterm letzten Haus den phantastischen Anblick hat wie einer, den sie überm Mond rauskatapultiert haben. Aber nicht als Pflaster gegen Rückgratverkrümmung, rief sie. Nicht Lyrik statt exakter Analyse, Forschung, Planung! Die durchgrünte Siedlung – eine geschminkte Leiche!

Ein enger Pfad zwischen umgittertem Rasen erlaubte ihnen, die Plätze zu tauschen; sie gingen jetzt nebeneinander, einen Schritt hinter Gertrud. »Sie haben also eine geschminkte Leiche auf den Konferenztisch gelegt: die geschickteste Art, die Sympathien Ihrer Kollegen zu gewinnen«, sagte Trojanowicz.

»Sie waren sauer«, gab sie zu, »außer Kowalski – kennen Sie Kowalski? er saß an unserem Tisch, als Sie – Kowalski, der einzige, der es riskieren würde, eine Heilige Kuh zu schlachten. Aber Schafheutlin ... Ein Rechner, sagen Sie. Ein schlechter Rechner, der billige Zwischenlösungen einer radikalen Änderung vorzieht.« Gewisse Provisorien, die Lädchen zum Beispiel, diese Betonschuppen, kosteten mehr als ein Warenhaus, das rechnete sie ihm vor, Posten für Posten. Pervertierte Sparsamkeit, sagte Franziska, die sich alle betreffenden Schriftstücke und Unterlagen, auch solche mit dem Vermerk *vertraulich*, beschafft hatte (so nannte sie es: beschafft; auf welchem Weg, verriet sie nicht) und Hunderte von Zahlen in ihrem Gedächtnis gespeichert hatte.

Sie bemerkte weder die Schweigsamkeit Gertruds, die vor ihnen her schlurfte, mürrisch, dabei wachsam aus Eifersucht, noch die Schweigsamkeit dieses Herrn Trojanowicz. Sie plante, verwarf, was bestand, heute, jedoch morgen nicht mehr von Bestand; sie vergaß, daß sie sich ihrer großen Hände schämte, während sie Bögen, Hyperbeln, Schalen aus dem meergrünen Lampenlicht formte, Ornamente in den Nachthimmel ritzte, mit ihren knochigen Fingern die Blöcke wegschnippte, die Komfort-Kasernen ... Radikal!

Das sagte sie mehrmals, radikal, ein Wort, das ihn zum Widerspruch reizte. Er sagte aber nichts, betroffen, weil sie rücksichtslos sein Interesse forderte, erst recht betroffen, weil ihm gefiel, daß sie einfach voraussetzte, nichts könnte ihn und jeden anderen mehr interessieren, Stadtplanung, Städtebau als Weltproblem Nummer Eins; er unterbrach sie nicht, empfahl ihr nur, als sie schon vor ihrem Wohnblock standen, bei künftigen Sitzungen mehr Taktik und weniger Temperament aufzuwenden.

Sie nahm es als Rüge: für Mangel an Takt, dachte sie. Gertrud ging zur Tür, sie rasselte mit den Schlüsseln. »Warte, ich komme!« schrie Franziska. Kläglicher Absturz mit geknickten Flügeln. Ihre Arme hingen herab, ihre Hände, die Stahl gebogen, die Beton wie Wachs geknetet hatten. »Ich b-bring sie rauf, ich g-geh dann über den B-boden«, sagte Franziska, die sich zu Tode fürchtete, wenn sie abends über den Dachboden rannte. Nebenan, erzählten die Mädchen, hat sich einer erhängt, zwischen den Dachsparren; wie die Bodentür aufging, drehte er sich im Zugwind, und seine Füße …

Sie lachte den Männern zu, die auf ihren Dumpern, Tiefladern, Autokränen durch die Straße und über die Baustelle fuhren. Die Hupen, die Jagdrufe. Sie mochte die Fahrer, ihre Maschinen, das Geräusch der Räder, die den Sand mahlten. Sie lachte Trojanowicz zu, ehe sie ihn erkannte, einem Fahrer, der ihr die Morsezeichen gesandt hatte, hallo, Puppe! Trojanowicz mit weißem Oberhemd, silbergrauem Binder, sonntäglich hinterm Lenkrad. Er hob die Hand, Daumen eingebogen, zwei Finger gestreckt, an die Schläfe; ein Gruß von Mann zu Mann. Der meint ja mich … Fuhr er nicht langsamer? Der Kieshügel auf dem Kipper, die bernsteingelben Steine blitzten in der Sonne. Mich oder irgendeinen Rock, dachte Franziska.

Die verwöhnte, gelobte, durch eine glänzende Diplomarbeit bestätigte Schülerin Regers fühlte sich nur sicher im Umkreis der Dinge und Gedanken, die ihren Beruf angingen; außerhalb seiner Grenzen war sie verwundbar, schüchtern und immer noch von den Stimmen aus der abgestorbenen Welt zu erreichen, die sie mit dem Erwerbsweib identifizierte: einer schlauen und zähen Mutter, ihrem Dril, ihrer maliziösen Kritik, ihrem Verlangen, die Tochter zu unterwerfen, niederzuhalten, an das Haus, die Familie, das Milieu zu binden und Flucht, wenn nicht zu verhindern, durch eine Schleifkugel zu erschweren. Als Franziska mit neunzehn Jahren das Haus verließ, war sie von ihrem schlechten Charakter überzeugt worden, ihrem Mangel an Geschmack und Anmut, ihrer Untauglichkeit, mit den praktischen Seiten des Lebens fertigzuwerden. (Praktisch sein: sich nicht ausnützen lassen. So Frau Linkerhand.) Sie vernichtete Franziskas Erfolge. Dein Professor – übrigens stammt er aus kleinen Verhältnissen, ein Emporkömmling, gewisse Manieren, aber dafür hast du natürlich keinen Blick – dein Professor bevorzugt dich? Das ist uns nicht neu, leider, man spricht schon darüber ... Du hast Frau Soundso gefallen? Nun, sie kennt dich noch nicht, du bist ein Blender, liebes Kind.

Franziska dachte, als dächte sie es von einer fremden Person: Sie kann nicht gefallen; sie hat zuviel zu verbergen ... In ihrer Arbeit aber existierte sie ungeteilt, sie wußte nichts mehr von einem angstvollen, bedrohten Ich, das sich manchmal von ihr abspaltete, das auf Abende, Alleinsein, eine gewisse Melodie lauerte oder unvermutet aus der Tiefe eines Spiegels stieg. Selbst in der Baracke am Stadtrand, wo sie unzufrieden war, verschimmelte, wie sie sagte, behielt sie ihr Selbstvertrauen: sie war tätig, das verknüpfte sie mit den anderen. Sie, die errötete, schwitzte, verzweifelte vor der Ungnade einer schlechtgelaunten Verkäuferin, stritt zäh mit Schafheutlin, mit dem Stadtbaudirektor, mit ihren älteren Kollegen, unerschrocken vor einem Lächeln, das ihr die bittere oder satte Milde der Erwachsenen schenkte, oder vor einer Stimme, die plötzlich schneidend klang, wie von metallischen Stimmbändern, und autoritär sprach (die Autorität des Eingeweihten).

Keine Verlegenheit, als sie Trojanowicz wiedersah, auf der Baustelle, bei Sonne, Wind, Sandböen, trockenen Schauern: sie grüßte ihn als Hausherrin. Sie saß in einem Fenster des Restaurants, zwischen den aufgeschlagenen Fensterflügeln, gläsernen Buchseiten, eine weißbedruckt, *Es lebe der 1. Mai*, die andere bemalt, Zaun-Malerei, eine nackte Frau mit gigantischen Brüsten, verrutschtem Nabel, Gelock bis zu ihren Hüften einer archaischen Venus.

Die Reifen des Kippers schrieben einen Halbkreis in den Sand. Franziska schob die Sonnenbrille auf die Stirn. Er hält nicht an. Er hält an. Sie war geblendet von den Farben, vom ungebändigten Licht des Maitags, dem blauen Himmel, Sonnenspritzern auf Kranschienen, auf der Stoßstange des Wagens, von den gelben Blüten eines Ginsterbuschs, dem Schneeweiß von Trojanowicz' Hemd. Ihre Finger waren stumpf von Zementstaub, die Knöchel aufgeschürft. Wieder eine Rauferei? Bloß Patrouille, sagte sie vergnügt, von ihrem Fenstersims herab. Sie trug ein kariertes Männerhemd, Nietenhosen – er sah die zerbeulte Bügelfalte im Drell und lächelte –, und die Flecke von Teer und Putz, die Feuermale auf den Knöcheln mit Genugtuung; sie war ihrer Ruderbank entsprungen, dem Reißbrett, den Federstrichen, den Ruderschlägen, die ein schwerfälliges Schiff bewegten, nach vorn oder nur im Kreis?

»So gehn Sie zur Arbeit?« Der silbergraue Binder; Manschettenknöpfe, die eine Frau ausgesucht hat. »Sie sind angezogen wie für 'ne Party.«

»Für das tägliche Fest, Teuerste, denn die Arbeit ist eine Sache der Ehre, des Ruhms und des Heldentums.«

Sie blinzelte gegen die Sonne und lachte. »Uns hat Stalin erzogen. Ich weiß noch, ich hab's noch.« Der Band in braunem Leder, für hervorragende Leistungen, sein Bild, verschmitzter Pfeifenraucher, Schnauzbart, schmale Augen: gütig, dabei groß, dabei schlicht in einer Feldbluse ohne Orden, ohne die Spangen, die seine kalte Brust bedecken an einem Märztag, als wir uns stumm verneigen (wessen Träne fiel auf die Seide einer Kranzschleife?), in Blumen betten den Sockel, die bronzenen Füße seines Standbildes: das eines frühen Morgens verschwunden ist, spurlos bis auf die schwarzen Erdnähte zwischen den Grasflicken, die noch feucht, in frischerem Grün leuchten als der Rasen ringsum.

»Komisch«, sagte Franziska. Was? Sie zuckte die Schultern. Auf den Gräbern wächst das Kraut des Vergessens. Eine Böe hißte fahlgelbe Sandfahnen. »Das windigste und trockenste Stück Land, das ich je gesehen habe. Im Sommer muß es die Hölle sein ... Bei uns zu Haus regnet es fast jeden Tag. Und Nebel bis zum Mittag ... Wie finden Sie unsere neue Schöpfung?«

Er blickte auf; er vertauschte unwillig eine Neuigkeit, ein Bilddetail, verspielte Zehen in einer Kindersandale, Korallenrot gelackter Zehennägel, gegen ein Panorama, das er in fünffacher Wiederholung kannte: der künftige Anger, vom Wind gekräuselte Sandfläche, in der sich eine Insel von schwarzer Muttererde buckelte; zwei Reihen Blöcke mit angekreuzten Fenstern, die Flucht der Dächer aus Wellasbest; die blinden Giebel von zwei schräggestellten Blökken. »Reden wir lieber vom Wetter«, sagte er.

Er runzelte die Stirn, wortlos, indem er sie nur ansah, erledigte er, was sie rasch hinsagte: sie habe keine Aktie daran, und erledigte einen möglichen Verdacht, daß er ausweichen wollte, um nicht unhöflich sein zu müssen. Zigarette? Sie wischte die Hände an der Hose ab; der rauhe Stoff vermittelte ihrer Haut die Erinnerung an Zeltleinen (die Zelte der Straßenbauer), an die Rauheit der Betonplatten, der Schalbretter, der geländerlosen Treppen, über die sie von Stockwerk zu Stockwerk gestiegen war, und an die Zimmer ohne Türen, die Küchen ohne Geruch nach Zwiebeln, Brot, Bratenfett.

Ein Haus ist geboren. Sie berührte die Mauern, das steinerne Fleisch; sie schritt die Korridore, die leeren Räume ab, in denen Staubsäulen flimmerten, öffnete Fenstertüren, genoß die Kühle einer Loggia, die körnige Haut einer besonnten Wand zwischen Balkonen, den geformten Stoff, in dem sich ein System von Linien, Schraffuren, Maßangaben verwirklichte, die Dimensionen eines Raums, der Leben behausen, unter einer gefügten und verschweißten Zimmerdecke schützen wird ... Beteiligt, sagte sie zu Trojanowicz, der sich mit Zündhölzchen plagte und ihr den Rücken zukehrte, beteiligt sei sie allerdings: mit Zeichnungen, das sowieso (Routinearbeit, Anpassung von Typenprojekten), ferner mit einem Vorschlag (den Schafheutlin aufgenommen hat wie Anstiftung zum Brandlegen), ferner mit Gedanken, die sich nicht abschalten lassen, obgleich der Plan abgeschlossen, Änderung nicht möglich ist, auch nicht erwünscht.

Sie beugte den Kopf über das flackernde Hölzchen, roch Diesel, sah nah den von einer Narbe gespaltenen Daumen, verkürzt die Handrücken und unter der verrutschten Manschette das Gelenk, das blaue Delta der Adern, Winterhaut, ein dünnes Vlies von blonden Haaren. »Aber das meine ich nicht«, sagte sie, etwas kurzatmig. »Beteiligt, ja, aber nicht als Mittäter bei diesen architektonischen Verbrechen. Zu Hause ... wissen Sie, Professor Reger sagte immer, der Bau muß uns mehr sein als eine Geliebte ...« Er schwieg und rauchte. »Wir hier, in diesem Konfektionsbetrieb –« sagte sie verächtlich und wiederholte, da er zwar schwieg, aber nickte wie im Einverständnis: Konfektion. Bauen heute? Die Fabrikation eines Massenartikels. Der Architekt heute? Zulieferer ohne Beziehung zur fertigen Ware. Sein Arbeitsethos: vorgegebene Kennziffern einhalten; sein Ehrgeiz: Zeichnungen termingerecht abliefern. Habe er, fragte sie Trojanowicz, habe er jemals einen Architekten auf der Baustelle gesehen? und antwortete selbst, obgleich er nickte, mit nein. Im Büro blüht keine Passion. Er warf seine Kippe weg. Konservativ, sagte er. Franziska riß die Augen auf. »Konservativ, Sie und Ihr Professor, dessen Ausspruch hübsch klingt – klingelt«, verbesserte er sich, »aber nichts enthält außer einem irrationalen Moment: das eben macht ihn so attraktiv, und die Jünger, die ihn zitieren, so untauglich für die Arbeit in einem modernen Industriezweig.« Sie glaubte Schafheutlin zu hören. Ja, Schafheutlin, sagte auch Trojanowicz, nicht abschätzig wie Franziska, schade drum, daß ein Mann wie Schafheutlin auf der Strecke geblieben ist, konservierter Neuerer, unfähig, sich gegen Leute wie Reger (und Sie, Lady!) zu behaupten, daher mitschuldig, wenn der Bau in zwanzig Jahren die letzte Bastion des Traditionalismus und Zunftwesens ist.

Das konnte sie nicht einfach hinnehmen; er sah sich zu Erklärungen genötigt, in eine Diskussion verwickelt, an der ihm nichts lag (statt unverbindlichem Wiegehtsdennnoch, Zigarettenpause, Gespräch übers Wetter, das prächtig ist, obgleich Trockenheit, Brandgefahr, und bei dem Wind, letztes Jahr die Waldbrände, aber davon können Sie ja nicht wissen) und ihr nichts liegen sollte, dachte er und sagte: Nehmen Sie das nicht ernst, es lohnt nicht. Er hob die Schultern, er durchkältete sie mit einem Blick auf die Uhr. Man hat seine Arbeit. Der Bau, nun ja. Man ist Kipperfahrer, Kleiner Mann, der sich ab und zu den Luxus leistet zu denken, dabei mäßig interessiert, keinesfalls erpicht auf Debatten.

Sie modellierte ein Haus zwischen den Händen. »Ich sprach aber von einem konkreten Bau.« Das Gewandhaus zum Beispiel ... Ihre Augen glänzten. Sie mußte nicht zu ihm hochblicken, ihr Gesicht befand sich in gleicher Höhe wie sein Gesicht, das sie nicht einschüchterte, trotz der zerstreuten Miene, zerstreut aber höflich, und der gekräuselten Lippen. Sie wünschte, sie drang darauf, sich ihm verständlich zu machen. Das Abenteuer einer geschwungenen Treppe. Der Westflügel, vom Scherenlicht der Tiefstrahler aus der Nacht geschnitten. Die Verzauberten im Schatten der Baubude. Die Andacht aufsteigender Rauten in einer Kuppelwölbung. Fleißaufgaben, Kleinarbeit, Fensterdetails etwa (die später niemand sieht, bestenfalls in ihrer Gesamtheit wahrnimmt und empfindet: als Harmonie), überhaupt die verfluchten Fenster, sagte sie, meine Fenster endlich, an einem Morgen, bei schrägem Lichteinfall: man ist nicht geradezu erschüttert, nicht geradezu stolz, immerhin gutgelaunt ... aber das kann (oder will) er nicht verstehen, zeigt gekräuselte Lippen, verschanzt sich hinter einer Miene von unbeweisbarer, unerträglicher Arroganz und, was sie als Betrug empfindet, hinter seiner angeblichen Identität mit einem Kipperfahrer Trojanowicz. Wen versucht er zu täuschen? Mich? Sich selbst? Jedenfalls ein Außenstehender, nicht durch Gefühle, meinetwegen Sentiments, gehemmt oder beflügelt.

Sie sind nicht vom Bau, sagte sie. Ihre Arbeit, Ihr Kipper mit Kies und Beton, Ihr Lenkrad? Requisiten für ein Legendenstück ... Trojanowicz gähnte und klopfte sich auf den Mund. Sie besaß die Kühnheit, gegen eine verriegelte Tür zu hämmern. »Sie spielen eine Rolle und halten sie nicht durch. Schon Ihre Art zu reden, die Wörter, die Sie gebrauchen ...

alles zu gekonnt, zu selbstverständlich, das hört man, nicht mit der respektvollen Freude wie ein Autodidakt. Halten Sie mich für blöd? Mir den kleinen Mann vorspielen, der sich so seine Gedanken macht … Das ist w-widerlich …«

»Widerlich«, sagte Trojanowicz. »Na gut. Sonst noch was?«

Sie zog die Füße auf den Fenstersims. Er wollte gehen, er blieb: wegen einer Kindersandale, in der sich die Zehen, die Scheren eines wunderlichen Meertiers, öffneten und schlossen. »Schafheutlin kennt Sie.« Sie log ohne Stottern. »Zuerst war er nicht sicher … er sagt, Sie haben sich verändert.«

Trojanowicz grinste. »Nicht ich, – verändert hat mich ein Gummiknüppel.« Himmelsschlüsselchen, fiel ihr ein, Bahnhöfe, ein Bahnhof – Lehrter? »Er hat geschwatzt, das ist mir wirklich unangenehm«, sagte er, verstimmt in einem Grad, daß er sich Verstimmung anmerken ließ, erwähnte Artikel, die Frau Linkerhand besser nicht lesen sollte – warum? weil sie hundeschlecht geschrieben sind, im Stil der fünfziger Jahre, heroischer Kitsch, oder treffender (da die Stalinallee im Spiel ist) journalistische Zuckerbäckerei –, Artikel, die Schafheutlin womöglich ausgeschnitten und abgeheftet hat.

»Bei seiner Ordnungsliebe«, murmelte Franziska, die nichts von Artikeln wußte, den angeblich schlecht geschriebenen, den uralten (die fünfziger Jahre!), in Archiven vergilbenden Zeugnissen von der Existenz eines Journalisten T. und eines gefeierten Schafheutlin – für welche Taten gefeiert? mit welchen Vokabeln? Sie fand es unglaubhaft. Held und Heldenbeschreiber, ihre Namen nebeneinander auf einem Zeitungsblatt: heute, sollte es ihr unter die Augen kommen, die Begegnung von zwei Ehemaligen …

Ihre Neugier auf den Fremden, ihr Vergnügen, weil sie ihn überlistet hatte, erloschen.

Sie stellte keine Fragen. Als Trojanowicz, ungefragt, versicherte, daß er zufrieden sei, weil unabhängig, Herr auf seinem Kipper, und ohne Wunsch außer dem einen: an Vergangenes nicht erinnert zu werden, schwieg sie bedrückt, wie durch einen Verlust betroffen. Ein Ehemaliger. Sie roch Herbstlaub, Chrysanthemen, Taxus, naß vom Regen. Die

Augen unter den Lidern, die Lider hinter der Sonnenbrille versteckt, versuchte sie blind zu sein, um schärfer zu hören. Er sprach ohne falsche Munterkeit, ohne den Eifer eines Menschen, der sich selbst überzeugen muß. Seine Stimme enttäuschte Franziska, die sich düstere Farben, Lavarot unter Schlackenblau und Asche, und Schwingungen wie unterirdische Beben gewünscht hätte, aber beim besten Willen (denn sie wollte immer noch, notfalls mit Abstrichen, ihr Geschöpf, den geprüften, umgetriebenen Mann, den Ritter zwischen Tod und Teufel) nichts hörte in dieser Männerstimme wie andere, was mehr verriet als Distanz zur eigenen Person, ironische Beobachtung des Lebens, das er für sich angenommen hat und führt, nicht erduldet, ferner seine Herkunft aus zwei verschiedenen Landschaften, deren Dialekte sich vermischten: der berlinische, der in ihren Residenzler-Ohren schnoddrig herablassend klang (dabei, Berlin war bloß ein Fischerdorf, als alle Welt bei uns zu Hofe ging), und einen ostpreußischen Dialekt, überwuchert, manchmal anklingend in einem behäbig gedehnten Vokal, in einem nuscht für nichts, das er in einen hochdeutschen Satz hereinließ, unbeabsichtigt und von Franziska zwar bemerkt, aber nicht beachtet ... sie wird erst später lernen, aus gewissen Wörtern, gefärbt durch den einen oder den anderen Dialekt, auf seine Stimmung zu schließen, auf Gefühle, die er ihr, sogar sich selbst nicht gesteht (dennoch, die Sprache überführt ihn, im Fall verleugneter Zärtlichkeit eine mohnrote, rundliche Vokabel, eine Bauernblume aus den Gärten von Nikolaiken), und darauf, was sie von einem Nein zu halten hat, wenn es hochdeutsch tönt, oder berlinisch salopp als nee oder so gemütvoll nä, nää, näi, daß es schon wie ein halbes Ja klingt (und meist in ein ganzes verwandelt wird von der schlauen Katze).

Schlau genug ist sie auch, ihm niemals anzudeuten, daß sie ihn durchschaut, wenigstens eines von den sieben Siegeln gelöst hat, also schweigt und lächelt, wenn er sich skeptisch über Empfindungen äußert, aus Vernunftgründen eine Bitte abschlägt, nein sagt, nää, in die Mundart seiner Feriensommer in Masurens Sümpfen und Urwäldern verfällt, seine Muttersprache, die Sprache seiner Mutter, die nach vierzig Berliner Jahren plachandert wie dazumal in Nikolaiken, bei ihren Jungs und dem Mann (der ist in Suwalki geboren und aufgewachsen, Ur-Berliner seit mindestens dreißig Jahren) ein bißchen Slang aufgeschnappt hat, aber nur spaßeshalber mal anbringt, damit die Lorbasse was zu lachen haben. Eine Mutter wie aus dem Lesebuch, sagt ihr jüngster Sohn und fügt hinzu, statt einer Liebeserklärung: aus einem sehr alten Lesebuch, so daß Franziska sich Hände, Schürze, Gerüche vorstellen kann: von frischem Kuchen, von Schafswolle, aus der sie Jacken für eine biblische Schar von Kindern und Enkeln strickt, von Lavendelsträußchen im Wäscheschrank und dem Tuch ihres Kleides für Sonntag und Kirchgang zum Betsaal einer baptistisch-apostolischen-Wiedertäufer-und-Gottweißwas-Sekte; nur ihr Gesicht (das schön war, früher) kann sie nicht sehen, ein Foto ist nicht vorhanden, Besuch nicht möglich, weil Kreuzberg drüben, hinter der Mauer, der kreuzbergische Kietz, aus dem Frau Trojanowicz in vierzig Jahren nicht rausgekommen ist, das Mietshaus, in dem sie lebt, als wär's ihr Dorf, mit Nachbarn im Hof, auf der Treppe, im Kellerlädchen, beim Wäschemangeln schwatzt, vom Hochzeitskuchen kostet, Kinderwagen schaukelt, ein mit wächsernen Rosen bestecktes Tannenkreuz auf einen Sarg im Torweg legt. Ihr Dorf. Die Häuser sind höher, nu ja, der Garten ist kleiner, ein Blumenbrett und Lauchtöpfe vorm Küchenfenster, Kudamm und Friedrichstraße sind Ausland, ihre Jungs eine Argonautenmannschaft, die nach der Heimkehr Sagen auftischt.

Wo sie ist, da ist Nikolaiken, und deshalb, nicht aus Starrsinn, Heimweh, Unvermögen sich anzupassen, deshalb also behält sie ihre Sprache, soviel sie sonst verliert im Lauf der Jahre: ihren Mädchenzopf, die Spargroschen, ihre Nähmaschine (auf Raten gekauft, nicht abgezahlt) und damit die Heimarbeit als Handschuhstepperin; das geschonte Nymphenburger, das der Druck einer Luftmine zerschmettert, Möbel und Sessel, als eine Stabbrandbombe in die Wohnstube schlägt, wieder mal das wieder Ersparte, zuletzt ihre Zähne und die schlanke Taille (der Krieg ist vorbei, sie hat gehungert, der Krieg geht weiter, ohne Hunger, und sie holt nach, bäckt zweimal die Woche Bienenstich und sonntags Torte, und kocht, obgleich bloß noch zwei am Tisch sitzen, Kessel voll Beetenbartsch mit Schweinebauch) und nach vierzig Ehejahren ihren braven Mann, zwar nicht endgültig verliert – denn er findet immer wieder nach Hause –, aber für hundert Abende und ein paar Nächte, die er werweißwo verbringt, ein Familienvater ohne Familie, der sich plötzlich sträubt, friedlich wie sie zu altern ... aber das gehört in ein anderes Kapitel; auch von den Söhnen wird noch zu erzählen sein, den lebenden und den toten, elf Söhnen, von denen sie fünf verloren hat, unwiederbringlich, an den Führer, den Krieg, an General Winter und General Wenk und an Berlin (Reichstagsufer) und weitere vier an Ostdeutschland, drüben, sagt sie, DDR, verbessert der Alte rechthaberisch – als ob, kraft eines Namens, Nähe oder Ferne sich auch nur um Daumesbreite verschieben (Thüringen, die Lausitz ist so fern oder so nah wie Treptow und Niederschönhausen), als ob ein Name das Warten auf Geburtstagsbriefe, Familienbilder, eine Karte aus Jalta kurzweiliger macht und überflüssig die Sorgen um den einen und den anderen und den dritten und den letzten, das Jungche, den Kleinen,

der auf einer Neustädter Baustelle herumlungert, vor einem Flachbau, dessen Dachrand er mit ausgestrecktem Arm erreichen könnte, dieser Kleine, mit einsneunundachtzig der längste unter den Brüdern – die er nicht erwähnt, denn von Persönlichem ist noch nicht die Rede, von Nikolaiken, Ferien-Wäldern (behaust von Wisenten, Elchen, Sumpfmücken), schon gar nicht von Kreuzberg, Kietz, Familie, Brüdern, östlichen und westlichen, ihren Geschäften, Ämtern, Erfolgen, und davon, daß einzig der jüngste unbeamtet und erfolglos ist, das schwarze Schaf sozusagen –, und dank seiner Arbeit, die er nicht genug rühmen kann, körperliche Arbeit in frischer Luft!, auch kräftiger als die anderen, nicht kurbedürftig und infarktbedroht, gesund (Anfälle von Sumpffieber zählen nicht) und sorglos, *zufrieden*, wie er auf der Osterkarte und im Weihnachtsbrief mitteilt und jetzt Frau Linkerhand versichert.

»Vielleicht befriedet«, sagte sie. Sein Blick stieß sich an

den Gläsern, starren, schwarzen, gewölbten Insektenaugen. Er hatte ihre Augenfarbe vergessen (grün? braun?), dachte er beiläufig, wiederholte: befriedet?, aber stumm, als Frage an sich selbst, nicht an die hartnäckige Person, die ihm dennoch antwortete, der Stimme aus einer Büchergruft nachsprechend: »Sie machen eine Wüste und nennen es Frieden.«

Na, na, sagte Trojanowicz, als nähme er es für einen Scherz, fand aber den Vergleich unpassend, Bibelsprüche überhaupt fehl am Platz – denn irgendeinem Propheten oder verschollenen König, einem Mose oder Salomo oder Jeremias schrieb er das Wort von der Wüste zu, irrtümlich, wie er später erfahren sollte: von Franziska, die von seinem enormen Wissen beeindruckt, zuweilen geradezu erdrückt ist, deshalb entzückt über einen Irrtum, einen fehlenden oder nur bröckeligen Stein in dieser Festungsmauer von Kenntnissen, und über die Gelegenheit, ihrerseits zu korrigieren, womöglich zu belehren, die Gelegenheit also ergreift und ernsthaft, mit dem Eifer, als handele es sich um das Teststop-Abkommen oder den Pampus-Plan, die von Mose erlassenen Gesetze kommentiert oder die Beziehungen Salomos zur Königin von Saba und Davids zum Weibe seines Hauptmanns Uria; von Göttern, Göttinnen, Halbgöttern, Nymphen und Faunen erzählt wie von Bekannten und Verwandten, die dem Kind mächtig und allwissend erschienen, heute aber durchschaut sind, schrullig mit ihren Ticks und Tricks und Zauberstückchen; vor einem Narzissenstrauß die Geschichte des Jünglings erinnert, der über eine Quelle, über sein Spiegelbild geneigt, stirbt vor sehnsüchtiger Liebe zu sich selbst, oder, erblicken sie Hyazinthentöpfe in einem Fenster, die Sage vom Knaben Hyazinthos, dem verzauberten Gespielen Apollos; die römischen Autoren zitiert, geläufig, als lese sie aus ihren Büchern vor, über die Schulter des rothaarigen Mannes gebückt, über seine Lupe, die eine Buchseite zur Marmortafel vergrößert und zur Denkmalsinschrift einen Satz von Cicero, Cato, Horaz, Vergil, Ovid, Juvenal ... Namen, nur Namen für Trojanowicz, den Hinterhofbengel, Volksschüler, Mittelschüler (zwei Jahre, in denen Unterricht meist ausfällt wegen Luftalarm, Bomben, HJ-Dienst, Evakuierung, ausgerechnet nach Masuren, Flucht übers vereiste Haff, Irrfahrt nach Hause, in die Festung Berlin, wieder Bomben, HJ-Dienst, Keller, Arrest in der Unterwelt), den Schwarzhändler, Oberschüler (ein halbes Jahr), minderjährigen Neubauern auf fünf Morgen märkischem Sand, FDJ-Funktionär, ABF-Studenten, der Marx liest, nicht die Verse des Catull: den Catull wird man, wenn überhaupt, irgendwann später, denn damals, verstehst du, hatten wir anderes aufzuholen.

Das versteht Franziska, kennt natürlich diesen Lebenslauf, exemplarisch für tausend andere (aber es ist nicht ihr Lebenslauf), und kennt Mietskasernen, Hinterhöfe, die sogenannten Gartenhäuser im dritten Hof, ohne Garten (aber sie hat nie einer Brandmauer gegenüber gewohnt, nie unter Küchenfenstern, auf Asphalt, zwischen Mülltonnen gespielt), und sie kennt, vorwiegend aus Büchern, Familiäres, Soziologisches dieser Art: landflüchtige, in die Großstadt eingewanderte Leute, der Vater bei Siemens, Ungelernter, später Facharbeiter; die Mutter Dienstmädchen bei Herrschaften, verlobt (sie darf den Bräutigam zweimal in der Woche treffen, Mittwoch und Samstag hat sie Ausgang, Besuch in der Küche ist nicht erwünscht), schwanger im dritten Monat, als sie heiratet; ein Großvater, der sich in vierzig Sommern als Schnitter verdingt hat, und eine Großmutter, die zur Not ihren Namen krakeln kann, Henriette Lukait, und Vaters Vater, der was Besseres ist, nämlich Beamter, nämlich Schrankenwärter in einem halb deutschen, halb polnischen Nest, wo kein Zug hält, und – die letzte konturierte Gestalt am Rande familiengeschichtlichen Dunkels, der letzte in einer Ahnenreihe von Schlachtizen – ein versoffener Urgroßvater, nachträglich zum Kauz und fröhlichen Zecher erklärt oder verklärt … die also kennt Franziska: wie Romanfiguren, und romanhaft bleiben Lebenslauf, Familie und Milieu, vorstellbar, das schon, aber nicht erlebt. Ich verstehe, sagt sie, trotzdem verwundert, wenn Trojanowicz erzählt, wie über die Berichte eines Mannes, der nicht sieben, sondern siebenzig Jahre älter ist als sie, lebenserfahren und im Besitz einer fremden und strengen Wirklichkeit, die sich nur selten mit ihrer, der erlebten

Wirklichkeit überschneidet (die Nächte im Luftschutzkeller zum Beispiel oder die Hungerpanik, der Sturm auf Lastkähne, damals im Mai, ich sehe Wilhelm noch, na klar, der hat auch geplündert, Wilhelm zerfetzt aber siegreich, und wie er den Butterklumpen an Vaters Tür klatschte! die kapieren nichts, schrie er).

Hatte sie ihn getroffen mit dem vermeintlichen Bibelspruch? Das verneinte er, während er im Weiterfahren ihr Gespräch überdachte, stellte fest, daß er peinlich redselig gewesen war, lächelte, als ihm einfiel: sie bügelt ihre Nietenhosen, und nahm sich vor, Schluß zu machen, womit?, also den Anfang zu meiden. Er verbot sich, Zufälle zu arrangieren, und hätte sich, wäre das möglich gewesen, selbst die zufälligen Begegnungen verboten. Es fiel ihm nicht schwer, dachte er, nachdem er mehrmals in den nächsten Wochen an Frau Linkerhand vorbeigefahren war, die übrigens nie allein war; das machte es ihm noch leichter, sich an das selbstauferlegte Verbot zu halten, zwar mit zwei Fingern zu grüßen, weil sie zur Fahrerkabine hochblickte, aber nicht zu stoppen und auszusteigen.

Er sah sie ein paarmal mit Jazwauk (Dame mit Windspiel) und oft, zu oft mit Schafheutlin, der einen halben Schritt hinter ihr herging, seinen gedrungenen Körper wiegte, mürrisch, selten heiter, immer argwöhnisch blickte: ihr Leibwächter, dachte Trojanowicz. Der macht sich ja schon lächerlich ... Nicht lächerlich fand er ihn in einer Szene, die er durch die Windschutzscheibe wahrnahm, einem Stummfilm, Fünf-Sekunden-Stück für zwei Personen, gespielt (wäre es nur gespielt!) am Ende der Hauptstraße, an dem unbebauten Platz, wo im Juli und Oktober die Schausteller ihre Buden und Karussells, die Zirkusleute ihre Zelte aufschlagen, mit Sand untermischte Sägespäne an Manege, Kunstreiten, Hohe Schule erinnern und bunte Fetzen, Pappbecher, zerrissene Lose an einen Jahrmarkt. Schafheutlin stand seitlich gedreht, fast mit dem Rücken zu Frau Linkerhand, die auf ihn einredete, er schüttelte den Kopf, und sie, immer redend, legte die Hand auf seinen Arm, mehr geschah nicht.

Trojanowicz preßte die Lippen zusammen. Er gab kein

Zeichen, daß er sie erkannt, daß er Schafheutlins Gesicht gesehen hatte, ungeschützt, unverhüllt in einem Maße, daß es ihm wie hautlos erschien. Ein Geschundener. Das Bild blieb ihm im Gedächtnis, als er den Vorgang längst vergessen oder vor sich selber verschlossen hatte, aus Diskretion. Den ersten Schmerz, den ihm seine Geliebte zufügte, hatte er nicht einmal als Schmerz erkannt; Liebe und unvernünftige Gefühle, etwa Eifersucht, zog er nicht in Betracht und hätte auch, wäre er verliebt, keinen Grund zur Eifersucht gesehen, nicht in einer ungeduldigen Geste ohne Spur von Zärtlichkeit oder nur Freundlichkeit (man spricht über Fachliches, man ist verschiedener Meinung, prüft, lehnt ab, sie ist lebhaft, jetzt ungeduldig, faßt seinen Arm, aber hören Sie doch!, drückt seinen Arm unwillkürlich und absichtslos, denkt – das zeigte ihre Miene – denkt nur ans Fachliche, unbekümmert, was in dem anderen vorgeht, für den nichts mehr absichtslos geschieht, weil er in jeder Berührung, in Blicken, Launen, sogar in der Farbe einer Bluse, in einer roten oder schwarzen Schleife Bedeutung sucht, erhofft), aber gerade das, was einen Verliebten beruhigt hätte, veranlaßte Trojanowicz, an Frau Linkerhand vorbeizufahren wie an einer Fremden.

Daß sie zwei Tage später neben ihm, in seiner Kabine saß, daran war seine Höflichkeit, nicht Inkonsequenz schuld. Er hatte ihr Haar und das karierte Männerhemd schon von weitem erkannt, zwischen einem Trupp von Straßenarbeitern, alle nackt bis zum Gürtel, barfuß oder in Holzpantoffeln und Fußlappen, die Schultern brandrot bis schwarzbraun. Er kippte seine Ladung Kies und wendete. Franziska hinkte ihm entgegen, sie trug ihre Sandalen in der Hand und machte ihm Zeichen. »Fahren Sie in die Stadt zurück? Nehmen Sie mich mit?« Er klinkte wortlos die Tür auf. Die Straßenbauer blickten herüber. »Heute mit Palastgarde?« sagte Trojanowicz.

»Die bauen unsere Ost-West-Tangente.« Sie beugte sich aus dem Fenster und nickte einem jungen Mann zu, der ihr winkte; sein Haar, das sich über den Ohren und im Nacken rollte, war von der Sonne gebleicht, fast weiß, und auf seiner Brust baumelte an einem Kettchen ein Granatkreuz. »Er hat alles von Dumas gelesen. Jetzt liest er Zola. Ich habe ihm Germinal versprochen.«

»Vergessen Sie es nicht«, sagte Trojanowicz.

»Nein.« Sie stutzte, als sie seine kalte Miene sah; sie fragte sich, was sie wieder falsch gemacht hatte. »Er liest also Dumas«, sagte Trojanowicz nach einer Weile. »Und was hat er Ihnen noch erzählt? Elegisches vermutlich, keine Freundin, immer unterwegs, die Nächte im Wohnwagen, Kneipe, mal Kino, zum Glück gibt's Dumas, trotzdem vermißt er was, ein richtiges Zuhause, manchmal hat er das Wanderleben einfach satt –« Satt? Der nicht, dem gefällt, wie er lebt, der ist noch lange nicht müde herumzuziehen, Freundin? nein, jedenfalls keine feste, mal ein Mädchen, wenn es sich so ergibt, aber kein Gedanke an Heiraten ... Der Kerl mit dem Amulett auf der Brust – einer sehenswerten Brust! – hatte ihr Eindruck gemacht oder sein Leben, das Trojanowicz kannte wie die Städte und Straßen, wiedererkannte in ihrem Bericht, der genau war, obschon gefärbt (durch Sehnsucht?), von Reisen durchs Land, Dammbau an der Ostsee, ein Stück Autobahn bei Leipzig, Werkstraße durch Pumpe, Chausseen in Mecklenburg und Thüringen und von den Wohnwagen, den Samstagabenden, Tanz, falls ein Dorf in der Nähe ist, Sauferei, die sein muß (sagt der Musketier), einmal in der Woche, und von den Sonntagen, die man verschläft oder hinbringt irgendwie, mit Skatspielen, Sockenwaschen, Lesen, Heimfahrt lohnt nicht, lockt auch nicht, wenn, beispielsweise auf den Kreuzbuben, bloß eine verheiratete Schwester wartet oder nicht wartet, deren Mann, also Kreuzbubes Schwager, ein solider Mensch ist und vom Zigeunerleben nichts hören will ...

Mehr als der Bericht, den Trojanowicz nur halb hörte, teils aus Unaufmerksamkeit, teils wegen der brüchigen, vom Motorenlärm erdrosselten Stimme, mehr gab ihm zu denken, was monologisch einfloß an Nebensätzen, Wunschsätzen, und der Blick geradeaus, durch die Frontscheibe, auf einen Punkt Ypsilon im unvollendeten Blau des Horizonts; er verschwieg aber, was er von Wünschen und Horizonten und von Ypsilon hielt (das immer gleich fern, gleich nah ist). Wo die Magistrale in den wüsten Platz mündete, bremste er und öffnete die Tür, wortlos wie vorhin. Danke, sagte Franziska. Sie ging über einen glühenden Rost. »Steigen Sie wieder ein«, sagte er neben ihr. Sie stieß mit dem verletzten Fuß ans Trittbrett. Er streckte ihr die Hand entgegen. »Barfuß durch die Stadt ... Sie können natürlich nicht den Mund aufmachen.«

»Weil ich trainiere: heute auf römische Matrone. Die Frau des Brutus stieß sich einen Dolch in den Oberschenkel und schwieg, und die Frau des Paetus –«

»Tüte«, sagte Trojanowicz und lachte. Sie zog den rechten Fuß hoch. »Ein Splitter steckt noch drin.« Sie verfärbte sich beim Anblick der blutverkrusteten Zehe, des Nagels, der violett schillerte, oberhalb der Sichel schon pflaumenblau. Sie mußte wegsehen. Unappetitlich, sagte sie. Trojanowicz kramte in seiner Kollegmappe, die zerfleddert war, als stammte sie noch aus ABF-Zeiten, und fand zwischen Zeitungen, Notizblöcken, Drahtenden, Chinin-Pulvern und Thermosflasche ein zierliches Etui (Geschenk einer Frau?), das Nähnadeln, Garnröllchen, eine Nagelfeile, Schere und Pinzette enthielt. Er glühte eine Nadel aus. Nein, nein, sagte Franziska, bloß ein Pflaster, bitte, zur Tarnung, Schafheutlins wegen, der sie nie entläßt ohne pedantische Belehrung über Arbeitsschutzbestimmungen und Warnungen, wenn auch umschriebene, vor gewissen Leuten, Straßenbauern und Kipperfahrern; trotzdem sieht er sie, wenn sie sich verspätet, unter Kranlasten zerquetscht, von Dumpern überrollt, im Kiefernwäldchen vergewaltigt. »Denken Sie an Frau Brutus«, befahl Trojanowicz, als er die Nadel unter die Haut stach. Er trug ein weißes Hemd wie sonst, hatte aber an diesem heißen Nachmittag den Krawattenknoten gelockert und die Hemdärmel bis zum Ellenbogen aufgerollt. Franziska betrachtete die Rundung eines Arms, die Linie, in der er sich zum Handgelenk verjüngte: die Linie einer zyprischen Vase, dachte sie.

»Sie haben schöne Arme«, sagte sie.

»Weiden Sie Ihre Augen an der Landschaft«, sagte Trojanowicz, schroff, weil ihn störte, was er bei Frauen sonst schätzte, bei den meisten vermißte, nämlich Sachlichkeit, Distanz auch in Angelegenheiten, wo Gefühl mitspielt.

Gefühl? Anerkennung wie für einen Bau von guten Proportionen. »Und gewöhnen Sie sich ab, leichtfertig mit Begriffen umzugehen«, fügte er hinzu, als sei er nicht über sie, am meisten über sich selbst verärgert, sondern über den willkürlichen Gebrauch ungenauer Begriffe – des Schönen zum Beispiel, sagte er, über ihren Fuß gebückt und bemüht, mit der Pinzette den Splitter zu fassen, was mehrmals mißlang; das Schöne, so häufig beschrieben, umschrieben, analysiert, auf Merkmale und Wirkung untersucht, habe bis heute keine gültige Definition erfahren, bestenfalls Annäherungen, Versuche, zum Teil bestechende Versuche einer Definition, jedoch zeige sich, bei gründlicher Untersuchung ... »Haben Sie ihn?« fragte sie sanft.

»Geduld, Lady. Bestechende Versuche, wie gesagt, aber Sie finden hinter dem ganzen Feuerzauber, dem modischen Vokabular immer den alten Laokoon wieder«, fuhr er unbeirrt fort, während er mit der Pinzette schnappte, seinem hübsch verchromten (oder versilberten?), leider stumpfen Zänglein, das Franziska am liebsten samt dem Etui aus dem Fenster geworfen hätte. »Ich würde soweit gehen, zu behaupten, daß nach Lessing und Börne nichts Wesentliches über diesen Gegenstand gesagt worden ist.«

»Na und? Was soll's? Glauben Sie, daß man Schönes tiefer empfindet, wenn man eine Definition zur Hand hat, womöglich in Kurzfassung, einen bündigen Satz wie unser Professor –« Sie verstummte und drehte den Kopf. Trojanowicz besah sich den blutigen Splitter, »beachtlich«, sagte er, »aber wohl doch nicht die rationellste Form von Baustellenberäumung. Pardon. Ihr Professor –?«

»Schinkel (Gott weiß, womit er es sich verdient hat, diesen Namen tragen zu dürfen), Professor Schinkel, der uns diktierte: Schön ist, was seinem Zweck vollkommen entspricht. Schinkel!« sagte sie spöttisch. »Eine Formel hat er zustande gebracht, aber sein Leben lang kein anständiges Bauwerk.«

»Erlauben Sie«, unterbrach er. »Ich bestehe ja nicht auf Definition, schon gar nicht auf mechanistischen Faustregeln –«

»Ah, und warum streiten Sie dann mit mir?«

»Ich bin der letzte, der über Geschmacksfragen streiten würde, denn auf Geschmack läuft es am Ende hinaus. Meinetwegen kann jedermann –«

»Jedermann, aber ich nicht? Warum darf ich nicht schön sagen, ohne von Ihnen kritisiert zu werden?«

Er war befremdet von ihrem feindseligen Ton, versuchte zu erklären, daß er sich nur gegen den definitiven Gebrauch von schön wende, und, da sie schwieg: von Kritik könne keine Rede sein. Sie schwieg. Warum? Er hatte wirklich keine Lust, sich über ihre Launen den Kopf zu zerbrechen; trotzdem klang es wie eine Entschuldigung, hörte er selbst, als er wiederholte, er habe nicht nörgelnde Kritik üben wollen, nur seiner Schwäche nachgegeben (die er kannte), lehrhaft zu werden; er bezichtigte sich der Pedanterie, während er im stillen seine lächerliche und ungewohnte Rolle eines Mannes verwünschte, der sich bei einer Frau für ihre schlechte Laune entschuldigt.

Sie blickte, an seinem Gesicht vorbei, auf den Platz mit zerfallenden Schuppen, dem Manegenkreis aus schmutziggelben Sägespänen, einer Bretterwand, vor der Plakatfetzen wehten, die ehemals roten Blütenblätter einer Mainelke, und die Rauchwolken überm Horizont, drei ockerfarbene über den nicht sichtbaren Schornsteinen einer alten Brikettfabrik und eine weiße, kriechend mit einem lautlos kriechenden Zug. »Hier bauen wir das Zentrum.« (Sie hat ihm nicht zugehört.) »Wir haben noch eine Chance ... die Stadt, meine ich, oder Schafheutlin mit seiner Truppe. Falls sich nicht der Bezirk die Projektierung unter den Nagel reißt, oder das Institut in Berlin, oder irgendein Prominenter, der zu höheren Aufgaben als Wohnungsbau berufen ist ... Das Wir ist bloß Gewohnheit, entschuldigen Sie, unkorrekt und leichtfertig hingesagt.« Sie brach in Lachen aus. Pedantisch – Sie? Die zerknüllten Zeitungen, die Kippen und abgebrannten Streichhölzer auf dem Boden, die achtlos hingestäubten Ascheflocken, die mit Draht hochgebundene Türklinke, die Armbanduhr, die wie ein Maskottchen am Rückspiegel baumelt ... Die Zeit! Schafheutlin! Ein Pflaster! Sie dankte, stieg ab, und er beugte sich, um die Tür zuzuschlagen, über den leeren Sitz. »Bis morgen«, sagte sie.

»Ja. Bis morgen«, sagte Trojanowicz.

Sie wollte nicht hinken, wenn er ihr nachsah; sie hinkte nicht. Das erlaubte sie sich erst auf dem Weg zur Baracke, über den Friedhof, wo sie den steinernen Engel grüßte. Guten Tag, Aristide. Guten Tag, meine stumme Liebe. Sie wusch sich in der Toilette, einem fensterlosen Gelaß mit drei Bretterverschlägen, über dem Ausguß, in dem Kaffeesatz und blonde, braune, graue Haare klebten. Jazwauk empfing sie aufgeregt und zwitschernd: Der Alte ist verrückt geworden. Zieh dir ein Kleid an, du kommst noch zurecht. (Die Zeichnerin feierte ihren Abschied.) Fünfzehn Teerosen, zau-ber-haft. Keine Aussicht auf eine Neue, wir müssen Überstunden, eine echte Katastrophe. Gelbe Rosen, ja, vom Alten, ja, und von ihm selbst bezahlt, ich sage ja, er ist verrückt geworden.

Schafheutlin schenkt Blumen. Finde ich nett, sagte Franziska hinter der halboffenen Schranktür. »Du bist wunderbar braun«, sagte Jazwauk, der nicht geradezu hinsah, auch nicht wegsah, mit der Intimität eines Damenschneiders.

»Ich war draußen.«

»Zwei Stunden, dreiundzwanzig Minuten, vierundfünfzig Sekunden – wetten, der Alte hat die Zeit gestoppt. Du mußt auf deine Haut achten bei dem scharfen Wind. Draußen ... Was hast du bloß davon?« Ach, Mauricio, sagte sie bloß. Und als Frau ... bei diesen Männern, die rauh aber herzlich genannt werden und sich benehmen wie verpflichtet durch das Etikett, die blöde Redensart. (Er erinnerte sich an sein Praktikum, an die Arbeit auf dem Bau wie an jene Badeanstalt, den Chlorgeruch, Chlorgeschmack, seine Schulkameraden, die ihn ins Wasser stießen, seinen Kopf untertauchten.) »Mir hat noch keiner auf den Hintern gehaun«, sagte sie kühl.

Frau Krupkat goß ihr Kaffee ein. Die herrlichen Rosen, sagte sie, von Kollegen Schafheutlin, hätten Sie das gedacht? Sie war an die Vierzig, graublond, hatte blühende Gesichtsfarben und sah so gesund aus wie eh und je, trotz eines schmachtenden Ausdrucks, den sie in letzter Zeit trug, als sei sie Andacht, wenn schon nicht Blässe, dem späten Wunder schuldig, dem gewölbten Bauch, über dem sich heute ein Seidenkleid spannte statt des weißen Kittels wie sonst. Der Abschied, der Grenzübertritt war vollzogen, der Kittel verpackt: sie riecht schon nach Milch und Zimt. Mein Mann freut sich so, sagte sie. Mein Mann hat sich das Kind gewünscht, als ob ... ich weiß nicht. Mein Mann sagt, es ist wie ein Wunder. Fünfzehn Jahre. Eine Ehe ohne Kinder ist ... Wir sind so glücklich.

Ja, sagte Franziska. (Und ich habe jeden Monat vor Angst gezittert, die Tage gezählt, geschworen: der wird mich nie wieder anrühren.) »Und wann kommen Sie wieder?«

»Mein Mann sagt, das wird zuviel für mich, das Kind und die Arbeit.« Ja. Franziska zerstieß einen Zuckerwürfel im lauen Kaffee. Sie war betäubt vom Rosenduft, der Schwüle, dem morbiden Rosa, das die aufgerollten Blätter säumte. Herrliche Rosen. Ja, – wie künstlich. Und wir haben ja auch alles, fügte Frau Krupkat hinzu. Ihr Mann arbeitete als Kesselmaurer im Kombinat, sie hatten zusammen zwölfhundert im Monat verdient, neue Möbel, Waschmaschine und im letzten Jahr einen Wagen gekauft, gebraucht, aber Bestzustand, einen F 6, den Herr Krupkat überholt, bereift, lackiert hat, alles nach Feierabend, und immer noch verbessert, Sie wissen, wie Männer sind, sagte Frau Krupkat, ewig basteln, und er ist so genau in diesen Dingen, überhaupt, auch im Haushalt, herzensgut, aber genau, da darf kein Kratzer, kein Krümchen, ach, nicht, daß er was sagt, etwa schimpft, er selber holt das Staubtuch, den Handfeger, er versteht: das ist einfach zuviel für eine Frau, Beruf, Überstunden, ein Haushalt, der läuft wie am Schnürchen, vielmehr nicht läuft – aber das wird nun anders, versicherte Frau Krupkat munter, stellte Teller und Tassen zusammen, wickelte die Rosen in steifes Zeichenpapier und blickte sich um wie in einer ausgeräumten Wohnung. Nichts vergessen? »Sie waren die letzte, Frau Linkerhand.« Auf einem Teller schmolz eine Cremeschnitte. »Essen Sie doch«, bat Frau Krupkat; ihr Kinn zitterte. »Trinken Sie noch eine Tasse, ich kann den Kaffee aufwärmen, das geht schnell, nur eine Tasse«, sagte sie angstvoll.

Franziska drückte ihre Zigarette aus. »Ist Ihnen schlecht? Gott, und ich rauche ... so blöd ... Jazwauk fährt Sie nach Hause ...«

Frau Krupkat schüttelte den Kopf. Sie bückte sich über ihre Tasche. »Es ist eben doch eine Umstellung«, sagte sie leise.

Abends um neun klopfte Schafheutlin gegen die Lattenwand. Sie waren allein in der Baracke. Eine Schublade ächzte, der Stuhl scharrte auf den Dielenbrettern, Franziska hörte die Schritte nebenan, sie empfand Sympathie wie für den Schatten hinter dem letzten erleuchteten Fenster in einer dunklen Straße. Die Bäume rauschten; das hölzerne Schiff trieb durch die Stille, eine Station, auf der zwei Leute ihren strengen Dienst versehen.

Sie öffnete das Fenster für die Abendluft, für die Grillen, ihr kosmisches Konzert, das Zirpen eines Satelliten-Geschwaders, die Funksignale vom Himmel und aus dem Gras. Drei Schritte Dunkelheit trennten die beiden Lichtstreifen, die den Weg schnitten und an den Hecken emporsprangen. Schafheutlin lehnte in seinem Fenster. »Machen Sie Schluß für heute«, sagte er.

»Sie arbeiten auch noch, und ich bin nicht müde, und was soll ich zu Hause?«

Trotzdem, erwiderte Schafheutlin, trotzdem sollte sie die Bedingung, unter der er sie gelegentlich beurlaubte, nicht auffassen als ... Er suchte nach einem Wort, schien verlegen, und sie sagte flink: Rechnen Sie es für morgen an. Er zögerte. Also? Meinetwegen. Er stellte keine Fragen. Er hat noch nie gefragt: was haben Sie davon?, das gefällt mir an ihm, dachte Franziska, sprach es auch aus und hätte seine Miene erhellt, ihn zum Reden ermuntert (der Bau! die Praxis! das Leben!), vielleicht Erinnerungen an die Goldenen Fünfziger Jahre geweckt, wenn er gehört hätte, was im Pfiff und nachrollenden Donner eines Düsenjägers unterging, der die Bäume knickte, die Kapelle köpfte, das Barackendach aufschlitzte. Ihre plötzlich verkürzten Schatten glitten, der eine nach rechts, der andere nach links, aus den Lichtstreifen.

Die Grillen meldeten sich wieder. Schafheutlin stützte die Hände aufs Fensterbrett. »Was wollten Sie sagen?«

Sie lachte gezwungen. »Irgendwas Poetisches über den Abendfrieden.« Sie ging ins Zimmer zurück.

Nach einer Weile kam Schafheutlin herüber. Er schnupperte argwöhnisch. Verbrannte Papiere? Franziska drehte wie geblendet die Lampe in den stählernen Gelenken. Zigaretten, eine neue Sorte. »Sie rauchen zuviel, Sie essen zuwenig«, sagte Schafheutlin. Er habe noch zwei Brote zu bieten, leider etwas angetrocknet, aber mit einer Leberwurst belegt, wie sie heutzutage nur noch auf dem Lande, vom Uhlenhorster Fleischer zum Beispiel, gemischt und gewürzt werde ... »Ein Hasenbrot! Geben Sie her, ich sterbe vor Hunger.« Sie biß in das Brot wie in eine fremde Frucht, den Granatapfel aus östlichen Märchen. Schafheutlin stand neben dem Reißbrett und sah sie unverwandt an. »Sie sind leicht glücklich zu machen«, sagte er in versuchsweise ironischem Ton.

»Wenn Sie wüßten, wie wir früher die Kinder beneidet haben, die einen richtigen Vater hatten ... ich meine einen Vater, der richtig zur Arbeit ging, mit einer Stullenbüchse, und abends manchmal ein Hasenbrot mitbrachte ... Ach, und erst Hirtenstullen!« Die kannte er nicht, klar, weil er den Jungen nicht kannte, der auf den Wiesen am Fluß zwei Ziegen weidete, angestaunt von den jungen Linkerhands und umworben wegen seines Hirtenlebens, nämlich Schulschwänzerei, und dieses herrlichen Lebens Krönung, eben der Hirtenstulle, die er zu Mittag verschlang. Wilhelm tauschte sein Taschenmesser gegen das Wunderbrot: zwei daumendicke Scheiben, mit ein bißchen Schmalz zusammengeklebt ... Schafheutlins Gesicht verfinsterte sich, er hielt eine Bemerkung für angezeigt, daß jener Junge eher bedauernswert, die ganze Geschichte von der Hirtenstulle nicht spaßig sei (eine Frage der Optik!), und Franziska nickte und sagte, sie ähnele fatal der vom König, dem in seinem Leben nichts so gut schmeckte wie die Eidotter bei dem armen Köhler: zwei Bourgeoisbälger, gefüttert mit Ananas und Haselhuhn, »aber die Geschichte ist noch nicht zu Ende«, fuhr sie mit singender Stimme fort. »Nach vielen Jahren trafen sie sich auf einem Agronomen-Kongreß in Moskau wieder, Wilhelm und der Ziegenhirt von damals, jetzt Vizepräsident der Akademie der Wissenschaften, Institutsdirektor und Erbauer einer Rindermastanlage. Wie gefällt Ihnen das?«

»Ihr Bruder ist doch Physiker«, sagte Schafheutlin zweifelnd.

»Also gut, wenn Sie die Wahrheit hören wollen: der arme Knabe war noch nicht achtzehn, als er seinen Vater umbrachte, leider – ich sage nur aus dramaturgischen Gründen leider – nicht mit dem Taschenmesser von Linkerhand junior, sondern mit einer ordinären Holzaxt. Er saß seine Jahre ab, türmte in den Westen und ließ sich für die Fremdenlegion anwerben.«

»Das haben Sie eben erst erfunden«, sagte Schafheutlin.

»Nein. Schade, es fing so idyllisch an ... Süße Kindheit! Die Wiesen am Ufer, Anemonen – oder habe ich die Anemonenfelder auch erfunden? –, der Ziegenhirt ... Ich vergaß zu sagen, daß er eine Schwäche für die Vivisektion von Fröschen hatte.«

Sie zerknüllte das Pergamentpapier. »Danke fürs Hasenbrot. Sehen Sie, man bekommt doch alles, was man sich wünscht, manchmal verspätet«, sagte sie, lächelnd, aber über ihn, weil er den Papierknäuel aufnahm, glättete und zusammenfaltete. Er tat es mechanisch, folgte einer Gewohnheit noch unter den Augen, die ihn verzauberten, manchmal blendeten – dies im Wortsinn –, die ihre Farbe wechselten von grellgelb bis goldbraun, für die er Namen suchte in den nie geschriebenen Briefen, während der Fahrt im Bus, beim Jäten zwischen Erdbeeren und im Steingärtlein entworfen, jedoch nie am Schreibtisch, in seinem Büro: hier war Pflicht stärker als Neigung, er konnte sich (noch) auf seine Arbeit konzentrieren und war sich sofort und mit Reue einer Pflichtverletzung bewußt, wenn seine Gedanken einmal abirrten, bei einer Sitzung, deren Ergebnis schon feststand, bevor jeder seinen Platz eingenommen, seinen Notizblock auf den Tisch gelegt hatte, oder bei der wöchentlichen Zeitungsschau, die er aufmerksam verfolgte – nicht aus gespanntem Interesse (denn er hatte, wie alle anderen, die vom Referenten gesammelten Nachrichten schon in der Zeitung gelesen und über Rundfunk gehört), sondern aus Disziplin: er erlaubte sich nicht einmal in Gedanken, das Verlesen altbackener Artikel langweilig oder überflüssig zu finden, und war aufrichtig empört – so, daß er erwog, sie zu einer Aussprache in sein Büro zu bitten –, als er Franziska flüsternd, aber vernehmlich für alle, zu Jazwauk sagen hörte: »Sonntagsschule für Negerkinder«, was Koeppel lächelnd notierte, zunächst im Kopf.

Schafheutlin wußte nicht, ahnte höchstens im Halbschlaf, Halbtraum, daß er litt und wie tief das Leiden saß. Gewisse Schmerzen ließen sich noch mit körperlichen Beschwerden verwechseln, Herzenspein mit der glühenden Kugel im Magen ... Er unterdrückte das Verlangen, sich über seinen Zustand klarzuwerden; dabei empfand er etwa, was er empfunden hatte, bevor er sich entschloß, jene Korruptionsaffäre im Baukombinat aufzudecken: Zwiespalt zwischen Redlichkeit und der Furcht vor Konsequenzen, Furcht, sich unbeliebt zu machen und anderen zu schaden, oder, in diesem Fall, andere zu verwirren und zu bekümmern.

Gewisse Veränderungen in seinem Wesen bemerkten seine Mitarbeiter eher als er selbst; er wurde ein bißchen zugänglicher, sprach in weniger schroffem Ton, vermied den Ausdruck Seelenkäse, und bezeigte, zuweilen, eine vorsichtige Teilnahme für die nicht ausschließlich dienstlichen Angelegenheiten anderer, mehr nicht; die Rosen für Frau Krupkat wurden noch als eine Sensation beredet. Solche Anzeichen, daß er sich verändert hatte (vielleicht sollten wir besser sagen: daß etwas von seinem ursprünglichen Wesen wieder zutage trat), erregten bei niemandem den Verdacht, hier könnte Privates im Spiel sein, Gefühl, eine unerlaubte Beziehung. Der Gedanke schien so absurd, daß man, hätte ihn jemand geäußert, nicht einmal einen müden Witz darauf verschwendet hätte. Während der Dienststunden und in Gegenwart anderer verhielt sich Schafheutlin zu Franziska wie zu jedem, weder liebenswürdiger noch – aus taktischen Gründen – kühler; das verbot ihm sein Gerechtigkeitssinn.

Korrekt verhielt er sich auch an den Abenden, wenn sie allein waren, er unternahm keinen Versuch, sich Franziska zu nähern; er wartete, er hoffte auf eine Hoffnung, fand und verlor sie so rasch und meist unvermutet, wie Franziskas Stimmungen wechselten, ihre Gedanken von einem

Punkt zum anderen sprangen, unlogisch, fand Schafheutlin, der die Linie zwischen zwei Punkten nicht verfolgen konnte, die blitzschnell aneinander gereihten Bilder und Eindrücke. Er tappte nach einem Iltis, dessen Fell und Zähne aufglänzten und erloschen, er verlor die Spur und drehte sich schwerfällig, genarrt in einer Zone von spritzendem Halblicht.

Zu Hause fühlte er sich abgehetzt, war aber überwach und konnte lange nicht einschlafen: er wiederholte ihre Gespräche, korrigierte, feilte an seinen Antworten, die er zu spät oder gar nicht gegeben hatte; er wurde ermutigt und abgewiesen, beglückt und brüskiert, nachträglich, durch seine Deutung eines Satzes, des Tonfalls, in dem er gesprochen war, und seine Erklärung (die selten zutraf) für ihre jeweilige Laune, den bedenklichen Spaß an unglaubwürdigen Geschichten und für ihr Schweigen, das er mehr fürchtete als ein Lachen auf seine Kosten. Ihr Schweigen, seine Tortur, nach einem Gespräch über Reger ... einem Monolog, denn Schafheutlin hatte nur das Stichwort geliefert, eine Frage nebenbei – ein Brief in der üppigen Handschrift lag offen auf dem Tisch –, und eine weitere Frage eingeworfen: Sie stehen ihm sehr nahe? Er hatte kein Glück mit Worten. Ein gutgemeinter Versuch, Anteilnahme zu zeigen und sich selbst versöhnlich zu stimmen gegen Reger, der immerhin, dachte Schafheutlin, eine starke Persönlichkeit ist ... Franziska also war verstummt; sie hatte sich zurückgezogen in einen Bezirk, in dem Schafheutlin nicht existierte.

Unglaubhaft erschien ihm später, daß er es war, der einen nicht an ihn adressierten Brief gelesen hatte, zwar nur eine Zeile, aber diese, die letzte Zeile, dreimal gelesen hatte, *ich umarme Dich, mein* (hier folgte ein Wort, das er nicht entziffern konnte). Der Faustschlag in den Magen. Mein ... Geliebtes? Goldauge? Ge-?

Sein Jago streifte ihn im Korridor. Neues vom Bezirk, sagte Koeppel: die Akademie interessiert sich für Neustadt. Die Akademie? Schafheutlin stemmte die Fersen auf. Herr Reger ist die Akademie, sagte Koeppel, leis und lächelnd wie immer. Und Neustadt besitzt ja jetzt eine gewisse Anziehung für. Und so weiter. Klatsch. Man muß unterbinden, daß er Gerüchte ausstreut (denn um ein Gerücht handelt es sich zweifellos, hoffentlich), oder, besser, ignorieren …

Um fünf, als Gertrud gegangen war, blätterte er in Aktenordnern vom vergangenen Jahr und fand, abgeheftet unter November, Regers Brief, die überflüssige Empfehlung. Eine Fanfare. Zu laut, dachte Schafheutlin, zu grell, der ganze Mann zu grell, ein Blender, das muß sie doch merken. Ihr Lächeln – gerührt? spöttisch? zärtlich? –, als er das Empfehlungsschreiben erwähnte, am Tag Eins; sie saß dort, auf dem Stuhl schräg vorm Schreibtisch, Studentin, hätte ich angenommen, im dritten oder vierten Semester. Warum läßt er sie gehen, ausgerechnet nach Neustadt, in die Provinz, wenn sie die begabte – er schreibt: hochbegabte – Person ist. Ist Trennung unumgänglich geworden, weil ein Skandal droht? Welches Gefühl hat ihm den Brief an den Shanghaier diktiert? Reger nennt's liebende Achtung: für das (unleserlich) meiner Schülerin.

Schafheutlin klappte den Aktendeckel zu. Er hat nichts erfahren, was er nicht schon kennt, einschließlich der Handschrift, die der Herr Professor sich leistet. Liebende Achtung. Nun ja. Getön, die große Geste, ebenfalls bekannt. Ein Brief, der nichts beweist außer der Eitelkeit des Meisters, der sich Selbstlob spendet im Lob für seine Schülerin, sein Geschöpf.

Er widerstand dem Drang, über die Linkerhand zu reden, aber nicht der Versuchung, zu horchen, wenn in der Kantine oder auf dem Korridor zwei Kollegen halblaut sprachen: über sie, wen sonst? und wen, wenn nicht sie, meinte Koeppel, der am Nebentisch sagte: Die macht vor nichts halt. Schafheutlin löffelte seinen Diätbrei, unbequem seitwärts gedreht, und fing vom Klirren der Messer zerschnittene Sätze auf, eine ungenannte Person betreffend, die alles, aber wirklich alles tun würde, um hochzukommen. Aber das doch nicht, dachte Schafheutlin. Die Statiker am Nebentisch lachten. Koeppel, auf Flüsterfrequenz: Auch ein Talent, mit dem richtigen Mann, und zur richtigen Zeit. Hau ihm in die Fresse, sagte der Tramp von zwanzig Jahren, der lang verschollene, ein Romfahrer in verwaschenem Drell. Er wurde zur Ordnung gerufen. Schafheutlin schluckte den faden Brei. Ignorieren, befahl er sich. Vergessen.

Zur Unzeit drängte es sich ihm wieder auf, so an dem Abend, jetzt, als Franziska sagte: Man bekommt alles, was man sich wünscht, und ich werde auch mein Projekt bekommen, von Ihnen, wetten? Schafheutlin knetete seine Hand. Über das Stadtzentrum, sagte er, sei noch nicht endgültig entschieden, verfrüht also die Hoffnung auf einen Auftrag. Er wagte sie nicht anzusehen, ihren Mund, ihr Lächeln für ihn, für den richtigen Mann, den Richtigen hier in Neustadt. »Ich habe keinen Einfluß, entschieden wird auf Bezirksebene«, sagte er abschließend.

»Sie sind der Stadtarchitekt.«

»Nur kommissarisch.«

»Aber verantwortlich«, sagte sie scharf.

Er war erleichtert, dabei enttäuscht, aber das gestand er sich nicht. Sie legt es nicht darauf an, ihn zu gewinnen. Da er sich bei Frauen nicht auskannte, hatte er nur eine undeutliche Vorstellung von ihren Mitteln, einen Mann gefügig zu machen, sich mit unvernünftigen Wünschen durchzusetzen gegen seinen Widerstand: Flirt oder Tränen, mehr fiel ihm dazu nicht ein. Verantwortlich, ja, sagte er nach einer Weile, aber gebunden an Beschlüsse, Planauflagen, objektive Gegebenheiten. Er war müde. Franziska wippte mit den Füßen. Jajaja. Die abgespielte Platte. Verantwortlich, aber nicht befugt zu selbständigen Entscheidungen, sagte er, erklärte noch einmal und zum hundertsten Mal seine Situation, soweit er sie verstand (jenseits davon begann das Vertrauen in die höhere Einsicht eines *Kollektivs*) und wußte schon, es überzeugte sie nicht, was er da redete, schlimmer: er bezweifelte es selbst und, in einer panischen Sekunde, bezweifelte sich, sein Amt, seinen Anspruch auf das Amt, das ihm übertragen war, vorläufig.

Franziska wippte. Reger in seinen Briefen nannte Schafheutlin den Kleinkarierten oder die personifizierte Mittelmäßigkeit oder, im letzten Brief, in einem saftigen Satz, der sie erst entzückt, später verstimmt hatte, den Kurzstreckenläufer. Sie merkte erst, als sie ihren Antwortbrief überlas, daß sie den Kurzstreckenläufer verteidigt hatte, wenn auch vorsichtig (um Reger nicht zu mißfallen?); sie hatte sein Bild mit ironischen Schnörkeln versehen, aber ohne rechten Spaß, sie kam sich vor wie ein Schulmädchen, das ins Fotogesicht einer ehrenwerten, obschon langweiligen Person einen Schnurrbart gemalt hat, wozu? der Kerl wird nicht komisch, soviel du hinzufügst; noch unter einer Melone, zwischen Glamour-Girl-Wimpern, blickt er dich an, ernst und honett, ein Spielverderber, dem du endlich den Rücken drehen mußt wie überdrüssig.

Sie fragte sich, warum sie für Schafheutlin Partei nahm, gegen ihren Lehrer. Sie hatte eine Weile unschlüssig vor dem Briefkasten gestanden, im verdorbenen Atem des Windes, der Schwefelgeruch in die Straßen blies. Als die gelbe Klappe zufiel, schnitt Erinnerung einen Zeitspalt aus dem Abend im letzten Herbst; Franziska wurde sich der Wiederholung bewußt, als sie die Schulter bog wie damals unter Regers Hand. Auf dem Weg zu ihrem Block, die Hand in der Tasche, ums Schlüsselbund geklammert, warf sie ihm seinen Ideenrausch vor, sein Experimentalbüro, sein Gewandhaus, eine Attraktion für Touristen ... Hier, hier würden Sie nicht ein Vierteljahr durchhalten ... Arbeiten Sie mal wie Schafheutlin, in einem Kreisstädtchen, als unbestätigter Chef, mit einer Handvoll Leuten, von Terminen gehetzt, überschüttet mit Eingaben wegen Garagen und Schrebergärten, mit Beschwerden über Mülltonnen, ungepflasterte Straßen, fehlende Krippenplätze ... Der Kleine Mann des Städtebaus, ignoriert von der Akademie, übergangen, wo Beschlüsse gefaßt werden, ohne Beziehungen (und ohne Talent, sich Beziehungen zu verschaffen), brav und glanzlos (und ohne Talent, sich ins rechte Licht zu setzen), nie gelobt, nicht mal erwähnt, weil's selbstverständlich ist, daß er den Plan fürs erste, dritte, vierte Quartal erfüllt. Weil wir bloß Wohnungen bauen, dachte sie, plötzlich von Zorn auf Reger erfüllt.

Sie vergaß, daß sie selbst Neustadt gewählt hatte, sie fühlte sich betrogen, als habe ihr Lehrer ein Versprechen nicht eingelöst. *Du wirst.* Er hatte ihr Zukunft gezeigt. Die Jahre bei ihm, schien ihr jetzt, waren voller Vorfreude gewesen, sie glichen jenem Traum, in dem sie hügelan lief, auf einer Treppe, die in ihrer Erinnerung sehr weiß war, aus einem porösen, wie schaumigen Gestein. Sie fand sich in einer Gegenwart, die sie bestürzte. *Ich bin*. Wer?

Die Realitäten, sagte Schafheutlin mit erhobener Stimme. Die Anfechtung, der Augenblick des Zweifels war schon vorüber. Ich bin einfach überarbeitet, dachte er.

»Sie tun das Mögliche, ich weiß«, sagte Franziska.

Er sah sie mißtrauisch an; sie spottete nicht. Er wußte nicht, was er davon halten sollte, schwieg, sah zu, wie sie Papiere in der Schublade verschloß, ihre Tasche am Riemen über die Schulter hängte, zum Spind ging, in den Spiegel blickte, über die Brauen strich, stutzte, wie unvermutet angerufen, und, die Finger noch an den Schläfen, ihr Gesicht dem Spiegel näherte. »Mein Gott«, sagte sie. Ihr Fleisch schmolz, die Haut löste sich vom Jochbein, unversehrt blieb nur die Stirn über den Augenhöhlen. Einmal wirst du wagen, einzutreten. Was sah Wilhelm auf der muschelgrauen Mauer? Sie überhörte die Stimme hinter ihrem Rücken. Statt darüber nachzudenken, wie du leben sollst, sagte Wilhelm. Aber das weiß ich doch, erwiderte sie rasch und feurig. Wilhelm lachte.

»Kopfschmerzen?« fragte Schafheutlin zum zweitenmal.

Sie klemmte Yorick eine Mohnblume zwischen die Zähne. »Nichts.« Sie drehte sich um. »Herr Schafheutlin, ich möchte Sie etwas fragen ...« Sie zögerte. Er war rot geworden. Sie suchte nach einer Umschreibung für die Frage, die ihr eben noch einfach erschienen war.

»Ob es genügt?« fragte er zurück. »Was genügt?«

»Das hier – und alles.« Sie stotterte ein wenig. »Wie Sie leben. Wie ein Tag vergeht, und der nächste, und ein Jahr ... Ist es das, was Sie sich vorgestellt haben, als Sie anfingen?«

Er sah sie verständnislos an. »Wo? In Neustadt?«

»Ach nein«, sagte sie unglücklich. »In der Schule, oder noch früher, irgendwann, als Ihnen bewußt wurde, daß Sie *jemand* sind ... daß Sie in die Welt gekommen sind und aus der Welt wieder weggehen werden, nach einem Leben, das sechzig oder siebzig Jahre dauert, falls nicht Krieg oder Krebs oder ein verrücktes Auto ... also siebzig Jahre im

Glücksfall. Und als Sie wußten, daß Ihnen ein Leben gehört: was wollten Sie daraus machen?«

Schafheutlin schwieg, er sträubte sich gegen ein Gespräch, das zu nichts führt, [wie] er dachte, Zeitvertreib für Leute von zwanzig Jahren. Franziska lehnte an der Spindtür; sie blickte ihm auf den Mund. »Sie gehen von einer falschen Voraussetzung aus«, sagte Schafheutlin nach einer Weile, in trockenem Ton, dabei froh, weil sie wartete, »nämlich, daß irgend jemandem sein Leben gehört, wie ein Besitz, über den er beliebig verfügen kann. Sie existieren nicht für sich allein, sondern in einer Gesellschaft ... für eine Gesellschaft, dürfen wir sagen, heute, seit wir uns einen Staat geschaffen haben, in dem es möglich, ja erforderlich ist, die persönlichen mit den gesellschaftlichen Interessen in Übereinstimmung zu bringen.«

»GeWi«, murmelte Franziska. Sie war enttäuscht. Er weicht aus, redet über Allgemeines, nicht von sich. »Das ist keine Antwort, sondern ein Programm.«

Schafheutlin verschränkte die Hände hinterm Rücken. »Ein gutes Programm. Sie sind skeptisch. Warum?« Er sah ihr Gesicht wie damals durch den Spion, als sie sich unbeobachtet glaubte; er machte sich Sorgen um sie. »Ich hole Ihnen eine Tablette. Sie haben Kopfschmerzen.«

Nein, nein, sagte sie ungeduldig. »Danke«, fügte sie nach einer Weile hinzu. »Ich dachte – wissen Sie, ich finde es schrecklich, daß man nur ein einziges, unwiederholbares Leben hat, ohne die kleinste Chance, noch einmal und anders anzufangen, wenn man am Ende sieht, daß es verfehlt war.« Da er nichts sagte, nur die Schultern hob, dachte sie: Das kommt für ihn gar nicht in Frage, ein verfehltes Leben. Sie sagte nur noch zur Probe: »Sie sind also zufrieden?« und bekam die erwartete Antwort: daß man nie zufrieden sein dürfe. »Perfekt«, sagte sie kalt.

Sie schaltete ihre Arbeitslampe ab, sah sich im Zimmer um, übersah Schafheutlin und ging. Er lief ihr über den Korridor nach. Sie drehte sich um; ihre Augen funkelten vor Zorn. »Sie trauen mir nicht, Sie trauen niemandem, vielleicht nicht mal sich selbst.«

Sie gingen über den Friedhof, die nassen Gräser klatschten

um ihre Knöchel. Schafheutlin raffte Weidenruten beiseite wie eine Gardine aus Schnüren, er ließ Franziska vorangehen, die ihn streifte. Verzeihung, sagte er. Sie hob zwei Finger. Schafheutlin blickte über die Schulter. »Mein Freund Aristide«, sagte sie. »Da wir nicht miteinander sprechen können, verstehen wir uns glänzend.«

Schwärzliches Moos vertiefte den Faltenwurf und überzog wie Schimmel den gebeugten Nacken, die Schwungfedern aus Sandstein. Ein Machwerk, fand Schafheutlin, frommer Kitsch. Sie hielt ein Sturmfeuerzeug hoch, aus dem eine fingerlange Flamme bleckte und flackerndes Licht auf das Antlitz des Engels warf. Eine zerhaune Fresse. »Sehen Sie ihn an. Fromm? Der hat schon mitgemischt beim Aufstand im Himmel ... Ich möchte wetten, er versteckt einen Huf unter seinem keuschen Hemd.«

Schafheutlin blickte unwillkürlich auf den brüchigen Saum. »Machen Sie doch das Feuerzeug aus«, sagte Schafheutlin nervös.

»Einen Bockshuf wie sein Chef ... Sie wissen schon ... der impertinente Herr mit der Hahnenfeder, im roten Mantel, hinkend, schwarzbärtig und bleich ... Aber warum bleich? Er, der ganz aus Feuer geschaffen war ... der Engel des Lichts, bevor er gestürzt wurde.«

Er konnte ihr Gesicht nur undeutlich sehen. Abwarten. »Gestürzt«, wiederholte er.

»Weil er den HERRN kritisiert hat. Ein Störfaktor. Überheblich ... Die Bibel verschweigt den Fall Luzifer; er paßt nicht in die schöne Geschichte von der Schöpfung und vom Schöpfer, der abends zufrieden sein Werk überschaut, und siehe, es ist gut ... Und jetzt«, sagte sie, und ihre Schultern bebten vor unterdrücktem Lachen, »jetzt überlegen Sie, was ich damit sagen will, nicht wahr? Ein Märchen, Herr Schafheutlin.« Sie ließ die Flamme ein paarmal hochspringen und erlöschen. Die Züge des Engels veränderten sich, er schien die Stirn zu runzeln, die Lippen zu verziehen, eine Ader klopfte an seinem Hals. Der erhitzte Stahlmantel verbrannte ihr fast die Finger. »Benzin riecht gut«, sagte sie. »Kennen Sie einen gewissen Trojanowicz?«

»Den Staatssekretär? Flüchtig, nur von Konferenzen«,

sagte Schafheutlin vorsichtig. Spielte sie auf eine Beziehung an, einen nützlichen Bekannten im Ministerium?

»Na, einen Staatssekretär habe ich mir anders vorgestellt.«

Er atmete auf. »Sie meinen den Direktor vom Synthesewerk. Sein Bruder, soviel ich weiß.«

Sie setzte sich auf den Sockel. »Weiter. Haben Sie noch einen Trojanowicz zu bieten?«

»Einen Chefredakteur. Auch ein Bruder«, sagte Schafheutlin, nun ebenfalls lachend.

Ein erfolgreicher Clan, sagte Franziska. Drei Brüder; einen vierten, falls es ihn gab, erwähnte Schafheutlin nicht. Sie lehnte den Kopf an Aristides Knie. Im Efeu raschelten Eidechsen. Mittags sonnten sie sich auf den Grabtafeln; den kleinen Schlangenkopf und den Rücken bis zur nervösen Schwanzspitze fleckten Bänder in der Farbe von Steinen und Moos, und ihre Augen schimmerten auf den Tafeln wie Einsprengsel von Katzengold ... Der Garten hinter der Druckerei, Stockrosen, ein Tempelchen, von Clematis umrankt. Sie beschwor das Bild des Gartens. Vergeblicher Versuch, der Gegenwart zu entgehen: sie blickte gleichgültig auf eine unscharfe Fotografie von Gegenständen, die ihren Zauber verloren hatten.

Plötzlich empfand sie ein starkes Verlangen, den Tag zu bejahen, jeden gegenwärtigen Augenblick; sie wollte sich den Fluchtweg abschneiden. Ich werde ein Hotel gegen eine Heimat vertauschen, dachte sie.

Schafheutlin setzte sich auf die Sockelkante. Die Erde, Blumen, das feuchte Gras verströmten einen bitteren Mandelduft, der ihn schläfrig machte. Er streckte die Beine aus, sein Kopf sank nach hinten, und er sah hoch oben eine Dachschale aus Zweigen, die sich ineinander verflochten, und einen blinzelnden Stern im Laub. Franziska deutete auf den Himmel. »Dort, gegen Süden. Das Licht über der Stadt.« Ihre Stimme klang gepreßt. »Es brennt«, murmelte Schafheutlin. Die Feuer gehörten zum Sommer wie Mückenschwärme und Fliegen; in den alten Brikettfabriken brachen Brände aus, Halden schwelten, Sonnenfunken in einer Glasscherbe setzten die dürren Kiefern in Flammen.

Er rückte nicht einmal den Kopf. Ein Brand. Bürostunden. Er hörte auf, sich zu sorgen, und er wünschte nur, daß der Augenblick anhielt, die Müdigkeit, ein sanfter Fall, die Ruhe, die er mit dem bitteren Duft einsog.

»Das ist kein Feuer.« Sie erinnerte sich an nächtliche Eisenbahnfahrten, die Schwärze hinter den Abteilfenstern, als raste der Zug durch einen Tunnel, und an das Gefühl freudiger Erwartung, wenn am Horizont ein milchiger Schimmer aufstieg und sich über den Himmel ergoß, eine Stadt ankündigend, einen fremden Bahnhof, lange bevor die Bremsen schleiften und Lampen vorüberflogen, eine Schranke, Gleise, die Reihenhäuser einer Stadtrand-Siedlung.

Zum erstenmal sah sie über den neuen Straßen einen fliederfarbenen Dunst, den vom Widerschein der Lichter getönten Himmel. »Die Stadt.« Sie war bewegt. »Herr Schafheutlin, es ist die Stadt.«

Schafheutlin schwieg. Die Dunkelheit behalten, das Laub, die Wärme ihres Atems, der seinen Hals streifte ...

»Über dieser – dieser blöden Siedlung«, sagte Franziska. »Hören Sie, Herr Schafheutlin, wir dürfen uns das Zentrum nicht aus der Hand nehmen lassen. Wir haben noch eine Chance.«

»Wir«, wiederholte Schafheutlin. »Neunzehnhundertzweiundsiebzig – oder, wenn man vorsichtiger schätzt, fünfundsiebzig. Zehn Jahre.« Dann bin ich beinah so alt wie er jetzt, dachte Franziska. »In zehn Jahren haben Sie Neustadt vergessen.« Er verlor den Stern im lackschwarzen Laub. »Ende November läuft Ihr Vertrag ab.« Er fühlte an seiner Schulter, wie sie die Schultern zuckte. »Sie gehen zu Reger zurück«, sagte er.

»Nein. Ich bleibe hier. Wußten Sie das nicht?«

»Aber«, sagte Schafheutlin tonlos. »Seit wann –?«

»Seit eben. Seit einer Minute.« Sie stand auf, sie machte Aristide ein Zeichen. Bis morgen. Die Gittertür klirrte. Hinterm Zaun der Gärtnerei blühten Rosen. Die Betonstraße rollte sich samtgrau unter ihren Füßen auf. »Wollen wir Rosen klauen?« sagte Franziska. Vor einer Minute, dachte Schafheutlin. Man sollte sie warnen. Überstürzen Sie nichts. Wägen Sie ab. Das Stadtzentrum, die Taube auf dem Dach. Ein bindender Beschluß liegt nicht vor. Er erschrak. Habe ich ihr Versprechungen gemacht? Ein unüberlegter Satz, und sie erhofft wer weiß was. »Natürlich würden wir Ihre Entscheidung begrüßen«, sagte er steif. Sie balancierte auf den Zehenspitzen und lachte. Schafheutlin sah sich nach allen Seiten um. »Aber nur eine«, flüsterte er, über den Zaun gebeugt. Dornen zerkratzten ihm die Hand. »Rot, die roteste von allen«, sagte sie, »rot wie Blut, wie eine Capa in der Arena, wie die Sonne am frühen Morgen, wie die Namen der Dichter. García Lorca. Majakowski. Neruda.« Sie drehte die Rose zwischen den Fingern. »Dieser Abschied heut nachmittag. Frau Krupkat ist traurig ... Sie haben Blumen gekauft.« Sie sah ihn an, und sein Herz zog sich zusammen. »Geklaute riechen besser, finden Sie nicht?«

Die Ost-West-Tangente schnitt zwei gedachte Straßen. An den Absperrseilen flatterten rote Wimpel. Die Straßenbauer begossen den Beton, sie schlappten barfuß in Gummistiefeln; aus einem Schlauch, der seitab lag, sprudelte Wasser und tränkte den Sand. »Ich bin älter, als Sie denken«, sagte der Junge mit dem Granatkreuz. »Siebenundzwanzig. Und Sie?«

»Auch. Bald.«

Er lachte ungläubig. »Nehmen Sie mal fünf Jahre weg.«

»Danke«, sagte Franziska.

»*Germinal* habe ich schon in der Schule gelesen, aber da war es bloß ein dünnes Heft.«

»Aus sittlichen Gründen – für die Schule haben sie alle unanständigen Stellen gestrichen.«

»Nicht, daß ich Zola deswegen lese«, sagte er. Franziska warf einen Blick über die Schulter. Der Kipper stand noch, wo er vor einer Viertelstunde gestanden hatte, am Rand der Baugrube. Sie sah den aufgestützten Arm des Fahrers und ein Zeitungsblatt. Sie hatte Lust, ihre Finger in dem weißblonden, im Nacken gerollten Haar zu vergraben. Falls dieser Trojanowicz mal von seiner Zeitung hochsieht, dachte sie. Oder bloß so, weil es die Farbe wie Stranddisteln hat. Sie redeten über den *Traum*, den sie beide langweilig fanden.

Zu viele Heilige. Aber wie er die Stickerei beschreibt: als ob er sein Leben lang Stolen und Meßgewänder mit den goldenen, purpurnen, weißseidenen Fäden bestickt habe. Überhaupt, der weiß Bescheid mit Arbeit, sagte der Junge respektvoll.

Die Sonne funkelte in den roten Steinen, und Franziska beugte sich vor und betrachtete das Granatkreuz, in Wahrheit die gewölbte Brust, den Hals, um den die Kette hing. Er ist erreichbar, er wartet, ich brauchte nur zu sagen: Bringen Sie mir das Buch zurück, Mittwoch abend, ich bin zu Hause. Sie stellte sich seine Umarmung vor, den Druck der harten Muskeln, seiner Brust, des Kreuzchens, das sich in ihr Fleisch preßt, und sein Gesicht über ihrem Gesicht. Sie war verwirrt, weil sie es sich vorstellen konnte ohne Schreck, ohne den Abscheu wie früher. Der vergessene Schmerz, der sich jetzt in ihr zusammenzog, war eindeutig wie der plötzliche scharfe Hunger nach einer Krankheit, verdämmerten Tagen hinter geschlossenen Jalousien. Sie leugnete nichts. Aber warum? fragte sie sich. Warum jetzt, heute? Was hat sich geändert? Sie bedeckte ihre Augen wie von der Sonne geblendet.

»Sie tragen keinen Ring«, sagte er.

»Wenn man eure Straßen sieht, kommen einem die Tränen. Wellblech.«

Er tat ebenfalls, als mustere er den grauweißen Streifen hinter den Seilen. »Das liegt am Beton.«

»Natürlich. Oder an den Terminen. Oder an Gottweißwas.«

»Sind Sie verheiratet?«

»Na ja«, sagte Franziska undeutlich. Er scharrte mit den Zehen im Sand, die Sonne hatte seine nassen Füße und die Waden unter aufgekrempelten Niethosen getrocknet. »Warum tragen Sie dann keinen Ring?« fragte er nach einer Weile.

»Verloren.« Sie sahen sich an, dann zum Himmel, in den drei Düsenjäger stiegen wie bestellt, exakt formiert zu einem Keil, dem sie unnötig lang nachstarrten. Ihr Buch, sagte der Blonde, und Franziska sagte: Ach, das hat Zeit. Sie dachte: Er sieht wirklich jünger aus, zweiundzwanzig, höchstens.

Sie schlenderte über den Bauplatz und zum Kipper. Trojanowicz sagte hinter seiner Zeitung: »Erfreulich zu sehen, wie sich Tarzans literarische Neigungen vertiefen«.

»Tarzan!« sagte sie böse. »Er ist kein Affe, wissen Sie.«

Trojanowicz ließ die Zeitung unter den Fahrersitz fallen. »Wer redet von einem Affen?« sagte er verblüfft. »Kind, haben Sie niemals einen Tarzan-Film gesehen? Der junge Lord, zwar aus der Bahn geworfen, auf Palmen schlafend statt im Oberhaus, aber edel und wohlgestaltet. Nein? Und keine Tarzan-Bücher gelesen? Bücher, liebes Kind, die zum Bildungsgut der deutschen Jugend vor fünfundvierzig gehörten.«

»Ach, damals«, sagte sie gedehnt. Das sollte er noch oft hören, ach damals, in dem Tonfall, als sagte sie: vor der Zeitenwende.

Ja, damals, sagte er, und sein Gesicht veränderte sich, lang ist's her, und er hat nicht bedacht, daß sie jünger ist, ein paar Jahre, die aber doppelt, dreifach, zehnfach zählen, wieso eigentlich? das sind doch Platitüden, das behauptet jede Generation, das hat schon der alte Lukait gesagt, mein Großvater, der vor Verdun lag, ein paar Wochen, aber, Jungche, die rechnen wie ebenso viele Jahre, und mein Urgroßvater, der bei Mars-la-Tour mitgeritten ist, und Pan Trojanowicz nach dem Schlamassel mit den Ordensrittern … also, daß sie jünger ist und gewisse Bücher nicht kennen kann (obgleich, Tarzan hätte sie später, wenigstens im Film, für Ostmark am Potsdamer Platz), gewisse Romane, Filme, Personen, Ereignisse, die ihm bekannt und vertraut sind, für sie aber Geschichte, womöglich Legende, wenn sie in jenen Zeitabschnitt gehören: *vor fünfundvierzig.*

»Aber die Buffalo-Bill-Hefte kenn ich noch, und die waren vorher«, sagte sie. »Und die Bomben.«

Trojanowicz runzelte die Stirn. »Sie denken zuviel an den Krieg.«

»Weil er nicht zu Ende ist. Kein Tag, an dem man den Krieg vergißt und die Hitlerei. Die Ruinen in meiner Stadt. Das Gerüst um die St. Annen-Kirche. Die Prozesse. Die Geschichte von Simon Wiesenthal, der diesen Eichmann sucht, über die ganze Welt. Und der Pole im Lift vom *Ambassador*, der uns Deutsch sprechen hörte ... Die Hakenkreuze an einer Synagoge. Das war drüben, ja. Aber die Leute, die in Theresienstadt unbedingt die Verbrennungsöfen fotografieren wollten, die waren von uns, ziemlich junge Leute. Ein Bild vom Ofen als Souvenir ... Der Tscheche, der uns begleitete, ist damals selbst im Lager gewesen. Er sagte nichts. Er war sehr höflich, wissen Sie ...«

Trojanowicz schwieg. Er klinkte die Wagentür auf, und Franziska stieg ein und setzte sich neben ihn. »In die Stadt?« fragte er. Er saß aber noch eine Weile, die Hände auf dem Lenkrad, und Franziska sah ihn von der Seite an und versuchte sein Profil zu rekonstruieren, eine vielleicht gerade und schmalrückige, vielleicht gebogene Nase einzuzeichnen in das Gesicht, das Schafheutlin nicht wiedererkannt hatte. »Haben Sie ein altes Foto von sich?«

»Zwei. Ein Aktfoto, Rückenakt und Eisbärfell –«

»Also das andere«, sagte Franziska. Er fand es im zerlappten Ausweis, zwischen Kinokarten, Geldscheinen, Fahrerlaubnis, Notizzetteln, Lohnstreifen, Spendenmarken: ein Gruppenfoto, zehn junge Männer, einige dunkelhäutig, zwei mit Schlitzaugen und flacher Nase, Chinesen, Koreaner, Kambodschaner?, klein wie Zwölfjährige neben einem Neger in weißem Gewand, einer Art Toga; die anderen, stehend oder hingelagert, als parodierten sie ein Vereinsfoto, trugen weite Hosen und Blauhemden, nur einer den Sakko nach der Mode jener Jahre, dazu die Krawatte mit breitem Knoten. »Der Redaktionsstab. Wir gaben die Festival-Zeitung raus ... Marcel, Kim Ken U, Walter – der ist jetzt Chef beim ND –, Ray Miller, Moise, noch ein Kim. Und das ist José, Spanier, ein Dichter von Gottes Gnaden. Fünfundzwanzig Jahre wegen Hochverrat. Daneben«, fuhr er in trockenem Ton fort, »mein Herr Bruder.«

»Der Chefredakteur?«

Das weiß sie also schon. »Nein, der Staatssekretär und – mein Geheimtip, Lady – Ihr künftiger Minister.«

»Sie fahren Kipper«, sagte sie, und Trojanowicz grinste und erwiderte: »Das einzige, was wir aneinander schätzen: korrupt sind wir beide nicht.«

Und der hier sind Sie, sagten ihre Augen, ihr Lächeln, ihr

Finger mit dem tabakgelben Nagel, der gegen das morsche Fotopapier tickte, am Rande links. Der mit der Krawatte. Das Gesicht unversehrt unter langem, in die Stirn fallendem Haar, aber unverkennbar mit den Kalmückenaugen, den Backenknochen, die stark hervortraten über hohlen Wangen, jung, zu streng trotz der lachenden Miene, düster, dachte Franziska, er sieht jetzt anders aus (anders nicht, weil ihm ein Polizeiknüppel das Nasenbein zerschlagen hat), trotzdem hätte ich ihn wiedergefunden, auch nach zwanzig Jahren. »Raskolnikow«, sagte sie, »ja, so habe ich mir immer Raskolnikow vorgestellt. Ein Besessener.«

Er zog ihr das Foto aus der Hand und legte es in den Ausweis. Er stutzte, er betrachtete sich, den jungen Mann, mehr Knabe als Mann, mit dem er nur noch den Namen gemein hat, die Ähnlichkeit wie mit einem jüngeren Bruder, und sagte von sich, von diesem da, einem zufällig Verwandten, der seine eigenen befremdlichen Wege geht: »Ein Radikaler, das kommt der Sache näher. Linksextremist.«

»Und ehrgeizig«, sagte Franziska. Sie hatte sich zu weit vorgewagt. Zwar verschloß er sich nicht wie sonst, umging aber eine Antwort, irgendeine persönliche Mitteilung über Raskolnikow, und entschädigte sie mit Geschichten aus der Redaktion, über die sie lachte und mehr hören wollte. Also gut. Um gefällig zu sein, dachte er. Distanz, die nicht bloß zeitliche Distanz war, machte es ihm leicht, über Historisches zu reden, Nachkrieg, Aufbau, die Parlamente, Berlin, die Jugend der Welt, ihr Optimismus, der sich in Liedern und Tänzen manifestiert, schreibt der deutsche Korrespondent, der pflichtbewußt mithüpft, mit in die Knie geht beim lebensbejahenden Volkstanz *Laurentia, liebe Laurentia mein*, und ihr Elan, und ihr Heroismus ... Die Redakteure (außer José natürlich, dem spanischen Dichter), die Korrespondenten, die für die Zeitung schreiben, kommen mit wenigen Vokabeln aus, aber was für welchen! Granitvokabeln, Sätze wie Monumente ... oder wie Mausoleen, sagte Trojanowicz. Daß man selbst heroische Leistungen vollbracht hat, erfährt man erst durch andere, anläßlich der Auszeichnung mit einer Urkunde, einer Medaille, einem Bezugschein für schweinslederne Schuhe. Heroisch das Artikelschreiben,

Fahnenlesen, durchwachte Nächte, gegen Morgen drei Stunden Schlaf auf dem Schreibtisch, Zeitungen unterm Kopf, Hunger, ungewaschene Socken, ein paar Aufbauschichten, eine Schlägerei mit Stumm-Polizisten, Korrektur der spanischen Texte, obwohl er kein Wort Spanisch versteht? Eine Leistung, sagte er jetzt, eine medaillenwürdige Tat war allenfalls, das Redaktionsauto zu fahren, einen türlosen Opel, Baujahr 24, dessen Lenkung mörderisch oft blockierte; der übliche, schon erwartete (manchmal nur vorgetäuschte) Unfall geschah immer nahe einem Villengarten oder dem Vorgarten zu einem Bourgeois-Haus (Klasseninstinkt – des Gefährts oder des Fahrers? das ließ er offen), und der steuerlos kurvende Opel brach durch Zäune, Hecken und Rosenbüsche. Wackeres altes Auto! Raskolnikow bot den Hausbesitzern, ihren Klagen oder Drohungen, seine finstere Stirn eines Anarchisten. Zum Teufel mit euren Zäunen, umgittertem Besitz, dem gestutzten Rasen, den niemand betreten darf, nur ihr, verschanzt hinter euren Hecken, hinter hölzernen, stählernen, schmiedeeisernen Schranken gegen die Besitzlosen.

Er hatte das Emailleschild nicht vergessen, am kreuzbergischen Mietshaus, neben dem Küchenfenster des Hauswirts, der im Vorderhaus und parterre wohnte. *Mietzahlungen hier! Klopfen und warten!* Kein *Bitte* für die Proleten vom Hinterhof. Warten und zahlen (für Stube und Küche und Außentoilette, das ewig verstopfte Klo für sechs Familien).

Er rauchte und blickte geradeaus, durch die Windschutzscheibe, und verstohlen in den Spiegel, den Rahmen für eine Braue, ein Auge unter dem langen Oval des Augenlids, eine Schläfe; er dachte wieder: Ich könnte ihr Gesicht mit einer Hand zudecken. Die Abenteuer mit dem Opel fand sie spaßig, und er gestand sich, daß er sie spaßig, wie eine Serie von Slapsticks erzählt hatte, weil ihm ihr Lachen gefiel, ihre Art zuzuhören, die ihn nun doch verführt hatte, von sich zu reden. Zu posieren, dachte er, Geschichten so zu kolorieren, daß er romantische Vorstellungen von einem ehemaligen Trojanowicz nicht abbaut, sondern bestätigt: Raskolnikow, mit umgeschnalltem Patronengurt statt der Axt unterm Mantel.

Er rügte sich für Koketterie, die ihm neu und ärgerlich war; trotzdem erlag er einem bernsteingelben, vor Spannung glänzenden Auge im Spiegel, vielleicht auch dem Foto, den alten Gefährten, Marcel, José, Moise in seiner weißen Toga, retuschierte jedoch am Bild des hohlwangigen jungen Mannes, der allerdings streng war, und lehrhaft schon damals, auch ehrgeizig (kein Streber, dazu war er zu selbstbewußt: als er, der Jüngste im Stab, zum Chef ernannt und für die Zeitung verantwortlich gemacht wurde, nahm er an, nicht geschmeichelt, nicht mit Bedenken), aber ein Asket, wie ihn das Foto vortäuscht? nein, sagte Trojanowicz, beschrieb Freßorgien in der HO, gargantuasche Lust an Schnitzeln, die ein Wochen-Honorar kosteten, und unterschlug nicht einmal die gefälligen Mädchen, Gelegenheiten, Liebe für eine Nacht, angenehm und unverbindlich.

»Ach. Ja?« sagte Franziska. (Gelegenheiten. Im Zimmer einer Hotel-Pension? Unter Büschen in einem Park? Ekelhaft.) Er fuhr jetzt an, er mußte nach vorn sehen. Die Redaktion, provisorisch, Schreibtisch, zwei Stühle in einem Zimmerchen unterm Dach, sechster Stock, Marmor bis zum ersten, Stuck bis zum dritten, ab viertem bröckelnder Putz im Haus, Hausrest zwischen Ruinen, ehemals Scherl, Mosse, Ullstein (früher Zeitungsviertel, na, das kennen Sie nicht), und auf den Stühlen und auf dem Fußboden die Zeitungen, Manuskripte, Korrekturfahnen, auf eine Wäscheleine geklammert feuchte Fotografien; Sitzungen sind nicht möglich, auch nicht nötig, befindet der Chef, hier wird gearbeitet, operativ, in Berlin ist was los, man ist dabei oder auch nicht dabei, trotzdem, man schreibt, kommentiert, beschreibt – Trojanowicz zum Beispiel, in einem flammenden Artikel, den Empfang der Komsomolzen, der dann nicht stattfindet, jedenfalls nicht wie am Schreibtisch geschildert, in der Nacht vor dem Ereignis, nicht bei Sonne und blauem Himmel (es regnet Strippen), und auf einem anderen Bahnhof, in Gegenwart anderer Persönlichkeiten als vorgesehen, mit Nelken statt Rosen, Spaniens Himmel statt Junger Garde, was hilft's?, die Zeitung muß raus, muß aktuell sein, die Zeit einholen, überholen.

Er schnitt Raskolnikow die langen Haare ab, er stattete

ihn mit Füllfeder und Rotstift aus, anstelle des Patronengurts. Keine Illusionen, Lady. Ein Journalist, Erfinder von Schlagzeilen. Eine gelungene (und seine letzte): als sie die Ansprache von Jesus Alvarez druckten, Delegiertem aus Lateinamerika, Brasilien? Ecuador?, Rede im Wortlaut, auf der ersten Seite, und fett, über drei Spalten: *Jesus spricht zum III. Parlament.* Es kam ihm nur darauf an, sie zu amüsieren, deshalb verschwieg er das Nachspiel, Aussprachen, die Rüge für einen verdächtigen Spaß, Schlagzeilen, die einer West-Gazette anstehen, nicht einem Organ unseres Millionenverbandes, den Vorwurf seines Bruders, der sich selbst mangelnder Wachsamkeit beschuldigte, der sich von dem Jugendfreund T. distanzierte – Verwandtschaft zählt hier nicht – und öffentlich aussprach, was dann als Vermerk in die Kaderakte des jüngeren Bruders einging: Überheblich. Ein Zyniker.

Er hatte die Tür zum dreizehnten Zimmer geöffnet, aber nur spaltbreit, er erlaubte einem kleinen Mädchen einen Blick in die Spielzeugecke, mehr nicht. Das Gerümpel, die Figuren und Figürchen, Lack unter Staub, schimmerten mattbunt im Halblicht ... Die verspäteten Sieger, die GIs mit mahlenden Kiefern, Corned beef, Kaugummi, Coca-Cola; General Eisenhower; Churchill, ein Spaziergänger auf dem Kaiserdamm, die unvermeidliche Zigarre im Mund (was den Bengel am Straßenrand beeindruckte: daß der feiste alte Herr den tausend Karikaturen ähnelte wie absichtlich, in einer Art, die Karikatur als Zerrbild und Verspottung unwirksam machte); die Händler mit Camel, Brot, Blondinen und Dollars am Bahnhof Zoo, am Pariser Platz, unter Torbögen; die Neubauern in einem märkischen Dorf, ehemalige Landarbeiter und verhungerte Städter und vier oder fünf Brüder Trojanowicz, die über Lyssenko diskutieren, während sie handhohen Hafer mähen, und über Kulakentum, Potsdamer Abkommen, SPD und KPD, während sie um den Herd sitzen, auf dem ein Kartoffelkuchen verkohlt.

Franziska versuchte nachzurechnen, wie alt er war, als er aus Berlin in ein Dorf, vom Dorf nach Berlin, von West nach Ost, Kreuzberg nach Lichtenberg gezogen war, Schieber, dann Neubauer, dann Funktionär bei der FDJ, Stadtbezirksleitung (ein ausgebrannter Laden, *Strumpflager Schm*, soviel war noch lesbar über der Ladentür aus Sperrholz), später Landesleitung. Mit sechzehn etwa, dachte sie; vielleicht hat er sein Geburtsdatum gefälscht, vielleicht hat ihn keiner danach gefragt, wer weiß, was damals alles möglich war.

Sie rückte zum Fenster. Die Ost-West-Tangente. Die Kräne. Eine aufwärts schwebende Zimmerwand. Sie schleppte ihre Hand durch den Wind. Kahnfahren. Ein Park im Zentrum, ein Gondelteich (wir könnten das Flüßchen umleiten), blaue Boote ... Sie gab es auf, die Jahre zu zählen. Also sechzehnjährig zur Landesleitung, aus dem Strumpfladen in eine Fabrikantenvilla, türmchenbewehrte Burg, feudal, aber nicht heizbar; im Winter sitzen sie alle, Sekretäre, leitende und angeleitete Mitarbeiter, im Musikzimmer, um den Kanonenofen, der die Blautannen aus dem herrschaftlichen, jetzt volkseigenen Park frißt, diskutieren, telefonieren, schreiben Referate, organisieren Meetings, Agitationseinsätze, Kulturbrigaden, und warten auf die Frau vom Ersten, die Seele des Apparats, die schwarzäugige Schönheit (sie sind Emigrantenkinder, der Erste und die Jüdin Ruth, in England aufgewachsen), warten auf die liebliche, die hilfreiche Ruth, die einen Kessel voll Essen bringt, manchmal Erbsen oder Bohnen, meistens Pudding: die englischen Freunde, Bekannten, Genossen, Paketspender, nehmen an, scheint's, daß man in Ostdeutschland nichts so schmerzlich entbehrt wie Puddingpulver.

Unüberhörbar, daß seine Stimme wärmer klang, als er Ruth erwähnte. Verehrung? Liebe? Und das war alles, dachte Franziska: das Emailleschild am Mietshaus, ein bißchen Wärme in der Stimme, die den Namen Ruth sagt, ein paar Zeilen aus einem Lebenslauf, unpersönlich, emotionslos abgefaßt, Geburtsort, Schulbildung, Funktionen – mehr hat sie nicht über ihn erfahren. Sie fühlte sich hintergangen. Er erzählt, um zu verschweigen. Er nimmt mich nicht ernst. In diesem Satz faßte sie zusammen, was sie ahnte: daß er ihr nur die Spielzeugecke gezeigt, daß er sie unterhalten, ein neugieriges Mädchen abgespeist hatte mit Anekdoten, mit

Histörchen über Historisches (nicht einmal das traut er mir zu, Interesse für Geschichte, die Berlinfrage zum Beispiel, die Spaltung, das Jahr Eins in diesem neuen Staat DDR, der Oktobertag, er war dabei, Augenzeuge von Ereignissen, über die ich nur gelesen, von Lehrern gehört habe).

Sie drehte ihm den Kopf zu, mit einer schnellen, genauen Bewegung, einem Blick, den er noch nicht kannte. Er dachte: Die ist hartnäckig. Er fühlte einen Stich in der Brust, als sie sagte: »Bitte, halten Sie.«

»Hier?« fragte er zweifelnd. Rechts eine Reihe von Wohnblöcken, noch türlos, treppenlos, und links die neue Straße mit zwei Fahrbahnen, hauptstädtisch, fremd zwischen Sand und Kiefern und den Ausläufern von Hügeln, Kippen, die hellgrün von Birken umbuscht waren, den struppig zwerghaften, nicht den hohen, den schlanken, deren Laub und weißer Seidenbast durch Gedichte weht als bräutlicher Schleier. »Hier«, sagte Franziska.

Er hielt. Er war froh, sie los zu sein. In dem Augenblick, als sie absprang, addierte er, was ihm mißfiel: ihre Launen (bedauernswerter Schafheutlin, der mit einer launischen Frau arbeiten muß), ihre Unart, einem, der sprach, auf den Mund zu starren, ihren Fach-Egoismus, ihre raffinierte Unschuld oder unschuldige Raffinesse, und als sie durch den Sand watete, vor der Kühlerschnauze, fügte er noch hinzu: die Bügelfalte in den Niethosen, ein lächerliches Detail, aber bezeichnend, Haar wie ein Fuchsfell, die geradezu unanständig gesunden Zähne.

»Eine Minute bloß«, rief sie. »Bitte.« Er rührte sich nicht.

»Wie beliebt«, sagte er verspätet, mit der ironisierten Beflissenheit eines Chauffeurs. Das hörte sie nicht mehr, leider. Sie ging zur Betonbahn, die mit einer Kette abgesperrt war. Trojanowicz klappte den Ausweis über dem Foto zu, und er dachte wie immer, wenn er es zufällig fand zwischen den Markscheinen, gestempelten Papieren, längst bezahlten Rechnungen: Zeit, es wegzuwerfen, und unterließ es wie immer, weil er die melodramatische Geste fürchtete. Ein Bild zerreißen, die Fetzen in den Wind streuen.

Irgendwann, vor Jahren, hatte er sich von dem jungen Mann getrennt, von dem Studenten, in dem eine kalte

Flamme brannte. Eine langsame Loslösung, beinah unmerklich, ohne Empörung, ohne einen heftigen Schmerz. Er hatte in den Jahren danach kein Bedauern empfunden wie manche, wie viele in seinem Alter, die zurückblicken auf *meine Jugend*, auf *unseren Anfang*, wehmütig, weil man nicht geblieben ist, der man war, oder schuldbewußt, wie auf einen Verrat, oder stolz (wir hatten es schwer, uns ist nichts geschenkt worden), oder spöttisch – aus Einsicht? aus Resignation? – zitierend die Blütenträume, die nicht alle reifen, oder müde, schmollend, verärgert, zornig, weil man nicht geworden ist, was man hätte werden können, und schuld sind andere, die einem das Studium vermasselt, den Weg versperrt, den erträumten Platz weggeschnappt, Ideale zertrümmert haben.

Er hatte sich heute zum zweitenmal von ihm getrennt, mit einer winzigen Spur von Bedauern, das eher der kleinen Linkerhand galt. Der, den Sie Raskolnikow nennen (übrigens, wenn schon Namen, dann besser Don Quichotte), existiert nur in Ihrer Phantasie, vielleicht noch im Gedächtnis von Moise, Kim, Marcel, vielleicht noch als eine von hundert in Zellennächten heraufbeschworenen Gestalten, hinter einer Stirn, hinter Zuchthausmauern in Madrid.

Sie stand eine Weile vor der Kette, vor dem Schild, das Betreten der Straße verbot. Sie stieg über die Kette und ging die Straße entlang, drei Schritte wie auf Glatteis, dann fest, mit den Fersen aufstampfend. O süße Vergeßlichkeit, dachte Trojanowicz: sie schrie seinen Namen und schwenkte den Arm. Kommen Sie!

Er blieb hinter der Sperre stehen. »Keine Angst, der ist fest«, sagte Franziska, und noch einmal: »Kommen Sie«, als erwarte ihn wunder was, und er wollte sagen, daß ihn nicht Angst zurückhielt – er kann selbst beurteilen, ob Beton abgebunden hat oder nicht, und Verbotsschilder, drohende Hinweise, Warntafeln übersieht er, kann er übersehen wie nicht vorhanden, wenn er sie für überflüssig, nicht vernünftig begründet, einfach schikanös hält –, und daß ihm diese Betonstraße ungefähr soviel bedeutete wie irgendein Marskanal.

»Es ist fabelhaft. Wie auf einem neuen Kontinent«, sagte

Franziska, und er blickte von ihrem Gesicht weg, auf ihre Hand, die sie ihm entgegenstreckte.

Die zerstreute Miene, der Schlenderschritt über die Kette gelang ihm wie beabsichtigt; warum er jetzt Franziskas Hand hielt, wußte er nicht. Er hätte sie sofort losgelassen, beim kleinsten Zeichen; er schloß seine Finger um die große und rauhe Hand vorsichtig wie um einen exotischen Vogel, den er gefangen hat? der ihm zugeflogen ist?, wirklich, er wußte es nicht.

Also, gehen wir. Franziska blickte zu Boden, auf ihre Füße, auf die Straße, die kein anderer Fuß zuvor betreten hatte, und sie dachte an die Wohnwagen und den Schiffsjungen, dessen Name nicht überliefert ist, und an Wilhelm und die Wolga und das Flaggschiff *Santa Maria* und den jungen Mann mit dem Granatkreuz, den kein Geschichtsbuch erwähnen wird, und an einen Januartag, frühmorgens oder spätabends, in Schafheutlins Büro, jedenfalls war der Ofen kalt, das Zimmer katzengrau, schneidend helles Licht nur auf dem Schreibtisch, auf Scheiteln und Stirnen und dem krausen Haar von Schafheutlin, dem lohfarbenen von Kowalski, dem lackschwarzen von Jazwauk, als sie sich über die Karten der Verkehrsplaner beugten, eine Korrektur berieten, eine Straßenkrümmung, die ein frostroter Finger unsichtbar einzeichnete, eine Hand im Fäustling auslöschte, die der Frostfinger von neuem und nun sichtbar, als Kratzspur, in den Plan schrieb, und sie erinnerte sich an einen Moment, als sie aufgeblickt und das weiße Fenster und das in Kristallen tausendfach gebrochene Licht gesehen hatte, und die Eisblumen zum erstenmal nicht als eine phantastische Naturlaune, eine kalte Fata Morgana tropischer Wälder, sondern als Gebilde, die nach einem strengen Ordnungsprinzip gebaut waren, musterhaft für Strukturen, vereinfacht und einem spröderen Baustoff angemessen: sie schmückte Fassaden mit Ornamenten, die Anger und Kaufhöfe mit Betongittern, die teilen, nicht trennen und Schatten, verspielt wie Ranken, auf den Rasen sticken.

Das war im Januar. Vorgestern. Sie war überrascht, nicht erschrocken wie in Schafheutlins Büro, als der Duft von Lindenblüten durchs offene Fenster wehte. Die Stadt dehnte sich aus, Fremde kamen an, Bekannte reisten ab, die Rapids hißten Wände und stapelten Etagen, Straßen rollten sich auf wie im Trickfilm, schien ihr, in zeitraffendem Tempo. Die Kratzspur auf einer Karte: ein gestampfter, gewalzter, gegossener Bogen, wirklich wie die Hügel, die Birken, die kleine harte Hand von Trojanowicz; eine Gegenwart, die schon die Zukunft der armen Landschaft einbezog, Häuser, Läden, Reklamen, die ihre Farben entfalten von Hellrot bis Karmesin, von Blaßblau bis Violett, und Augen, Schritte, Silberglanz von Aluminiumhaut, Regenschirme, Lichtwürfel der Vitrinen, *Kino*, Tatjanas Augen, B. B.s sündige Mähne über den gläsernen Türen, Autos, ihre Reifenspuren wie ein Geschling von schwarzen, noch druckfeuchten Spruchbändern.

Ein Teeröfchen kauerte schief, halb begraben im Sand. Die Sommersonne kocht den Teer in den Fugen. Zehn Sommer, zehn Winter, ich werde die Fußspuren im Schnee sehen, ich werde die Schrift der Reifen entziffern. Sie drückte seine Hand. »Wie fühlen Sie sich?«

»Wie Kolumbus, oder wie Cook. Wen hätten wir noch? Nansen –« Er stutzte, er sah sie aufmerksam an. »Sie haben Talent zum Glücklichsein«, sagte er.

Das habe ich schon mal gehört. Der letzte Abend, die geplünderte Bibliothek, die Eulenaugen hinter dicken Brillengläsern. Im selben Augenblick (später nahmen sie solche Augenblicke als Zeichen einer wunderbaren und beispiellosen Übereinstimmung), jetzt, als ihr einfiel: Vater, die grauen Haarbüschel, das Bild im Silberrähmchen, fragte Trojanowicz, ob sie den Linkerhand-Verlag kenne, und sie sagte ja, den Verlag und die Familie, sogar gut, zu gut ... Er schwieg. »Die Tochter des Hauses«, sagte sie, durch sein Schweigen verletzt. »Aber expropriiert, falls Sie das beruhigt. Enterbt von der Revolution.«

»Tüte«, sagte er und lachte. »Es war ein sehr ordentlicher Verlag.«

»Und immer unpolitisch«, sagte sie höhnisch. Eine alte Narbe brannte. Sein Lob. Sie errötete über eine Regung von Stolz: auf die Tradition eines Hauses, ein Familienunternehmen, eine Hundertjahrfeier, ein Firmenzeichen, den

Wappenschild des Bürgertums. »Aber ordentlich, doch, ich glaub schon«, fuhr sie in gleichgültigem Ton fort. »Jetzt sind sie in Bamberg. Mein Vater ... er hätte hier weiterarbeiten können, er hätte die Lizenz wiederbekommen. Er hat es nicht mal versucht. Keine Verhandlung mit den Barbaren. Sie haben seine Kupferplatten eingeschmolzen ... Irgendein Bilderstürmer, der es für revolutionär hielt, den ganzen feudalen Plunder zu schleifen, Schlösser, Dome, Denkmäler, wenn schon nicht mit einer Ladung Dynamit, dann wenigstens in effigie. Für Vater war es eine Katastrophe, einfach das Letzte, wissen Sie. Er wollte nicht mehr. So war er eben«, sagte sie abschließend.

Wie über einen Toten, dachte Trojanowicz. So war er. Die drei Schaufeln Erde. Sie gingen zurück, die Hände ineinander, als hätten sie bloß vergessen, sich loszulassen, oder den richtigen Zeitpunkt verpaßt, wo Trennung nicht peinlich ist für einen oder für beide. »Schade«, sagte er, als sie an der Sperre standen.

»Was ist schade?«

Er stieg über die Kette (Gelegenheit, ihre Hand freizugeben), er zuckte die Schultern. »Daß mir der Sinn fürs Erhabene fehlt.« Sie beugte den Kopf zurück. Wie klein sie ist. Es war ihm peinlich, daß sie hochsehen, zu ihm aufsehen mußte. Er krümmte den Rücken und zog den Hals ein, zwischen die nach vorn gebogenen Schultern. Ich habe ihr alles verdorben. Er fühlte sich schuldig. »Ihre Wildtöter-Romantik«, sagte er schroff. »Bedaure, ich kann nicht die Begeisterung aufbringen wie Sie.« Sie sagte ungläubig nein, nur mit einem Flügelschlag der Wimpern, und er dachte in einer Art Verzweiflung: Wen sieht sie? »Wirklich, ich hätte Ihnen einen anderen Begleiter gewünscht.«

»Ich nicht«, sagte Franziska.

Er legte den Zeigefinger an ihren Lidwinkel. »Sie mit Ihren Unkenaugen«, sagte er, sah, daß sie starr wurde, und versuchte sich in eine Erklärung zu retten, wiederholte umschweifig, was er im Tanzsaal gesagt hatte: nein, er hat kein Glück mit Komplimenten. Denn ein Kompliment sollte es sein, versicherte er, und mißverständlich ist es nur ausgefallen, weil er ein anderes Wort vermeiden wollte, einen Vergleich mit kostspieligen Mineralien, bei denen er sich nicht auskennt, Alexandrit, Beryll, Topas. »Sie wären selbst darauf gekommen, vorausgesetzt, Sie haben jemals eine Unke gesehen.«

»Nie.« Sie atmete flach. »Auch nicht gehört. Wenn sie rufen ... man sagt, es klingt, als ob Glocken läuten ...«

»Glocken unter Wasser«, murmelte er. »Sie, Sie würden Unken mögen. Die traurigen Verzauberten ... In Masuren ... bei den alten Lukaits im Keller ...« Wer im masurischen Dorfkeller hauste, erfuhr sie nicht mehr. Er verschloß sich den Mund und verschloß ihre Augen mit Küssen. Unter ihren Lidern explodierte die Sonne. Er hob sie über die Kette und hielt sie, an seine Brust gepreßt, zwei Fuß überm Boden, während seine Lippen ihren Mundwinkel, Kinn und Hals streiften und in der kleinen Vertiefung überm Schlüsselbein verweilten, armes Kind, flüsterte er, poor child, poor child. Sie wünschte taub zu sein. Mitleid, ein höflicher Mund verbrannte ihre Haut. Sie glitt zwischen seinen Armen durch; der Steindamm demütigte sie, er schmolz unter ihren Sandalen, sie mußte sich festhalten. Sie sah weißen Stoff, eine Manschette, Perlmutt in einem ovalen Manschettenknopf. Er wartete. Sie schüttelte den Kopf, und Trojanowicz beugte sich zu ihr hinab und küßte sanft, wie zum Abschied, das blaue Delta in ihrer Armbeuge.

11

Eine Möglichkeit, mit der ich nie gerechnet habe: wir können entlassen und vertrieben werden.

Er wär imstande, der Glatzkopf, du kennst ihn noch nicht. Dieser Ton heut mittag, und Sie statt du, und Kollegin, mit einer Stimme scharf wie ein Rasiermesser ... Ein Fremder, Bauführer seit drei Tagen, schon unbeliebt, schon umworben. Gesehen hast du ihn sicher, Ben, der ist nicht zu übersehen, einsneunzig, mindestens, ein Mann in deinem Alter, aber schon kahl. Gefräßige Kiefer, der Mund üppig und frech.

Die Alten grinsten, als er zum ersten Mal in die Baubude kam. Traumhaft. Diese Anfänger haben eine Schwäche für Zunfttrachten, Dreck unterm Fingernagel, offenes Hemd, Haare auf der Brust. Ein Neuling, hieß es. Ingenieurbüro, irgendwelche Affären, vermutlich Liebschaften oder Krieg mit dem Chef, eine Büro-Revolte, honoriert mit Verbannung in die Wälder, Bewährung an der Basis. Dieser Stetson-Hut, diese Stiefel, die speckige Lederjacke, die Stimme, lässig, dabei hart: Kino, und er, im Kostüm aus dem Fundus, spielt eine Rolle, die Heldenrolle, Yul Brynner auf dem Bau. Schluß mit Schlamperei. Lachhaft ... Aber ein scharfer Hund, sagten sie anderntags, als die Dumper anrollten und der Transport lief, exakt wie noch nie. Er hat seine erste Tat vollbracht, ohne Aufhebens, wie es sich für einen Helden gehört. Keine Wartezeit mehr, und Skatspiel entfällt, denn der Neue, scheint's, zieht Dumper aus seiner Tasche wie der Graue Mann türkische Zelte und Pferd und Wagen.

Ein Planergehirn im kahlen Schädel? Ein Durchreißer, der ein halbes Jahr lang alle Reserven an die Front wirft, dann abzieht mit Orden und Prämien, oder bleibt, aber nachläßt, lockerläßt, unmerklich sich anpaßt, mitmacht, womöglich krumme Sachen macht wie der Vorige? Oder ...

möglich wär's, daß er riskiert, sich unbeliebt zu machen, und aufräumt mit krummen Bräuchen und gebräuchlichem Betrug und – wirklich, ich wünschte, er ist der harte Mann mit dem harten Kopf, dem guten Kopf, den wir hier brauchen und zu Hause gebraucht hätten (zu Hause: Neustadt, die gesichtslose, die austauschbare Siedlung?), ja, anstelle Schafheutlins einen Mann wie dieser Neue, der gar kein Neuling ist, auch kein Abenteurer, Goldsucher, Glücksucher, auch nicht verbannt oder büromüde, sondern Bauführer schon in Vetschau, Pumpe, Lübbenau war, ein Spezialist für Anfänge, Neuland, Fundamente – insofern wohl doch nicht brauchbar für Neustadt –, ein alter Fuchs also, aber das wußte ich noch nicht, als er mittags in die Kantine stiefelte wie einer von den Glorreichen Sieben, ganz Leder und verbrannte Haut, an unseren Tisch kam und, weil kein Stuhl frei war, einen Stuhl vom Nebentisch angelte, lässig, mit der Stiefelspitze, und ich sagte: Sporen tragen Sie wohl nur sonntags? Das überhörte er im Stimmenlärm und im Scheppern von Geschirr, den Plastbechern und angeschlagenen Tellern, an denen er schnüffelte, als ob er zum ersten Mal in einer Kantine, von Kantinentellern ißt, rückte den Stetson ins Genick, rückte den Stuhl näher und fragte: Gestatten Sie?, nahezu höflich, aber mit dem Blick, der dir sagt, daß er selbst es sich gestattet, auf jeden Fall. Seine Augen sind sehr hell, etwas wassergrau.

Er stützte die Ellenbogen auf den Tisch und das Kinn in die Hände und sah mich an, nicht frech und nicht freundlich oder einfach so, wie ein Mann eine Frau ansieht. Jetzt wär mir Frechheit schon lieber gewesen ... Also, die Frau Kollegin, sagte er. Und wen wollen Sie damit ärgern, daß Sie hier Sand schippen?

Das traf mich unerwartet, Verstellen war zwecklos, und ich sagte, es geht ihn einen Dreck an, und er täte besser, sich darum zu kümmern, daß Schippen überflüssig wird, Erdmassen mit Muskelkraft bewegen, Arbeit wie für Pharaonen, aber er ließ sich nicht ablenken, das geht in Ordnung, sagte er nebenhin, als habe er außer Dumpern auch ein paar Bagger und Raupen mitgebracht und könnte sie jederzeit aus der Tasche ziehen. Und dann sind auch Sie überflüssig,

Frau Kollegin … falls Sie nicht Kaffee kochen und mit einer Blechkanne über die Baustelle rennen wollen.

Kalfaktor, ja, das wär auch nicht schlecht, sagte ich und hätte es am liebsten zurückgenommen, weil mir auf einmal, wer weiß warum, ganz elend war unter den Augen von Yul Brynner (die wassergrau sind, sagte ich es schon? die sich auch verfärben können wie Wasser, nicht durch Lichteinfall, sondern von innen, vom Grund her), und weil ich mich mit seinen Augen sehen konnte, jetzt, während mir die Wiederholung einer Szene bewußt wurde, so stark, daß ich eine Art Ekel empfand bei dem Gedanken, daß jedes Gefühl nur einmal, beim ersten Mal, als eine Neuigkeit erlebt wird, und daß sich Augenblicke wiederholen, als sei das Leben aus einer kleinen Anzahl solcher Augenblicke und Szenen zusammengesetzt, wie ein Haus aus einer Anzahl von Bauelementen, Fertigteilen, die variierbar sind, das schon, aber nur begrenzt variierbar. Andere Personen, vertauschte Rollen: ein gewisser Trojanowicz an meiner Stelle und anstelle von Yul Brynner ich selbst … damals, als ich dich befragte, geradezu beschwor, dir Zukunft vorschlug, Rückkehr als mögliche Zukunft, und du darüber weggingst mit einem Spaß und nicht sahst oder nicht sehen wolltest, daß ich mich an deiner Gleichgültigkeit wundstieß.

… Manchmal habe ich Gertrud die Fingernägel ins Fleisch gedrückt, absichtlich, um ihr weh zu tun. Eine primitive Rache, Schmerz für einen mir zugefügten Schmerz … denn so, wie einen organischen Schmerz, schärfer als von fünf Nägeln, empfinde ich Ohnmacht, ungehörten Protest, Empörung, die in wattigem Schweigen erstickt wird. (Jemanden totschweigen: das ist nicht nur ein Wort, das kann eine Hinrichtungsart sein.) Und als ich dich ohrfeigte, blindlings und ungeschickt, da war diese Frau nur der Anlaß, und im Grund meinte ich deine unbestimmbare und, wie mir damals schien, unangreifbare Passivität, und die Haltung, in der du neben dir selbst standest, spöttisch, gelangweilt, klaglos, und diese Vergeudung, die auch Yul Brynner meinte, als er sich über den Kantinentisch beugte und sagte, es sei strafbar, und er würde den Bauführer bestrafen, der sich einen Kalfaktor mit Studium und Diplom leistet. Ich weiß nicht, warum ich darüber lachen mußte … vielleicht fiel mir eine Filmszene ein, irgendeine Groteske, in der ein Blechkännchen mitspielt … er sah nur, ich lachte: jetzt waren die Ohrfeigen fällig. Natürlich blieb es bei dem Wunsch, mir den Hintern … bei einer Drohung, die durchaus nicht onkelhaft und nach rüpeligem Spaß klang. Übrigens sagte er nicht Hintern. Ein Baubudenrülps …

Die anderen, zum Glück, waren mit Essen beschäftigt, oder müde, oder nicht neugierig. Sie wissen nicht, – fragen auch nicht, woher wir kommen, du und ich, und warum wir, statt in Berlin, Dresden, Rostock, hier sind, in dieser Hundetürkei an einem noch namenlosen Ort, vermuten nur und spielen gelegentlich darauf an: Intelligenzler, abgehauen oder rausgeschmissen wegen irgendeiner Affäre. Moral. Eine Liebesgeschichte. Nun ja. Die üblichen Witze, die mit der Zeit unterbleiben. Umwegige Fragen, auf die man nicht antworten muß. Die Jüngeren sind neugierig, aber schweigsam aus Takt, und die alten Zementhasen wundern sich über gar nichts mehr, die kennen ganz andere Typen (und immer, wenn sie erzählen, ist der verrückte Kampfflieger dabei, der Ritterkreuzträger, der nach dem dritten Schnaps durchdreht, mit seinem Stuka abtrudelt und schreit, schreit … und der geschaßte Lehrer, der mit kleinen Mädchen, und der Student mit den politischen Witzen, und der Schriftsteller auf Stoffsuche, Heldenklau, wie die Alten sagen), die raunzen mit dir herum wie mit jedem anderen, zeigen dir aber Kniffe und Handgriffe … und schon gar nicht interessiert, wer du bist, diese alterslosen Wurzelmänner, die Rucksackbauern, die auf dem Fahrrad von ihren Dörfern rüberkommen, unterwegs Pilze und Beeren sammeln und Kaninchenfutter schneiden, jedes Stück Holz aufklauben, schuften, auf dem Bau und zu Haus, wo sie ein Schwein füttern, Gemüse ziehen, an ihrem Häuschen flicken, und die sich nichts gönnen, nicht mal eine Flasche Bier zu Mittag, sogar mit Worten geizen (bei manchen weiß man nicht, ob sie deutsch sprechen, oder polnisch, oder sorbisch), Geld zusammenscharren und sparen, sparen, wofür?

Wie immer – eines Tages bist du angenommen; du gehörst zur Mannschaft. Vergangenheit zählt nicht. Verteidigung ist überflüssig, weil dich niemand beschuldigt ... Bis so ein Glatzkopf kommt, der dich für strafwürdig befindet, auch den Bauführer, der dich duldet, und den Kaderleiter, der dich eingestellt hat, und dir vorhält, was du selber weißt: Studium, die Examen, ein Diplom. Fehlt bloß, dachte ich, er rechnet mir jetzt die Kosten auf, als wär ich ein Rennpferd, hochgezüchtet und teuer, von dem der Besitzer erwartet, daß es ihm auf der Bahn die investierten Gelder zehnfach oder hundertfach wieder einbringt ... Nein. Vom Preis war nicht die Rede. Sie verplempern sich, sagte er. Was soll man darauf schon antworten? Also nichts.

Während unsere Leute in der Projektierung auf Verschleiß arbeiten, fügte er hinzu.

Industriebau ist nicht mein Fach, sagte ich, und er: Für Ihr Fach gilt dasselbe.

Allerdings, eben, sagte ich, als wär das ein Grund und eine mögliche Entschuldigung für Desertion (so nanntest du es einmal: Fahnenflucht, Feigheit vorm Feind). Daß er von Gründen nichts wissen wollte, war mir nur recht. Merkwürdig, ich hätte ihm jetzt keine anbieten können ... oder ich hätte sie nicht artikulieren können, so, daß er sie nicht wegschnippt als einen sentimentalen Quatsch. Allenfalls über Verschleiß ließe sich reden ... Essen Sie das Schnitzel nicht? fragte er. Ich schob den Teller zurück. Danke, ich bin satt.

Er spießte seine Blechgabel in die fette Fleischscheibe. Sie gestatten, sagte er, mit Verspätung wie vorhin, und vergaß mich sofort, ich sah's, als er sich über sein Essen hermachte, das Fleisch säbelte, die Kartoffeln in der braunen Kantinentunke zerquetschte, schaufelte und schluckte, nicht gierig, aber hörbar und mit Behagen und Hunger und Lust und allen fünf Sinnen, und eine Lust war es, ihn essen zu sehen, und ich sah ihm zu und stellte mir vor, wie er ein Dutzend Tauben frißt, oder gebratene Hühner mit Zähnen und Fingern zerreißt, die Knöchlein knackt, das weiße Brustfleisch abnagt, die kleinen Gerippe über die Schulter schmeißt, die Lippen leckt, während er schon nach dem nächsten Huhn oder Täubchen langt, und stumm und herzhaft schwelgt in der Todsünde der Völlerei ... Ich wette, der schüttet

Schnaps in Sekt und säuft fabelhafte Mengen Bier, weil's ihm schmeckt und bekommt, und sein Herz ist gesund, und Lunge, Leber, Niere, Magen o. B., und ehe es Winter wird, hat er jedes üppige Mädchen ins Heidekraut gelegt, vergnüglich geliebt und keinem Gefühle vorgeschwindelt, und spätestens, schätze ich, wenn es den ersten Frost gibt, verkracht er sich auf Tod und Leben mit dem Bauleiter, falls er nicht selbst schon die Leitung – es wäre denkbar, Ben, also laß es mich denken, laß mich wünschen, daß er dem Mann ähnelt, den ich entworfen habe, als er am Kantinentisch saß, ein neuer Bauführer, dessen Namen ich nicht behalten hab, weil er so landläufig ist, Schmidt, glaube ich, oder Schulze? also Yul Brynner, wie er am ersten Tag genannt wurde, sofort, als er seinen Stetson nach hinten rückte und einen kahlen Schädel zeigte, nicht rasiert, sondern blanke Haut, die auch braun ist, aber bleich wirkt über der kupfernen Stirn, – und sicher auch auf anderen Baustellen hieß, nicht sehr witzig, aber unumgänglich, seit dieser Western, weißt du noch? in dem die Helden so eindrucksvoll vom Pferd fielen ... ein Name, der an ihm hängenbleibt wie an dir der Doktor, neuerdings Doktor Schiwago, das hörte ich in der Baubude, sogar beim Stab, als ein Ingenieur sagte: Doktor Schiwago planiert im Abschnitt B, und alle wußten, wer gemeint ist, so leicht stellen sich Bilder ein; diese Backenknochen, typisch, ein Slawengesicht, und die Klischees dazu: Sibirien, die Steppe, russische Schwermut im amerikanischen Hit, Filmmusik, die Deutschlandfunk und Radio Luxemburg Abend für Abend in die Baracken spült.

Der neue Bauführer ... Ich habe ihm beim Essen zugesehen. Das war alles. Trotzdem wagte ich ihm nicht zu sagen: ich hatte genug davon, auf Verschleiß zu arbeiten ... Dabei ist es wahr ... jedenfalls könnte ich mich dazu überreden, es für wahr zu halten.

Unvergeßlich, wie Kowalski einmal, unter der Tür stillstehend, sagte: »Wir sind eingefroren«, nicht empört und lärmend wie sonst, auch nicht niedergeschlagen. Eine Feststellung. Eingefroren. Aber Kowalski wußte es, er sträubte sich dagegen, er und Grabbe, der kleine Bucklige, erinnerst du dich?, während die anderen, ach ja, die machten eben ihre Arbeit, manche sehr ordentlich, Fleißarbeit, die jeden Tag anfiel, schimpften, redeten auch von Verschleiß, wenn sich Termine jagten, Überstunden häuften, und malten den Teufel an die Wand, einen modernen Teufel, Herzinfarkt zum Beispiel ... Nein, Ben, das war nicht meine Sorge, Herz und Nerven hielten stand und hätten noch lange standgehalten ... Das erste Herzflattern, der erste Stich wie mit einer stumpfen Nadel erschreckte mich weniger als der Kältehauch, die Frostwarnung in einem Augenblick, als ich den Bindfaden um ein Paket schnürte, Bücher und Zeitschriften, die Reger mir geliehen hatte. Ich schickte sie zurück, Bücher, nur stellenweis gelesen, Zeitschriften, rasch durchblättert, schade, die Zeit langt nicht, man muß sich begnügen, flüchtig Kenntnis zu nehmen von Plänen für den Alex, Hochhäusern in Helsinki, einem Aufsatz von Neutra, Fresken in Mexiko City.

Die Zeit ... Oder läßt die Neugier nach? Oder wendest du die Augen ab von einem titanischen Wandbild, von einer stahlblau schimmernden Fassade, von einem Terrassenhaus, dem klug gestaffelten Wohnberg, wendest du Blick und Gedanken ab, um dich zu schützen vorm Bewußtwerden der eigenen Unzulänglichkeit? Um nicht zu denken, was Schafheutlin ausspricht: Aber die Realitäten. Neunhundert Wohnungseinheiten in diesem Jahr. Um nicht nach Wörtern suchen zu müssen, die dich stützen, Wortkrücken, etwa: Einsicht, Pflicht, Notwendigkeit. Um nicht zugeben zu müssen, daß dein Anspruch an dich selbst immer bescheidener wird ...

»Wir werden nicht beansprucht; wir werden beschäftigt«, sagte sie zu Schafheutlin. Sie hakte die Daumen in den Gürtel und spreizte die schweißfeuchten Hände ab. Die Bluse klebte an der Haut. Nach einem Gewitterregen dampfte die Erde; auch die Dielen, auch die von Junisonne erhitzten Barackenwände schienen zu dampfen. Ein Treibhaus. Sie gebot den Fensterkreuzen, blaue Orchideen zu sättigen, die fetten Stengel von Frauenschuh, die scharlachroten, wie aus Wachs geformten Blütenblätter der Flamingoblumen. Sie warf die gerollten Papiere auf Schafheutlins Schreibtisch. »Nicht gefordert«, verbesserte sie sich.

Gertrud hackte auf der Schreibmaschine. Ihre Lider waren geschwollen, als habe sie geweint. Gesoffen, widersprach Franziska und wich den Blicken aus, die sie suchten, die mäusisch weghuschten, als sie die Schulter bog wie unter einer zudringlichen Hand. Sie entzog sich, höflich und mit schlechtem Gewissen, der monströsen Stirn, der widerhaarigen Liebe ihrer Freundin und vernachlässigte ihren Dienst, die Auftritte in einer bierdunstigen Arena. Verzeihung, sagte sie, ich habe zu arbeiten.

Schafheutlin erlaubte sich, den Schlips zu lockern und die Hemdärmel aufzustreifen. »Was heißt das, nicht gefordert?« Er wiederholte seine Frage. Franziska starrte auf seine Manschettenknöpfe in der Federschale. Silberne Knöpfe, ein Oval aus Perlmutt. Die hat seine Frau ausgesucht. Schafheutlin folgte ihrem Blick. »Ein Geschenk«, murmelte er.

»Feminin«, sagte sie abschätzig, wurde rot und drehte ihm den Rücken. Sie stolperte auf der Schwelle, ging abergläubisch drei Schritte zurück und schmetterte die Tür mit einem Fußtritt hinter sich zu. Schafheutlin sagte in Richtung der Schreibmaschine: »Ich fürchte, Frau Linkerhand ist eher zu stark beansprucht«, als müßte er sie vor der Zeugin Gertrud entschuldigen. Eine indirekte Frage, die er der scheintauben Person nicht zum zweiten Mal, in anderer Form, zu stellen wagte. Aus Prinzip, sagte er sich; er hatte es immer vermieden, mit seiner jeweiligen Sekretärin – ausgenommen, leider! das Fräulein Menzel, spätere Genossin Menzel – über einen Mitarbeiter zu sprechen. Da Gertrud nichts zu hören, zwischen Puppenwimpern nichts zu sehen schien außer den Tasten TZU, FGH, VBN, ließ er es dabei bewenden: die Kollegin Linkerhand ist überarbeitet.

Sie hatte recht behalten, Frau Krupkat fehlte, eine Neue blieb aus, die Arbeit einer technischen Zeichnerin wurde unseren jungen Leuten aufgehalst, zunächst nur Franziska, weil Jazwauk für drei Wochen nach Ahlbeck gereist war. Er schwärmte für die Vorsaison, für einen Strand, auf dem sich nicht ein paar tausend Familienidylle ballen und, statt zerfließender Mütter, junge Mädchen mit Reifen spielen, paarweis, Freundinnen, von denen die eine hübsch, die andere die Folie für die Hübschheit ihrer Freundin ist. Entzückend ungeschickte Geschöpfe. Sie jagen einem Wasserball nach, und der Ritter Jazwauk opfert sich und rettet den auf eiskalten Wellen hüpfenden Ball ... Er tröstete seine arme Süße mit Karten, die entsetzliche Kur-Burgen an einem südseeblauen Meer zeigten. Franziska lächelte über einen Schwarm von Ausrufungszeichen. Schade. Sie legte die Hand über die Augen, sie entzog ihnen den Anblick des Himmels, der Bäume, der Sonne in einem runden Kapellenfenster. Abends hatte sie Kopfschmerzen, ein Aufriß verbog und knäulte seine Linien. Um zehn klopfte Schafheutlin an die Lattenwand. Er war mürrisch, er plagte sich mit Sorgen, die er ihr nicht mitteilte, und sie fragte nicht; sie versuchte die Gerüchte in der Kantine zu überhören, Koeppels Andeutungen, die gewisse, das heißt ungewisse, eventuell mögliche Entscheidungen auf höherer Ebene betrafen.

Ein paarmal gingen sie in die *Taube* und tranken einen Schnaps, aber einen Doppelten, sagte er zu Frau Hellwig, den haben wir uns heute verdient. Sie fielen auf, weil sie an der Theke lehnten. Kneipen-Unsitte. Sie trugen ihr Glas zu einem Tisch, an dem ein junges Ehepaar saß, das während einer halben Stunde fünf Worte sagte, sie: Gehen wir? und er: Frau Oberin, zahlen! Die Stühle am ehemaligen Stammtisch der Milizionäre waren leer. Die rauhbeinigen Großen Brüder, wer weiß, auf welcher Baustelle, in welcher Stampe die jetzt aufräumen – hier, das sieht, hört, riecht man, sind sie überflüssig geworden. Wispern, ein kreischender Aufschrei und Frauenlachen erklang auf der Terrasse, unter den verwelkten Sonnenschirmen, die morgen, gegen Mittag, wieder aufblühen. Frau Hellwig pflanzte einen Stengel Glücksklee in Eisbecher. Schafheutlin fand es angenehm ruhig. Ja, sehr ruhig, sagte Franziska. Ein Familienrestaurant.

Die Skatspieler, Schnapstrinker, Räuber, Randalierer, die Cliquen und die Junggesellen waren in den neuen Wohnkomplex abgewandert, in ein Lokal, das zwischen ungepflasterten Straßen, Sand und Bauschutt noch provisorisch wirkte, noch nicht bedroht von Ordnung, normalem Leben, Ehepaaren, Krawatten, Kaffeetassen, Verbotsschildern, Geflüster, Kindern vor Limonade, Sonnenschirmen und zerbrechlichen Stühlchen. Manche zogen in die Kneipen der Altstadt um. Gertrud zog mit ihnen, wie festgebunden an ihre Quälgeister. Um fünf schob sie Stirn und Pudellöckchen durch den Türspalt. Franziska schüttelte den Kopf. Gertrud flüsterte rauh: War schön, als wir noch unseren Laden hatten. Aber wir haben ihn nicht mehr, sagte Franziska. Einmal stampfte sie mit der Ferse auf und schrie: Aber Sie sehen doch!

»Sie machen sich kaputt«, sagte Gertrud.

»Jeder auf seine Art«, erwiderte Franziska.

Sie sah Trojanowicz in der *Taube* wieder. Derselbe Tisch wie an jenem ersten Abend im November. Zwei Kognakgläser. Keine Zeitungen. Die blonde Frau saß seitlich gedreht, die Beine im Gang, ihre schönen langen Beine, die sie ohne Koketterie übereinanderschlug. Er deutete eine Verbeugung an, als er Franziska erblickte, und redete sofort weiter. Über ein Buch, hörte sie, wenn er die Stimme hob gegen einen Einwand, der nicht erfolgt war. Sie rief ihre Mutter um Hilfe an, sie empfing die Befehle und gehorchte. Das Herz in Fetzen, plauderte sie mit Herrn Schafheutlin. Eine Gaststätte mit Holzstühlen, Theke, Zapfhahn: der Salon der Ehemaligen. Prüfe mich, verhaßte Lehrerin, du wirst mich nicht tadeln können. Hätte ich einen Spiegel zur Hand, wer weiß, ich sähe mein Gesicht unter schneeblauem Haar, um den Hals die Doppelreihe roter Steine, ein Band von Wundmalen. Das kennen wir doch ... Walpurgisnacht? Sie teilte sich, war ein Mund, der sagte, antwortete, lachte (am meisten über sich selbst, die Tragödin mit preußischem Rückgrat), und ein Ohr, das auf die Stimme horchte, den Metropol-Dialekt, genau formulierte Sätze, eine Rezension, die allerdings scharfsinnig ist, aber boshaft (ich habe das Buch gelesen, das er ohne Eifer vernichtet, er hat recht, er ist ungerecht aus Vergnügen an seinen Bonmots). Kein Widerspruch. Die Frauenstimme bringt sich nicht in Erinnerung. Ihr Lachen? Was für ein Zeichen über die Köpfe der anderen hinweg? Vergessen. Nicht vergessen ist ihr Händedruck in der Bar. Herzlich. Doch, herzlich, ein fester Händedruck. Kein Schatten eines Zweifels verdunkelte ihr Gesicht. Seine Frau, dachte Franziska. Es ist seine Frau, die ihm zuhört, bewundernd? oder nur geduldig? sie kennt ihn ja: ihren Mann.

Schafheutlin ergriff ihre Hand. Ich fürchte, Sie haben Fieber, diese warmen Abende sind tückisch, eine offene Tür, und Sie sitzen ungünstig, in Zugluft. Sie wünschte, daß er seine Hand nicht zurückzog. Man wird uns für ein Paar halten ... Die Plätze zu tauschen, lehnte sie ab, und als sie gingen, richtete sie es ein, daß sie jenen Tisch nicht mehr zu Gesicht bekam, an dem eine Stimme saß, nur eine, konnte sie sich einbilden, da eine andere sich nicht zu Wort gemeldet hatte. Er ist allein, er hat zu mir gesprochen ... Und wenn er nicht allein wäre? Sie empörte sich gegen ihr Geschöpf, das sie erfunden hatte, weil sie es brauchte, als Bruder, als Bild, vielleicht Vor-Bild, als eine Möglichkeit, und das sich jetzt selbständig machte, ihr Schmerz zufügte, indem es eine eigene, nicht mehr beeinflußbare Vergangenheit beanspruchte und, schlimmer, eine unerwünschte andere Person ins Spiel brachte.

An der Tür drehte sie sich ungläubig um, sah ihn, der jetzt verstummt war, aber einen Gruß versäumte, weil er eben seinen Kaffee zuckerte, und sah die blonde Ballspielerin, leibhaftig, nicht wegzuhexen, lächelnd. Das herzliche Lächeln für mich, für die kleine Freundin ihres Mannes.

Die ist ja nett, auch das noch, nett, der kann man nicht mal was antun, dachte Franziska, tat ihr aber doch was an, mordete sie unter den Augen von achtzig bis hundert Zeugen, erschoß sie in einem Kino, genauer, in einer Schulaula, in der mittwochs und freitags Filme gezeigt wurden (denn ein Kino hatte Neustadt noch nicht in diesem Jahr, Ende Juni, als es geschah).

Sie schlug einen Bogen um die *Taube.* Ach, da ist es langweilig, sagte sie zu Schafheutlin, konnte trotzdem den Verschwörern nicht entgehen, die in hellen Nächten ihren Weg kreuzten, traf das Paar jeden Abend – also zweimal oder dreimal in zwei Wochen –, ein stattliches Paar, beide gleich groß, wenn Trojanowicz sich schlecht hielt und etwas vornübergebeugt ging, sie aber aufrecht, mit ihren langen Schritten. Ihre Hand lag in seiner Armbeuge.

Franziska stieß mit Füßen und Knien das Laken weg, die Bleiplatte, die sie erdrückte; da sie ihren Augen mißtraute, befragte sie das Fensterkreuz, einen orangenen Mond, den von Schweißflammen überzuckten Himmel: Ist er nicht rot geworden, ein bißchen, kaum sichtbar unter der verbrannten Haut? Hat er nicht eine Bewegung gemacht, als wollte er den Arm heben – eine gedachte Mücke verjagen, sein Haar glätten –, um sich unauffällig der Hand zu entziehen? Ach nein. Und er soll es auch nicht. Sie dachte an den unbekannten Mann, der auf seine Uhr blickte, im Kuß, an geschlossenen Lidern vorbei. Oder er soll es nicht tun wie absichtslos. Sie forderte Ritterlichkeit und weinte, weil er sich ritterlich verhielt: er streifte die Frauenhand nicht ab für den Augenblick ihrer Begegnung. Er verweigert mir Hoffnung.

Die Birken, die Straße, die Sperrkette? Ich werde sie suchen, ich muß mich überzeugen, daß sie existieren. Den Fuß setzen auf den heiklen Boden der Wirklichkeit. Sie erinnerte sich an komische oder ärgerliche Mißverständnisse, an den Unglauben anderer, wenn sie nie gesehene Gesichter und Landschaften zu kennen vorgab oder ein Gespräch, Wort für Wort, noch einmal zu hören glaubte. Das hast du geträumt. Ja? sagte sie höflich. Die Bestürzung, wenn sie ein Zimmer wiedererkannte, das sie nie zuvor betreten hatte; alles stimmte, sogar das Tapetenmuster, das Rankenwerk einer Filetdecke auf dem runden Tisch.

Die unerwiderten Küsse, seine Lippen in ihrer Halsgrube. Geträumt? Sie zweifelte. Unbezweifelt aber blieb eine Sekunde, als die Sonne zerplatzte. Franziska drückte die Fingerspitzen auf die Lider, sie wiederholte den Augenblick, der doch an jenem Maitag, das fiel ihr jetzt ein, auch nur Wiederholung gewesen war: Sterne machen, so nannte ich es als Kind, das Spiel bei gelöschter Lampe, wenn ich das Gesicht ins Kissen bohrte und der Schwarm von Meteoriten feurigrot, dann weiß über die Innenseite der Lider zog.

Jazwauk kam wieder, er legte Arme, braun wie Bronze, um seine Süße. Na, wie seh ich aus? Prachtvoll, ich sag ja: Via Veneto, murmelte sie, die Lippen auf Nylon, auf der Ferienhaut im offenen Hemdkragen. Sie verdarb ihre Kameraderie, ahnungslos, während sie in seiner Umarmung einen anderen umarmte. Das Büro roch nach Meer und Seewind. Die ersten Tage, meine Kleine, waren einfach grau-en-haft … Sonnenbrand, die Haut in Fetzen, eine mißglückte Liebesnacht. Aber dann … Diese Mädchen, Freundinnen, die eine hübsch, die andere, nun ja, aber eine Figur!, und sie mußte doch getröstet werden, nicht wahr? Du hast mit beiden –? schrie Franziska.

Selbstlos, sagte Jazwauk, aus den edelsten Motiven: um eine Mädchen-Freundschaft nicht zu zerstören. Franziska fiel vor Lachen beinah vom Stuhl. Aber keine Einzelheiten, bitte, Gripsholm habe ich schon gelesen. Erst jetzt, als sie die Hände vors Gesicht schlug und lachte, merkte er, daß sie sich verändert hatte. Er fand sie blaß, ihre Augen übergroß. Kummer? Ach was, bloß müde, die Nachtarbeit (wenn's wenigstens Arbeit wär, für die es lohnt, sich zu zerreißen), die Büroluft, ewig nicht mehr auf dem Bau … Dann steht es ernst, echt, sagte Jazwauk. Er hob ihr Kinn. Die gelben Augen ohne Hintergrund setzten diesen Frauenkenner in Verlegenheit; er tat, als erriete er eine Weibskatastrophe. Du hast doch nicht etwa ein graues Haar entdeckt? Nur einmal, sagte sie ernsthaft, nur ein einziges, an meinem fünfundzwanzigsten Geburtstag. Der Zoll für eine verpfuschte Ehe. Sie fügte mit einem Schulterzucken hinzu: Billig, wie? Ich habe es ausgerissen.

Jazwauk trat einen Schritt zurück; er witterte eine brutale Zweideutigkeit. Ein Glück, sagte er, daß ich nicht, daß wir nicht … Eine Erfahrung, die er sich erspart hatte: Verlierer sein, verlassen werden. Ausgerissen. Seine Brieftasche (Kalbsleder mit gepunztem Monogramm) beulten Fotos; er hatte jetzt aber keine Lust mehr, die Bikini-Mädchen, seine Erfolge, auf den Schreibtisch zu blättern. Erfolge, die ihm so zugefallen waren, zu rasch, zu leicht. Franziska drehte am Kofferradio. Hör mal. Die Piaf. Die Welt ist schön, Mylord.

Jetzt denkst du wieder: ich möchte mal nach Paris, sagte Jazwauk. Ach, Maurice, sagte sie. Ich kenn ja Paris, bloß, mein Paris ist seit hundert Jahren tot, und was Städtebauliches angeht, weiß ich über Baron Haussmanns Pläne mehr als über die von Malraux … Der Schrei der Piaf: Mylord,

Mylord! Nun hör dir das an. Was fällt dir ein? Balzac. Die arme Esther. Das Schluchzen der Grisette, die sich nachts, im Rauch überm Kohlenbecken – Sie schaltete das Radio ab. Oder auf den Kerl pfeift, sagte sie, und mit einem anderen loszieht.

Jazwauk beugte sich über den Schreibtisch. Mal unter uns, Kleine –

Ja? sagte sie eisig. Er schwieg, er drehte das Gesicht zum Fenster. Was für ein Profil! Sie bewunderte die Linie von Stirn und Nase, in einem Augenblick, als er vergaß, sich zur Schau zu stellen. Ich habe ihn verletzt, er ist verletzbar, er ist ein Freund. »Komisch, du hast mir gefehlt, Moritz.« Sie dankte ihm für sein Schweigen und den bekümmerten Ausdruck, der nicht für seinen Spiegel, ein Publikum, berechnet war. »Du und dein Kofferradio und dein sensationeller Kaffee«, sagte sie. Echt? fragte er. Echt. Sie versöhnten sich beim Abwiegen von Kaffee, Kakao, Salz über einem Alchimistenkolben. Jazwauk legte ihr die Hand auf den Nacken. So schlimm, Kleine? Ziemlich, sagte sie.

Nachmittags telefonierte er mit einer Freundin. Leider, Schätzchen, ich muß heute länger, jaja, also bis morgen, Schätzchen. Er seufzte, als er den Hörer auflegte. »Schwirr ab, mach dir ein paar schöne Stunden.« Gefällig entließ er Franziska in eine Freiheit, mit der sie nichts anzufangen wußte. Wohin? Eis essen unter Frau Hellwigs Sonnenschirmen. Sie saß allein auf der Terrasse, über dem ungemusterten Teppich des Angers. Verstaubtes Grün, ein Weiblein im schwarzen Kopftuch, Blitz einer Sense. Sie wünschte sich an ihren Schreibtisch, ihre Ruderbank zurück. Straßen, Kastagnettengeklapper von Rollschuhen, eine Kreuzung, Pantomime des Polizisten, der mit weißen Ärmeln und wirbelndem Stöckchen die Lastwagen und Dumper, die Wolga, Wartburg, Trabant dirigiert. Ein Schwarm von Radfahrern, Zehnjährigen in Badehosen, wie Rennfahrer über die Lenkstange gebückt; sie fahren in den Wald, an die toten Gruben mit stillstehendem Wasser, auf dem eine fettige Rußschicht schwimmt.

Um halb fünf donnerten die Werkbusse über die Magistrale; an den drei Haltestellen ballte sich minutenlang ein

Trüppchen Leute mit Aktentaschen, zerfloß, vertropfte und wurde aufgesogen vom ersten, zweiten, dritten Wohnkomplex, der jeweiligen Kaufhalle, den schmalen Wegen zwischen Blöcken, lakenbeflaggten Trockenplätzen und dem Saum von jungen Sträuchern. Der Schnee der Spiräen war schon ergraut. Im dornigen Gestrüpp entfalteten sich die Blüten der japanischen Quitte. Spiraea thunbergii ... Chalumeles japonica ... Sie schlenderte die Straße hinab und summte: Japonica, japonica ... Die Augen der Großen Alten Dame. Grauseidene Spießgesellin, die nicht altert. Du an meiner Stelle, du würdest was losmachen, Unübliches tun, um die Häuser zu wecken, diese symmetrischen Pflastersteine bemalen, aus der Hölle in den Himmel springen, auf der Fahrbahn tanzen, die Reißbrett-Straßen verbiegen, das Abendblau beschriften *Wir protestieren*, und die Gardinen würden beiseite rascheln, Rollos hochschnellen, Fenstersimse und Balkons überblüht sein von Gesichtern, Haaren, bunten Blusen und Fähnchen wie beim Mai-Umzug, und Kinderscharen, Sperlingswolken aus den Türen stieben, während die entzauberte Mattscheibe zwinkert und Fischkoch, Plauderdame, Sportreporter zu Gummibäumen und leeren Sesseln reden.

Sie war bei der dritten Haltestelle angelangt, gegenüber dem wüsten Platz. Keine Bank, keine Mäuerchen. Sie setzte sich auf den Bordstein. Pflastermüde, als wär ich die ganze Friedrichstraße runter und übern Alex und womöglich noch die Frankfurter lang. Auf dem Grasstreifen vor dem letzten Block spielten zwei Federball, ein kindliches Paar, beide in Lederhosen, langbeinig, staksig, mit zerschrammten Knien. Eine Frau schrie aus dem Küchenfenster: Wollt ihr wohl vom Rasen runter, Rotzgören, wie oft muß man euch sagen – Der Junge schlug noch einmal die weiße Feder in die Luft, und das Mädchen fing sie mit der Hand auf, und dann gingen sie langsam weg und schleiften wie spielsatt die Füße durchs Gras. Das Mädchen strich sich die Haare hinters Ohr. Sie sahen nicht zum Küchenfenster hoch.

Ich wollte ihr ähnlich werden, furchtlos wie sie, ungläubig und heiter ... Ich bin nicht einmal imstande, ein paar geschenkte Stunden zu nützen. Nützlich, nutzbar, von Nutzen. Immer im Dienst. Sie, sie hätte einen Juniabend genossen, die Stunden wie Früchte, ihren Saft ausgepreßt, ihr Aroma geschmeckt. Leben, darauf verstand sie sich, und nehmen (aber nicht: hinnehmen). Wenn Tausch möglich wäre, ein Umtausch von Schicksal, Zeit, Lebenskreis? Ach, ich weiß nicht. Vielleicht. Nein. Kein Haus, kein Buch, kein Baum, das ihr Dasein, ihr Dagewesensein bezeugt, nur Fotos: die Badeschönheit an der Nordsee, die Reiterin am Vesuv, eine Matrone im Silberrähmchen. Und ich, dachte Franziska, mein Name, mein Herz, der Lidschnitt, den ein Finger in mein Gesicht gezeichnet hat.

Ein Doppelschritt schreckte sie auf. Das Paar. Sie überquerten den Damm, der junge Soldat schlenkerte die Handtasche seiner Frau oder Freundin. Franziska legte die Stirn auf die hochgezogenen Knie. Ich sehe schon Gespenster. Und wenn sie es wären, und wenn sie vor meinen Augen über die Straße gingen, die Finger ineinandergehakt, er ihre Handtasche am Riemchen schlendernd?

Eine Geschichte der anderen Franziska, die sie ein halbes Jahrhundert später erzählte ... und sagte ich schon, daß sie so eine merkwürdige Art hatte, mit den Schultern zu lachen? Die Zeit also: vorm ersten Weltkrieg. Köln. Das Schauspielhaus. Ein Abend im Dezember, stelle ich mir vor, draußen Schnee, Laternenlicht, Droschken, die Kutscher in langen Mänteln, bereifte Pferde, die karnevalistisch vermummt und maskiert aussehen mit ihren Scheuklappen und dem Hafersack überm Maul; drinnen? Kristall natürlich und Plüsch oder roter Samt, ein Kronleuchter, der feierlich nach oben schwebt, die glitzernden Damen mit Handschuhen bis zur Achsel, und in ihren Logen verstreut die übliche Theater-Ausstattung: Fächer, Herren, Operngläser, Abendmäntel ... So könnte ein Krimi anfangen: In der Pause nach dem zweiten Akt dringt Fräulein F. mit einem Dolchmesser in die Garderobe einer gefeierten jungen Schauspielerin ein, die ihr ich weiß nicht welchen der spitzbärtigen, schnurrbärtigen, backenbärtigen Herren abspenstig gemacht hat, die in dem Album aus verschossener violetter Seide bestattet sind.

Nein, sag mal im Ernst: du wolltest sie umbringen?

Natürlich, ma petite, sagte die Große Alte Dame. Sie spielte die Titelrolle in der *Kameliendame,* und man spendete ihr mehrmals Szenenbeifall, vor allem die Herren applaudierten, daß die Nähte ihrer weißen Handschuhe platzten. Nach dem zweiten Akt verließ ich meine Loge und ging hinter die Bühne –

Das Messer in der Hand?

Quelle idée! Im Pompadour, versteht sich. Der Inspizient führte mich zu ihrer Garderobe. Ich riß die Tür auf, ich sah sie vor dem Spiegel sitzen und sah im Spiegel ihre Augen ... grün, mein Kind, meergrün unter schwarzen, nicht schwarz geschminkten Brauen von vollkommener Zeichnung. Sie drehte sich um, der Frisiermantel (oder war es ein leichter Shawl?) glitt von ihren Schultern – mon dieu, was für Schultern! rief die Große Alte Dame. Sie hob die Zeitschicht von diesem Abend ab, als ob sie ein Medaillon öffnete, geübt, jedenfalls mühelos, es genügt, mit dem Fingernagel das Federchen am Verschluß zu berühren, der Deckel aus dünnem Gold springt auf, unverblaßt in fünfzig Jahren leuchtet die Miniatur, das herzförmige Gesicht, die Schultern, ein langer und zarter Hals, an den Schläfen und über der Stirn gebauschtes Haar, schwarz wie Amselgefieder ... so beschrieb es meine Großmutter: amselschwarz und wolkig gebauscht.

Ich stelle mir die Szene in einer Theatergarderobe vor: Fräulein F., in Schleppkleid und Straußenfeder-Boa, eine Dame, die plötzlich nicht weiß, wohin mit den Händen, wohin mit dem Pompadour, in dem sie den pathetischen und überflüssigen Dolch verbirgt; das Drama, anders als erwartet, hat sich schon abgespielt, stumm, so kurz oder überlang wie der Blickwechsel im Spiegel. Sie ist besiegt, so nennt sie es später selbst. Die Schauspielerin? Sie kennt das, Erstaunen, Bewunderung, die Bewunderer ihrer Kunst, die Mäzene, ihre Blumen, die Blumenkörbe, in denen ein Kärtchen versteckt ist, oder eine Bonbonniere oder ein samtenes Etui, und die Besuche in ihrer Garderobe, Backfische mit Poesiealben, exaltierte Herren, die Kulissenstromer der guten Gesellschaft – trotzdem, könnte ich mir denken, ist sie jetzt verwirrt. Ein unüblicher Besuch. Niemand liefert ein Stichwort, sie muß extemporieren, beschäftigt wirken, in Eile (die Pause ist gleich zu Ende), eben noch eine Frage vorbringen, während sie den Shawl überwirft. Was wünschen Sie? – Ihre Freundschaft, Madame, sagt Fräulein F. und wirft sich in ihre Arme.

So kann es gewesen sein. Es wäre ihr zuzutrauen. So oder anders – sicher ist: eine Freundschaft fürs Leben. Ja, aber, sagte ich, aber dein Freund? Die Große Alte Dame blies Rauchringe gegen den Plafond, lächelte und schwieg.

Köln, Köln und meine schöne Freundin, sagte sie nach einer Weile. Wir reisten zusammen, wir schrieben uns Briefe (Romane, Elegien, chiffrierte Geständnisse, die geheimnisvollen Briefe der jungen Frauen), als sie Engagements in Hamburg, Wien, Berlin annahm, beim Stummfilm triumphierte, in ihrer Glanzrolle als Kameliendame die Welt zu Tränen rührte, später vergessen wurde, unglaubhaft schnell und so tief vergessen von ihrem Publikum, als ob zwischen der stummen Diva und den neuen Stars, diesen burschikosen Mädchen mit Bubikopf und flatternden Apachenhosen, eine lange Reihe von Kriegen, Moden, Stilen, Revolutionen, also Historie läge, und Bühnen-Epochen wie zwischen Fanny Elßler, die man ihrerzeit die Göttliche nannte, und Mary Wigman, um denn einen Namen ... ja, Kind, für dich sind es bloß Namen, aber ich habe die Wigman tanzen gesehen, und die junge Palucca, und diese prachtvolle junge Negerin ... Josephine ...

Baker, sagte ich.

Danke, sagte meine Großmutter. Josephine Baker, ja, in einem skandalösen Kostüm ... geschürzt mit Bananenschalen ... Eine geschälte schwarze Banane, sagte sie, und ihre Augen funkelten vor Vergnügen. Aber das gehört nicht hierher, Fränzchen ... Was meine arme Liane angeht: sie kehrte ans Theater zurück, sie hatte noch einmal Erfolg, ihren größten Erfolg und, am zweiten Abend nach der Premiere, ihre endgültige Niederlage in dem Schauspiel eines bis dahin unbekannten Dichters – eines jüdischen Dichters, wie man jetzt hörte, überlaut hörte von johlenden Horden im Theater, von einem Mob, der in seiner Rolle als *Volk* bestellte, womöglich bezahlte Empörung austobte, und von der völkischen Presse und diesem degenerierten Schreihals, der nun auch die Komödiantin entlarvte. Eine Fremdstämmige, unwürdig, auf deutschen Bühnen deutscher Dichter Wort zu sprechen ... Sie ging außer Landes wie zur Erholung, auf ein paar Ferien-Monate. Die Schweiz. Frankreich. Paris. Sie empfand sich noch nicht als Emigrantin. Zurück nach Berlin, bald, in nächster Zeit. Der tolle Spuk kann nicht von Dauer sein ... Er dauert an: diese Tollheit hat Methode. Die lange, lange Ferienreise führt zwar auf Umwegen, aber unaufhaltsam ans Meer, in eine Hafenstadt. Marseille. Die Flüchtlinge in den Hotels, in den hundert Büros, die passiert werden müssen, und am Hafen und in den Schiffen. Die Überfahrt. Amerika. Die Neue Welt: so nannte sie in ihrem ersten Brief ein Land, das sie, drei Jahre später, höflich und gleichmütig, unsentimental, gewissermaßen herzhaft, zermalmt hatte ... Herzhaft, ja. Sie haben eine Redewendung – korrigiere mich, Fränzchen, sagte die Große Alte Dame, die im Englischen nicht sattelfest war. Take it easy. Ist das richtig?

Ja. Nimm's leicht. Oder: Mach dir nichts draus. Sowas in der Art.

Keine Rollen, keine Chance, eine Rolle zu spielen. Ihre Sprache, ihr Alter ... Tut uns leid, Mrs. Namenlos. Und dies mit munterem Zähnefletschen, wenn nicht gar einem ermunternden Schlag auf die Schulter. Take it easy, wiederholte sie, mit einem Ausdruck, als berichte sie einen Fall von Kannibalismus, und dann stand sie von ihrem Samtfauteuil auf, schien plötzlich gestört vom Lampenlicht, mußte sogar die Augen abschirmen, und ich dachte, das Stück ist zu Ende, und der letzte Akt – ach, den hat man doch dutzendmal gelesen oder im Film gesehen; die Szenerie ist bekannt: das Zimmer im Hotel (oder Logierhaus), ein Metallbett, das offene Fenster zum Hof (oder zum Lichtschacht), Wäscheleinen von Fenster zu Fenster, die Gardine wird vom Wind gebauscht (oder: die Gardine hängt schlaff, und du ahnst Sommerschwüle, stickige Luft, Geruch von Katzen, Müll, Teer, Laugen und Dunst aus einer chinesischen Wäscherei), und – Kameraschwenk zum Bett – das leere Tablettenröhrchen, ein Wasserglas, und überm Bettrand ein

Arm wie aus Wachs geformt, eine Hand, mit der Innenfläche nach oben gedreht; auch die Musik, die gegen die Mauern der Hofschlucht prallt, ist vorstellbar, Ende der dreißiger Jahre ist der Duke schon ein Großer Mann, Ella singt bei Chick Webb, und der ewige Frank Sinatra hat Amerika erobert und das Hotel an der zweiunddreißigsten Straße in New York.

Es war in Los Angeles, sagte die Große Alte Dame.

An einem Sonntag, sagte ich, nachmittags, irgendwann zwischen fünf und sieben.

Sie sah mich scharf an. In deinem Alter, liebes Kind, ist es durchaus unpassend, zu wissen, an welchem Wochentag und in welcher Stunde – Ich hab's gelesen, sagte ich kleinlaut.

Der Junge und das Mädchen saßen auf einer Stufe vor der Haustür, ihre Ballschläger zwischen den Knien. Franziska ging den Weg zurück und durch den zweiten Wohnkomplex zur Schule. Sie las die Filmplakate. *Alba Regia.* Die Tür zur Aula war schon geschlossen. »Na, weil Sie es sind«, sagte die Platzanweiserin und schlug den Vorhang zurück. Sie war blaß und hatte karottenrotes Haar, und Franziska erinnerte sich, daß sie an einem Winterabend bei ihr im Laden gewesen war. Ihre Stimmung schlug um. »Die gelben Kissen und so«, sagte sie vergnügt. »Gefällt's Ihnen?«

»Aber ja, danke«, sagte die Platzanweiserin. »Sogar meinem Mann. Die Schwelle, Frau Linkerhand.« Im Dunkeln nicht unterscheidbare Gesichter drehten sich zum Licht in der Tür. Franziska tastete nach einem Stuhl. Weiße Segel auf dem Müggelsee. Aus Webstühlen quollen Stoffbahnen wie gewalzter Teig. Ein Staudamm, schäumende Wasserfälle, Mädchen in Stiefeln, eine ordenbedeckte Brust, Birken und Taigablumen. Mützen flogen durch die Luft. Strom für Sibirien. Am Ostseestrand erholen sich. Zu Gast bei. Im Länderspiel DDR gegen. In der letzten Reihe wurde gepfiffen. Holzhacker!

Ruhe, sagte eine Männerstimme. Immer diese Halbstarken. Sie lachten und stießen Buh-Rufe aus. Das soll Fußball? Die lahmen Enten. Schickt sie in Rente. Und den Ollen da vorn. Und alle Meckerköppe. Unerhört! Die Leute drehten sich um, auch Franziska, sie dachte: Wie wir damals, immer in der letzten Reihe, wo es am dunkelsten, und die freche Schnauze, weil man im Rudel ist, und das blöde Gekicher, wenn Leinwand-Liebe sich ankündigt, man weiß schon: der tiefe Blick, und nun setzt Musik ein, Geige oder Gitarre, im Fall von Leidenschaft ein ganzes Orchester. Sie erstarrte. Dieses Profil. Der Mann neben ihr blickte aufmerksam geradeaus und schien den Lärm in der Aula nicht wahrzunehmen. Er hatte den Arm auf die Stuhllehne gelegt, seine Hand hing herab, Franziska hätte sie mit der Schulter streifen können, wenn sie ein wenig nach rechts rückte. »Guten Abend«, sagte er, ohne sie anzusehen.

»Guten Abend, Herr Trojanowicz«, sagte sie leise. Ein Zufall, ich habe den Platz neben ihm nicht gesucht. Nach einer Weile ging das Licht an, und die blonde Frau beugte sich vor und schüttelte Franziska die Hand und sagte, eigentlich ist es zu heiß, um ins Kino zu gehen, aber er, er besteht darauf. »Wegen der Samoilowa?« fragte Franziska.

»Wegen des Films«, sagte er unfreundlich.

Ich finde sie zauberhaft, sagte Franziska zu der blonden Frau, an Trojanowicz vorbei, einem höflichen, obschon belästigten Fremden, der sich so weit wie möglich zurücklehnt und mit ausdrucksloser Miene hört, was er nicht überhören kann. Das Eichhörnchen, erinnern Sie sich? und dieser Morgen in Moskau, als der Wasserwagen, und die Birken, die kreisen und kreisen, und die Kraniche am Himmel, und, ach, das alles, nach diesen ganzen heroischen Bilderbogen so ein Film, der einem das Herz, ich habe ihn dreimal oder viermal, und geheult, du lieber Gott, als die Soldaten, wissen Sie, nach dem Krieg, und sie, mit den Blumen im Arm, auf dem Bahnhof, und sie sucht nach einem, der nicht zurückkommt ... Hör auf, hör endlich auf, die müssen dich für betrunken halten, dachte sie, während sie atemlos weiterredete, stotternd und mit dem Gefühl, als stünde sie neben sich selbst und sähe sich zu wie einer Bekannten, deren Benehmen sie peinigte. Sie blickte verzweifelt in ein Gesicht, das nicht einmal Befremden spiegelte. Warum unterbrechen Sie die Verrückte nicht? Der Vorhang schnurrte. Ein Mannequin drohte dem Publikum: Man trägt wieder Hut. In der letzten Reihe heulten zwei Kofferradios auf. Come back, Baby. »Oh, und ihr Lächeln, als sie ihre Blumen an die anderen verschenkt.« Und sie tanzten verliebt den Tenn-Tenn-Tennessee-Waltz. Ein Spielzeugauto krachte gegen einen Chausseebaum, und aus den Trümmern zappelte ein Strichmännlein und fletschte ein Fernandel-Gebiß. Der kann lachen. Ehe es zu spät ist: KASKO versichert.

Zwischen den Stuhlreihen war es sehr eng, und die Frau mußte ihre Beine schräg seitwärts halten, Knie und Schenkel an Trojanowicz' Bein geschmiegt, und Franziska versuchte, nicht hinzusehen. »Ein schreckliches Kino ... wie diese Flohkiste in Leipzig, weißt du noch?, neben dem komischen Café, in dem du immer deine Vorlesungen ... Er arbeitet am liebsten im Café.« Trojanowicz schwieg; auf seinen Backenknochen zeichneten sich rote Flecke ab. Sie sprach jetzt von russischen Filmen, die sie gesehen hatten. Wir, sagte sie, und Franziska dachte, daß sie zu oft wir sagte und absichtsvoll ein Wort betonte, das sie und ihn wie eine Schale umschloß. Wir: unsere Erinnerungen, unser Zimmer, unser Café, unser Kino, unser Leipzig. Sie sah ihn an. Nicht wahr? fragte sie, wir waren beeindruckt, nicht wahr?, als ob sie ihrem Eindruck mißtraute, wenn er nicht gleichzeitig den gleichen Eindruck empfing. Klarer Himmel. Ein Menschenschicksal. Karussell.

»Karussell ist ein ungarischer Film«, sagte Trojanowicz mit schneidender Stimme. Sie lachte bloß und zuckte die Schultern, na gut, dann eben ungarisch, sagte sie, unbekümmert aus Klugheit? aus Nachgiebigkeit?

Wenn ich alle anderen Filme vergessen würde, *Alba Regia* bliebe mir im Gedächtnis wie eine Zauberformel in meinem ersten Märchenbuch, wie der erste Abzählreim, den wir auf der Straße lernten. Du saßest neben mir, den Arm über der Stuhllehne, und ich sah dein Profil und den blonden Kopf, der sich deinem Kopf näherte (sie flüsterte – oder war Flüstern nur ein Vorwand, um dein Ohr, deinen Hals mit ihren Lippen zu streifen?), und die unbekannte Stadt, ihre Gassen und die Keller, in denen man hastig flüsterte, und die Männer mit mißtrauisch verschlossenen Gesichtern, und deutsche Uniformen, und das Mädchen ... nein, Ben, ich habe ihren Tod nicht akzeptiert. Sie war so jung, und ich wollte, daß sie durchkommt, ich wünschte es mit aller Kraft, obgleich ich wußte, daß wir in einer Schulaula saßen, vor einer Leinwand, auf der sich Bilder bewegten, und daß die Stimmen, vom Tonstreifen dazu geliefert, einen Text sprachen, der im Drehbuch festgelegt ist wie das Lachen, wie ein Schluchzen, wie Schreie ... auch die entsetzlichen Schreie sind vermerkt, ich weiß, aber ich muß die Hand auf den Mund pressen, um meinen Schrei zu ersticken, – und daß mir ein Schicksal vorgeführt wurde, das ich auf keinen Fall beeinflussen konnte: was auch geschah, es geschah unberührt durch meine Wünsche und Hoffnungen.

Ich war mir auch die ganze Zeit deiner Nähe bewußt ... nur einmal verlor ich dich: als sie mit den deutschen Soldaten tanzte, lächelnd, lächelnd ums Leben tanzte, von einem Arm in den anderen, sie drehte sich, und die Gesichter drehten sich vorbei, immer schneller, sie flog zwischen den Händen, die aus Uniformärmeln wuchsen, und mir schien, sie drehte sich schon Stunden, eine Ewigkeit, und ich dachte, sie sollen endlich Schluß machen, mir war übel, und dabei zitterte ich vor dem Augenblick, wenn der Tanz zu Ende ... Er war zu Ende. Was dann geschah? Vergessen. Schnitt und Bildwechsel: die Katastrophe ist noch einmal aufgeschoben.

Seit wann deine Hand auf meiner Schulter lag, weiß ich nicht, und ich bezweifele, daß du es weißt. Ich bezweifelte deine Hand ... Der Schattenriß deines Profils, die gleiche Haltung wie vorhin, bevor es dunkel wurde, ein Mann im Kino, zufällig mein Nachbar: undenkbar, daß er mich angesehen, daß er sich bewegt und seine Hand, die schlaff über der Lehne hing, als gehörte sie nicht zu ihm, nun ausgestreckt oder nur erhoben hat, ein paar Zentimeter – mehr Raum war da nicht zu überbrücken.

In der Aula war es zum Ersticken schwül, und deine Finger fühlten sich heiß und ein bißchen feucht an. O nein, ich fand es nicht unangenehm ... Haut, die atmete und sich erhitzte, garantierte Wirklichkeit; deine Hand, die mich meinte, kein Zweifel mehr, sie hielt mich, aber ohne Druck (ohne Anspruch auf Besitznahme), und mir war zumute wie später, Wochen danach, als du mich unter deine Windjacke nahmst und vorm Regen und den blauen Blitzen beschütztest.

Die befreite Stadt. Der Funker mit dem roten Stern an der Mütze. Die Fahnen. Die Staubfahnen unter Raupenketten, Rädern und Pferdehufen. Die Platzanweiserin ratschte die Portiere vor der Tür beiseite, und das Licht eines Sommerabends, die Gegenwart, triumphierte über die verblassenden Bilder auf einem Leinentuch, Neustadt über Alba Regia. Stühlescharren und das Gemurmel der Leute, die aufstanden oder schon zum Ausgang drängten, übertönten die Stimme des Mädchens, eine körperlose Stimme, die auf Funkwellen meldete: die letzte Botschaft an ihre Kameraden. Trojanowicz blieb sitzen; jetzt zum ersten Mal sah er Franziska an. In ihren Augen standen Tränen. »Ja, aber«, sagte sie, »ich verstehe nicht ... Wo ist sie geblieben? Ist sie tot?«

»Anzunehmen«, sagte Trojanowicz.

Die Frau stand auf und zwängte sich zum Mittelgang durch; sie drehte sich nach ihnen um. »Aber sie sprach noch«, murmelte Franziska.

»Ein Kunstgriff, meine Liebe«, sagte er, nicht spöttisch wie sonst, nicht einmal lehrhaft. Franziska schüttelte den Kopf. Nein, sagte sie: sie weigerte sich, zu glauben, daß eine junge Frau, ihr Körper, ihr Gesicht, ihr Mund nicht mehr lebte, und daß sie am Tag des Sieges fehlte unter den Kampfgefährten, die nicht wußten, wer fehlte: sie war namenlos, ein Codewort und eine Stimme, die nun verstummt war.

»Es war Krieg«, sagte Trojanowicz, »und sie ist gefallen, wann? wie?, das weiß ich nicht, und für die Geschichte ist es auch ohne Bedeutung, ob durch eine Bombe oder Exekution oder einfach eine verirrte Kugel.«

»Ohne Bedeutung«, wiederholte sie.

»Für diese Filmgeschichte, präziser gesagt.«

»Trotzdem. Nein, ich akzeptiere ihren Tod nicht.«

Er blieb stehen. »Hören Sie«, begann er in strengem Ton, aber plötzlich veränderte sich seine Miene, er warf den

Kopf zurück und brach in Lachen aus. »Sie sind unglaublich.« Das sagte er mehrmals: unglaublich. Er zog sein Taschentuch und betupfte ihre Lider und Augenwinkel. »Aber Sie weinen ja, Kind ... Wie oft haben Sie Romeo und Julia gesehen? Dreimal? Ich schwöre Ihnen, sie kriegen sich nicht. Aber wenn wir im Theater wären, zum viertenmal, würde ich sagen: Gehen wir, ersparen wir uns den letzten Akt, ich überlasse Sie Ihren Träumen und einer Welt ohne Kriege, ohne Gift und Dolch, versöhnen Sie die Familien Capulet und Montague, und stiften Sie eine glückliche, mit Kindern reich gesegnete Ehe.«

»Noch schlimmer. Julia andauernd schwanger, und Romeo mit Mercutio beim Bierlachs«, sagte Franziska undeutlich, hinter Trojanowicz' Taschentuch, das nach Tabak und Dieselöl und irgendeinem Rasierwasser roch.

»Ich möchte mit Ihnen den nächsten Film sehen«, sagte er.

»Wann?«

»Am Freitag, wenn's recht ist.« Sie steckte wie versehentlich sein Taschentuch in ihre Rocktasche. Die Frau machte ihm ein Zeichen über die Köpfe der anderen hinweg, wie an dem Abend in der Bar, und Franziska dachte wieder: Die gehören zusammen. Sie errötete. Ich habe nicht mal gefragt, welcher Film am Freitag gespielt wird.

»Tutti a casa«, sagte Trojanowicz. »Eine traurige Komödie, soviel ist den Kritiken zu entnehmen; chaplinesk, behauptet ein begeisterter Rezensent; jedenfalls ein sehenswerter Film, in dem Frau Linkerhand nach Herzenslust lachen und weinen kann.« (Du sagtest wirklich: nach Herzenslust.) Er beugte sich zu ihr hinab; er sprach leiser als sonst, aber nicht vertraulich, als handele es sich etwa um eine heimliche Verabredung. Es war nicht nötig, daß Sigrun dir mit dem Finger drohte – Pardon, also Sigrid (für mich bleibt sie doch: Sigrun die Walküre) –, daß sie dir drohte wie einem ertappten Buben, mit einem schelmischen Lächeln, das mich bestürzte, mehr als die Art, wie sie mich anblickte und gleich wieder wegsah, ratlos, als hätte ich mich von einer Minute zur anderen verwandelt, die Haare umgefärbt oder die Augenfarbe gewechselt, von gelb nach schwarz.

Was hätte ich damals über sie aussagen können, wenn beispielsweise Jazwauk mich befragt hätte? Blond (aber nicht gebleicht), die Statur einer Basketballspielerin, der kraftvolle Händedruck; nahezu männliche Körperkraft verraten auch die gewölbten Muskeln der Oberarme, die Schulterhaltung, der Gang, die Wadenmuskeln, die hart, dabei geschmeidig sind, man sieht es, wenn sie auf Stilettoabsätzen geht, über denen die Fesseln noch schmaler, die Beine noch länger wirken. Doch, das hätte ich Jazwauk gesagt: Beine, weißt du, die einer Tänzerin gehören könnten.

Beruf? Sportlehrerin, nehme ich an, mit Nebenfach Geschichte oder Russisch.

Und nochmals: der herzhafte Händedruck, der zu ihrem burschikosen Ton und Gehabe stimmt, zu dem Eindruck (meinem Eindruck von ihr), daß sie rasch und aufrichtig anderen entgegenkommt, arglos und die Arglosigkeit anderer voraussetzend, und daß Schwermut und schlechte Laune ihr fremd sind ... aber hier sind wir schon im heiklen Gebiet der Vermutungen. Was ich Jazwauk zeigen kann, ist ein Zeitungsfoto, ein nettes, wenn auch unscharfes Bild. Eine junge Frau unserer Zeit, so könnte die Unterschrift heißen, oder: Fröhlich, selbstbewußt, tüchtig im Beruf ... Das ist sie, hätte ich auf den ersten Blick gesagt; jetzt, in der Aula, fragte ich mich: Ist sie das?

Ich weiß heute nicht viel mehr als damals, du sprichst ja nicht von den anderen Frauen, auch nicht von Sigrid, auch nicht von Annemarie. Deine ritterliche, deine schreckliche Schweigsamkeit ... Über Sigrid erfuhr ich nur: Lehrerin für Sport und russische Sprache; eine Kameradin, mit der man Pferde stehlen kann, oder Motorrad fahren auf unmöglichen Straßen, im Regen und Schneesturm, oder im Wald zelten, notfalls unter freiem Himmel schlafen, unbehelligt durch Wehleidigkeit und Angst vor Ameisen, Wildschweinen und Waldgeistern ... Und weiter? Was sonst? Du schweigst, du überläßt mich meiner Phantasie, ich muß vermuten, erraten, mir vorstellen ... Vorstellen, Ben, das schmerzt mehr als Wissen. Ein zu weiter Raum, ich kann seine Leere nicht ertragen, und er wird unerträglich, wenn ich ihn auszustatten versuche, probeweis mit Bildern, Sätzen, Umarmungen,

Straßen, Blicken, Cafés, Betten, Gras und Meer möbliere ... Ich sterbe vor Eifersucht, und du sagst: Vergessen. Du heuchelst nicht, du willst nicht trösten und überreden; ohne Lächeln und ohne Bedauern stellst du es fest: Ich habe vergessen.

Nur einmal hast du ungefragt über sie gesprochen, mit der Achtung wie für einen anderen Mann, etwa einen ehemaligen Studienfreund, dessen Leistung man schätzt: als sie Direktor an der vierten Oberschule wurde und sich für ihr Fernstudium der Geschichte immatrikulieren ließ ... das war kurze Zeit, bloß ein paar Wochen, glaube ich, nach dem Unglück. Ihrem Unglück.

Kernig: so hätte ich sie Jazwauk beschrieben. Was nicht in das Bild paßte: ihre Scheu, ein Urteil zu fällen, das nicht schon vorher von dir bestätigt war; das Verlangen, ihr Ich in dem sicheren Wir aufzuheben. Sie war dein Echo und wäre, wer weiß, dein Schatten geworden. Wie lange? Wann hättest du dich umgedreht und gesehen, daß es dein Schatten ist, von dem du forderst: Verlerne nicht, ohne mich zu leben; mach dich nicht abhängig von mir; die Liebe darf kein Verlustgeschäft sein, bezahl nicht mit einem Teil deiner Persönlichkeit.

Vielleicht sagtest du nicht Verlustgeschäft. Setze ein anderes Wort ein, geschmeidiger oder härter, du änderst den Ausdruck, nicht die Forderung. Ich habe sie gehört, ich bin gewarnt. Niemals werde ich dein Schatten sein ... Aber ich habe um dich geweint, und mein Herz war wund, und ich weiß, daß eine Liebe zu Ende sein kann, und daß jeden Tag, zu jeder Stunde und jetzt, in diesem Augenblick, jemand sagt: ich liebe dich nicht mehr, oder: wir haben uns geirrt, – und daß sich ein Paar trennt, dem Trennung unausdenkbar schien, irgendwann, vor Monaten oder vor Jahren, als die Ewigkeit begann, die lebenslange, unwandelbare Leidenschaft. Niemals verlernen, ohne dich ... Aber wenn du mich verlassen würdest? Wenn ein Tag käme, unerwartet, obschon hundertmal vorweggenommen, wenn, mein Lieber ... ich weiß nicht, ob ich dich beschwören oder anklagen werde, oder adieu sagen, adieu, Benjamin, und mit einer Stimme, als wär's bloß bis morgen früh, und ich weiß nicht, was meine Hände tun werden, ob sie dich umklammern oder wegstoßen an diesem Tag Es-könnte-sein, an dem ich, vielleicht, erfahren werde, was Verzweiflung ist.

Sieh mich an, Ben, sieh mich jetzt an. Manchmal brauche ich Mut, dir zu sagen: Ich liebe dich. Die Warnung: der Tropfen Bitterkeit, den ich auf deinen Lippen, in unseren Küssen schmecke.

Aber wünschte ich denn die pure Süße, die Ruhe ohne Bedrohung, die Unveränderbarkeit alles dessen, was ist? Ja. So, wie man sich wünscht, daß Brot auf den Bäumen wächst und in den Bächen Milch und Honig fließen, – ungläubig und mit dem Vorgefühl von Übersättigung.

Ein Buch. Der Geschmack vom Saft der Grapefruits. Das Risiko, dich zu lieben ... Du schweigst. Warum sollte mir nicht widerfahren, was einer anderen widerfahren ist?

Ich sehe sie nur unscharf, die sieben oder zehn Jahre ältere Frau, die meinen Namen trägt, aber ich kann sie als stumme Figur einsetzen und mitspielen lassen in einer Dreiecksgeschichte, die in einem Kino beginnt, an einem Abend um halb zehn ... Ich sehe die Fältchen neben den Augenlidern und die tiefere Krümmung der Mundwinkel, und ich fühle, wie ihr Herz in meiner Brust zuckt. Sie ahnt es; leidet sie schon?

Eine Frau Mitte der Dreißig: ich bin neugierig, was sie in den sieben oder zehn Jahren erlebt hat. Arbeit natürlich und – ich erhoffe es für sie – Erfolg, sichtbar als Straßenzeile in einer neuen Stadt, Lichtpausen mit ihrer Unterschrift, Skizzenblätter, Pläne für ein Stadtviertel ... Ein anderer Mann, ach nein, nichts Ernstes, eine kurze Liebschaft mit einem Berufskollegen; ihr Mann, also Herr Trojanowicz, hat nichts bemerkt, jedenfalls nichts gesagt, übrigens ist er daran gewöhnt, daß sie spät nach Hause kommt, müde, aber in strahlender Laune, oder abgespannt, dabei wütend, der verfluchte Laden, schreit sie, ich schmeiße alles hin, mein Gott, mußt du deine Kippen überall rumstreuen?, hör zu, wenn ich mit dir, eine fabelhafte Idee, du ... Ein Kind? Vielleicht. Eine Tochter (wir wollen sie vorläufig Ruth oder Maria nennen), die kleine Schwester, endlich, die sich elf Brüder Trojanowicz gewünscht haben ... Was noch?

Ein Detail fällt mir ein, nicht von Bedeutung, außer für sie: Sie hat ihr Haar wieder wachsen lassen, etwa schulterlang, nachlässig gescheitelt; sie dreht eine Strähne um den Finger, wenn sie nachdenkt oder wartet wie jetzt, zwischen den Stuhlreihen (früher hatte ich die Angewohnheit, in der Schulstunde, beim Nachdenken über eine Aufgabe, Haarsträhnen um den Finger zu rollen), sie wartet auf dich und die Fremde, heute noch irgendeine, künftig die Andere im Drei-Personen-Stück, und sie leiht mir kein Lächeln, zehn Jahre sind vergangen, sie wird sich der Wiederholung nicht bewußt, außerdem, Ben, die Rollen sind vertauscht, und wir haben in anderen Städten gelebt ... vergessen die Aula in Neustadt, vergessen eine gewisse Sigrid.

Nein, kein Lächeln für die Szene im Kino ... oder am See, im rußgeschwärzten Sand ... Sigrun, die dir mit dem Finger droht wie einem ungezogenen Buben, ach nein, das war nicht lächerlich, und ich empfinde heute noch Scham (für sie? für mich?) und, während ich sie das neckische Spiel am See wiederholen lasse, eine Art Entsetzen wie bei Schafheutlins Tanz, dem Mummenschanz in der Baracke, Schafheutlin stampfend und schwitzend unter der Teufelsmaske, der grausig augenlosen Maske, die mit Rachen und Zähnen lachte und lachte, ohne Laut.

Sie nahm deinen Arm, sie nahm dich, komm, sagte sie, komm, Wölfchen. Sie verschmolz mit dir von den Schultern bis zu den Schenkeln. Man nennt Sie Wölfchen, Herr Trojanowicz, und wie erst, wenn Sie allein, ich meine unter vier Ohren ... Ich ging hinter euch her und starrte auf ihren Rücken ... ein Gebirg von Muskeln, Knochen und Fleisch, der Rücken einer Titanin, und er dehnt sich und wächst, der Saal ist zu eng, ich werde ersticken, an einer Wand zerquetscht werden, ich fühle schon den Druck gegen meine Rippen, ringe schon nach Atem, und jetzt dreht sie den Kopf, ihr Mundwinkel triumphiert WirWirWir ... ah, sie ist nett, sie kann es sich leisten, von der Zärtlichkeit zu spenden, die euch wie ein Mantel einhüllt, einen Saumfetzen abzutrennen, den sie mir zuwirft, der Kleinen, die euch nachtrottet ... Da habe ich sie erschossen.

Warum lachst du nicht, Ben? Ich rede zu schnell, ja, ich

höre es. Ich stottere? das hat nichts zu bedeuten ... gleich, gleich ... Nimm die Hand von den Augen, Ben; nicht dich – mich hat die weiße Flamme geblendet. Ich war außer mir ... das ist falsch, oder halbwahr, ich kann mich nicht verständlich machen, wenn du dein Gesicht versteckst, als hätte ich wirklich ... Ein Traummord, weiter nichts, unter hundert Augen, die ihn nicht sahen, und ich war neben mir, Täter und ironischer Zeuge, der urteilte: Kino im Kino. Ich haßte sie, ich war verrückt vor Eifersucht ... trotzdem, ich erinnere mich deutlich, fielen mir im selben Augenblick Wörter und Satzfetzen ein, die ... nein, ich wiederhole sie nicht: der Jargon von Jerry Cotton oder Kommissar X, einfach komisch, ich bitte dich, nimm die Hand von den Augen, dieser Revolver-Jargon, du siehst, ich muß jetzt noch lachen, es war komisch, und vielleicht hätte ich sie wirklich erschossen, wenn ich einen Revolver, und wenn wir in einem anderen Land, zu einer anderen Zeit ... Wenn.

Draußen sagte ich artig Gute Nacht, ein paar Halbstarke rempelten uns, ich mußte ausweichen, Gelegenheit, eine ausgestreckte Hand zu übersehen, deine oder ihre Hand.

Auf dem Heimweg fiel mir ein, daß wir leise gesprochen hatten. Am Freitag. Tutti a casa. Wir hintergehen sie schon, durch Flüstern, durch einen Kinobesuch, der ihr verheimlicht wird ... durch die Hoffnung, daß er verheimlicht wird. Ich steckte dein Taschentuch unters Kopfkissen, ich umarmte das Kissen, nein, dachte ich, ein schäbiger kleiner Betrug, nein, ich werde nicht hingehen.

Morgens lag das zerknüllte Laken auf dem Boden, der Himmel deckte mich zu, er war blau wie die Steppdecke auf meinem Kinderbett, und ich zog die Knie hoch und lachte, ich weiß nicht, warum. Ich war glücklich, als wäre ich aus meinem Lieblingstraum erwacht ... die weiße Treppe, wir laufen hügelan, schwerelos, mit beflügelten Fersen. Eine Treppe, die Erwartung heißt ... Ich war jetzt ganz wach, aber immer noch von dieser heftigen Freude erfüllt. Ich konnte die Sonne auf meinen Knien balancieren, und ich betrachtete meine Knie und Schenkel und Füße, den Fuß, den du zwischen deinen Händen gehalten hast ... Dieses Jahr werde ich siebenundzwanzig. Glatte Haut, die Muskeln sind fest wie früher, aber eine Handbreit unter der linken Hüfte ist ein Zeichen auf die Haut gekritzelt, wie eine blasse Narbe.

Die Sommermorgen sind nicht älter geworden. Was sind zehn Jahre für die Sonne, was für die Bäume, die kein Gedächtnis haben? Die Blautannen in unserem Garten, dic Apfelbäume, die einen kurzen violetten Schatten werfen ... Ich habe mich ausgelöscht, ich bin Gras und Erde, mein Fleisch ist ohne Empfindung wie das Fruchtfleisch der grünen Äpfel im Laub. Ich muß nicht an den Aufsatz in der dritten Stunde denken. Ich muß Wilhelms Stimme nicht hören. Vier, fünf, sechs. Die aufdringliche Stimme. Komm hoch, man kann mal zu Boden gehen, aber man darf sich nicht auszählen lassen. Sieben. Acht. Die Halme schwanken, über dem Gras liegt ein grausilberner Schimmer von Tau. Wilhelm streckt mir die Hand hin. Achteinhalb, sagt er. Ich muß mich eine Weile am Apfelbaum festhalten, aber ich bin nicht ausgezählt.

Wilhelm kippt hintenüber, die Arme an den Körper gepreßt. Er liegt im Gras und lacht: Auch Fallen will gelernt sein. Auf der Terrasse blättert der Wind in einem zerfledderten Heft; auf grauem Papier turnen Gliederpuppen, die schon Generationen von Schülern waffenlose Selbstverteidigung vorgeführt haben. Hilf dir selbst, dann hilft dir Gott, sagt Wilhelm. In diesem Sommer bin ich siebzehn ... O Ben, noch einmal zurückkehren dürfen, barfuß durch unseren Garten laufen, im Tau, in das ekstatische Rot eines Mohnbeets ...

In den Ferien war der Zigeuner bei uns, wir hingen an der Teppichstange, Djangos Arme flatterten beim Klimmzug. Er war frech, aber zart, und er machte die Augen zu, wenn Wilhelm den Unhold im Park spielte, oder den Agenten mit der schwarzen Brille, der dich ausschalten will. Er dachte, ich bin für Wilhelm bloß ein Punchingball, dem er erbauliche Reden hält, während er seine harten Schläge anbringt, oder Handkantenschlag im Fall des Agenten mit der schwarzen Brille. Django hatte keine Schwester, er hörte nicht den Text hinter der Boxersprache. Vielleicht würde er ihn heute hören, seit er mit einem Sohn durch die Stadt geht und seine Hand festhält. Damals machte er die Augen zu und schrie, dieser rothaarige Barbar bringt sie um

Sie lernt, sich nicht umbringen zu lassen, sagte Wilhelm, aber Django konnte den Text nicht entschlüsseln und sagte, Wilhelm sei ein Clown, mit seinem verdammten rothaarigen Kopf voller Unholde und Agenten, und niemals wird ein Mädchen einen Leberhaken parieren müssen.

Wir sahen uns an, Wilhelm und ich, und er legte mir die Hand auf den Kopf, und einen Augenblick war sein Gesicht finster und traurig wie an dem Tag, als er Gläser an die Wand warf.

Zurück. Wohin? In eine Kinderwelt, die nie existiert hat ... nicht in diesen naiven und krassen Farben eines Tuschebildes, unter einer Sonne mit gelben Zungen, die nicht erkaltet. Der Garten Eden, den wir nie besaßen ... Aber es gab die Apfelbäume, das ist sicher, und ich hatte einen Bruder ... Ich träume jetzt oft von ihm. Der Flugplatz, der Düsenklipper, Wilhelm auf der Gangway, in dem Pelzmantel wie damals bei der Abreise nach Dubna, er winkt, oder bist du es, der jetzt klirrende Stufen hinabkommt? Wir gehen aufeinander zu, das Gesicht, das Gesicht, das ich an jenem Abend in der Kneipe gesehen habe, aber nun unzweifelhaft Wilhelms Gesicht, er ist blaß, und in seinem Mantel, über der Brust, sind Brandflecke. Und dann löst sich alles auf wie in dem alten Traumspiel, gehen und gehen und nicht ankommen, und über den Platz braust ein starker und heißer Wind, und ich habe Angst, wir verspäten uns, die Maschine startet, wir müssen fliegen, wenn wir heute nicht fliegen, werden wir etwas ungeheuer Wichtiges versäumen. Wir: mein Bruder und ich.

Wo bist du, Ben?

... An diesem Junimorgen in Neustadt hatte ich zum ersten Mal seit langem wieder Lust, mich im Spiegel anzusehen, und ich hatte Lust zu arbeiten, sofort, mit meinen Händen zu arbeiten und etwas zu schaffen, was sofort sichtbar und überprüfbar ist ... Man müßte Häuser bauen können, so unmittelbar, daß die Wände vom planenden Gedanken bewegt und aufgerichtet werden ... oder wenigstens durch Diktat, über einen Sender gesprochene Wünsche, denen sich Blöcke und Treppen fügen, als wären sie leicht wie die Bälle auf einem Wasserstrahl, und ich, homo ludens, lasse sie tanzen ... übermorgen oder im nächsten Jahrhundert, auf Baustellen mit einer phantastischen Technik, neben der die Montage mit Kletterkran und Hubschraubern eine steinzeitliche Schinderei ist.

Es war noch sehr früh, und ich setzte mich ans Fenster und zeichnete eine Ideenskizze für meinen Jugendklub, die fünfte oder zehnte, ungerechnet die Kritzeleien auf Servietten, Zeitungsrändern, Bierdeckeln, aber die erste, die mich überzeugte und Schafheutlin überzeugen mußte. Im Haus gurgelten die Wasserspülungen. Die Radios überschrien sich, Freddy Quinn, ein Flugzeugabsturz über den Philippinen, Unruhen in Kongo, Brazzaville, ein Zwischenfall am See Genezareth, erhöhte Waldbrandgefahr. Coca-Cola. Napalm. Freddy Quinn. Napalm. Auf dem Pflaster zersplitterte eine Milchflasche. Es wird Zeit, hier auszuziehen, dachte ich, während ich Ost und West hörte, Schlagzeilen und Schritte, Türenknallen und die Musik, die mich nicht störte. Auch ein Gemetzel im afrikanischen Busch, auch der Krieg in Asien störten mich nicht. In einem anderen Land fielen Bomben. Ein Mann pfiff im Badezimmer. Die kleine Annette pflückte Erdbeeren im Uhlenhorster Garten. Ich entfaltete Sonnensegel über einem Innenhof und den umhalsten Tänzern und den Gitarrespielern.

Manchmal versuche ich mir verkohlte Hände vorzustellen, es sind aber nie meine Hände, diese schwarzen fingerlosen Stümpfe.

Im Zimmer war es über Nacht nicht kühler geworden, und die Sonne brannte schon. Es gefiel mir sehr, am offenen Fenster zu zeichnen. Es gefiel mir bis zu dem Augenblick, als es mich zum ersten Mal störte, in diesem Haus zu wohnen. Ein verrücktes Haus, und lauter verrückte Leute, oder Einsame, oder Vagabunden, oder diese schüchternen und hochmütigen Einzelgänger, oder einfach Leute, die warten. Ich hatte es satt, in einem Wartesaal zu wohnen. Ich dachte, ich habe dieses provisorische Leben satt, das all die Jahre provisorischen Lebens in meiner Stadt fortsetzt (eine Kündigung, ein Abschied hat nichts geändert). Ich dachte, ich sollte wie andere leben, in einem normalen Haus, unter normalen Leuten, die Kinder und ihren Arbeitstag und Feierabend haben und Freunde, Nachbarn, eine Küche, Fernsehen, Alpenveilchen, Ferien an der Ostsee, Apfelkuchen, Schulhefte und erfüllbare Wünsche und ein Ziel für September und fürs nächste Jahr. Falls es das ist, was du normal nennst, sagte ich zu mir.

Ein paar Jungs aus dem Block gingen über den Rasen, ihre Mappen wie Fellbündel unterm Arm, sie hatten ihre Hemden vor der Brust zusammengeknotet, und einer trug trotz der Hitze eine schwarze Samtweste. Er drehte sich um und blickte zum Fenster hoch und tippte mit zwei Fingern an die Hutkrempe, und der Junge neben ihm drehte sich auch um; er hatte ungeheuer viele Zähne und eine gebogene, nicht zu große Nase. Ich sah ihn gern im Profil, falls er mir nicht die rechte Seite zukehrte, mit einem starren, weißlich getrübten Auge. Er hieß Malte. Er war zur See gefahren, dann passierte das mit seinem Auge, und er ging auf den Bau und arbeitete sich durchs Land, von Rügen bis in die Lausitz und zurück an die Küste. Er war geschickt zu jeder Arbeit und von einem starken Selbstbewußtsein, und zusammen mit seiner gedehnten Stimme, dem Küstenplatt, einer breiten und runden Stirn gab es ihm die Würde mancher alten Arbeiter, obgleich er noch keine fünfundzwanzig war.

Ich kannte auch die anderen, abends standen wir auf der Straße vorm Block, im Halbkreis um den Verwalter, der mit verschränkten Armen an der Tür lehnte, und einer warf offene Messer aus dem Fenster; die Klingen mit einem breiten Rücken drehten sich in der Luft, über Nacken oder Arm des Verwalters, und prallten ab wie von Stein, aber die Messer, die eine schwere Klinge hatten, kamen mit der Spitze auf, und sie standen einen Augenblick senkrecht und zitternd und kippten, ohne die Haut zu ritzen. Die Jungs rochen nach Bier. Sie waren nicht redselig. Man wußte nie, ob sie am nächsten Abend noch in der Stadt sein würden, und sie sagten die Namen anderer Städte und anderer Baustellen, als ob sie überall hingehörten, nur nicht hierher, wo sie gerade waren. Sie nannten sich Erbse und Großer und

Mister, und außer Malte kannte ich keinen bei seinem richtigen Namen: sich bekannt machen, sich benennen, das ist schon Einordnung, Angebot der Nachbarschaft, versuchte Dauer.

Ich sah ihnen nach, ihren Schatten im verbrannten Gras, und mir war zumute wie manchmal am Bahndamm, nachts, wenn die Gleise und die federnde Erde einen Schnellzug melden ... Gestöber von Funken, die vorüberfliegenden Fenster, Scherenschnitte von pendelnden Köpfen, ein Netz voll Apfelsinen, blaues Licht in einem Abteil, in dem Fremde schlafend reisen, mitgerissen werden, auf ein Ziel hin, das ich nicht kenne, also beliebig benennen kann, Punkt Ypsilon, und beliebig verlegen, immer weiter nach vorn, in die Ferne ... und wenn die roten Lampen in der Dunkelheit verschwanden, dachte ich, daß dieser Zug nicht bestimmt war, irgendwo anzukommen; er schien sich in einer unaufhörlichen Bewegung zu befinden: um unterwegs zu sein ... und ungefähr das war es, was ich empfand, als ich Malte und den Zimmermann über den Anger gehen sah, und für eine sehr kurze Zeit wußte ich, was mit mir los war; dann vergaß ich es.

Zwischen den zerknüllten Laken fand ich dein Taschentuch und nahm es mit, und wenn Jazwauk rausging, entfaltete ich es wie einen Brief, der wieder und wieder gelesen werden muß, obgleich man ihn schon auswendig weiß ... Später hatte ich immer ein Taschentuch von dir unterm Kopfkissen, am liebsten eins von den großen, gelb und blau karierten, und du warst es, glaube ich, der es das Traumtuch nannte, das vor Gespenstern und bösen Träumen schützt. Aber seit unserer Abreise, und seit ich in diesem Feldbett schlafe ... (warum ein fremdes Zimmer, ein Bett, die Kiefern vorm Fenster beschuldigen?) ... Ach nein, das hat nichts zu bedeuten, ein Traumtuch, das in Vergessenheit gerät wie gewisse Wörter der Geheimsprache, die nur wir beide kennen; wie gewisse Zärtlichkeiten, der Kuß in die Armbeuge zum Beispiel; wie ein Talisman vergangener Jahre, der Ullr, ein Macky, die durchbohrten Franc, Dinar und Sixpence am Armband ...

Das handgeschriebene Filmplakat am Aulafenster stotterte auf italienisch, und im deutschen Untertitel lehnte Trojanowicz, zwischen Klammern rechts und links, Großbuchstaben und Endsilbe, kreuzte Spielbein über Standbein, bei gewölbter Hüfte, hatte die Hände in den Taschen vergessen und rauchte: so sah ihn Franziska, lässig bis provokant, so wollte sie ihn sehen und ärgerlich finden, ein Mann, der sicher ist, daß sie kommt, und unverletzt, wenn sie ausbleibt, der Warten nicht nötig hat, bloß Zeit hinbringt in einer Pose, die die Pose gelassenen Abwartens übertreibt und persifliert.

Sie kam verspätet, ihr Herz klopfte, hat sie den ersten Satz noch im Kopf, die vorbereitete Begrüßung nach einem flachen Händedruck, sieht er ihr entgegen, ist er allein, und was, wenn er nicht allein ist? Er rauchte; wenigstens nahm er die Hände aus den Taschen. Hallo, Lady, sagte er. Sie sah die roten Flecke auf seinen Backenknochen. »Hallo«, sagte sie. »Ich freue mich.«

Er raffte den Türvorhang beiseite, und sie ging unter seinem ausgestreckten Arm hindurch. Durch die goldene Brücke, sangen die kleinen Mädchen im Schulhof. Der erste kommt, der zweite kommt, der dritte wird gefangen. Auf der Schwelle blickte sie zurück und in den breiten und tiefroten Strom von Abendsonne, mit dem Empfinden, daß sie jetzt das besondere, vielleicht das endgültige Bild aufnahm, das sich künftig zu dem Wort einstellen wird, Abendsonne, in den geschmolzenen Rahmen eines Schulfensters. Das Lindenstöckchen am Anger klirrte mit elf Blättern aus feuervergoldeter Bronze.

Wir gehen zusammen ins Kino, dachte Franziska erstaunt. Der Saal voll ungeduldiger Schatten. Karottenrotes Haar. Die Schwelle, Frau Linkerhand. Der Vorhang knickste und teilte sich. Was sagten Sie? Der Große Preis. Aha. Cannes oder Venedig?, das hat sie überhört. Er ist gekommen, er sitzt neben mir. Aber das Wunder seiner Gegenwart erschöpfte sich, er war stumm und finster und schüchterte Franziska ein, die es liebte, im Kino Bonbons zu lutschen, mit ihrem Nachbarn zu flüstern und ihn anzustoßen, und die mit Behagen in der dunklen warmen Menge untertauchte, in ihrem Gelächter, in den langen Atemzügen. Sein

Haar wird schon grau. Ein alter und umgetriebener Mann, mindestens so alt wie Wilhelm. Er hat Churchill auf dem Kaiserdamm gesehen. Ein Herzog von Marlborough. Etwa vierzehntes Jahrhundert. In seinem Kopf gehen Dinge vor, von denen ich nichts weiß: wir können nicht teilen.

Unter den Mauern einer italienischen Kaserne trafen sie sich wieder. Kugeln zirpten, und eine MG-Salve steppte Nähte in den aufspritzenden Sand, und die Soldaten rannten, und die Halbstarken in der letzten Reihe schrien vor Lachen. Franziska und Trojanowicz blickten sich an. Das finden die komisch, sagte Franziska. (Der Ausflug, die Hasenjagd auf eine Mädchenklasse.) Befremdlich, in der Tat, murmelte Trojanowicz. (Das berstende Eis im Haff.) Dabei blieb es. Sie vermißte seine Hand, aber sie lernte schon bei ihm, sie dachte: Das wiederholt sich nicht.

Trojanowicz beobachtete sie aus den Augenwinkeln. Sie enttäuschte ihn nicht. Ein weitgeöffnetes Gesicht. Sie war in ein fremdes Leben hineingerissen. Der Soldat geht nach Hause. Sie lief mit ihm durch den Tunnel, und draußen, endlich im Licht, drehte sie sich nach den anderen um, und Trojanowicz wußte ohne einen Blick nach vorn, was dem kleinen Leutnant zugestoßen war: Sie haben uns im Stich gelassen. Er lächelte; das war es, was er erwartet und weshalb er sie eingeladen oder sich als Zeugen eingeladen hatte, und es amüsierte ihn, sagte er sich, daß sie einer Welt bewegter Bilder erlag, und er konnte ihr zusehen, mit dem Abstand, der ihn auch von der Leinwand und von dem kleinen Leutnant trennte, und plötzlich streifte ihn der Schatten wie an dem Abend in der Bar, ein Bedauern, wie leicht es ihm fiel, sich aus dieser und jeder anderen Geschichte herauszuhalten.

Als die Vorstellung zu Ende war, heulte sofort ein Kofferradio auf. An der Tür gab es ein Gedränge. Trojanowicz legte ihr die Hand auf den Nacken, und sie blieben stehen, während die Menge um sie herum strudelte und sich verlief, und sie gingen als letzte aus dem Saal. Der Himmel war bleich wie bei Morgendämmerung, und die Luft schien von einem vielstimmigen Raunen erfüllt zu sein, obgleich die Straße menschenleer war. Die Fenster standen offen, in einem Fenster lehnte eine Frau, und neben ihrer Schulter glimmte eine Zigarette, aber die Hand, die sie hielt, blieb unsichtbar.

»Dieser Tunnel«, sagte Franziska, »– sich umsehen und allein sein.«

»Ich hoffe, das ist nicht Ihre Situation«, sagte Trojanowicz.

»Ich habe keine Mannschaft.«

»Sie gehören zu einer Mannschaft. Sie könnten Verbündete haben.« Sie zuckte die Schultern. »Schafheutlin zum Beispiel«, sagte er.

»Den Sie konservativ nannten.«

»Pardon: einen konservierten Neuerer.« Sie waren bei dem Block angelangt und standen vor der Haustür, und Franziska, die nicht über Schafheutlin sprechen wollte, sagte obenhin: Wo ist der Unterschied?, und Trojanowicz sagte: »Tun Sie nicht, als ob Sie den Unterschied nicht sähen«, und dann gingen sie weiter, um den Block herum und wieder an der Haustür vorbei, und Trojanowicz redete in den Abend und zu Franziska hin, lehrhaft und spöttisch über den Typ des konservierten Neuerers, er provozierte Widerspruch, um ihr zu widersprechen, schlang Sätze, Sätze um ihren Kopf, verstrickte sie in ein Netz von Behauptungen und Beweisen, die er sofort, unter ihren Augen, wendete, anzweifelte, widerlegte, jetzt nicht mehr lehrhaft, sondern versucherisch und mit dem Verlangen, sie zu verwirren, einen Teil ihres Wesens anzugreifen, der ihn störte und rührte und den er für sich Frömmigkeit nannte, obgleich er ihm so hart und blank wie ein Kiesel erschien.

Franziska sagte nichts mehr. Sie hatte die Lust verloren, neben ihm herzulaufen, sperrte sich, war bekümmert, dann zornig, dann bekümmert, sie roch Chrysanthemen und Taxus. Hinterm Küchenfenster lauerte das rosa Bettjäckchen. Wennschon. Sie ging zur Haustür und die Treppe hinauf, und Trojanowicz ging ihr nach. Er gähnte vor Verlegenheit und klopfte sich auf den Mund. Franziska brachte eine Flasche Wodka und Gläser. Sie goß ihr Glas voll und trank, und dann schob sie die Flasche über den Tisch. Sie war mit

Absicht unhöflich und genoß ihre Unhöflichkeit, die Trojanowicz verlegen machte, und nach dem zweiten Glas sagte sie: »Scheußliche Art, Leute zu analysieren. Wenn ich je einen Schnaps nötig hatte ... Ich kam mir vor wie bei einer Vivisektion.« Trojanowicz drehte sein Glas. »Dabei ist Ihnen Schafheutlin völlig schnuppe.«

»Ja«, sagte er.

»Wahrscheinlich sind Ihnen alle Leute schnuppe.«

»Ja.« Sein Gesicht war ausdruckslos.

»Na schön, wenn Sie damit leben können ... Ist ja nicht meine Sache. Na schön. Trinken wir noch einen?« Ihr Kummer war verflogen. Sie sah ihn neugierig an. »Sie sind ein Einzelwolf, wie? Der erste, den ich kennenlerne. Salute.«

»Salute«, sagte er. Das andere hatte er überhört, er schlenderte durchs Zimmer, interessiert bloß an den Bildern und den mit Pflaster auf die Wand geklebten Modellfotografien. Hochhäuser. Die Seilnetzbauten wie Vögel aus einem Nylon-Erdzeitalter. Krinolinen auf einem Kupferstich vom Gewandhaus. Die bronzefarbenen Sonnenblumen. Arles. Ein Straßenrinnsal tief, tief unten am Grunde einer Stahlbetonschlucht. Manhattan? Nein, Moskau, sagte Franziska. Kennen Sie Moskau? So nicht, sagte Trojanowicz, und Franziska dachte wieder: Ein Ehemaliger. Eine Farbstudie von Jakob überging er, zuckte nicht mal die Schultern, schwieg sie tot, und Franziska, hinter seinem Rücken, warf einen verzagten Blick auf das Blatt, zum ersten Mal zweifelnd an diesem Grün und Braun, das jetzt zu welken schien, und an einer ehemals klingenden Hyperbel. »Für Bartók«, murmelte sie. »Aber vielleicht machen Sie sich nichts aus Bartók?« Er verdirbt mir meine Bilder. Nein, ich werde nichts erklären: um Jakob nicht zu entschuldigen.

Er stand lange vor einer polnischen Lithographie. Eine Ruine im Ghetto. Er schien betroffen. Warum? Welche Bilder drängten aus dem Schatten des versteinerten Hiob, des Trümmerblocks unterm weißen Gebetsmantel? Er setzte sich nicht wieder; an den Tisch gelehnt, trank er sein Glas aus wie der Zufallsgast in einem Restaurant an der Straße, der letzte und schon unerwünschte Gast kurz vor Mitternacht.

Der Abend ist zu Ende, dachte Franziska: er war ihr ein Wunder schuldig geblieben. Auf einmal bangte ihr davor, allein zu bleiben. Die Rufe wie von Nebelhörnern verirrter Schiffe. Die Blitze am Saum der weißen, von Stimmen erfüllten Nacht.

Er hätte sich jetzt verabschiedet; er wäre nach Hause gegangen ohne das Gefühl, etwas versäumt zu haben. Er blieb, weil sie es wünschte; sie bot ihm einen Vorwand an: Polen, polnische Bücher, die Karwoche. Juden in Polen. Ich war ganz ratlos, sagte sie. Er blieb neben dem Tisch stehen, die Hände in den Hosentaschen, rauchte und blinzelte behelligt, dabei erwärmt von ihrer Unart, ihm auf den Mund zu starren. Im Haus war es still geworden. Fielen ihnen endlich Mieterordnung und Verbote ein?, jedenfalls sprach Trojanowicz leiser, Franziska horchte auf Botschaft von Wand und Fußboden, probierte ungezwungene Haltung trotz der steilen Lehne am kommunalen Holzstuhl, genierte sich, weil Trojanowicz stand, während sie saß, Schülerin vorm Lehrer, vergaß ihre Schuhe unter dem Tisch und ging im Zimmer umher, aber unsicher wie früher im Atelier von Jakob dem Hexer. Sie stellte sich ans Fenster, die Daumen in den Gürtel gehakt, ein barbarisches Koppel, fand Trojanowicz, der plötzlich abgelenkt war, durch ein Gestrüpp von Nebensätzen irrte: er sah eine fragile Taille, die gefährliche Enge zwischen der Kühnheit gewölbter Rippenbögen und der Freundlichkeit deiner Hüften ... so beschrieb er sie, in einem seiner Caféhaus-Briefchen, später, als er mit Fingern und Lippen das laubbraune Land schon erkundet hatte, als er den Mond, die lachenden Füchse, Wolken über der Heide, die Arabesken unausgesprochener Namen für seine Geliebte auf ihre Hüfte zeichnete.

Er war bestürzt, als habe er eben zum ersten Mal wahrgenommen, daß sie nicht einem undeutlichen dritten Geschlecht angehörte. Er wiederholte einen Satz, er sagte störrisch einen Text auf gegen Stille, gegen eine Möglichkeit, ein Abenteuer, das er nicht gesucht hat. Franziska beugte sich aus dem Fenster wie benommen. Die Hitze bringt einen um, sagte sie. Ihre Stimme klang anders als sonst. Die Stimme, die zu hören er erwartet hatte, anders, aber bekannt: bekannt wie die Situation, dachte er; es war das Übliche, peinlich und enttäuschend, weil der bloße Umstand, daß sie nachts und allein in einem Zimmer waren, etwas zwischen ihnen verändert zu haben schien.

Er füllte die beiden Gläser und ging zu ihr ans Fenster. Er fühlte sich wieder in Sicherheit. Ein nettes kleines Mädchen mit einer netten kleinen Figur und einer netten Art, ziemliche Mengen Wodka zu trinken. Er hob sein Glas. »Nächstes Jahr in Warschau!« sagte er. »Wär hübsch, wenn wir uns treffen würden, Pan Trojanowicz«, sagte Franziska. Sie stieß ein bißchen mit der Zunge an. »Sonntag um zehn in Wandas Jazzkeller.« Sie lachten. »Gut, am Sonntag um zehn«, sagte Trojanowicz. Sie lehnten im Fenster und tranken und redeten über Wanda Warska und Kurylewicz, polnische Plakate, Asche und Diamant, über Cybulski, den Mann mit der schwarzen Brille, und die Briefe an Frau Z., und über einen von Vermutungen umsponnenen Polanski, eine Filmzukunft im Kokon.

Nach Mitternacht bekamen sie Hunger und gingen in die Küche. Im Schrank fanden sie Eier und Tomaten und ein angetrocknetes Stück Brot. Trojanowicz bestand darauf, ein Omelett zu bereiten; er war sehr aufgeräumt und bewegte sich gravitätisch wie ein Mann, der weiß, daß er zuviel getrunken hat, und Franziska sah ihm zu wie durch eine Schaufensterscheibe, einem netten jungen Mann in einer Küchendekoration, der sich benahm, wie man es von netten jungen Männern erwartet, die vor einem Herd zelebrieren; er ging sie nichts an, und sie lachte freundlich über Mamsell-Lieder von einer holden Gärtnersfrau und über seine Rüge für leere Gewürzbüchsen, die zerbeulte Pfanne und die allgemeine Schlamperei in dieser Küche. »Macht nichts. Küchen werden abgeschafft«, sagte sie. Das Haus der Zukunft. Großküchen. Ein Restaurant im zwanzigsten Stock. »Wohnmaschinen für intellektuelle Junggesellen«, urteilte Trojanowicz. »Sie ignorieren die Familie.«

»Familien werden auch abgeschafft«, sagte Franziska.

»Kleinbürgerlicher Radikalismus«, sagte Trojanowicz.

Sie dachte an die Anfechtungen ihrer einsamen Sonntagnachmittage und an den Winterabend, als Schafheutlin in der Küche saß, und an den Tisch, den er beschrieb, die Lampe mit einem Saum von Jettperlen, einen Strauß von Pfingstrosen, und plötzlich durchströmte sie eine Welle von Wohlbehagen; sie fühlte sich geborgen wie vorhin an der Saaltür, als Trojanowicz' Hand auf ihrem Nacken lag.

Er drehte die Gasflamme ab und nahm die Pfanne vom Herd, und Franziska ging ins Zimmer und deckte den Tisch. Sie legte die steifen Servietten mit dem Monogramm der Großen Alten Dame neben die Teller, und zuletzt steckte sie eine Rose in die leere Flasche. Wenn sie von der Arbeit kam, aß sie ihr Abendbrot eilig und achtlos, während sie die Zeitung oder ein Buch las; sie hatte Anfälle von Heißhunger und löffelte Ananas aus einer Konservenbüchse, sie verschlang ein halbes Pfund Wurst und wischte die Finger an der Niethose ab, und sie warf das fettige Papier in den Korb, mit einer Genugtuung, als rächte sie sich durch ausgesucht schlechte Manieren für den Drill ihrer Mutter: die leere Konservendose rollte scheppernd in das von Kristall und Silber blitzende Mausoleum.

Trojanowicz brachte die Pfanne und ein paar Scheiben Brot. Er zog die Brauen hoch, als er auf den Tisch blickte. Franziska verteidigte sich. »Ich esse sonst immer allein.« Sie sah rot und unglücklich aus.

»Poor child«, murmelte er und strich ihr übers Haar wie tröstend, streichelte Haar, Fuchsfell, Haut, einen Nacken, der seiner Hand antwortete, sah nah ihr Gesicht, dann den Mund, dann den inneren Saum der Lippen, dann nichts mehr, er dachte: Orangen? und schmeckte Orangen, Tabak scharf süß feucht, ihren Seufzer in seinem Mund, ja und komm, komm, während sie die flachen Hände gegen seine Brust drückte. Er ließ sie los. Etwas in ihren Augen warnte ihn. Mit wem verwechselt sie mich?

»Geben Sie mir eine Zigarette«, sagte Franziska, hielt aber die Hände hinterm Rücken verschränkt, und er zündete eine Zigarette an und schob sie ihr zwischen die Lippen. Und das ist alles, was ich für dich tun kann. Er fühlte sich überflüssig. Er erinnerte sich an den Ausdruck in ihren Augen, damals an der Sperrkette. Nicht ich bin gemeint, dachte er.

Nach einer Weile warf sie die Zigarette aus dem Fenster. Bei Tisch war sie höflich und liebenswürdig und machte Konversation, und Trojanowicz sagte: ja, Lady und: nein, Lady, und in einem Augenblick, als er es satt hatte und Aufbruch überfällig war, sagte sie: »Warum haben Sie mich geküßt?«

»Weil Sie es wünschten«, sagte Trojanowicz.

Sie sah ihn nachdenklich an. »Sind Sie sicher, daß ich es wünschte?«

»Vorhin war ich sicher.«

»Ach. Ja? Sie sind sehr höflich zu Frauen, nicht wahr?«

Er steckte seine Zigaretten in die Tasche und stand auf. »Ein Mißverständnis«, sagte er kalt. »Ich bitte um Entschuldigung.«

Sie begleitete ihn zur Korridortür, und er ging allein die Treppe hinab und hoffte, daß er nicht umkehren und um den Schlüssel für die Haustür bitten mußte. Franziska stand eine Weile im Korridor und horchte auf die Schritte im Treppenhaus. Er muß zurückkommen. Als die Haustür zuschlug, weinte sie vor Wut. Weil ich es wünschte ... Der arrogante Hund. Er wär imstande, aus Höflichkeit mit mir zu schlafen ... mit mir oder jeder anderen.

Sie trug das Geschirr in die Küche. Auf dem Spültisch, zwischen Eierschalen und verschüttetem Salz, lag ein graues Aschestäbchen, ins Holz eingebrannt, und ich dachte, der ruiniert einfach alles, und ich fing wieder an zu weinen ... weil ich mich wie behext fühlte ... und weil du deine Kippen rumschmeißt und dir keine Mühe gibst zu gefallen und niemanden an dich heranläßt ... und weil du unbetroffen allem zusiehst, was meine Welt ausmacht, und darüber sprichst mit diesem unpersönlichen, gewissermaßen abstrakten Vergnügen ... und weil ich abgestoßen und bezaubert war von den Äußerungen einer Unabhängigkeit, die ich nie erreichen werde (so nannte ich es damals: Unabhängigkeit).

Ich ließ heißes Wasser über die Teller laufen (den Teller, von dem er nie wieder essen wird), und dann räumte ich die Küche auf und fand die Manschettenknöpfe, erinnerst du dich?, silberne Knöpfe, ein Oval aus Perlmutt. Du hast sie beiseite gelegt, als du die Hemdsärmel aufschlugst, und vergessen. Die Frau, die ich für einen Abend aus dem Gedächtnis gestrichen hatte, meldete ihre Existenz, und sie war unleugbar wie die Dinge, die sie bezeugten.

Ich konnte nicht schlafen, die Spatzen lärmten in der Dachrinne, und ich war müde und durstig und ging in die Küche, um ein Glas Wasser zu trinken. Um diese verdammten Manschettenknöpfe in den Mülleimer zu werfen.

Am Sonnabend hatte sie eine Beratung mit dem FDJ-Sekretär; er war ein Neffe des Bürgermeisters und blickte wie sein Onkel ungläubig, nahezu verstört auf die neue Stadt vor den Toren, dieses ungestüm wachsende Riesenkind. Eine Utopie, erklärte er zum Projekt der Jugendfreundin Linkerhand, ein Haus, das wir nie auslasten können. Sein Büro befand sich im Erdgeschoß einer Klinker-Villa; Franziska sah einen Garten mit kiesbestreuten Wegen und an grüne Latten gefesselte Rosensträucher. In der Zimmerecke lehnten zusammengerollte Fahnen. Achthundert Schulabgänger in diesem Jahr, über tausend im nächsten, sagte sie, – in zehn Jahren platzt der Klub aus den Nähten. Sie beschwor ihn: Hier wird eine Großstadt gebaut!

Er begann langsam zu nicken. In der Perspektive, sagte er, erleichtert, schien's, weil sich ein Wort eingestellt hat, der Name für das listige Spiel der Gleise, mit ihrem fernen und immer gleich fernen Schnittpunkt. Eine Großstadt, ja – aber das kann (oder will) er sich noch nicht vorstellen. Der hinhaltende Widerstand erbitterte sie. Ihr denkt immer noch in den Dimensionen eures sorbischen Marktfleckens! Der junge Mann hieß Jurij und stammte aus der Familie der Kubitz' und hatte in der Sorbenfrage einen festen und ernsten Standpunkt. Franziska schmetterte die Tür. »Ich habe mal wieder alles falsch gemacht«, gestand sie Jazwauk. »Ihr seid aber auch zu empfindlich.« Der Prinz hauchte auf seine Fingernägel. Ach, ihr Preußen, sagte er seufzend.

Nachmittags döste das Haus wie hitzekrank. Franziska schrieb an einer Konzeption für den Jugendclub, um die sie niemand gebeten hatte; sie sicherte sich einen Vorsprung: im Büro erwog man einen Ideen-Wettbewerb. Nachricht aus der Kantine.

Sie legte Schallplatten auf. Chopin, die Walzer in einem gedachten Konzertsaal. Die Haare fünfzehnjähriger Damen fallen nach vorn. Auf weißen Hemden, am sonnenverbrannten Hals der Jungen haben sich schwarze Schmetterlinge niedergelassen. Sie hatte die Korridortür abgeschlossen; sie verleugnete sich, als es klingelte. Arme Gertrud. Die starren Puppenwimpern am Spion. Die Klingel schlug noch zweimal an. Geh in ein Kloster, Puppe. Franziska hielt sich die Ohren zu, sie glaubte die Atemzüge draußen zu hören, die Klopfzeichen an einer Zellenwand.

Die Platte drehte sich noch, aber stumm; der Konzertsaal, die Paare, der Innenhof unter einem mit Sternen beschlagenen Sommerhimmel, Bibliothek und Café warfen ihre Farben, Lichter, Dimensionen ab; Franziska sah nur noch die Namen für Dinge, Wörter in ihrer Handschrift, der austauschbaren Architektenschrift in schleifenden runden Druckbuchstaben. Ich hätte die Tür aufschließen sollen.

Sie lehnte die Stirn an die Fensterscheibe, Staub, die Uhrzeiger waren geschmolzen, kein Blatt, keine Haarsträhne erinnerte sich an den Wind, drehte sich jemals der Kran vorm Himmel?, hinter den Blöcken, den Kiefern, dem Skelett des Bauernhauses buckelten sich asphaltschwarze Wolken, gebirgig, unbewegt, wie für immer. Die Zimmerbühnen blieben geschlossen, gelbe Rollos suggerierten die Vorstellung von Eiswürfeln in Limonadegläsern, Sonnenstreifen auf Wand und Laken und vom feuchten Schlaf der Liebenden. Drei Uhr nachmittags. Sie hörte das zarte Geräusch des Sandes.

Als um fünf wieder geläutet wurde, überlas sie die Schlußsätze und ging zur Tür wie schlaftrunken, barfuß und in aufgekrempelten Hosen.

»Verzeihen Sie«, sagte Trojanowicz tonlos, »ich habe Sie gestört …« Die Hand noch auf der Klinke, starrte sie ihn durch die halboffene Tür an, als suchte sie in ihrem Gedächtnis nach dem Namen eines ehemals Bekannten.

Sie hat nicht gewartet. Was er seit zwei Stunden wußte, sie wartet nicht, das traf ihn erst jetzt, als wäre es erst jetzt ihm zugestoßen, nicht dem andern, den er durch die engen

Zeilen seines Notizbüchleins, auf einer erinnerten Straße, über eine exakt beschriebene Treppe gehen ließ als unseren Mann … Gegen alle vernünftigen Vorsätze bereit, sie wiederzusehen, ersann unser Mann einen Vorwand; nicht um sie, sondern um sich selber zu täuschen … Sein Herz schlug dumpf und unregelmäßig, er mußte sich mit einer Hand gegen den Türstock stützen.

Er war zweimal gekommen: zweimal zu oft, dachte er. Wer hatte in den letzten Stunden neben ihm gesessen, am Tisch in der *Taube*? … wenn sie dich ansieht, dachte unser Mann, nicht mit ihren Alltagsaugen, vielmehr mit den Augen jener ägyptischen Dame, ihrem Blick, geschärft durch die Erfahrung der Jahrtausende … Er verglich Frau Linkerhand mit seiner imaginären Tischnachbarin und fügte gelassen hinzu die derben Jungenhände, Schweißtropfen in der Halsgrube, die am Wirbel gesträubten Haare. Die gesträubten Federn eines kleinen Kampfhahns, dachte er. »Warum lachen Sie?« sagte Franziska. Er begann seinem Gesicht, seiner Stimme zu mißtrauen. Hat er gelacht? Weil Sie so sind, wie Sie sind (aber das sprach er nicht aus). Weil die Traumgefährtin aus der *Taube* nicht die Rivalin der wirklichen Frau Linkerhand ist: er hat sich kein Bild gemacht, also muß er nichts übermalen und vertuschen.

Sie fächerte die über den Tisch verstreuten Blätter. Sie sah müde und glücklich aus. Er empfand eine Regung von Eifersucht. Das Bündel beschriebener Blätter, Pläne wofür?, ein Panorama ihrer Hoffnungen, auf das sie ihm keinen Blick gestattet. Sie legte ungebeten noch einmal die Schallplatte auf, die er schon gehört hatte, als sie an der Tür standen. Chopin, nun ja. Romantisches Pathos. Salons. Eine andere Welt. Er tastete nach dem Notizbuch in seiner Jackentasche … und unter dem blassen Himmel, als ein neuer Tag – oder ein neues Jahrhundert? – anbricht, betrachtet unser Mann erstaunt seine Hand, die ein Streichholz anreißt mit derselben Bewegung wie gestern, als wäre in dieser Hand mit ihren knotigen und von Narben verunzierten Fingern (verunziert ist miserabel, dachte Trojanowicz) – als wäre in dieser Hand, in ihren unbeholfenen Fingerspitzen nicht das Wissen um einen bisher unbekannten

Teil des Universums ... Heute früh. Sah ich wirklich ein Fohlen auf dem Anger, seine im Wind flatternde Mähne? Der Bogen einer roten Mähne ... Den Bogen, den riskanten Sprung ins Nie-Dagewesene haben die Finger unseres Mannes entdeckt, als sie unter dem Pullover des Mädchens jene Rippe ... Er versuchte sich zu erinnern, ob Frau Linkerhand gestern einen Pullover getragen hatte. Farben? Vergessen. Seine Hand hat ein besseres Gedächtnis.

»O Gott«, sagte Franziska. Ihr Gesicht veränderte sich; er mußte wegsehen. Was er hörte: Klaviermusik, ein Prélude, zweifellos glänzend gespielt. Sie hob die Nadel von der Platte. »Na, genug«, sagte sie mit rauher Stimme. »Ich bin einfach erledigt ... Es ist wunderbar, aber es erledigt mich. Ich fühle mich schuldig und ... nichtig. Ein Nichts. Ein leeres Versprechen ... Weggehen mit einer unbezahlten Schuld, das ist ein niederschmetternder Gedanke.«

»Ja, sicher«, murmelte Trojanowicz, den Selbstanklagen langweilten. Er dachte an das Notizbuch in seiner Tasche und an einen günstigen Augenblick, ihr vorzulesen von unserem Mann, der in einem totenstillen Treppenhaus steht, minutenlang, mit einem nutzlosen Vorwand und seiner Entschlossenheit – die nun bloß lächerlich ist vor einer verschlossenen Tür –, einem zweideutigen Verhältnis ein Ende zu machen; noch einmal, aber zum letztenmal, sie zu sehen, mit ihr zu sprechen, den geplanten Urlaub in Nessebar zu erwähnen, damit endlich der Name fällt: Sigrid, die nicht schlechthin die Andere ist ... die Frau, die er liebt, versichert sich unser Mann, mit einer in fünf Jahren bewährten, Überraschungen zwar abholden, vielleicht gerade deshalb zuverlässigen Liebe ... Ja, auch das wird er ihr vorlesen, zwei Seiten, auf denen er seine (schon fragwürdige) Liebe erklärt und Sigrid verteidigt, die er dennoch im letzten Absatz eine großartige Kameradin nennt. Unterschlagen wird er das Lob ... sie hat, nicht ohne seine Hilfe, eine Stellung errungen, die unser Mann – uneingestanden – für sich erträumt hatte ... sein selbstgefälliges Lob, das er sofort ausgestrichen hat, zu spät, er hat sie schon verraten, als er es niederschrieb. Ist sie sein Geschöpf? Er sagte schwunglos: »Sie haben noch alles vor sich.«

»Machen Sie's nicht so billig«, sagte Franziska. »Ein Schlußsatz für aufbauende Traktätchen. So einen Satz kann man ein Leben lang vor sich hertragen, eine zerschlissene, aber dauerhafte Fahne ... O nein, nein. Andere in meinem Alter haben schon Bücher geschrieben oder ein Teilchen X entdeckt oder Flüsse umgeleitet. Hoffen und hinleben auf die Zukunft, auf das magische Jahr Zweitausend? Die Entwürfe für die Zukunft werden in der Gegenwart gemacht, das zählt für mich: Gegenwart, heute, jetzt ... Chopin starb mit neununddreißig Jahren. Courte et bonne. Ein Leben, das sich gelohnt hat.«

»Das sich nicht gelohnt hätte, wenn irgendein Herr Chopin gestorben wäre, ohne ein paar Dutzend Préludes zu hinterlassen?« sagte Trojanowicz. Er war verletzt, als habe sie zugleich ihn und sein Leben eingeordnet als lohnend oder nicht lohnend. »Sie setzen voraus, daß jede menschliche Existenz der Rechtfertigung bedarf, womöglich durch schöpferische Leistung.«

»Ja«, sagte sie ohne Zögern. »Bloß vorhanden sein, – das ist soviel oder sowenig wie eine Grottenolm-Existenz.«

»Das Alternativdenken eines sechzehnjährigen Mädchens«, sagte Trojanowicz. »Zwischen Schöpfer und Grottenolm gibt es tausend Spielarten ... tausend Möglichkeiten, auf eine anständige, zweckvolle Art zu existieren.« Das Salz der Erde. Sie wippte mit dem Fuß. Trojanowicz erlaubte sich das Lächeln eines Erwachsenen für ein ungeduldiges Kind. »Sie leben gefährlich, Frau Linkerhand ... Sie schränken selbst Ihre Freiheit ein, nämlich die Freiheit der Wahl zwischen mehreren Möglichkeiten, weil Sie für sich nur eine Aufgabe sehen (von Idealen zu reden, überlassen wir besser den Schwarmgeistern und pubertären Schreihälsen wie Karl Moor). Sie sind auf ein einziges Ziel fixiert, und Sie setzen auf Sieg. Sie können sich keine Niederlage leisten: für Sie würde es in der Tat eine Katastrophe bedeuten, wenn Sie auf dem dritten Platz oder sogar hinten im Feld blieben.«

»Verdammt, das ist wahr«, sagte Franziska, und Trojanowicz fügte in Gedanken hinzu: Aber für sich selbst ziehen Sie einen Sturz nicht in Erwägung, nicht mal den dritten Platz.

Sie kniete am Fußboden und nahm die Platte vom Teller. »Neununddreißig«, sagte sie. »Es ist eine Gemeinheit.« Sie blickte zu ihm hoch und lächelte. »Zum Glück werden Maler und Architekten alt wie Bäume …« Seine Kehle war zugeschnürt, er wagte nicht zu antworten. Er sah in ihrer am Hals offenen Hemdbluse die Grube überm Schlüsselbein und den Ansatz der Brüste und braune Haut und hellere Haut und die Bögen Braun und Hell scharf gegeneinander abgesetzt, wie nach Zirkelschlag, und den Schatten zwischen den Brüsten, goldbraun, Mitte, Horizont, olivbraun, Hitze, Eis, violett, kosmischer Himmel die stillstehende Tragfläche wir überflogen Schneefelder Wolken Wald Dickicht der bittere Duft wer lehrte uns Nachtschatten ist giftig.

»Frau Linkerhand«, sagte er, und eine neue Vokabel: »Franziska. Nein, sehen Sie mich jetzt nicht an … Sie waren heute nachmittag zu Hause –«

»Ich war zu Hause, und ich habe gearbeitet, und ich fand mich wahnsinnig begabt, und dann hat mich irgendein Idiot rausgerissen, und dann fühlte ich mich wie nach einer Sauferei –« Sie biß sich auf die Lippe. »Ach so. Tut mir leid.« Sie war rot geworden und sagte in aggressivem Ton: »Wenn Sie Ihre dummen Manschettenknöpfe suchen, dann müssen Sie schon zur Müllhalde gehen.«

Er war einen Augenblick verdutzt, dann brach er in Lachen aus: sie ist eifersüchtig und zeigt es ohne Schläue, und überflüssig war sein Vorwand, der unterm Regen rosten wird, auf einem Schuttplatz am Stadtrand, und wir werden vor die Stadt fahren, wir werden in die Kiefernwälder fahren und an die tote Grube, in der das Wasser porzellanblau ist (ich kann nicht schwimmen, versuch, es nicht komisch zu finden), wir werden nach Dresden fahren, zum Nymphenbad und Puttengeschwader, und nach Berlin, und nach Leipzig, furchtlose Reise in die Vergangenheit, trotzdem, die Uni und den Hörsaal lassen wir links liegen, erzählte ich dir schon von dem Krawall in der Femina-Bar?, sechsundfünfzig, nein, Ungarn war noch nicht, der Brühl, wie hieß die Straße? eher eine Gasse, hier war mein Stammcafé, wir riskieren es, Begegnung mit einem Leben im Konjunktiv.

Er sah, daß ihr vor Verlegenheit Tränen in die Augen traten, und sagte: Macht nichts, während er wie tröstend ihre Hand nahm, macht nichts, und dehnte das nichts zum nuscht, mit einem Vokal rundlich wie eine Bauernblume in den Gärten von Nikolaiken.

»Nicht. Bitte«, sagte Franziska. »Diese häßlichen Pfoten.«

»Ich dachte, Sie wüßten, daß ich wiederkomme«, sagte Trojanowicz, einen geläufigen Satz, wie eingeübt, aber der flache Atem verriet ihn, er wartete, wiederholter Augenblick der Ungewißheit vor einer verschlossenen Tür, und hielt den gefangenen Vogel fest, die mit Tinte und Tusche befleckte Hand, ihre Finger, die mißtrauten, sich sträubten, streckten, suchten, stillagen, sich einnisteten, »Sie haben schöne Hände«, sagte er.

»Mit Ihnen habe ich nie das Gefühl, daß etwas beginnt«, sagte Franziska.

Er küßte ihre Hand und die Innenfläche der Hand, »könnten Sie es lernen?« fragte er, und Franziska sagte: »Vielleicht«, sie begann zu zittern, »ja«, sagte sie.

»Drehen Sie sich um. Zum Fenster. Sie standen am Fenster, es war drei Uhr«, als unser Mann auf die Straße trat, las er aus seinem Heft ab, überblätternd die Seiten zwei bis fünf mit den Notizen: Acht Millionen Tote (eine Million, achthunderttausend Deutsche). Krupp: 2 Milliarden. I. G. Farben: 6,26 Milliarden. Parenthese. Ein Zwischenspiel ist vorbei. Lohnabrechnung Mai? Schinderwelle: die Bohrer gehen im Göpel wie Ochsen zur Römerzeit (s. Lehrbuch *Lingua Latina*). Schwarzer Samt für S. Pascal: Der Mensch ist ein Schilfrohr, das Zerbrechlichste alles Bestehenden; aber er ist ein denkendes Rohr ... Fakten zur ungenutzten S 100 im Tagebau B, sammeln! Moskauer Erklärung, Abschnitt I. Über Religiosität nachlesen Mereschkowski, Planck, Einstein, Spinoza. Wer ist der Mann mit dem Gesicht des Harlekins von Picasso? Machiavelli bemerkt, daß alle bewaffneten Propheten Siege errungen, alle unbewaffneten Niederlagen erlitten haben. Quer über eine Seite: *Der Bogen ist nur ein Teil des Kreises.*

... gegen alle vernünftigen Vorsätze bereit, sie wiederzusehen, las er, und Franziska dachte: eine Geschichte, der Mann und das Mädchen, überbekannt wie das Gefühlsgemisch aus Vernunft, Protest, Zweifel, vorsichtigem Glück, und wer bin ich? ein Wort, Mädchen, ich bin eine Figur in der Geschichte, unbefragt vom Autor, *Sie ist, sie hat*, mein Haar, der rote Bogen (aber es gibt keine Fohlen auf den Angern in dieser Stadt, keine im Wind flatternden Mähnen), Augen, die Dame Potiphar, Wolfszähne, wen sieht er? wen sah ich morgens im Spiegel? und was in diesem Zimmer, was in der Küche, im Treppenhaus geschah, ist es anders geschehen, weil er es anders erinnert, er, ich weiß deinen Namen nicht, wie soll ich dich anreden, meine Liebe? Sie blickte aus dem Fenster, die Wolken waren höher gestiegen, der Himmel stahlblau bis schwarz, und im schrägen Sonneneinfall spritzten Silberfunken aus dem Gitterwerk des Rapids, und die Häuser schienen ohne Tiefe, wildweiße Flächen, deren Konturen scharf wie an der Reißschiene gezeichnet waren.

Und wer ist unser Mann? Er selbst nennt sich nüchtern, Abenteuern abhold, an anderer Stelle: einen begeisterten Sklaven seines Verstandes. Dennoch, er hat den riskanten Sprung ins Nie-Dagewesene getan, in dem Augenblick (so scheint es ihm, rückblickend, als er in der *Taube* schreibt), als seine Finger unter dem Pullover des Mädchens jene Rippe fühlten, die den Brustkorb abschließt und zugleich öffnet: und merkwürdig, wie dieser Bogen, dieser unzulängliche Panzer der Wehrlosigkeit, unserem Mann ein Gefühl der Verantwortung gab, das ihn niederdrückte, aber erwärmte …

»Hören Sie auf. Bitte«, sagte Franziska.

… ihre Augen, elliptische Seen, und auf ihrem Grund erblickte er den anderen, den sie meinte und dem er zu gleichen wünschte.

»Bitte«, sagte Franziska. »Nicht mehr, bitte«, eine Geschichte, dachte sie, er erfindet uns, Silhouetten, aus dem Stoff unserer Träume geschnitten, es wurde dunkel im Zimmer, plötzlich brach der Regen los, der Regen stürzte senkrecht und dicht, Regen kompakt wie eine Milchglaswand, Trojanowicz unterbrach sich nicht, hob nicht die Stimme trotz rasenden Trommelwirbels auf Blechsims und Ziegeln, eilig und undeutlich las er, was unser Mann skeptisch bedachte, neue Horizonte, Gewinn einerseits, gestohlenes Glück anderseits (wem gestohlen? die Antwort blieb er schuldig), und verfiel in sein saloppes Berlinisch, beschämt durch eine Inflation von gefühlvollen Worten, von Geständnissen, die er schreibend ihr oder sich selbst gemacht hatte, benötigte den schnoddrigen Dialekt, um den Satz über die Lippen zu bringen: Unsere Welt erscheint mir schöner, und wichtiger ist mir heute, sie zu erhalten und zu vervollkommnen, – der Franziska im Gedächtnis blieb, obgleich er nie wiederholt wurde, ein Versprechen, das sie von dem ungewissen Herrn Trojanowicz sowenig erwartet hätte wie etwa das puerile Versprechen: ich werde dir einen Stern vom Himmel pflücken.

Sie drehte sich um. Der weiße Regenguß, die Trommeln, die Trommeln, eine Stimme, er war unsäglich allein unter den fröhlich lärmenden Gästen, das Heft im Einband aus schwarzem Kunstleder, auf den seine Finger, der von einer Narbe gespaltene Daumen feuchte Abdrücke stempeln, es regnet, ich durchquere einen Traum auf der Furt von geschriebenen Worten, sie streckte die Hand aus und nahm ihm das Heft weg. »Und wie war es wirklich?« fragte sie.

»Ich war unsäglich allein«, wiederholte Trojanowicz. Er setzte die Brille ab und rieb seine geröteten Lider; er blinzelte wie kurzsichtig, wie hilflos ohne Brille, diese grünlichen Gläser im Drahtgestell, die nicht Kurzsichtigkeit korrigierten, eher bestimmt schienen, dachte Franziska, einen überscharfen Blick zu tarnen. »Ich bin gekommen, weil ...« Er stockte. Noch sind die Namen nicht gefallen, Sigrid, Nessebar, noch hat er die Wahl, sie zu nennen oder zu verschweigen (Verschweigen ist nur Aufschub, immerhin Zeitgewinn), noch ist seine Welt außerhalb dieses Zimmers, das der Regen ummauert, eine Trennung ist nicht vollzogen. Er wählte Verschweigen und Aufschub, und er empfand mit bitterer Belustigung, daß er Zukunft antrat mit einem Kompromiß. »Der Grund ist hinfällig wie der Vorwand«, sagte er. »Sie waren nicht zu Hause, verdrießlich, eine Störung, ein angebrochener Nachmittag, drei Uhr ist eine tote Zeit. Als ich über die Straße ging, sah ich Sie am Fenster stehen. Ich … ich war verletzt, ich wollte an eine Täuschung glauben. Ich ging in die Kneipe drüben, nur für ein paar Minuten, um einen Kognak zu trinken … nur um auf den Abend zu warten, auf das Licht in Ihrem Fenster.«

12

Es wird Abend, ich friere, ich wünschte, eine Stadt nimmt mich unter ihren Mantel aus Lichtern, Stimmen, Gerüchen. Die Lagerstraße. Die Mondsichel über einem geteerten Dach. Ein Gitter aus Kiefernstämmen. Ich warte auf Lampenschein in deinem Fenster, auf eine Hoffnung, daß du schreibst ... daß du noch an deinem Buch schreibst, das wir einen Roman nennen, vorläufig, Roman als Behelfswort für deine Vermutungen über fünf Brüder T. (fünf statt der unglaubwürdigen elf: diesen biblischen Trupp kann sich nur die Wirklichkeit leisten). Warum erlaubst du mir nicht, ein Kapitel zu lesen? Was befürchtest du, Ben? Du schweigst oder weichst aus. Theoretisches über den Roman und den Prozeß des Romanschreibens; das Fragmentarische eines einzelnen Kapitels, das du mir nicht zeigen darfst, weil Mißverständnisse unvermeidbar wären; die Fragwürdigkeit des Versuchs, schreibend Wirklichkeit zu bewältigen: aber ich warte auf Auskunft über fünf Brüder im Osten und Westen, die Mietskaserne in Berlin-Kreuzberg, die fünffache Weggabelung, die Straßen nach Treptow, Hamburg, Serpuchow, Damaskus, Neustadt, und über den Jüngsten, den du Jon nennst, auch nur vorläufig, als probiertest du dir einen Namen an wie einen Mantel vorm Schneiderspiegel, Kostümierung, ein fremder Stoff, später gewöhnst du dich dran und trägst ihn wie Yul Brynner sein Lederkoller, seine zweite Haut ... Auskunft über Jon oder dich oder einen dritten, dem ich den Namen Benjamin gegeben habe, der dir ähnlich ist, aber nicht identisch mit dir, – ahnte ich es nicht schon an diesem Tag im Februar, als der Kipper hielt, mit verrenkten Rädern, und du absprangst? oder in der Bar, in dieser Hölle aus Stanniol (ah, und erinnerst du dich an den betrunkenen Bluesspieler?) oder spätestens an jenem Nachmittag im Juni? ... um auf den Abend zu warten, sagtest du, auf Licht in Ihrem Fenster. O Ben, die hundert Abende nach einem Abschied, einem vernünftigen Entschluß, einem Streit ... ich sah dich unterm Fenster, mit hochgezogenen Schultern, die Hände in den Taschen wie frierend, an den Ahornbaum gelehnt, der später geschleift wurde wie das Bauernhaus ... ich lief durch die Straßen, ziellos, trotzdem fand ich mich immer vor deinem Block wieder, sah durch Scheiben ohne Gardinen verkürzt den Spind und ein Stück der Zimmerdecke und den Lichtreif an der Decke, oval, aber kreisrund aus einem anderen Blickwinkel, über deine Schulter ... sonntags ... wir lagen auf dem Bett und rauchten, nebenan stöhnte und knurrte der Alte im Schlaf ... ich liebte die Lampe, ihren Pergamentschirm, die grobe Naht und die Schatten ihrer Fäden in einem Lichtstreifen, der auf der Netzhaut haftenblieb, wenn ich in deinen Armen starb, dieses zarte und immaterielle Gebilde, das ein Fingerdruck auslöschen konnte, das dennoch in meiner Erinnerung dauerhafter ist als die Gegenstände aus Stein, Holz, Metall.

Mir ist kalt, Ben. Die warmen Nächte im Juni und Juli vor einem Jahr oder vor zehn Jahren, darauf kommt es nicht an, wir waren glücklich, waren wir glücklich?, einmal, als du uns wieder und nochmals quältest mit Analysen und Definitionsversuchen, weil du ein Wort brauchtest für Etwas oder den Anfang von Etwas, das ich für mich annahm wie ein Naturereignis, wie den weißen Regen an jenem Nachmittag, als du zu mir gesagt hast: »Ich glaube, ich habe mich in Sie verliebt.«

... einmal, einen Sommer später und immer noch zweifelnd, hast du es in die Formel gefaßt: ein verlängerter Abschied.

Manchmal lese ich in deinem Notizbuch, das ich dir wegnahm und festhielt, wie lange?, ich erinnere mich nicht ... in deinen Armen, und die Hände verschränkt hinter deinem Nacken, ich fühlte die Narben, die winzigen Hautkrater, es muß schon dunkel gewesen sein, als ich mit den Fingern dein Lächeln, die ungesagten Worte von deinen Lippen ablas ... muß also die Aufzeichnungen unseres Mannes verloren haben und erfuhr das Ende der Geschichte erst anderntags aus dem lädierten, unterm Tisch aufgeschlagenen Heft ... ein moralisches Ende, zu dem sich unser Mann überredet hat: denn der Bogen ist nur ein Teil des Kreises, schreibt er, und der Schmerz eines anderen ist ein hoher Preis. Der belletristische Schluß, den die Wirklichkeit korrigierte.

Ich versuche die durchgestrichenen Sätze zu entziffern (Hoffnung, deine Stimme am deutlichsten zu vernehmen, wo du verschweigst), den Sinn einer Notiz zu erraten. I. G. Farben, Pascal. Ein Zwischenspiel ist vorbei ... Der gleiche Satz, den Yul Brynner gestern sagte ... Ich weiß nicht, warum ich dir nicht erzählt habe, daß ich abends mit ihm ins Dorf gegangen bin, vielmehr gefahren, er hat ein neues Motorrad, und seine erste Fahrt machte er zur Kneipe, und wir tranken ein paar Schnäpse, Doppelkorn oder sowas, und wir saßen mit drei Traktoristen am Tisch, die nicht mißtrauisch verstummten vor den Landfremden, auch nicht demonstrativ ins Sorbische verfielen. Martin, Pawol, ein Jurij. Er kennt schon das ganze Dorf beim Vornamen, er hat so eine Art, andere in Besitz zu nehmen, nicht nett, nicht höflich, eher lässig, wie er sich mit der Stiefelspitze einen Stuhl angelt und sich setzt und nicht fragt, ob es dir recht ist, und dich ansieht aus seinen schmalen wasserhellen Augen, daß du das Gefühl hast, er hat die Hand nicht bloß auf deine Stuhllehne gelegt, sondern auf dein Leben. Er gab ein paar Runden aus, und sie redeten über das Kraftwerk und über Frauen und pyrenäische Wolfshunde und die Herbstbestellung, und dann spielten sie einen scharfen Skat und redeten nicht mehr, außer von Karobuben und Bock und Kontra, und ich saß daneben und fragte mich, warum dieser lederne Kerl mich mitgenommen hat. Steigen Sie auf. Halten Sie sich an meinem Gürtel fest, – in dem Ton, in dem er jetzt befahl: Trinken Sie aus. Essen Sie, und einmal: Iß, und dabei blieb es, du statt Sie, aber kein Name.

Auf der Rückfahrt hielt ich mich wieder am Gürtel seiner Jacke fest. Er fuhr unerlaubt schnell, der Wind schnitt in die Haut, ein paarmal schleuderte das Motorrad auf den sandigen Wegen. Die Jacke mit dem strengen Geruch nach Leder ... Ein Rücken, hinter dem man sich in Sicherheit fühlt.

Er hielt auf freiem Feld, halbwegs zwischen Dörfchen und Bau, zweihundert Schritte hinterm *Auerhahn* mit dem schiefen Wirtshausschild, den Stufen, die ausgehöhlt sind wie Backtröge, und Brennesseln bis zu den geschlossenen Fensterläden. Die unvermeidbare Leiche am Weg ... Wir haben Dörfer ertränkt und Wälder umgepflügt. Schicksale, nun ja. Wir sind nicht zimperlich. Der zähe Krieg um jeden Zaun, jedes Vorgärtchen, um Apfelbäume, Kletterrosen, unser Häuschen, damals in Neustadt, als wir Baufreiheit brauchten für den fünften Wohnkomplex ... Keine sentimentale Reise zu einem toten Auerhahn. Was er mir zeigen wollte: eine Häuserfabrik, lachhaft, so ein Taktsträßlein, Kabelgräben, die stillstehende Mischtrommel, fünf Wohnblöcke, die sah ich zum ersten Mal, wußte natürlich, hier wird eine Siedlung gebaut, hatte sie aber immer umgangen, absichtlich, wer weiß, und den kürzeren Weg durch den Wald genommen.

Neustadt en miniature, womöglich noch trister unter dem bläulichen Mond. Eine Tür klapperte. Der Wind ging auf den Stoppelfeldern. Yul Brynner saß auf dem Motorrad, die Füße gegen den Boden gestemmt, zeigte mir seinen Lederrücken, sagte nichts, blickte bloß geradeaus, und ich dachte, ich weiß jetzt, warum er mich mitgenommen, warum er hier gehalten hat. Mittags in der Kantine, weißt du, wir essen am selben Tisch, das hat sich so ergeben, Stammplätze, wir reden über Städtebau, – jedenfalls hört er zu, frißt, hört zu, wartet ab.

Es war still, nur die Tür schlug im Wind. Plötzlich zog sich mein Herz zusammen, als hätte ich unverhofft ein Gesicht hinterm Zugfenster gesehen ... ein Fenster in der Nacht, jenes Gesicht, mein Spiegel, in dem ich die Welt sah, tu, solo tu sang die hohe Frauenstimme, der Zug fährt weiter, ich habe den Zug versäumt, Ben, ich stand auf dem Feldweg und fühlte mich elend vor Heimweh, und ich dachte an meine Träume, die jede Nacht wiederkehren, der Flugplatz, ein Bahnhof, die Stadt hoch oben auf dem Hügel ... man weiß, was solche Träume bedeuten ...

Yul Brynner sagte: Es ist Zeit, und ich stieg auf und stützte mich auf seine Schulter, absichtslos wie vorhin an der Lagerstraße, als er mich aufgegriffen, vielleicht abgefangen hatte für die umwegige Fahrt zur Siedlung für die Kraftwerker, die nach uns kommen und mit Frauen, Kindern, Betten, Fernsehern einziehen werden in diese öden Herbergen, die er herzeigte wie einen Vorwurf gegen mich, denn als Vorwurf war es gemeint, möchte ich wetten, jedenfalls Einmischung und Behelligung ... absichtslos also stützte ich mich auf seine Schulter und sah plötzlich nah seinen Mund und die gefräßigen Kiefer und die Augen, die im Mondlicht flach waren und den kalten gebrochenen Glanz hatten wie das Wasser von Bergflüssen über steinigem Grund, Quarz oder Kieseln. Er griff über seine Schulter, und einen Augenblick, kurz wie geträumt, drückte er den Handrücken gegen mein Gesicht. Mehr geschah nicht.

Er drehte den Zündschlüssel, hielt aber noch, bei röhrendem Motor, und ich sagte: Danke. Ich hab's gesehen. Aber es ist nicht meine Hochzeit. Wir fuhren zurück, über die von Raupenketten aufgerissenen Waldwege, und an der Lagerstraße setzte er mich ab. Daß ich noch einmal danke sagte, war überflüssig, fand ich selbst. Er rückte den Stetson ins Genick und hob zwei Finger an die Schläfe, wo blanke Schädelhaut absticht gegen das Gesicht, das immer noch kupferbraun ist, lange nach dem Sommer, er sagte: Ich schätze, das Zwischenspiel ist vorbei.

In meinem Verschlag, auf dem Feldbett liegend, überlas ich mein Manuskript, das mich langweilte. Blätter wie welkes Laub. Die Asche von Gedanken und Wünschen. Beschwörung einer Stadtgestalt ... aber was ich gestern oder vor einem Jahr gesehen, geplant, verworfen, verteidigt habe, rückt mit verschwimmenden Umrissen ins Ferne, Ungewisse, Erinnerungsräume schließen sich, Erfahrung ist verdünnt, kein handhabbarer Stoff mehr; fehlt mir jetzt die Nähe, die mich damals behinderte und enttäuschte? Ich bin draußen, Ben ... Flucht oder überlegter Rückzug, ein Zwischenspiel? möglich, daß ich sie später einmal mit so leichtgewichtigem Namen benennen werde: diese Grenzlandschaft, einen Frühlingsommerherbst zweisprachig unentschieden, Zeit der Besinnung (der Einkehr, würde die Große Alte Dame sagen, die unfrommen Augen gesenkt auf das

Kreuz überm Magen, und mit den Schultern lachend), die durchwachten Nächte über Büchern, Statistiken, den Aufzeichnungen aus Neustadt, unsere Nächte im Heidekraut, wir liebten uns auf deinem Mantel, ich küßte deine Augenlider, wenn du schliefst, wenn ich dir oder mir erzählte von den toten Kindern, ausgelegt unter Kirschbäumen, und von Django, der barfuß vor einem rosig erleuchteten Café tanzte, und von dem persischen Architekten, und von einem Mann, den ich erfand und Benjamin nannte und dessen Notizbuch ich gestern durchblätterte, schuldbewußt und voll Hoffnung.

Die Bleistiftblässe deiner Handschrift bürgte für hingegangene Zeit, sonst hätte ich hexerisches Spiel vermutet, als ich an diesem Abend zum ersten Mal den Satz sah, Ein Zwischenspiel ist vorbei, zwischen Krupp und Machiavelli hingekritzelt in einer Laune, jetzt aber von merkwürdiger Bedeutung ... die Schrift an der Wand ... eine ungewisse Bedrohung, für mich? für uns? Wenn du nicht Ben wärst, wenn du Jon nicht fändest, wenn dein Buch ungeschrieben bliebe: wenn ich mit einem Bild gelebt hätte, obschon gewarnt ... Schreckliches Gedächtnis, das deine Worte eingesperrt und verschlossen hat und heute auf mich losläßt wie eine Meute ... Ich kann mit dir leben, sagtest du, aber ich kann nicht mit dir und deiner Vorstellung von mir leben. Geflüstert oder im Streit? bitter oder wie spaßend? ich erinnere mich nicht, auch nicht, ob ich wirklich hörte, was ich sofort ins Vergessen abschob wie den Nachsatz: Ich stehe auf verlorenem Posten, wenn ich mich gegen ein Bild behaupten soll ... Aber der Apfelbaum, Heuduft, ein winziger grauer Frosch, die Glocken einer Dorfkirche, dein Mund in meiner Armbeuge, ich bin glücklich, wir sind glücklich, einmal entdeckten wir einen Fuchsbau, einmal nahmst du mich im Gewitter unter deine Windjacke, einmal lagen wir am Waldrand, ich sah Gräser, roten Weizen, deine Hand, Himmel, die zitternde Luft, Stille, deine Hand, die harten Gräser, ich dachte: das ist der Frieden, flog ein Schatten über das Kornfeld? ich hörte die Sirenen, bevor der Helikopter aus Baumwipfeln schwirrte, unterm Himmel hing, insektenhaft, spähend, und hörte eine fernere Sirene und eine dritte, weiter südlich, von der Brikettfabrik, und noch eine und die nächste und Sirenen näher und leiser und östlich, westlich, nördlich, aus Tagebauen und von Fabrikdächern, und roch sonnenwarme Schulter, Mund in deiner Achselhöhle, den erstickten Schrei: warum warum? es brennt, Hühnchen, es brennt, die Wälder brannten, später erfuhren wir von Brandstiftung, Benzinkanistern, Fackelkranz um Kombinat und Gruben, später sahen wir Gespensterwald, schwarze Kiefern, die Birken mit geschrumpften Blättern, Äste wie gelbe Knochen, veraschte Gräser, Asche flockig im Wind.

Die Zeitungen meldeten den heißesten Sommer seit neunzig Jahren, Dürre in ganz Europa, tropische Temperaturen, versiegende Flüsse. Lastkähne dösten im Sand ausgetrockneter Fahrtrinnen. Einer unserer Statiker wollte die Elbe durchwatet haben bei kniehohem Wasser.

Wir erstickten unterm flachen Barackendach. Geschmolzener Teer tropfte vom Dachrand; im Gras hingen zähe schwarze Tränen. Mittags flüchteten wir in den Schatten des Friedhofs, in diesen Bauerngarten, wo Ginster und Stockrosen blühten. Unter den Bäumen wuchs wilder Fingerhut, und hier, in der lauen Wärme, die nach Erde und Wolfsmilch roch, warfen wir uns ins Gras, das eingesunkene Gräber bedeckte, und rauchten und schliefen. Kowalski hechelte wie eine hitzekranke Dogge, das Hemd aufgerissen über der Brust und dem lohfarbenen Pelz. Sein Freund saß auf der Schattengrenze, schiefschultrig, die spitzen Knie bis ans Kinn gezogen, als ob ihn fröstelte, und sah den Eidechsen zu, die sich auf den Grabtafeln sonnten; er war scheu und schweigsam, außer wenn man ihn über Katzen und Segeln und irgendein Stadion in Rom oder Rostock oder am Polarkreis befragte, denn er wußte alles über alle Sportstadien in der Welt, und er wurde ganz lebhaft, wenn er darüber redete, und er hatte dann auch diesen besonderen, ein bißchen traurigen Charme lädierter Leute.

Schafheutlin fehlte, wie üblich; der saß auch über Mittag in der Baracke, entschlossen, die Stellung zu halten, und erlaubte sich allenfalls, die Krawatte zu lockern,

kam aber mehrmals an Julimorgen verspätet ins Büro, Kraushaar und Brauen versengt, ein vergnügter junger

Mann, der nach Rauch, Schweiß und Abenteuer roch. Er versteckte die mit einem Taschentuch umwickelte Hand hinterm Rücken. Nachmittags, als sie in sein Büro kam, sah Franziska den verbrannten Handrücken und weißlich aufgequollene Blasen. Er belächelte ihren strengen Eifer einer Schwesternschülerin. Er wurde blaß, als sie seine Hand festhielt und eine nässende Brandblase aufstach. Unnötig, sagte er schroff.

»Sehen Sie«, sagte Franziska. »Sie brauchen eine rechte Hand.« Er bewachte ihre Stirn und die Brauen, im Schwunge abgeknickte Flügel. Ahnte er Zumutungen, einen tollen Einfall? Etwas in ihren Augen, die gelb und hart wie Bernstein schimmerten, erinnerte ihn an einen Abend vor dem Ball, an ein Gespräch, das nicht stattgefunden hatte: das sie aber entworfen hat, ahnte er, und wochenlang für sich geführt hat, zäh gegen seine gedachten Einwände. Er war beunruhigt durch ihre genauen Vorstellungen von der Arbeit eines Adjutanten, er sah ein Prinzip bedroht, Alles geht über meinen Schreibtisch, und dachte eine panische Sekunde lang an Diversion, Ränkespiel (Reger! die Akademie!), eine schlau geplante Ablösung. Er sagte steif: »Aber das ist unüblich.«

Zwei Tage später richtete sich Franziska in dem handtuchschmalen Raum ein, der durch das Vorzimmer von Schafheutlins Büro getrennt war. Die Türen zwischen den drei Zimmern standen offen, und sie konnte Schafheutlin hinter seinem Schreibtisch sehen und mit ihm sprechen. Sie mußten schreien, wenn Gertrud boshaft laut auf der Maschine hämmerte: sie mißbilligte den Umzug, wenn auch wortlos, von Überdruß oder Hitze ermattet; unterm Tisch badete sie ihre Füße in einer Schüssel mit kaltem Wasser, und mit nackten nassen Füßen platschte sie über die Schwelle links und über die Schwelle rechts und überbrachte Schriftstücke wie Kriegserklärungen.

Mittags schlief Franziska im Schatten der Friedhofbäume. Als sie die Augen aufschlug, kniete Jazwauk neben ihr, der sie morgens mit Gezwitscher und Kußhänden verabschiedet hatte wie zu einer weiten Reise. Er sah sie an, als habe er ein Hexenmal an ihrem Hals entdeckt, ein spaßiges und fatales Zeichen, das ein zottiger Mittagsgott in die Haut gebrannt hat. Er fand sie verändert, – schon verändert, sagte er, und Franziska grinste und sagte: ja, vier Stunden in der Nähe der Macht.

»Du lachst«, sagte Jazwauk, »aber es bedeutet dir was, und ich möchte nicht wissen, wie du den Alten rumgekriegt hast.«

»Ich hatte die stärkeren Argumente«, sagte Franziska, und Jazwauk schrieb einen Doppelbogen in die Luft, überm Ansatz ihrer Brüste, und sagte: Unbestreitbar. Unter einem fremden Blick bedauerte er seinen Scherz, den sie wortlos wegschnippte wie ein unappetitliches Insekt. Er verlor seine Spielgefährtin und die Komplizin im Bürokrieg gegen den Alten hinter der Lattenwand. Sie verteidigte Schafheutlin, seinen Ruf eines unbestechlichen Mannes: er durfte nicht bestechlich sein, und sie wollte nicht einer Schwäche verdanken, was sie erreicht hatte.

Tatsächlich hätte ein Protokoll ihres Gesprächs mit Schafheutlin nur Sachliches enthalten, eine Debatte unter Fachkollegen, Vernunftgründe für und gegen die Umsetzung eines Mitarbeiters. Was im Protokoll nicht verzeichnet wäre: die arrangierte Gelegenheit, mit Schafheutlin die Baracke zu verlassen, sie sind die letzten an diesem Abend, Getrödel, der Bus ist abgefahren, Heimweg zu Fuß, Sommerabend, eine blühende Weißdornhecke, Jägergeduld eines Habichts, kreischende Kinder am Flüßchen, dem lehmfarbenen Rinnsal zwischen Weidengestrüpp, Schaum der Schafgarben, die Ferngasleitung wie ein träg in der Sonne gerekelter Schlangenleib, ein mohnroter Strauß, das schwarze Herz der Mohnblumen, und Herztöne, Herzstiche, Schafheutlin kurzatmig auf dem Weg hügelan, zur Eisenbahnbrücke, rußiges Geländer, ihre Hände nebeneinander, während er auf die Stadt blickt, ihre mit roten, grünen, blauen Balkons beflaggten Häuser unterm Rahengekreuz der Antennen, und auf Kupferwirbel in einer Nackenbucht, und die Stimme hört, die Jakob mit einer Farbe benannte: sepiabraun.

Trojanowicz wartete seit einer Stunde am Bauernhaus, hinter geblähtem Zeitungssegel. Kämpfe im Gaza-Streifen.

Melina Mercouri am Broadway. Studenten-Demonstrationen gegen Schah-Besuch. Sieben Uhr. Ein blutroter Himmel bedrohte die Stadt. Ich warte, ich warte sehr: eine wunderbare neue Erfahrung.

Sie jagte über die Straße, Trojanowicz kniffte die Zeitung, zerstreutes Blinzeln gelang ihm noch wie beabsichtigt, sie warf sich gegen ihn. Denken Sie! Schafheutlin, er wird, ich werde, ich bin so glücklich. In ihrer heftigen Freude verbrannte das Wunder. Lächerlich, ihr jetzt zu sagen: Ich habe mich um Sie gesorgt, zum ersten Mal sorge ich mich um jemanden, Sie machen einen anderen Menschen aus mir. »Glückwunsch«, sagte er trocken. Er empfand wieder, daß er über seine Verhältnisse lebte, in jedem Sinne, mit geborgten Gefühlen, mit geborgtem Geld. Eifersucht, eine Anleihe aus Romanen. Schulden, um ein Motorrad aus zweiter Hand zu kaufen. »Sie freuen sich nicht«, sagte Franziska vorwurfsvoll.

Doch, sagte er: wie über jeden vernünftigen Entschluß. Er tat, als handele es sich um Schafheutlins Idee und Entschluß. Franziska malte mit der Fußspitze im Sand. »Er ist bloß kommissarisch«, sagte sie. Trojanowicz stutzte; er nahm die grünliche Brille ab und sah Franziska aus zusammengekniffenen Lidern an. »Sie zielen hoch.«

Sie drehte den Kopf weg. »Ach nein. Ich geh sowieso bald wieder zu Reger zurück.«

Er hob ihr Kinn. »Poor child«, murmelte er. Geduld, sagte er sich. Er hat wieder etwas falsch gemacht, was?, das muß er erraten, sie schweigt, so endet es immer, wenn er nicht einlenkt, wenn er nicht ebenfalls schweigt, bis sie sich vor der Haustür oder an einer Straßenecke trennen wie für immer. Sie war launisch und verletzbar geworden, ein spöttisches Wort trieb ihr Tränen in die Augen, sie biß zurück, sie stritten wie Feinde über ein Buch von Granin, einen Unfall im Kombinat, Günter Grass als Wahllokomotive, Aufstand der Ibos, Leihwagensystem oder Jedem-sein-eigener-Trabant, über den ochsenblutroten Putz im dritten Wohnkomplex: sie verteidigten längst nicht mehr Meinungen, sondern ihre Unabhängigkeit von der Meinung des anderen. Sie sind dagegen, weil ich dafür bin, schrie Franziska.

Sie wurde starrsinnig aus Furcht, die Welt durch seine Augen zu sehen.

Trojanowicz hörte höflich zu, aber mit zweifelnder Miene, wenn sie von einem vorläufig papiernen Stadtzentrum redete. Zuviel Enthusiasmus. Zu viele Namen, zu viele Leute – für ihn namenlos und gesichtlos, für sie Bekannte, Freunde, Gegner über acht oder zehn Stunden jeden Tag. Er sah sie von Unbekannten Größen umstellt, in ein Netz von Beziehungen verflochten, festen oder brüchigen Fäden, und in einem Land, in dem noch die strenge und feurige Sprache seiner Universitätsjahre gesprochen wurde, und dessen Grenzen er nicht mehr passieren durfte oder wollte, ein Ausgewiesener? ein freiwillig Exilierter? er wußte es selbst nicht mehr. Wie immer, der Grenzübertritt war vollzogen, Rückkehr wird nicht erwogen, sagte er sich, man ist anderswo heimisch geworden, zufrieden (befriedet, fiel ihm ein, das vermeintliche Bibelwort), und lächerlich bis lästig sind die einst vertrauten Vokabeln und die hohen Ansprüche seiner Geliebten, ihre Erwartungen, Gefühle wie rotbefiederte Pfeile, die ein Kind in den Himmel schießt.

Er umfaßte ihren Nacken. Kommen Sie. Hinter dem Gehöft, an einem morschen Stallpfosten lehnte das Motorrad. »Gehört das Ihnen?«

»Uns«, sagte Trojanowicz. Er verschloß mit Küssen ihre Augen, die seine Verlegenheit nicht sehen sollten. Ein Geständnis, aber eine halbe Lüge: er schenkte ihr Ausflüge, den kaolinblauen See, die kleinen Birken auf den Kippen, und schenkte sich Flucht, Sicherheit vor einer peinlichen Begegnung, die braunen Arme auf seinen Hüften, die Umarmung im Fahrtwind, ungesehen von Sigrid, die er seine Kameradin nennt, vergeblich, sie nimmt Kameradschaft nicht an, für sie hat sich nichts verändert, scheint's, unverändert ist ihre Geduld, ihre Herzlichkeit, ihr herzhaftes Abendbrot (neu sind nur die Canapés an koketten Spießchen, ungeschickte Tuscharbeit mit bläulichen Lidschatten, über die sie selber lachen muß, und neu sind die Gefühlsausbrüche, Kino-Wildheit mit Biß und Zungenspiel und liebestollen Fingernägeln), sie kennt ihn, sagt sie, er und diese heftige kleine Person, nein, das kann sie sich einfach nicht vorstellen, das kann nicht gutgehen, das ist nicht von Dauer, und sie wartet, sie vertraut auf die gemeinsamen Jahre, schwere Jahre (und sie bringt es fertig, ihn nicht an einen gewissen Abend zu erinnern, als er zu ihr kam, einsam, böse und verstört, ein entlassener Häftling, geschieden, ein Mann ohne Beruf, und als sie ihn aufnahm, ohne Fragen, und den Tisch deckte und die Couch aufbettete und ihn zu sich nahm und hielt und festhielt), sie weiß, warum er abends auf die Uhr blickt, und nötigt ihn nicht zu Lügen, sie macht ihm keine Szenen, wirklich, sie ist großartig, und als sie einmal, endlich einmal in Tränen ausbricht, ist Trojanowicz beinahe froh drum, weil er reden muß, sich rechtfertigen, bagatellisieren, wenn auch mit schlechtem Gewissen vor der kleinen Linkerhand (aber er hat keine Wahl, Sigrid weint), und als sie ihm Undank vorwirft, zum ersten Mal, darf er den Streit suchen, der dann leider ausbleibt, weil Sigrid nicht mitspielt: ich drehe den Gashahn auf, sagt sie, und er verbittet sich Melodramen; trotzdem, unleugbar, ist er erschrocken, beschämt durch Tränen und unerwartete Schwäche und den fatalen Satz, den sie ganz undramatisch hergesagt hat, jetzt ist er wirklich schuldig geworden, jetzt peinigt ihn ihre Erpressung wie ein eigenes Vergehen; er kann sie nicht allein lassen, keinesfalls an diesem Abend, – nach so vielen Jahren, sagt er, ich bitte dich, reden wir vernünftig miteinander, aber sie hört nur, was sie hören will, wir, diese Jahre, und nimmt es als Versprechen, schreckliches Mißverständnis, das er nicht aufzuklären wagt, um sie nicht zu demütigen, und als er sie küßt, tut er es aus Mitleid, und als er mit ihr schläft, geschieht es aus Höflichkeit, und während die fröhliche Gefährtin Sigrid unaufhaltsam in Vergangenheit entgleitet, feiert warmes blondes Fleisch Versöhnung.

Er vergaß sie auf dem bestürzend langen Weg, den seine Lippen an einer ovalen Lidbucht wanderten. »Sie haben heute wieder Ihre schönsten Augen angezogen«, sagte er. Franziska lächelte unsicher. Berührungen, eine sanfte Stimme schüchterten sie ein: er versuchte zärtlich zu sein und war gezwungen wie in Gegenwart eines Dritten, eines anderen Trojanowicz, der ihn beobachtete, distanziert und mäßig verwundert. Er drückte ihr Gesicht an seine Brust, er bebte unter der Anstrengung zu schweigen, nicht zu wiederholen: Ich glaube, ich habe mich in Sie verliebt.

An jenem Juniabend, als sie vor der Haustür standen, plötzlich befangen im Treppenlicht, plötzlich ungeduldig wie am Zug, der immer noch nicht abfährt, hatte Trojanowicz gefragt: Morgen?

Franziska wickelte seine Krawatte um die Hand. Nein. Gehen Sie jetzt. Nein, noch eine Minute. Aber Ihre Frau, sagte sie.

»Wir sind nicht verheiratet«, sagte Trojanowicz.

Ihr Herz sank. Sie dachte, er hätte sagen sollen: Sie ist nicht meine Frau. Es hatte aufgehört zu regnen, unter der Straßenlampe glänzten Pfützen und lackgrüne Büsche und das Geäder aus Rinnsalen, die sich schmatzend durch den Sand gruben. »Man wird sich trennen«, sagte Trojanowicz. Vielleicht wollte er sie schonen, als er das unpersönliche man gebrauchte; Franziska hörte: er entzog ihr das Recht auf Mitsprache.

Wunderliches Liebespaar. Sie duzten sich nicht, und Franziska vermied es, ihn beim Vornamen anzureden: Wolfgang. Wölfchen.

Er kam jeden Abend, immer unter einem Vorwand, mit einem neuen Buch, mit Zeitschriften und Nachrichten, die Stadt und Städtebau betrafen, sträubte sich, heimisch zu werden in ihrem Zimmer, setzte sich nicht, redete über Fachliches, über Bau und Bauleute, während er unaufhörlich rauchte und mit einem scharfen, verächtlichen Laut den Rauch ausstieß; unerwähnt blieb in zwei Wochen die andere Frau, die sich, wer weiß, in ihrer Nebenrolle übte, oder auf ein Wunder hoffte, oder Trennung schwermachte, durch Großmut? durch Verzweiflung?

Auf der Treppe legte er ihr die Hand über den Nacken. Wie klein Sie sind! Das erstaunte ihn immer noch. Eine Stufe unter ihr stehend, küßte er langsam ihre Augen und die Schläfenbucht, er legte die Lippen in ihre Armbeuge, und Franziska blickte auf seinen gebeugten Kopf und das Haar, das schon mit Grau untermischt war, und ihr Herz zog sich zusammen. Und morgen? Aber sie fragte nicht, und er versprach nichts, er ging schnell über die Straße, die Schultern hochgezogen, ohne einen Blick zurück.

Sie litt unter seiner Verschlossenheit und begann sie zu lieben wie einen besonderen Vorzug, der ihn über andere hinaushob. Einmal kehrte er um, durchquerte die Lichtpfütze vor der Haustür hastig, mit abgewandtem Gesicht, und umarmte, umklammerte Franziska, die dennoch sekundenlang seine Augen gesehen hatte, glänzend wie hinter Tränen. »Auf einmal hatte ich Angst, ich sehe Sie zum letztenmal ... Nein. Sie waren so winzig unter der Tür, so schutzlos ... Ich wünschte ... ich glaube, ich wäre glücklich, wenn Sie mich brauchten. Vergessen Sie es nicht«, fügte er mit veränderter Stimme hinzu. »Ich habe es einmal gesagt, und ich werde es nicht wiederholen.«

Zwei Tage später, am Sonntagabend, begegnete sie ihnen, Sigrid und Trojanowicz, sonntäglichen Spaziergängern, die grüßten, die sie grüßte wie flüchtige Bekannte, nett, Lächeln funktionierte, erst hinter der Straßenecke traf sie Schreck wie ein Schlag in die Kniekehlen; erst das Erinnerungsfoto zeigte ihr ein Paar, verschlungene Arme, die Flecke auf hohen Backenknochen, verwischt das andere Gesicht, also nicht deutbar, und scharf eine Hand, die sich verstohlen zurückzieht und wieder eingefangen wird.

Ein Mann in blauen Turnhosen duschte Pflaster, Trabant und Kinder, die kleinen Akrobaten auf knallenden Rollschuhen, vorm Nachbarblock wurden zwei Wagen gewaschen, geseift, frottiert, und auf den Stufen, auf einer Bank neben der Haustür saßen junge Frauen in Kittelschürzen oder kurzen Sommerkleidchen, die Hände über dem Bauch und rosa Strickzeug gefaltet. Franziska biß die Zähne zusammen. Ich bringe ihn um. Zwischen Kakteen leuchteten die ambrafarbenen Augen einer Katze, die gelangweilt nach Fliegen schlug. Straßab kreuzte sich der Duft von Bratkartoffeln mit dem schwefligen Atem des Werks. Hinter Küchenfenstern knisterte Speck. Ein Abend auf dem Lande ... Sie hatte Lust, die Zäunchen niederzutreten, die Rasen und Weg zu den Haustüren einfriedeten, diese niedrigen Gatter aus Birkenstämmchen, Draht und grüngestrichenen Latten, und zum ersten Mal dachte sie mit einer Art kalter Schadenfreude an die Vergänglichkeit dieser Siedlung, ihr Leben, das kurz sein wird wie das einer Goldgräberstadt: die Kinder der Rollschuhläufer werden schon in fremden Städten arbeiten, wenn Bagger ihre Zähne in die Eingeweide dieser Straße schlagen und die Blöcke in Rauch und Staub zusammenstürzen, und die Wasser werden steigen und Boote mit weißen und orangenen Segeln über die Plätze und Viertel der Stadt gleiten, Vineta ohne Glocken, und über versunkene Erinnerungen an Kreiselspiel, Autolack und Asphalt und an die Kohlenflöze und Quittenblüten und Tellerklirren zur Abendbrotzeit.

Auf der Kreuzung dirigierte ein Mädchen mit weißen Manschetten und den flinken Fingern einer Tamburinschlägerin. Ihr Mützchen segelte schräg auf lacksteifen Wellen. Sie stand zum ersten Mal an der Kreuzung, aufgeregt und lächelnd wie eine Tanzschülerin, und ich stellte mir vor, wie sie vorm Spiegel ihr Haar gebauscht, die Kappe gerückt hatte für ihr Trottoirpublikum, und ich blieb am Straßenrand stehen und sah dem Mädchen zu, das mit seinem stolzen und aufgeregten Lächeln den Rudeln von Radfahrern und den gehorsamen Autos winkte, und eine Weile verblaßte euer Bild, überlagert von dem Farbfilm Wochenend. Ein kurzer Film: Reifenschnurren und Rufe verklangen in den Nebenstraßen, der Himmel wurde aschfarben, und die Bogenlampen flammten auf und schienen die Eidechsenköpfe tiefer zu beugen über den Betondamm, den stilleren, jetzt unbefahrenen, bald totenstillen Fluß.

Der Musketier berührte Franziska am Ellenbogen. Er hatte eine Zeitlang unschlüssig an der Straßenecke gewartet, er hatte Anreden und Sätze durchprobiert, jetzt fiel ihm bloß ein: Verabredet? In dem offenen, über der Brust verknoteten Nylonhemd glühte das Granatkreuz wie eine frische Kratzwunde. Franziska schüttelte den Kopf, ihr Mund war trocken, sie empfand wieder, und schärfer als an jenem Nachmittag, als er barfuß im wassergetränkten Sand watete, die Verführung seiner glatten Haut, der im Nacken gerollten Haare, die den Silberton von Disteln hatten, und seines Geruchs nach Schweiß und dem sonnenerhitzten Holz der Wohnwagen.

Ihre Befangenheit ermutigte ihn. »Was macht man abends in diesem Dorf?«

»Man kann fernsehen. Man kann schlafen. Man kann sich aufhängen.«

Er warf ihr einen argwöhnischen Blick zu. »Wo ist Ihr Mann? Auch verloren? Ihr Ring – Sie sagten, Sie haben ihn verloren.«

Sie ist allein, sie hat ihn belogen. Ein Straßenbauer: ein Landstreicher. Nichts für ein Mädchen wie sie. Trotzdem ging er ihr nach, dann neben ihr her, hartnäckig ohne Dreistigkeit, durch die öden Straßen: daß Sie hier leben können, sagte er. Hören Sie schon auf, mich auszufragen, sagte Franziska. Auf einem schmalen Pfad zwischen Sträuchern streifte er ihre Hand, ihren bloßen Arm, den sie nicht zurückzog. Er redete höflich über Bücher.

Auf der Terrasse der *Taube* blieb er hinter Franziskas Stuhl stehen, bis sie sich gesetzt hatte. Ein Betrunkener rief ihn durch die offene Tür an. Paul! Er holte Kognak und Zigaretten von der Theke. Es wurde dunkel, pelzige Nachtfalter stießen gegen die Kugellampen. Paul stellte eine Flasche auf den Tisch, er hörte auf, über Bücher zu reden. »Sie haben ja goldene Augen«, sagte er. Unkenaugen, sagte Franziska; sie stieß schon mit der Zunge an, die über Konsonanten strauchelte. Die traurigen Verzauberten ... Wer hauste im masurischen Dorfkeller? Sie stemmte die Ellenbogen auf die Brüstung. »Sie sind nett, Paul«, sagte sie. »Wissen Sie, ich war wahnsinnig deprimiert. Zu viele Zäune und so, verstehen Sie?«

»Nein«, sagte er, »und es sind auch nicht die Zäune. Möchten Sie Eis essen?« Auf der Eiskugel schwankte ein schwarzes Männlein im Zylinder, und um seine Leiter aus Silberpapier wand sich ein Spruchband: »Viel Glück im Leben«, las Franziska vor und lachte. »Hören Sie mal, Paul, haben Sie irgendeine Vorstellung von Glück?«

»Ich weiß nicht«, sagte er. »Ich seh Ihnen gern zu, wenn Sie Eis essen.«

»Du bist schrecklich nett«, sagte Franziska. Er beugte sich über den Tisch, und sie gab ihrem Verlangen nach, ihre Finger in der harten weißen Mähne zu vergraben. »Laß dir nicht die Haare scheren, Samson«, sagte sie. »Warum willst du mit mir nicht über Glück reden? Du hast doch sonst einen Haufen überflüssiger Fragen.«

»Iß mal dein Eis«, sagte Paul. »Iß Eis, und ich seh dir zu.«

Sie gingen über den Anger, in der Dunkelheit, im Wiesengeruch, im Grillenlärm, und zum Springbrunnen, der seit langem verstummt war, und Franziska warf das schwarze Männlein ins Brackwasser, ersauf, du Segensbringer! sagte sie und stieg auf den Brunnenrand aus ehemals hellgrünen, jetzt moosig dunklen und glitschigen Kacheln, die Arme ausgebreitet, hochgeworfen zur Ansprache, die ungesprochen blieb, zur Deklamation an den schläfrigen Brunnen, die verschlafenen Häuser, an tauben Beton, sie schwankte, hielt sich aber, wurde gehalten von Pauls Händen, den Armen, die ihren Rücken umschlangen, guter Junge, sein Gesicht, das ich vergessen werde, das Gesicht in der Menge, eben nett, ein bißchen vulgär, ein Vorübergehender, und während ihre Finger das harte, im Nacken gerollte Haar wiedererkannten, roch und schmeckte sie schon wie rauchige Luft das beginnende Vergessen, das sein Bild trüben wird, das ihn entwirklicht bis zur stilisierten Erinnerung, aber sie wehrte sich noch, sie mußte ein paar Stunden oder ein paar Tage Zukunft an sich reißen, Zeit für sie beide, Zeit gegen Trojanowicz, und sie seufzte vor Ungeduld, nein und jetzt, jetzt, auf den rissigen Lippen, in Hitze und Feuchte und der faden Süße von Sanddornbeeren, endlich, der endliche Augenblick, in dem Hoffnung, Begehren, Argwohn zusammenfielen: er hielt sie noch, aber höflich stützend, nein, sagte er, so nicht, du spielst falsch, nicht als Ersatz. »So nötig habe ich es nicht«, sagte er.

Sie gab ihm eine Ohrfeige, und sie sahen sich bestürzt und unsicher lächelnd an, und Paul nahm ihren Arm und sagte: ich laß dich nicht allein nach Hause gehen.

In ihrem Block quengelte eine Ziehharmonika; roher Streit, Gekreisch einer Frauenstimme schlug an ihr Ohr. An der Treppe küßte er sie. »Du weinst. Nicht. Bitte. Denk nicht mehr daran«, sagte er.

»Nicht deshalb. Nicht nur ...« La Paloma und die streitenden Stimmen übertönten ihr Flüstern. Der Tag der Abreise.

Schnee. Die kopflose Nike. Altmarkt. Die versteinerten Flamingos. Das Harmonikagedudel riß plötzlich ab, mit dem Schrei einer liebestollen Katze. »... und auf einmal, mitten auf dem Altmarkt, war mir zumute, als könnte ich fliegen und ... einfach alles, und ich dachte, ich werde schöne und noble Häuser bauen, für Menschen mit schönen und noblen Gedanken ... Weißt du«, sagte sie, »ich hätte schrecklich gern mit dir geschlafen.«

»Ja«, sagte Paul. »Denk nicht mehr daran.«

»Weißt du, manche haben ein fabelhaftes Talent, sich an die falschen Leute zu hängen.«

»Ja, sowas gibt es«, sagte Paul.

Sie sahen sich noch ein paarmal an der Ost-West-Tangente. Später im Sommer zog der Straßenbautrupp weiter, und leere Konservenbüchsen rosteten, wo die Wohnwagen gestanden hatten, und der Sand bewahrte noch eine Zeitlang eine bleichere Farbe wie Hautflecke, die der Sonne nicht ausgesetzt waren. Paul schrieb einen Brief, der in einer Gemeinde nahe Potsdam abgestempelt war. Straßen. Dumas. Deine Augen. Abende. Man müßte ein Zuhause. Ein Mädchen, das auf einen wartet. Franziska antwortete ihm nicht, und es kam kein Brief mehr.

Abends stand Trojanowicz unterm Ahornbaum, blickte nicht zu ihrem Fenster hoch, stand nur da, die Hände in den Taschen, wartete, Ritter Toggenburg, wie lange hält er das durch? dachte Franziska, die ihn pantomimisch hinterm Fenstervorhang verlachte, ach, nur am ersten, zweiten, dritten Abend: ihr rachsüchtiger Spott, der Zorn, den sie aufzufrischen versuchte am Erinnerungsfoto verschlungener Arme, verschliß an seiner Geduld, an Stummheit, die sie selbst der Tortur des Stummseins unterwarf. Sie beklagte sich bei Jazwauk: Er bringt mich um einen großen Auftritt.

Als sie sich unerwartet gegenüberstanden, an einer Haltestelle, im jadegrünen Licht eines Spätnachmittags, war ihr die Kehle wie zugeschnürt. Der Bus fuhr ab, und sie saßen auf der Bank zwischen den leeren Fenstergittern des Wartehäuschens. Unter ihren Füßen knirschte Glas. Trojanowicz steckte ihr eine Zigarette zwischen die Lippen, und ich sah deine gehöhlte Hand, als hielte sie mir die Welt entgegen wie eine dieser wunderlich geschliffenen Kristallkugeln, in denen sich nur spiegelt, was du dir wünschst und was du liebst, und sie zeigte mir die niegesehenen Städte, deren Namen wie Zauberformeln klingen, und die blaubrüstigen Tauben auf einem Giebel und die Kuppel über der Bibi Chanûm und ein Feld im Wind zitternder Anemonen und die vollkommenen Maße eines von Schinkel gebauten Schlosses bei O. und die Kastanien im alten Garten der Druckerei und blaue, wie mit Reif überzogene Weintrauben und die im Morgenlicht goldflammenden Zwiebeltürme der Basiliuskathedrale ... der unvergeßliche Augenblick, in dem ich fühlte, daß nicht mehr abwendbar sei, was immer von jetzt an geschah, durch dich oder mich, und daß es sich vollziehen würde, unaufhaltsam wie von einer fremden Energie getrieben.

Er verschwieg Warten und Toggenburg-Wache unterm Ahornbaum. Sein Haar war grauer geworden. Zum ersten Mal beging er die Indiskretion, in einem gereizten Ton von Sigrid zu sprechen: Sie besteht darauf, sich mit ihm zu zeigen, ein intaktes Verhältnis zu demonstrieren, wem? den Leuten? Frau Linkerhand? »Ach nein«, sagte Franziska leise, »sie liebt Sie.«

Er zuckte die Schultern wie über einen Einwand ohne Logik. Dabei beließ er es, und sie erschauerte unter der kalten Rücksichtnahme auf eine Frau, die nicht mehr geliebt wird, nur noch geschont, indem man sie einer anderen nicht ausliefert, ihre lästigen Gefühle, die lästige Hoffnung, mit der sie ausharrt, auf ihrem Platz beharrt. »Sie sind von einer grausamen Konsequenz«, sagte Franziska, die nichts ahnte von Auftritten und von Kompromissen an eine Vergangenheit. Sie wollte nicht an ihm zweifeln, sie überhörte seine Warnung: niemand kann ohne Kompromisse leben.

Ihr Vertrauen in seine Festigkeit peinigte ihn. »Ich kann mich nicht verständlich machen«, sagte er, »weil ich außerstande bin – weil ein Mann außerstande sein sollte, über gewisse Situationen zu reden.«

»Ich wünschte, ich könnte mir nichts vorstellen«, sagte Franziska.

»Stellen Sie sich nichts vor, nichts anderes als –« Er zögerte, als scheute er vor einem gefährlichen Absprung. »Nachts liege ich wach, Träume sind nicht meine Sache, ich liege wach und denke an Sie ... meine rechte Hand denkt an Sie, sehen Sie, jeder einzelne Finger erinnert sich an die warme Haut Ihres Nackens ... Ich lege eine Schallplatte auf, jeden Abend dieselbe ... Chopin, ich höre Chopin, weil ich hoffe, daß Sie jetzt, zur selben Zeit – die egoistische Hoffnung, Sie schlafen nicht, Sie entlaufen mir nicht, weit fort, in Träume, in denen Sie die Namen nicht hören, die ich Ihnen gebe, und keine Préludes, keine Neue Welt.«

»Ich werde die Neue Welt hören«, sagte Franziska, »zur selben Zeit wie Sie.«

Dennoch verdorrten die Abende, an denen er nicht kam, verdarb ein hitzeschwerer Sonntag am See, wo der Zufall sie zusammenführte, Jazwauk tuschelnd Rückzug anordnete, aber zu spät, Franziska knallte schon den Wagenschlag zu, sie sagte: »Warum? Sie haben uns gesehen, und ich, ich bin gedrillt worden, in Konventionsstücken mitzuspielen.« Zeit spulte zurück, schneeblaue Haarfestung, die Augen wie Gewehrmündungen überwachten Franziska, die mit einem mürrischen Herrn Trojanowicz übers Wetter plauderte und über die veralteten, leider noch notwendigen Brikettfabriken, die Qualmwolken über den See wälzten und den mit Schilf wie Klingen bewehrten Strand. Sie stieg aus ihrem Kleid, in einem weißen Bikini, und Trojanowicz blickte weg und übers Wasser. Boote unter schlaffen Segeln trieben am Ufer gegenüber wie schlafende Schwäne.

Hinter ihrer Sonnenbrille getarnt, taxierte sie die Basketballfrau, die ihren Pulli von mannhaften Schultern streifte. »Ah, sie hat einen fetten Rücken«, raunte sie Jazwauk zu. Er watete zimperlich im Schlick. Sigrid warf sich ins Wasser, sie schwamm und tauchte wie ein Delphin; ihre Badekappe, ein grüner Ball, tanzte fernab auf den trägen, wie Öl schillernden Wellen. Jazwauk streichelte den kleinen Bauch seiner Freundin, deine Haut, sagte er, hat den Schmelz brauner Perlen. Trojanowicz schlief oder stellte sich schlafend.

Sigrid brach durchs Schilf, Diana, die Jünglingin, die feuchten Haare schüttelnd. Sie kitzelte Trojanowicz mit einem Grashalm, balgte sich neckend, trieb neckisches Spiel, Haschen ohne Fänger, ach, nicht mehr Diana, sondern Puck übergroß, koboldischer Spaß fürs Publikum. Eine Fehlbesetzung, dachte Franziska, die Scham in sich aufsteigen fühlte, das Erbarmen wie für eine Schauspielerin, die ihren Text vergessen hat und improvisiert, wie falsch! wie mutlos schon! aber durchhält, aber wartet, daß gnädig ein Vorhang fällt.

Abendwind plusterte die Flügel der Segelboote. Als die Kofferradios verstummten, schlug eine Rohrdommel im Schilf. Jazwauk entsann sich plötzlich einer Verabredung, sie rollten ihre rußgeschwärzten Decken zusammen. Wir bleiben noch, sagte Sigrid. Der Wagen schleuderte in den Kurven, der Prinz fluchte, und Franziska, die seine Augen im Rückspiegel sah, hielt den Mund.

Trojanowicz fuhr das Motorrad vom Bauernhof. Sie mußten an einer Bahnschranke warten, er umfaßte Franziskas Knie, sie hörten den Zug, Rittersporn fackelte um die Wärterbude, sie duckten sich unter den Schrankenarm, ein Dorf drehte sich vorüber (schon verurteilt, von Baggern ausgeweidet, von Raupenketten zermalmt zu werden, noch ahnungslos oder doch ungläubig, als wären Schieferdächer, Obstbäume, die dumpfwarmen Ställe Gewähr für Unveränderlichkeit), Franziska legte die Arme um seine Hüften, sie jagten über die Landstraße, zwischen Rübenäckern, die eine Muttergottes im blauen Mantel segnete, und Haferfeldern und in der Abendsonne funkelnden Christusleibern mit den blutrot lackierten Wundmalen.

Trojanowicz' Jacke knallte im Fahrtwind. Bäume wischten über den Horizont, ein Gatter hüpfte, die Farben von Himmel, Feldern, Büschen flossen ineinander wie nasse Tusche. Er fährt ja viel zu schnell: als wollte er uns umbringen. Später konnte sie sich nicht an Furcht erinnern, nur an ein Gefühl von Unwirklichkeit, als bewegten sie sich in einer abstrakten Landschaft, mit unmerklich aber stetig wachsender Geschwindigkeit. Fraglich, wessen Gesicht sie erblicken würde, wenn jener vor ihr sich umwandte, den Nacken drehte, diesen anonymen Nacken eines Boten, der einen Auftrag erfüllt, für wen? und zu welchem Ende? Als sie stürzten, auf einem Feldweg, im knöcheltiefen Sand, spürte sie weder Schreck noch Schmerz, blieb aber liegen, mit geschlossenen Augen, stellte sich tot, entzog sich ihm, zog sich zurück in ein Niemandsland, hier ist alles einfach, empfand sie, wir müssen nicht sprechen (nicht lügen), ich muß dich nicht fragen: nach einer andauernden Vergangenheit, deren Schatten auf unseren Abend fiel und auf den Nacken des Boten, armer Geliebter, der sich selbst einmal nannte: ein zufriedener Mensch.

Trojanowicz hob das Motorrad auf, das auf ihrem angewinkelten Bein lag, und sie hörte Schurren von Stahlblech und seinen Schritt und knisterndes Gras und, unerwartet wie der Ruf eines aus fremden Wäldern verirrten Vogels, ein schluchzendes Stöhnen. Meine Liebste, mein Kind. Er kniete und hob ihren Kopf, er wiegte sie in seinen Armen, und sie öffnete endlich die Augen, benommen, bedauernd die Entlassung aus der Stille und seiner zärtlichen Angst und den wie Glas splitternden Gräsern, und jetzt erst meldete Schmerz zerschundene Haut, warum wolltest du uns umbringen? sagte sie, und er erwiderte mit der kühlen und spöttischen Stimme wie sonst: Ich fürchte, ich bin ein ungeschickter Fahrer.

Ihre Skizzen welkten in einer Schublade, und sie gab es auf, bis zum späten Abend in der Baracke zu arbeiten. Trojanowicz wartete am Bauernhaus. Sie fuhren an die kleinen Seen, die ertrunkenen Gruben mit steil abfallendem Ufer, und in die Kiefernwälder vor der Stadt, in die Heide, die sich mit wilden Lupinen bedeckte, ihren violetten, über Nacht schon erlöschenden Kerzen, und sie sahen die rußigen Siedlungen der Brikettfabriken, schwarzgesprenkelte Sternblumen im grauschwarzen Gras, und die wie Weinberge gestuften Tagebaue, Terrassen, beringt mit rostigen Gleisen, zwischen denen Birken und Haselsträucher wuchsen; sie hielten, und Trojanowicz erklärte ihr, notfalls mit Zeichnungen im Sand, die Anlagen, Entwässerung, Flöze, Kohleförderung und den Mechanismus eines Brückenverbandes, der später, bei hereinbrechender Dunkelheit, mit seinen aufgesteckten Lichtern wie ein stählernes Haus, eine

Wohnmaschine, auf der Talsohle schimmerte, befremdlich und dennoch anheimelnd wie im Glanz erhellter Fenster.

In der kühleren Abendluft kreuzten sich die Düfte von Lupinen, Heu und Wermut. Das Motorrad schlingerte im Sand, glitschte im Teer einer Landstraße. Trojanowicz legte eine Hand um Franziskas Knie. Tanzen Sie nicht herum, ich werde Sie noch verlieren. Sie trieb ihn an, sie wünschte sich lange, im Fahrtwind flatternde Haare, die rote Mähne des geträumten Fohlens. An seinen Rücken geschmiegt, bedeckte sie die gebauschte Windjacke mit Küssen. Er rief über die Schulter: »Sie sind mein großes Abenteuer.« Scheunen, der hölzerne Turm einer Dorfkirche, die Glocke läutete unter dem Schindeldach. Das Motorrad lag am Feldrain. »Ich weiß nicht mehr, wohin ich gehöre«, sagte Trojanowicz. Franziska seufzte. Die Glocke, Heuduft, die ewigen Analysen. »Nein, ich suche jetzt nicht nach den Gründen, warum ich mich in Sie verliebt habe, – obgleich ich es für töricht halte, Liebe wie eine Eingebung der Götter zu empfangen, nicht entzaubert durch Ratio, nicht beschmutzt durch profanen Versuch, das himmlische Geschenk zu prüfen ... Sie sind mein Abenteuer –«

Sie lächelte ungläubig, ich? dachte sie, das Abenteuer im Leben dieses umgetriebenen Mannes? »– aber ich verabscheue Eskapismus«, fuhr er fort, »und Sie sind die Eskapade, die ich mir nicht gestatten dürfte ... Sie lösen mich aus meiner Welt, aus einem Leben, das ich für mich angenommen und in dem ich mich eingerichtet habe und glücklich war – um ein Wort zu gebrauchen, das Ihnen geläufig ist, nur allzu geläufig.« Er stützte sich auf die Ellenbogen und blickte auf Franziska hinab. »Du weißt nicht, was du tust ... Du bist in einer heilen Welt zu Hause ...«

Nicht zu Hause: unterwegs, sagte Franziska, und er gähnte und klopfte sich auf den Mund, »unterwegs«, wiederholte er, »der abgegriffene belletristische Schwindel, ein Titel für Erbauungsschriften. Sie enttäuschen mich, meine Liebe, wenn Sie nicht mehr anzubieten haben als die Klischees einer heilen, jedenfalls sorgfältig gekitteten Welt.«

»Und was haben Sie dagegenzusetzen? Ihren arroganten Verzicht, Ihr Glück eines kleinen Mannes ... Aber ich glaube Ihnen nicht«, sagte sie leidenschaftlich, »Sie belügen sich, warum? ich weiß nicht, ich weiß nichts von Ihnen. Dein schreckliches Schweigen ...« Sie zog ihn zu sich herunter, sie stieß ihre Stirn gegen seine Stirn. »Wenn ich nur einmal dahinter lesen könnte ... Nein, küß mich nicht. Nicht so. Bitte. Faß mich nicht an ...

Weil ich nicht will«, sagte sie, nun ebenfalls schroff, ebenfalls entschlossen zu verschweigen.

Lange bevor er von einem Wolfgang erfuhr, den ihre Freunde den schönen Idioten nannten, und vom Exß-Clan, den Schwagern, Möbelträgern, Enteignern, und von der Nacht nach der Scheidung, kannte er schon die Treppenstufen zur Klinkervilla, zu einer amtlich versiegelten Haustür, und die Große Alte Dame, ihre Halsbänder, ihre derben Witze, den roten Samtfauteuil, und die Blautannen und Mohnbeete, und den eulenäugigen Mann in seiner Büchergruft, und die zeremoniellen Handküsse des jungen v. Werder, und die Wand in Wilhelms Zimmer mit den Bildern von Einstein und Otto Hahn, kannte sie? empfing immerhin Nachricht von ihnen, verschlüsselte Botschaft aus einem Bezirk, der ihm sowenig vertraut war wie Franziska die Hofwohnung in Berlin-Kreuzberg: sie tauschten ihre Erinnerungsfotos, die kolorierten Kalenderblätter, das Puzzlespiel Früher, in dem Steine fehlen ein für allemal, die durch Zeit und Wunschdenken vielfach gebrochenen Bilder.

Nikolaiken, sagte Franziska langsam wie den Namen einer orientalischen Stadt am Karawanenweg. Sie bestaunte die Rabenschar der elf Brüder. Vergleich mit der biblischen Mannschaft drängte sich auf, und sie nannte ihn, den Letzten und Jüngsten, Benjamin, erst spaßeshalber, gelegentlich seiner Hinterhof-Mythen, dann öfter, froh um einen Namen, den ihm niemand vor ihr gegeben hatte, Benjamin, zärtlich verkürzt zu Ben, und endlich blieb es dabei; er hatte ihn angenommen.

Die Namen, die er ihr gab, verwandelten Franziska in ein winziges flaumiges Wesen, das sich in seiner Achselhöhle zusammenrollte, unter seiner gewölbten Hand Zuflucht fand, und das war es doch, was ich damals wünschte, nicht wahr?, Geborgenheit wie unterm wollenen Schal der Frau

Kowalski, wie in den zurückgeträumten Sommermorgen mit Wilhelm, wie unter dem Zelt, deiner Windjacke, die du im Gewitter um mich schlugst, und der Regen trommelte auf Zeltleinen, und ich hörte dein Herz schlagen und trieb auf der Dünung deines Atems. Dein Gesicht und deine Haare troffen vor Nässe, das Gewitter war weitergezogen, es regnete noch ein bißchen, bei schrägem Sonneneinfall ... ich habe dir gesagt, daß ich glücklich bin (ich wußte kein anderes Wort, und ich brauchte keins, glücklich oder traurig, Liebe oder Verzweiflung: damals kam ich mit wenigen Vokabeln aus, mit der Märchenmathematik der Kinder, die in Gut und Böse teilt), und du hast gesagt: das ist alles, was ich dir geben kann, und vielleicht ist das meine Vorstellung von Glück, jemandem zu geben, was ich vermag, – statt in ein System von Forderungen verstrickt zu sein, denen ich nicht nachkommen kann.

Nein, ich begriff nicht, was du meintest. Erst heute, verspätet, mit der Verspätung, die vielleicht nicht mehr aufzuholen ist ... Ein System von Forderungen, – erschien es mir damals nicht so natürlich wie das einfache Geflecht meiner Gefühle? Ich vertraute dir ... ach Ben, das dünne Lexikon meiner Sprache, ein Herbarium von Klischees, in dem die gepreßten und zartstaubigen Wortblätter rascheln ... Vertrauen also: zu dir und zu mir ... als genügte der Protest »Sie vergeuden sich!«, um Trojanowicz und Benjamin, den Mann und mein Bild von ihm, zu verschmelzen: ein ungebrochener Mensch, der Vergangenheit abstreift, schmerzlos wie abgestorbenes Zellgewebe; als wärst du imstande, aus der schwindelhaften Existenz eines Außenseiters herauszutreten so gelassen, mit der Nonchalance, wie du über die Absperrkette gestiegen bist, auf jene Straße, die ich betreten hatte wie einen neuen Kontinent, Vasco da Gama in Bluejeans, du lächelst, ich sehe es, ohne dich anzusehen, du lächelst noch, aber ich spüre deine innere Erstarrung, die Abwehr gegen Dramen, Kothurne, Deklamation, dreh dich um, Ben, blick zurück, ehe wir uns aus den Augen verlieren ...

Verlangte ich denn von dir, was ich nicht von mir selbst verlangt hätte? Eine Schuld abtragen – Ben, wenn ich es ausdrücken könnte, nicht stammelnd und nicht deklamierend, dieses Gefühl, daß ich für mein Leben zu bezahlen habe, für diesen biologischen Zufall, für ein Geschenk, um das ich niemanden gebeten habe, kein nobles Geschenk, eher eine Leihgabe, befristet auf ungewisse Zeit ... Schon gut, ich frage dich nicht nach deinem Buch, heute nicht mehr.

Diese Siedlung unterm Mond, die im Wind klappernde Tür ... Ich glaube, eines Tages werde ich anfangen, Yul Brynner zu hassen.

13

Ein Brief von Schafheutlin. Handschrift, seine pedantische Schrift, aber stellenweis verwischt, als sollten schwer deutbare Buchstaben den Gedanken verwischen, den Satz mehrdeutig machen. Wünsche verpackt ins kollektive Wir: Wir hoffen, daß Sie wieder ... Ein eingestreuter Scherz, die Anrede ›mein Adjutant‹. Daß es im Tierpark zwei Jungbären und einen Panther gibt, meldet er wie beiläufig, dabei weiß er oder hofft, ich fange das eine geschmeidige Wort auf, das erste der Wortschnur, Bilderschnur, bunte Steine, die mein Gedächtnis auffädelt. Ein Panther, Rilke, der Park, unsere Spaziergänge nach einer Sitzung, die Flamingos, auf rosa Stielen leicht gedreht (ach, und die folgende Zeile hatte er vergessen), Gedichte, Omar Chajjâm ... oder ein anderer, irgendein persischer Dichter, ich erinnere mich nicht, ich habe auch das Gedicht in keinem Buch finden können: über die Liebe zu einem, dem einzigen Menschen, die dem Wasser eines Springbrunnens gleicht, das in einem Strahl aufsteigt und sich teilt und in tausend Tropfen herabfällt auf die anderen.

Gelbe Blätter segelten durch die Luft, ein Tag gegen Ende September (und du warst in Nessebar), wir kamen von einer Sitzung im Schloß, im Saal unter dem herrlichen Kreuzgewölbe, stundenlangem Streit um Kartons für ein Wandbild am Kindergarten, um sozialistische Thematik, Raumfahrt, Junge Pioniere, Fanfaren, Unverbindlichkeit, denn als unverbindlich verurteilten Koeppel und Baron Schulze eine verschmitzte Sonne, Märchengockel, eine bis in den Himmel fliegende Schaukel, den Entwurf von Drewitz, für den ich stimmte, für den dann auch Schafheutlin stimmte: weil er sich vorstellte, wie seiner Annette Schaukel und spaßiges Getier gefielen? oder weil er befangen war durch schlechtes Gewissen? Nein, das wäre nicht seine Art, Schuld abzutragen bei dem Maler, vielmehr bei seiner Frau, dem ehemaligen Fräulein Menzel … habe ich dir nicht von dem Fräulein erzählt? Genossin Menzel, Schafheutlins Sekretärin, über die er zu Gericht saß wegen unmoralischen Verhaltens, saß, während sie stand, schwanger, in ihrem selbstgeschneiderten Hängerkleidchen, vorm Richtertisch gestanden hätte, wäre nicht Landauer dabeigewesen, der seinen stummen Diskussionsbeitrag gab, indem er ihr einen Stuhl hinschob.

Eine verjährte Geschichte, und sie fiel mir erst später ein, im Park, Laub raschelte auf den Kieswegen, und wir sahen den kleinen Bergziegen zu, die graziös niederknieten vor ihrem Wassertrog, und ich dachte an die Kartons für den Kindergarten und an Fräulein Menzel und den Tisch, an dem die Gerechten saßen, und ich wollte Schafheutlin fragen, wie er heute, in einem ähnlichen Fall, – statt dessen sagte ich: Merkwürdig, Sie sind anders als früher, und er fragte: Wie anders?, und ich sagte: netter … oder freundlich für nett, oder zugänglich, ich weiß nicht mehr, wie immer, es klang ungeschickt, war überhaupt unangebracht zwischen Chef und Adjutant, und weil er dazu schwieg, durchs Maschengitter starrte, reglos, bloß seine Warzenhand rieb, wurde ich verlegen und aus Verlegenheit geschwätzig, und wie rechthaberisch zählte ich ihm Zeugen auf, die anderen aus unseren Büros, die jene vorsichtige, immerhin spürbare Veränderung registrierten, unterschlug allerdings schnoddrige Kantinen-Kommentare und Jazwauks Bosheiten und bot ihm die sachlichen Formeln an, verbesserte Leitungstätigkeit, ein angenehmeres Arbeitsklima, Zeitungsformeln für den Fall, er befürchtete einen Verlust an Autorität.

Sein Nacken lief rot an; er sagte aber nichts, und wir gingen weiter und sahen einen Wolf mit gekreuzten Vorderpfoten, brav wie ein Hütehund, und ein Paar Steinkäuzchen in ihrer Nische, und endlich, vor der zwitschernden, kreischenden, flötenden, flatternden Volière, blieb Schafheutlin stehen, den Kopf schräg nach oben gerichtet, als sammelte er sich, aufgerufen vor einer Klasse, und so, durch den Mund dieses Omar oder Ali, hat er mir geantwortet, nichts erklärt und nichts hinzugefügt, nur die Verse aufgesagt, unbetont, von der Fontäne, die steigt und in Bögen zurückfällt, und ich blickte auf seinen geschorenen Nacken, der sich über den Hemdkragen schob, und dachte, ob er sich jeden Morgen von seiner Frau den Nacken ausrasieren läßt, und dann dachte ich, daß es ein schönes Gedicht ist, und dann, daß er es nie wiederholen wird: nie wieder einen Blick gestatten ins Geheimfach, in dem er verwahrt, was jetzt nur noch ihn angeht, und den Schlüssel abziehen wird und bei sich tragen, korrekt, als handele es sich um eine streng vertrauliche Verschlußsache.

Nur einmal … vielleicht habe ich es geträumt, sein nasses Gesicht, das sich über mein Bett beugt, über die Reling meines Schiffs mit dem hohen Bug, der einem im Galopp gereckten Pferdekopf ähnelt … ein Fiebertraum, sein Gesicht vervielfacht wie in Spiegeln, nannte ich ihn Ben? … du warst wieder in der Stadt, aber weiter weg als am Strand von Nessebar, weiter als im Pamirgebirge …

Sein Brief also: Informationen, um die ich nicht gebeten habe. *Centrum* baut ein Warenhaus, projektiert wird in Leipzig, aber auf die Fassadengestaltung, schreibt er, könnten wir Einfluß nehmen. Ein Köder? Mager. Das Stadtzentrum soll nun doch, eventuell, wahrscheinlich, im nächsten oder übernächsten Jahr. Die ersten Baubuden am Manegenplatz. Klingt nicht schlecht, wie? Der zweite, der fettere Köder … zwölf Millionen für ein Theater sind bewilligt, – oder doch so gut wie bewilligt. Zwölf. Lachhaft. Ein Mehrzweckschuppen für Theater, Kino, Konzert, Konferenzen, miese Akustik, Holzgestühl, Garderoben wie Mönchszellen, wenn überhaupt … Als ob er mich locken könnte mit seinem Stadtzentrum, dem hundertmal diskutierten, verworfenen und wieder geplanten, dem Wahlversprechen vom vorvergangenen Jahr … Und wenn, was wird schon sein? Ein paar Wohnscheiben, ein standardisiertes Restaurant, ein Aufmarschplatz, die übliche Zigarrenkiste für Rat und Kreisleitung … Und meine Bummelstraße, die tröstliche, atmende, hundertäugige Doppelzeile von Trottoirs und Schaufenstern, in der du allein sein kannst, aber unter Leuten, und in der ein Schritt, ein Blick der Anfang einer Geschichte sein kann, die vielleicht geschrieben wird, vielleicht schon zu Ende ist, eh du den ersten Satz buchstabiert hast, – meine Passage unter gläsernem Himmel? Gestrichen und gestorben, bestenfalls noch im Modell zu besichtigen, weiß und gefällig in einer Ausstellung ... oder Nervenkrieg mit Handel und Investträgern, um jedes Lädchen, jede Boutique, Milchbar, Eisdiele ...

Der monströse Apparat, der sich ächzend in Gang setzte, als ich damals diese Vitrine an der Magistrale aufstellen ließ, die Wege, Anrufe, Schriftstücke für so ein nettes Nichts, so ein Glasperlchen im steingrauen Halsband ... und eines Morgens war sie zerschlagen, und die Scherben lagen noch tagelang auf dem Pflaster, und wenn ich vorbeiging, war mir zumute, als hätte mich ein Splitter getroffen wie im Märchen vom Zauberspiegel des Teufels, vom Zerrspiegel, der in tausend Stücke zersprungen ist: und wer einen Splitter, nicht größer als ein Sandkorn, ins Auge bekommt, der sieht alles verkehrt oder hat nur Sinn für das Verkehrte bei einer Sache ... Manche Menschen bekommen sogar eine Spiegelscherbe ins Herz, und dann wird es ganz greulich: ihr Herz wird einem Klumpen Eis gleich ... Die Geschichte von der Schneekönigin, erinnerst du dich?, und von dem kleinen Karl, der die Rosen zertritt; sie sind garstig, sagt er, und voller Wurmstiche. Und so, garstig und wurmstichig, erschien mir manchmal die ganze Stadt, und ich haßte sie wie an jenem Sonntagabend, als ich euch gesehen habe und deine Hand und die vereitelte Flucht deiner Hand, die auf dem Arm einer anderen gelegen hatte.

Ich haßte die Monotonie ihrer Blöcke und Straßen, die ihren Namen zweisprachig anzeigten (trotzdem verirrten sich Fremde, die eine Adresse suchten, wie im Labyrinth) und die jahrelang ungepflasterten Plätze, die im Herbst verschlammten und sommers Sandfahnen schleppten im böigen Wind, und das schwitzende Gedränge in der Kaufhalle, nach Feierabend, und an den Kassen, wo du deine Tasche vorzeigen mußtest – ›unaufgefordert‹ verlangte ein Schild –, und Sirenengeheul bei Tag und Nacht und die Lautsprecherwagen mit Marschmusik, die gequäkten Plakate statt Litfaßsäulen, die dröhnende Werbung für Fußball, Kreismeisterschaft, Boxmatch und NAW, Schlagerstars und Sparsamkeit beim Wasserverbrauch.

Aber meine Überraschung, mein Stolz an jenem Abend, als wir zu Füßen des Engels Aristide saßen und als ich zum erstenmal den Widerschein der Lichter am Himmel sah? … Stimmungen? Nun ja. Auch. Keine Teufelsscherbe im Auge. Ich konnte auch über die Zäune lachen, die Relikte einer Besitzer-Eifersucht, die ich komisch und überflüssig fand wie diese Mini-Drachen auf den Galapagos-Inseln; die Gatterbastler waren, wer weiß, aus einem Dorf oder einer Kleinstadt zugezogen und gewöhnt, ihren Garten, ihr Anwesen einzufrieden. Ich war gerührt über ein Tannenbäumchen im Rasen, versöhnt mit einem grellbunt lackierten Autoreifen, der ein Beet von Löwenmaul umschloß; die schwangeren Frauen, deren Kinder in fremden Städten leben werden, und die aus den Schichtbussen drängenden Männer, die tiefliegende, schon kärgliche, bald unergiebige Kohleflöze abbauen: sie wissen, eines Tages werden Computer das fernere Schicksal der Stadt errechnen, also das Schicksal ihrer Bewohner, ihre künftige Behausung, ihre neuen Berufe, Chemiearbeiter statt Bergmann zum Beispiel; trotzdem richten sie sich ein wie für die Ewigkeit, zeugen Kinder und pflanzen Bäume, und sie machen Gärten aus den öden Rasenflächen: sie machen sich eine Heimat.

Ein paarmal begleitete ich Delegationen aus Finnland, Polen, Frankreich, Gewerkschafter, die Lobendes ins Gästebuch schrieben: Komfort für Arbeiter. Die billigen Mieten. Eine gesunde Stadt. Wir schüttelten uns die Hände, sie bedankten sich, ich bedankte mich. In Schafheutlins schäbigem Büro tranken wir Kaffee, den Jazwauk aus seinem privaten Vorrat spendierte; Gertrud borgte Tassen aus den anderen Büros, Porzellan, Steingut, Plastbecher. Die splittrigen Stühle, der Eisenofen, die kränkliche Farbe der Wände beschämten mich. So empfangen wir Gäste, sagte ich zu Schafheutlin, aber die Pionierzeiten sind vorbei, Sosa ist eine romantische Erinnerung Ihrer Generation und Bruchstedt bestenfalls eine Fußnote im Geschichtsbuch.

Aber unsere Mittel erlauben uns nicht –, sagte Schafheutlin. Er preßte die Hand auf den Magen, er versuchte schon lange nicht mehr, einen gastrischen Anfall, seine

Schmerzen vor mir zu verbergen; Schonung, womöglich Bedauern hätte er sich aber verbeten. »Ihr habt uns doch schon abgeschrieben«, sagte er plötzlich. »Die Helden von vorgestern ...«

»Besser, man kommt ohne Helden aus«, sagte ich. »Und was war mit Romantik?«

»Legenden der Infarktkandidaten von heute«, sagte er mit einem Lächeln, das ich bei ihm noch nicht kannte; da wäre mir die eiserne Miene schon lieber gewesen. Gertrud räumte lärmend Steingut und Plaste vom Tisch, und wir warteten, bis sie aus dem Zimmer war, und dann sagte Schafheutlin: »Dieselben, die Sie Ihren Kindern erzählen werden ... Harte Arbeit, unter harten Bedingungen ...«

Ich dachte an eure Redaktionsmansarde und an dich und den Opel mit Klasseninstinkt, und ich hatte das Thema satt und sagte: »Heute trinken unsere Handelschefs ein Glas Sekt am Messestand von Krupp. Und Sie, in Ihrer Baubude an der Stalinallee, haben Ihren Gästen eine Flasche Schnaps auf den Tisch geknallt, und einen Mann von Krupp hätten Sie nicht über die Schwelle gelassen, schon gar nicht als Gast, – aber das war damals, in der Steinzeit.«

Sein Gesicht veränderte sich, als ob er einem verdächtigen Wort nachhorchte: Steinzeit? (Zeit, Zeitalter, fiel mir ein, und daß du gestern gesagt hattest, müd spöttisch mitten in einem Vortrag über künftige Gesellschaft: Vielleicht werden wir in zwanzig Jahren das Goldene Zeitalter haben, und wenn wir schärfer hinsehen, werden wir entdecken, es ist bloß eloxiert, und ich hatte gelacht und gesagt: Verchromt, Ben, verchromt) oder Stalinallee? ein Name verdächtig und störend, warum, konnte ich mir nicht erklären: ich hatte deinen Artikel über einen gefeierten Neuerer Sch. noch nicht gelesen, das pergamentgelbe Zeitungsblatt aus den fünfziger Jahren.

Um ihn abzulenken, übersetzte ich ihm Pierres Artigkeiten im Gästebuch, seinen Dank im Stil einer Ansprache an die Grande Nation. Dieser Pierre war ein kleingewachsener Mann mit einem frechen und traurigen Gassenjungengesicht, und er gefiel mir sehr, und wir saßen die ganze Zeit nebeneinander, im Bus und später im Büro, und Schafheutlin drehte sich ein dutzendmal zu oft nach uns um und fragte: Was hat er gesagt?, und ich übermittelte, was mir eben einfiel: die Vorstädte in der Banlieue, Bauideen von Malraux, Chagall im Pariser Opernhaus, und der Dolmetscher hielt den Mund und lachte bloß mit den Augen.

Eine Cité radieuse nannte er Neustadt nicht geradezu; immerhin leuchteten Sonne, Würde, Gesundheit im gallischen Text.

Euer Kamerad Pierre Lafargue.

Eine gesunde Stadt, nun ja. Die Franzosen sind höfliche Leute, sagte ich.

Höflich, – dieser zudringliche junge Mensch, sagte Schafheutlin.

Die quicken Gesten, das alterlose Gesicht, olivfarben, mit den zu üppigen Lippen. »Mindestens fünfundvierzig; er hat im Maquis gekämpft.« (Beinahe hätte ich hinzugefügt: als Sie noch in der Hitlerjugend mitmarschiert sind.) »Der charmanteste Kommunalpolitiker, den ich je, – übrigens haben wir wirklich über diese roten Vorstädte gesprochen. Und außerdem sieht er aus wie Belmondo.«

»Wer ist Belmondo?« fragte Schafheutlin.

Wir fuhren Gewerkschafter in einem Kleinbus, ranghöhere Gäste im geborgten Wolga durch die Stadt, zeigten Fassaden, eine Taktstraße, Rapids, weißbehelmte Brigadiere, ausgerüstet mit Sprechfunk, eine Wohnung – keine beliebige etwa: Bücherschrank und neue Möbel sind Bedingung, und in der tagelang vorher gesuchten, der erwählten Wohnung wartet hinter frischgestärkten Gardinen die Hausfrau auf den arrangierten Zufall, Schürze als Requisit überm zweitbesten, wenn nicht besten Kleid, Kaffeewasser brodelt schon, auch zufällig, nein, Sie stören nicht, eben von der Arbeit, bitte, wenn Sie sich umsehen wollen, mein Mann, leider, zweite Schicht, ja, im Kombinat, Pressenfahrer, aber Qualifizierung zum, jedenfalls Bergbau, die Bergbaurechte, Bergmann, wer ist mehr?, ja, wir sind zufrieden, ja, wir fühlen uns schon wie zu Haus (die alte Heimat, Espenhain, Böhlen, Zwenkau, verdunkeln Rauchwolken und Erinnerung an ein baufälliges Siedlungshaus, nasse Wände, Klobüdchen im Hof; den Garten allerdings, grüne Bohnen,

Phloxbüsche rosa, die Kirschbäume vermißt man doch), also zufrieden, eine Wohnung wie erträumt, zwei Zimmer, Bad, Einbauküche, Miete siebenundfünfzig, eingeschlossen Fernheizung, ja, wir sind so dankbar, unser Staat, sagt mein Mann ... Wir zeigten Kinderglück und Hygiene, und ein Bildschütze von der Bezirkszeitung fotografierte Zähne, Händedruck, lachende Gesichter unter Schutzhelmen, Arbeiterhände streitbar kritisch stolz deutend auf Bauplänen.

Santé, Gesundheit, health. Was unsere Gäste nicht sahen: die Schlägereien am Lohntag, die Betrunkenen, wenn es den traditionellen Deputatschnaps gab, so viele Betrunkene, daß sich niemand nach ihnen umdrehte, Kinder nicht gafften, erschrocken oder kichernd, lehnte einer umklammert am Laternenpfahl oder rutschte gemächlich aufs Pflaster; die Rettungswagen mit Fahne und Martinshorn: da hat mal wieder einer den Gashahn aufgedreht, vermutete oder sagte, wer Blaulicht blinken sah; die Kinderbanden, die in den Kaufhallen klauten, Bonbons, Pfefferminz, Zigaretten, gelegentlich geschnappt wurden und zornigen, beschämten, ungläubigen Eltern vorgeführt, die gegen Tränen oder Trotz bloß ihr Warum? zu setzen hatten, ratlos, weil ihr Kind es nicht nötig hat, weil es Bonbons auch bekommen könnte ohne raffinierte Abenteuer, Schmierestehen, Diebsspiel an den Gondeln.

Wir hörten Gerüchte, die sich selten zu exakten Informationen an uns verdichteten, zu selten, fand ich, denn was hier geschah, ging uns an, Planer und Erbauer der Stadt, und war unsere Sache: unsere Schuld, sagte ich zu Schafheutlin, und er zuckte die Schultern und sagte: Sie urteilen immer so absolut. Liebeskummer, ein schlechtes Zeugnis, Mißerfolg im Beruf – schon Kurzschluß, Selbstmord, der Fluchtweg schwacher Charaktere, erlauben Sie, dafür können Sie nicht Architekten verantwortlich machen.

Auch dafür, dachte ich, konnte ihm bloß nicht erklären, was ich seither überprüft, aufgeschrieben, mit Ziffern und Statistiken belegt habe. Aber die nächtlichen Überfälle? Ich dachte an meine lächerliche Waffe, den Schlüsselbund in der Hosentasche. Unsere Straßen sind nicht sicher, sagte ich. Glatte Fassaden, eine affektfreie Stadt ... Gesund? Nein.

Die Haut steril wie ein chirurgisches Instrument, aber unter der Haut ein kranker Organismus. Diese Mischung aus Gleichgültigkeit und Aggressionslust ... Allerdings, einen Hilferuf nachts hört man nicht bis Uhlenhorst, sagte ich mit der Absicht, ihn zu stören. Vorgestern, am hellichten Nachmittag, haben sie vor der Kneipe im WK drei einen Jungen fertiggemacht. Vier gegen einen, und ein Dutzend Leute stand dabei und hat zugesehen.

Er stemmte die Fersen gegen den Boden. Gerüchte. Panikmache.

Ein Junge aus meinem Haus, sagte ich. Ich kenne ihn bloß als Malte. So'n ruhiger Typ von der Küste ... Sie haben ihm den Schädel eingeschlagen, fraglich, ob er durchkommt.

Es standen Leute dabei, sagte er nach einer Weile.

Männer.

Zweifelte er noch? Er, er wäre eingeschritten, dachte ich, ganz gleich, ob es ein Freund von ihm oder ein unbekannter Malte war, der zusammengeschlagen wurde; er hätte es riskiert, und es war für ihn keine Frage der Courage, geschweige denn Tollkühnheit.

Es gibt Abende, sagte ich, an denen die Luft knistert ... eine Spannung, die mir bange macht wie nahendes Gewitter ... Die Älteren vorm Fernseher, in jeder Wohnung dasselbe Programm, Sie wissen, die Hausantennen ... Kein Kino-Freitag. Kein Tanzabend in diesem Bumslokal in der Altstadt. Die Halbstarken an einer Straßenecke, die gelangweilten Mienen trotz Kofferheule, Deutschlandfunk oder Luxemburg, trotz der zottigen Mädchen. Gelangweilt? Ich weiß nichts von ihnen, nicht, was sie denken und reden – wenn sie überhaupt mal reden –, spüre bloß, es bereitet sich was vor, Eruption, Affekt, ein Ausbruch angestauter Aggressivität. Stören, etwas zerstören, Scheiben einschlagen, Automaten knacken, mit fremden Motorrädern rasen, egal wohin ...

Die Leute haben zugesehen, sagte Schafheutlin mit der flachen Stimme, kurzatmig wie bei einer Schmerzattacke; zweifelhaft, ob ihn das Unglück, der mögliche Tod eines gewissen Malte, mehr bewegte als dich oder mich irgendeine schwarzumrandete Anzeige in der Zeitung; worunter er litt (und weshalb er sich den Schlägern gestellt hätte), war der Verstoß gegen seine Gesetze, strengere Gesetze als die des Staates. Nein, sagte er mit einem Ausdruck, als sähe er festgefügte Wände plötzlich verwandelt in Kulissen, Leinwand schwankend bei Zugluft, grobe Farben, die durch Nähe verzerren, was sich von weitem als geordneter Raum, Landschaft, Stadt, Zimmer darstellt, trat aber rechtzeitig zurück, bewahrte sich vor fratzenhafter Unordnung, indem er Abstand wiederherstellte, nein, sagte er nochmals: Es ist ein Einzelfall.

Malte starb in der nächsten Woche. Die Schuldigen wurden später in Bautzen abgeurteilt; einer war vorbestraft wegen Körperverletzung, von den drei anderen war ihren Kollegen nichts Besonderes bekannt, nichts auffällig Gutes, nichts auffällig Schlechtes, Wühler bei der Arbeit, sagte der Brigadier, und was sie nach Feierabend, im Wohnlager, soll ich sie festbinden? bei uns wird verdient, die jungen Kerle haben für keinen zu sorgen, abends in die Bierschwemme, Schlägereien, natürlich, das kommt schon mal vor, aber, also unbegreiflich, ein Unglücksfall. Wer Maltes Kopf aufs Pflaster geschmettert hatte, konnte nicht mit Sicherheit ermittelt werden; die Angeklagten beriefen sich auf Trunkenheit, die Zeugen (die Mitschuldigen, sagte Franziska) gaben unklare Auskunft, widersprachen einander oder wollten nichts gesehen haben.

Franziska ging mit dem Verwalter, dem scheuen Lehrer, ein paar Zimmerleuten zur Beerdigung. Malte hatte keine Verwandten außer einem Bruder, der einen Kranz nicht selbst brachte, sondern schicken ließ (die weite Reise von Rügen, verständlich, und im Hochsommer, während der Saison) und auf schwarzer Schleife ewiges Gedenken versicherte.

Gertrud hatte sich geweigert. »Ich hasse Friedhöfe. Nehmen Sie doch Ihren Herrn Iwanowitsch mit. Herr, – wenn ich das schon höre, und per Sie, und dabei stundenlang in der Haustür, dafür haben Sie ja Zeit übrig.«

»Malte war unser Nachbar«, sagte Franziska.

»Meiner nicht. Kein Nachbar, kein Freund. Nichts.« Ihre

Augen rutschten weg. »Ihr kümmert euch immer erst um einen, wenn er tot ist.«

Die heisere Stimme behauptete sich gegen den pastoralen Bariton des vom Kombinat bestellten Redners. Ihr: Sie, du, Franziska. Ein blühendes junges Menschenleben, tönte der Redner. Die Zimmerleute schwitzten in ihren Samtwesten. Ein kleiner Heidefriedhof, ein paar Dutzend Gräber. (Statistische Erhebungen weisen aus, daß das Durchschnittsalter der Bevölkerung von N. bei siebenundzwanzig Jahren liegt; ferner ist N. zur Zeit der Erhebung die kinderreichste Stadt der Republik.)

Franziska warf einen Strauß roter Rosen ins offene Grab.

Er hieß Malte, und abends, wenn der Verwalter seine Kunststücke vorführte, saß ich neben ihm, und ich sah ihn gern im Profil, falls er mir nicht die Seite mit dem weißlich getrübten Auge zukehrte, und wenn er ging, sagte er tschüs oder tschüsing, mit seiner singenden Küstenstimme, früher ist er zur See gefahren, aber darüber sprach er nicht, war überhaupt wortkarg, hatte er ein Mädchen? ist er in einem Fischerdorf aufgewachsen, zwischen Hütten unterm Schilfdach und den Kurburgen an einer Strandpromenade, mit hartem Gras bewehrten Dünen und einem muschelförmigen Musikpavillon? hat er als Kind nach Bernstein gesucht, nach versteinerten Seepferdchen, von Strandgut geträumt, Netze geflickt und Boote geteert? wer wird ihn vermissen? *Unvergessen*, die Kranzschleife bleicht in der Sonne, eines Tages wäre er abgereist wie Hunderte vor ihm und wäre vergessen worden wie sie: was ihm einen Platz sichert im Gedächtnis anderer, sind die Umstände seiner Abreise, Totschlag, eine Geschichte, die noch erzählt, ausgeschmückt, angezweifelt, beschworen wird, wenn der Tote längst in die Namenlosigkeit eingegangen ist, ein Fall aus jenen ersten Jahren, eine Zeile in der ungeschriebenen Stadtgeschichte.

Der Lehrer schippte gewissenhaft die drei Schäufelchen Heidesand auf den Sarg. Der Redner machte sich eilig und unauffällig davon, nachdem er Franziska die Hand gedrückt hatte, vermutlich irregeführt durch die roten Rosen, und dann gingen auch die Zimmerleute, und Franziska und der Verwalter blieben noch eine Weile am Grab stehen, und der

Verwalter sagte: »Ja, so ist das nun ... Der eine früher, der andere später ... Na, tschüs denn auch«, und als die anderen nicht mehr zu sehen waren, bückte er sich und streute drei Hände voll Sand langsam über Rosen und Holz.

Sie gingen zwischen den Gräberreihen, und der Verwalter las halblaut die Namen auf den Tafeln, den sandsteinernen, marmornen, hölzernen Visitenkarten seiner ehemaligen Gäste. Keiner über dreißig. Anton, der hat auch bei mir gewohnt, Kesselmaurer, zwei haben sie noch in letzter Minute rausgeholt, ja, Arbeitsunfall ... Friedrich Karl, den müssen Sie doch noch gekannt haben. Gas ... man weiß ja nicht, – Liebeskummer? Soll wohl, aber kein Zettel, keine Zeile, dabei, die meisten schreiben vorher noch Briefe, manche Stücker drei, vier ... Roeder ... warten Sie mal ... Roeder, ja, einer von den ersten, so'n Hämchen und bißchen bescheuert und mit dem Motorrad gegen die Bahnschranke. Frau und zwei Kinder und gerade die Einweisung für 'ne Wohnung. Die Frau ist trotzdem hergezogen, schon wegen der Wohnung und Rente, Bergmannswitwe, na, die hat sich getröstet, jetzt hat sie schon vier Gören, eins vom Möbelträger. Sie macht Aufsicht beim Gleisbau, auch nicht leicht für 'ne Frau, bei Wind und Wetter draußen mit der Tute ... Liebscher. Auch einer von meinen ... So'n abgebrochener Student, Sie verstehen, Bewährung in der Produktion, er soll für Flüchtlinge Geld gesammelt haben, sechsundfünfzig, nach Ungarn. Komischer Junge, machte Gedichte, zuerst freche oder böse, die konnte man wenigstens noch verstehen, bloß, ich dachte, der schleppt mir noch die Stasi ins Haus ... dann nur noch von Schatten und Rauch, und er nahm auch die Boote von der Wand und sagte, van Gogh ist durch, den hängt sich heute jeder Spießer in die gute Stube ... Wir sind müde Schatten: das stand auch auf dem Zettel, den er ganz ordentlich mit einer Sicherheitsnadel ans Revers gesteckt hatte, ehe er sich am Dachsparren aufhängte ...

Genug. Ich will zurück. Sie erbebte vor einem Hügel, der noch mit Kränzen bedeckt war, bräunlichen Nelken, welken Gladiolen mit Blüten, zerknüllt wie feuchtes Seidenpapier, und vor der Tafel, *Gertrud* in Goldbuchstaben. Kein

Nachruf des Verwalters. Haufen neue Leute in der Stadt, man kennt nicht mehr jeden.

Wir saßen im selben Zimmer, dachte Franziska, als sei schon Vergangenheit, was heute ist, morgen sein wird: die offenen Türen, Gespräch oder Streit mit Schafheutlin, an Gertrud vorbei, der Wächterin, die auf die Maschinentasten hämmert, stockt, hämmert, und die nassen Abdrücke ihrer Fußsohlen, wenn sie über die Dielen platscht, schon aus Aufsässigkeit, weil Schafheutlin die Wirtschaft mit Wasserschüsseln in den Büros, die halbnackten Busen, die bis zum Nabel aufgerissenen Hemden, Schläfrigkeit mittags, Gestöhn über Hitze, Scheißbaracken, unzumutbare Arbeitsbedingungen nicht ausstehen kann. Walzstraßen werden nicht angehalten Sommers wegen; Hochöfner, Schmelzer arbeiten bei siebzig Grad Hitze. Unzumutbar? Das hört er auch im Winter, Scheißbaracken, eiskalte Füße, Hände zu klamm für Reißfeder und Zeichenstift; dabei glühen Kanonenöfen, brennen Heizsonnen in allen Zimmern, wird Strom verpraßt, gebotene Sparsamkeit gröblich mißachtet.

Ihr Schuldbewußtsein identifizierte eine Schrecksekunde lang ein unbekanntes Kind (fünfjährig, las sie aus Geburts- und Sterbedatum ab) mit der lebenden Gertrud. Lebend, aber wie? Vermutungen: in ihrem Zimmer, den Blick starr wie auf Zellenwände gerichtet. In einer Altstadt-Kneipe, verhöhnt und unflätig schimpfend, bösartig vor Angst wie ein in die Enge getriebenes Tier. Manchmal, selten noch bei Frau Hellwig, am Kaffee nippend, den kleinen Finger abgespreizt, damenhaft in Nylon oder Jersey, West, der Bruder schickt noch, dieser Boß einer Landsmannschaft, der Berufsvertriebene, der Heim-nach-Gumbinnen-Rufer, schickt Weihnachtspakete an die Ostschwester: Weihnachten, sagte Gertrud, kriegen sie ein schlechtes Gewissen, da falle ich ihnen wieder ein wie eine ausgesetzte Katze … Unser Heiligabend in der *Taube*, die einsamen Junggesellen, das Papiertännchen auf der Theke, Gertrud bot mir eine Pall Mall an, wiederholte uraltes Ritual, Friedenspfeife, bot Freundschaft an … ihre eifersüchtige, demütige, aufsässige Freundschaft, die mich in Kneipen trieb, in unbürgerliche Abenteuer verstrickte; die ich erwiderte? vielleicht, versuchte es jedenfalls, selber allein, Fremdling in der Stadt, suchte Schutz und fand Schützling …

Ihr vertraulich verschwörerisches Geflüster, als sie die Narbe an meinem Handgelenk entdeckte: Sie auch? Nein, niemals, wir sind nicht Schwestern. Seltsame Mischung aus Mitleid und Zorn: zornig nicht auf Gertrud (obschon, sie läßt sich einfach fallen), sondern auf Umstände, Menschen, Krieg, Flucht, Geflecht von Ereignissen, die Summe taufen wir Schicksal, auch so ein Wort, das Ben nicht hören will, Schicksal, Ihre untauglichen Rettungsversuche, Fischzug nach verlorenen Seelen, ah, er machte sich lustig über mich, als wär ich Leutnant bei der Heilsarmee, mit Schutenhut und Gesangbuch … aber manchmal drückte ich ihr die Fingernägel ins Fleisch, sie wehrte sich nicht, er hat recht, sie läßt sich fallen, sie will sich nicht retten lassen … er hat unrecht, sie braucht jemanden oder mich: Ihr kümmert euch erst um die Leute, wenn sie tot sind, sagte sie heute mittag; eine Drohung? oder bloß Feststellung? nicht mal bitter, dachte Franziska, nicht mal empört, das ist das Schlimmste.

Der Verwalter sagte, als erriete er ihre Gedanken: »Die am meisten davon reden, die tuns nicht. Aber die anderen, die lassen einen zurück wie einen Schuldner, Sie verstehen … als ob man was versäumt hätte.«

Und wenn es eine Stunde Zeit wäre, dachte sie. Wir sehen uns jeden Tag: ich habe sie aus den Augen verloren. Sie verteidigte sich: Aber meine Arbeit, Überstunden, Fachliteratur, ich komme nicht mehr nach (oder habe ich schon Neugier, Interesse, die Lust an Experimenten eingebüßt im Alltagstrott? Das drückende, bedrückende Gewicht jenes Pakets von westdeutschen, schweizerischen, amerikanischen Zeitschriften, die ich Reger zurückschickte, ungelesen, kaum durchblättert: beginnende Vereisung). Und Benjamin – Herr Iwanowitsch, meldet Gertrud, wenn er anruft –, Ben, auf den ich Abend für Abend warte wie Sulamith auf ihrem Lager … er kommt immer wie zum letztenmal und geht, ohne mir zu winken, nur eines Nachts kehrte er um, und ich sah Tränen in seinen Augen, ich wünschte, daß Sie mich brauchen, sagte er … unsere Fahrten über Landstraßen, zwischen Hafer und Weiden und den keuschen blauen Mänteln der Marien … Ben, der vielleicht kalt, vielleicht spöttisch sagen würde: Planen Sie täglich eine Stunde Seid-nett-zueinander ein. Vermerk im Terminkalender, Kadergespräch, betreffend Seelsorge, zwanzig Uhr in der Blauen Maus.

Sie stiegen über die fußhohe Hecke des Heidefriedhofs. Als ich vom Zirkus wegmußte, sagte der Verwalter, dachte ich auch, jetzt ist Schluß mit allem. Die Schulter. Eine Sehnenzerrung, daran wollte ich glauben, also nicht zum Arzt. Die Schmerzen … Und fit fürs Publikum, nichts anmerken lassen, lächeln, lächeln, Verbeugung, Tusch, der starke Mann, und im Wohnwagen darfst du dann losheulen. Den Bademantel über und ein paar Bols gekippt … War'n Sie mal in einem Wohnwagen? Sowas von praktisch. Und gemütlich. Bloß das Geschirr ging bei jeder Fahrt zum Teufel. Na, wir hatten's ja, klotzig Geld in der Saison, acht Monate bis zur Winterpause, und jeden Tag zwei Vorstellungen, und dann mit der Schulter, und als Untermann … Untauglich für die Truppe. Adieu, Zirkus. Im Stall? Nein. Oder Handlanger, Zelt aufbauen? Doch nicht als Artist, doch nicht mit den Typen, die da rumlungern, Knastbrüder, oder so halbgewalkte Jüngelchen, die mal was erleben wollen. Dann lieber – also Verwalter zum Beispiel.

»Ja, und da wär die Hausordnung«, sagte er plötzlich halblaut. »Wenn ich lauter Mieter hätte wie Sie –, aber an die Hausordnung müssen Sie sich halten, schon wegen der anderen.«

Sie versuchte zu lachen. »Ich schlag doch keinen Krawall.«

Ein hilfloser Riese. (Weißt du, er war wirklich 'ne Wolke von Gemüt.) »Tut mir leid für Sie, ehrlich … aber Männerbesuch, und manchmal bis Mitternacht.«

»Harmlos«, sagte Franziska, die ganz rot geworden war. »Wir reden bloß, meist setzt er sich nicht mal, irgendwo muß man doch reden können, ich meine, falls Sie etwa denken, nein, es ist nichts –«

»Es wird, es wird«, sagte der Verwalter, »ich kenn mich aus, sowas seh ich mit verbundenen Augen.«

»Aber Herr Schafheutlin kommt auch zu mir.«

»Ach, Schafheutlin, das ist was anderes«, sagte der Verwalter wie von einem geschlechtslosen Wesen, aber nicht abschätzig, eher respektvoll. »Ein feiner Mensch«, fügte er hinzu, »– in seiner Art.«

»Und Herr Trojanowicz ist wieder was anderes und kein feiner Mensch.«

»Nun werden Sie spitz«, sagte er bekümmert, »dabei, ich bin der letzte, der einem vorhält, daß er gesessen hat, wo käm ich hin, denken Sie, mit meinen Jungs, ich will gar nicht aufzählen, wer, wie viele, die haben ihre Zeit runtergerissen im Straflager, aber im Kombinat gearbeitet, beim Gleisbau, an den Halden wie andere, bloß, eben Maikäfer, und nachher sind sie hier hängengeblieben.«

»Maikäfer?« wiederholte sie tonlos.

»Wegen der gelben Streifen.« Er seufzte. »Das muß ja wohl sein, diese Biesen und ein gelber Flicken, und immer in Kolonne, und die Wache mit Karabiner, und ein, zwei scharfe Hunde ... aber irgendwie schämt man sich und macht, daß man schnell vorbeikommt, können Sie sich erklären? – Diebe, Schläger, Sittenstrolche, man weiß ja, trotzdem, Gefangene sehn und selber frei sein ...«

Stummheit, ihr verspäteter Schreck, fiel wie ein Staugitter zwischen sie und die Wortflut, den Eifer des Verwalters, der verspätet sah, sie ist ahnungslos gewesen, sie hat endlich begriffen; er blickte auf sie hinab, arme Kleine, die kommt aus einer anderen Ecke, wo Windstille herrscht (der Krieg? schlimmstenfalls Kindheitserinnerung wie an ein Unwetter), Eltern, die auf gute Manieren und Tischsitte halten, spiel nicht mit Straßenkindern, Oberschule, Abitur, Hochschule, Diplom, anständige Arbeit und gutbezahlt: ein ebener Weg, keine Ausrutscher; eine Kaderakte, die makellos wär wie ein Zeitungsporträt, erwünscht und als typisch bezeichnet, wenn sie hinterm Doppelpunkt der Sozialen Herkunft einen Arbeitervater vorzuweisen hätte; ein Lebenslauf, den sie ohne Stocken, Erröten, verschleiernde Wendungen auf einer halben Seite runterschreiben kann, und Maikäfer, Knastologe sind Fremdwörter für sie; er sagte: »Wußten Sie denn nicht?«

»Doch«, sagte Franziska, »natürlich.« Sie dachte: Deshalb

haßt er abgerichtete Hunde. Sein Abscheu, als ich ihm von Regers Dogge erzählte; sein scharfes Urteil über Leute, die sich dressierte Hunde halten: schwache Charaktere oder Feldwebelnaturen, ihre Wollust an Befehlen, Macht zu schmecken, wenigstens ein Tier vor sich kuschen zu sehen. Sie sagte höflich: »Machen Sie sich keine Sorgen, bitte, in Zukunft werden wir uns an die Hausordnung halten.« Durch Straßen laufen, in Restaurants rumsitzen, unter einer Haustür lungern wie Siebzehnjährige.

Die hat Nerven, dachte der Verwalter. Hausordnung, – und eine Minute nach dem Schreck, weil ihr Freund gesessen hat. Meinen Kopf gegen einen alten Hut, daß er es ihr verschwiegen hat. Ja, natürlich wußte ich. Frauen, nun ja. Die stellen sich vor ihren Freund oder Mann, egal, was er berissen hat. »Politisch«, sagte er wie tröstend, behielt aber für sich, was er über die Politischen dachte, seit er diesen Spinner, den Liebscher, vom Dachbalken abgeschnitten hatte; empfindliche Intelligenzler, die einfach erledigt sind oder stolz wie die frühen Christen auf ihr Martyrium, oder auf unbegreifliche, unangreifbare Art gleichgültig wie Trojanowicz: der auch hängengeblieben ist, sagte er zu Franziska, der es nicht nötig hätte, Kipperfahrer in dieser Hundetürkei, bei seinen Beziehungen! Ein Bruder im Ministerium, einer bei der Botschaft in Moskau –

»Das würde er nie«, sagte Franziska, »Beziehungen ausnützen, das findet er korrupt.«

– jedenfalls rehabilitiert sein könnte, sagte der Verwalter, aber er kümmert sich nicht, dabei soll er zu Unrecht, hört man, obschon, das behaupten sie alle von sich, falsch beschuldigt, zu Unrecht, ein Irrtum, und Franziska verriet nun doch ihre Unwissenheit, indem sie ihn oder sich selbst fragte: Vielleicht kein Irrtum?

Der Wind schüttelte die Apfelbäume an der Chaussee. Franziska biß in einen grünen, holzharten Apfel und spuckte aus. Über den Zaun der Gärtnerei neigten sich Malven von schwärzlichem Rot; sie erinnerte Kindergeburtstag, Lampions, einen Jahrmarkt, die Papierrosen in einer Schießbude. Sie grüßte ihren Engel, Guten Tag, meine stumme Liebe; unter den hohen ernsten Bäumen entglitt sie der nahen, schon sichtbaren Wirklichkeit (die Barackendächer hinterm Gitter schimmerten wie regennaß), als habe sie einen fremden, dennoch wiedererkannten, aus Träumen bekannten Raum betreten, hörte die Stille, die Atemzüge des schlafenden Pan, sie streckte zögernd die Hand aus und legte sie an den Saum des Gewandes, das über die Füße (oder den Huf?) der Statue wallte: das ist meine Hand, das bin ich, das ist ein Stein, kühl im Baumschatten, das ist eine steinerne Figur, die ich Aristide genannt habe, vergessen warum, ich kann ihm ins Gesicht sehen, unbesorgt, auf den Mund, der nicht die Lippen kräuselt, seine zerschlagene Nase, Ben, Achtung, nicht daran denken! die Hitze, der Heidefriedhof, Hubschrauber, Späher über den Wäldern, Geruch nach Bränden, Nachrichten von einem gewissen Trojanowicz, Maikäfer, ich bin betäubt von Hitze, die Dächer schwitzen Teer, Schafheutlin wartet, ja, wir haben Malte begraben, Ihren Einzelfall ... Sie raffte sich zusammen, sie verstieß aus ihrem Gedächtnis Straflager, Grabsteingeschichten, Zirkus und Hausordnung.

Wie war's? fragte Gertrud, als erwarte sie Bericht über eine Hochzeitsfeier, und Franziska sagte: Die Braut ganz in Weiß, und die Jungfern in Rosa, was denn sonst? und knallte die Tür. Auf ihrem Schreibtisch häuften sich Notizzettel, Briefe, Botschaften, die Gertrud in den letzten zwei Stunden überbracht, vielmehr hingeschmissen hatte: der Zinnbecher, in dem Franziskas Stifte, Federn, Pinsel steckten, war umgekippt, ein Tuschefäßchen hart an die Tischkante gedrängt von hektografierten Rundschreiben und den Gutachten des Kreishygienikers, die Blumenvase bedroht von Beschwerden des Wohnungsbaukombinats, Beschwerden aus der Bevölkerung (über Müllabfuhr, ungepflasterte Straßen, Mangel an Parkplätzen, eine Schule ohne Turnhalle, das immer noch fehlende Kino), Beschwerden von Autobesitzern, die einen Garagenhof, mindestens eine, nämlich ihre eigene Garage forderten, Beschwerden von Kleingärtnern, denen gerüchtweise zu Ohren gekommen war, sie sollten nächstens aus ihren Gärtchen, von ihrem mühsam beackerten, bewässerten, bepflanzten Zipfel Land vertrieben werden. Franziska seufzte. Jeden Tag dasselbe,

Klagen und Anträge, Papierkram, eines Tages werde ich selbst aus Papier bestehen, so habe ich mir die Arbeit eines Adjutanten nicht vorgestellt, Überblick? Verantwortung? womöglich Einfluß? (und wie weit reicht denn Schafheutlins Einfluß auf die Stadtgestaltung?), zwar, er teilt seine Arbeit mit mir, aber die dicken Fische behält er doch für sich, und mir überläßt er die Stichlinge.

Sie diktierte Gertrud eine paar Briefe: Nein, ein Garagenhof ist im Plan vorläufig nicht vorgesehen, Eigenbau nicht gestattet, Anordnung der Kreisbaudirektion, Geldstrafen bis zu, Abriß nichtgenehmigter Bauten, »mit freundlichen Grüßen, gezeichnet, pipapo, Sie wissen schon«, sagte sie, »witzlos, die bauen ja doch, wie und wo sie wollen, und mit geklautem Material, und es kümmert keine Katz.«

»Autos sind teuer«, sagte Gertrud, »und die Leute haben gespart und gespart, und nun steht der Liebling im Regen.«

»Kann ich zaubern?« murrte Franziska. »Weiter im Text, wir können's ja schon auswendig, machen Sie es nett, wir bedauern und so, die Kleingärten müssen geräumt werden, im Frühjahr beginnen die Erschließungsarbeiten.«

Gertrud legte die Hände flach über die Tasten. »Nein. Sie bedauern gar nichts, und es ist Ihnen scheißegal, daß die Leute runtermüssen von ihrem Land.«

»Baugelände, und das wußten sie. Sollen wir jetzt die Bagger um ihre Gemüsebeete kurven lassen?«

»Sie doch nicht, Sie würden nicht rumkurven lassen, nicht um Gemüsebeete, nicht um Leute. Wenn Sie Chef wärn in dem Laden hier –«, sie deutete auf die angelehnte Tür zu Schafheutlins Büro, der ihre laute und rauhe Stimme hören mußte, »– der da ist bloß hölzern, aber Sie sind wie Beton. Was wissen Sie schon von anderen Menschen und was ihnen Spaß macht? Sie, Sie haben Ihre Theorien im Kopf und leisten sich Ideale wie in der Schulzeit, und wenn Sie freie Hand hätten, würden Sie 'ne todschicke Stadt bauen, ganz aus Stahl und Glas, in der man sich totfrieren würde.« Hier wollte Franziska protestieren; Gertrud fiel ihr ins Wort. »Große Rosinen, aber der Kuchen, den Sie backen wollen, ist noch nicht mal eingerührt ... So, das wollte ich Ihnen schon längst mal sagen.«

Franziska las ihre eigene Betroffenheit von einer zufriedenen Miene ab, von der allzu stark gewölbten Stirn, über der die Pudellöckchen nickten. »Gut, jetzt haben Sie es gesagt«, erwiderte sie mit geheucheltem Gleichmut. »Und was hat das alles mit diesen Kleingärtnern zu tun?«

»Sonnabend hatten sie ein Lampionfest«, sagte Gertrud mit veränderter, sehnsüchtiger Stimme. »Lauter Ketten von roten und gelben Lampions, und Musik die halbe Nacht durch ... Wie Geburtstag in einer großen Familie ... aber ich habe nur von weitem, über einen Zaun, man gehört ja nicht dazu ...«

»Rührend«, sagte Franziska. »Eine große Familie ... Trotzdem sind sie uns im Weg.« Laternenfeste. Nachbarschaft übern Gartenzaun, den ich verbannt habe aus theoretischen Erwägungen über Kommunikation, Nähe, Gemeinsamkeiten, absichtlich und geringschätzig: Spießerfreuden nach Feierabend ... Und wenn sie recht hätte? Plötzlich schlug ihre Stimmung um, sie beschuldigte sich selbst der Unduldsamkeit. Was weiß ich wirklich von den Leuten? was von ihren Wünschen? Die dünne Höhenluft der Ideen über Urbanität. Diktatur meiner eigenen Wünsche und Vorstellungen ...

Wie ein Familienverband, das sagte auch Benjamin, als er sich einen Rückblick auf Kindheit gestattete, von grünen Kolonien in Berlin erzählte, den Schrebergärten entlang der S-Bahnstränge, sonntäglichen Ausflügen mit Vater und Brüdern zur ›Freien Scholle‹, Stachelbeerwein, Polka vom Grammophon, vor gemütvoller Laube, später Versteck für einen Flüchtling, ehemaligen Gartennachbarn, dem ein Onkel Trojanowicz – Kurzwarenhändler, ein unpolitischer Mensch, behauptete er selbst von sich – drei oder vier Tage Asyl gewährte; ein Fall wie hundert andere, weinumrankte Budchen als Treffpunkt von Illegalen, sagte Ben: ein denkwürdiges, ein Berlin eigentümliches Kapitel in der Geschichte der Arbeiterbewegung.

»Also schreiben Sie schon«, sagte Franziska, »und lassen Sie das Bedauern weg.«

Dann rief Schafheutlin nach ihr, und sie fuhren zusammen in die Stadt, zu einer Standortverteidigung, und sie war abgelenkt von Gedanken an Trojanowicz; erst abends, allein in ihrem Zimmer, wiederholte sie sich die Nachricht des Verwalters, sie wartete darauf, daß sich eine Empfindung wie heute mittag wiederholte, vergebens, sie zuckte die Schultern, ein ehemaliger Häftling, wenn schon, dachte sie.

Der lange helle Abend, ein aprikosenfarbener Himmel. Der Verwalter lag rücklings auf der Erde, ein Brett quer über der Brust, und einer der Messerwerfer fuhr mit seinem Motorrad über das Brett, die Wippe über Rippenbögen wie Stahlstreben. Der Verwalter atmete ruhig aus. Zurück und nochmals. Der junge Mann biß sich auf die Lippen, er fuhr sehr langsam, die Reifen schlingerten.

Trojanowicz übersah Kraftprobe und Schaustück und durchquerte grußlos die Gruppe. Dein Gang, die fließende Bewegung bis zu den Fersen ... Die heiße Welle, der vertraute vergessene Schmerz, Verlangen, die Hände an deine Hüfte zu legen, den Mund auf deine Haut, in die Achselhöhle, Salzgeschmack, Aschblond gekräuselter Haare ... Er setzte sich neben sie auf die Treppenstufe. (Die Stufe, auf der Malte gesessen hat.) Adrett wie immer. Die silbergraue Krawatte. Geflochtene Sandalen, polnisch. Die korrekte Bügelfalte. Fotos, ein Filmstreifen zuckten hinter ihrem Auge, sie suchte in einer grauen Kolonne den Mann mit seinen Zügen, Trojanowicz im Drellzeug mit den aufgesteppten gelben Streifen. Eine runde Kappe in der Stirn? Geschorenes Haar?

Er gab ihr wie einen Blumenstengel ein gerolltes, aus einer Zeitschrift gerissenes Doppelblatt. Neutra, über Umweltgestaltung, sagte er, leider nur ein Auszug.

Danke, sagte sie zerstreut. Beifall für Goliath und den Fahrer, der plötzlich seinem Publikum den Rücken kehrte, übers Motorrad gebeugt wie erschöpft. Franziska kniffte das Blatt, Segel, papierne Reling, ein Schiffchen. Zwei oder drei Jahre seines Lebens ausgespart: unterschlagen, dachte sie. (Unvernünftige Begier, alles über ihn wissen zu wollen, die er aufstachelt durch Verschweigen.)

»Ich nahm an, Neutra würde dich interessieren«, sagte Trojanowicz. Doch, sicher, sagte sie obenhin, auf einmal gekränkt, weil er nicht erriet, was sie bewegte und was sie zu hören wünschte. Sie balancierte das Papierschiff auf ihrem

Knie. Neutra statt Benjamin, ein Essay für eine Ich-Geschichte. Er stand auf. »Man ist ungnädiger Laune«, sagte er, »ich darf mich zurückziehen?«

»Wie Sie meinen.« Er ist imstande, er zieht sich zurück, für heute, für immer? dachte sie, aber ungläubig und ohne Kummer: Abschied für immer war nicht vorstellbar. Er verbeugte sich. »Geh zur Hölle«, sagte sie zwischen den Zähnen und, schon zu einem Rücken: »oder zu deiner Sigrid.« Eifersucht als willkommener Vorwand für die Wut, die mich würgte, warum, das hätte ich damals nicht artikulieren können, ahnte nur dunkel, was ich heute sehe, aber traurig, nicht mehr wütend: dein Interesse für meine Arbeit, das unverbindlich ist wie für alles, was du liest, hörst, weißt, worüber du redest oder streitest (Streit als rhetorische Übung), über Neutra und Städtebau, über Genetik, Feldtheorie, Sartre oder Garaudy, über die Heilige Familie, Orbitalstationen, Kibbuzim, einen Militärputsch in Bolivien, Hypnopädie und soziologische Forschungen ... immer informiert, immer kennerisch, aber unfähig oder einfach nicht gewillt, dich zu engagieren ... Du nimmst eine Welt in dich auf, und die Welt geht durch dich hindurch und ist nichts als ein Bonmot wert, und was immer geschieht, scheint nur zu geschehen, um dir Gelegenheit zu geben für einen Kommentar, und Bücher zerfallen und werden Plunder, Ideen läppisch, Pläne wie Ascheflocken im Wind, versengt am kalten Feuer einer Zweifelsucht, die sich selbst nicht so ernst nimmt, sich als Skepsis auszugeben ... und es macht mich traurig, wie du andere beobachtest und analysierst, ich erschrecke, während ich die Eleganz bewundere, mit der du einen Charakter tranchierst, sogar lachen muß, wenn du dein Kaninchen zerstückelst, witzig, dabei scharfsinnig: der Witz, der Scharfblick des Unbeteiligten ...

Warte ich noch auf dein Buch, mit Hoffnung für dich, oder fürchte ich nicht schon, lesend durch einen eisigen Landstrich zu irren, zwischen Krüppeln und Schwachköpfen, defekten Geschöpfen, nur noch durch ihre Irrtümer verwandt mit den Menschen, die irgendwann deinen Weg gekreuzt haben, also den Weg des jungen Mannes, dem du den Namen Jon anprobierst?

Ach Ben, was geschieht mit uns? Ich schmecke Staub im Mund. Das Heidekraut ist verdorrt, dein Mantel wärmt nicht mehr. Unverändert sind deine Stimme, dein Gesicht geblieben, Gesten, das gewisse Lächeln, gekräuselte Lippen, deine Hand und die Art, wie du mir die Hand auf den Nacken legst ... du bist, wer du warst, ich sehe es, und wirst mir unaufhaltsam ein anderer. Veränderter Blickwinkel, die Rückreise in die Vergangenheit, Lichtwechsel, der die scheinbar gesicherten Bilder von Menschen und Schauplätzen in Frage stellt, Konturen verschiebt, Farben aufhellt oder sättigt? Nachts schreibe ich langsam auf die Schiefertafel des Himmels *ich liebe Dich* und lese morgens, über den ausgelöschten Buchstaben, die Frage *wen?*

Eine Woche verging, ehe er wiederkam; zum erstenmal wartete er vor der Stadt auf sie, am Friedhofsgitter, seinen Vorwand, den bedruckten Blumenstengel, in der Brusttasche, präparierte Miene und Stimme für einen Scherz über seine Höllenfahrt, und sah zu spät, daß Franziska nicht allein war. Ihr Erröten, eine gezwungene Anrede, in der sie ein betontes Sie unterbringen konnte, beunruhigten ihn; eine Woche: Zeitverlust für ihn, Zeitgewinn für einen anderen, störte er schon? Er grüßte Schafheutlin, der ebenfalls nickte, ebenfalls stumm, aber nicht verlegen war wie Franziska, nur sekundenlang den starren Blick eines Mannes hatte, der ein verschwimmendes, vielleicht wichtiges Traumdetail zurückzuholen versucht. Der Kipperfahrer und vorgebliche Schulfreund der Linkerhand (aber sein Alter, das graue Haar überführt sie der Lüge), der Abend in der Bar, als er diese Stirn, die Kalmückenaugen wiederzuerkennen glaubte wie auf einer quer durchgerissenen Fotografie ...

Sie kennen sich? murmelte Franziska, nannte aber bloß einen Namen: Trojanowicz, und Schafheutlin sagte nein, ohne eine verbindliche Floskel, ohne Frage nach etwaiger Verwandtschaft mit zwei bekannten Brüdern T. oder einem gewissen jungen Mann im Blauhemd, einem von Dutzenden Journalisten, die einen seinerzeit hochgelobten Neuerer Schafheutlin mit Schlagzeilen gefeiert, mit ehernen Wortketten behängt hatten: Lametta eines Tagruhms.

Mein Bus. Bis morgen, Frau Linkerhand. Sie blickte ihm lange nach, zu lange, fand Trojanowicz.

»Du siehst elend aus«, sagte er.

»Komisch, er geht wie ein Seemann«, sagte Franziska. Sie versteckte ihre geschwollenen Lider hinter der Sonnenbrille. »Ja, und mir ist auch wirklich zum Sterben elend ...«

Sein Herz setzte aus. Sie leidet, aber sie wird gestehen (Schafheutlin?), zu spät, dachte er, in Monaten Versäumtes nachzuholen und endlich unzweiflerisch auszusprechen: ich liebe dich, – und fügte dennoch für sich hinzu: so gut oder so schlecht ich mich darauf verstehe.

»Ich fühle mich krank«, sagte sie. »Die Stadt macht mich krank ... oder die Leute in dieser verfluchten Stadt ...«

Er atmete wieder, er zweifelte schon wieder. Versäumnisse? Liebe, eine Vokabel, die ungesagt geblieben ist, zum Glück: er hat sich nicht ausgeliefert. Die Stadt also ... Nichts über sein Fernbleiben, nichts über sie selbst, ihre Empfindungen (hat sie auf ihn gewartet, sich gebangt, wenigstens an einem von sieben Abenden?), überflüssig seine Furcht, sie verloren zu haben. Er war verletzt statt erleichtert: Ich kann nicht verlieren, sagte er sich, was ich nie besessen habe.

»Letzte Nacht ist ein Mädchen vergewaltigt worden«, sagte Franziska.

»Ich hörte schon«, sagte er, betroffen durch ihre Blässe, ihre Aufregung, die ihm der Nachricht nicht angemessen schien (ein unbekanntes Mädchen; ein Vergehen, das heute betratscht wird, morgen vergessen ist).

»Aber in der Stadt, begreifst du das, unter den Fenstern, unter den Augen dieser –« Sie stotterte, sie erstickte vor Zorn. »Ah, wenn ich jemals denken müßte, daß du auch an einem Fenster ... Nein.« Sie stieß heftig seine Hand zurück. »Versuch nicht, mich zu beruhigen, ich will nicht ruhig sein, ich will sie mir vorstellen, diese Biedermänner im Nachthemd und ihre Weiber, die sich die Ohren zuhalten ... Schrecklich, Schatz ... Misch dich nicht ein, Schatz ...«

»Deine heile Welt«, sagte er, aber nicht spöttisch wie sonst. »Sie ist gekittet, poor child.«

»Unsere Schuld. Meine Schuld«, sagte sie. Sie duldete, daß er die Hand um ihren Ellenbogen legte wie stützend, sie gingen ein Stück die Chaussee hinab, im Wind, unterm Regen der kleinen harten Äpfel, und Franziska stieß die grünen Murmeln vor sich her, und Trojanowicz ließ ihr geduldig Zeit, und nach einer Weile konnte sie darüber sprechen, wenn auch noch stotternd: Ich habe es schon morgens im Bus gehört, sagte sie. Drei junge Männer. In einer Baubude. Nein, in einem Keller. Sie lag die halbe Nacht, früh um vier hat sie einer gefunden. Die Fahrräder übern Haufen, und die Tür nicht abgeschlossen ... Ich glaube, es betraf mich nicht mehr als irgendeine Zeitungsmeldung, zwölf Zeilen, die du liest oder überliest, und wahrscheinlich dachte ich ungefähr das, was meine Nachbarn sagten, über die Banklehne nach vorn gebeugt oder mit verrenktem Hals nach hinten: Scheußlich. Das arme Mädchen. Man wagt sich bald nicht mehr durch die Straßen, nachts und allein.

Ein Mann riß einen dreckigen Witz. Jemand lachte, jemand schimpfte: Sie, Sie haben keine Tochter. Eine Frau im dienstblauen Schneiderkostüm sagte über die Busbänke hin, mit einer geräumigen Stimme und streng, als erteilte sie einen öffentlichen Tadel für Kundgebungen von Mitleid: Ein umstrittenes Delikt. Die bekannte Kontroverse zwischen Medizinern und Juristen ... Ein gewisses Entgegenkommen des Opfers, unterbewußte Bereitschaft ... Sie war kaum älter als ich, auch kaum größer, und sie hing auf Zehenspitzen und schwankend, aber mit entschlossenem Griff an der Lederschlaufe, und sie hatte auch so eine entschlossene Art, die Leute anzublicken, die sich jetzt still verhielten, bis sie beim alten Rathaus ausstieg, und diesen entschlossenen Gang einer Frau, der gewisse Dinge einfach nicht zustoßen können, vielleicht nicht mal Krankheit, bestimmt nicht Kummer, schon gar nicht Zweifel an sich selbst.

Mittags saß ich in der Kantine mit drei Ingenieuren vom Hochbau zusammen, flüchtig Bekannten, Kollegen aus anderen Büros, man weiß den Namen, man grüßt sich im Korridor, bei Tisch redet man über die letzte Baukonferenz, Autopreise, das Kantinen-Essen, das fad schmeckt wie immer, Stadtklatsch: heute also, unvermeidlich, über die vergangene Nacht, Rowdytum, ein vergewaltigtes Mädchen, das Berger zwar nicht gesehen, aber gehört hat, ihre Schreie, sagt er beim Kirschkompott, wir sind aufgewacht, gegen eins ungefähr, ich habe nicht zur Uhr [geblickt], ich bin ans Fenster gegangen, in anderen Häusern brannte schon Licht, kein Mensch im Hof, aber Gekreisch wie irr, – ach Gott, wieder Betrunkene, eine schreckliche Stadt, sagt meine Frau noch, da sehe ich sie beim Kellereingang, im Block gegenüber, und die Kellertreppe runter …

Ich schob ihm meine Schüssel mir Kirschen über den Tisch. Sie standen am Fenster, Herr Berger, sagte ich, und er sah mich an und sagte, vielleicht ein bißchen schneller, ein bißchen leiser: Es war dunkel. Bloß eine Straßenlampe. Ich konnte nichts Genaues … Eben Gestalten. Drei oder vier, es war ja dunkel, und ob ein Mädchen –

Sie hat geschrien, sagte ich.

Dann nicht mehr, sagte Berger, und mir wurde übel, und die Kantine drehte sich und die Tische und die Gesichter, und ich dachte, daß ich mir Bergers Gesicht einfach nicht merken kann, könnte es dir auch jetzt nicht beschreiben, irgendwas in Blond, vermutlich hübsch, der Typ des jungen Mannes, der auf Maiplakaten sein Söhnchen schwenkt oder von Litfaßsäulen für Haarwasser, Rasiercreme, Lebensversicherungen wirbt, und nach einer Weile hörte ich ihn wieder, seine blonde Stimme, die einen Film erzählt, nun schon die Schlußszene: eine Kellertreppe, drei Männer, sie steigen die Stufen herauf, sie haben die Tür offen gelassen, ein Rechteck Schwärze, aus der dunklen Häuserwand ausgeschnitten; was inzwischen geschehen ist, hat keine Kameralinse festgehalten für den Zuschauer in seiner Fensterloge, und was sich jetzt verbirgt in Tunnelschwärze, muß er sich selber vorstellen (teuflischer Einfall der Regie), er ist beeindruckt, geradezu mitgenommen, wirklich, man glaubt's ihm, während er jetzt am Kantinentisch seinen Zeugenbericht gibt, Einzelheiten erinnert, gewisse Gesten (daß sich einer der drei noch auf der Treppe die Hose zuknöpft, deutet Berger nur an: er nimmt Rücksicht auf die Kollegin am Tisch), die unglaubliche Dreistigkeit der Männer, die nicht etwa hasten, eher schlendern, sich sogar Zeit lassen, ihre von Kellerstaub und Kalk verschmutzten Jacken am Laternenpfahl auszuklopfen …

Vom Widerstreit der beiden anderen am Tisch hörte ich nur Stimmen, Brandungsgeräusch weither, Vokale spitz oder hart, Satzfetzen, ich hätte, meine Frau, einer allein, aber am Fenster, aber wenn andere auch, Gefahr, ich weiß nicht ob, undenkbar daß bei uns, Chicago, und die ganze Zeit sah ich und sehe jetzt noch, bei offenen Augen, unterm Sonnenhimmel, unter den friedlichen Apfelbäumen, sehe immer noch die drei Männer, die ihre kalkstaubigen Jacken am Laternenmast ausklopfen, zwischen den vieläugigen Häuserwänden, Lichtbändern der Jalousiespalten, den rosig, lindgrün, gelb erleuchteten Schlafzimmerfenstern, und Berger löffelte die Kirschen und drehte die leere Glasschüssel zwischen Daumen und Zeigefinger (an der linken Hand trägt er einen Ring mit bräunlichem Stein, seine Nägel sind oval zugeschnitten, die Halbmonde flach), er kreiselte die Glasschüssel um Teller und Besteck, langsam, in immer engeren Kreisen, »wissen Sie«, sagte er, zu wem?, »jetzt kann ich mir vorstellen, wie es sich angehört hat, wenn Menschen in den Gestapokellern geschrien haben.«

Trojanowicz drückte ihren Arm: Beschwichtigung, empfand sie, nachsichtige Ermahnung eines fabulierenden Kindes. »Doch. Genau so, Wort für Wort, und mit dieser blonden Stimme … und niemand, der ihm eins aufs Maul gab … Nein, ich auch nicht. Ich bin vom Tisch aufgestanden, und vielleicht waren sie erstaunt, fanden es ungehörig, daß ich gegangen bin ohne Gruß … Ich bin weggegangen, nichts weiter. Weil alles wie gewöhnlich war: die Kantine, Fischgeruch, die Zigarette nach dem Essen, Schafheutlin vor seinem Diätbrei, weiße Kittel, Kowalskis brüllendes Gelächter über einen Witz, die Mädchen, die sich die Lippen nachmalen, der nette Kollege Berger … Erst draußen, in meinem Zimmer, habe ich geheult, und Gertrud hat ihn beschimpft: das Schwein, und ich habe gesagt, ich könnte ihm nie wieder die Hand geben. Seine Schweinspfote mit den sauberen Nägeln und dem Siegelring …« Ihr Kinn zitterte; sie bückte sich nach einem Apfel, um sich dem beschwichtigenden Druck von Trojanowicz' Arm zu entziehen.

»Löblicher Vorsatz«, sagte er. »Und wie strafst du die zwei Dutzend anderen? Zwei Dutzend Schweine, Rohlinge, Sadisten … Kind, ich kenne deinen Berger vom Bau, ein umgänglicher Mensch und braver Arbeiter [im] Weinberg des Herrn, ordentliche Familie, ein Kind, die Frau – also auch hübsch, auch nett, eher schüchtern, Försterstochter, noch nicht heimisch im neustädtischen Babel, in ihrer Betonschachtel … übrigens eine ordentliche Wohnung, wette ich, würde Anbaumöbel erwarten, den Fernseher, handgewebte Kissen, eine Reproduktion, Dürers Hasen, oder Degas, die Tänzerin in Blau … Um uns denn doch einmal das dubiose Wort zu gestatten: normal.«

»Ja, Ben«, sagte sie, »ja, das war es: entsetzlich normal.«

»Kein Grund, dich schuldig zu fühlen.«

»Desto mehr«, widersprach sie. »Wir haben sie eingemauert, in Komfortzellen gesperrt, Nachbarschaft zerschlagen statt gefördert … Schlaf tiefer, Genosse; was auf deiner Straße passiert – wie, sagte ich Straße? Man trennt sich schwer von lieben alten Wörtern. Ach, unsere Träume von einer schönen Gemeinschaft: Studententräume, die an der Wirklichkeit zerschellen; unsere Projekte – umstreitbar, das schon –, die Wohnungen, Wohneinheiten für eine tausendköpfige Familie … Zukunftsmusik, aber wir hörten sie schon, und wir hörten und verstanden Reger, bei dem wir lernten, daß ein Architekt nicht nur Häuser entwirft, sondern Beziehungen, die Kontakte ihrer Bewohner, eine gesellschaftliche Ordnung. Wir haben versagt –«

»– euch überschätzt«, korrigierte Trojanowicz, »maßlos überbewertet Bedeutung und Einfluß der Architektur. Halten wir's eurer Jugend zugute«, sagte er abschließend, am Rand der Ungeduld: sieben Tage, sieben Ewigkeiten, seine schlaflosen Nächte, die zermürbenden Szenen mit Sigrid zählen nicht; sie haben ihre Rollen vertauscht, jetzt ist sie es, die an ihn hinredet, ihre Gedanken von ihm abzieht, nichts ahnend, scheint's, von seinem Wunsch, eine mandelförmige Lidbucht, die laubbraunen Schatten ihrer Mundwinkel zu küssen, im Fahrtwind von ihren Armen umschlungen zu werden. Ein gutmütiges Lächeln, das sie mit dem Schlußsatz versöhnen sollte, verspätete sich, »ja, und jetzt sind wir erwachsen«, sagte sie, »und Erwachsene haben gelernt, sich einzuordnen, zu verzichten – vernünftig zu sein, so würdest du es nennen, nicht wahr? und Ideale abgetan als Illusionen … Und wenn ihr recht hättet, du und Schafheutlin? Manchmal bin ich es so müde … Einfach mitmarschieren, im Gleichschritt … oder zurück zu Reger, ins Experimentalbüro, und Papierstädte bauen …«

Nein, sie merkte nichts von Ungeduld und Verlangen, machte ihn zum Zuhörer, der Person im Hintergrund, die Miene und Gestik einstimmen muß auf den Monolog an der Rampe, und er schickte sich in seine stumme Rolle, er blickte auf ihre Hände, zwischen denen sie den Apfel rollte (deine schönen Hände, die du sonst versteckst, meine törichte Liebe), nicht in ihr Gesicht, das nahe, unnahbare hinter den Gläsern, starren schwarzen Insektenaugen, hörte also zu, Schafheutlin, aufgeben, nicht aufgeben, eine Stadt im Rowdyalter?, und spielte Anteilnahme – spielte?, ließ sich schon gefangennehmen, sammelte Einwände (ein neues Stadtgebilde, traditionslos, die einseitige soziale Struktur) und warf ihr im stillen Wunschdenken vor, ihre Absolutheit, alles oder nichts, und sah plötzlich, wie den Kern in einer aufbrechenden Schale, entdeckte in seinem Vorwurf, warum er sie liebte, daß er ihr anhing eben wegen ihrer Absolutheit, ihrer Forderung an sich und die Welt, und einer ungebrochenen Fähigkeit, sich leidenschaftlich zu engagieren, zu schwärmen oder zu trauern.

Sie beklagte sich über Schafheutlin: nicht einmal er wagte noch von einem bedauerlichen Einzelfall zu sprechen, schien aber nicht auf Änderungen bedacht, scheute Risiko, schob Ökonomisches vor, Notwendigkeiten, war taub für Pläne, die er utopisch nannte, und degradierte seinen Adjutanten zum Laufburschen, überließ ihm Gärten, Garagen, lästige Besucher: weil er nicht selbst Verbote aussprechen will? »Mini-Wohlständler und diese NÖP-Kerle mit Privatbetrieb, die einem Schmiergelder zustecken wollen. Machen Sie ne Ausnahme, Fräulein, und fünfhundert glatt auf die Hand, verspricht mir so ein Typ, angeblich Altwarenhändler, dabei rauscht er mit Tatra über Land und kauft alte Truhen auf … Ich wußte gar nicht, daß ich so saugrob werden kann.« Sie mußte lachen, als sie an den Auftritt mit dem Händler dachte, einem schlauäugigen Mann in schäbiger Joppe.

»Nimm endlich die scheußliche Brille ab und zeig mir deine Unkenaugen«, sagte Trojanowicz, und sie gehorchte, aber zerstreut, und er dachte, daß ihre Augen nun die Farbe hatten wie in seiner Erinnerung, bernsteingelb, nicht diesen kalten Glanz, und daß er sie berühren könnte wie fremdartiges Gestein.

»Aber als ich dem Kreissekretär die Genehmigung verweigert habe ... Schafheutlin wand sich. Der Letzte der Gerechten: ein Wurm. Überprüfen, eine Ausnahme für den Ersten ... Hast du Mut?« Er sah ihre Augen plötzlich belebt, er war überrumpelt, unnötig zu antworten, sie rechnete auf ihn, hatte ihm schon seinen Part zugeteilt bei ihrem dreisten Unternehmen: Schluß mit der wilden Bauerei, Abriß statt leerer Drohungen, ein paar Garagen niederwalzen, ich brauche dich, du fährst die Raupe, wir müssen nur abwarten, bis der Chef in Urlaub geht.

Sie stutzte. Die versperrte Miene, die roten Flecke auf seinen Backenknochen, – Bedenken? fragte sie spöttisch, und er verbeugte sich, immer zu Diensten, beteuerte er, legte die Hand aufs Herz, trieb Clownerie, geniert und ungeschickt, und hoffte, daß ihr sein Schreck entgangen war bei dem Wort Urlaub, erhoffte sich Gnadenfrist, einen immer noch möglichen Kompromiß.

Sie umarmte ihn, sie strahlte. Danke, Ben. Du bist fabelhaft. »Vergiß es nicht«, sagte er, die Stirn, das verräterisch rotfleckige Gesicht in ihrer Halsbeuge, »und verzeih mir.« Verzeihen – was? Er küßte die Grübchen überm Schlüsselbein, die bogenförmige Grenze zwischen Braun und hellerem Braun auf ihren Brüsten. »Deine Launen zum Beispiel ... Eine Woche ohne dich, ich treibe Dinge, die mir nicht anstehen, ich trinke und höre sentimentale Musik, tu, solo tu ... Du verjagst mich wie einen Hund, warum?«

»Ich weiß es nicht mehr«, sagte Franziska atemlos, sie verschränkte die Hände in seinem Nacken, über dem Gestöber von weißen Narben: einer weiteren unerzählten Geschichte.

»Fahren wir nach Hause?«

Sie war froh, zugleich bedrückt: zum erstenmal nannte er ihr Zimmer Zuhause, als sie es eben verloren hatten. Sie zuckte die Schultern. Ein Paar ohne Obdach, eins wie tausend andere, – nimm's leicht, der Sommer ist noch lang. Aber sie kreischte am Kippenhang, bei trockenem Rascheln im Heidekraut, sie schwor, schuppige Haut, einen flachen Natternkopf gesehen zu haben, und flüchtete an den Wegrand, und Trojanowicz kam ihr nach, ein paar Minuten später, er sagte: »Du denkst immer noch an dieses Mädchen.«

Und an Wolfgang, fügte sie für sich hinzu, und an den Augenblick, als er die Tür hinter sich abschloß. Wie sollte ich dir erklären, was damals geschah, in der ersten Nacht vermeintlicher Freiheit?, wie erst recht heute, im Ohr noch die Worte der richterlichen Frau, ihr Urteil über die Busbänke hin ... heute, als ich über mich selbst geurteilt hatte: wir haben versagt, und meinen Beruf in Frage stellte? Vorgetäuschte Schlangen und Angst, um mich abzulenken von der tieferen Angst: ich versage auch in der Liebe ... Hätte ich anders gewagt, auf gewisse Erfahrungen anzuspielen, Erlebnisse, die man einfach nicht loswird, dich Kipperfahrer zu nennen in einem Ton, der dir verraten mußte, dein Spiel ist durchschaut, längst bezweifelt deine Identität mit dem Kleinen Mann vom Bau, für den du dich ausgibst, und dir endlich die riskante Frage zu stellen ... Ich zwang dich zur Beichte, weil ich selbst nicht beichten wollte, mich scheute vor dem Blick zurück, in eine Szene wie in einen erblindeten Spiegel, von Sprüngen durchzogen, dünnen Grenzlinien am Saum des Unwirklichen ... Aber das Lager war Wirklichkeit, die mitgeteilt werden konnte: mit mir geteilt.

Hattest du die Frage erwartet? Der enge Bezirk, in dem wir leben, die Ehemaligen in meinem Block, der Verwalter, sein Gedächtnis, diese Chronik der Lebenden und der Toten ... Kein Rückzug ins Schweigen. Eine günstige Stunde; auch du hattest etwas zu verbergen, vielleicht kam dir gelegen, daß du ein Geständnis eintauschen durftest gegen einen Bericht: drei Ferienwochen waren gefährlich nahe Zukunft, vier Haftjahre gehörten zu einer Vergangenheit, die du abgelegt hast wie ein Gerichtshof in Leipzig die Akten in der Strafsache T.

Abgelegt, so sagtest du jedenfalls, und dürr wie eine Akte war der Bericht, an den ich jenes Gruppenfoto heften mußte, um den jungen Mann wiederzufinden, neben Moise und Marcel und einem spanischen Dichter, Raskolnikow mit langem, in die Stirn fallendem Haar, hohlwangig unter starken Backenknochen (ein Besessener, sagte ich, und du, mit einem Blick wie auf einen zufällig Verwandten, dessen Leben sich seit langem von deinem abgespalten hat: Ein Radikaler, Linksextremist), – um mir den Studenten T. vorstellen zu können, während der zehn Jahre ältere Trojanowicz zu Protokoll gab:

Arbeiterjunge, aufgewachsen in Kreuzberg, im dritten Kriegsjahr evakuiert nach Masuren, Treck, die Flucht übers vereiste Haff, Berlin, man hungert, man versucht sich in Schiebergeschäften, die nichts eintragen, wird mit zwei Brüdern bei einer Razzia verhaftet und sitzt drei Tage, drei Nächte in einem Keller; der alarmierte Vater entsinnt sich bäuerlicher Herkunft und siedelt im Märkischen, Neubauer auf ein paar Morgen Sand, die Söhne gehn hinterm Pflug, den die einzige Kuh zieht, Aline; sie lesen Mitschurin und Lyssenko, sie experimentieren, trotzdem ernten sie nur Kartoffeln klein wie Kindermurmeln, – was gedeiht, wuchert, die Felder überschwemmt, ist Topinambur, unausrottbar (Aline, der Topinambur: Schnörkel, die du erst später einschnitzt in den strengen Rahmen deiner Geschichte); gescheitert kehrt die Familie zurück nach Berlin, die Schar der Brüder zerstreut sich westlich und östlich einer noch nicht sichtbaren, nicht betonierten Grenze; Wolfgang T., jüngster Funktionär der FDJ, Kreisleitung, Landesleitung, klebt Plakate, organisiert Wahlschlachten, schreibt sechzehnjährig die Reden für seinen Ersten Sekretär; er wird zur ABF delegiert, schreibt für Zeitungen, karrt Steine an der Stalinallee, schreibt über Weberwiese, Bauleute, Helden, über einen gewissen Schafheutlin (»Seine Handschrift – Häuserzeilen«), Maurerbrigadier, Normenbrecher, Unruhstifter; er studiert Geschichte, die ihn langweilt, und nach dem dritten Semester entsteigt er Mumienkammern und

Kaisergrüften und wählt Journalistik, politischen Tageskampf, die Zeitung als Tribüne.

An der Hochschule fällt er auf durch Scharfsinn, eine mokante, dabei lehrhafte Eloquenz, seinen düsteren Eifer eines Dogmatikers, der sich allerdings anarchistische Seitensprünge gestattet. Am 17. Juni schickt man ihn in einen Leipziger Großbetrieb, er schlägt sich durch die Menge der Streikenden, er hat sein Parteiabzeichen nicht unterm Revers versteckt, jemand wirft einen Schraubenschlüssel nach dem roten Agitator, der auf eine Werkbank klettert, sich stellt, diskutiert, während ihm Blut aus einer Platzwunde übers Gesicht läuft, als Arbeiterjunge zu Arbeitern spricht, durch seine Argumente verblüfft, noch mehr durch den Witz, mit dem er Zurufe pariert, man lacht, er überzeugt, er hat gewonnen: hat er sich selbst überzeugt? hat er seine Beredsamkeit nicht schon als Kunst eingesetzt, wie ein Künstler entschlossen, sein Publikum zu gewinnen?

Er wird Assistent, er hält schon Vorlesungen, während er auf sein Diplom hinarbeitet, er fesselt, er wird bewundert, ohne beliebt zu sein. Ein Streber? Er ist zu selbstbewußt, um ehrgeizig zu sein. Er hat Gegner, die ihm Skeptizismus, andere, die ihm – unter sich, keinesfalls bei Parteiversammlungen – Orthodoxie vorwerfen.

Im vierten Studienjahr hat er eine Liebesaffäre mit einer acht Jahre älteren Dozentin. Annemarie Lingner ist verheiratet. Liebt er sie? Er leistet sich Unbekümmertheit, ihre Beziehung bleibt monatelang unentdeckt, weil sie sich unter aller Augen entfaltet; als sich der Mann der Lingner um Hilfe an die Parteigruppe wendet, werden sie vorgeladen, gerügt für unmoralisches Verhalten, aufgefordert zu sauberer Entscheidung. Sie heiraten ohne Aufwand, gewissermaßen zwischen zwei Vorlesungen. (Die Trauzeugen erwähntest du nicht im Protokoll: ein Kommilitone, eine Freundin von Annemarie: Sigrid, die ihr Taschentuch zerknüllt, die derb fröhliche Sigrid, – gerührt von unfeierlicher Zeremonie, Fünf-Minuten-Rede, dem Brautpaar im Straßenanzug?)

Das Jahr 56. (Wir, meine Altersgefährten, haben das Abitur bestanden, tanzen auf dem Abschlußball, im ersten

Abendkleid, Weißer Holunder ist der Schlager des Jahres, die Schülerkapelle riskiert Jazz-Verwandtes, Love Call? jedenfalls Duke Ellington; wir bummeln uns durch Sommerferien; der Pfarrerssohn, künftiger Urwaldarzt, wird nicht immatrikuliert und fährt nach Göttingen, Reise ohne Rückfahrkarte; das erste Semester, ich schreibe die Manifeste eines Titanen Reger ins Kollegheft; Wolfgang Exß zimmert Kistenmöbel; in den hohen Korridoren diskutieren Studenten einen Parteitag, Enthüllungen, eine Rede des Neuen Mannes, deren Wortlaut niemand kennt. Kindliche Träne, die auf eine rote Kranzschleife fiel. Jetzt sehen wir tränenlos, wie ein Denkmal vom Sockel stürzt. Eine Legende ist zu Ende, wir schlagen das Buch zu. Erschütterung? Wir haben schon gelernt, Legenden zu lesen; trotzdem sind wir enttäuscht, fühlen uns hintergangen, erbittert eher als bitter. Die Älteren dagegen … ah, das ist ein anderes Kapitel: dein Kapitel.)

Das Jahr 56 also … Ist T. erschüttert? Ich bin auf Mutmaßungen angewiesen; das Protokoll verzeichnet keine Ressentiments. T. arbeitet für seine Promotion (abendelang in jenem Caféstübchen in der Leipziger Altstadt: Sigrids Erinnerung, ein traulicher Schnörkel, den ich hier einfügen kann), Archive öffnen sich ihm, die für andere verschlossen bleiben, er ist vertrauenswürdig, Genosse mit der Kraft zum Vertrauen, er liest auch einen hektografierten Abzug jener Chruschtschow-Rede, – wie viele Details des Bildes kennt er, das enthüllt wird? war er ahnungslos wie Tausende anderer, oder ist er härter betroffen, weil er mehr gewußt als andere, aber verschwiegen um der Sache willen? Die Revolution ist kein Spaziergang durch einen Blumengarten. Er hat retuschierte Fotos gesehen, über die Moskauer Prozesse gelesen, Workuta ist für ihn nicht bloß irgendein geographischer Punkt am Polarkreis einer Landkarte, er hat von Lagern erfahren, Zwangsumsiedlungen, Emigrantenschicksalen, einem verschollenen Dichter Mandelstam: warum kann er jetzt nicht zur Tagesordnung übergehen, warum muß er seine Genossen mit Fragen belästigen, ihnen Aussprachen aufzwingen trotz wiederholter Warnung: Keine Fehlerdiskussionen! Er vernachlässigt seine Dissertation, das Marmortischchen im Café bleibt leer; Annemarie, die wohlmeinende Kontrollbeamtin, ist beunruhigt durch die Stille in seinem Zimmer und findet ihn am Fenster, vor der Wand stehend, die Hände in den Taschen, die Schultern hochgezogen wie durchkältet; die Haltung ist neu bei ihm, und neu ist seine Unduldsamkeit gegen Annemarie (ihr Weltbild ist nicht zerscherbt, ihr Vertrauen ungebrochen); vergeblich ermahnt sie – er verspielt eine Karriere –, und spürt, ratlos, daß er abrückt von ihr, von sich selbst, von seinem aus Neigung gewählten Beruf.

Nein, er ist nicht umgefallen, wie später behauptet wird. Er streitet mit den Bitteren und mit den Unerschütterten, den nie Zweifelnden: in ihren Gehirnen, sagt er, funktioniere ein Automatismus, sie seien beliebig umschaltbar, verdammen heute, was sie gestern anbeteten ... Er nimmt keine Rücksicht auf Stellung, Titel, Beziehungen, zwar hält er sich, diszipliniert (oder aus abwägender Vernunft?) an die gültigen Regeln und übt Kritik nur in der Parteigruppe; dennoch ist Wachsamkeit geboten: dieser allzu junge, allzu scharfzüngige Doktorand liest vor einem Hörsaal, in dem alle Bänke, in dem sogar die Fensterbretter besetzt sind. Was erwarten die Studenten von ihm? Seine Vorlesungen werden überwacht, ein Krawall inszeniert, Geschrei und Gegengeschrei, Verräter! Provokateure!, während er vom Podium hinabblickt in den tobenden Saal, die Augen getarnt hinter grünlichen Gläsern, und abwartet, nicht erstaunt, nicht empört; mit der gleichen Gelassenheit empfängt er anonyme Briefe, versteckte Hinweise, daß auch sein Leben außerhalb der Hochschule beobachtet wird und registriert, wer ihn besucht, mit wem er sich trifft: ehemaligen Kommilitonen, ein paar Freunden, Physikern, Gesellschaftswissenschaftlern, und seinen Studenten, die, wer weiß, Rat bei ihm suchen und die er entläßt ohne den erwarteten Rat, schon mit einer Spur des Bedauerns, das er später empfinden wird, wenn er in anderen, Jüngeren, für einen flüchtigen Moment den jungen T. wiedererkennt.

Aber sie kommen wieder, sie drängen zu seinen Vorlesungen, warum? (Niemals fiel, ausgesprochen, in deinem Bericht das Wort Gewissen, und niemals, vermute ich, in deinen Vorlesungen, in den Gesprächen mit Freunden, Studenten, deiner Frau, – aber da ich es hörte ...) Lektionen über Publizistik. Bedenkliches? Ein Mann, der seine Bedenken gegen sich selbst kehrt.

Ungarn. Sowjetische Panzer in Budapest. Lukács und Tibor Déry verhaftet als intellektuelle Rädelsführer. Was geht in T. vor? Noch sind ihm westdeutsche, österreichische, englische Zeitschriften zugänglich; er liest vom Prozeß gegen den Kardinal, die Horror-Berichte ungarischer Flüchtlinge, ein Interview mit Anna Pauker; er sieht im *Spiegel* Fotos von Männern, die mit Bajonetten an die Wand gespießt sind, und durchbohrte Leninbilder, auf eine durchbohrte Brust genagelt. Ein ungarischer Schriftsteller, distinguierter alter Herr vom Rosenhügel und gelegentlicher Gast im Petöfi-Club, duldsamer Zuschauer, erzählt ihm von nächtlichen Schießereien, unwürdigem Schleichen über unsere Promenade, unsere herrliche Brücke zwischen Buda und Pest, von weißen Kreuzen an Türen und Häuserwänden, wo Kommunisten wohnen, mit Kreide geschriebene Todesurteile. Schreckliche Schuld, die schrecklich gesühnt wird. Das haben wir nicht gewollt.

Nach den Ungarn-Ereignissen verdichtet sich das Mißtrauen. (Ereignis: eine Umschreibung, die T. boshaft glossiert ...) Mußtest du anderen Fragen, tieferen Zweifeln ausweichen, tratest du nicht schon Rückzug an, als du Journalistensprache, eine dubiose Sprachregelung angriffst. Redakteure werden entlassen, Studenten, ein Schriftsteller verhaftet, aus den Bibliotheken verschwinden die Bücher von Howard Fast, als könnte zugleich mit Leinen und bedruckten Papierbogen ein Name getilgt werden, und Jimmy Higgins, und der Bürger Tom Paine, und die Straße zur Freiheit, die sich einem dreizehnjährigen T. unverlierbar eingeprägt hat.

(Noch ein Schnörkel, skurriles Beiwerk wie die Narrenfratzen an alten Simsen ... sieh mir nach, daß ich lachte, obschon übergruselt: Jahre wie ebensoviele Jahrhunderte ... lachte über euch, eure fremden strengen Bräuche, über die Randglosse vom Journalisten, der sich seinerzeit einen Schnurrbart wachsen läßt, knapp einem Parteiverfahren entgeht, scheren muß das verdächtige Bärtchen: eine Sympathiekundgebung für die Petöfi-Leute?)

Ein Dozent, Bekannter eher als Freund von T., verläßt über Nacht die Stadt; er hat sich von T. verabschiedet wie gewöhnlich; zwei Tage später macht er Schlagzeilen, Westberliner Zeitungen veröffentlichen seinen Abschiedsbrief an Freunde und Kampfgefährten, die einst seine Hoffnungen auf eine sozialistische Zukunft geteilt haben, und an sein ersticktes Land (seine Heimat, trotz allem); seit langem verfolgt von einer intellektuellenfeindlichen Clique, verdächtigt, eine umstürzlerische Gruppe gebildet zu haben, mehrfach gewarnt, sei ihm noch rechtzeitig Flucht geglückt aus unerträglicher Gegenwart in eine unsichere Zukunft ... Anklage gegen das Regime verwässert zur Klage um verlorenen Besitz, seine Stellung, ein Haus, eine Bibliothek von fünftausend Bänden. (Unverständlich, warum auf der Verlust-Liste seine schwangere Frau fehlt.) Dramatische Schilderung seiner Flucht. Ein Brief wie nach dem Diktat eines versierten Rührstory-Schreibers, so T., der ihn beiseite schiebt wie den Mann, der beinahe sein Freund gewesen ist. Aufgefordert, sich zu distanzieren, Stellung zu nehmen zum Geschreibsel des Renegaten, zuckt er nur die Schultern: Schade um den Mann, er geht schon unter sein Niveau. Mehr hast du nicht dazu zu sagen? Mehr nicht, Genossen.

Obwohl er weiß, daß er als Freund des Dozenten gilt, verdächtigt, ein Mitwisser, wenn nicht Mittäter zu sein, besucht er die Frau, die jetzt gemieden wird wie eine Kranke. Sie ist mehrmals verhört [worden], sie hat nur mit Tränen geantwortet und dem einen Satz, den sie nun dutzendmal T. wiederholt, dem einzigen, den sie in ihrem Kopf noch bilden kann: Ich habe ihn tagelang gesucht. Sie hat die Wohnung räumen müssen und haust in einem möblierten Zimmer, mittellos. T. läßt ihr Geld zukommen, taub für Annemaries Tadel; er geht soweit, beim Dekanat, bei Behörden eine Unterstützung für sie zu erbitten, – in wessen Auftrag? Die erste von hundert Fragen, als er verhaftet und vernommen wird, – Fragen, die sich erübrigen, weil ohnehin jeder seiner Schritte bekannt ist, jede kritische Äußerung in einer Parteiversammlung, die Namen seiner Freunde, seiner

Gäste, der Studenten, die ihn aufgesucht haben, und präzise die Tage und Stunden, wann der Dozent bei ihm gewesen ist, in welchen Restaurants sie zusammengesessen haben, wie lange er bei ihm war am letzten Abend.

T. hat nichts zu leugnen, nichts zu gestehen; die Anschuldigung, er sei Mitglied, wenn nicht führender Kopf jener Gruppe gewesen, weist er zwar zurück, aber ohne Beteuerungen, nahezu unbeteiligt, als läge ihm nichts daran, ob man ihm glaubt oder nicht. (Liegt dir noch an dem jungen Doktoranden T.? Kein Vermerk im Protokoll. Kein Datum, das nachprüfbar festhält, wann du dich von ihm trennst, dich neben den Untersuchungshäftling Trojanowicz stellst, ihm zusiehst wie dem schwarzweißen Schemen in einem Kriminalfilm, verwundert bloß, weil er Klischees erlebt als Teilstücke von Wirklichkeit – die Lampe, hinter weißem Licht eine körperlose Fragerstimme, Zigarette? ein Feuerzeug, Ihre Hand zittert ja –, daß du ihn begleitest durch filmbekannte Gänge, über klirrende Treppen, durch Stahltüren, die hinter ihm zuschlagen, Echo, lange nachhallend, in seine Zelle, ihm über die Schulter blickst, in den zerstückelten Himmel wie er, wenn er unterm Fenster steht, händelos, krummrückig, fröstelnd.)

Sein Schweigen nimmt man als Geständnis (und vielleicht – ich versuche nur zu erraten – vielleicht fühltest du dich schuldig, wenn auch in anderem Sinn als dem der Anklage?), Belastungszeugen finden sich, ein ehemaliger Student von T., der Sätze hersagt, angeblich notiert nach vertraulichen Gesprächen; ein Dozent, Genossen aus seiner Parteigruppe, die ihm zersetzende Kritik vorwerfen, seine Überheblichkeit, Intellektualismus, negative Beeinflussung der ihm anvertrauten jungen Menschen ... unbewiesen bleibt seine Verbindung zur Gruppe des Renegaten, die Anklage gründet sich auf Verdacht, und T. verteidigt sich nicht, tut nichts, seinem bestellten Verteidiger zu helfen, könnte auch schwerlich etwas tun: erst am Nachmittag vor dem Verhandlungstag wird er in seine Zelle geführt, ein kaninchenhafter, rosaäugiger junger Mann, doppelt hilflos, weil er vor einer Stunde die Akte T. bekommen, also nur durchblättert hat, und weil er zu einem Hinterkopf zwischen hochgezogenen

Schultern spricht, grau untermischtem Haar, einen Rücken befragt, die Stimme seines Mandanten nur einmal hört, als T. ihm höflich dankt, knapp den Kopf wendet: zerschlagene Nase, die gekräuselten Lippen: Momentaufnahme, die das Kaninchen verschreckt wie der Satz, mit dem sein Mandant ihn verabschiedet, also lächelnd und höflich, danke für Ihre Bemühungen, sagt er: ich kenne den Mechanismus.

Sein Prozeß dauert dreieinhalb Stunden. Märzsonne rückt einen schrillweißen Zeiger über Parkett und leere Bänke. Stimmen tönen hohl wie in einem Theatersaal bei den Proben am Vormittag. Ein Dutzend Zuschauer, Annemarie, die Zeugen, ein paar Dozenten, die von der Hochschule abgeordnet sind. In der Pause darf er mit Annemarie sprechen. Keine Umarmung. Sie hält sich an die Vorschrift, würde sich auch daran halten, denkt T., wenn der Posten wegblickte (er tut's, er schenkt eine Gnadenminute, wundert sich über Tauben in Nischen, die ewigen, dummen, dickbusigen Tauben, die vorm Gericht auf den Strich gehen und auf Dichterstirnen, Marmorlocken verdauen). Sie hat jeden Freitag frische Wäsche im Gefängnis abgeliefert; er hat jeden Freitag Säume abgetastet nach einem Papierröllchen, einer Botschaft, vergebens. Sie gibt ihm die Hand. Seine Hand bleibt leer: kein Kassiber. Sie ist befangen, natürlich, er versteht: die Ohren, der Nacken unter der Dienstmütze. Was soll man sich sagen? Die Schule, die Wohnung, ich habe umgeräumt, gesund? doch, deine Hefte, ich vermisse Zigaretten, Sigrid studiert, du hast eine neue Jacke, hübsch, zweihundert, das Wetter, März warm wie, Schneeglöckchen ... Mundbewegungen.

Das Urteil: vier Jahre Zuchthaus. T. verzichtet auf ein Schlußwort, Unschuldsbeteuerung oder Reuebekenntnis. Weint Annemarie? Er blickt über Bänke und Gesichter hinweg auf die hohen Fenster, Sonnenzeiger, Staubbahn, trägen Taubenflug.

Drei Wochen später geht er auf Transport, langwierige Reise, Städte, Kirchen, Straßen hinter Gittern, die vorläufig letzte Station: Bautzen. Am Wasser, aus dem Wasser aufsteigend Türme, schöngieblige Häuser, Erker wie Schnitzwerk aus Stein, eine Festung, der ein Beiname anhaftet alt, zäh wie das Moos in Mauerfugen: das Gelbe Elend. T. arbeitet in einer Tischlerwerkstatt mit Dieben, Totschlägern, Homosexuellen, einem ehemaligen Minister, lernt Schachspiel bei einem Physik-Professor, der sich ohne Titel und Namen vorstellt: Spionage, fünfzehn Jahre; er teilt seine Zelle mit einem Zeugen Jehovas, einem sanften, sehr alten Mann, freudigem Dulder für den HERRN, und zwei Monate lang mit einem Genossen, den T. aus Lesebüchern und Zeitungen, von Tribünen und hundert Fotos kennt: mit Gewehr und Patronengurt, mit der Baskenmütze der Spanienkämpfer, neben Kisch, Arm in Arm mit Hans Beimler, im Halbpelz, Lautsprecher am Mund, in einem schneeverwehten Graben vor Stalingrad; im GUM-Anzug zwischen den Ruinen der ehemaligen Frankfurter; die rote Nelke am Revers, mit erhobener Faust grüßend, auf einer Ehrentribüne, in der ersten Reihe; bebrillt, im korrekten dunklen Anzug, bei Empfängen, Ordensverleihungen, in Präsidien ... jetzt sieht er den ins Legendäre entrückten Mann, Vorbild seiner Generation, im grauen Kittel, inhaftiert wegen Fraktionsbildung; sie diskutieren nächtelang über Marxismus, die Sowjetunion, den Spanienkrieg, Stalin und Berija, er klagt nie, klagt nicht an, spricht nicht von sich, über seinen Fall, über Irrtümer und Opfer; nur einmal, am letzten Tag, als er in eine andere Zelle verlegt wird, sein Bündel zusammengerollt hat, sagt er: Was auch dem einzelnen widerfahren mag, – vergiß nicht, vergiß es nicht bei allem, was du noch vor dir hast: die Partei hat immer recht. (Nein, ich irre mich, Zeitverschiebung: dieser letzte Satz, die zwei Monate, Pritschengespräche, Abschied an der Zellentür fehlen im Protokoll ... Nachtrag ein Jahr später, als du erfährst, daß er rehabilitiert ist: irgendein Genosse, dessen Name mir nichts sagt, inzwischen Rentner, nehme ich an, ein Veteran, verdienstvoll, ich glaub's dir ja ... du warst aufgestört, geradezu verstört, wolltest mich zwingen, den Mann und seinen Fall zu erinnern ...)

Annemaries Briefe sind aufgefädelte Buchstaben. Sie tauschen Wörter aus wie damals in der Pause, hinter einem Uniformrücken. Dann bleiben die Briefe aus; die letzte Nachricht ist amtlich, blaßblauer Durchschlag, gestempelt: die Scheidungsklage. Der Physik-Professor rückt einen

Bauern, zieht seinen Springer übers Feld und setzt T. in drei Zügen matt. Miserabel, mein Bester, Sie sind heute zerstreut. T. dreht das Schachbrett um. Die nächste Partie endet mit einem Remis. T. grinst. Eine vorübergehende Schwäche, Professor.

Überflüssig, daß sie sich um Besuchserlaubnis bemüht: sie rechtfertigt sich vor einem Rumpf oberhalb der Tischbarriere, siebt Worte, Dozentur, Verantwortung, meine Genossen, sie haben mir nahegelegt ... brave Annemarie, beherrscht wie immer, noch imstande, einem Kittel, der Kontur eines geschorenen Schädels disziplinierte Umschreibungen anzubieten.

Nach dem dritten Jahr wird T. ins Haftlager bei N. überführt, fällt Bäume, karrt Kies für die Fundamente eines künftigen Kombinats, schleppt Schienen und stopft Gleisbetten der Grubenbahn. Sigrid schreibt ihm aus Leipzig. Als T. entlassen wird, fährt er zu ihr. Begegnung mit der Stadt wie mit einer Jugendgeliebten, die – Umkehrung sattsam bekannter Novellen – verjüngt ist statt gealtert. Er verirrt sich in Straßen und Passagen, sucht sein Caféstübchen und findet ein Automatenrestaurant, Nickelglanz, Eile, Salate hinter Glas; zwar lockt ihn Mephisto wie eh und je, trotzdem steigt T. nicht in den Keller hinab, plötzlich bang vor Veränderung oder einem restaurierten Ehemals, aber Veränderung drängt sich ihm auf, das Ehemals läuft ihm nach, ist es nicht Annemarie, mal braunhaarige, mal blondierte Dame, die er in einer vorüberfahrenden Straßenbahn, durch eine Ladenscheibe, am Lenkrad eines Wartburg sieht?, er grüßt einen Dozenten, der ihn wiedergrüßt, höflich, aber nicht erkennt, – oder nicht erkennen will? fragt T. den Spiegel überm Ausguß, in Sigrids winziger Küche. Er macht keinen Versuch, Freunde aufzuspüren, erspart ihnen Verlegenheit, umwundene Fragen, sich den Schrecken Rip van Winkles: vier Jahre sind aus seinem Leben herausgeschnitten, nicht aus dem Leben der anderen (die jetzt promoviert sind, Kinder haben, eine neue Wohnung, einen Forschungsauftrag), aus der Welt, dem Land, seiner Stadt Leipzig. Unverändert, scheint ihm, ist nur Sigrid, als sei auch Warten eine Art von Haft, stillstehende Zeit.

Die Schule? Er ist vergessen, verwirft Möglichkeiten, den Gedanken an eine Tür, die sich, wer weiß, ihm öffnen würde, Türspalt, in den er den Fuß setzen könnte, wählt Vergessenheit (aus Stolz, Ben, oder aus Schwäche?) und fährt zurück nach Neustadt. Der Aufbaustab haust noch im schorfigen Gasthof an der Landstraße, der Kaderleiter ist froh um jeden Mann, nimmt Akte und Papiere zur Kenntnis, wundert sich schon längst nicht mehr, also noch einer, ehemaliger Genosse, ehemaliger Häftling, also gut, eingestellt. T. arbeitet beim Tiefbau, planiert Gelände für die erste Kokerei, fährt einen Kipper, empfängt seinen Lohnstreifen, wohnt in einem Barackenzimmer mit drei Bauarbeitern, die ihn erst spöttisch, dann bloß noch aus Gewohnheit Intelligenzler nennen (die Brille! die Bücher, Zeitungen, Zeitschriften!), übrigens nicht mit Fragen behelligen, ihn hinnehmen, wie er ist, passabler Kumpel, obschon ein komischer Vogel, der nicht Skat spielen kann, Kognak trinkt statt Bier, zur Arbeit weiße Hemden trägt und eine Krawatte umschlingt.

Sigrid hat ihre Examen bestanden, sie bewirbt sich in Neustadt, reist T. nach, treibt Sport, unterrichtet Geschichte an der Schule im ersten Wohnkomplex der künftigen Stadt, in Klassenzimmern, die noch nach Beton und Latex riechen.

Soweit das Protokoll. Zwischen den Zeilen Raum genug für Vermutungen, Ratespiel, Einwände, Wenn und Aber, für Konjunktive, du hättest, du könntest, wärst du … Kein Raum für Erbarmen, soweit ich mich erinnere (oder habe ich Gefühle nachträglich korrigiert, ein Gebäude abzutragen begonnen, Stein für Stein, die mir schon unter der Hand zerbröckeln?), Bestürzung? Nicht wie damals auf dem Friedhof, als der Verwalter … eher Auflehnung: gegen dich, gegen Unrecht, gegen dich, weil du dich mit dem Unrecht eingerichtet hast, ach, nicht zornig, nicht einmal bitter … Und Ferne, Urferne, als trennten uns nicht sieben, sondern sieben mal zehn, sieben mal hundert Jahre. Ja, ich hatte von Prozessen gehört, falschen Anschuldigungen, Urteil auf Verdacht, aber die Prozesse hatten stattgefunden außerhalb der Grenzen meiner Erfahrungs-Geographie, unglaubwürdig, obschon bezeugt, und ich betrat deinen Bericht, stand in deiner Geschichte herum wie in der Vorhalle eines alten Schlosses ... Moritzburg, fällt mir ein, und unvermittelt, rasend schnell, als ob ein Fallgitter hinter dir herabsauste, hast du den Schritt von Gegenwart in Historie getan, von Hitze in Kälte; draußen der blühende Park, Sonne auf Kies, das Spiegelbild der Burg im Wasser (draußen: meine heile Welt); drinnen eisige Luft, Modergeruch, eine Kalesche, die Gäule sind tot und verscharrt, und tot sind Kutscher, Schloßherrn, Damen, Zofen, und da stehst du, Besucher in einer Gruft, frierst, bezweifelst einstige Bewohner: gegen alle Vernunft, denn sichtbar, greifbar sind die Zeugnisse für ihre Existenz, Bilder, Kamine, Sessel, Waffen, eine Waschschüssel, die Boule-Uhr, die noch tickt, schlägt, Stunden anzeigt für dich wie für jene ... und entläufst, eh sie dich fangen, festhalten, ehe Sesam sich schließt, atmest Gartenluft und Wassergeruch, hörst scheltende Mütter, Kindergekreisch, Touristen-Stimmen (sächsisch), und Autos auf der nahen Chaussee, Reifensirren statt Hufgeklapper, gottlob, bist wieder in deiner Zeit ...

Meine Zeit ... Es ist wahr, Ben, Affären, Namen, Fälle, die dir geläufig sind, kannte ich nicht, oder sie weckten nur undeutliche Erinnerung an Streit zwischen Älteren, Gespräche mit Wilhelm und Django und v. Werder, und ich habe auf einer Schulbank gesessen, als du auf der Anklagebank saßest, aber was geschehen ist, ist in meinem Land geschehen, vorgestern, nicht in mythologisch fernen Zeiten, und du hast mir deinen Prozeß aufs Gewissen geladen ... Nachtgedanken, wenn ich wortlos mit dir hadere: vielleicht füge ich dir Unrecht zu, werfe mich zum Richter auf, verurteile Rückzug, als wär's ein Vergehen (und habe mich selber zurückgezogen, bin desertiert in die Wälder), fordere, überfordere dich, erwarte schlichtweg, daß du aus deinem Schatten trittst ...

Warum haben wir seither geschwiegen? Nichts mehr über Prozeß und Lager. Die Ausnahmen: ein paar Anekdoten – vom Vizeadmiral etwa, der rehabilitiert wird, entlassen, durchs Tor schreitet in Großer Uniform, stramm gegrüßt von den Wachtposten, die er bislang, seinerseits seinerzeit, also ein Festtag, eine Augenweide für die am Zaun versammelten Maikäfer, – komische Begebenheiten, die du erzählst wie ein Soldat, der Ostfront, Westfront, womöglich Stalingrad, am Biertisch aber bloß Kasernenspaß erinnert, Krach mit Küchenbullen, Kiste voll Ritterkreuze, Beutespeck, Krieg als Männerspaß ... und einmal hast du mir auf der Straße einen Mann gezeigt: Schöne Mütze, hast du gesagt und dabei gelacht, denn er war sehr eigen, was den Kniff in seiner Dienstmütze anging, dein ehemaliger Aufseher ... und der Prinz, Genosse Prinz, wohnte im selben Block wie du, und Eiserne Maske marschierte über die Magistrale, grußlos an dir, an uns vorbei ...

Vielleicht war es falsch, daß wir das Protokoll versiegelt und verschlossen haben ... ich weiß es nicht, Ben, spüre nur, daß sich Bedrohliches vollzieht, ein Fehler wächst, wuchert, Unkraut aus dem freundlichen Boden der Liebe: ich vertraute dir, traute dir aufs Wort, nahm also wörtlich, was du versichert hast: vier Jahre abgelegt. Abgelegt ... als hätten sie keine Spuren hinterlassen, oder Spuren, nicht tiefer als die Abdrücke von Fuß, Ferse, Zehen im Meersand, die eine Welle überspült, die zweite verwischt, die dritte auslöscht.

Wenn du dein Buch schreiben würdest, wenn du jenen anderen, den wir leise bei seinem geliehenen Namen Jon rufen, aus dir herauslösen könntest; dein Herz waschen, wie die Alten sagten; ihm aufbürden, was jetzt auf deinen Schultern lastet, und ihn hinausschicken, dein anderes Ich als Romanfigur ... ich wünschte, ich hoffte für dich und für mich: je weiter er sich entfernt, desto näher rückst du wieder dir selbst.

14

Der Brief knistert in meiner Tasche, ich trage Schafheutlins Brief mit mir herum, seine Köder, seine Wechsel auf die Zukunft einer Stadt, ich habe den Manegenplatz gesehen, aufgepflügt von Raupenketten, und Bauzäune, Fundamente, die Baracken der Tiefbauer, Wohnwagen, über denen Rauch quirlte, Schafheutlin habe ich nicht gesehen: morgens um fünf …

Frag mich nicht, warum ich Yul Brynner gehorchte. Gestern abend, an der Lagerstraße … Herbstregen, wir schlappten in Gummistiefeln. Steig auf. Wohin? Er lachte über Protesttrommeln auf seinem Lederrücken, er schwenkte den Stetson, der Regen peitschte seinen kahlen Schädel. Spring doch ab! Teufelsfahrt durch die Wälder, Sandkuhlen, Schlaglöcher, über Baumwurzeln, über eine glitschige Chaussee, ein paar Kilometer Autobahn, durch einen Vorort, Bauernhäuser, Klinkerburgen, Tankstelle, blaugrüner Kasernenzaun, die erste Haltestelle, Straßenbahngleise, Gassen, Straßen der Bezirksstadt, der Marktplatz, Sorbenbrunnen, Vogelbaum, das Kaufhaus, kupni dom, Stop unter zuckenden Neonbuchstaben *Lolita-Bar*: das beste Haus am Platze, sagt Yul Brynner, und Krawattenzwang, sage ich vor der verschlossenen Tür, einem hochmütigen Schild, im Gedräng auf dem Bürgersteig, zwischen Brokat und Lincolnschleifen, den neongrünen Damen und Herren, die warten, schmollen, murren, während Yul Brynner klopft, während ihm aufgetan wird von einem Frack, einem Scheitel … Objektleiter? Ufa-Film-Butler, wenn nicht der Lord persönlich, der jetzt den gestiefelten Kerl empfängt wie den Earl vom benachbarten Landsitz. Meuterei auf dem Bürgersteig, unerhört, warum darf, und in diesem Aufzug … das schien sie am meisten zu verbittern: in diesem Aufzug!, und der Frack verneigte sich, »meine Herrschaften«, sagte er, »wenn Sie bei uns so viele

Flaschen Selters getrunken hätten wie dieser Herr Sekt, dann würden Sie auch in Unterhosen eingelassen.« Er schloß die Tür hinter sich ab, er lächelte nicht, aber an der Art, wie er Yul Brynner die Hand gab, merkte ich, daß er ihn auch reingelassen hätte, wenn er bloß Selters statt Sekt, und mein Bauführer nannte ihn Franz und du, »Franz«, sagte er, »zuerst ein Feuerwasser für diese zimperliche Person«, und nach dem dritten Feuerwasser vergaß ich Cord und Stiefel: mit Yul Brynner kannst du in eine Dorfkneipe gehen oder in eine Nachtbar und sitzt immer neben demselben Mann, nicht neben einem Mann in einer Rolle, und wo er sitzt, ist sein Platz, ob auf einem Holzstuhl oder auf so einem langstieligen, mit rosigem Fell bespannten Hockerchen.

Franz zauberte hinter der Bar, jetzt in einem weißen Jackett, er war sehr höflich, hörte nichts und hörte Schwüre, Klagen, Beichten mit der Geduld mancher Barmixer und Taxichauffeure, und wenn die Leute tanzten, stand er bei uns, den Scheitel, den unverändert korrekten, über Glas und Silber und Strohhalmsträuße geneigt, und sie redeten, riefen, schrien im Combolärm: Kommoden und Kaminuhren, Renaissance und Barock, Kirchenbänke, Louisseize, malten auf Servietten Stuhlbeine, Schlösser, Rosenmuster, Löwenknäufe, malten ihre Beute, Trophäen von Dachböden, Jäger in Bauernhöfen, Altersheimen, Feldscheunen: wozu? dachte ich, Mann vom Bau, Zugvogel, aber Sammler von Möbeln, Besitz, Seßhaftigkeit ... Später, als wir Sekt mit Bier, natürlich, das mußte ja, barbarische Mischung, irgendwann später deutete Yul Brynner mit dem Daumen über die Schulter, unbestimmt wohin, »ich hab da eine Wohnung«, sagte er. »Keine Frau. Möbel«, und ich dachte, der also auch, und jetzt hat es ihn, jetzt spült's sein Gesöff in ihm hoch. Ehegeschichte, Vertraulichkeiten, wartete also, schon gelangweilt von der fälligen Mär, Einsamkeit, So-ist-das-Leben-c'est-la-vie ... er grinste, er sah mich an, die Augen wasserhell, ungetrübt, war nicht betrunken, nicht trunken von Beichtzwang, trug kein wundes Herz unterm Lederkoller, »das wolltest du doch wissen«, sagte er: »keine Frau.«

Um drei schob er einen blauen Schein über die Bar, und

Franz fragte, ob er ein Taxi, fragte bloß der Form halber, immerhin, die junge Dame ... danke, wir reiten, sagte Yul Brynner und legte eine der bekritzelten Servietten über den Geldschein, Barock, daß ich nicht lache, Franz, mein Alter, du hast dir Dresdener andrehen lassen, addio.

Es regnete nicht mehr, frostige Luft, ich hielt mich mit klammen Händen an einem Gürtel, schlief ein, schreckte auf, roch Schwefel, den fauligen Atem des Windes, erwachte zwischen Ocker und Ochsenblut, fahl in der Morgendämmerung, träumte Magistrale, träumte einen Manegenplatz ohne Kreisspur von Arena, Sägespänen, Billettfetzen, die Reifen mahlten im Sand, ich rutschte vom Sattel, taumelig in lederne Armbeuge, sah Bauzäune statt Brennesselhecken, gelbe Schichtbusse auf einer nahen, nicht geträumten Magistrale: Zu Hause, sagte er. Nein, nicht mehr. Und er, sorglos: Sollte aber, wird wieder, wetten? Die Wette hast du schon verloren, sagte ich, und er hob mich hoch, Überrumpelung, harter und rascher Griff unter die Achseln, so gut wie gewonnen, sagte er und stellte mich auf die Füße, auf deinen Boden, und wenn ich dich mit Gewalt, schade, daß es keine Gesetze, Verbot, sich zu verplempern, Urteil wie für Fahnenflucht ... saß dabei im Sattel, Arme gekreuzt, unverschämte Sicherheit von der Stiefelspitze bis zum weißen Streif unter dem zurückgeschobenen Hut, der sommerbraunen Stirn, nicht gezeichnet von durchsoffener Nacht, während ich ... Katzenjammer? Bestürzung über unverhoffte Rückkehr? aufbrechendes Heimweh?, war müde, überreizt, gereizt durch seine Sicherheit, fing an zu schreien, jahrelang gerackert, schrie ich, jahrelang gehofft, geplant, gestritten, wozu? was hab ich geschafft? drei Garagen niedergewalzt, eine Vitrine aufgestellt, die am nächsten Tag in Scherben, ein paar freundliche Fassaden, Betonornamente, Stückwerk, ein Klubhaus auf dem Papier, fabelhafte Bilanz, was weißt du denn, du mit deiner Lederhaut ...

Lederhaut, sagte er, klar, Gemütselefant, während du – hautlos gewissermaßen, höhere Tochter, sensibel, zuviel Schiller gelesen: *Ideale*, buchstabierte er in die diesige Luft. Blick hinauf in Himmelshöhen, und die Füße stolpern über Steine, nenn sie Alltag, nenn sie Normen, Gesetze ... Ich,

ich stehe immer mit einem Bein im Zuchthaus, aber wo ich baue, läuft der Laden, weil ich Gesetze umgehe, und ich muß Gesetze umgehen, wenn sie aufhalten, wenn sie hindern, daß der Laden läuft, mach was, Berufsrisiko, der Bau steht, und ich sitze, mieser Witz, weiß ich, seh ich dir an, aber was du nicht siehst: Dialektik, mein kluges Fräulein, die Dialektik revolutionärer Prozesse ... Und so weiter, redet, redet zu mir von oben herab, vom Sattel herab ... zum Teufel mit deiner Dialektik, schrei ich, und sitz nicht da wie ein Westernheld, und sei nicht so gottverdammt überzeugt, daß du mein Leben für mich einrichten kannst, mit Gewalt oder mit Gerede. Warum mischst du dich ein, modelst an mir herum, nimmst dir das Recht heraus, für mich zu wählen?

Nicht aus persönlichem Interesse, sagt er, immer noch von oben herab, aber nicht mehr in der dreisten Haltung, mit verschränkten Armen wie vorhin. Der Himmel färbte sich blaßblau, die Rauchsäulen standen nebelweiß in der kalten Luft, ein Mann im Unterhemd und Drellhosen reckte sich in der Tür zum Wohnwagen, Musettewalzer, Zeitansage, im Hochhaus erlosch das Licht, hinter jenem Fenster im siebenten Stock, dem dritten von links, in dem Zimmer, das ich möblierte, als habe nicht längst ein anderer Bewohner ... die Bücherregale, deckenhoch, aus Stahl und rohen Brettern; ein Schaukelstuhl; deine Schreibmaschine, Zeitschriftenberge; der versengte Lampenschirm über einer Bols-Flasche; die Bettcouch, auf der wir uns umarmten, während das Radio, immer glomm das grüne Auge, immer sprach eine geschulte Stimme mit, neben, unter unseren Dialogen; der geschnitzte Rahmen, Eichenblätter, die früher ein Bild von Sigrid, später ein Foto von mir umkränzten; zwei Plüschtiere, Jahrmarktskatzen, Aug in Aug, Glasperlenblick, und wenn wir verzankt waren, drehtest du sie um, grauen gegen schwarzen Plüschrücken ...

Halb sechs, jetzt räkelt sich Kowalski, kratzt sein lohfarbenes Fell, tappt in die Küche, doch, ich könnte mir denken, daß er Kaffee kocht, Semmeln aufbäckt für seine Frau, die noch schläft, das weiße Haar gefächert auf dem weißen Kopfkissen ... jetzt wischt sich Schafheutlin Seifenschaum vom Nacken, überprüft seine Aktenmappe, knifft Pergamentpapier über Frühstücksbroten (Leberwurst vom Uhlenhorster Fleischer), mustert die Herbstastern, schreitet Staudenfront ab ... jetzt drängelt sich die Bornemann in den Schichtbus, wieselflink, wieselklein, kennt alle Welt, schwätzt mit aller Welt, Zwenkauer Mundwerk, schimpft auf die Männer, ihren Mann, der im Haushalt keinen Finger krumm macht, auf die schlampigen Kerle ihrer Kranbrigade, die sie anzicken, weil sie ihren Kran nach Vorschrift fährt, auf ihre Söhne, den Großen, den die Polizei mal wieder am Arsch, er kann's nicht lassen, fremde Motorräder, dabei, sowas von begabt, Sie sollten mal seine Linolschnitte, und den Jüngsten, lauter Vieren, die Schularbeiten, sie müßte, kann ihm nicht helfen, Schichtarbeit, Lehrgang, Parteilehrjahr – schimpft wortreich, sächsisch, zufrieden: träumt sie noch ihren Flugtraum, der sie jahrelang verfolgte, Nacht für Nacht? Flugversuch, sie schwingt sich auf, verstrickt sich in Drähten, Seilen, Netzen und fällt und fällt ...

Wären sie mir in dieser halben Stunde auf dem verwandelten Manegenplatz begegnet, leibhaftig – meine Kollegen, Schafheutlin, die Bornemann, der Sorbenprinz Jazwauk, die Buchhändlerin – erinnerst du dich? die große Blonde, die nur flüstern kann, irgendein Kehlkopfleiden –, die karottenrote Frau aus dem Kino, der Verwalter, die Verkäuferin, die mir immer vom Bautzener Mohnkuchen aufhob, seit ich bei dieser Versammlung – sogar das zigeunerhafte Weib vom Gleisbau, sogar der Ingenieur, der mich mit seiner Blasmusik mordete, Radetzkymarsch und böhmische Polka, und am Schwarzen Brett rügte, weil ich am Ersten Mai keine Fahne, stramm, Ich-die-Partei, grölte aber im Badezimmer morsche Knochen und Glocken vom Bernwardsturm, dachte sich nichts dabei, Mann von Vierzig, läßt vermutlich Plastenten schwimmen im Badewasser, kleiner Junge, kleiner Hitlerjunge ... wenn sie: möglich, ich wäre zu unseren Baracken am Friedhof gelaufen, vergammelt, frierend, ohne Koffer, Mappe, Papiere, hätte an eine gewisse Tür geklopft, fremde Sekretärin, wo früher Gertrud, aber heimatlich wie Hochhaus und Magistrale das Zimmer mit dem pedantisch aufgeräumten Schreibtisch, der Zähne bleckenden Teufelsmaske auf dem Schrank, der Wandkarte, heute mit Bögen, Linien, geometrischen Figuren beschrieben der ehemals weiße Fleck im Zentrum ... begegnete aber niemandem, blieb allein mit meinem Bauführer, der Gräben, ein Fundament, Armaturengeflecht musterte, kennerisch, und dann mich, als wär ich ein Gegenstand, Teil dieser Baustelle: nicht persönlich, wiederholte er, falls du dir [das] einbildest. Nicht mein Typ.

Und wenn, sagte ich, und er: Doktor Schiwago, ich weiß. Der Mann, der dich ins Heidekraut legt ... Schon gut. Die Große Liebe, ich verstehe, dafür warst du fällig: Liebe zum Abenteuer, zu einem Abenteurer, das imponiert dir, Outsider – oder was sich dafür ausgibt.

Ich sagte nichts, ich setzte mich hinter ihn, und er fuhr gemächlich eine Runde um den Platz, mach die Augen auf, sagte er, als wollte er mir noch einmal die steinerne, stählerne Landschaft vorführen, geordnetes Chaos, vertrauend darauf, daß ich schon Räume, Dimensionen, Häuser, Treppen sehe, wo ein ungeschulter Blick über Chiffren, einen rätselhaften Text irrt, – fügte aber hinzu, kaum vernehmbar im Auspuffgeknatter: Dein trauriger Abenteurer, in Wirklichkeit träumt er doch bloß von Rückkehr ins bürgerliche Heldenleben.

Die Fahrt zurück, in den tiefer blauen Morgen, bereifte Wiesen, die Brücke, auf der ich damals mit Schafheutlin, ich drehte mich um, Wohnblöcke, na und? Stadt wie ein Dutzend andrer neuer Städte; die Betonstraße, die Kapelle (er hat den Weg gewählt, als gäbe es nicht drei andre Ausfallstraßen, woher weiß er, daß ich täglich diesen Weg gegangen bin?), die Wälder, Kiefernschirme, laublose Birken ... und einmal faßte er über seine Schulter und legte die Hand an mein Gesicht, und die kalte Außenfläche seiner Hand erwärmte sich auf meiner kalten Haut, und erst an der Lagerstraße ... wortlos, der Bauführer in Eile, die Frühschicht hat schon angefangen, Doktor Schiwago lenkt seine Raupe am Südhang, Schild gesenkt,

ich sehe dich noch hinter der Frontscheibe, Zigarette im Mundwinkel, silbergraue Krawatte, deine konzentrierte

Miene, während du anfährst, die Ketten schwerfällig rukken, das Stahlseil sich spannt, eine Ziegelwand knickt, Mörtelstaub wölkt ... Franziska winkte ihm. Genug. Ein Rudel Kinder umtanzte die Ruine einer Garage. Das wird Sie was kosten, Fräulein, sagte der Altwarenhändler und knallte den Schlag seines Tatra.

Anarchismus, Eigenmächtigkeit, wilde Aktionen, sagte Schafheutlin, die ferienbraune Hand auf drei Beschwerdebriefen. Sie haben mein Vertrauen mißbraucht.

Hätten Sie denn mitgespielt? fragte Franziska, und er deutete stumm auf die Tür, das Gesicht beiseite gedreht, sein Chefgesicht, hinter dem der Romfahrer, der Tramp in Niethosen grinste.

Franziska warf sich auf ihren Helfershelfer und biß ihn vor Vergnügen in die nackte Schulter. »Es ist gutgegangen ... Alles wird gutgehen ... Ah, wir werden aufräumen! Der Alte in Ferienlaune ... Ben! Woran denkst du, Ben?« Er starrte in den Augusthimmel. »Im Urlaub möchte ich mit dir an die See reisen. Wie lange noch? Warte, heute haben wir den sechsten ... Zwei Wochen –« Sie krauste nachdenklich die Stirn. »Am sechsten August ... irgendein Feiertag? ein Geburtstag? Vergessen ...« Sie ließ sich mit ausgebreiteten Armen ins Gras fallen. Es roch nach Pilzen und trockenen Kiefernnadeln: und nach dem Fell des bocksbeinigen Gottes, dachte sie. Ein Rebhuhn trippelte übers Stoppelfeld, zwischen den kupferfarbenen Strohhütten. Die Glocke einer Dorfkirche

um 8.15 Uhr morgens, am 6. August 1945 wurde die erste je in einem Krieg benutzte Atombombe auf Hiroshima, eine Stadt in West-Japan mit rund 450000 Einwohnern, abgeworfen. Es war ein Montag, und die Leute gingen gerade zur Arbeit. Die Bombe wurde von einem amerikanischen Bombenflugzeug (Typ B 29) aus einer Höhe von ungefähr 7200 m abgeworfen. Das Flugzeug entfernte sich mit höchster Geschwindigkeit, während die Bombe, an einem Fallschirm befestigt, langsam herabsank. Sie explodierte über dem Stadtzentrum in einer Höhe von ungefähr 660 m. Innerhalb von ein paar Sekunden hatte die Luftdruckwirkung der Bombe 60 Prozent der Stadt zerstört. Viele Tausende von Menschen wurden von dem Luftdruck selbst getötet oder von niederstürzenden Gebäuden zerquetscht. Viele andere wurden durch Verbrennungen getötet, die von der aus dem Feuerball der Bombe kommenden starken Strahlung verursacht wurden; denn der Feuerball hatte eine höhere Oberflächentemperatur als die Sonne. Weitere Tausende von Menschen wurden der radioaktiven Strahlung ausgesetzt, wodurch sie innerhalb von ein paar Tagen an Strahlenkrankheit starben.

Ungefähr 100000 Menschen wurden von der Bombe in Hiroshima sofort getötet und weitere 100000 schwer verletzt (Linus Pauling, »Leben oder Tod im Atomzeitalter«)

die Glocke von Sankt Annen, Glockenschwarm der Stadt. Das Kind hüpfte über Schützenlöcher.

Das ist der Frieden, sagte mein Vater, und er setzte die Brille ab, mit der ehrfürchtigen Bewegung, näher mein Gott zu dir, mit der er vorm Kirchenportal den Zylinder abzusetzen pflegte.

Sie bog einen Wacholderzweig über ihre Augen. »Zwanzig Jahre hatte ich ein Bild vom Frieden ... Die Kirschbäume, Ben ... Von heute ab, vielleicht, ist es ein Waldrand, Heidekraut, ein gemähtes Feld ... Wozu reisen? Hier bleiben, im Gras liegen, du gibst mir deine Schulter, wir sehen in den Himmel und machen aus den Wolken Schiffe, Schwäne, Drachen ... Sag was, Ben.«

Kein rettender Kompromiß war ihm zugefallen in den letzten Wochen, umsonst sein Tausch, ein Geständnis gegen einen Bericht. »Wir fahren nach Nessebar«, sagte er. Zu spät, das wir zurückzunehmen; er legte den Arm über die Augen, um sich zu schützen vor dem schutzlosen Gesicht, »bitte, keine Szenen«, sagte er schroff, »ich habe es ihr versprochen, es war seit Monaten ausgemacht, lange bevor – also, die letzte Reise, nein, keine sentimental journey, einfach eine seit langem gebuchte Reise, Hotel, Flugtickets –«

»Beliebig«, sagte Franziska, »mit einer beliebigen Person.« Sie stand auf und las sorgfältig Kiefernnadeln und Halme vom Kleid. »Franz«, sagte er. Sie tarnte sich hinter der dunklen Brille, sie beugte sich über den Rückspiegel vom Motorrad und kämmte ihr Haar. »Ja?« sagte sie über die Schulter, und er richtete sich auf, er kniete und umfaßte ihre Knie, »Franziska, ich bitte dich … ich dachte nicht, daß du es so aufnehmen würdest«, und einen Augenblick veränderte sich ihr Gesicht, verwilderte, barbarischer Mund, verzerrt von lautlosem Gelächter, stimmlosem Schrei, zeigte Eckzähne, Wolfszähne, sie würgte an einem Satz, gab auf, weil sie nicht stottern wollte, und stieg aus dem Ring seiner Arme wie aus fauligem Geschling von Wasserpflanzen.

Verdunkelte zum erstenmal ein Schatten von Demut seine Miene? Er wagte keinen Widerspruch, als sie sagte: Ich möchte nach Hause. Vor ihrem Block stieg sie sofort ab, und er lief ihr voran, er legte die Hand auf die Türklinke, Bitte oder versuchter Widerstand? Franziska sagte adieu, eine Zufallsbekannte, höfliche junge Dame, für die er höflich eine Haustür öffnen mußte, der er nachsah, wie sie die Treppen hinaufstieg: Kniekehlen, schattig, geädert wie eine bekannte Armbeuge; ein Rücken, der ihm verbot, seine Finger nach einem zarten Nacken zu befragen, nach Haut und rotem Haarwirbel und Schulterblättern wie Flügel. Ein Profil, flüchtig sichtbar über der Windung des Geländers, Schritte, ihre verhallenden Schritte auf der zweiten und dritten Treppe.

Sie stand eine Weile reglos im Zimmer und starrte auf den Filmstreifen Nessebar, Strand, Meer, Leiber, Sonnenschirme und – Kamera auf Nah – einen rot-weiß gestreiften Schirm, unter dem zwei Köpfe dicht nebeneinander, ein blonder, ein ergrauter, von Öl schimmernde Stirnen … sie ergriff die Vase auf dem Tisch und schleuderte sie an die Wand, und eine Kaffeetasse, eine halbvolle Milchflasche, fegte Bücher und Zeitschriften zu Boden, neinneinnein, das ist zuviel, schluchzte, heulte ins Kissen, erstickt von ohnmächtiger Wut. Ich will ihn nie wiedersehen.

Sie sah ihn nicht wieder. Eine Gestalt, Kontur hochgezogener Schultern unterm Fenster? Sie zog die Vorhänge zusammen. Wenn die Klingel anschlug, verriegelte sie die Tür, preßte die Hände auf die Ohren, stellte sich tot. Sie arbeitete jetzt wieder bis zum späten Abend in der Baracke, bei offener Tür zum Zimmer von Schafheutlin, der persönliche Fragen vermied, nur einmal feststellte, sie sähe angegriffen aus; er nahm die Überstunden als Vorwand, in Neustadt zu übernachten, sie bis zu ihrem Block zu begleiten, nach kurzer Rast zu Füßen des Engels Aristide, wo er ihr die durchs Gezweig funkelnden Sterne, die Sternbilder am violetten Himmel über der Stadt zeigte, Kleinen und Großen Wagen, Mars und Kassiopeia.

Sie ließen ein Modell des künftigen Zentrums bauen: das Herz unserer Stadt, sagte Franziska – obgleich, fügte sie sofort hinzu, obgleich ich es im Prinzip für eine miserable städtebauliche Lösung halte: ein Zentrum, ein Herz, aber ringsum totes Gewebe, Schlafviertel ...

Der Spatz in der Hand, sagte Schafheutlin.

Sie pflanzte Bäume aus spiraligen Spänen auf grünen Karton. Sie wissen, wie ich in diesem Fall über Tauben denke. Ein Motorrad knatterte auf dem Kiesweg zwischen den Baracken. Sie wurde blaß. Schafheutlin drehte den Stahlarm der Lampe, »Entschuldigung«, sagte er, »das Licht blendet Sie, Franziska.«

Sie horchten, redeten über ein Theater, horchend auf ein Motorrad, das sich längst entfernt hatte? das draußen hielt?, Franziska sagte: »Theater – das ist nun wieder die Taube, und das Dach ist hoch, und wenn wir erstmal ein Kino ... Komisch, ich hab bis heute noch nicht Ihren Vornamen gehört.«

»Horst.« Er rieb seine Warzenhand. »Ich kann ihn nicht ... Adler, Stukas, die Reihen fest geschlossen, Sie verstehen. Nein? Am Tag der Wehrmacht ... Familienausflug zum Fliegerhorst, die Kinder durften auf Tragflächen klettern, Uniformen und Dolche bewundern, es gab Erbsensuppe aus der Gulaschkanone ... Horst. Könnten Sie sich daran gewöhnen?«

»Warum nicht? Ich hab nie Erbsensuppe aus einer Kanone – und überhaupt«, sagte sie und streifte schnell und verlegen seine behexte Hand, die ihr keine Abscheu mehr einflößte.

Jazwauk setzte sich jeden Mittag in der Kantine an ihren Tisch, auch er ohne Fragen, ohne Anspielung; er erzählte Witze, und Franziska verzog gefällig den Mund. Einmal hörte er in einem Witz auf, vor der Pointe, er beobachtete sie unter gesenkten Wimpern: sie zeigte das gefällige Lachen. Er räumte ihren Teller ab, von dem sie nichts gegessen hatte. Am Sonnabend parkte er seinen Sportwagen zwischen Jawas und Pannonias vor ihrem Block; der Korridor war nicht abgeschlossen, er klopfte an ihre Zimmertür, hörte Musik überlaut, ein Volkslied, Mexiko? Hawaii?, und sah durch den Türspalt eine halbvolle Wodkaflasche, aufgestemmte Ellenbogen und ein nach oben gewandtes Gesicht, eher plastisches Abbild, aus bräunlichem Wachs geformte Nachahmung eines ehemals vertrauten Gesichts. Tu, solo tu, klagte der Sänger.

Jazwauk klopfte nochmals, und Franziska begann zu zittern und blickte zur Tür, mit einem Ausdruck, der Jazwauk beschämte, als habe er sie in einer Umarmung überrascht. »Ach, du«, sagte sie. Er hob die Nadel von der Platte, und Franziska sagte wie ein Schulkind, das vor einem Publikum von Erwachsenen Verse deklamieren muß: »You, only you, are the cause of my drinking, you have filled my life with sorrow, and you are the cause of my despair ...«

»Sehr blau?« fragte Jazwauk. Sie schüttelte den Kopf. »Zieh dich an, das schwarze Italienische ... Süße, ich verspreche dir für deine Ausstellung ein Dutzend Modellzeichnungen, auf denen Neustadt so aussieht, daß Niemeyer sein Brasilia wegschmeißt ... Zwei Dutzend. Gratis. Und meine Überstunden sind teuer ... Mal dir den Mund an.« Er fuhr sie in die Bezirksstadt. Sie bewegte sich gehorsam zwischen den Kulissen geplanter Zerstreuung, eine Bar, zwanziger Jahre, geschnitzte Geländer, Palmwedel, Marmortischchen. Er tanzte die ganze Nacht mit der Puppe Olympia. Gegen Morgen brachte er sie in sein Apartment. Sie setzte sich auf die sündhafte Couch, Knie und Füße eng zusammen wie nach Tanzstunden-Lehre.

»Du bist versteinert«, sagte Jazwauk, »und wahrscheinlich nennst du das Haltung.«

»Möchtest du jetzt mit mir schlafen, Maurice?« sagte sie.

»Nein. Nicht mehr. Nicht so«, sagte er sanfter. »Versuch zu schlafen.« Er zog ihr das Kleid aus und breitete es über einen Sessel. Er fand sie noch magerer in ihrem schwarzen Unterkleid, die Schultern knochiger, die Salznäpfchen unterm Schlüsselbein tiefer. Er wickelte sie in eine schilfgrüne

Wolldecke und legte sich neben sie und schob den Arm unter ihren Nacken, und sie fing an zu weinen, und er hielt sie fest, bis sie einschlief.

Gegen Ende August reiste sie nach Ahrenshoop. Nach zwei Tagen haßte sie ein Kurhotel, in dem die Gäste nach Titel und Wagentyp eingestuft wurden und wo man sich für jede Mahlzeit umzukleiden pflegte. Die Promenade war ein Laufsteg für Mannequins am Arm älterer Herren, für renommierte Bohème, uniformierte Exzentrik, Bermuda-Shorts, Fußkettchen, Bernstein und Bernstein und Bernstein und für Künstlerinnen in handgewebten Jacken und mit Schnüren aufgereihter Muscheln um den sehnigen Hals. Am Strand spielten Paare Wasserball; Mädchen, Freundinnen, die man jeden Abend im Café treffen konnte, kremten sich den Rücken; Spitzbäuche wateten die Küste abwärts, Gesundheitsmarsch mit aufgekrempelten Hosen über bleichen Beinen, drei Schritte vor der watenden Gattin. Franziska lag in ihrem Strandkorb und blickte stundenlang aufs Meer, seine wechselnden Tinten, grün über südseeblau bis bleigrau, und zählte die Wellen: jede neunte Woge, heißt es, erreicht und überspült das Ufer.

Sie sprach nicht mit den Leuten an ihrem Tisch, wich jeder Annäherung aus, überhörte scherzhafte Bitten, einen bunten Ring, einen Wasserball zurückzuwerfen, der ihr vor die Füße rollte oder gerollt wurde. Einmal stand sie im Lädchen hinter einem bärtigen, barfüßigen jungen Mann, der die gleiche stinkende Sorte Zigaretten rauchte wie sie und die letzte Schachtel kaufte. Teilen wir! schlug er vor. Sie gingen zusammen über die Strandpromenade, er redete auf sie ein, als kennten sie sich seit Jahren, er glossierte die Gesellschaft auf dem Laufsteg, boshaft und genau, und sie lachte und sagte: »Sie sehen, Sie sprechen, wie George Grosz zeichnet.«

»Danke.« Er strahlte. »Ich bin Maler. Noch unbekannt«, fügte er hinzu, mit der Entschlossenheit eines Jungen, der eines Tages, bald, bekannt sein wird.

Er hauste in einem Zelt unterhalb der Steilküste. Er hatte ein skurriles Wäldchen um sein Zelt gepflanzt, aus Treibgut, angeschwemmten Hölzern, Ästen, die Vögeln, Echsen, züngelnden Schlangen glichen. Franziska schwänzte die zeremoniösen Mahlzeiten im Kurhotel. Sie kochten über einer Spiritusflamme, und die heikle Franziska verschlang Reissuppe mit Sand, der zwischen den Zähnen knirschte: sie leistete sich noch einmal, vielleicht zum letztenmal, einen Ausflug in Studentenzeit, in eine heitere, schmuddelige und unbequeme Romantik.

Am zweiten Tag sagte er schon du zu ihr. Er zog sich ungeniert vor ihr aus und rannte ins Wasser. Komm schon! schrie er. Sie schwammen nackt zur Sandbank und zurück ans Ufer, sie lagen naß und keuchend im nassen Sand, und der Maler betrachtete sie mit dem neutralen Interesse eines Arztes; er zeichnete ihren Körper, ihre Hände und ihr Gesicht, und sie saß still und versuchte an nichts zu denken außer, gelegentlich, an Jakob und sein Atelier und an die persiflierte Olympia mit dem schwarzen Samtband um den Hals, und wenn sie sich über die Blätter beugte, sah sie, daß er auch die Art zu zeichnen hatte wie Jakob: als blätterte er Schicht um Schicht von einem Gesicht ab.

Ihre fröhliche Kumpanei war an dem Tag zu Ende, als er Franziska, während sie den fauchenden Spirituskocher bewachte, umarmte und zu Boden zog und küßte. Sie wehrte sich mit Zähnen und Fingernägeln, aber er war sehr groß und kräftig und hielt sie mühelos, er sagte: »Aber ich habe mich in dich verliebt«, mit derselben Entschlossenheit, mit der er seinen künftigen Ruhm verkündete, erreichbar, weil er ihn wollte wie jetzt dieses Mädchen, und Franziska hörte auf, sich zu wehren, sie lächelte spöttisch, »du bist noch sehr unerwachsen«, sagte sie, und er ließ sie los, und sie ging in ihr Hotel zurück, und nach zwei Tagen, lange vor Ferienschluß, reiste sie ab, und am nächsten Morgen meldete sie sich bei Schafheutlin. »Ich möchte wieder arbeiten«, sagte sie, »und ich möchte eine Wohnung.«

Gertrud zeigte unverhohlen, wie zufrieden sie über das Ausbleiben dieses Herrn Iwanowitsch war: sie glaubte eine Freundin zurückgewonnen zu haben. Sie begegnete einer Vorgesetzten, die zwar höflich, aber kühl und kurzangebunden mit ihr sprach, Anspielungen – wir könnten zusammen, ein Abend bei – einfach nicht verstand, zwölf Stunden am

Tag arbeitete und ihre Tür abends verschlossen hielt. Sie legte ihr eine Schachtel Pall Mall auf den Schreibtisch. »Danke, ich habe mich an eine andere Sorte gewöhnt«, sagte Franziska.

Als sie auszog, stand Gertrud hinterm Fenster, sie raffte die Scheibengardinen beiseite, aber Franziska drehte sich nicht um, sie ging zwischen Schafheutlin und dem Verwalter, die ihre Koffer trugen, eine Lampe, einen gerollten Teppich. Es war später Nachmittag, in den offenen Küchenfenstern lehnten Frauen, die ihre neue Nachbarin musterten, dabei Kinder zurückschubsten, wollt ihr wohl, man darf nicht so neugierig, ja doch, das Fräulein Doktor.

In ihrer Einzimmer-Wohnung türmten sich Bücherkisten, der Schreibsekretär der Großen Alten Dame, Sessel und Regale, die sie bislang auf einem Speicher in ihrer Heimatstadt verwahrt hatte. Aber neu waren die kanariengelben Vorhänge am Fenster, neu der ebenfalls gelbe Vorhang, der die Kochnische vom Zimmer trennte. »Wir haben uns erlaubt«, sagte Schafheutlin, »die Kollegen ... Wir hoffen, daß Sie nun wirklich heimisch bei uns werden«, und er schüttelte ihr beide Hände wie bei brüderlichem Staatsempfang an einer Gangway, und Franziska sagte danke, »ihr seid alle schrecklich nett zu mir, danke, und darauf trinken wir jetzt einen«, und sie dachte: nett wie zu einer Kranken.

An einer Wand lehnte, mit der rohen Leinwand zum Zimmer, das Bild der Olympia, und Schafheutlin fragte: Sie gestatten? und drehte es um. Sein Nacken lief rot an. Er sagte nichts. Er verabschiedete sich bald.

Franziska ging von Tür zu Tür in ihrem Aufgang des Hauses und stellte sich vor: einem jungen Ehepaar, beide rund und rosig und einander ähnlich wie Geschwister; einer schwangeren Frau, die einmal sehr schön gewesen sein mußte, umdrängt von vier Buben, während sich drei schöne, schon etwas zu üppige Mädchen im Hintergrund hielten und noch weiter zurück, in der Tiefe des Korridors, ein Männlein, stumm, dürr und klein, als wär er das achte und schüchternste Kind der Familie; einem dicken Ingenieur, der sie anbrüllte, um das brüllende Radio im Wohnzimmer zu überbrüllen; einer Bergmanns-Witwe mit rostiggrauem Haar, die gutmütig und verängstigt aussah und nicht Franziska anblickte, sondern nur über die Schulter schielte, zu ihren Söhnen, langen rothaarigen und sommersprossigen Schlaksen, die rechts und links von dem mit Papierrosen und Postkarten besteckten Spiegel lümmelten und das Fräulein vernaschten; einem hageren Zimmermann, umtanzt von einem weißen Spitz (unser Assi, nein, wir haben [keine] Kinder), und seiner wenigstens zehn Jahre älteren Frau, einer lustigen Person mit nachlässig gefärbtem Haar und grellen Ohrclips, die unbekümmert ihren faltigen Hals im tiefen Kleidausschnitt zur Schau stellte, kommen Sie doch rein, sagte sie, und in der Wohnküche brühte sie Kaffee auf, und Franziska fühlte sich ganz behaglich in dieser Küche, die kakelig bunt war wie die Frau und auch so redselig, erfüllt vom Geschwätz grüner Sittiche, Gezirp und Trillern von Kanarienvögeln und rotbrüstigen Dompfaffen, und als Franziska nach einer Weile aufstand, sagte der Zimmermann, der stumm am Tisch gesessen hatte: Also, den Kopf von meinem Hecht muß ich Ihnen noch zeigen, selbst präpariert, der dickste Bursche, den je einer vom Verband rausgeholt hat, und sie bewunderte Hechtschädel und nadelscharfe Zähne, und der Zimmermann sagte: Wenn Sie mal nicht zurechtkommen, Leisten, Steckdosen, eine neue Kellertür wär nötig, genieren Sie sich nicht, ich mach das schon.

Sie stellte sich einer Frau Roeder vor, erinnerte den Namen, die Geschichte des Verwalters (der Mann mit dem Motorrad gegen eine Bahnschranke; Witwenrente, Gleisbau, Kinder von wer weiß wem), sah durch eine mißtrauisch halbgeöffnete Tür zigeunerhafte Züge, die wetterbraune Haut einer Frau, die sie auf vierzig schätzte, und hörte, kaum war die Tür zugefallen, klatschende Schläge, Kindergeheul, Schimpfwörter, du Mistbalg, Dreckfink: Heulen und Schimpfen wie mechanisch, eine alte Walze, tausendmal abgespielt, die niemand mehr hört.

Zuletzt klingelte sie bei Bornemanns, brauchte ihr Sprüchlein nicht herzusagen, war schon bekannt, das Fräulein Doktor, wollte korrigieren und kam nicht zu Wort, wurde hereingebeten, genötigt, verschleppt in ein Wohnzimmer ohne

Teppich, dürftig möbliert, aber mit Regalen voller Bücher und Büchern auf dem Tisch und dem zerschlissenen Sofa, alle Bände von Zola, also Zola lese ich am liebsten, sagte Frau Bornemann, und Laxness, und haben Sie schon den letzten Aitmatow?, mein Mann rührt ja kein Buch an, der hat seine Fische und branzt mit seinen Schleierschwänzen – Guppys und Armee, das ist alles, was er in seinem Koppe, aber wenn Sie was zu reparieren haben, das macht er, da ist er ganz fischelant, für andere immer, bloß im eignen Haushalt, wie eben Männer, aber ein Schälchen Heeßen trinken Sie doch?, und das ist der Große, Jens! gib dem Fräulein Doktor die Hand, und du auch, Fred – die rechte, du sollst die rechte Hand, wie oft muß ich dir das noch, Manieren …

Sie wieselte in die Küche. Jens gab Franziska die mit Tuschefarben bekleckste Hand; er war etwa fünfzehn, hatte eine Igelfrisur und trug um den Hals ein Kettchen mit einem Madonnenbild (er hat jetzt seine katholsche Tour, der Fläz, schrie Frau Bornemann aus der Küche), und Fred, ein ABC-Knirps mit runden schwarzen Augen, machte einen drollig übertriebenen Diener und blinzelte Franziska zu, und dann kam Herr Bornemann herüber, der im Nebenzimmer vor seinem Aquarium gesessen hatte; er war im blauen Turnhemd, und man sah den dichten schwarzen Haarpelz, der Brust und Rücken und Schultern bedeckte; er hielt den linken Ellenbogen steif abgewinkelt, Silber, sagte er, ein Gelenk aus Silber, am 17. Juni hat's mich erwischt, Leipziger Hauptbahnhof, ein Schuß in den Ellenbogen, trotzdem, bei der Armee war meine schönste Zeit, ich hätte Offizier … Wollen Sie mal die Schleierschwänze sehn? und die Muscheln, Sie werden's nicht glauben, neulich kratz ich eine Muschel ab, die hat doch wahr und wahrhaftig eine Perle –

Perle, schrie Frau Bornemann aus der Küche, daß ich nicht lache, so'n trübes Tröppchen, das nennt der Mann Perle … Und nun branz noch damit, daß du Brigadier bist und Parteisekretär und Schiedsrichter bei euren Pistolenschützen und auf allen Hochzeiten tanzt, und ich kann mich im Haus abeschpern, dafür werd ich ja bezahlt, Wischfrau, und du der ganz Große …

Ach, halt die Gusche, sagte der Mann, aber leise, und ging zurück zu seinem Aquarium, und der kleine Fred schnitt eine Grimasse und sagte wie tröstend: Die heddern sich allewege, Fräulein, und Jens zuckte nur die Schultern, beschämt? gleichgültig? und beugte sich wieder über seinen Zeichenkarton, goldener Strand, Kokospalmen, Katamaran in blauer Südseebucht.

Frau Bornemann goß Kaffee ein und warf zwei Stück Zucker in Franziskas Tasse. Schwarz, heeß und süße, wie wir in Sachsen sagen. Sie war noch kleiner, noch magerer als Franziska; sie war drei oder vier Jahre älter und hatte die Krähenfüße, die vorzeitigen Runzeln, die rauhe Haut einer Frau, die von Kindheit an hart gearbeitet hat. Sie hatte sich draußen flink umgezogen, eine großblumige Bluse, vermutlich selbst geschneidert aus einem abgelegten Kleid. Sie war nicht hübsch mit ihrer Sattelnase und dem breiten, sich schlängelnden Mund, aber das vergaß man über ihren lebhaften grauen Augen, dem quicken Wesen, ihrer Art zu erzählen, deftig, anschaulich, in einem mit den eigentümlichsten Ausdrücken gespickten Dialekt, der Franziska mehrmals zwang, wie bitte? zu fragen – übrigens die einzigen Worte, die sie in den Redestrom werfen konnte, zwei Steinchen, die spurlos, ohne Wellenringe, versanken.

Nach einer halben Stunde kannte sie die Lebensgeschichte der Bornemann: sechs Kinder zu Haus, jedes von einem anderen Mann (meine Mutter – ich sag's, wie es ist: sie war nicht besser als eine Nutte); die kleine Else bekommt mehr Schläge als Brot, sie liest gern, ihre Mutter zerfetzt die geborgten Bücher; in einer Kleinstadt, in der jeder von jedem weiß, werden die Kinder dieser gewissen Person verhöhnt, auf dem Schulhof geprügelt, und leben selbst, wie vergiftet von der Luft zu Hause, untereinander wie Hund und Katze; der Älteste meldet sich zur SS und wird später wegen Kriegsverbrechen in der Sowjetunion verurteilt; zwei werden ordentliche Arbeiter, einer vergammelt und schlägt sich als Gelegenheitsarbeiter durch; der fünfte läuft weg, wird von der Polizei aufgegriffen, in ein Heim eingewiesen, darf lernen, macht Abitur, studiert, ist heute leitender Mitarbeiter im Außenhandel, Polygraphie, mit einer Ärztin verheiratet, feine Leute, sie haben ein Auto, ein Haus in Wilhelmsruh, Weihnachten schickt er seiner Schwester eine Karte; Else muß mit vierzehn von der Schule, trotz guter Zensuren, sie muß Geld verdienen (das ihr die Mutter bis auf den letzten Pfennig abnimmt), sie arbeitet in einer Tuchfabrik, der Meister ist freundlich zu ihr, er schenkt ihr Seidenstrümpfe, eine Bluse, Ohrringe, zum erstenmal bekommt sie etwas geschenkt, und sie ist dankbar für Freundlichkeit; mit siebzehn wird sie schwanger, sie geht aus der Fabrik weg, in der die Mädchen auf ihren Bauch starren: das mußte ja passieren, die kommt nach der Mutter; der Meister zahlt, aber von Heiraten ist keine Rede; sie gibt das Kind in Pflege, verläßt das Städtchen, arbeitet im Bergbau, Uran, später als Hilfsschlosser in einem Leipziger Betrieb, treibt sich abends in Tanzlokalen herum, wär verschüttgegangen, sagt sie heute, hätte sie nicht durch unglaubhaften Zufall ihren Vater gefunden, ehemaligen Seemann (den Franziska sich vorzustellen hat, sagt die Bornemann, wie entstiegen aus einem Roman von Joseph Conrad), jetzt ein todkranker alter Mann, der liest, malt, über seine Reisen schreibt, nur für sich, mit gestochener Handschrift in einem karierten Rechenheft. Sie fährt ihn im Rollstuhl durch einen Park, sie sprechen über Bücher, über fremde Länder, Städte, Häfen, über Elses Kindheit; sie zieht zu ihm, sie holt den kleinen Jens, der tagsüber zu Füßen des Alten spielt, Sindbads Abenteuern lauscht und krakelig jene Häfen malt und Schiffe, Brotbäume, Wale unter sprudelnder Atemfontäne.

Else ist dreiundzwanzig. Abendschule, ein Studium? Acht Klassen, Brotarbeit, ein Kind, der Kranke mit seiner kümmerlichen Rente. Aber du hast das Zeug dazu, sagt ihr Vater. Ärztin? Lehrerin? Für mich ist es zu spät. Der Traum vom Fliegen, jede Nacht, Aufschwung, die Drähte und Netze, Verstrickung und Absturz.

Im Betrieb ist ein neuer Parteisekretär, dieser Bornemann mit dem steif abgewinkelten Ellenbogen, ein Dunkler, Dunkeläugiger. Die Frauen in ihrer Abteilung wissen gleich Bescheid über den Hübschen: aus der Armee entlassen, geschieden, ein Kind, das bei der Frau geblieben ist, Junggesellenbude in Gohlis. Eine Bude, über die sich Else zwei

Monate später mit Besen und Scheuerhader hermacht, Männerwirtschaft. Wenigstens hat er bei der Armee gelernt, Knöpfe anzunähen, seine Strümpfe zu stopfen. Sie zankt mit ihm über baumelnde Knöpfe und über seine Partei, sie fragt ihn nicht und nicht sich selbst, warum er gerade auf sie verfallen ist, ein dürres, unhübsches Mädchen mit einem unehelichen Kind: sie ist es zufrieden, daß sie nun noch einen dritten zu versorgen hat. Sie wird wieder schwanger. Sie heiraten erst, als der alte Mann gestorben ist. Die Stadt ist ihr verleidet, sie packt ihre Siebensachen zusammen, die Bücher, Schulfotos, das von einer Nachbarin hergeschenkte Gitterbett für den kleinen Fred und, in einem kunstledernen Mäppchen, die Schreibhefte ihres Vaters; sie ziehen nach Neustadt, in diese Wohnung hier, mit Bad! mit Fernheizung und Einbauküche! mit dem gekachelten Bad für unsereins, der sein Lebtag gehaust hat, schlimmer als das liebe Vieh, in einer Hofwohnung, Außenklo, die Küche ein rußiges Loch, winters eisverkrustet (am Samstag wurde gebadet, in einem Waschzuber), dann möbliert, das Zimmer ein finsterer Tunnel mit Blick auf eine Brandmauer, später im Mansardenstübchen des Alten, wo Regen durchs Gebälk tropfte, Wasser von den Wänden rann …

Sie bleibt zu Haus, sie hat genug gerackt all die Jahre, sie hat ein Recht, sich endlich mal auszuruhen … ausruhen, sagt sie bitter, mit geschlängeltem Mund: die Kinder, der Haushalt, ein Mann, der den Kranken spielt, dabei, er lädt sich tausend Funktionen auf, immer vorneweg, immer die große Gusche, der Herr Feldwebel, und Franziska sagte halblaut: vielleicht braucht er das, um sich nicht invalid zu fühlen.

Escha, sagte Frau Bornemann. Sie goß Franziska die dritte Tasse Kaffee ein. Man muß sich mal aussprechen … Franziska blickte verstohlen zur Uhr. Halb sieben. Um sieben kannte sie die Chronik des Hauses, die Koordinaten Freundschaft, Spannung, Abneigung von dieser zu jener Familie, von der ersten zur vierten Etage, und wußte, wer spätestens eine Woche vor der Abschlagszahlung Geld borgen geht, ferner: daß einer der rothaarigen Koslowski-Lümmels ein Verhältnis mit der runden, rosigen Frau aus der vierten hat (wenn der Senkbeil, der Hampelmann, ahnungslos zur Frühschicht geht, kriecht der Bengel ins angewärmte Nest); daß der Ingenieur zwei Autos fährt, Wartburg und Trabant, eins für Dienstreisen, und mit den Kilometergeldern trickst; daß die Roeder knapp dreißig ist, aber verbraucht und übernervös, wie eine Schlampe rumläuft, dabei ihre Kinder ordentlich hält, verwöhnt, mit Spielsachen überschüttet, diese Rotzgören, die sich jetzt schon über sie lustig machen, weil sie kaum schreiben und nur mühsam buchstabieren kann – verwöhnt, wie gesagt, aber prügelt wie von Sinnen wegen einer Lüge, einer kleinen Unredlichkeit, sie selbst die ehrlichste Person von der Welt, die noch einen Pfennig abliefern würde, den sie auf dem Pflaster findet: sie verliert den Kopf, wenn die zweite einen Lutscher in der Kaufhalle klaut, wenn der Älteste ihr Geld aus dem Portemonnaie stiehlt, bloß, der hat schon längst keine Angst mehr, der schlägt zurück, ›Saue‹ schreit er sie an … arme Frau, die ihren Mann nicht vergessen kann: der einzige, der immer gut zu mir war, sagt sie, und war doch ein feinerer Kopf und fix im Lesen und Schreiben und wollte sogar auf Ökonom studieren; ferner: daß die Stüwes im Erdgeschoß ganz brave Leute sind, die Frau hält die Wirtschaft zusammen, obschon sie jedes Jahr schwanger ist, weiß Gott, wie das Männlein an diese Wilde geraten ist, denn das soll sie gewesen sein: eine wilde Schönheit, und die Mädchen, die schwarzmähnigen, kommen nach ihr, dreizehn, vierzehn Jahre, aber reif wie siebzehn und jeden Abend im Hausflur, vor der Tür mit einem Schwarm von Anbetern; daß die junge Frau im dritten Stock kein Kind austragen kann und schon zwei Fehlgeburten hatte, übrigens nette und stille Leute, sie Sekretärin, er Schlosser im Kombinat, er hat mit Bornemann die Rosen vorm Haus gepflanzt, sie sind verrückt nach Blumen, ja, alles Gute im Leben ist nicht beisammen, Trabant, Kühlschrank, Waschmaschine, Fernseher, die Wohnung ein Schmuckkästchen, bloß, wenn andere ein rotes Kreuz in den Kalender machen, dann malen sie ein schwarzes, gewissermaßen …

Franziska war aufgenommen worden. Der Luftschacht zwischen Bad und Küche machte sie zum Zeugen von Familienzwist, Badewassergesängen, Berichten über einen Arbeitstag, Andacht des Abendbrots, Liebesspiele der rosigen Frau Senkbeil mit dem Rotschopf, der ihr im lauen Bad den Rücken schrubbte, Palaver über Geld, Kinder, die Nachbarn, eine Havarie in der Brikettfabrik, Kino oder Fernsehen, Was-machen-wir-am-Sonntag.

Nach drei Wochen borgte Frau Roeder zehn Mark bei ihr (die sie am Lohntag sofort, noch vorm Einkauf, zurückbrachte), borgte Franziska Mehl bei den Bornemanns, borgten die Bornemanns Eier bei Franziska, überwarf sie sich zum erstenmal mit dem Ingenieur, Radiogebrülls wegen, hatten alle Nachbarn, unter den erstaunlichsten Vorwänden, ihre Wohnung besichtigt und die anstößige Olympia, die man ihr dennoch verzieh (eine Künstlerin, was wollen Sie ... aber sonst ganz normal), nagelte Becker, der Zimmermann, ihr eine neue Kellertür zusammen, schwätzte sie mit seiner lustigen, nachlässig blondierten Frau im Treppenhaus, kannte ihre Sittiche bei Namen und sammelte in der Kantine Knöchelchen für den kronprinzlichen Spitz, schlichtete Streit bei den Bornemanns, hörte zum dutzendstenmal den Traum vom vergeblichen Flugversuch (und glaubte Unruhe zu hören, Verlangen nach draußen), Haushalt-Abenteuer, Klagen über Migräne, Vorwürfe wegen der Stadt, Langeweile, kein Kino, lachte nicht mehr über die Flottenparade von Pumps, Stiefeln, Kinderschuhen vor jeder Korridortür und wäre eines Nachts beinahe übers Geländer, in den Treppenschacht gestürzt worden, weil sie schlaftrunken und barfuß zu Hilfe kommen wollte (wem?), als der runde rosige Senkbeil einmal zu früh heimgekommen war, sein Bett belegt gefunden hatte und sich mit den beiden Rotschöpfen prügelte, treppauf und treppab, Franziska Blutspritzer an der Wand sah und nach der Polizei schrie, folglich drei Männer gegen sich hatte (schmeißt das Stück übers Geländer!), während die Witwe Koslowski in ihrer Tür stand und barmte, ich hab's gewußt, nichts als Kummer mit den Jungs, ich hab's gewußt, und Bornemann und der kleine Dürre und der Zimmermann herbeistürzten, in Unterhosen oder Bademantel – zu spät, denn eben krachte der Liebhaber in den splitternden Spiegel, war wüst zerschnitten, Frau Senkbeil wimmerte Mord, und ihr Mann, plötzlich ernüchtert, lief um Heftpflaster, und beide Familien verschwanden hinter der Tür und tranken Versöhnungsschnaps bis zum Morgen.

Die Sonntage ... Hafenkonzert. Bratenduft. Autoputz. Ein Schläfchen nach dem Mittagessen. Und jetzt? Und wohin? Auf dem Sportplatz gegenüber dröhnt der Lautsprecher, durchs Gitterwerk der Pappeln sieht man schwarzgrüne, rot-weiße Figürchen jagen, zappeln, sich überkugeln. Kindertrompeten. Brunstschrei, ein hundertstimmiges Stöhnen, *Tooor.* Jens fährt mit dem Rad an den See. Der Zimmermann ist schon im Morgengrauen aufgebrochen, mit Rucksack und Angelrute. Seine Frau klemmt sich froschgrüne Clips ins Ohr und spaziert die Magistrale entlang. Frau Bornemann liegt im Fenster und schimpft mit den Gören, die den Rasen zertrampeln. Die drei Schwarzen lehnen am Pappelzaun und lassen sich Beat aufspielen von ihren Troubadours in Texashosen.

Langeweile schleicht durchs Haus wie ein geruchloses Gas. Franziska steht hinterm Fenster, Blick auf die Giebelseite des Nachbarblocks: sie vermißt das Skelett des Bauernhauses, vermißt den Ahornbaum, will nicht vermissen eine Gestalt, dunkel wie die dunkle Baumrinde, das rote Glutpünktchen einer Zigarette. Sie zeichnet: Linien. Sie liest: Buchstaben. Trojanowicz badet im Schwarzen Meer. Sie liegt auf dem Bett, raucht, trinkt Wodka, legt Platten auf, Nachmittag eines Fauns, die Préludes, Sorbas der Grieche. Ben sonnt sich in Nessebar. Tu, solo tu hat sie sich verboten. Liegt also, starrt an die Decke und wüßte, sähe sie sich jetzt im Spiegel, daß sie den Zellenblick hat wie Gertrud.

Sie klingelt bei Bornemanns. Der Alte spielt mal wieder irgendwo den Schiedsrichter, machen wir's uns gemütlich. Kaffee, schwarz und süß. Else trägt wie jeden Sonntag die großblumige, unter den Achseln verschossene Bluse. Was kann ich mir schon leisten? Ein unbezahltes Dienstmädchen. Eine Pro-sti-tu-ier-te. Nana, sagt Franziska. Sie hört höflich, mit vor Überdruß glasigen Augen die Schilderung, wie heute morgen die Milch übergekocht ist, der Topf fast verbrannt, der Herd ... Vater Goriot rettet sie. Mögen Sie Balzac? Aber! ruft Else. Manchmal haben ihre grauen Augen einen Glanz, der ihr ganzes Gesicht zu verjüngen scheint. Franziska holt ihr ein paar Bände Balzac aus ihrer Bibliothek; sie bringt eine Bluse und einen Sommerpulli mit. Nein, das kann ich doch nicht ... Mir sind sie ein bißchen zu eng, sagt Franziska. Frau Bornemann streift den Pulli über und nestelt eine Kette aus Holzperlen um den Hals. Sie trinken Pfefferminzlikör, plötzlich fängt Else an zu weinen, schluchzt und schluckt nicht, die Tränen rollen über ihr Gesicht, in dem sich nur der Mund schlängelnd bewegt, wenn man zehn Jahre später geboren wär, sagt sie, wenn sie einem das geboten hätten wie heutzutage ... Ich geh wieder arbeiten, ich könnte ein Fernstudium – Else, hat mein Vater gesagt, Else, du hast das Zeug dazu.

Sie kramt ihr Zeugnis aus einer Schublade. Lauter Einsen, nur in Rechtschreibung – aber Mathematik, in Mathematik war ich immer die Beste. Ja, sagt Franziska, gehen Sie ins Kombinat und später, vielleicht, ins Rechenzentrum. Und das Geld könnten wir auch brauchen, sagt Frau Bornemann, und plant schon, rechnet schon, hat ihre Haushalt-Abenteuer vergessen, beschwört ihren Vater herauf, ihre Lehrer, die Schulzeit, und dann tauschen sie Fotos aus, das bin ich, und die ist im Westen und hat ein Modegeschäft, und der ist Urwaldarzt, der will ein neues Lambarene, und die Kleine in der FDJ-Bluse, nein, keine Klassenkameradin: unsere Lateinlehrerin, Abitur-Bild, Gott, und wir noch mit Zöpfen, und wenn wir ins Kino, in einen Film für Erwachsene, komisch, mir glaubte auch keiner, also die Haare hochgesteckt und Seidenstrümpfe, Seide? bei uns schon durch, die ersten Nylons aus Westberlin, und wer ist –? Franziska schiebt das Bild unter den Stapel von Fotos. Mein geschiedener Mann. Doch, hübsch. Sie hat keine Lust mehr, Fotos anzusehen, Jugend auf Glanzpapier, fünfzehn Gesichter, fünfzehn Entwürfe, fünfzehn Erwartungen, gebündelt in einem Objektiv. Nein, kein anderer, sagt sie. Allein. Einmal reicht mir. Sie legt die Hand über das klebrige Likörglas. Genug. Ich habe noch zu tun.

Abends hört sie Geschirrklappern, das Schimpfen der

Roeder, Tratsch im Treppenhaus, Kofferradios, Bremsenschrei, wenn der Ingenieur vorm Haus stoppt, Motorräder (aber Ben ist noch, was weiß ich, ist Ben noch in Nessebar?), Fernsehdrama als Hörspiel hinter der Wand, sie schluckt eine Schlaftablette, morgen ist Montag, sie löscht sich aus, ich freue mich auf den Montag, ich freue mich auf,

sie rannte in letzter Minute zur Bushaltestelle, sie drehte sich nicht mehr um, wenn Kipper auf der Straße dröhnten, wenn die Fahrer hupten: hallo, Schöne! Sie mied Magistrale und Kaufhof und kehrte nicht mehr in der *Taube* ein, bei Frau Hellwig, bangte vor Begegnung und wünschte sie herbei, wollte nicht gefunden werden und war verletzt, weil er sie noch nicht aufgespürt, einen Zufall arrangiert hatte. Sie zitterte, wenn sie abends Schritte hinter sich hörte. *Jetzt.* Das Echo von den Häuserwänden narrte sie. Dreht euch nicht um ... Ein Fremder überholte sie.

An einem Oktoberabend stand ein Mann vor ihrer Tür, er hatte das Treppenlicht nicht eingeschaltet, im Halbdunkel sah sie hohe Backenknochen, gebrochene Nase, die Brille im Drahtgestell. Sie tastete nach dem Türpfosten, sprachlos, bis ins Herz getroffen. Er bückte sich nach seinem Koffer. Die roten Haare. Sie warf sich mit dem ganzen Körper gegen ihn. Wilhelm! Er küßte sie auf die Stirn. »Du siehst mich an, als wär ich auferstanden von den Toten. Dabei habe ich dir erst voriges Jahr einen Brief geschrieben.«

»Noch ein Jahr zurück, du Ungeheuer.« Sie erschrak, als sie im Lampenlicht sein Gesicht sah, fahl und gealtert, mit entzündeten Augen, und er vergrub die Finger in ihrem Haar, »die Reise«, sagte er, »ich bin müde, Dame, gebet jetzt mir meine Lagerstatt.« Er ließ sich auf die Couch fallen, das Gesicht nach unten, und zwischen den gekreuzten Armen murmelte er: »Ah, reden wir nicht über den Katzensprung von Wnukowo nach Schönefeld ... Aber vom Bahnhof in Neustadt bis zu deinem Block ... Theseus ohne den Faden der Ariadne. Du hast Kummer, Fränzchen.«

»Ich mach dir Abendbrot«, sagte sie. »Und ich besorge irgendwo eine Luftmatratze.« Als sie zurückkam, schlief er schon, und sie beugte sich über ihn und betrachtete sein ungeschütztes aschgraues Gesicht. Sie griff sich an die Kehle.

Mein großer Bruder, mächtig wie Josua, der die Sonne in ihrem Lauf aufhielt …

Sie löschte das Licht und legte sich auf die Matratze. Sie horchte auf seine Atemzüge.

»Du weinst«, sagte Wilhelm.

»Nein«, sagte Franziska. »Hast du Hunger?«

»Ich bin müde … Franz«, sagte er nach einer Weile, »du hast meine Frau nie leiden mögen … trotzdem, ich dachte, ich sollte dir sagen … Inge ist schwanger.«

»Das hättest du mir auch schreiben können.«

Verhandlungen in Berlin, sagte er beiläufig, zwei freie Tage, eine Laune … Plötzlich würgte sie wieder die Angst wie vorhin, aber sie wagte nicht zu fragen, und Wilhelm schwieg, und nach einer langen Zeit, als sie dachte, er sei wieder eingeschlafen, sagte er: »Gib mir deine Hand«, und sie streckte die Hand aus, und er umfaßte, umklammerte sie, preßte ihre Finger zusammen mit der verzweifelten Kraft eines Menschen, der Schmerzen leidet und Klagen, einen Schrei ersticken will.

»Ich komme zu dir«, sagte Franziska, und sie setzte sich neben ihn, die Knie angezogen, und er legte die Decke um ihre Füße. »Aber frag mich nichts«, sagte er zwischen den Zähnen, »hörst du? frag nichts.«

Sie beschrieb mit einem Finger einen Bogen über seine Stirn, zwei Kreise um seine Augen, »erinnerst du dich an den armen Yorick?« sagte sie. »Und an den Abend, als Django … ich kam zu dir ins Bett … dein verrücktes Radio, BBC, God save the Queen … ich befühlte im Dunkeln dein Gesicht, fühlte Schädel, Augenhöhlen … zum erstenmal ahnte ich etwas von Tod …« Ihre Finger erkannten die Stirnbuckel, die hohen Backenknochen. »Wie ähnlich ihr euch seid«, sagte sie, und Wilhelm, froh um die Ablenkung, lachte leise, »dacht ich mir's doch«, sagte er, »dein Gesicht an der Tür: du hast einen anderen erwartet. Beichte, Fränzchen. Hat er dich betrogen, gibt es einen Liebhaber zu verprügeln, Vendetta zu üben?«, aber sie lachte nicht, sie fiel mit dem Gesicht gegen seine Schulter, »ich hasse ihn, ich wünschte, er wär nicht mehr auf der Welt, ich hasse ihn, weil ich krank nach ihm bin«, und Wilhelm wiegte sie in seinen

Armen, ich gehe zu ihm, sagte er, und Franziska richtete sich auf und schrie: das wirst du nicht tun!, aber sie wußte, daß er es tun würde, und daß sie es wünschte.

Im Morgenlicht sah er noch fahler, noch verfallener aus. Franziska hantierte in der Kochnische; vom gelben Vorhang verdeckt, riskierte ich die verbotene Frage, umwunden und ungeschickt, ich verstehe nichts von deiner Arbeit, sagte ich (und wirklich hatte ich keine Vorstellung von seiner Tokamak, von hochtemperiertem Plasma, von einer stabilen thermonuklearen Reaktion, auf die seine Gruppe hinarbeitet, hinlebt und die zum erstenmal zu beobachten, sei's nur für eine winzige Zeitspanne – ah, der gewaltigste, der schönste Augenblick ihres Lebens, ein Tag in naher Zukunft, zwei oder drei Jahre, eine Tat, vergleichbar höchstens mit der Tat des Prometheus, mit dem Tag, als er den Göttern das Feuer raubte ...), ich kenne Anlagen wie eure Tokamak nur aus Filmen und eure Forschung nur aus Büchern, Romanen, Dokumentarberichten, aber ich weiß genug von diesen verdammten Strahlen, von möglichen Unfällen ... Ich horchte, Wilhelm sagte nichts und rührte sich nicht. Der Kaffee sprudelte über und verbrühte mir die Hand, und ich schrie auf, und Wilhelm brach in ein wüstes Gelächter aus, eine Hausfrau lebt gefährlicher als ein Kernphysiker, und lachend dozierte er über statistische Erhebungen und Unfallquoten, die Fußangeln, Fallstricke, Gefahren eines Haushalts, Mördergrube, wollte man ihm glauben, gegenüber einem Forschungszentrum mit seinen Stahltüren, Bleikammern, Geigerzählern, und immer noch redend, schwadronierend, kam er in die Kochnische, kramte in Schubfächern, allerdings, sagte er wie nebenbei, an Gewürzbüchsen schnuppernd, allerdings, am Anfang und als wir noch hier arbeiteten, wir waren jung und leichtsinnig, möglich, daß einer oder jeder seine Portion R abbekommen hat, verdammte Wirtschaft, wo ist das Mehl?, und dann fand er Mehl und stäubte es über meine Hand, Mehl auf Brandblasen, ein Hausmittelchen der Großen Alten Dame, weißt du noch?, war geschäftig und trieb Clownerien, Balanceakte mit Tassen und Tellern, und ich dachte, wie ähnlich wir uns sind, verwandt auch in der Fähigkeit, über Nacht, im Schlaf uns Kraft zuwachsen zu lassen für einen Entschluß: er war entschlossen zu verschweigen.

Ich kam früher als gewöhnlich nach Hause, Wilhelm schlief, die roten Haare wirr in der Stirn, der streng von Falten zerschnittenen, als grübelte er noch im Schlaf über einer Formel. Er war aber ganz lustig, als er aufwachte – sofort, als habe er sich mit einem Ruck aus einer trüben Umschlingung befreit –, und beim Kaffee erzählte er von Dubna und von seinen russischen, englischen und französischen Freunden, von den schweigsamen, ungeheuer fleißigen jungen Chinesen, von Wasserski auf der Wolga und von seinem Wunschtraum, einmal im Akademiestädtchen von Nowosibirsk arbeiten zu dürfen, bei Professor Budker – ein genialer Kopf! sagte er, und ich dachte, daß er den ganzen Nachmittag nicht von sich gesprochen hatte, nicht in der Ichform, immer nur von uns, wir, unsere Anlage, unsere Forschung, und plötzlich sah ich ihn wie vor Jahren und erinnerte ihn und mich an sein mönchisches Zimmer, an den Kreis seiner Freunde, dieser jungen Genies, der neuen Einsteins und Über-Plancks, die sich der Sprache von Medizinmännern bedienten, und Wilhelm lächelte, nicht traurig, auch nicht spöttisch wie über eine Jugendtorheit, nein, sagte er, ich bin kein großer Wissenschaftler geworden, ich habe keine umwälzenden Entdeckungen gemacht, und es wird niemals einen Linkerhand-Effekt geben ... ich bin über die Mitte der Dreißig, für mich ist der Zug durch, und sehr wahrscheinlich ist auch die Zeit der Großen Einsamen Männer vorbei und die Zeit der grundsätzlich neuen Erkenntnisse in der Physik ... enttäusche ich dich sehr, meine ehrgeizige Schwester? Ein guter Mann in einem guten Team, nicht mehr und nicht weniger ...

Es dämmerte, und er sagte, er wollte noch durch die Straßen bummeln, verbat sich aber, daß ich mit ihm ging, und ich widersprach nicht (ahnte ich nicht schon, welche Straße, welches Haus er suchte?), blieb also, wartete, saß der Uhr gegenüber, einem höhnischen Zeiger, einem Zifferblatt, das langsam ergraute, saß im Dunkeln, bis er zurückkam – allein? dachte ich, als er klingelte und mit der Faust gegen die Tür hämmerte: er war allein und roch nach Kognak;

diese Ähnlichkeit, sagte er, während er seinen Pelzmantel über einen Stuhl warf, unheimlich, als ob du unvermutet deinem Spiegelbild gegenübertrittst. Er schien sehr zufrieden, wirklich ein bemerkenswerter Mann, sagte er, und ich sagte: wahrscheinlich gehört er in die Kategorie von Leuten, die deine verdammte Quantenmechanik begriffen haben, und Wilhelm merkte immer noch nichts, bestätigte bloß: in der Tat, Kategorie eins, und gab ihr Gespräch wieder, stundenlang, Feldtheorie, Synthese eines Elementarteilchens 105 ... interessant. Ich sterbe vor Ungeduld, ich beiße mir auf die Lippen, ich will nicht fragen (war er allein? wie sieht er aus? habt ihr von mir –?), Wilhelm redet, zum Teufel mit allen Elementarteilchen der Welt, ich unterbreche ihn endlich, du riechst nach Schnaps, sage ich zänkisch, und Wilhelm ist irritiert, ich bitte dich, zwei oder drei Kognak, er stutzt, er grinst, kleine Idiotin, sagte er: er saß am Fenster, kein Licht im Zimmer, eine Südsee-Schnulze, er war – nun, nicht geradezu betrunken, genügt das?

Er sitzt am Fenster, er trinkt ... Er war allein?

Allein.

Im Morgengrauen brachte sie Wilhelm zur Bahn. Kümmerlicher Wein klammerte sich an Backstein, Ruß sprenkelte die herbstgelben Blätter. Ein grauer Bahnsteig, grau überdacht, krächzende Lautsprecher, Stimme, die deutsch und sorbisch meldete: Einfahrt hat der D-Zug nach Berlin. Wilhelm zog fröstelnd den Pelz über der Brust zusammen ... stand im offenen Pelzmantel auf der Gangway, schrie, was ich nicht hörte im Lärm der Düsenaggregate, Sonne gleißte auf den Tragflächen der TU, mein roter Gorilla, »grüß deine Frau«, sagte Franziska, der Zug fuhr ein, »ich habe vergessen«, sagte Wilhelm, »ein Gruß von deinem –«, Türen schlugen, »wir hätten, ich wollte, komm wieder, ich wünsche dir«, Wilhelm stieg ein, er stand in der offenen Tür, er bewegte die Lippen, ich kann dich nicht hören, Dampf zischte, der Wind drückte Rauchschwaden auf den Perron, ich kann dich nicht mehr sehen, Franziska sprang aufs Trittbrett, sie umarmten sich, war es deine Stimme, mein Bruder, die mich im Absprung erreichte?

Bete für uns.

Sie winkte einem leeren Fenster, und dann verschwammen Fenster, Räder, die roten Schlußlichter, und sie ging zurück über den schwankenden Perron und die schwankende, verschwommene Treppe hinauf, und blind an Schafheutlin vorüber, der vorm Bahnhof wartete und ihr nachging, den langen Weg bis vor die Stadt, ohne sie anzurufen.

Gegen elf begann es zu regnen, ein dünner, stetiger Herbstregen, der die roten Bäume entfärbte, die bunten Kapellenfenster auslöschte, jedermann mißlaunig stimmte, außer Jazwauk, der sein Kofferradio schmettern ließ, bis Schafheutlin mit beiden Fäusten gegen die Lattenwand schlug. Gertrud schlampte im zipfelnden Rock, die starren Puppenwimpern rahmten rotunterlaufene Augen, sie riß halbfertige Briefe aus der Maschine und fluchte wie ein Landsknecht.

»Ihr Schützling«, sagte Schafheutlin hinter der angelehnten Tür, »sie geht zu weit … noch halb betrunken zur Arbeit –«

»Das erste Mal, soweit ich weiß.«

Schafheutlin erwartete Widerspruch, als er von Kündigung sprach; er war befremdet, womöglich enttäuscht, als Franziska die Schultern zuckte. »Wie Sie meinen«, sagte sie gleichgültig.

Hatte Gertrud sie belauscht? Sie fluchte nicht mehr, sie saß still vor ihrer Maschine, die Hände mit gespreizten Fingern auf den Tasten, Hände wie erlegte Tiere, dachte Franziska. Sie fühlte Gertruds Blick auf ihrem Nacken, einem genau bestimmbaren Punkt, schien ihr, und in ihrem Zimmer griff sie unwillkürlich über die Schulter und rieb die Haut Ihres Nackens. Ich glaube, ich ahnte in diesem Augenblick schon, was mit mir los war, und wußte es spätestens an jenem Abend in Schafheutlins Büro … Er stand vor der Wandkarte, er deutete mit dem Lineal auf die schraffierten Flächen künftiger Parkplätze, »der rothaarige junge Mann«, sagte er, und ich: »die Parkplätze sollten wir außerhalb des Zentrums –« und er: »Sie brachten ihn heute morgen zum Bahnhof.«

»Mein Bruder«, sagte ich, und Schafheutlin erwähnte den Mantel, als habe ihn nur dieser Pelz verwundert, und ich sagte: »Er friert ... und er ist immer müde.« Schafheutlin drehte sich um und sah mich an. Mir wurde die Kehle eng, ich sah Wilhelm wie gestern, aschfahl, die Haare wirr in der Stirn ... »Er schläft immerzu ein, verstehen Sie? er schläft –« und Schafheutlin sah mich unverwandt an, nein, er verstand es nicht, und seine Ahnungslosigkeit verletzte mich, und ich dachte, mein Bruder ist krank, und ich habe meinen Geliebten verloren, und ich bin verbannt, ich habe mich verbannt in diese Kleinstadt, in diese schäbige Baracke, und arbeite wie verrückt, schäbige Kleinarbeit, und sie verstehen einfach nichts und zerren an mir herum, Gertrud und die Bornemann und Schafheutlin, jeder auf seine Art, und plötzlich hatte ich ein boshaftes Verlangen, mich zu rächen, einen anderen zu verletzen, und gleichzeitig wünschte ich, mir wäre alles egal, du wärst mir egal und mein Leben hier, und dabei spürte ich, der eine wie der andere Wunsch war miserabel, und es war miserabel, daß ich mich bedauerte, weil das Leben nicht mit mir umging, wie ich es erwartet hatte, nicht liebenswürdig und nicht großartig, und ich fühlte mich ganz elend, und trotzdem fing ich an zu lachen und zeigte auf die Teufelsmaske und sagte: »Was soll's mit dieser schrecklichen Fratze?«

»Schrecken«, sagte Schafheutlin: »Dämonen und böse Geister. Ein alter Brauch in dieser Gegend. Silvester, Ostern, Sonnenwende, womöglich Mariä Himmelfahrt – sie lassen keine Gelegenheit für Feiern und Umzüge aus, gar nicht zu reden vom Karneval.« Uhlenhorst-Dorf, erzählte er, sei wie viele Dörfer ringsum streng katholisch, der Karneval sehenswert, drei Tage keine Arbeit, drei Tage Tanz in allen Sälen; er erzählte vom Osterreiten, Kirchenfahnen, Bittgesängen der jungen Männer zu Pferde (in dem Dörfchen W., erinnerst du dich, Ben: bestickte Seide, die schweren Gäule, *Gloria*, Ritt um die Kirche, in der ich einmal ... vor der wir die Tafel entdeckten, *Jesus ruft Dich*, und den Anschlag des Vikars, Mahnung an seine Schäflein, einen gewissen englischen Film zu meiden, weil er wie selbstverständlich voreheliche Beziehungen darstelle, und schon gar nicht diesen sowjetischen Physikerfilm, und wirklich saßen wir mutterseelenallein im Kino ...) und vom Streik eines

Dorfes, zur Erntezeit, weil der Bürgermeister – ein Fremder natürlich, Parteimann, verkappter Luzifer – ein Transparent über die Dorfstraße hatte spannen lassen:

Auch ohne Gott und Sonnenschein
bringen wir die Ernte ein.

Streik und Aufruhr also der Bauern, die wir Allerseelen zum Kirchlein wallfahrten sahen, die Frauen unterm schwarzen Wolltuch, die Männer in schweren, schwarzen, nach Truhen riechenden Anzügen … »Und sie tanzen mit diesen Masken? Setzen Sie auf. Bitte.«

Schafheutlin zögerte. »Nur einmal«, sagte ich sanft. Er nahm die Maske vom Schrank und blies Staub von Gehörn und Hauern und stülpte sie über den Kopf, und ich sagte: »Den Tanz. Bloß ein paar Schritte. Bitte, Horst«, und er begann sich zu drehen und stampfte und drehte sich stampfend im Kreis, ein Mann im korrekten Anzug und über Hemdkragen und Krawatte ein Ungeheuer in grellem Grün, Rot, Schwarz, augenlos, Hauer im grinsenden Maul, und ich sah den stummen, stampfenden Tanz, und jetzt wußte ich, was ich über mich wissen mußte, und ich wünschte, ich könnte ihm die Maske herunterreißen und sein Gesicht wiederfinden, und ich hatte Angst, daß es nicht mehr das gleiche Gesicht war wie vor ein paar Minuten, und ich konnte es nicht mehr ertragen, mein Kopf dröhnte, meine Hände flogen; sagte ich, schrie ich etwas?, er blieb stehen und nahm die Maske ab: eine lächerliche Papphülle, grob bemalt; er wischte sich den Schweiß von der Stirn, »ich habe Sie erschreckt«, sagte er.

»Verzeihen Sie mir«, stammelte Franziska. Schafheutlin drehte sich zur Wandkarte um, und nach einer Weile sagte er: »Sie sind krank, ich bringe Sie nach Hause.« Er öffnete den Schrank; es war eng im Büro, und sie standen dicht nebeneinander und sahen sich im Spiegel der Schranktür an, und Franziska schlug die Augen nieder.

Zwei Tage schleppte sie sich fiebernd zur Arbeit, verschlief den Sonntag und verspätete sich am Montagmorgen. Vor dem Haus hielt Jazwauks Wagen. Schafheutlin kam ihr entgegen. »Wir haben vor zehn Minuten einen Anruf bekommen. Gertrud ... sie ist verunglückt.« Er umfaßte ihren Oberarm und führte sie zum Wagen. Sie beugte sich über den Vordersitz und drehte ihr Handgelenk, so daß er die Narbe sehen konnte. »Sie wußte Bescheid ... hier ... Mit einer Ahle, sagte sie.«

»Gas«, sagte Schafheutlin.

Vor dem Block hielt der Krankenwagen; die Türen waren schon geschlossen. Ein paar Mädchen standen am Straßenrand, sie stellten sich auf die Zehenspitzen und versuchten, durch das Wagenfenster oberhalb der Mattglasscheibe zu spähen. Der Unfallarzt sprach mit dem Verwalter. Er war ein langer, dünner Mensch mit einem kleinen Kopf, [den] das Haar wie Vogelflaum bedeckte. Schafheutlin stieg aus, und Franziska ging ihm nach, taub für Jazwauks Bitten, der am Steuer sitzen blieb, und versuchte, nicht auf das Rote Kreuz zu blicken. »Mindestens acht Stunden«, sagte der Verwalter. »Heute morgen ... die Mädchen hatten Heimfahrt. Wir haben sie erst heute morgen gefunden. Immer sonntags«, fügte er finster hinzu.

Franziska sagte mit kalter und unpersönlicher Stimme: »Entspricht das auch Ihren Erfahrungen, Herr Doktor?«

»Franziska –«, sagte Schafheutlin.

Der junge Arzt sah müde aus. Sie wiederholte ihre Frage, und der Arzt sah sie an, bitte, sagte er, und sie gingen in das Treppenhaus und lehnten sich ans Geländer, und er zündete sich eine Zigarette an. »Pardon«, sagte er und hielt Franziska die Schachtel hin. »Seit 32 Stunden Dienst ... Sie waren mit ihr befreundet?«

»Ich interessiere mich für die Suizidziffern in Neubaugebieten.«

»Sie wissen, daß ich Ihnen kein Material geben darf.«

»Klar. Krieg ich von niemandem. Keine exakten Angaben.« Sie zog den Rauch ein und hustete, daß ihr Tränen in die Augen traten. »Ich muß mir eben mein eklektisches Bettelsüppchen kochen ... Wie lange sind Sie in Neustadt?«

»1½ Jahre. Lange genug, um ... soviel kann ich Ihnen sagen, im Schnitt haben wir jede Woche zwei Suizide oder Suizidversuche. Das bleibt unter uns.«

»Mehr als ich dachte«, sagte Franziska. Sie setzte sich auf eine Treppenstufe. Der Arzt trat seine Zigarette aus. »Sie müssen darüber nachgedacht haben«, sagte sie. »Vermutlich kennen Sie Briefe, irgendwelche Hinweise ... wenn Sie gelegentlich Zeit für eine Unterredung hätten –«

Er nickte, er beobachtete aufmerksam ihre glänzenden Augen. »Haben Sie heute früh Fieber gemessen?«

»Mir geht es fabelhaft«, sagte Franziska.

»Männer wie Sie haben Preußen groß gemacht«, sagte der Arzt. Sie stand auf, sie hielt sich am Geländer fest. »Würden Sie mit mir raufkommen?« Sie stieg die Treppe hinauf, und er ging ihr nach, zwei Stufen hinter ihr. Die Fenster in der Küche standen weit offen. Im Flur und in der Küche hing noch ein schwacher Gasgeruch. Ein Küchenschemel lag am Boden, und Franziska bückte sich und stellte den Schemel neben den Tisch. Sie fragte mit der unpersönlichen Stimme wie vorhin: »Ein Brief? Irgendein Zettel?«

»Nichts«, sagte der Arzt.

Sie blickte sich in der Küche um. Die Einheitsmöbel. Der fettige Herd. Schmutzige Tassen im Abwaschbecken. Ein Honigglas. Die Scheibengardinen.

Unterm Fenster, einen Fuß hoch über der Scheuerleiste, war die Wand zerschabt, blasse blaue Kratzer im blauen Anstrich, Linien, Parabeln wie unleserliche Schriftzeichen. Die Spuren deiner Fingernägel, du hast dich gewehrt, gegen wen hast du dich gewehrt? Sie fiel gegen den Herd, und der Arzt fing sie auf und trug sie die Treppe hinab.

Ich versuche drei Tage zu erinnern, Gesichter, Schatten, geflüsterte Worte ... Mein Zimmer: ein hochbordiges Schiff, ich liege auf Deck, es ist heiß, sanfter Wellengang, und gleichzeitig sehe ich es von außen, weitab auf einer Treppe sitzend, die zum Meer, ins Meer hinab führt, und die Wellen überspülen meine Füße, und ich erkenne die bunten Wimpel am Mast und den wie ein Schwanenhals hochgebogenen Bug. Ich blättere in meinem Märchenbuch und suche das Bild: Kratzer haben die Wimpel zerfetzt, Fingernägel das Schiff aufgeschlitzt, Gesichter verstümmelt: unversehrt ist nur der Kopf der kleinen Seejungfrau unter dem Kranz von weißer Gischt.

Sie begreifen nichts ... Es ist dunkel. Man hat die Vorhänge zugezogen. Man hat mir Pfennige aus Blei auf die Augenlider gelegt. Man muß die Vorhänge zurückziehen, die Fenster aufreißen, schreien ... Meine Schuld: Ich habe sie allein gelassen, es ist meine Schuld. Einmal beugt sich ein Gesicht über die hohe Reling, naß von Schweiß oder von Tränen. Ich rufe dich, Ben! Es ist nicht dein Gesicht. Ich habe dich bei deinem Namen gerufen, du bist nicht gekommen.

Am vierten Tag trieb sie langsam an die Oberfläche des Bewußtseins. Sie verließ widerstrebend ein Element, das sie fest und weich umschloß und in dem bald heller, bald dunkler grüne Lichter spielten und Luftblasen aufstiegen wie kleine weiße Bälle, von einer müden Hand geworfen.

Schafheutlin saß neben ihrem Bett. Frau Bornemann wischte den Fußboden. Schafheutlin streifte verstohlen den schwarzen Flor vom Ärmel und steckte ihn in die Tasche. Ihre Lider flatterten; in den trüb gelben Augen las er Furcht und Mißtrauen. Er probierte einen Scherz im onkelhaften Ton, der ihm mißlang; er sagte sachlich: »Sie hatten Fieber. Einen Grippeanfall. Sie haben lange geschlafen.«

Sie drehte den Kopf zur Wand. »Habe ich etwas gesagt?«

Er zögerte. Frau Bornemann machte ihm Zeichen mit zehn beredten Fingern und schlängelndem Mund. »Einmal ... einmal sagten Sie: Bei jedem Schritt war ihr zumute, als ginge ihr ein Messer durch den Fuß.«

»Sonst nichts?«

»Nichts«, sagte er fest. Man hatte den Tisch an ihr Bett gerückt. Auf dem Tisch stand, in einem schwarzen Krüglein, eine Orchidee, ein lila und weiß und violett gesprenkelter Frauenschuh. »Die hat einer für Sie abgegeben«, meldete Frau Bornemann.

»Keine Karte?«

»Er war mit dem Motorrad, er holte sie unter seiner Windjacke vor.«

»Werfen Sie sie weg«, sagte Franziska.

»Aber die hat mindestens fünfzehn Mark –«

Franziska zerdrückte die Orchidee in der Hand, fühlte platzende Haut und fleischlich Weiches, sie würgte und erbrach sich, und Schafheutlin hielt ihren Kopf und wischte ihr mit seinem Taschentuch den Mund ab.

Nach einer Woche ging sie wieder zur Arbeit. Im Vorzimmer saß eine fremde junge Frau. Niemand erwähnte Gertrud, aus Schonung? aus Vergeßlichkeit? Das Mädchen mit den Puppenwimpern war fort, so endgültig, als habe es nie existiert. Franziska saß an ihrem Schreibtisch und horchte auf das flinke Maschinengeklapper nebenan. Wenn ich das jeden Tag hören muß, jeden Tag, von morgens bis abends ... Sie gewöhnte sich an den neuen Rhythmus und an eine neue, leisere Stimme, die sie zum Herrn Stadtarchitekten bat.

Auch sein Zimmer schien ihr neu oder verändert zu sein, bis sie bemerkte, daß etwas fehlte: die Teufelsmaske grinste nicht mehr vom Schrank. Schafheutlin stand vor seiner Wandkarte, die Arme hinterm Rücken verschränkt, er sagte sofort und im trockenen Ton: »Der Bau des Stadtzentrums ist auf unbestimmte Zeit verschoben worden.«

Franziska setzte sich auf einen Stuhl. »Nein, das ist moralischer Totschlag. Das können Sie nicht machen.«

Einen Augenblick verlor sein Gesicht den Ausdruck erzwungener Ruhe, seine Stimme den amtlichen Gleichmut. »Ich, ich, ich«, sagte er heftig, »– ja, glauben Sie denn, ich würde nicht auch lieber bauen, wie wir es geplant haben und für uns gebaut an hundert Abenden? glauben Sie, ich habe mir nie gewünscht wie Landauer, später einmal durch meine Stadt zu gehen, in einem Theater, auf Terrassen zu sitzen, den Leuten zuzusehen und denken zu dürfen: das ist dein Werk, dafür hast du gelebt, und es hat sich gelohnt ... Glauben Sie, mir sind Ihre Träume fremd, nur weil ich verlernt habe, sie zu deklamieren? Ich habe dutzendmal so dagesessen wie Sie jetzt und Enttäuschungen schlucken müssen, und Sie werden noch dutzendmal so dasitzen, und Sie werden es lernen, Schläge einzustecken ohne pathetische Schreie ... Gehen Sie an Ihre Arbeit. Keine Diskussion, bitte. Die Entscheidung ist auf höherer Ebene gefallen.«

Sie ging gehorsam in ihr Zimmer zurück; sie verhielt sich den ganzen Nachmittag still. Einmal sah er sie vor dem weißen Modell stehen, sie rückte an einem spiraligen

Bäumchen, und als sie den Kopf hob, begegnete er dem Blick ihrer harten gelben Augen, und er mißtraute Stille und Gehorsam. Er sagte nichts. Er zog unauffällig die Tür zu seinem Zimmer zu, als er sie nebenan diktieren hörte: Briefe an den Bürgermeister, an Kreisleitung und Bezirksleitung, überflüssige Briefe, wußte Schafheutlin, der die Antworten kannte – keine Baukapazität, anderweitig gebunden, wichtigere Objekte –, ehe sie gestempelt und unter amtlichem Briefkopf seinen Adjutanten erreichten.

Sie kenne kein wichtigeres Objekt, schrieb Franziska zurück, als vierzigtausend Menschen, die seit Jahren warten, seit Jahren vertröstet werden auf Läden und Kinos, auf eine freundliche und glanzvolle Perspektive. Die Antworten fielen knapper und schärfer aus. Ihre Bitten um persönliche Aussprachen wurden abschlägig beschieden. Sie wurde lästig. In der Altstadt sah sie den Bürgermeister; er wechselte auf die andere Straßenseite. Baron Schulze von der Kreisleitung frostete sein lehmfarbenes Gesicht ein; der Hecht stieß durch einen Stichlingsschwarm davon. Geben Sie auf, sagte Schafheutlin, warten Sie ab; in zwei oder drei Jahren ... Sie klopfte mit den Absätzen auf den Fußboden. Nein, heute.

Sie schrieb einen Artikel für die Bezirkszeitung, der nicht gedruckt wurde. Ein Redakteur rief sie an. Sie schüren Unzufriedenheit unter unseren Menschen. Das war meine Absicht, sagte sie. Er hatte eine junge und eifernde Stimme, und Franziska legte den schnatternden Hörer auf den Tisch und rauchte und hörte Wortbrocken, Einsicht und gegenwärtige Situation, und blickte aus dem Fenster, hinter dem ein Vorhang aus grauen Regenschnüren hing, und nach einer Weile drückte sie auf die Gabel, ach, halt die Schnauze, sagte sie.

Schafheutlin tickte mit einem Kugelschreiber auf die Tischplatte, Funkspruch und verschlüsselten Tadel. Die neue leise Sekretärin sah und hörte nichts, ihr Nacken und Rücken schienen transparent zu sein, keine Schranke für Blickwechsel; sie schrieb vorzüglich und kochte vorzüglichen Kaffee und war so unpersönlich wie ein Rollschrank, und Franziska vermißte Gertrud, ihre rohe Stimme, ihre eifersüchtige Tyrannei, das stotternde Gehämmer der Schreibmaschine, aber wir hüteten uns, jemals ihren Namen auszusprechen.

Schafheutlin bog die nassen nackten Zweige zurück, als sie über den Friedhof gingen. Der Regen troff von den Schwingen und vom Gewand meines Engels. Mir ist zumute, als hätte man mir die Hände abgeschlagen und den Mund geknebelt, sagte ich. Ich lalle, und niemand hört mich. Es dunkelte früh, und wir sahen die Lichter der Stadt am Horizont und die Bögen von blauen Schweißfeuern. Schafheutlin sagte, nun sei es bald an der Zeit, die Dahlienknollen auszugraben und die Zwiebeln der Gladiolen im Keller zu bergen. Die Gittertür kreischte in verrosteten Angeln. Der zähe Regen. Der Wind in laublosen Bäumen, die lange, lange Betonstraße, schwarz vor Nässe. Wer jetzt kein Haus hat, baut sich keines mehr, sagte Schafheutlin. Wir schlugen den Mantelkragen hoch. Und Tulpen? fragte ich höflich. Tulpen bleiben im Boden und Narzissen und Krokusse. Er erzählte den ganzen Weg über von seinem Garten.

Manchmal stand ein Strauß von Chrysanthemen oder tief violetten Herbstastern auf meinem Schreibtisch.

Er schien taub für meine Klagen, hatte dennoch die Hand im Spiel, darauf möchte ich schwören, hatte dennoch die freundliche Intrige gesponnen, die zwei Wochen später den Chefredakteur der Zeitung in unsere Baracke, in mein Büro brachte. Er stieg aus dem schlammbespritzten Auto, klein und hinkend und weißhaarig: Otto Laubfinger, den aber jedermann als Hans kannte, der sich selber als Hans vorstellte: sein Deckname aus den Jahren der Illegalität; er hatte ihn für sich angenommen, er war ein Teil von ihm selbst geworden, wie ein Stück transplantierten Gewebes, und vermutlich las er den Namen O. Laubfinger unter seinen Leitartikeln wie das Pseudonym eines lang Bekannten. Er war laut und munter und besetzte sofort die Zimmer und Schafheutlin und die stille Sekretärin und mich, aber nicht mit der lärmenden Herzlichkeit mancher alter Genossen, die, Miene auf Bruderkuß hergerichtet, aus ihrem Wolga steigen, als hätten sie gestern noch aufrührerische

Losungen in U-Bahnschächten geklebt oder heute morgen mit Hammer und Maurerkelle gearbeitet.

Wir fuhren zu jenem Café in der Altstadt. Hervorragend, krähte Laubfinger und klopfte ihr mit dem gerollten Manuskript auf den Arm, ganz hervorragend, das bringe ich ... Ich. Meine Zeitung. Er kippte Kognak wie Wasser. Seine Handrücken waren mit runden kleinen Narben bedeckt – Prinz-Albrecht-Straße ... das sagt dir nichts ... beim Verhör haben sie ihre Zigaretten ... Ihr, ihr würdet nicht durchstehen, was wir damals ... also, ich bringe das in der Wochenendausgabe.

Franziska holte tief Luft; unterm Tisch erstickte sie die glimmende Zigarette auf ihrem Handrücken, und während sie über das Manuskript redeten, Sätze rückten, während sie einen Witz von O. Laubfinger oder Hans belachte, drückte sie die erloschene Zigarette ins Fleisch. Puerile Prahlerei, Indianerspiel, später wird sie sich schämen und noch öfter als gewöhnlich ihre Hände in den Taschen oder unterm Tischtuch verstecken. O. Laubfinger strichelte mit Rotstift im Manuskript, entschärfen, krähte er, ach was, geh nicht hoch, nur zwei, drei Sätze, du wirst trotzdem noch genug Leuten auf die Krawatte treten. Mich, mich trifft es nicht mehr, ich habe schon mein Verfahren wegen Partisanentum weg, und nächstens werde ich abgeschoben, einen weiteren Orden an der Brust und die stolze Perspektive als Kassierer im Veteranenklub ...

Ein Nachsatz (hat sie sich nicht verhört?): »Zeit, euch Jungen Platz zu machen.«

»Gott schütze uns vor den jungen Mollusken in Ihrer Redaktion oder sonstwo«, murrte sie. »Dann lieber ein verspäteter Partisan.« Ihr Handrücken schmerzte. Plötzlich schien sein Gesicht zu verfallen, die Augen sanken ein, stumpfer Blindenblick, Haut schlotterte unter Backenknochen und Kinn: er ist schon gezeichnet, dachte sie, ein alter Mann, der sich selbst überlebt hat. Sah er sich jetzt mit ihren Augen, nicht länger als im Aufflammen von Magnesiumblitz? Er steckte den Rotstift in die Brusttasche. »Bitte, wie du willst: hier wird nicht geändert oder entschärft. Du weißt, daß du Haare lassen mußt –«, und während seine Hand versucherisch warnend in der Luft hing, auf halbem Weg zur Brusttasche: »Was ist?«

»Okay«, sagte sie, und O. Laubfinger nickte und rollte das Manuskript zusammen, und dann tranken sie noch eine Flasche Kognak, und ein Leutnant Hans irrte noch einmal durch zerschossene Straßen von Madrid, und in einem Schützengraben am Ebro hob er sein Glas und rief: »Salud, Camarados!« und die Bauarbeiter an den Nebentischen lachten und schrien »Salud«, und O. Laubfinger stand vom Tisch auf, seufzend, eine Hand ans Kreuz gedrückt, und schritt in würdevoller Haltung die Front der Bauleute ab, und draußen, hinterm Windfang, gab er Franziska eine Ohrfeige, »du weißt schon, wofür«, sagte er.

»Jawohl«, sagte Franziska, und er küßte sie feierlich auf beide Wangen wie einen dunkelhäutigen Gast am Fuß einer Gangway, »und das«, sagte er, »weil du keine Molluske bist«, stolperte aber über Silben und stieß sich an Wortgittern, und plötzlich fiel oder lehnte er sich gegen die Wand, die Stirn am rauhen Stein. »Veteran«, stöhnte er, »und zum Abschied noch einen Orden mehr und eine Ehrenrente ... und auf meinem Stuhl, hinter meinem Schreibtisch, sitzt dieses – dieser Büroangestellte, jung und selbstsicher und mit dreißig schon dickärschig ... Er weiß nichts von uns ... Ah, Madrid ... Paris ... eine graue Rose, die im Regen erblüht ...«

Am Sonnabend las sie ihre Streitschrift in der Bezirkszeitung. Die Bornemanns brachten ihr eine Rose, die letzte vom Busch vor der Haustür. »Sie haben es denen gegeben.« Wem? dachte Franziska. Schafheutlin? Mir selbst? Auf der Straße grüßten sie Unbekannte. Sie wurde aufgehalten und angesprochen. Danke, Frau Linkerhand, das mußte mal gesagt werden. Die rundliche Frau vom Backwarenstand, die Franziska ohne Häubchen und weißen Kittel nicht wiedererkannte, schüttelte ihr die Hand. »Wenn Sie sich verspäten – ich lege Ihnen immer ein paar Stück von Ihrem Bautzener Mohnkuchen zurück.«

Franziska flüchtete vor dem Wohlwollen ihrer Mitbürger; nicht flüchten konnte sie vor dem Mißfallen, wenn nicht Zorn ihrer Kollegen. Am Montagmorgen gingen im

Barackenflur zwei Architekten und ein Statiker an ihr vorüber, grußlos, blicklos, als sei sie das leere Schwarze Brett für die Wandzeitung. Kowalski schien in Eile, immerhin schenkte er Franziska eine Minute; er kratzte sich unterm lohfarbenen stoppligen Kinn. »Man könnte sagen, Sie sind uns in den Rücken gefallen.«

»Ach. Ja, könnte man das sagen?«

»Meine Frau läßt Sie grüßen, leider«, grunzte Kowalski.

Schafheutlin war auf einer Dienstreise; der Sorbenprinz meldete eine Erkältung: mittags saß Franziska alleine am Tisch in der Kantine. Sie befragte drei leere Stühle, ein fleckiges Tischtuch nach ihrer Schuld. Verstummte das Gespräch an den Tischen, zwischen denen sie sich hindurchzwängte? Die haben über mich geredet ... An der Tür stolperte sie wie im Atelier unter dem Blick Jakob des Hexers.

Schafheutlin, der am Mittwoch von seiner Reise zurückkam, schien die Zeitung zu übersehen, die ihm ein wohlmeinender Freund auf den Schreibtisch gelegt hatte – den Aufsatz und den Namen der Linkerhand säuberlich mit Rotstift umrandet – und übersah den Stapel von Briefen, die O. Laubfinger Franziska zuschicken ließ. Sie wartete auf den fälligen Verweis, vergebens. Übrigens war sie glücklich, beschwingt, geradezu übermütig: sie marschierte im ersten Glied, voran einem Trupp von dreihundert Kombattanten. Vorn ist die Musik!

Einmal fand sie einen Brief in vertrauter Handschrift, in der bekannten Manier, die Hauptwörter mit kleinen Buchstaben zu beginnen, auch den Namen des Schreibers: w. trojanowicz. Sie widerstand dem Verlangen, seinen Brief zu lesen, einen Gruß herauszulesen oder, schlimmer, den erhofften Gruß zwischen den Zeilen nicht zu finden. Seit zwei Tagen waren die Türen zwischen den drei Zimmern streng verschlossen. Trotzdem blickte sie sich mißtrauisch in ihrem Barackenräumchen um, ehe sie ein Zündholz an den Brief hielt, der sich bräunte und knisternd schrumpfte und im Aschenbecher noch einmal aufflammte und in zarte Ascheflocken zerfiel, die träg wie graue Tauben aufflogen unterm Atemzug der Brandstifterin, die ihre schwarze Messe zelebrierte. Du sollst verbannt und ausgelöscht sein, und deine Schrift soll ausgelöscht sein und die Erinnerung an deine Schrift in einem Notizbüchlein, in dem unser Mann eine Lidbucht beschwor und Morgendämmerung und ein Fohlen mit roter Mähne.

Am Freitag hielt sie nicht länger stand; jetzt wären ihr Zank, eine Rüge schon lieber gewesen als das bleierne Schweigen. Sie warf die Briefe auf Schafheutlins Schreibtisch. »Dreihundert, und alle zustimmend bis enthusiastisch ... oder fast alle, bis auf ein Dutzend Schwachköpfe, die noch den letzten Schuppen hinreißend schön finden, weil er eine Errungenschaft des Sozialismus ist.«

Schafheutlin fächerte wie Spielkarten zehn oder zwölf dieser Briefe auf kariertem Rechenpapier, auf Bütten und liniierten Bogen aus einem Schreibheft. »Und damit wollen Sie die Ganz Neue Stadt bauen ... Papier.«

»Leute, die sich eine Heimat wünschen.«

»Immer noch die Schwärmerin, immer noch die Schülerin ihres Großen Lehrers«, sagte er, aber die hervortretenden Augen blickten traurig, und Müdigkeit vertiefte die Falten um seinen Mund. Er raffte die Briefe zusammen. »Gut, ich werde sie durchsehen.« Sie stand schon in der Tür, als er sie zurückrief. Jetzt, dachte sie. Er wippte auf den Fersen. »Sie werden unseren Diskussionsbeitrag für den Kongreß ausarbeiten.« Sie hatte gehofft, aber nicht damit gerechnet, daß sie im Dezember mit Schafheutlin zum Kongreß in Berlin reisen durfte (nicht um irgendwelcher Verdienste willen, dachte sie: weil weibliche Kader erwünscht sind). Ein kurzer Schreck, ein Anflug von Freude stießen zusammen. Sie tarnte Schreck und Freude, »und wessen Ansicht«, sagte sie dreist, »wessen Version vom Aufbau unserer Stadt soll ich aufschreiben, womöglich vortragen: Ihre oder meine?«

Schafheutlin stemmte die Fersen gegen den Boden. »Wir werden uns einigen«, sagte er.

Als sie im Kongreßsaal die Stufen zum Rednerpult hinaufstieg, rollte und glättete sie mit zitternden Händen das kompromißlerische Manuskriptbündel. Im Saal wurde gelacht, aber wohlwollend: die Kleine mußte sich hinterm Rednerpult auf die Zehenspitzen strecken, trotzdem schimmerte nur Haar wie Fuchsfell und die breite, niedrige, jetzt schweißfeuchte Stirn oberhalb der Pultkante, zwischen den gleißenden Schlangenköpfen der Mikrofone. Sie stotterte ... Blitzlicht blendete, eine Fernsehkamera schnurrte. Sie blickte zur Kuppel auf, die mit vielfarbigen Lichtpunkten bestreut war, und wieder hinab in den Saal, sie suchte den preußisch gestutzten Krauskopf in der sechsten Reihe. Schafheutlin hob bis in Schulterhöhe die Faust mit angedrücktem Daumen, und sie las jetzt ohne Stottern die ersten Seiten, braven Bericht über brave Stadt, eine schöne und stolze, eine sozialistische Stadt, las ab und dachte: Schwindel, eingefärbt wie üblich, und sie wissen es, sie sind vom Fach, sie wissen Bescheid und langweilen sich (sie langweilten sich wirklich, Franziska sah sie, die Zeitungsleser und Männchenmaler, ein schwankendes Beet von braunen, blonden, grauen Köpfen), sie atmete Kongreßmüdigkeit und Unlust nach einer Nacht im Lindencorso oder im Moskau, allenfalls Pudelbar oder Koralle und für die Provinzler der Filmklub, langmähnige Beleuchter, die vertraulich von Ekke Schall reden, und Mädchen, Sterne, Sternlein, die Blondhaar über getuschte Augen schütteln, und ein Barplatz neben Wolf Kaiser, ja, derselbe ... und plötzlich fiel ihr jene Nacht im Höllenfeuer ein und der Vortrag über den Un-Sinn des Wortes Wohnstadt, und sie schob die Blätter an den Pultrand, las nicht mehr ab wie vorgesehen, sondern zerpflückte nun ebenfalls das verräterische Wort, ereiferte sich, sah sitzungssatte Gesichter gespannt, Männchenmaler flink notierend, Leser mit gekniffter Zeitung, sie zerriß braven Bericht und braven Siedlungsplan und endlich – hier erlaubte sie sich trotz Blitzlicht und Kameraschwenk einen Faustschlag aufs Pult – das Motto, den Kernsatz dieses Kongresses »Sozialistisch bauen heißt ökonomisch bauen«, empfing dünnen, von gewissen Gruppen starken bis stürmischen Beifall, als sie die Stufen hinabstieg, und sah, als sie sich durch ihre Sesselreihe zwängte, den mit rotem Tuch bespannten Präsidiumstisch und die ergrauten oder kahlen Köpfe der Herren am Tisch, die sich dem Herrn Präsidenten zudrehten, und jetzt, endlich, als der Präsident behutsam, als wären sie aus Glas, seine Hände gegeneinander klappte, rührten sich höflich auch die alterstrockenen Hände der anderen Herrn. (Regers Kopf und Hände fehlten überm roten Tuch, leider; er hätte seinem Günstling heftig applaudiert und sich selbst in seiner Schülerin; keinesfalls hätte er sie in einer Pause beiseite genommen wie der Präsident, der ihr zu verstehen gab, sie sei allerdings etwas aggressiv geworden, und höflich, alterswissend, mit pergamentenen Lippen der jungen Person wohlgemeinte Ermahnungen mitgab, in die er mehrmals die Anrede »mein Kind« einflocht ... Reger also, der lärmende Titan, fehlte, der war – oder weilte, wie es im Informationsblatt hieß – zu Studienzwecken in Moskau und Samarkand.)

Schafheutlin war in seinem Sessel zusammengerutscht wie ein Schüler, der den Lehrerblick von sich ablenken, nicht an die Tafel gerufen werden möchte, er drehte den Kopf, als flüsterte er seinen Nachbarn, nicht Franziska zu: »Sie haben sich nicht an unser Konzept gehalten«, und dies ohne Vorwurf, mit bekümmertem Gesicht, das Franziska wehrlos machte.

Erst Stunden später, als der letzte Redner des Konferenztages über Kabelschlingen zur Treppe und ins Kreuzfeuer der Fotografen schritt, wagte sie ihn am Jackettärmel zu ziehen, ihn mit dem Ellenbogen anzustoßen. »Keine Absolution?«

Er saß gekrümmt, eine Hand auf den Magen gepreßt. Er wartete ab, bis der Redner (»Regers junger Mann«, hörte Franziska hinter ihrem Rücken) seinen Reisebericht abgeliefert hatte und Farbdias vorführte – Hochhäuser in Kiruna, blauschimmernd, mit stählernen Fassaden –, und im verdunkelten Saal drehte Schafheutlin, schwerfällig im wulstigen Nacken, ihr sein Gesicht zu und die bekümmerten, wie altersbleichen Augen, »schon gut«, sagte er, »doch, Franziska, es war gut so.«

Im Foyer, im Gedränge verloren sie sich aus den Augen, Franziska trieb im Raucherschwarm durch das Aquarium und gegen die gläserne Wand, hinter der Berlin wieder Großstadt, Weltstadt übte, mit weihnachtlich aufgeputztem Warenhaus, mit Autos und Straßenbahnen, die [den]

Alexanderplatz umkreisten und zerschnitten, mit Regenschirmen überlang und Mädchenlippen blaß unter schwarzgerahmten Augen, mit dunkelhäutigen Studenten und Inderinnen im Pelzmantel überm Sari.

Jemand stieß die Tür mit den tellergroßen, wie Gold schimmernden Knäufen auf, und Franziska stampfte mit den Absätzen aufs Straßenpflaster, durch die schillernden Pfützen vom Aquarienlicht der Halle, von Bogenlampen, Scheinwerfern, Ampeln, Reklamen und elektrischen Kerzen, die in einer himmelhohen Tanne hingen, auf dem Alex himmelhoch und frommtuerisch überm Schienengestrüpp, und Franziska atmete die kalte, trockene Dezemberluft ein und sah, gelassen, als habe sie ihn hier und zu verabredeter Stunde erwartet, dem grauhaarigen Mann entgegen, der mit hochgezogenen Schultern, Hände vergraben, über die Straße zwischen Autokühlern mehr schlenderte als schritt, ohne Blick nach rechts oder links. Dann sah sie ihn nicht mehr, und er sah sie nicht mehr, und auf dem Bordstein stießen sie zusammen und fielen und hielten sich aneinander und fielen und fielen, und Franziska sagte: »Da bist du endlich«, und Ben sagte: »Komm mit«, und Franziska kam mit und fragte nicht wohin, und sie gingen, und einmal blieb Franziska auf der Weidendammer Brücke stehen und warf ihren Ring ins Wasser, und Ben fragte sie nicht warum, und einmal saßen sie auf einer Bank in einem winzigen Park, der auf dem von Backsteinbrocken und Skelettresten durchsetzten Boden eines ehemaligen Dreihäuserblocks erblüht war; sie hörten die Autoreifen und Stimmen und Stiefeltanz von der Friedrichstraße, und aus einem der drei Hinterhäuser Musik, das vergesse ich nicht, in der Wand war nur ein einziges Fenster, und drinnen gab es eine Party oder einfach eine Art Konzert, Modern Jazz mit Thelonious Monk und so, ich sah nur einen Schattenriß hinter der Gardine, und plötzlich stürzte die kühle, die heiße Pianomusik aus dem Lichtquadrat, und ich empfand eine starke Sehnsucht, bei diesen Leuten, Studenten vermutlich, dort oben zu sein, oder mich unlösbar einer Familie, Freunden, einer Landschaft, dem Land verbunden zu fühlen, und ich dachte, was ich je gearbeitet habe, sei dieser Sehnsucht entsprungen, dem Wunsch nach dem Aufgehoben-Sein, das ich noch nicht, das ich noch immer nicht erreicht hatte.

Dann gingen sie weiter, durch Straßen, die Franziska nicht kannte; nur eine Gedenktafel, das umbuschte Denkmal eines bärtigen Mannes (Koch? Virchow?) ließ die Nähe der Charité vermuten.

Vor einem Mietshaus blieb Trojanowicz stehen. »Bären-Eck« in verbliebenen sechs Buchstaben funzelte überm Haustorschacht, und Franziska versuchte, nicht nervös an Aktentasche und Koffer zu denken.

Eine Katze strich durch den Korridor. Das Zimmer war kalt und ungeheuer hoch, und im Licht der Vierzig-Watt-Lampe ergraute die ehemals, vielleicht, grüne Palmwedel-Tapete. Im saalweiten Raum verloren sich Schrank und Waschkommode mit Porzellanwaschschüssel, von Seerosen zartrosa umschlungen, und in der Mitte standen ausladend, mit hochgetürmten Plumeaus, standen, protzten, spreizten sich die Betten, bieder und merkwürdig obszön, ein zweideutiges Requisit auf halbleerer Bühne.

»Ich friere«, sagte Franziska. Wenn die Wirtin kommt, wenn eine Kontrolle ... o Gott, er soll mir nicht beim Ausziehen helfen ... dieses peinliche Gefummel mit Reißverschlüssen und Häkchen, das macht alles noch schlimmer. Sie trat aus dem Kleid und dem weißen, welken Hügelchen von Wäsche; sie schleuderte die Schuhe von den Füßen und warf sich ins Bett, nun nur noch vor Kälte zitternd, sah Helle, dann Schwärze und im Dunkel graues Fenster und im Fenster violettroten Himmel, tauchte, tauchte auf, gehalten von Händen, die ihre Haut Finger um Finger wiedererkannte, die rauhen Kuppen, die Narbe am Daumen, das fehlende Fingerglied, streichelte Haut und Haar, streichelte Hüfte, damals wurde mir heiß, wenn ich deinen Gang sah, deine Hüfte sah, fließende Bewegung, sie dachte, wir haben uns überfreut; empfand, wir haben zu lange gewartet.

Dachte, empfand Ben im gleichen Augenblick das gleiche? Sie trieben auseinander, unaufhaltsam, Haut von Haut und Haar von Haar, sie lagen nebeneinander, und Ben umschloß noch einmal, wie probeweis, mit einer Hand ihre linke Brust, und Franziska sagte: »Mach dir nichts draus, Ben«, und er sagte nein, und sie tastete über seine Jochbeine, über Stirn und Augen, »Ben, du weinst ja«, murmelte sie an seinem Hals, und dabei weinte sie selbst, und während meine Tränen über deinen Hals liefen, dachte ich, daß ich niemals so glücklich gewesen sei wie in diesem unwirtlichen Zimmer und in diesen ächzenden Betten.

Dies also war ihre erste Liebesnacht, im kalten Zimmer einer Berliner Pension, und es war die schönste, möcht ich schwören, trotz der süßen, erfinderischen Umarmungen, später, bei mir oder in deinem Zimmer, wo nebenan röchelnd der alte Mann schlief und wo ich über deine Schulter den gesteppten Lichtzirkel deiner Tischlampe sah, den Kreis aus einem zarten, immateriellen Stoff.

15

Leb wohl, Ben, wenn du den Brief findest, werde ich auf der Straße nach N. sein, vielleicht nahe Brücke und Friedhof und angesichts der Häuser, unter Antennenrahen segelnd und beflaggt mit bunten Balkons – ach, leider nicht für mich beflaggt, nicht für den Deserteur, der einen wulstigen Nacken, exakt ausrasiertes Haar (denn Schafheutlin wird mich nicht ansehen) um Nachsicht bittet, neuerliche Aufnahme wünscht, Friedfertigkeit und Zugeständnisse anbietet – nein, das denn doch nicht, keinen faulen Frieden, keine Kompromisse, die du vor dir selbst entschuldigst damit, daß du endlich erwachsen bist, dich einzuordnen, wenn nicht unterzuordnen gelernt hast, wie es sich gehört für einen Menschen um die Dreißig, das ich einmal das Christusalter nennen möchte.

Ben, Ben, und streikt mir das Herz, stockte der Atem, wollte der Stift aus gelähmter Hand; plötzlich fiel mir wieder ein, warum ich dir schreibe. Ein Abschiedsbrief wie nach Vorlage. Wenn du diesen Brief findest ... Zettel eines Selbstmörders ... und wirklich scheint mir jetzt während des Schreibens, als müßte mein Leben stillstehen in dem Augenblick, wenn ich das Kuvert verschließe, oder als gäbe es seit diesem Tag, an dem [ich] abreise, nur noch Arbeit und Arbeit als vergeblichen Versuch, eine schreckliche Leere auszufüllen ...

Verzeih mir einen Augenblick der Schwäche: Ich werde also zu Schafheutlin zurückgehen – und nicht kleinlaut, nicht gebrochen. Ich habe nicht mein Buch geschrieben, um es in das Maul dieser Häuserfabrik von N. zu werfen und zermalmen zu lassen. Es muß, es muß sie geben, die kluge Synthese zwischen Heute und Morgen, zwischen tristem Blockbau und heiter lebendiger Straße, zwischen dem Notwendigen und dem Schönen, und ich bin ihr auf der

Spur, hochmütig und ach, wie oft, zaghaft, und eines Tages werde ich sie finden.

O Gott, mein Lieber, mein ehemals, mein immer noch geliebtes Bild, wie soll ich leben ohne den Lichtstreif an der Decke, ohne den brandig süßen Geruch der blonden Haare in deiner Achselhöhle, ohne deine Hüften, deinen Rücken, auf den ich mit einem Finger Verse schrieb, ohne kleine harte Hände, die meinen Nacken umfaßten, spöttisch beschützerisch, die mich mit meinen Schultern und Schenkel, mit Brüste und Bauch kennen lehrten, und auch, die endlich die Lust, von der ich aus Büchern wußte ... es war mein Schrei, der ungläubige, in unserer ersten oder der zweiten Nacht, wie man es nehmen will, mein gebrochener und ungläubiger Schrei, während ich durch eine Gasse jagte, zwischen südlich erhitzten Mauern, keine Fenster, nur ein schmales Gittertor, im Vorübereilen sehe ich wilde Blumen, Lorbeerbüsche, einen Baum mit granatroten Früchten.

Wären wir niemals gedrängt hierher geflohen, hätte ich dir nicht zu jeder zu deinem Buch immer wunders was versprochen für dich und mich ...

Er war so fair wie ein Mann nur kann Rücksicht ... sein Urteil. Sie hatten die beiden Entwürfe auf den Tisch geheftet – Kowalski und, bucklige Kleine hatten eine Kollektivarbeit eingereicht –, und Schafheutlin bestand darauf, seine Einschätzung, und das sie, wenn auch etwas gehemmt, weil die Stimme des Chefs eisern blieb, weder Zustimmung hier noch Ablehnung dort erraten ließ.

Fr. hatte den Zweikampf verloren, noch ehe sie ihn antrat.

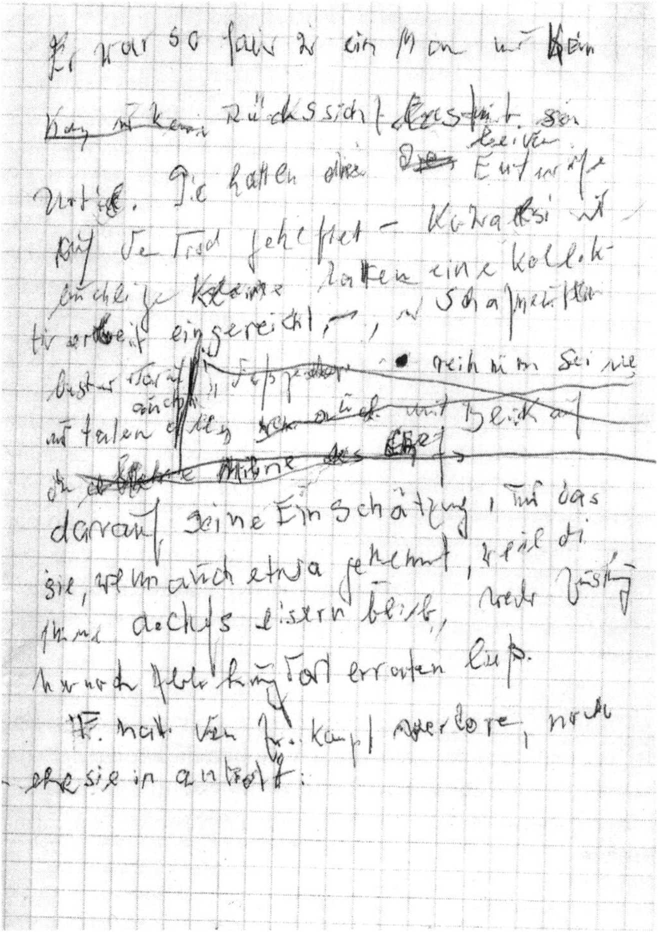

Faksimile der letzten Manuskriptseite

Withold Bonner

Franziska Linkerhand: Vom Typoskript zur Druckfassung

Und wenn ich an meinem Unglücksbuch kritzele, dann zielt die Arbeit auch auf Dauer, jedenfalls für mich, und zunächst ist es mal weniger wichtig, ob das Buch gut wird oder nicht, ob's jemals gedruckt vorliegen wird oder nicht. Das findet sich im zweiten Akt. Im ersten zählt das Wagnis.

Brigitte Reimann an Annemarie Auer (5. 1. 1970)

Als von 1993 bis 1995 in schneller Folge die Briefe Brigitte Reimanns an Christa Wolf, Hermann Henselmann und die Schulfreundin Veralore Schwirtz ungekürzt veröffentlicht wurden, kamen mir zum ersten Mal Zweifel daran, ob das Manuskript von *Franziska Linkerhand* tatsächlich, von wenigen vorsichtigen Kürzungen abgesehen, unverändert zum Druck gegeben wurde, wie es im Nachsatz zu der 1974 postum im Verlag Neues Leben erschienenen Ausgabe des Romans heißt. Allzu deutlich trat der Widerspruch hervor zwischen den in den Briefen immer wieder geäußerten Befürchtungen der Autorin, der Roman werde infolge der von ihr verletzten Tabus in der DDR nicht bzw. nur gekürzt erscheinen können, und dem weitgehenden Fehlen von Tabuverletzungen in der Buchfassung.

Im Sommer 1996 bot sich mir dann die Gelegenheit, die von der Autorin hinterlassenen Typo- und Manuskripte einzusehen, die das Literaturzentrum Neubrandenburg aus dem Nachlaß Brigitte Reimanns erworben hatte. Dort hatten sich Typoskripte – jeweils Original und ein Durchschlag –, die noch von Brigitte Reimann durchgesehen und mit handschriftlichen Korrekturen versehen worden waren und das 1.–14. Kapitel umfassen, sowie ein Manuskript gefunden, das den Schluß des 14. Kapitels – der also sowohl als Manuskript als auch als Typoskript vorliegt – und den Beginn des unvollendet gebliebenen 15. Kapitels enthält.

Bei der Lektüre dieser Texte fanden sich immer wieder Stellen, die in der Fassung des Verlags Neues Leben fehlten.

Meine ersten Reaktionen als Leser waren dabei durchaus widerspruchsvoll. Einmal erschienen mir, der ich den Roman schon so oft in der gekürzten Fassung gelesen hatte, von der Autorin geschriebene Sätze plötzlich als Fremdkörper in einem scheinbar vertrauten Text. Dann gab es Abschnitte, von denen ich nach wie vor hoffe, daß die Autorin sie selbst bearbeitet hätte, wäre ihr nur die Zeit für die erforderliche Endredaktion geblieben. Schließlich aber stieß ich – vor allem in den Kapiteln 1, 3, 6, 10, 13 und 14 – auf Passagen, in denen Brigitte Reimann sich mutig über in der DDR für den öffentlichen Diskurs gültige Tabus hinweggesetzt hatte. Nur wurde dieser Mut erst deutlich zu einem Zeitpunkt, da die Ordnung, die jene Tabus errichtet hatte, bereits seit sechs Jahren nicht mehr existierte.

Um die seinerzeitigen Bearbeitungen des von der Autorin hinterlassenen Textes und damit auch die Tabuverletzungen für die Leser dieser ungekürzten Neuausgabe nachvollziehbar zu machen, soll im folgenden ein Überblick über die Abweichungen der Druckfassung von Typo- bzw. Manuskript gegeben werden. Ein derartiger Überblick erfordert eine Ordnung des Materials und enthält damit zwangsläufig Bewertungen. Diese beruhen auf einer Interpretation der vorliegenden Abweichungen, wobei ich mich immer wieder auf Parallelstellen in den Briefen und Tagebüchern Brigitte Reimanns stützen kann.

Zunächst einmal ist festzustellen, daß es sich – rein quantitativ betrachtet – in der überwiegenden Zahl der Abweichungen vom Typoskript um normale redaktionelle Arbeit an einem Text handelt. So waren Fehler in Orthographie, Interpunktion und Grammatik zu beheben und aus Versehen ausgelassene Wörter zu ergänzen. Daneben finden sich Sätze, die gedankliche Fehler enthalten. Z. B. läßt Brigitte Reimann im fünften Kapitel ihre Heldin über Landauer denken, er sei eine noble Fassade, aber morsch und mürbe, und Igel und Rohrdommeln wohnten in ihren Säulenknäufen und sängen in ihren Fenstern. (T 177[1]) Wir sollten dem Lektor Walter Lewerenz dafür dankbar sein, daß er den Igeln das Singen abnahm und sie lediglich in den Säulenknäufen wohnen ließ. (B 152) Allerdings können sich

Motive auch überschneiden. So wird im 13. Kapitel berichtet, daß ein junger Bauarbeiter – Malte – auf offener Straße zusammengeschlagen wird, an den Folgen seiner Verletzungen stirbt und die Schuldigen später in Bautzen abgeurteilt werden. (T 580) Die Ortsangabe »in Bautzen« fehlte im Buch (B 511). Nun liegt hier sicher eine Verkürzung vor; die Autorin meinte, die Schuldigen wurden zu Haftstrafen verurteilt und mußten diese in Bautzen verbüßen. Wenn aber die namentliche Erwähnung der berüchtigten Haftanstalt gestrichen wurde, so scheinen neben der Korrektur eines gedanklichen Fehlers auch politische Motive eine Rolle gespielt zu haben. Denn die Information, daß Wolfgang (Ben) Trojanowicz, verurteilt aus politischen Gründen, einen Teil seiner Haftstrafe in Bautzen im »Gelben Elend« verbüßen muß, wurde im 13. Kapitel ebenfalls gestrichen. (B 534; T 612)

Zusätzlich zu derartigen redaktionellen Korrekturen findet sich eine erhebliche Zahl von Streichungen, denen – soweit sich dies heute noch nachvollziehen läßt – unterschiedliche Motive zugrunde liegen.

Zunächst einmal sind Stellen zu nennen, von denen die für die Veröffentlichung Verantwortlichen wohl meinten, sie enthielten Stilbrüche oder stellten Abschweifungen dar, die im gegebenen Kontext den Erzählfluß zu sehr störten. So läßt Brigitte Reimann im 3. Kapitel, als der jungen Franziska zum ersten Mal die Begrenztheit der eigenen Lebenszeit bewußt wird, deren Bruder Wilhelm ausführlich erzählen, wie er zu seinem gebrochenen Nasenbein gekommen ist. Während im Buch (B 56) als Erklärung nur noch lapidar eine kleine Meinungsverschiedenheit mit Medizinstudenten genannt wurde, folgt hierauf im Typoskript (T 61) ein ausführlicher Bericht über die Konkurrenz zwischen Ingenieur- und Medizinstudenten im Stil eines aufschneiderischen Kneipengesprächs, woran auch ich mich beim Lesen gestoßen habe.

In demselben Kapitel berichtet die Erzählerin, wie der Bruder nach dem Studium als Atomphysiker Karriere macht und in den Genuß von Privilegien kommt, wobei das Typoskript die Nennung von Privilegien fortsetzt, um mit einem Ausbruch gegenüber der Gattin des Bruders zu schließen: »Er geht nur wegen seiner Frau hin, dieser albernen Gans; er, sagt er, kriegt immer Lust, auf den Teppich zu scheißen ...« (T 71) Diese naiv anmutende Direktheit, mit der hier Gefühle der Autorin – eventuell gegenüber Personen, die ihr als Vorbild gedient haben mögen – in den Text eingehen, findet sich öfter bei Brigitte Reimann. Wenn eine derartige Stelle aber ganz gestrichen wird, so wird gleichzeitig eine Verschärfung des Tons aus dem Text entfernt.

Eine nicht unerhebliche Zahl von Kürzungen am Typoskript betrifft die Darstellung sexueller Handlungen und des Erlebens der eigenen Körperlichkeit. Sind die entsprechenden Streichungen durch die Prüderie motiviert, die offiziell in der DDR zumindest zum Zeitpunkt der Veröffentlichung von *Franziska Linkerhand* die Darstellung von Sexualität prägte? So einfach liegen die Dinge wohl auch hier nicht. Christoph Dieckmann bemerkt in einem Artikel: »Wir bewunderten, wie dieses Buch an seiner Sinnlichkeit zerbrach. Wir verziehen und genossen den Balz-&-Betten-Kitsch von brandigen Männerachseldüften und sengenden Küssen in Franzis Schultergrübchen (›Salznäpfchen‹) und die Häfen ihrer Schläfen.« (In: Die Zeit, Hamburg, vom 26. 7. 1996.) Männerachseldüfte – hier bezieht sich Dieckmann auf eine Stelle in dem Fragment gebliebenen 15. Kapitel, in der sich Franziska an den von ihr verlassenen Geliebten Ben erinnert.

Nun ist *Kitsch* sicherlich ein sehr subjektiver Begriff, der nur schwer zu definieren ist. Ist es nicht eher die Direktheit, mit der Körpererinnerungen ausgesprochen werden, als Kitsch, was hier eventuell den Leser befremdet? Diese Direktheit der Gefühle und Erinnerungen, die manchmal den Ton des Erzählens umkippen läßt, hat wohl an mehreren Stellen zu Streichungen geführt, so im zweiten Kapitel, wo sich Franziska an erste sexuelle Kontakte mit einer Schulfreundin erinnert. Die Ich-Erzählerin nähert sich diesem Thema zunächst sehr vorsichtig, um plötzlich mit der Feststellung herauszuplatzen, sie würde heute, von der Höhe ihrer sexuellen Aufgeklärtheit her, sagen, sie seien hübsch lesbisch gewesen. (T 35) Wie diese Stelle fehlte in der Buchfassung, daß zum ersten Eindruck, den Franziska an ihrem neuen Arbeitsplatz in Neustadt von der Sekretärin Gertrud gewinnt, auch deren luftballongroße Brüste unter engem Pullover gehören (B 135; T 156); wegfallen mußte auch der Vergleich, daß sich die Brüste eines Mädchens aus dem Wohnheim unter dem Pullover wie runde weiche Tiere bewegen (B 243; T 281). Gestrichen wurde ferner im 14. Kapitel, wo die Autorin von der ersten Liebesnacht ihrer Heldin[2] mit deren Geliebtem erzählt, daß Franziska ihrem Freund das peinliche Gefummel an Reißverschlüssen und Häkchen ersparen will und sich daher selbst auszieht. (B 581; T 662f.)

Christoph Dieckmann ist einerseits beizupflichten, wenn er meint, das Buch sei – auch – an seiner Sinnlichkeit zerbrochen. Andererseits ist es gerade die Sinnlichkeit, mit der nicht nur Sexualität, sondern auch der Alltag in der DDR der sechziger Jahre beschrieben wird, wodurch er auch heute noch für die Leser hörbar, fühlbar, riechbar, schmeckbar wird. Und eben das macht die bleibende Qualität des Romans aus. Wenn aber diese Sinnlichkeit dem Buch auf solche Weise eingeschrieben ist, mit welchem Recht werden einzelne Stellen aus dem Text gestrichen?[3] Wer wollte sich zum Richter eines wie auch immer definierten guten Geschmacks aufschwingen? Und geht es auch da noch ausschließlich um Geschmacksfragen, wo Hinweise auf die Doppelmoral von offizieller Prüderie einerseits und dem Einrichten von Nachtklubs mit erotischem Programm aus Geschäftsinteresse andererseits entfernt wurden wie im 6. Kapitel die Passage über Nachtklubs und Striptease in der Messestadt Leipzig (B 175; T 204)?

Die Buchfassung weist aber auch eine Reihe von Kürzungen gegenüber dem Typoskript auf, deren Motive sich – mir zumindest – entziehen. So, wenn im dritten Kapitel eine Stelle gestrichen wurde, wo Wilhelm – im Kontext der Exmatrikulation Djangos – Franziska gegenüber die Distanzierung von seinem Freund mit der Paraphrasierung einer Stelle aus dem Alten Testament (Sprüche Salomos 6) zu erläutern versucht. (B 61; T 66f.) Genausowenig nachvollziehbar ist für mich eine Streichung im 6. Kapitel, wo Franziska beobachtet, wie ihr Kollege Jazwauk im Büro Kaffee kocht. (B 201; T 234) Die Autorin führt hier lediglich in konsequenter und nachvollziehbarer Weise eine begonnene Assoziationskette fort, wenn sie Franziska die Kaffeezubereitung in einem Glaskolben mit Vorgängen in einer Alchimistenkugel, der Brutstätte für Homunculi, vergleichen läßt. Der Homunculus fehlt dann in der veröffentlichten Fassung. Sollte hier etwa jemand befürchtet haben, das inkriminierte Wort enthalte einen versteckten Hinweis auf das Retortenhafte von Neustadt?

Zusätzlich zu den bisher mit einigen Beispielen belegten Streichungen finden sich in der 1974 erschienenen Fassung Umformulierungen und Auslassungen, die aus heutiger Sicht den Eindruck erwecken, ihnen lägen politische Motive zugrunde. Bei vorsichtiger Zählung komme ich dabei auf etwa 100 Änderungen, zumeist Streichungen, die ein Wort, einen Satz oder Absatz, im Extremfall aber auch mehrere Seiten umfassen können.

Themen, die im damaligen öffentlichen Diskurs in der DDR weitgehend tabuisiert waren und die von der Autorin eher im Vorübergehen berührt werden, fielen in der Buchfassung regelmäßig dem Rotstift zum Opfer. Z. B. mußte die deutliche Benennung des schon damals hohen Alters der führenden Genossen abgeschwächt werden: es fehlten die alterstrockenen Hände im Präsidium des Architekturkongresses, auf dem Franziska Linkerhand in ihrem Redebeitrag vom abgesprochenen Konzept abweicht. (B 579; T 659f.)[4] Genauso die Hinweise auf zu häufiges Hören von Westradio wie auch die Versuche, den Empfang von Westfernsehen zu verhindern. So durfte zwar die Filmmusik zu *Dr. Schiwago* in Deutschlandfunk und Radio Luxemburg empfangen werden, aber doch bitte nicht »Abend für Abend«. (B 430; T 488) Ebenfalls gestrichen wurde im 13. Kapitel die Bemerkung, daß überall in Neustadt infolge der Ausrichtung der Hausantennen nur ein und dasselbe Fernsehprogramm empfangen wird. (B 511; T 579)

Auch die Mauer durfte nicht erwähnt werden. Dies ging sogar soweit, daß selbst an einer Stelle, wo »Mauer« lediglich als Metapher verwendet wird, »Mauer« durch »Wand« ersetzt wurde. (B 200; T 232) Wenn schon in diesem Kontext das Wort »Mauer« nicht fallen durfte, ist es nicht weiter überraschend, daß eine kritische Stellungnahme zur Berliner Mauer ganz gestrichen wurde. Dabei half es der Autorin auch nicht, daß sie diese Äußerung einer Nebenfigur, Franziskas Malerfreund Jakob, in den Mund legte, zu dem sie sowohl ihre Heldin als auch die Erzählerin Distanz halten läßt. So erfuhr der Leser der Buchfassung nicht mehr, daß Jakob eine Freundin in Westberlin hatte, eine Beziehung, die durch den Bau der Mauer abrupt beendet wurde. Seinen Bericht schließt Jakob mit dem verzweifelten Ausruf, halb als Frage an Franziska gerichtet, so etwas könne doch nicht dauern, daran könne sich doch kein Mensch gewöhnen, Stacheldraht mitten durch eine Stadt. (B 77; T 86)

Pikanterweise wurden aus dem Roman, um dessen Linientreue offensichtlich auch die Staatssicherheit besorgt war, wie aus der Opferakte Brigitte Reimanns (BStU, ASt Neubrandenburg, AOP III, 259/73) hervorgeht, Hinweise darauf entfernt, daß Koeppel, einer der Kollegen im Büro des Stadtarchitekten, als Zuträger für die Stasi tätig ist. Von Koeppel, dessen negative Charakterisierung ansonsten in der Buchversion erhalten blieb, wird im Typoskript zum ersten Mal im 8. Kapitel – und zwar durch den Kollegen Jazwauk – angedeutet, daß er eventuell einem höchst unsympathischen Nebenerwerb nachgeht, tue er doch so, als besitze er Material über jeden. (B 327; T 374)

Endgültige Gewißheit bekommt dann der Leser – allerdings nur der des Typoskripts – im 10. Kapitel. Denn als Franziska auf einer Sitzung – daß deren Ergebnis bereits vor Beginn feststand, fehlte ebenfalls im Buch – ihrem Kollegen Jazwauk zuflüstert, dies sei eine Sonntagsschule für Negerkinder, notiert dies Koeppel lächelnd, zunächst im Kopf (B 400; T 454f.).

Wenn die Autorin Franziska sich zu Beginn des Romans an das Kriegsende, die Besetzung ihrer Heimatstadt durch die Rote Armee erinnern läßt, so wird sie zwangsläufig mit einem der großen Tabuthemen der DDR-Geschichte konfrontiert: der Vergewaltigungs- und Plünderungswelle, von der der Osten Deutschlands in den ersten Wochen der Besetzung betroffen war. Doch nicht nur, weil auf die offizielle Freundschaft zur Sowjetunion kein Schatten fallen durfte, mußte die Darstellung dieser Zeit Schwierigkeiten bereiten. Die Einstellung der Erwachsenen und der im Faschismus aufgewachsenen Jugendlichen gegenüber der Besatzungsmacht war bei Kriegsende in hohem Maße von rassistischer Überhebung eines deutschen Herrenmenschentums und Selbstgerechtigkeit geprägt; eine Haltung, die mit dem Leiden an den Übergriffen der Besatzungsmacht eine kaum entwirrbare Verbindung einging.

Brigitte Reimann hat den Versuch unternommen, sowohl die Übergriffe durch die Rote Armee zu schildern, als auch sich gleichzeitig von ihrer Ansicht nach unangemessenen Reaktionen der Deutschen in der sowjetischen Besatzungszone zu distanzieren. Wie stark die Tabuisierung der Vergewaltigungen auf die Autorin zum Zeitpunkt der Abfassung dieses Kapitels noch wirkte – aus Tagebucheintragungen und Briefen geht hervor, daß es im Frühjahr 1965 abgeschlossen wurde –, zeigt sich daran, daß sie lediglich durch die Nennung des Wortes *Vergewaltigung* thematisiert werden. Daß es im Fall der Familie Linkerhand zu Plünderungen kommt, ist auch der Buchfassung zu entnehmen; doch wurde dies dort durch die Streichung weiterer Details und der Ansätze zur Verallgemeinerung dieses individuellen Schicksals entschärft. Hinter einem unscheinbaren zweizeiligen Absatz verbirgt sich eine der längsten Streichungen, die an dem Roman vorgenommen wurden. (B 26; T 24 unten – 26 oben) Dem Rotstift zum Opfer fiel, daß die bei Kriegsende achtjährige Franziska außer Kapitalist auch andere neue Wörter lernt wie Kommandantur, Vergewaltigung, Deutschenhasser und Kultura, wobei Kultura die Requirierung von Fahrrädern durch sowjetische Soldaten bedeute. Auch daß der sowjetische Stadtkommandant die Beschwerden der Deutschen nur nachlässig behandelt, war in der Buchfassung nicht mehr zu finden, ebensowenig eine detaillierte Liste von Gegenständen aus dem Besitz der Familie Linkerhand, die bei der Plünderung geraubt wurden.

Auch wenn politische Motive bei der Streichung den Ausschlag gegeben haben dürften, zeigt sich doch andererseits, daß derart heikle Stellen auch von der Textqualität her Probleme aufwerfen. Einerseits schafft die Autorin Distanz zu selbstgerechten Reaktionen von Erwachsenen, indem sie z. B. die Erzählerin schildern läßt, wie Franziskas Vater peinlich berührt auf die Mutter reagiert, andererseits gehen die Stimmen der Erwachsenen distanzlos in den Erzähltext ein, in dem die »Russen« – sowjetische Soldaten werden von Brigitte Reimann, wie in der Bevölkerung üblich, ohne Berücksichtigung ihrer jeweiligen Nationalität durchgehend als Russen bezeichnet – sehr von oben herab als große Kinder beschrieben werden, die weder Wasserspülung noch Zentralheizung kennen.

Hier vollzieht sich ein Prozeß, der sich bei *Franziska Linkerhand* immer wieder beobachten läßt: Die Autorin ist sich bewußt, ein Tabu zu verletzen, die einen großen Kraftaufwand erfordernde Tabuverletzung erfolgt als gewaltsamer Akt, was wiederum zu Brüchen im Erzählton führt. Dies scheint dann den Vorwand dafür geliefert zu haben, die fraglichen Abschnitte aufgrund »literarischer« Einwände zu streichen.[5]

Zwei historisch bedeutsame Einschnitte in der Geschichte der DDR waren es, die die zunächst starke Identifizierung von Autoren der Generation Brigitte Reimanns mit der sich herausbildenden neuen Ordnung in Frage stellten. Da ist zum einen die Phase vor Stalins Tod mit ihrem Kampf gegen westliche Dekadenz und Kosmopolitismus, der Kampagne gegen die Junge Gemeinde und schließlich mit ihren Tendenzen zur Remilitarisierung, wobei in Uniform und Sprache Anleihen in der jüngsten Vergangenheit gemacht wurden. All dies mußte die Vertreter dieser Autorengeneration, die sich gerade entschieden vom Militarismus losgesagt hatten, zutiefst beunruhigen – nicht zuletzt weil sie zu dieser Zeit die Oberschule besuchten oder studierten und so direkt an diesen Kampagnen beteiligt und von ihnen betroffen waren.

Der zweite Einschnitt betrifft die Zeit nach der Niederschlagung des Aufstands in Ungarn 1956, als aus Angst der politischen Führung, es könne auch in der DDR zu Unruhen kommen, eine Reihe politischer Prozesse u. a. gegen Intellektuelle stattfand.

Im Roman *Franziska Linkerhand* findet ersteres im 3., letzteres im 13. Kapitel seinen Niederschlag.

Dort gerät Django, Kommilitone von Franziskas Bruder und gleichzeitig ihre erste Liebe, in die Mühlen der antiwestlichen Kosmopolitismus-Kampagne, weil er in einer Jazzband spielt. Um einem von oben diktierten Exmatrikulations-Beschluß seiner Kommilitonen zuvorzukommen, wird er selbst um seine Exmatrikulation bitten. In der Buchversion fehlten die Hinweise auf das Organisierte, Systematische dieser Kampagne sowie Stellen, an denen die Erzählerin sehr genau die Sprache dieser Zeit auch gerade in ihren Parallelen zu der der NS-Zeit erinnert. So war der Eklat, zu dem es im Anschluß an eine Vorstellung des Studentenkabaretts kommt, keineswegs spontan entstanden, sondern von einer bestellten Claque und vom organisierten Volkszorn in einer Art und Weise provoziert worden[6] (B 53; T 57), die teilweise an die der Jahre 1933–45 erinnerte. Diese Parallelen läßt die Autorin durch Wilhelm aufzeigen, der in einer gewollten Fehlleistung statt »ideologischer Aufweichung« »Wehrkraftzersetzung« als eines der Vergehen nennt, die Django unterstellt werden. (B 60; T 65) Als mir das Typoskript noch nicht bekannt war, hatte ich mich beim Lesen des Romans gewundert, warum Django im Rahmen dieser Kampagne neben Kosmopolitismus auch gerade »Arroganz« vorgeworfen wurde. Tatsächlich ergibt die Lektüre des Typoskripts, daß sich seine Kritiker in Anlehnung an die Sprache des Dritten Reichs auf ihr gesundes Volksempfinden beriefen. (B 60; T 66) Auch an anderen Stellen ließe sich zeigen, wie das Aufweisen von Parallelen zur Zeit des Nationalsozialismus zu Streichungen führte.

Im zweiten Teil des 13. Kapitels gibt Benjamin Trojanowicz seiner Freundin sein Leben und insbesondere seine Verurteilung zu vier Jahren Zuchthaus im Gefolge des Ungarn-Aufstands 1956 zu Protokoll. Als Vorbilder für den politischen Prozeß gegen ihre literarische Figur hatten Brigitte Reimann die Fälle der Schriftsteller Erich Loest und Reiner Kunze gedient. In einem Brief vom 18. 3. 1972 teilt sie Christa Wolf mit: »[...] ich habe endlich die Geschichte vom Prozeß des Herrn Trojanowicz zu Ende schreiben können (nach den Modellfällen Kunze und Loest), hört sich arg an, jede Einzelheit stimmt, trotzdem ist es so unglaubwürdig ... Ich habe es als eine Art Protokoll geschrieben, Rückerinnerung Franziskas an die von T. erzählte Geschichte, mit ihren Kommentaren, Fragen, Zweifeln einer zehn Jahre Jüngeren [...].«[7]

Die Ermutigung, ein derart heikles Thema in ihrem Roman aufzunehmen, hatte sie durch die Würdigung des 1953 aus dem ZK ausgeschlossenen und anschließend inhaftierten Franz Dahlem anläßlich seines 80. Geburtstags im Neuen Deutschland gefunden. »Glückwunsch und Würdigung für Dahlem, auf der ersten Seite – ich traute meinen Augen nicht: zum erstenmal las ich im Parteiorgan von falschen Anschuldigungen ...«[8]

Brigitte Reimann ist sich bewußt, daß sie Vorgänge anspricht, mit denen sie Schwierigkeiten bekommen würde. Die Angst vor dem Zensor und die Schere im eigenen Kopf behindern dabei auch den Schreibprozeß: »[...] ich glaube, alle unsere Probleme haben ihre Wurzel in diesem Scheißmanuskript, zumal seit ich mir Gewissen leiste (na, so große Worte ...) und allerhand Unfreundliches schreibe, leider nicht gekonnt, finde ich: muß erst wieder gelernt werden, nehme ich an.«[9]

Wer den Briefwechsel zwischen Brigitte Reimann und Christa Wolf kennt, mußte sich allerdings bei der Lektüre der Buchfassung des 13. Kapitels wundern. Es fehlte jeglicher Hinweis auf das Schicksal Franz Dahlems, und auch sonst schien der Text eher von Ängstlichkeit als von Mut zu zeugen. Im Zusammenhang mit dem XX. Parteitag der KPdSU fiel nur das Wort »Personenkult« (B 531) – aber war das nicht in der DDR die offizielle Sprachregelung für Stalinismus? –, und auf den Aufstand in Ungarn wurde mit »den Ungarn-Ereignissen« (B 532) Bezug genommen. Die Nachrichten aus Ungarn sollen Trojanowicz zu Zweifeln an der Politik der SED veranlaßt haben, aber wie war das möglich, wenn ihm Nachrichten aus Ungarn bekannt wurden, die nur von der Brutalität der Aufständischen zeugten? (B 532)

Liest man das Typoskript, ändert sich das Bild. Das Wort »Personenkult« wird man dort z. B. vergeblich suchen. Statt dessen wird berichtet von einer Rede des Neuen Mannes – der Geheimrede Chruschtschows auf dem XX. Parteitag –, deren Wortlaut niemand kennt. (B 531; T 606) Von den »Ungarn-Ereignissen« ist auch im Typoskript die Rede – nur daß diese Worte von Trojanowicz selbst in Frage gestellt, boshaft glossiert werden, was in der gedruckten Fassung ebenso dem Rotstift zum Opfer fiel wie die Reaktion der DDR-Führung auf den Aufstand: Redakteure werden entlassen, Studenten und Schriftsteller verhaftet, die Bücher von Howard Fast, die sich dem dreizehnjährigen Ben unverlierbar eingeprägt hatten, verschwinden aus den Bibliotheken. (B 532; T 609)

Auch die Informationen, die dieser aus Ungarn erhält, lesen sich im Typoskript anders, wo ein ungarischer Schriftsteller ihm von der schrecklichen Schuld der ungarischen Kommunisten berichtet, die jetzt schrecklich gesühnt werde. (B 532; T 608f.) Erst durch diesen Zusatz macht der ganze Passus im Kontext des 13. Kapitels Sinn. Nur wenn von Schuld der ungarischen Kommunisten die Rede ist, kann der Aufstand bei Trojanowicz Zweifel auslösen, obwohl er – und mit ihm wohl die Autorin – sich nicht mit den Aufständischen identifizieren kann.

Eindeutig ist das 13. Kapitel dasjenige, das am stärksten durch Kürzungen betroffen ist. In der Ausgabe des Verlags Neues Leben umfaßt dieses Kapitel 34 Seiten, im Typoskript – wobei eine Typoskriptseite nicht ganz einer Buchseite entspricht – dagegen 48. Auf den sieben Seiten, auf denen sich das »Protokoll« des Benjamin Trojanowicz findet, habe ich 31 Auslassungen unterschiedlicher Länge gezählt, die politisch heikle Themen betreffen. Ich beschränke mich an dieser Stelle auf einige exemplarische Fälle.

Wo dem Leser z. B. unverständlich bleiben mußte, warum Trojanowicz während der Arbeit an seiner Dissertation seine Genossen mit Fragen belästigt und ihnen Aussprachen aufzwingt, benennt das Typoskript den Zusammenhang. Denn dem Wissenschaftler öffnen sich Archive, die für andere verschlossen bleiben, er bekommt einen hektographierten Abzug der Geheimrede Chruschtschows in die Hände. Er ist über die Moskauer Schauprozesse informiert, er kennt das Schicksal des angeblich verschollenen Schriftstellers Mandelstam. (B 531; T 606f.)

Neben der präziseren Benennung dessen, was Stalinismus bedeutete, war es insbesondere die genaue Beschreibung der Vorbereitung und des Ablaufs politischer Prozesse in den fünfziger Jahren, die dem Rotstift zum Opfer fiel. Daß Trojanowicz vor seiner Verhaftung umfassend überwacht wurde (B 533; T 610), die vorbereiteten Aussagen von Studenten, Kollegen und Genossen der Parteigruppe gegen ihn, die absurde Konstruktion der Anklage sowie die Feigenblatt-Funktion des amtlich bestellten Verteidigers, der seinen Mandanten das erste Mal am Nachmittag vor dem Verhandlungstag zu Gesicht bekommt, konnte man bisher lediglich dem Typoskript entnehmen. (B 533; T 611)

Der Fall Franz Dahlems, dessen Rehabilitierung Brigitte Reimann dazu ermutigt hatte, eine Reihe von Tabus bei der Protokollierung des Prozesses gegen Benjamin Trojanowicz zu brechen, ist ebenfalls in dieses Kapitel eingegangen. In der Buchfassung teilte Ben in der Haft seine Zelle mit einem Zeugen Jehovas, im Typoskript dagegen auch zwei Monate lang mit einem Genossen, den er aus Lesebüchern und Zeitungen, von Tribünen und hundert Fotos kennt. Jetzt allerdings sitzt ihm dieser Mann, das legendäre Vorbild seiner Generation, im grauen Häftlingskittel gegenüber, inhaftiert wegen Fraktionsbildung. (B 534; T 612f.)

Die Bearbeitung des Protokolls von Benjamins Inhaftierung erfolgte dabei auf zwei Ebenen. Einerseits wurden – wie hier an einigen Beispielen gezeigt wurde – Tabus verletzende Teile des Protokolls aus dem Text entfernt. Andererseits wurde ein Mittel genutzt und verstärkt, dessen sich bereits Brigitte Reimann bedient hatte, um zu erwartende politisch motivierte Kritik an diesem Kapitel abzuwehren. In einem Brief vom 11. 4. 1972 an Wolfgang Schreyer heißt es, sie habe, »schon (wackerer, unausrottbarer Selbstzensor) durch die Kommentare der jüngeren, also mit einem geklitterten Geschichtsbild versehenen Franziska, das Ärgste abzufangen versucht«.[10] Und in diesem Zusammenhang stoßen wir in der Buchversion auf ein Phänomen, das sich so nur an dieser Stelle findet[11]: Es wurde ein Teilsatz umformuliert und ein Satz eingefügt, mit dem Franziska den gesamten Bericht in Frage stellte. Denn am Ende der Wiedergabe von Trojanowicz' Protokoll äußerte sie »Zweifel: wie war es wirklich?« (B 535) – Zweifel, von denen im Typoskript (T 615) keine Rede ist.

Wenn Brigitte Reimann in ihrem Roman immer wieder Selbstmorde thematisiert, so berührt sie einen weiteren Punkt, dessen Behandlung in der DDR problematisch sein mußte. Denn einerseits galt Selbstmord als Zeichen individualistischen, nicht-revolutionären Handelns und persönlicher Schwäche. Andererseits wurde in der Presse die Selbstmordrate in westlichen Ländern als Symptom der Krise des kapitalistischen Systems angeprangert, während gleichzeitig über die eigene Selbstmordrate Stillschweigen gewahrt wurde. Die lag nach Schätzungen der Weltgesundheitsorganisation – ab 1962 veröffentlichte die DDR keine Selbstmordstatistik mehr – gleich nach Ungarn mit an der Weltspitze.[12]

Legt man die Roman-Ausgabe zugrunde, so ergibt sich der Eindruck, die Autorin habe zwar ein Tabu angerührt, es aber an keiner Stelle entscheidend verletzt. Es wird der Selbstmord von Gertrud – der Sekretärin im Büro des Stadtarchitekten – thematisiert, doch erscheint dieser als Einzelfall. Dies wird auch dadurch betont, daß es sich bei Gertrud um eine Nebenfigur handelt. Zwar fühlt sich Franziska für den Tod ihrer schwierigen »Freundin« mit verantwortlich, doch läßt sich die darin enthaltene Kritik ohne größere Schwierigkeiten integrieren: Hätte sich das Kollektiv mehr um seine gefährdeten Mitglieder gekümmert, wäre auch Gertrud zu retten gewesen.

Liest man jedoch das Typoskript, so zerfällt dieser Eindruck. Zunächst erweist es sich, daß Selbstmorde in Neustadt keineswegs Ausnahmen darstellen, sondern an der

Tagesordnung sind. So veranlassen ein Martinshorn, das rote Kreuz und schließlich das weiße Tuch über der Trage Gertrud sofort zu der Vermutung, hier habe sich mal wieder jemand mit Gas das Leben genommen, was immerhin der zwölfte Fall von Selbstmord in einem Jahr sei. (B 226; T 262)

Auch im 13. Kapitel wurde dem Leser vorenthalten, daß es häufig zu Selbstmorden kommt. Er las über die Rettungswagen mit Fahne und Martinshorn in dem Glauben, diese seien unterwegs, um Opfer von Schlägereien zu verarzten und Betrunkene einzusammeln. (B 510) Daß die Einwohner von Neustadt dagegen den Rettungswagen umgehend mit Selbstmord assoziieren, ergibt sich erst aus dem Typoskript (T 578). Gekürzt wurde auch im 14. Kapitel, als sich Franziska nach der Entdeckung von Gertruds Selbstmord mit dem Unfallarzt unterhält, der im Typoskript nach anfänglicher Zurückhaltung durchaus mitteilsam ist und Franziska von zwei Suiziden bzw. Suizidversuchen pro Woche zu berichten weiß, eine Information, die allerdings unter ihnen verbleiben müsse. (B 569; T 650) Gespenstisch, wie hier der Text des Romans die Streichung antizipiert. Denn in der Tat sorgte der Rotstift dafür, daß die Informationen unter den Gesprächsteilnehmern verblieben.

Die Bereitschaft der Autorin, auch kritische Punkte zu berühren, zeigt sich nicht allein darin, daß sie deutlich macht, wie sehr in Neustadt Selbstmorde ein alltägliches Phänomen darstellen, sondern auch darin, daß sie gesellschaftliche Ursachen für die hohe Selbstmordrate verantwortlich macht. Da ist z. B. der aus politischen Gründen relegierte Student, der zur Bewährung in die Produktion geschickt wurde, nachdem er nach 1956 Geld für ungarische Flüchtlinge gesammelt hatte, und der sich schließlich das Leben nahm. (T 582f.)

Andere Ursachen für die hohe Selbstmordrate sieht die Autorin in städtebaulichen Fehlplanungen in Neustadt. Die Bewohner dieser Retortenstadt leben isoliert in ihren Wohnungen und Zimmern, es gibt kein kulturelles Angebot, kein Kino, kein Theater, kein Konzert. Was bleibt, sind Langeweile und Aggression. Daß diese Aggressionen sich nicht nur gegen andere, sondern auch gegen einen selbst wenden und zum Selbstmord führen können, war der Buchfassung kaum noch zu entnehmen. (Vgl. T 291, T 557) Dementsprechend fehlte im 14. Kapitel der Satz, daß Langeweile wie ein geruchloses Gas durchs Haus schleicht, als Franziska eines Sonntags allein hinter dem Fenster ihrer neuen Wohnung steht. (T 639) Dieser Satz ist aber auch insofern interessant, als er die Anfälligkeit für Suizidgedanken nicht mehr nur ein Problem von Nebenfiguren sein läßt. Franziska scheint davon weit mehr betroffen zu sein, als sie selbst in einer Auseinandersetzung mit Gertrud zuzugeben bereit war. Zu entschieden behauptet sie, als sie sich daran erinnert, wie Gertrud die Narbe an ihrem Handgelenk entdeckt hat, Selbstmord sei für sie nie eine Alternative. (B 515) Nicht von ungefähr läßt Gertruds Freitod Franziskas Erkrankung zum Ausbruch kommen, es geht eben nicht nur um schlechtes Gewissen. Sie begreifen nichts, läßt die Autorin Franziska denken. (B 570) Gerade mit der Geschichte der Narbe am Handgelenk ihrer Heldin spielt die Autorin, indem sie die Möglichkeit andeutet, aber auch gleichzeitig offenläßt, Franziska habe eventuell früher einmal einen Selbstmordversuch unternommen. In der Buchfassung schien dagegen alles eindeutig zu sein. Franziska erklärte, einmal hätten ihre Mitschülerinnen sie ins Schulklo eingeschlossen; um sich zu befreien, habe sie eine Scheibe eingeschlagen. (B170) Nur, im Typoskript folgt unmittelbar darauf ein Passus, der die obige Aussage sofort relativiert und damit auch einen Selbstmordversuch als Möglichkeit wieder zuläßt, wenn es heißt, Franziska habe für jeden, der sich erkundigte, eine andere Geschichte erfunden. (T 199) Auch im 8. Kapitel wurde ein Hinweis auf die Bedeutung der Narbe gestrichen, als Schafheutlin sich nicht traut, Franziska danach zu fragen. (B 296; T 340) Der von Brigitte Reimann hinterlassene Text äußert sich zu der Frage, ob auch Franziska Linkerhand einen Suizidversuch unternommen hat, durchaus widersprüchlich. Die Streichungen scheinen demgegenüber das Ziel zu verfolgen, den Text zu glätten und eine derartige Möglichkeit für die Heldin eindeutig auszuschließen.

Die Kürzung, die mich vielleicht am meisten betroffen hat, findet sich ebenfalls im 13. Kapitel. Betroffen hat mich diese Auslassung, es handelt sich um den längsten zusammenhängenden Passus, der entfernt wurde, aus verschiedenen Gründen. Sie war – im Gegensatz zu vielen anderen Streichungen – nicht zu erwarten gewesen, denn ihr liegen wohl nicht nur politische Motive zugrunde, außerdem kann sich der Leser dem Eindruck des Erzählten nicht entziehen – hier wird ein Thema behandelt, das der Autorin besonders nahegegangen sein muß, wie auch der Vergleich mit anderen Texten Brigitte Reimanns zeigt.

In *Die Frau am Pranger* wird Kathrin Marten durch ihren Ehemann vergewaltigt, in *Kinder von Hellas* muß Helena sich eines Vergewaltigungsversuchs durch ihren Geliebten erwehren, in *Ankunft im Alltag* wird Recha durch Curt bedrängt, und in *Franziska Linkerhand* gibt die Autorin zu verstehen, daß ihre Heldin am Abend des Scheidungstermins von ihrem Ex(ß)-Ehemann vergewaltigt wird. Im 13. Kapitel erfährt der Leser, daß in der vorangegangenen Nacht ein Mädchen vergewaltigt wurde. (B 525) Franziska fühlt sich als Architektin mitschuldig, erst nach einer Weile kann sie darüber sprechen, wenn auch nur stotternd. (B 526) Was der Leser des Buchs allerdings nicht erfuhr, ist, was Franziska berichtet. Aber sie tut es, sehr ausführlich sogar; im Typoskript erstreckt sich ihr Bericht über die Seiten 596 unten bis 600 Mitte.

Berichtet wird durch eine Franziska – und über sie vermittelt durch eine Autorin –, die sich mit dem Opfer identifiziert, das durch drei junge Männer in einem Keller vergewaltigt wurde. Es geht dabei nicht um die Einzelheiten des Verbrechens, sondern darum, wie die Bürger von Neustadt darauf reagieren. Da sind zunächst die Worte einer »richterlichen Frau«, die am folgenden Morgen im Bus dem Opfer die Schuld gibt. Da ist ferner der Kollege Berger, der beim Mittagessen in der Kantine erzählt, wie er in der letzten Nacht von den Schreien des Mädchens aufwachte, ohne sich allerdings zum Eingreifen veranlaßt zu fühlen. Er habe schließlich in der Dunkelheit nichts sehen können. (T 597f.)

Berger – von Franziska charakterisiert als Typ des jungen

Mannes, der auf Maiplakaten sein Söhnchen schwenke oder von Litfaßsäulen für Haarwasser werbe – wird von Ben beschwichtigend als normal bezeichnet, und mit diesem Wort – wenn auch von Franziska ganz anders gewendet – endet die aus dem Buch entfernte Passage. »›Ja, Ben,‹ sagte sie, ›ja, das war es: entsetzlich normal.‹« (T 600)

Sicherlich sind Aggression, Kriminalität und Teilnahmslosigkeit der Bürger, insbesondere wenn sie als »normal« charakterisiert wurden, ein brisantes Thema in der DDR gewesen. Davon zeugt, daß an anderer Stelle im 13. Kapitel die von Franziska getroffene Verallgemeinerung entfernt wurde, Neustadt sei nicht gesund. Die Haut sei steril, aber unter der Haut befinde sich ein kranker Organismus, eine Mischung von Gleichgültigkeit und Aggressionslust. (B 510; T 578) Doch scheint mir die Streichung der Vergewaltigungsszene auch darauf hinzudeuten, daß hier der von Betroffenheit geprägte Ton der Autorin der zensierenden Instanz zu hart wurde. Ben versucht seine Geliebte zu beruhigen, er drückt ihren Arm: Beschwichtigung, empfand sie, nachsichtige Ermahnung eines fabulierenden Kindes. (T 599) Genauso beschwichtigend ist hier die »fabulierende« Autorin ermahnt worden: durch Streichung des ganzen Berichts.

Ursprünglich hatte Brigitte Reimann selbst ihren Roman als Entwicklungsroman eines Mädchens aus bürgerlichem Hause konzipiert. So hält sie am 18. 11. 1962 in ihrem Tagebuch fest: »Gestern [...] habe ich einiges zu meinem Roman notiert. [...] Franziska [...] bekommt Gesicht. Vielleicht – eine Art Entwicklungsroman?«[13] Während die Autorin sich allmählich von diesem Konzept entfernt, spricht aus Äußerungen anderer in Gesprächen, Gutachten, Zeitungsartikeln und Interviews immer wieder der Versuch, Brigitte Reimann auch weiterhin darauf festzulegen und ihr erneut einen »Ankunftsroman« abzuverlangen. Beispielsweise schildert der Literaturkritiker Günter Ebert gleich zu Beginn eines Gutachtens vom 16. 4. 1969, das sich auf die ersten 395 Seiten des Typoskripts bezieht, die »Fabel« des Romans wie folgt: »Die Entwicklung einer jungen Architektin, die sich lösen muß vom gestrigen Elternhaus, vom autoritären Lehrer, dem Professor Reger, einem berühmten

Architekten, sie muß lösen den Bau einer neuen Stadt, Neustadt nämlich, ebenso, wie sie ihre Liebe finden muß. Ein Entwicklungsroman also [...].«[14] An dieser Lesart hält auch die öffentliche Rezeption nach dem Erscheinen des Romans in der DDR fest, wenn auch weniger plump als in dem zitierten Gutachten. Damit der Roman aber als Entwicklungsroman gelesen werden kann, müssen zumindest zwei Bedingungen erfüllt sein: Einerseits muß der Stadtarchitekt Schafheutlin, Franziskas Vorgesetzter und Widerpart, so positiv dargestellt werden, daß er für den Leser ein Gegengewicht zu ihrer »überzogenen« Kritik zu bilden vermag. Sie muß auch von ihm lernen können. Andererseits muß es einen positiven Schluß geben, Franziska muß zu Schafheutlin nach Neustadt zurückkehren, um einen Kompromiß zwischen Utopie und realem Sozialismus zu finden. Annemarie Auer unterstellt in ihrer Rezension im Neuen Deutschland vom 29. 7. 1974 dem Roman in diesem Zusammenhang eine Überkreuzbewegung, in deren Verlauf Franziskas Geliebter Ben abgewertet, Schafheutlin dagegen zusehends aufgewertet werde.

Nun ist es aber keineswegs durchgehend so, daß die Person des Stadtarchitekten von Franziska und mit ihr von der Autorin zunehmend positiv gesehen wird. Vielmehr finden sich neben Verständnis immer wieder Stellen, an denen das Verhalten des Stadtarchitekten bei Franziska auf Unverständnis und Kritik stößt. Die öffentliche Rezeption hat hier Brüche eingeebnet und die Figur Schafheutlins eindeutiger gesehen – und wohl auch sehen müssen –, als dies der Text tatsächlich belegt.

Erst im Kontext der erforderlichen Aufwertung Schafheutlins wird eine Streichung verständlich, die sich im 10. Kapitel findet. Wenn der Stadtarchitekt trotz aller negativen Züge positiver Gegenpol zu Franziska sein soll, so darf er zwar von ihr in Frage gestellt werden, nicht jedoch von sich selbst. Genau dies geschieht aber hier.[15] (B 404; T 459)

Im Sinne der von Annemarie Auer behaupteten Überkreuzbewegung wurde auch eine positive Aussage über Ben im 15., unvollendet gebliebenen Kapitel gestrichen. Im Manuskript gedenkt Franziska ihres Geliebten, den sie gerade verläßt, mit folgenden Worten: »Oh Gott, mein Lieber, mein ehemals, mein immer noch geliebtes Bild [...].« Im Buch wird daraus lediglich: »O Gott ... ein nur noch geliebtes Bild«. (B 582)

Das Bemühen, die Autorin auf einen »positiven« Schluß festzulegen, läßt sich anhand von Interviews und Gutachten nachvollziehen. So enthält ein Interview von Annemarie Auer mit Brigitte Reimann (in: Sonntag, Berlin, Nr. 7/1968) die – in ihrem Kontext – kritisch gemeinte Feststellung, den vorliegenden 400 Seiten sei noch nicht anzusehen, worauf es mit *Franziska Linkerhand* hinaussolle.

Auch aus den regelmäßigen Arbeitsberichten Günter Eberts in seiner Funktion als Parteisekretär des Schriftstellerverbandes im Bezirk Neubrandenburg an den Rat des Bezirks, Abteilung Kultur, spricht deutlich die Sorge um einen positiven Schluß. So heißt es am 25. 11. 69: »Kurze Beratung mit Brigitte Reimann über das im vorigen Monat vorgelegte Gutachten. Es wurde Verständigung herbeigeführt über den Schluß des Romans.«[16] Am 22. 10. 1970 kann er dann mitteilen: »Am Schluß treffen sich die beiden Ebenen; Franziska verläßt Ben und kehrt nach Neustadt zurück; die Monolog-Ebene wird an Umfang nachlassen. Eine bisher nur angedeutete Figur, Yul Brynner genannt, wird stärker an Gewicht und positiven [sic!] Einfluß auf Franziska gewinnen.«[17]

Im Gegensatz zu ihren Ratgebern scheint sich die Autorin weit weniger im klaren darüber gewesen zu sein, wie der Roman zu schließen habe. So schreibt sie am 9. 3. 1968 an Hermann Henselmann über ihre Ausführungen in besagtem Auer-Interview: »Übrigens ist auch der genehme positive Schluß, der im Interview erzählt wird, vielleicht gar nicht der Schluß, den ich dann später finden werde. Das ist alles noch offen. Aber irgendwas muß man ja sagen, wenn einen die Zeitung schon fragt. In Wirklichkeit weiß ich nicht, wie es ausgeht; kann sein, ich stelle ein paar Möglichkeiten zur Diskussion: Durchsetzen oder Aufgeben oder Anpassen, wer weiß, man wird sehen. Sollte nicht auch eine glückliche Synthese zwischen den Machern und den Denkern möglich sein? Dafür gibt es doch in letzter Zeit Beispiele.«[18]

Nun haben aber Zweifel daran, ob der gewünschte positive Schluß auch der dem Roman angemessene sei, die Autorin nicht etwa dazu veranlaßt, einen radikaleren Schluß zu schreiben. Vielmehr hat die Angst vor dem Schluß – die sich neben eigenen Zweifeln auf den Druck von außen, aber auch in wachsendem Maße auf persönliche Motive gründete – Brigitte Reimann daran gehindert, den Roman überhaupt zu Ende zu führen,[19] ganz abgesehen von der zunehmenden Beeinträchtigung durch die Krebserkrankung. Das in der Ausgabe von 1974 abgedruckte Fragment des 15. Kapitels entspricht daher weitgehend dem, was die Autorin in ihrer Krankenhaus-Kladde hinterließ. Zwar gehen die Notizen nach dem letzten Satz der Buchfassung noch weiter, doch sind es keine klaren Sätze mehr, ihr Sinn ist teilweise nicht zu rekonstruieren, bzw. es fehlt der Zusammenhang zum Vorangegangenen.

Jedoch unternimmt Brigitte Reimann offensichtlich noch einen Versuch zu erläutern, was der Auslöser für Franziskas Flucht aus Neustadt gewesen war. Aus den letzten, stellenweise schon wirren Sätzen geht hervor, daß der Autorin vorgeschwebt haben muß, Schafheutlin habe seine Mitarbeiter konkurrierende Entwürfe zu einem Projekt einreichen lassen, wobei von vornherein feststand, daß Franziskas Entwurf keine Chancen haben würde. Diese Notizen enden mit dem Satz, Franziska habe den Zweikampf verloren, noch ehe sie ihn angetreten habe. (K 35)

Die Notizen, die Brigitte Reimann in ihrer Kladde zum Roman festhielt, liefern keinen anderen Schluß, als das, was wir bisher aus der veröffentlichten Fassung des Romans kannten. Allerdings verdeutlichen die letzten Zeilen der Notizen aus dem Krankenhaus noch einmal, daß Brigitte Reimann keineswegs eine stetig zunehmende positive Sicht auf Schafheutlin im Sinn hatte und sich durchaus nicht sicher war, ob die Rückkehr ihrer Heldin nach Neustadt tatsächlich die ihr angemessene Lösung darstellte.

Die bisherigen Ausführungen belegen für mich, daß ein erheblicher Teil der in der Buchfassung vorgenommenen Kürzungen politisch motiviert war. Dem entgegen steht aber die Aussage des Lektors Brigitte Reimanns, die Streichungen gingen nicht so sehr auf ideologische als vielmehr auf literarische Einwände zurück. Die Figur des Ben Trojanowicz z. B. habe die Belastung mit Elementen aus den Biographien von Erich Loest und Reiner Kunze nicht vertragen. Man könne nicht alles darauf zurückführen, daß die Lektoren Angst vor der Druckgenehmigungsbehörde gehabt hätten.

Aus heutiger Sicht können solche literarischen Einwände als Begründung für erfolgte Kürzungen nicht überzeugen. Die Überladung einzelner Figuren mit einer Fülle von Geschichten stellt ein Grundproblem des Romans dar. Brigitte Reimann besaß die Gabe, Menschen zuzuhören, und sie konnte Geschichten erzählen.[20] Doch ihr stand in ihrem Roman nur ein begrenzter Personenkreis zur Verfügung, der diese Fülle von Geschichten tragen mußte. Es findet sich allein in dem kleinen Kreis der Studienfreunde von Franziskas Bruder das ganze Spektrum des Leidens dieser Generation in Faschismus und Krieg versammelt. So hatte die jüdische Mutter Djangos Selbstmord begangen, Saalfeld hatte in einem französischen Kriegsgefangenenlager gehungert, Schwandt war desertiert, zum Tode verurteilt und dann in den ersten Maitagen aus der Haft befreit worden, v. Werder schließlich hatte das bekannte historische Stadthaus seiner Familie bei Kriegsende in Trümmern vorgefunden. (B 47) Diese Häufung von Schicksalen führt zu einer heroischen Überfrachtung der kleinen Welt in Franziskas Heimatstadt, ohne daß jedoch dies Kürzungen in der veröffentlichten Version nach sich gezogen hätte. Ähnliches gilt für Franziskas Großmutter, die nicht nur die Tradition des deutschen Bürgertums zu transportieren hat, sondern auch noch über ihre Schauspieler-Freundin mit der deutschen Emigration während des Nationalsozialismus verbunden wird. Und auch die Überladung der Figur des Ben mit einer Fülle von Geschichte und Geschichten bleibt weitgehend erhalten, eine »Entlastung« erfolgt nur dort, wo diese Geschichten Tabuthemen aus der Geschichte der DDR berühren.

Ein erheblicher Teil der Streichungen ist politisch motiviert gewesen, literarische Einwände haben als Vorwand gedient. Brigitte Reimann schreibt in einem Brief vom 29. 12. 1972, knapp zwei Monate vor ihrem Tod: »Trotzdem soll ›Franziska‹ nun fertigwerden (rigoros gekürzt).«[21] Doch entsprechende Kürzungen sind von der Autorin selbst nicht mehr vorgenommen worden. Absprachen mit ihr über die nach ihrem Tod erfolgten Streichungen hat es wohl nicht gegeben. Wie mir Christa Wolf, die bis zum Tod Brigitte Reimanns in engem Kontakt mit ihr stand, in einem Brief mitteilte, hat auch sie starke Zweifel daran, daß die Veränderungen am Typoskript mit dem Einverständnis der Autorin vorgenommen wurden.

Auf welcher Ebene letztlich die Entscheidung über die Änderungen und Kürzungen fielen und wie diese im einzelnen begründet wurden, läßt sich gegenwärtig nicht sagen. Zum einen wollen bzw. können überlebende Zeitzeugen sich zu den damaligen Vorgängen nicht äußern, zum anderen ist von den im Zusammenhang mit dem »Druckgenehmigungsverfahren« erstellten Gutachten zu dem Romanfragment lediglich das von Annemarie Auer bekannt, worin sie trotz politischer und künstlerischer Bedenken für eine »[...] unverwässerte, vollständige, unveränderte Herausgabe des hinterlassenen Textes [...]« plädiert. Keine Spur hat sich bis heute vom Verlagsgutachten gefunden, und auch das vom Ministerium für Kultur bestellte Gutachten liegt gegenwärtig nicht vor, doch muß dieses Änderungsvorschläge enthalten haben, denn das Formblatt zur Beantragung der Druckgenehmigung enthält unter der Rubrik Bemerkungen folgenden handschriftlichen Eintrag des Vertreters der Zensurbehörde: »Stimme mit Gutachten [...] voll überein, Streichungen in angegebener Form werden am 8. 11. gemeinsam im Verlag vorgenommen.«

Rund vier Prozent des Textes wurden aus dem Typoskript gestrichen, wobei keinesfalls alle Streichungen politisch motiviert waren. Dabei kommt dem qualitativen Gehalt der Streichungen weit größere Bedeutung zu als deren quantitativem Umfang. Denn eine der großen Leistungen Brigitte Reimanns war es, die Trennung in öffentlichen und privaten Diskurs, die das Leben in der DDR so sehr bestimmte und in einem erheblichen Maße auch für die literarische Produktion galt, in ihrem Roman immer wieder aufgehoben zu haben. Durch die Kürzungen wurde die Trennung beider Diskurse weitgehend restauriert und so der Text in seiner kritischen Aussage entschärft. Von wenigen vorsichtigen Kürzungen, wie es im Nachwort von Walter Lewerenz zur Ausgabe des Verlags Neues Leben heißt, kann daher nicht die Rede sein. Der beachtliche Mut Brigitte Reimanns, in ihrem Roman Tabuthemen aufzugreifen und den Alltag in der DDR der sechziger Jahre konkret zu beschreiben, konnte von den Lesern der gekürzten Fassung nicht in vollem Umfang nachvollzogen werden.

Der Wert der jetzt vorliegenden ungekürzten Neuausgabe des Romans liegt gerade darin, daß in ihm dieser Alltag aufgehoben ist, auch wenn die Tabus, die damit verletzt wurden, nicht mehr bestehen. Wichtig ist das Aufheben dieses Alltags für diejenigen, die im Zusammenhang mit der Neubewertung der deutschen Geschichte nach dem Ende der DDR eine Entwertung ihrer eigenen Lebensgeschichte befürchten müssen. Wichtig ist es aber auch, weil sich für diejenigen, die den Roman in seiner ursprünglichen Fassung gelesen haben, ein nostalgischer Rückblick auf die DDR verbietet. Den Lesern der ungekürzten Fassung wird aber auch deutlich, wie schwer der Versuch, gegen existierende Tabus anzuschreiben, für die Autorin sein mußte – nicht in erster Linie aus Opportunismus, aus Angst vor einer möglichen Verweigerung der Druckgenehmigung, sondern weil diese Tabus längst verinnerlicht waren und der Konflikt nicht nur von außen, sondern auch von innen her kam. Nicht zuletzt der Respekt vor den großen – psychischen und physischen – Schmerzen, unter denen sich Brigitte Reimann diese Tabuverletzungen abgerungen hat, spricht für die Notwendigkeit dieser ungekürzten Neuausgabe von *Franziska Linkerhand*. Dabei kann in Kauf genommen werden, daß auch solche Passagen den Lesern zugänglich gemacht werden, die die Autorin vielleicht selbst gestrichen bzw. überarbeitet hätte, wäre ihr nur die Zeit dazu geblieben.

1 B Buchfassung: *Franziska Linkerhand*, Verlag Neues Leben, Berlin 1974; die Seitenangaben bezeichnen zumeist die Stelle, an der die inkriminierte Äußerung gestanden hätte.
K handschriftliche Aufzeichnungen in der von Brigitte Reimann hinterlassenen Kladde (in: Brigitte-Reimann-Sammlung im Hans-Fallada-Archiv, Feldberg).
T Typoskript (ebd.)

2 Apropos *Heldin*: Gestrichen wurde auch eine Stelle im 5. Kapitel, an der die Erzählerin in Anlehnung an den *Zauberberg* Franziska als »unsere ganz unheldische Heldin« (B 135; T 156) bezeichnet. Da diese Definition gegen den Begriff des Helden im sozialistischen Realismus verstieß – es sei hier nur an die Diskussionen beim Erscheinen von Christa Wolfs *Nachdenken über Christa T.* erinnert –, konnte ihr auch die Vaterschaft von Thomas Mann nicht helfen.

3 Daß die Autorin Einwände ihres Verlags gegen die Darstellung von Sexualität befürchtete, ergibt sich auch aus den Abhörprotokollen eines Telefongesprächs in ihrer Opferakte (BStU, ASt Neubrandenburg, AOP III 259/73, Bd. 2, Bl. 190). Am 5. 7. 1970 unterhält sich Brigitte Reimann mit ihrem Gesprächspartner u. a. über die Liebesbriefe von Engels. Das Abhörprotokoll notiert: »Herr [...] äußerte dann, er (Engels) sagte, Wehrt [sic!] hätte da Heide [sic!] übertroffen, und so, und das Proletariat müsse die Scheu davor verlieren, daß sie das, was sie am Tag oder auch Nachts mit Begeisterung treiben, daß sie darüber auch sprechen können. Herr [...] fragt dann die Frau R., ob er (Engels) auch Hüften beschrieben hat. (Mit den Hüften bezieht sich [...] auf die Hüften, die die R. in ihrem Buch beschreibt. Hierzu meinte Frau R., bestimmt, sie müßte da mal nachlesen und abschreiben. Wenn dann fertig sei [sic!] und der Lektor dann meckert, werde sie dann sagen, na hör' mal, mit Marx und Engels-Zungen.«

4 Vgl. dazu die ebenfalls gekürzte Beschreibung des Chefredakteurs Otto Laubfinger, der Franziskas Streitschrift in der Bezirkszeitung veröffentlicht: »Plötzlich schien sein Gesicht zu verfallen, die Augen sanken ein, stumpfer Blindenblick, Haut schlotterte unter Backenknochen und Kinn: er ist schon gezeichnet, dachte sie, ein alter Mann, der sich selbst überlebt hat.« (B 575; T 655)

5 Vgl. dazu auch das Gutachten des Literaturkritikers Günter Ebert vom 8. 4. 1972 zum 13. Kapitel des Romans, in dem er im Zusammenhang mit politisch brisanten Stellen einen Abfall der literarischen Qualität bemängelt: »Im übrigen verläßt genau in diesen Passagen das sonst so sichere Sprachgefühl die Autorin.« (In: Brigitte-Reimann-Sammlung, Schriftverkehr.)

6 Hier spielt die Autorin wohl auch auf Vorgänge an, die zum Verbot des Films *Spur der Steine* führten, wie eine Stelle in einem Brief vom 9. 8. 1966 an Wolfgang Schreyer zeigt: »Weißt Du Näheres über den ›Spur‹-Film, den das Kaninchenschicksal ereilt hat? Neulich sprach ich mit einem so loyalen wie wohlinformierten Herrn und äußerte die Befürchtung, daß der Volkszorn organisiert gewesen sei und unsere Menschen nichts anderes als bestellte Claque. Er: Du erlaubst, daß ich mich ausschweige. (Er besaß den Anstand, schwach zu erröten.) So häufen sich die ermutigenden Beispiele einer kontinuierlichen Kulturpolitik.« (Ebd.)

7 Brigitte Reimann/Christa Wolf, *Sei gegrüßt und lebe. Eine Freundschaft in Briefen 1964–1973.* Hg. von Angela Drescher, Berlin 1993, S. 138.

8 Ebd., S. 127.

9 Ebd., S. 134.

10 In: Brigitte-Reimann-Sammlung, Schriftverkehr.

11 Es werden zwar wiederholt Stellen umformuliert, um – zumeist – Auslassungen zu kaschieren, Hinzufügungen sind aber außerordentlich selten und beschränken sich auf einzelne Wörter, um z. B. die Aussage eines Satzes abzuschwächen.

12 Vgl. zur Tabuisierung von Selbstmorden in der DDR auch, was Brigitte Reimann am 12. 10. 1965 an den Schriftsteller Heinz Kruschel über Erlebnisse ihres damaligen Mannes schreibt: »In dem Fall, den Hans verfolgt, gibt es einen Toten, einen jungen Mann, der zum Selbstmord getrieben wurde. Seitdem man hier herausgekriegt hat, daß Hans die Sache verfolgt, werden ihm alle erdenklichen Szenen in den Weg gelegt. Alle Panzerschränke sind verschlossen, Protokolle unauffindbar verschwunden; mit seinen Gewährsmännern, Freunden des Toten, muß er sich heimlich treffen, ins Druckgaswerk, in dem sich alles abgespielt hat, wird er auf Anweisung der Staatssicherheit nicht mehr reingelassen; seine Bewerbung als Maschinist ist, trotz Arbeitskräftemangels, von der längst informierten Kaderabteilung abgewiesen worden [...].« (In: Brigitte-Reimann-Sammlung, Schriftverkehr.)

13 Brigitte Reimann, *Ich bedaure nichts. Tagebücher 1955–1963.* Hg. von Angela Drescher, Berlin 1997, S. 263.

14 In: Brigitte-Reimann-Sammlung, Schriftverkehr.

15 Es zeigt sich hier, wie plump die Streichungen zum Teil durchgeführt wurden. So werden zwar Schafheutlins Selbstzweifel entfernt, nicht aber der Satz, daß dieser Moment schnell überwunden ist. »Die Anfechtung, der Augenblick des Zweifels war schon vorüber«, hieß es in der Fassung von 1974 eine Seite weiter. (B 405)

16 In: Brigitte-Reimann-Sammlung, Schriftverkehr.

17 Ebd.

18 Brigitte Reimann/Hermann Henselmann, *Briefwechsel.* Hg. von Ingrid Kirschey-Feix, Berlin 1994, S. 79.

19 Vgl. dazu den folgenden Tagebucheintrag Brigitte Reimanns vom 26. 1. 1970: »Und was das Buch angeht: ich drehe mich im Kreis, rede und rede und male Bilder, und meine Leute kommen nicht von der Stelle, und alles, weil ich mich vorm Schluß fürchte – ich weiß nicht: ob vor einem folgerichtigen (und also bitteren) Schluß oder einfach davor, ein Buch zu beenden, in dem ich gewissermaßen zu Hause bin; Personen aufzugeben, mit denen ich seit Jahren lebe wie mit Bekannten oder Freunden – nein, noch intensiver, denn sie sind ja immer gegenwärtig, dauernder und heftiger sogar als ein Ehepartner. Oder ich fürchte mich, weil ich noch nicht weiß, was ich danach schreiben werde, und ein Buch beenden ist schlimm, wenn man nicht am nächsten Tag ein anderes anfangen kann.« (In: Brigitte Reimann, *Alles schmeckt nach Abschied. Tagebücher 1964–1970.* Hg. von Angela Drescher, Berlin 1998, S. 300.)

20 Wie direkt Gehörtes zum Teil in den Text einfloß, läßt sich anhand des Briefwechsels nachvollziehen. So berichtet Brigitte Reimann am 18. 1. 1972 – sie arbeitet gerade am 13. Kapitel des Romans – Christa Wolf über den Lyriker Martin Pohl, er »hat mit D.[ahlem] in einer Zelle gesessen, verdonnert zu vier Jahren für ein – unbewiesenes – Vergehen, das einem heute ganz unglaubwürdig vorkommt als ›Vergehen‹«. (In: Brigitte Reimann/ Christa Wolf, *Sei gegrüßt und lebe*, a. a. O., S. 128.) Die Begegnung mit Dahlem in einer Zelle findet sich dann im Protokoll von Bens Prozeß und Haftzeit.

21 *Brigitte Reimann in ihren Briefen und Tagebüchern. Eine Auswahl.* Hg. von Elisabeth Eltern-Krause u. Walter Lewerenz, Berlin 1983, S. 322.

Angela Drescher

»... und alles soll schlimm ausgehen«

Das Thema hatte ihr das Leben in Hoyerswerda aufgedrängt. 1960 war Brigitte Reimann mit ihrem zweiten Ehemann, dem Schriftsteller Siegfried Pitschmann, aus einer Kleinstadt in diese Stadt gezogen, die für die Arbeiter des Kombinats Schwarze Pumpe ausgebaut wurde. Die anfängliche Begeisterung über die erste eigene Wohnung in dieser ein wenig mit dem Flair des Abenteuerlichen behafteten entstehenden Neuland-Siedlung schlug rasch um in Empörung und Wut über die gebaute Tristesse und fehlende Kultureinrichtungen. Ihre Beobachtungen stellte sie, soweit es möglich war, öffentlich zur Diskussion, sie schrieb vieldiskutierte Artikel und erweckte damit, sehr zu ihrem Unbehagen, die Aufmerksamkeit von Walter Ulbricht, der die engagierte Autorin in die Jugendkommission beim ZK der SED berief. Bereits im August 1962 jedoch machte sie erste Notizen zu einem Roman über eine junge, ehrgeizige Architektin, die sich in eine Stadt namens Neustadt versetzen läßt.

Im Vertrag mit dem Verlag Neues Leben vom 1. 2. 1965 heißt es: »Die Autorin schreibt einen Roman, der die konfliktreiche Entwicklung der aus bürgerlicher Welt stammenden, zu sozialistischer Tüchtigkeit strebenden Architektin Franziska überzeugend gestaltet.« Diese Formulierung war nicht ganz falsch, Brigitte Reimann aber beschrieb ihr Projekt viel vorsichtiger, unsicherer und vager, so daß die Kluft zwischen den Erwartungen der Kulturpolitiker und denen der Autorin sich hier bereits abzeichnete. Die bitteren Erfahrungen, die sie bei ihren Versuchen, die Probleme des Städtebaus öffentlich zu diskutieren, inzwischen hatte machen müssen, sowie die besonders seit dem 11. Plenum 1965 noch restriktivere Kulturpolitik desillusionierten sie wie viele andere Intellektuelle und radikalisierten ihre Haltung. All dies trug dazu bei, daß sich der Roman auswuchs, kompromißloser wurde und die Autorin zunehmend Tabus des öffentlichen Diskurses ignorierte.

»Christa hat ein paar Kapitel gelesen und fand sie interessant; ich soll mir nicht den Mut nehmen [...], mir Zeit lassen - je später ein Buch wie dieses fertig wird, desto besser. Heute, in ›unserer heutigen Situation‹, wie es immerfort heißt (seit zwanzig Jahren!) hat das Buch kaum eine Chance«, notierte Brigitte Reimann am 5. Juni 1969.[1] Die Situation zu diesem Zeitpunkt war allerdings besonders prekär, niemand wußte das besser als Christa Wolf, deren Buch »Nachdenken über Christa T.« gerade eine Woche zuvor auf dem VI. Deutschen Schriftstellerkongreß wegen »falsch verstandener Innerlichkeit« und falscher Auffassung von Selbstverwirklichung scharf angegriffen worden war.

Damals jedoch lagen die Ursachen dafür, daß Brigitte Reimann so langsam mit dem Roman vorankam, nicht allein in der kulturpolitischen Situation begründet. »Franziska Linkerhand« war ihr bisher schwierigstes Manuskript, auf Grundprobleme der sozialistischen Gesellschaft zielend und dabei direkter autobiographische Erfahrungen verarbeitend, als es noch die Erzählung »Die Geschwister« getan hatte.

Als Christa Wolf Gleichmut und Geduld gegenüber dem Manuskript empfohlen hatte, lagen etwa 395 Seiten vor, d. h. acht Kapitel, Ben aber, eine Hauptfigur, war noch gar nicht recht eingeführt. Nicht nur das; die Figur des Ben und Franziskas Liebe zu ihm wurden genau zu diesem Zeitpunkt schon fragwürdig, weil Brigitte Reimann in ihm ihren Geliebten und dritten Ehemann Jon idealisierte hatte, der gerade dabei war, sich von ihr zu trennen.

Brigitte Reimann war in einer verzweifelten Situation: sie schrieb über einen Geliebten, der sie verlassen hatte; über eine Heldin, die sich noch in der Stadt engagiert, aus der die Autorin längst geflohen war; die an Wirkungsmöglichkeiten innerhalb der sozialistischen Gesellschaft glauben will, die die Autorin kaum noch teilte; die sich einem persönlichen Kontrahenten gegenübersah, wo die Autorin längst zu begreifen begonnen hatte, daß es um die falsche Weichenstellung innerhalb des Systems ging, nicht um einzelne Personen. Und Brigitte Reimann hatte Krebs und wußte in illusionslosen Momenten, daß es um Leben und Tod ging, wußte, daß sie den »ersten guten Roman« schrieb, »der wahrscheinlich auch mein letzter sein wird«.[2]

»Franziska Linkerhand« wurde zu einem Manuskript, über das die Autorin innerlich hinausgewachsen war, das sie trotzdem oder gerade deswegen nicht bewältigte; eine lästige Pflicht und dennoch eine wichtige Aufgabe, die sie motivierte, gegen die Krankheit zu kämpfen.

Weil ihre finanzielle Situation immer schwieriger wurde, beantragte sie projektbezogene Stipendien, die dazu notwendigen Gutachten schrieb Günter Ebert, Literaturkritiker und damals Parteisekretär des Schriftstellerverbandes Bezirk Neubrandenburg. Diese Gutachten machen es heute nicht nur möglich, den Fortgang der Arbeit an »Franziska Linkerhand« zu rekonstruieren, sie vermitteln auch eine Zeitsicht, und zwar die der kulturpolitisch Verantwortlichen (vgl. dazu das Nachwort von Withold Bonner). Natürlich wurden die ihnen ideologisch problematischen Seiten benannt, wichtiger scheint mir aber, daß man selbst in dieser aufgeheizten Atmosphäre, die Christa Wolf zu spüren bekommen hatte, das Manuskript, das Ebert einerseits sogar als »Anklage gegen unsere Gesellschaft« bezeichnete, andererseits wegen seiner Wirklichkeitsnähe lobte und als »ein literarisches Ereignis von Rang« ankündigte, über Jahre förderte. Eberts Gutachten sind die eines Funktionärs, der Bedenken anmeldet, sich im ganzen aber vor einen großen literarischen Entwurf stellt - wobei man immer berücksichtigen muß, daß solche zweckgerichteten Gutachten im systemimmanenten Argumentatiosduktus bleiben mußten, um hilfreich zu sein, und man daher nicht unbedingt das Gutachten mit der Privatmeinung des Gutachters gleichsetzen darf.[3]

Christa Wolfs Bemerkung von 1969 erwies sich als zutreffend. Nach dem Tod Brigitte Reimanns im Februar 1973 war allen klar, daß das von ihr unvollendete Manuskript »Franziska Linkerhand« veröffentlicht werden mußte. Die kulturpolitische Situation war eine völlig andere, nachdem die Machtübernahme von Honecker 1971 Hoffnungen auf eine Liberalisierung geweckt hatte, die sich einige Jahre lang zu bestätigen schienen.

Im Falle »Franziska Linkerhand« zeigt schon der kurze

Entscheidungszeitraum bis zur Erteilung der Druckgenehmigung (Juni bis November 1973), daß man sich einig war; Klaus Höpcke, seit 1973 als stellvertretender Kulturminister verantwortlich für die Druckgenehmigungen, spricht von einem positiven Vorurteil gegenüber dem Manuskript.

Differenzen gab es um die Form der Veröffentlichung. Annemarie Auer stellte in ihrem Außengutachten vom 30. Mai 1973 fest, daß Eingriffe in den Text zu keinem vertretbaren Ergebnis führen könnten, weil die bedeutenden Vorzüge des Romans unentwirrbar mit seinen Schwächen verbunden seien. Sie empfiehlt eine komplette, von kleinlichen Bedenken freie textgetreue Herausgabe (wobei sie dann doch kleine Einschränkungen macht) und argumentiert: »Unser Publikum ist reif genug, um zu lernen, daß Unvollendetheit für ein Kunstwerk kein Fehler ist«.[4]

Walter Lewerenz, der als Cheflektor für Belletristik im Verlag Neues Leben die Herausgabe letztlich verantwortete und dessen Gutachten leider verlorenging, war etwas vorsichtiger, wie Withold Bonner in seiner Beschreibung der vorgenommenen Streichungen bewiesen hat. Mögen manche Streichungen in dem einen oder anderen Fall Geschmacksfrage gewesen sein, so möchte ich doch behaupten, daß in der Tendenz in jedem Verlag der DDR ähnlich vorgegangen worden wäre. Ich habe mich bei der erneuten Lektüre nicht über Auslassungen gewundert, sondern vielmehr über das, was alles nicht gestrichen wurde. Im übrigen nehme ich sogar die Formulierung in seinem Nachsatz ernst, daß es nur wenige vorsichtige Streichungen gab – nach damaligem Empfinden war das gewiß der Fall.

Das Außengutachten der HV[5] schließlich rühmt das Manuskript als »Buch über eine Selbstverwirklichung« und »produktive Provokation«, akzeptiert jedoch Strichvorschläge, die bereits angedeutet sind, und schlägt die Straffung der Malte-Geschichte und der Vergewaltigungsszene als uneinheitlich und die Struktur des Romans verschiebend vor. Letztlich bilden also die Streichungen einen Kompromiß zwischen diesen Vorschlägen – nicht zuletzt, weil allen Beteiligten klar war, daß selbst unter den etwas liberaleren Bedingungen eine ungekürzte Ausgabe nicht hätte erscheinen können, daß Brigitte Reimann wirklich, wie sie befürchtete, für die Schublade geschrieben hätte.

Die Aussage des Romans wurde natürlich durch diese Streichungen eingeschränkt. Verfälscht wurde sie nicht, denn ich erinnere mich noch zu gut, wie aufgeregt und aufmerksam wir gerade als junge Leute das Buch lasen, wie wir die Provokationen (die man heute oft kaum noch bemerkt) genossen. Beim Wiederlesen wurde mir auch bewußt, wie selektiv wir wahrgenommen haben, wie wir Franziskas schon damals überholte Ansichten zur Architektur ignorierten und statt dessen ihre »Ausflüge in die Anarchie« einsogen und uns durch sie in unseren oft deprimierenden Erfahrungen nach dem Studium in der sogenannten Praxis bestätigt fühlten. Die Unentschiedenheit, Halbherzigkeit, Ausweglosigkeit der Kritik fiel uns kaum auf; wir brauchten noch Identifikationsfiguren im eigenen Land – das unterschied uns wohl von der folgenden Generation – und wollten uns wie die Autorin die Illusion erhalten, daß Veränderungen mit Zähigkeit, List und Courage zu erreichen seien.

Eine Architektin erzählte mir vor kurzem, daß Frauen in der Regel ein Haus von innen, von seinen Funktionen her projektieren, während Männer mit dem Baukörper beginnen und dann die Räume einpassen. Der Roman »Franziska Linkerhand« entstand aus dem Charakterbild seiner Heldin, seine Autorin hatte all die Jahre, die sie an ihm schrieb, keine genauen Vorstellungen vom Verlauf der Handlung, vom Bauplan, sie interessierte das Problem der Existenzräume im Sozialismus und eben diese Figur. Da aber die Heldin Franziska Linkerhand der Autorin Brigitte Reimann ausgesprochen nahesteht und unverkennbar ihre Züge trägt, ist in ihren Lebensweg der real fortschreitende, widersprüchliche der Autorin eingegangen. Niemand war sich dessen mehr bewußt als Brigitte Reimann, wie ihre Tagebücher belegen.

Wiewohl schließlich um die 600 Seiten lang, haftet dem Roman die Faszination eines unvollendeten Baus an, bei dem man fertige Raumfluchten neben Rohbauelementen sieht, Funktionsfähiges neben Treppen und Türen, die nirgendwohin führen. Der Leser wird mit einer Person konfrontiert und in ihre Geschichte hineingezogen, die bis zum uneigentlichen Ende nicht ganz durchschaubar bleibt. Dieser Roman war nicht zu Ende zu schreiben, es sei denn, er wäre in einem Kraftakt noch einmal begonnen worden, schärfer, entschiedener, konsequenter, bodenloser von Anfang an, so wie es sich Brigitte Reimann vorgenommen hatte: »Ich möchte ein böses Buch schreiben, ein trauriges Buch; und alles soll schlimm ausgehen.«[6]

Die fünfundzwanzig Jahre nach der Erstveröffentlichung erscheinende ungekürzte Fassung gibt Brigitte Reimann ein weiteres Mal recht: »in all den Jahren«, schrieb sie 1972, »hat sich immer wieder gezeigt, daß Geschichten, die irgendwann mal tabu waren, irgendwann später doch ans Tageslicht, also an die Öffentlichkeit gelangten. Sowas gehört eben zu unseren Schwierigkeiten im Sozialismus, und man kann sie tragisch finden oder nicht [...] Übrigens habe ich immer noch einen starken Glauben an die Vernunft.«[7]

1 Brigitte Reimann, Alles schmeckt nach Abschied. Tagebücher 1964–1970. Hg. von Angela Drescher, Berlin 1998, S. 242.

2 Brigitte Reimann, Aber wir schaffen es, verlaß dich drauf! Briefe an eine Freundin im Westen. Hg. von Ingrid Krüger, Berlin 1995, S. 168.

3 In gesteigertem Maße gilt das für die Gutachten, die zur Erteilung der Druckgenehmigung führen sollten. Erforderlich war ein Verlagsgutachten des Lektors und ein Außengutachten eines unabhängigen Kritikers sowie ein von der Hauptverwaltung Verlage beim Ministerium für Kultur, die die Druckgenehmigungen erteilte, in Auftrag gegebenes Gutachten. Da jede Stelle wußte, was sie durchsetzen wollte, und die Gutachterwahl freistand, wurden wirkliche *Gut*achten eingereicht, die allerdings ihre ideologische Akzeptierbarkeit dadurch zu beweisen hatten, daß sie auch politisch fragwürdige Tendenzen ansprechen mußten – um sie dann argumentativ widerlegen bzw. leichte Änderungsvorschläge machen zu können. Soweit der Konsens, der zu bedienen war.

4 Stiftung Archiv der Akademie der Künste, Archiv Annemarie Auer.

5 Die Gutachterin stellte mir ihre Kopie dankenswerterweise zur Verfügung.

6 Brigitte Reimann, Alles schmeckt nach Abschied, a. a. O., S. 113.

7 Brigitte Reimann, Aber wir schaffen es ..., a. a. O., S. 177.

Zu dieser Ausgabe

Brigitte Reimann schrieb am Manuskript des Romans »Franziska Linkerhand« bis kurz vor ihrem Tod. Die Brigitte-Reimann-Sammlung im Hans-Fallada-Archiv, Feldberg, konnte aus dem im Besitz des letzten Ehemanns befindlichen Nachlaß u. a. ein Typoskript und einen Typoskriptdurchschlag sowie ein handschriftliches Manuskript (ein A-5-Heft, kariertes Papier) erwerben, das den Schluß des 14. Kapitels und den Beginn des unvollendet gebliebenen 15. Kapitels enthält. Die Schlußseiten des 14. Kapitels wurden noch zu Lebzeiten Brigitte Reimanns abgeschrieben und dem Typoskript beigefügt. Typoskript und Durchschlag wurden von ihr durchgesehen und fast identisch korrigiert. Im Durchschlag finden sich einige offenbar von Brigitte Reimann gestrichene Stellen, die von den Streichungen im Typoskript abweichen.

Die vorliegende Ausgabe folgt dem Typoskript, nur in wenigen Zweifelsfällen wurde auf zusätzliche geringfügige Korrekturen Brigitte Reimanns im Durchschlag zurückgegriffen. Nicht beachtet wurden Bleistiftkorrekturen im Durchschlag, die wahrscheinlich nicht von ihr stammen.

Die Textgrundlage wird wortgetreu wiedergegeben. Stilistische Unschönheiten und inkorrekte Anwendung mancher Wörter wurden bis auf den Satz (S. 155, Zeilen 33–35), den bereits Walter Lewerenz in der Ausgabe von 1974 verbessert hatte (vgl. das Nachwort von Withold Bonner), beibehalten. Schreib- und andere Flüchtigkeitsfehler wurden stillschweigend nach den Regeln des Duden berichtigt, ebenso falsch geschriebene Orts- und Personennamen und fremdsprachige Stellen, wobei gewisse orthographische Eigenheiten und zusätzliche rhythmisch strukturierende Kommas übernommen wurden. Hinzufügungen wurden durch [ ] gekennzeichnet; Hervorhebungen sind kursiv wiedergegeben. Die Kapitelzählung wurde auf arabische Ziffern vereinheitlicht.

Die letzten, teilweise kaum zu entziffernden, unvollständigen Sätze des 15. Kapitels (siehe Faksimile S. 605) sind nicht berichtigt.

Ich danke allen, die das Zustandekommen dieser Ausgabe unterstützten, besonders Dr. Rudolf Burgartz, der sein Einverständnis für eine ungekürzte Neuausgabe erteilte; der Brigitte-Reimann-Sammlung, hier vor allem Heide Hampel und ihren Mitarbeiterinnen, und Withold Bonner, dessen akribische Vorarbeit eine Neuausgabe erst anregte. Außerdem danke ich Herrn Walter Lewerenz, dem Lektor der ersten Ausgabe, Klaus Höpcke, Renate Drenkow und Christina Möller von der Stiftung Archiv der Akademie der Künste.

Das Nachwort von Withold Bonner ist die stark überarbeitete Fassung seines Aufsatzes »Vom Typoskript zur Buchfassung«, der zuerst erschien in: »Wer schrieb Franziska Linkerhand? Brigitte Reimann 1933–1973. Fragen zu Person und Werk«. Hg. von Heide Hampel, Literaturzentrum Neubrandenburg e. V., Neubrandenburg 1998. Wir danken für die Abdruckgenehmigung.

A. D.